हिन्द पॉकेट बुक्स

भारतरत्न

अनीता गौड़ एक स्वतंत्र लेखिका होने के साथ-साथ टेलीविजन सीरियलों से भी जुड़ी हुई हैं। उन्होंने विभिन्न चैनलों के लिए स्क्रिप्ट लेखन किया है, जिसमें विज्ञान के साथ-साथ कॉमेडी और फिक्शन पर आधारित धारावाहिक भी शामिल हैं। इसके अलावा ब्रॉडकास्ट मीडिया, यानी रेडियो के विभिन्न चैनलों, जैसे विविध भारती, एफएम गोल्ड से प्रसारित होनेवाले धारावाहिकों की स्क्रिप्टिंग के अतिरिक्त कहानियों, वार्ताओं, कविता पाठ में समय-समय पर सक्रिय रहती हैं। विभिन्न प्रकाशनों से उनकी कई पुस्तकें प्रकाशित हो चुकी हैं, जिनमें से कई पुरस्कृत भी हो चुकी हैं।

संप्रति - पेनमास्टर्स इंटरनेशनल मीडिया कंपनी की सी.ई.ओ.

भारत रत्न

अनीता गौड़

हिन्द पॉकेट बुक्स
पेंगुइन रैंडम हाउस इम्प्रिंट

हिन्द पॉकेट बुक्स

यूएसए। कनाडा। यूके। आयरलैंड। ऑस्ट्रेलिया। सिंगापुर
न्यू ज़ीलैंड। भारत। दक्षिण अफ्रीका। चीन

हिन्द पॉकेट बुक्स, पेंगुइन रैंडम हाउस ग्रुप ऑफ़ कम्पनीज़ का हिस्सा है, जिसका पता global.penguinrandomhouse.com पर मिलेगा

पेंगुइन रैंडम हाउस इंडिया प्रा. लि.,
चौथी मंजिल, कैपिटल टावर -1, एम जी रोड,
गुड़गांव 122 002, हरियाणा, भारत

पेंगुइन
रैंडम हाउस
इंडिया

प्रथम हिन्दी संस्करण हिन्द पॉकेट बुक्स द्वारा 2007 में प्रकाशित
यह हिन्दी संस्करण हिन्द पॉकेट बुक्स में पेंगुइन रैंडम हाउस द्वारा 2022 में प्रकाशित

10 9 8 7 6 5 4 3 2

ISBN 9789353493035

मुद्रकः रेप्रो इंडिया लिमिटेड

www.penguin.co.in

FSC www.fsc.org MIX Paper from responsible sources FSC® C047271

This is a legitimate digitally printed version of the book and therefore might not have certain extra finishing on the cover.

भारतरत्न

भारत का सर्वोच्च अलंकरण भारतरत्न भारत के राष्ट्रपति द्वारा 2 जनवरी, 1954 को स्थापित किया गया था। यह अलंकरण कला, साहित्य और विज्ञान की बढ़ोत्तरी के लिए बेजोड़ सेवा तथा सर्वोच्च दर्जे की जन-सेवा की मान्यता लिए प्रदान किया जाता है। इस पुस्तक में 1954 से 2001 तक भारतरत्न पाने वाली 41 हस्तियों के जीवन और उनके कार्यों पर प्रकाश डाला गया है। इन सबका हमारे देश के सामाजिक, राजनैतिक, शैक्षणिक, सांस्कृतिक और वैज्ञानिक क्षेत्रों में विशिष्ट एवं उल्लेखनीय योगदान रहा है।

यह अलंकरण राष्ट्रपति द्वारा अपनी मुद्रा और हस्ताक्षरों के साथ एक सनद के रूप में प्रदान किया जाता है। इसका आकार पीपल के पत्ते जैसा है और यह कांस्य से बनाया जाता है। भारतरत्न अलंकरण की लंबाई 58 मिलीमीटर, अधिकतम चौड़ाई 48 मिलीमीटर और मोटाई 3 मिलीमीटर होती है। इसके आमुख भाग में सूर्य की प्रतिकृति अंकित है इसी सूर्य के नीचे हिन्दी में भारतरत्न शब्द लिखा होता है। पृष्ठ भाग में राष्ट्र-चिह्न (तीन शेरों वाला) अंकित होता है। पदक पर अंकित राष्ट्र-चिह्न पर सूर्य होता है और किनारियां प्लेटिनम की बनी होती हैं।

कोई भी व्यक्ति, जाति, व्यवसाय, पद अथवा लिंग-भेद के बिना इस अलंकरण का अधिकारी हो सकता है।

क्रम

1

डॉ. सर्वेपल्लि राधाकृष्णन्

भारतरत्न 1954

लोकतन्त्र का ढांचा प्राप्त करना सरल है, किन्तु इसकी भावना प्राप्त करना सरल नहीं है, क्योंकि 'स्व' का अन्य व्यक्तियों की विभिन्न प्रकार की असीम मांगों के साथ समायोजन करना सरल नहीं है। वस्तुतः वह लोकतन्त्र ही है, जिसमें विनम्रता है, अपने को दूसरे के स्थान में रखने की शक्ति है और जो यह विश्वास रखने की क्षमता रखता है कि सम्भव है, वह ग़लती पर हो और उसका विरोधी ठीक हो, सत्य मार्ग पर हो।"

- डॉ. राधाकृष्णन्

डॉ. राधाकृष्णन् का जन्म 5 सितम्बर, 1888 को आन्ध्र-प्रदेश के तिरुतणि नामक गांव में हुआ। डॉ. राधाकृष्णन् आगे चलकर भारतीय गणतन्त्र के दूसरे राष्ट्रपति बने।

उनके पिता वीरस्वामी पुरोहिताई करते थे, साथ ही शिक्षण का कार्य भी करते थे। कहना न होगा कि डॉ. राधाकृष्णन् को धर्म व शिक्षण के कार्य उत्तराधिकार में प्राप्त हुए। परिवार में उन्हें धार्मिक वातावरण मिला। पिता ने ही बालक राधाकृष्णन् को अक्षर-ज्ञान दिया। बारह वर्ष की आयु तक वह गांव में ही रहे। उनकी शिक्षा का आरम्भ मिशनरी स्कूल से हुआ।

राधाकृष्णन् बाल्यकाल से ही संयमी व मेधावी थे। पढ़े हुए का मन-ही-मन विश्लेषण करना उन्हें विशेष रूप से प्रिय था। ईसाई धर्म-प्रचारकों के साथ ने अंग्रेज़ी भाषा पर असाधारण अधिकार करने की क्षमता प्रदान की । इस प्रकार

हम कह सकते हैं कि पूर्व व पश्चिमी सभ्यताओं के अनुपम मिश्रण के बीच उन्होंने शिक्षा ग्रहण की।

उन्होंने अन्य लोगों की भांति ईसाई धर्म की हिन्दू धर्म पर श्रेष्ठता की इच्छा को कभी बल नहीं दिया, बल्कि ईसाइयों की अपने धर्म के प्रति निष्ठा और त्याग देखकर वह हिन्दू धर्म की ओर तीव्र गति से आकर्षित हुए। इस तरह माता-पिता द्वारा दिए गए भारतीय संस्कारों की अमिट छाप कभी भी धूमिल नहीं हुई।

वैल्लोर के वूरहीज कॉलेज में उनकी स्कूली शिक्षा आरम्भ हुई। वहां से एफ़ ए. करने के बाद वह मद्रास के क्रिश्चियन कॉलेज में दाख़ल हुए। परिवार की ओर से मिलने वाली आर्थिक सहायता इतनी नहीं थी कि कॉलेज के ख़र्च चला सकें, अतः वह ट्यूशन पढ़ाने लगे। बी.ए. के बाद वैकल्पिक विषय का चुनाव करना था। उनका चचेरा भाई दर्शनशास्त्र की पुस्तकें ले आया। उन्होंने उन पुस्तकों को बड़े चाव से पढ़ा। बस, उन्हीं क्षणों में इस भावी दार्शनिक का दिशा-निर्धारण हो गया।

उन्हीं दिनों उन्होंने स्वामी विवेकानन्द के भाषण सुने। उनके भाषणों के एक-एक शब्द से सच्चे हिन्दू का परिचय मिलता था। डॉ. राधाकृष्णन् उस अनूठे व्यक्तित्व से अभिभूत हो गए और स्वयं हिन्दू होने के स्वाभिमान से भर उठे। स्वामी विवेकानन्द के बाद एक वही भारतीय दार्शनिक थे, जिन्होंने हिन्दू धर्म को उचित ढंग से सारी दुनिया के सामने रखा। हिन्दू धर्म में फैली सारी ग़लतफ़हमियां भारत के इस आधुनिक राजर्षि ने ऐसे दूर कर दीं कि पश्चिम के विद्वानों को हिन्दू-दर्शन के सम्बन्ध में उनका लोहा मानना पड़ा।

"स्वामी विवेकानन्द के अद्भुत साहस व उनकी विद्वत्ता ने हिन्दू धर्म के प्रति मेरे इस अभिमान को जाग्रत किया, जिस पर ईसाई मिशनरियों द्वारा अब तक बराबर आघात किया जाता रहा था।" यह बात उन्होंने स्वयं पर विवेकानन्द के प्रभाव के सम्बन्ध में कही थी।

दर्शनशास्त्र के गम्भीर अध्ययन व मनन ने इसी विषय में उन्हें एम.ए. करने की प्रेरणा दी। केवल बीस वर्ष की आयु में उन्हें मद्रास के प्रेसीडेंसी कॉलेज में दर्शन का प्राध्यापक नियुक्त किया गया। इस अवधि में उन्होंने भारतीय सभ्यता और दर्शन का पठन-पाठन किया। देशी-विदेशी पत्रिकाओं में उनके विद्वत्तापूर्ण लेख छपने लगे और उनसे ज्ञानरूपी सुगन्ध चारों ओर फैलने लगी।

डॉ. विश्वेश्वरैया ने उनकी योग्यता को पहचाना और मैसूर के महाराजा कॉलेज में दर्शनशास्त्र का प्रोफ़ेसर नियुक्त कर दिया। मैसूर के छात्रों ने राधाकृष्णन् के रूप में ऐसे अध्यापक को पाया, जो अपने छात्रों में से प्रत्येक को व्यक्तिगत रूप से पहचानता था और कालान्तर में वर्षों के अन्तराल के बाद भी वह उन्हें भूला नहीं था।

मेधावी राधाकृष्णन् ने एक बार कहा था, "मैं इंग्लैंड पढ़ने नहीं गया, पढ़ाने अवश्य जाऊंगा।" उनकी इस उक्ति व स्वाभिमान युक्त स्वर ने छात्रों को मोहित कर लिया। दरअसल उन दिनों विदेश जाने वाले छात्रों को विशेष सम्मान की दृष्टि से देखा जाता था। विदेशी भारतीय प्रतिभाओं को अनायास ही आश्रय दे देते थे और उस प्रतिभावान युवक को निखारने-संवारने का पूरा श्रेय उन्हें मिल जाता था। यद्यपि हमारे यह युवा दार्शनिक धनाभाव के कारण उस समय पी-एच.डी. नहीं कर पाए, किन्तु भविष्य में उन्हें अनेक विश्वविद्यालयों ने डॉक्ट्रेट की मानद उपाधि से विभूषित किया।

मैसूर में बिताए तीन वर्ष राधाकृष्णन् और उनके छात्रों के लिए विशेष महत्त्व रखते हैं, क्योंकि इसी बीच उनके बौद्धिकता के वृक्ष को फलने-फूलने का सर्वाधिक अवसर मिला। इन्हीं दिनों उन्होंने एक पुस्तक लिखी 'द रेन ऑफ़ रिलीजन इन कंटम्परेरी फ़िलॉसफ़ी' (समकालीन दर्शन में धर्म का आधिपत्य)। इस पुस्तक से वह भारत में ही नहीं, बल्कि विदेशों में भी आकर्षण का केन्द्र बन गए। छात्रों ने उनके व्याख्यानों में विद्वत्तापूर्ण बातों के अलावा एक और तथ्य भी पाया, वह था, व्यावहारिकता।

वह छात्रों से अक्सर कहते, "आकाश में उड़ते हुए अपने पांव ज़मीन पर

दृढ़ता से जमाए रखो, कभी उन्हें धरती पर से उठने मत दो।"

विश्वकवि रवीन्द्रनाथ पर लिखी उनकी पुस्तक 'रवीन्द्रनाथ का दर्शन' भी उन्होंने इसी काल में लिखी। लोकमान्य तिलक भी उनकी विद्वत्ता से इतने प्रभावित हुए कि उन्होंने अपने ग्रन्थ 'गीतारहस्य' में राधाकृष्णन् के लेखों के अंश उद्धृत किए।

डॉ. राधाकृष्णन् का नाम जब महान शिक्षाशास्त्री आशुतोष मुखर्जी के कानों तक पहुंचा, तो उन्होंने कलकत्ता विश्वविद्यालय में दर्शनशास्त्र के प्रोफ़ेसर के पद पर उन्हें बुला लिया। मैसूर के छात्र अपने प्रिय शिक्षक की विदाई से बहुत भावुक हो उठे। उनका अनुपम स्नेह देखते ही बनता था। जिस दिन उन्हें जाना था, प्लेटफ़ार्म पर ठसाठस भीड़ थी। छात्र उनकी गाड़ी को स्टेशन तक हाथों से खींचकर लाए। बन्द गले के कोट, पगड़ी व धोती में सादगी व विनम्रता की मूर्ति बने राधाकृष्णन् की आंखें भी नम हो आईं। शिक्षक व छात्रों के बीच सघन आत्मीयता की यह पहली मिसाल थी।

कलकत्ता विश्वविद्यालय में डॉ. राधाकृष्णन् ने अध्यापन के अलावा विविध क्रियाकलापों में भाग लेना आरम्भ कर दिया। यहीं पर एक शिक्षक के जीवन में प्रशासनिक योग्यता के लक्षण भी दिखाई देने लगे।

उस समय तक डॉ. राधाकृष्णन् के लेख संसार की सभी प्रतिष्ठित पत्रिकाओं में सम्मान सहित प्रकाशित होने लगे थे। 'हिस्बर्ट जनरल' में प्रकाशित उनके लेखों से उसके सम्पादक एल.पी. जैक्स प्रभावित हुए और उन्होंने डॉक्टर साहब को ऑक्सफ़ोर्ड के मैनचेस्टर कॉलेज में व्याख्यान देने के लिए आमन्त्रित किया।

वह कलकत्ता विश्वविद्यालय की ओर से सन् 1936 में ब्रिटिश साम्राज्य के विश्वविद्यालयों की कॉन्फ्रेंस में प्रतिनिधि बनाकर भेजे गए। अमेरिका के हार्वर्ड विश्वविद्यालय में अपने भाषणों द्वारा उन्होंने श्रोताओं को मन्त्रमुग्ध कर दिया। उनके अद्भुत आत्मविश्वास के आगे सब नतमस्तक हो जाते थे। डॉक्टर साहब के इन व्याख्यानों के बाद प्रकाश में आई उनकी प्रसिद्ध पुस्तक 'द हिन्दू

व्यू ऑफ़ लाइफ़' (जीवन का हिन्दू दृष्टिकोण) और तभी से संसार में डॉ. सर्वेपल्लि राधाकृष्णन् एक अद्वितीय दार्शनिक के रूप में प्रतिष्ठित हो गए।

उनमें एक विशेषता थी। वह एक योग्य श्रोता भी थे। विद्वानों की सभा में जब सभी अपने-अपने मतों व तर्कों पर वाद-विवाद में उलझे रहते, ऐसे में हमारे युवा प्रोफ़ेसर चुपचाप सुनते रहते। जहां उन्हें लगता कि बोलना अति आवश्यक है, वहीं बोलते। उनके धाराप्रवाह वक्तव्यों में कई भाषाओं और धर्म-ग्रन्थों के उद्धरण शामिल रहते।

निर्धन छात्रों को अपने मित्रवत शिक्षक से पुस्तकें लेने में कभी संकोच नहीं होता था। अनेक जिज्ञासु छात्र कक्षा के अतिरिक्त भी राधाकृष्णन् को घेरे रहते। वह बहुत सहजता से प्रत्येक के प्रश्नों के उत्तर देते चलते। जब कभी कोई छात्र सटीक व सारगर्भित उत्तर देता, तो उसे शाबाशी अवश्य देते।

कहते हैं कि जिस व्यक्ति को आगे बढ़ना हो, प्रकृति स्वयं उसके लिए नए-नए द्वार खोल देती है। राधाकृष्णन् को आन्ध्र विश्वविद्यालय का कुलपति चुना जाना उसी भावी प्रगति का सूचक था।

सीनेट ने विशाल भुजाओं को फैलाकर नए कुलपति का स्वागत किया। आन्ध्र विश्वविद्यालय में उन दिनों भवन, पुस्तकालय, प्रयोगशालाओं व छात्रावास आदि का अभाव था। सन् 1931 में उन्होंने पद-भार संभाला। अध्यापन के साथ-साथ प्रशासन व प्रबन्धन भी उन्हीं के हाथों में था।

प्रोफ़ेसर सर्वेपल्लि राधाकृष्णन् ने योग्य शिक्षकों की नियुक्ति की। कुछ ही समय में भवन तैयार हो गए। विज्ञान विभाग आरम्भ होने में भी अधिक समय नहीं लगा। कलकत्ता में वह अभी भी दर्शनशास्त्र के प्रोफ़ेसर ही थे। उस पद का भी कुशलतापूर्वक निर्वाह होता रहा। कभी-कभी यह सोचने पर हमें विवश होना पड़ता है कि वह इतने अधिक कार्यों को कम समय में इतनी ख़ूबसूरती से कैसे पूरा कर देते थे!

उन्हें सम्मान पर सम्मान मिलते रहे, किन्तु फिर भी उन्होंने अपनी शान्त

प्रकृति, विनय-भाव और मधुरता का परित्याग कभी नहीं किया। महामना मालवीय की हार्दिक इच्छा थी कि राधाकृष्णन् को काशी विश्वविद्यालय का कुलपति बनाया जाए। वह स्वयं उनके पास पहुंचे और अपना प्रस्ताव रखा। राधाकृष्णन् ने अवैतनिक कुलपति के रूप में कार्य करना स्वीकार कर लिया। उन्होंने इस विश्वविद्यालय की जी-जान से सेवा की। धन-संग्रह के मामले में भी वह बेहद उत्साही रहे। विश्वविद्यालय के उत्थान के लिए चन्दा मांगने में उन्होंने संकोच नहीं किया।

जिन दिनों वह कलकत्ता में थे, तो ऑक्सफ़ोर्ड विश्वविद्यालय में पूर्वीय दर्शन के भी प्रोफ़ेसर थे। इस प्रकार अब वह कलकत्ता, वाराणसी व ऑक्सफ़ोर्ड तीनों स्थानों का काम देखने लगे। सन् 1940 में वाराणसी में व्यस्तता के कारण उन्हें कलकत्ता से त्याग-पत्र देना पड़ा।

यूं तो राधाकृष्णन् ने किसी भी प्रकार के स्वतन्त्रता आन्दोलन में प्रत्यक्ष रूप से भाग नहीं लिया, किन्तु फिर भी वह एक महान स्वतन्त्रता सेनानी व देश-प्रेमी भी रहे। 1942 के भारत छोड़ो आन्दोलन के समय विश्वविद्यालय पर अंग्रेज़ सरकार की बुरी दृष्टि पड़ी और उस पर ताला लगाने का कुचक्र भी रचा गया, किन्तु उन्होंने सूझबूझ व धैर्य का प्रयोग कर अप्रिय स्थिति को उत्पन्न ही नहीं होने दिया।

राधाकृष्णन् ने महात्मा गांधी के अभिनन्दन-ग्रन्थ में लिखा था, "गांधी जी बन्धन-मुक्त जीवन के मन्त्रदाता हैं। उनकी असाधारण धार्मिक पवित्रता और उनके वीरोचित तेज का कोटि-कोटि मनुष्यों पर गहरा प्रभाव है। ऐसे कुछ लोग सदा मिलेंगे, जो ऐसे पावन जीवन के दुर्लभ उदाहरणों से वह शक्ति पाएंगे और उनमें सत्य की वह झांकी देखेंगे, जो उन साधारण साधुतामय जीवन, रूढ़ नैतिकता या अस्पष्ट कला, विचारों और भावों में नहीं मिलती, जिनको आधुनिक काल के उपदेष्टा प्रस्तुत किया करते हैं।"

राधाकृष्णन् ने एक शिक्षा-शास्त्री के रूप में कई सम्मेलनों की अध्यक्षता की। वह सन् 1952 तक यूनेस्को में भारतीय प्रतिनिधि के रूप में कार्यरत रहे।

इससे पहले सन् 1950 में राधाकृष्णन् मास्को में रुस के राजदूत नियुक्त किए गए। यह उनके धीर-गम्भीर दार्शनिक स्वभाव के लिए चुनौती-भरी परीक्षा थी। मास्को की कड़कड़ाती सर्दी में भी उन्होंने अपना सादगीपूर्ण बाना नहीं छोड़ा । अनेक नियम व क़ायदे-क़ानून थे, जिनका पालन करना असम्भव था। जैसे रात्रि-भोजों में देर तक रुकना। राजनीतिज्ञों को यह बहुत आश्चर्यजनक लगता था कि भारतीय राजदूत रात दस बजे के बाद कहीं नहीं रुकते। राधाकृष्णन् मानते थे कि स्वस्थ शरीर के लिए रात को शीघ्र सोना व प्रातः जल्दी उठना अति आवश्यक है।

राधाकृष्णन् व स्तालिन की परस्पर भेंट भी बहुत रोचक थी। स्तालिन ने पहली फुरसत में ही उन्हें बुलवाया। भारतीय राजदूत ने बड़ी निर्भीकता से सम्राट अशोक के रक्तपात की युद्धगाथा दोहराई और स्तालिन से अनुरोध किया कि वह भी उक्त सम्राट की भांति हिंसा का मार्ग त्याग दें।

स्तालिन उनसे मिलकर प्रसन्न हुए और उन्हें एक देशभक्त कहकर सम्मान भी दिया। सन् 1952 में राधाकृष्णन् रूस से लौट रहे थे। विशेष रूप से विदाई भोज का आयोजन दोपहर में रखा गया। यह नियम उस व्यक्ति के लिए तोड़ा गया था, जिसे हम राधाकृष्णन् के रूप में जानते हैं। स्तालिन उन दिनों रोग से पीड़ित थे। उन्होंने राधाकृष्णन् से भेंट की और कुछ क्षणों में ही दोनों हृदय परम आत्मीयता से भर गए।

स्तालिन ने भरी हुई आंखों से भावपूर्ण स्वर में कहा, "आप पहले व्यक्ति हैं, जिसने मुझे मानव समझकर व्यवहार किया है, दानव समझकर नहीं। आप हमें छोड़कर जा रहे हैं, इसका मुझे दुख है। मैं तो अधिक दिन तक जी नहीं पाऊंगा, किन्तु चाहूंगा कि आप दीर्घायु हों।"

राधाकृष्णन् को सन् 1952 में भारत का उपराष्ट्रपति चुना गया। इसके साथ ही वह दिल्ली विश्वविद्यालय के कुलपति बने। उन्हें साहित्य अकादमी का उपाध्यक्ष भी बनाया गया। सन् 1954 में डॉ. राधाकृष्णन् को भारतरत्न की उपाधि से सम्मानित किया गया।

विविध रूपों के बावजूद उनका लेखक-मन हमेशा क्रियाशील रहा। उन्होंने पश्चिमवासियों को अपनी पुस्तकों और भाषणों द्वारा बताया कि भारत संस्कृति, सभ्यता के क्षेत्र में उनसे पीछे नहीं, बल्कि आगे है। धर्म, दर्शन, शिक्षा, राजनीति, गीता आदि विषयों पर उन्होंने लगातार लिखा और ख़ूब लिखा। उनके द्वारा लिखी और सम्पादित पुस्तकों की संख्या लगभग एक सौ पचास है। वह सन् 1908 से 1948 तक बिना रुके सृजन में लीन रहे।

भगवद्‌गीता का अंग्रेज़ी अनुवाद अपने-आप में एक असाधारण और कठिन कार्य है, जिसे उन्होंने वाक्य-विन्यास और भाषा पर असाधारण पकड़ के कारण बहुत ही सरल बना दिया, जिसके कारण विदेशी भी हमारे महान ग्रन्थ भगवद्गीता से परिचित हुए। विदेशों में उनकी पुस्तकों ने बहुत लोकप्रियता पाई।

सुप्रसिद्ध लेखक एच. जी. वेल्स ने उनकी एक पुस्तक 'भारतीय धर्म एवं पाश्चात्य विचार' पढ़कर कहा था, "हमें अपनी सारी पुस्तकें बेचकर भी यह पुस्तक ख़रीद लेनी चाहिए, क्योंकि यह पुस्तक हमें मनुष्य जाति द्वारा सत्य की खोज से प्राप्त ज्ञान की राह दिखाती है।"

राधाकृष्णन् ने हिन्दू समाज के आदर्शों को दुनिया के सामने रखा। वह मानते थे कि "हिन्दू धर्म सिद्धान्तों की एकता के आधार पर धर्मों में एकता नहीं खोजता, बल्कि सामान्य जिज्ञासा में और खोज में एकता ढूंढता है। हिन्दू धर्म सब प्रकार के विश्वासों को स्वीकार करता है और उनको ऊंचे स्तर पर उठाता है।"

सन् 1957 में उन्हें पुनः उपराष्ट्रपति पद के लिए चुना गया। उन्होंने अनेक विदेश यात्राएं कीं। प्रत्येक यात्रा का निष्कर्ष निकलता — दो देशों की सुखद मैत्री। इस प्रकार उन्होंने विदेशी मैत्री के बीच की कड़ी की ज़िम्मेदारी बख़ूबी निभाई। उन्होंने राज्यसभा के सभापति होने का दायित्व भी बेहद ख़ूबी के साथ निभाया। सभी लोगों में अद्भुत सामंजस्य था, जो किसी को भी अमर्यादित कार्य नहीं करने देता।

सन् 1962 में डॉ. सर्वेपल्लि राधाकृष्णन् को राष्ट्रपति पद के लिए चुना गया। यूं तो सन् 1961 में भी वह राजेन्द्रप्रसाद की बीमारी व उनकी मास्को यात्रा के दौरान कार्यवाहक राष्ट्रपति रह चुके थे, किन्तु उन्होंने उस अवधि में न तो राष्ट्रपति का वेतन लिया और न ही राष्ट्रपति आवास में रहने गए। इस महत्त्वपूर्ण पद पर उनकी नियुक्ति का सारे संसार में स्वागत किया गया। तभी चीन का आक्रमण हुआ। उस समय लोगों को उनकी तात्कालिक निर्णय क्षमता का परिचय मिला। उन्होंने भारत रक्षा क़ानून पुनः जारी किया और संकटकालीन घोषणा की।

उनके राष्ट्रपति पद के लिए चुने जाने पर एक प्रसिद्ध दार्शनिक ने उनके लिए कहा, "यह दर्शनशास्त्र को सम्मानित किया गया है। सारे संसार के विवेकशील समाज ने इस चुनाव को सराहा है।"

सन् 1963 की ब्रिटेन-यात्रा के दौरान उन्हें 'ऑर्डर ऑफ़ मैरिट' की उपाधि से विभूषित किया गया। राधाकृष्णन् एक विलक्षण पुरुष और मौलिक विचारक थे, जो हमेशा मनन करते रहने के बीच भी हंसने का अवसर नहीं गंवाते थे। छोटे बच्चों से उन्हें बेहद प्यार था। यदि पढ़ने के कमरे में बच्चे हो-हल्ला मचाते, तब भी उनकी एकाग्रता में कोई अन्तर नहीं आता था।

राष्ट्रपति बनने पर भी उन्होंने अपना पूरा वेतन लेना स्वीकार नहीं किया। वह कुल वेतन के स्थान पर केवल ढाई हज़ार रुपया मासिक लेते थे। कुछ समय बाद उन्हें महसूस हुआ कि उनका राष्ट्रपति पद पर बने रहना कुछ लोगों को अखरता है। अतः उन्होंने पद त्यागने का निर्णय ले लिया। उनके लिए इतना बड़ा पद भी किसी मोह के योग्य नहीं था।

अतः उन्होंने 9 अप्रैल, 1967 में एक वक्तव्य प्रकाशित करवाया, "कुछ माह पूर्व मैंने स्पष्ट रूप से इंगित किया था कि मैं इस पद को छोड़ना चाहता हूं। उसके पश्चात आम चुनावों के परिणामों और राज्य में विभिन्न राजनीतिक विचारों की सरकारों के बनने के फलस्वरूप विभिन्न पार्टियों के नेतागण मुझसे आग्रह करते रहे हैं कि मैं पद-त्याग न करूं, क्योंकि देश की स्थिति संकटपूर्ण

है। देश के सर्वोच्च पदों के बारे में हाल में जो दो घटनाएं घटी हैं, उनसे मुझे हार्दिक वेदना पहुंची है और मेरे पद-त्याग के पहले निश्चय को उसने दृढ़ कर दिया है।"

राधाकृष्णन् ने आन्तरिक प्रसन्नता के साथ नए राष्ट्रपति ज़ाकिर हुसैन का स्वागत किया। वह 15 मई, 1967 का दिन था।

17 अप्रैल, 1975 को वह महामानव चिरनिद्रा में लीन हो गया।

2

चक्रवर्ती राजगोपालाचारी

भारतरत्न 1954

बने-बनाए नियमों के विरुद्ध कार्य करना और नए नियम बनाना कितने साहस और धैर्य का काम होता है। यह बात वही जानते हैं, जो ऐसा करते हों या कर चुके हों, परन्तु कुछ लोग ऐसे भी होते हैं, जो अपने फ़ौलादी इरादों और चट्टानी विश्वास के साथ हमेशा अडिग रहते हैं, चाहे कितनी भी बड़ी रुकावट सामने आए।" चक्रवर्ती राजगोपालाचारी के लिए उपरोक्त बात बिल्कुल सटीक बैठती है। उन्होंने अपने सिद्धान्तों और विश्वास के आगे सारे देश की विचारधारा का डटकर मुक़ाबला किया। बाद में उनकी बात की सच्चाई का लोहा सबको मानना पड़ा। इसलिए उन्हें बीसवीं सदी का चाणक्य भी कहा गया।

व्यक्तिगत जीवन में राजा जी नाम से प्रसिद्ध राजगोपालाचारी एक धर्मपरायण व्यक्ति थे। ब्राह्मण होते हुए भी उनमें पाखंड और संकुचित दृष्टिकोण बिल्कुल नहीं था। यह वह ज़माना था, जब समस्त भारत में और विशेष रूप से दक्षिण भारत में छुआछूत का बड़ा बोलबाला था। वहां तो किसी-किसी सड़क पर हरिजनों का निकलना तक मना था। सख़्त आज्ञा थी कि सड़कों पर सफ़ाई वग़ैरह सुबह से पहले ही हो जाए, ताकि सफ़ाई करने वाले अछूतों की छाया भी ब्राह्मणों तथा अन्य उच्च कुल के लोगों पर न पड़े। ऐसे समय में राजा जी जैसे नक्षत्र का उदय होना जनसमाज के लिए आवश्यक था।

नल्लन चक्रवर्ती के घर थोरापलली नामक एक छोटे से गांव में 8 दिसम्बर, 1878 को एक वैष्णव ब्राह्मण परिवार में राजा जी का जन्म हुआ था। यह गांव मद्रास के सेलम ज़िले के क़स्बे होसूर से चार-पांच मील की दूरी पर स्थित है। उनके पिता नल्लन चक्रवर्ती होसूर में मुंसिफ़ी किया करते थे और अपनी न्यायप्रियता के लिए बहुत प्रसिद्ध थे। इसके अतिरिक्त वह संस्कृत के भी विद्वान थे।

राजा जी की आरम्भिक शिक्षा होसूर में हुई। नेत्र रोग के बावजूद उन्होंने बारह वर्ष की उम्र में मैट्रिक की परीक्षा पास कर ली थी। पिता ने पुत्र को आरम्भिक शिक्षा गांव में दिलाने के बाद उसे बंगलौर भेज दिया। वहां राजा जी ने इंटरमीडिएट पास किया। मद्रास प्रेसीडेसी कॉलेज से बी.ए. और बी.एल. की परीक्षाएं पास कीं। जब वह वकालत पढ़ रहे थे, उन्होंने स्वामी विवेकानन्द को सुना और उनसे प्रभावित हुए बिना न रह सके। क़ानून की परीक्षा पास करके उन्होंने सेलम ज़िला कोर्ट में स्वतन्त्र रूप से अपनी वकालत शुरू कर दी।

उस समय नए वकील को अपने से वरिष्ठ वकील के साथ कुछ समय तक कार्य करना पड़ता था। उन्होंने यह रिवाज तोड़ दिया। उनके द्वारा उठाए गए इस क़दम को सभी पुराने वकील देखते रह गए। उनकी वकालत कुछ ही दिनों में चमक उठी। नाम और पैसा उनकी गुलामी करने लगे। यह राजा जी का पहला क्रान्तिकारी क़दम था।

राजाजी की दिनचर्या किसी भी संन्यासी से कम नहीं रही। प्रातः तय समय पर उठना, पूजा-पाठ कर पढ़ने-लिखने बैठना उनकी दिनचर्या की शुरुआत होती थी। शायद इसी कारण चौरानवे वर्ष की लम्बी आयु उन्हें मिली और जीवन-भर वह शारीरिक और बौद्धिक दृष्टि से स्वस्थ रहे। यह सौभाग्य बिरलों को ही मिलता है।

सरस्वती के इस विद्वान पुत्र ने अपनी रचनाओं से साहित्य का भंडार ख़ूब भरा। राजनीतिक विषयों के अलावा धार्मिक और सांस्कृतिक विषयों पर भी

राजा जी ने काफ़ी लिखा। गीता, रामायण और महाभारत के अनुवाद उन्होंने अपने ढंग से किए। मौलिक साहित्य भी लिखते रहे। छोटी-छोटी कहानियां लिखने में तो राजा जी जैसी दूसरी मिसाल ही नहीं। ख़लील जिब्रान की तरह उन्होंने जीवन-दर्शन को बड़ी सरल भाषा में लिखा। साहित्य अकादमी ने उन्हें उनकी तमिल पुस्तक 'चक्रवर्ती थिरुमगम' पर सम्मानित भी किया।

राजा जी ने धार्मिक पाखंड और छुआछूत के विरोध में अपनी आवाज़ उठाई। यह भी उनका एक क्रान्तिकारी क़दम था। सारी उच्च जातियां उनके इस क़दम से चकित ही नहीं, बल्कि क्रोधित भी हो गईं। उन्हें समझाया गया कि वह अपने ऐसे विचार त्याग दें और अपनी योजनाएं रोक दें, परन्तु उन्होंने एक भी बात नहीं मानी। उनके वचन पत्थर की लकीर थे। समाज के लोगों ने उन्हें जाति से बाहर निकाल दिया। यहां तक कि उनके पिता के देहान्त पर कोई भी दाह-संस्कार में शामिल नहीं हुआ, परन्तु उन्होंने हार नहीं मानी । वह हिमालय की तरह अटल रहे। इस बहिष्कार की उन्होंने ज़रा भी चिन्ता नहीं की, बल्कि अधिक दृढ़ हो गए और अपनी समाजसेवी प्रतिभा के कारण सेलम नगरपालिका के अध्यक्ष चुन लिये गए।

सेलम नगरपालिका के अध्यक्ष चुनते ही उनके क्रान्तिकारी क़दमों का रास्ता और भी आसान हो गया। दो वर्षो के अपने कार्यकाल में ही उन्होंने अछूतों से सम्बन्धित कई सुधार कर डाले। उन्हें सड़कों पर निकलने की आज्ञा दे दी गई । नगरपालिका के नलों से उन्हें पानी मिलने लगा और मन्दिरों के आसपास भी उनका निकलना-बैठना क़ानूनी तौर से शुरू हो गया। इस कायाकल्प से आम जनता का उत्साह काफ़ी बढ़ता दिखाई दिया। साथ ही सेलम के ब्राह्मणों का असन्तोष भी उभरा, किन्तु उन हरिजनों की ख़ुशी का ठिकाना न था, जिन्हें बरसों से दबाया जा रहा था, जिनका दिन के उजाले में निकलना तक हराम था और जिनकी छाया से भी दूर रहा जाता था।

1904 में वह कांग्रेस में शामिल हो चुके थे और सूरत अधिवेशन में उन्होंने लोकमान्य तिलक का समर्थन किया था। बाद में श्रीमती एनी बेसेंट की होमरूल

लीग में भी सक्रियता से काम किया। 'हिन्दू' समाचार-पत्र के सम्पादक स्वर्गीय कस्तूरीरंगम आयंगर के आग्रह पर मद्रास चले गए और वहीं पर हाईकोर्ट में वकालत शुरू कर दी। सन् 1919 में जब गांधी जी मद्रास आए थे, तब उनके रुकने की व्यवस्था राजा जी के घर में ही की गई थी। गांधी जी वहां दो दिन रुके। इसी बीच गांधी जी और राजगोपालाचारी में इतनी घनिष्ठता हो गई कि गांधी जी उन्हें राजा जी कहकर पुकारने लगे। वहां गांधी जी को पता चला कि राजा जी के कहने पर ही आयंगर ने गांधी जी को आमन्त्रित किया था। रोलेट एक्ट के विरोध में देश-भर में हड़ताल के साथ-साथ उपवास और प्रार्थनाओं की योजना राजा जी की थी, जो बड़ी सफल सिद्ध हुई।

1920 में जब नागपुर अधिवेशन में असहयोग का प्रस्ताव सर्वसम्मति से स्वीकार कर लिया गया, तब उसके अनुसार देशबन्धु चितरंजनदास, पं. मोतीलाल नेहरू आदि वकीलों ने अपना-अपना पेशा छोड़ दिया और वे आज़ादी की लड़ाई में कूद पड़े। राजा जी इनमें सबसे आगे थे। अगले वर्ष 1921 में राजा जी कांग्रेस के महामन्त्री बनाए गए।

नमक सत्याग्रह के दिनों में जिस समय महात्मा गांधी ने साबरमती आश्रम से बीस दिन की पैदल डांडी यात्रा की और नमक का क़ानून तोड़ा, उसी समय राजा जी ने तिरुचिरापल्ली से पन्द्रह दिन पैदल चलकर वेदारण्यम में सागर के किनारे नमक बनाया और गिरफ़्तारी दी थी। राजा जी ने असहयोग आन्दोलन में देश के सभी नेताओं के साथ कन्धे से कन्धा मिलाकर भाग लिया और पहली बार जेल-यात्रा भी की थी।

गया अधिवेशन कांग्रेस के लिए बड़ा ऐतिहासिक और यादगार रहा। देशबन्धु चितरंजनदास की अध्यक्षता में आयोजित इस अधिवेशन में सबसे बड़ा प्रश्न यह उठाया गया कि सत्याग्रह और असहयोग के कार्यक्रमों की बजाय कौंसिलों और विधानसभाओं में जाकर सरकार का खुला मुक़ाबला क्यों न किया जाए? अध्यक्ष चितरंजनदास स्वयं इसके पक्ष में थे। साथ ही पंडित मोतीलाल नेहरू और सत्यमूर्ति आदि सहमत थे, परन्तु राजा जी ने इसका डटकर विरोध

किया। प्रस्ताव मत विभाजन के लिए प्रस्तुत किया गया। बहुत ज़्यादा मतों से राजा जी विजयी हुए और उन्हें अखिल भारतीय नेताओं में गिना जाने लगा और कांग्रेस की कार्यकारिणी में भी शामिल कर लिया गया।

काकीनाडा कांग्रेस में जब कौंसिलों में जाने का प्रश्न फिर उठा, तब उनका मत पिछड़ गया और कांग्रेस ने कौंसिलों में अपने प्रतिनिधि भेजना स्वीकार कर लिया, फिर भी राजा जी अडिग रहे। वह तिरुधेनगोड़ा नामक गांव में चले गए और समाज सुधार के काम करने लगे। वहां उन्होंने गांधी आश्रम की स्थापना की, और हरिजनों के उद्धार, नशाबन्दी और खादी के प्रचार में जुट गए। आसपास के इलाक़ो में इन सामाजिक कार्यों को ख़ूब फैलाया।

राजा जी ने सरकारी ख़ज़ाना भरने के लिए एक और क़दम उठाया। उनका कहना था कि सरकारी ख़ज़ाने के लिए यदि शराब की खुली बिक्री और लॉटरी की आमदनी पर रोक नहीं लगाई गई, तो क्या कल उससे भी निम्न कोई और तरीक़े सरकार की आय के लिए स्वीकार किए जा सकते हैं? शराब से होने वाली आय की कमी पूरी करने के लिए ही राजा जी के सुझाव पर बिक्रीकर सबसे पहले मद्रास में लगा, जो धीरे-धीरे सारे भारत में फैलकर नियमित आय का साधन बन गया।

गोलमेज़ कॉन्फ्रेंस के बाद अंग्रेज़ सरकार चुनाव के लिए हरिजनों को अलग अधिकार देने का इरादा कर रही थी। उसके विरोध में गांधी जी ने यरवदा जेल में आमरण अनशन शुरू कर दिया। आख़िर ब्रिटिश सरकार ने झुककर इरादा छोड़ दिया। ऐसे समय में राजा जी ने हरिजनों के नेता डॉ. भीमराव अम्बेडकर से गांधी जी का समझौता कराया।

राजा जी का अगला क्रान्तिकारी क़दम यह था कि उन्होंने दक्षिण जैसे ग़ैर हिन्दी प्रदेश में हिन्दी का प्रचार-प्रसार करने के लिए 'दक्षिण भारत हिन्दी प्रचार सभा' की नींव डाली और उसका कार्यालय भी अपने घर में ही खोला। राजा जी जब मद्रास प्रान्त के मुख्यमन्त्री बने, तब उन्होंने ही सभी स्कूलों में हिन्दी को अनिवार्य बनाया।

1946 में जब पंडित जवाहरलाल नेहरू के नेतृत्व में अन्तरिम सरकार बनी, तब राजा जी को भी लिया गया और उन्हें उद्योग व वाणिज्य मन्त्री बना दिया गया। इसके बाद उन्हें शिक्षा व वित्त विभाग की ज़िम्मेदारी भी सौंपी गई।

स्वतन्त्रता प्राप्त होने पर उन्हें भारत का प्रथम भारतीय गवर्नर जनरल का पद सौंपा गया। इससे पूर्व वह बंगाल के गवर्नर भी रह चुके थे, जो उन दिनों दंगों के कारण बेहद संवेदनशील क्षेत्र माना जाता था। वहां राजा जी ने बड़ी योग्यता से अपने कार्यभार को संभाला। उन्हें गवर्नर जनरल का पद देते हुए भारत के भूतपूर्व गवर्नर जनरल लार्ड माउंटबेटन ने कहा था, "मेरे उत्तराधिकारी नए गवर्नर जनरल एक महान राजनीतिज्ञ हैं और आकर्षक व्यक्तित्व के मालिक हैं। वह भारत के प्रथम भारतीय गवर्नर जनरल होने के बिल्कुल योग्य हैं।"

दो वर्षों के बाद उन्होंने अवकाश प्राप्त कर लिया, परन्तु वह अवकाश गवर्नर जनरल के पद से ही था। केवल सात महीनों में ही उनकी कमी महसूस होने लगी और प्रधानमन्त्री नेहरू ने उन्हें फिर अपने मन्त्रिमंडल में ले लिया। 15 दिसम्बर, 1950 में सरदार पटेल के निधन के पश्चात उन्हें गृह मन्त्रालय सौंपा गया, किन्तु यहां भी उनका अड़ियल रुख आड़े आया। नेहरू जी से उनके मतभेद हो गए, जिससे लगभग एक वर्ष में ही उन्होंने त्याग-पत्र दे दिया।

सादा जीवन जीने वाले राजा जी की आदत ही कुछ ऐसी थी कि वह दूसरों के लिए भलाई का काम करके भूल जाते थे। वह कभी भी भलाई का काम करने में पीछे नहीं रहे। उन्हें सिर्फ़ यह जंच जाना चाहिए था कि काम उनके अनुसार सही है। 1952 के आम चुनावों में मद्रास राज्य कांग्रेस की हालत बहुत नाज़ुक थी। ऐसे में कांग्रेस की डूबती नाव संभालने के लिए राजा जी को बुलाया गया और वह अपने पुराने मतभेद भूलकर कांग्रेस को बचाने के लिए दौड़ पड़े। राजा जी ने कांग्रेस को बचा लिया और वहां उसे दृढ़ बनाकर दो वर्ष बाद फिर हट जाना ठीक समझा।

राजा जी ने कभी-कभी तो अपने विचारों के लिए गांधी जी का भी विरोध

किया, जिनके वह अनुयायी थे। सितम्बर, 1939 में द्वितीय महायुद्ध छिड़ने पर अंग्रेज़ो ने भारत को भी बिना उसकी राय जाने युद्ध में शामिल कर लिया। कांग्रेस को यह मनमानी पसन्द नहीं आई। तब विरोध में कांग्रेस ने मन्त्रिमंडलों से त्याग-पत्र दे दिया। रामगढ़ कांग्रेस में युद्ध के ख़िलाफ़ प्रस्ताव पारित कर सत्याग्रह करने का फ़ैसला किया गया। सबसे पहले सत्याग्रही के रूप में विनोबा भावे और दूसरे जवाहरलाल गिरफ़्तार हुए। बाद में सभी नेताओं के साथ राजा जी भी बन्द कर दिए गए, परन्तु इस पर भी उनका मन उस प्रस्ताव से सहमत नहीं हुआ। उनकी राय थी कि युद्ध में तानाशाह शक्तियों के ख़िलाफ़ भारत को अंग्रेज़ो का साथ देना चाहिए।

1942 में कांग्रेस के 'भारत छोड़ो' प्रस्ताव के बारे में भी उनका मन नहीं माना। इस संकट के समय का लाभ लेने के वह ख़िलाफ़ थे और इसी कारण मुम्बई के उस ऐतिहासिक अधिवेशन में शामिल नहीं हुए। कांग्रेस और मुस्लिम लीग में समझौता कराने की भी कोशिश की। उन्होंने सलाह दी कि सुरक्षा, विदेशी मामले और यातायात केन्द्र के अधीन करके मुस्लिम आबादी वाले क्षेत्र में लीग मन्त्रिमंडल बना ले। यही सलाह 'राजा जी फ़ार्मूला' के नाम से प्रसिद्ध हुई। इसमें शर्त यही थी कि देश की स्वतन्त्रता के मामले में लीग कांग्रेस का समर्थन करेगी। शिमला वार्ता इसी फ़ार्मूले की रोशनी में हुई, किन्तु यह सफल नहीं हुई।

राजा जी का सत्य कभी-कभी इतना कड़वा होता था कि उसे गले के नीचे उतारने के लिए गांधी जी तक के लिए कठिन हो जाता था। पाकिस्तान के प्रश्न पर भी राजा जी ने पूरे देश के विचारों के विरुद्ध कहा कि उसे मान लेना चाहिए और आ ख़िर पाकिस्तान का अस्तित्व मान लिया गया। पाकिस्तान के सैनिक तानाशाह जनरल अयूब ख़ां ने उनकी 93वीं वर्षगांठ पर अपना सन्देश भेजते हुए कहा था, "अगर राजा जी की बात मानी जाती, तो भारत और पाकिस्तान में हालात इतने बुरे न होते।"

राजा जी में अपने इरादों को पूरा करने की इच्छा बड़ी मज़बूत थी। छिहत्तर

वर्ष की आयु में उन्होंने अपनी स्वतन्त्र पार्टी बनाई। लाइसेंस, कोटा, परमिट के राज में पनप रहे भ्रष्टाचार के विरुद्ध उन्होंने आवाज़ उठाई और 1967 के आम चुनाव में लोकसभा में एक प्रमुख विरोधी दल के रूप में स्वतन्त्र पार्टी को पेश किया। इसके साथ ही 'स्वराज्य' नामक अंग्रेज़ी साप्ताहिक के माध्यम से 'डियर रियर' कॉलम द्वारा वह लगातार अपने देशवासियों से सम्पर्क बनाते रहे। यह सम्पर्क उनके जीवन की अन्तिम सांस तक चलता रहा।

बदन पर धोती और कुर्ता, हाथ में छड़ी, आंखों पर काला चश्मा, बस, यही था उनका बाहरी रूप। धूम्रपान और मद्यपान के वह कट्टर विरोधी थे। उनके बारे में प्रकाशवीर शास्त्री ने एक लेख में लिखा, "व्यक्तिगत जीवन में राजा जी शराब, मांस, सिगरेट आदि से अलग रहे और उनकी सदा यही इच्छा थी कि देशवासी विशेषकर युवा पीढ़ी इन बुरी आदतों से दूर ही रहे।"

हालांकि वह कट्टर ब्राह्मण परिवार से थे, किन्तु जाति-पांति को बिल्कुल नापसन्द करने के कारण उन्होंने अपनी बेटी का विवाह गांधी जी के बेटे के साथ किया। उनके निर्भीक, स्वतन्त्र, प्रगतिशील और अडिग विचारों वाले व्यक्तित्व से आने वाली पीढ़ियां लाभान्वित होती रहेंगी। राष्ट्र की महत्त्वपूर्ण सेवाओं को देखते हुए उन्हें 1954 में भारतरत्न की उपाधि से सम्मानित किया गया।

विलक्षण प्रतिभा के धनी इस दूरदर्शी राजनीतिज्ञ का निधन 28 दिसम्बर, 1972 को हुआ। सेलम ज़िले के थोरापल्ली गांव के घर का यह चिराग़ बुझकर भी सारे संसार को आज रोशन कर रहा है।

3

चन्द्रशेखर वेंकट रामन

भारतरत्न 1954

संसार में जितने भी महान पुरुषों को जाना जाता है, उन्होंने उस ऊंचाई तक पहुंचने के लिए भाग्य का सहारा नहीं लिया। वे तो जीवन की कर्मभूमि में रात-दिन अपने कठोर परिश्रम के बीज बोते रहे। उनकी मेहनत, साहस, लगन और चट्टानी इरादों ने ही कठिन कार्यों को भी सरल बना दिया। इसीलिए उनका नाम सम्मान से लिया जाता है।

'रामन प्रभाव' के जनक, आविष्कारक चन्द्रशेखर वेंकट रामन का जन्म दक्षिण भारत के तमिलनाडु प्रान्त में तिरुचिरापल्ली के पास बसे हुए थिरुवणिइक्कवल नामक ग्राम के एक अय्यर परिवार में 7 नवम्बर, 1888 को हुआ। उनकी माता का नाम पार्वती अम्मल और पिता का नाम चन्द्रशेखर अय्यर था। वह तिरुचिरापल्ली की एक पाठशाला में अध्यापक थे।

पांच बेटों और तीन बेटियों के भरे-पूरे परिवार में बालक रामन दूसरी सन्तान थे। जब वह तीन वर्ष के थे, तब पिता को विजगापट्टम स्थित वाल्तेयर कॉलेज में गणित व भौतिकशास्त्र के प्राध्यापक का पद प्राप्त हो गया। तब अय्यर परिवार वहां जाकर रहने लगा। उस समय चन्द्रशेखर अय्यर को पचासी रुपये वेतन मिलते थे और अय्यर परिवार की गाड़ी बड़े आराम से चल जाती थी।

बालक रामन को अपने पिता से विरासत में भौतिकशास्त्र, गणित और दर्शनशास्त्र का ज्ञान मिला, क्योंकि वह स्वयं भी इन विषयों में गहरी दिलचस्पी

रखते थे। उनके पास अनेक पुस्तकें थीं, जो अच्छे-अच्छे लेखकों द्वारा लिखी गई थीं। पुस्तकों के साथ ही वायलिन में भी उनकी गहरी दिलचस्पी थी और वह वायलिन बड़ी ख़ूबी के साथ बजा लेते थे।

रामन की बुद्धि बचपन से ही तेज़ थी। उन्होंने केवल बारह वर्ष की उम्र में मैट्रिक की परीक्षा अच्छे अंकों से पास कर ली। उन्हीं दिनों एनी बेसेंट अमेरिका से भारत आई हुई थीं। उन्होंने जब उनके धार्मिक भाषण सुने, तो मन पर इतना गहरा प्रभाव पड़ा कि एम.ए. में विज्ञान विषय छोड़ दिया। चौदह वर्ष की आयु में एफ.ए. की परीक्षा में प्रथम श्रेणी में पास हुए। उन्हें छात्रवृत्ति प्राप्त हुई, जिससे पिता ने उन्हें मद्रास के एक कॉलेज में पढ़ने के लिए भेज दिया। मद्रास के प्रेसीडेंसी कॉलेज से सोलह वर्ष की आयु में विज्ञान और गणित विषयों के साथ बी.ए. प्रथम श्रेणी में पास किया। उस साल रामन ही एक ऐसे छात्र थे, जिन्हें प्रथम श्रेणी मिली थी। इसके लिए उन्हें 'स्वर्ण पदक' प्रदान किया गया।

धोती और क़मीज़ से अपना मामूली शरीर ढककर रहने वाले दुबले-पतले रामन का व्यक्तित्व निराला था। उन्होंने अठारह वर्ष की आयु में विज्ञान विषय में एम.एस-सी. परीक्षा भी अच्छे अंकों से पास की और उस समय तक के विज्ञान विषय में पास छात्रों के प्राप्तांकों में नया रिकॉर्ड क़ायम किया।

उनकी असाधारण प्रतिभा को देखते हुए उनके एक अध्यापक ने उन्हें प्रमाण-पत्र देते हुए लिखा था, "मेरे तीस वर्षों के अध्यापन-काल में मुझे यह छात्र सर्वोत्तम मिला है। अंग्रेज़ी साहित्य में तो उसकी ग़ज़ब की पकड़ है। अभिव्यक्ति की शैली भी कमाल की है। स्वतन्त्र एवं दृढ़ चरित्र उस असाधारण छात्र का विशेष लक्षण है।"

उन्होंने गुरुजनों की सलाह पर वित्त विभाग की चयन परीक्षा दी। वहां भी उनका नाम पहले की भांति सफल उम्मीदवारों की सूची में सबसे ऊपर चमक रहा था। इस तरह उन्होंने कलकत्ता जाकर वित्त विभाग में उप-महालेखाकार का पद-भार संभाल लिया। कहां विज्ञान और उसमें कुछ कर

गुज़रने का उत्साह और सपना, और कहां वित्त विभाग के आंकड़ों का जाल, लेकिन वहां भी उन्होंने अपनी योग्यता के झंडे गाड़ दिए।

उन्हीं दिनों रामन के जीवन में एक रोमांचपूर्ण घटना घटी। उन्होंने अपनी आयु से तेरह वर्ष छोटी कन्या लोकसुन्दरी से विवाह कर लिया। रामन ने लोकसुन्दरी को एक बार वीणा पर सन्त त्यागराज की रचना 'रामा नि समनाम एवरो' बजाते सुन लिया था। तब परम्पराओं को एक ओर रखकर उन्होंने स्वयं विवाह का प्रस्ताव रख दिया था।

विवाह के बाद दोनों कलकत्ता पहुंच गए, जहां रामन ने वित्त विभाग में सहायक महालेखाकार का पद संभाल लिया। वहीं बहू बाज़ार के पास एक मकान किराए पर लिया, जो कलकत्ता पहुंचने के छः-सात दिनों के भीतर ही मिल गया था। रोज़ ट्राम से आना-जाना होता था। घर से कार्यालय और फिर वापस घर, सभी कुछ मशीन की तरह चल रहा था कि एक दिन जब वह ट्राम से अपने कार्यालय जा रहे थे, उनकी नज़र बहू बाज़ार में ही एक नामपट्टिका पर जा पड़ी, जिस पर लिखा था, द इंडियन एसोसिएशन फॉर द कल्टीवेशन ऑफ़ साइंस (विज्ञान के नियमित अध्ययन के लिए भारतीय संस्थान)। बस, क्या था, इस नाम को देखते ही रमन का मन खिल उठा। कार्यालय से लौटते समय वह बहू बाज़ार में उतर पड़े।

विज्ञान के उस संस्थान के दरवाज़े पर दस्तक देने पर किवाड़ खुले। रमन के सामने खड़े थे आशुतोष डे। उन्होंने अपना परिचय दिया। डे ने अन्दर आने के लिए कहा। रमन अन्दर पहुंचे ओर देखा, एक बड़ी प्रयोग- शाला जैसे किसी का इन्तज़ार कर रही हो।

डे को रामन के मन की बात जानने में ज़रा भी देर नहीं लगी। उन्होंने उनकी भेंट उस संस्था के मन्त्री अमृतलाल सरकार से करा दी। उस प्रयोगशाला को रामन के हाथों में सौंपने का फ़ैसला उन्होंने तुरन्त कर लिया।

रामन की दिनचर्या ही बदल गई। वह रोजाना प्रातः साढ़े पांच बजे प्रयोगशाला चले जाते, फिर पौने दस बजे तक घर लौटते। नहाते, तैयार होते,

जल्दी-जल्दी भोजन करते और दफ़्तर भागते। शाम को वहां से सीधे पहुंचकर प्रयोगशाला में जम जाते और नौ-दस बजे तक घर लौट पाते। इतवार के दिन सब लोग आराम कर रहे होते, तब रामन प्रयोगशाला में अपनी धुन में मस्त रहते। वह एसोसिएशन में ही इतना सारा समय गुज़ार देते थे।

इसी बीच विज्ञान की इस साधना में अचानक रुकावट आ गई। रामन का कलकत्ता से रंगून तबादला कर दिया गया। दूसरे वर्ष वहां से उन्हें नागपुर चला जाना पड़ा। यह रुकावट भी उन्हें विज्ञान से दूर नहीं कर सकी। रंगून और नागपुर में भी उन्होंने अपना अध्ययन जारी रखा। घर में ही एक छोटी-सी प्रयोगशाला बनाकर कुछ-न-कुछ प्रयोग करते रहे। उनके मन में नई खोजों की धुन सवार थी। इसी बीच उनके ऊपर एक और विपदा आन पड़ी। उनके पिता का देहान्त हो गया और वह रंगून से मद्रास चले आए। वहां आकर उन्होंने प्रेसीडेंसी कॉलेज की प्रयोगशाला में वैज्ञानिक परीक्षण करने शुरू कर दिए। सफलता उनके चरण चूमती गई।

सन् 1911 में महालेखाकार बनकर फिर कलकत्ता पहुंच गए। वह पुनः विज्ञान के परीक्षणों में जुट गए। रामन तथा आशुतोष बाबू का परिश्रम रंग लाया। एसोसिएशन के माध्यम से उन्होंने अपनी आवाज़ दूर तक पहुंचाई। एक प्रकाशन आरम्भ किया, जो बाद में एक बुलेटिन 'इंडियन जनरल ऑफ़ फिज़िक्स' बन गया।

अपने पिता की तरह रामन भी वायलिन बजा लेते थे। उनकी पत्नी लोकसुन्दरी वीणा-वादन में होशियार थीं। वायलिन और वीणा के स्वरों ने रामन के वैज्ञानिक मन-मस्तिष्क पर जादू कर दिया था। उन्होंने कॉलेज के ज़माने से ही तारों की झनकार पर प्रयोग किए थे। आशुतोष डे की मदद से उन्होंने फिर इसे आगे बढ़ाने के बारे में सोचा। सचमुच उनका प्रयोग सफल हुआ। उससे निकले भौतिकी के नतीजों पर उन्होंने एक लेख लिखा, जिसे रॉयल सोसाइटी के कार्यकलापों की पुस्तिका 'प्रोसिडिंग्स' में प्रकाशित किया गया। इसके बाद 'आशुतोष मुखर्जी स्मृति ग्रन्थ' में भी प्राचीन हिन्दुओं के 'श्रवण

सम्बन्धी ज्ञान' पर एक लेख लिखा। इस लेख के प्रकाशित होते ही रामन 'स्वर तथा नाद' पर एक ज़िम्मेदार लेखक माने जाने लगे।

कलकत्ता विश्वविद्यालय के उपकुलपति आशुतोष मुखर्जी उनके वैज्ञानिक आविष्कारों से बहुत प्रभावित हुए। अतः जब उन्होंने कलकत्ता में एक साइंस कॉलेज खोला, तो भौतिकी के प्रोफ़ेसर के लिए रामन को बुला लिया। इस समय मुखर्जी के मन में यह शक था कि रामन इतने बड़े पद के आगे इस छोटे पद को शायद स्वीकार नहीं करेंगे, परन्तु उन्होंने उसे ख़ुशी से स्वीकार कर लिया, क्योंकि उनके लिए विज्ञान साधना के सामने धन लाभ वाला पद बेकार था। अतः वह सरकारी नौकरी छोड़कर जुलाई, 1917 में कलकत्ता विश्वविद्यालय में भौतिकी के प्रोफ़ेसर के रूप में काम करने लगे।

आशुतोष मुखर्जी के प्रोत्साहन से रामन कलकत्ता विश्वविद्यालय की ओर से ऑक्सफ़ोर्ड गए। वहां विश्वविद्यालयों की कांग्रेस में भाग लेने गए थे। इसके साथ ही यूरोप के अन्य देशों का भी भ्रमण किया। तभी उनकी मुलाक़ात इंग्लैंड के प्रसिद्ध वैज्ञानिकों जे.जे. थामसन, रदरफ़ोर्ड, ब्रेन आदि से हुई। रामन की विद्वत्ता से सभी प्रभावित थे।

साधारण वेशभूषा में आम आदमी जैसे दिखने वाले चन्द्रशेखर वेंकट रामन पहले तो किसी को आकर्षित नहीं कर सके, परन्तु दूसरे दिन भारत का प्रतिनिधित्व करने वाले यह मिस्टर सी.वी. रामन सभी के आकर्षण का केन्द्र बन गए। उनके खोजपूर्ण विचारों से विदेशी वैज्ञानिक हैरान रह गए।

भारत और यूरोप यात्रा के दौरान उनका जहाज़ भूमध्य सागर की गहराई वाले क्षेत्र से गुज़र रहा था, तब उन्होंने भूमध्य सागर की जलराशि को नीलमणि के समान सुशोभित देखा, तो वह विचारों में डूब गए। उनके मन में बार-बार प्रश्न उठने लगा कि पानी का रंग नीला क्यों है? उसके नीले जल को देखकर लॉर्ड रैले के मत को स्वीकारने से उनका मन इनकार करने लगा। लॉर्ड रेले ने यह प्रमाणित करने का प्रयास किया था कि समुद्र का नीलापन आकाश के वातावरण में बिखरे परमाणुओं के कारण होता है।

उनका मन तुरन्त ही अपने प्रश्न को वास्तविक रूप देने के लिए मचल उठा। उसी समय ज़रूरी उपकरणों द्वारा उन्होंने जहाज़ पर ही प्रयोग प्रारम्भ कर दिया। जहाज़ पर वह इधर-उधर दौड़कर अपने उपकरणों से इस दृश्य को देखने लगे और समुद्र की गहराई से जल लेकर बोतलों में एकत्रित करने लगे। आख़िर रैले के सिद्धान्त के स्थान पर उन्होंने कहा, "गहरे समुद्र की बहुप्रशंसित नीलिमा आकाश के नीलेपन के प्रतिबिम्ब के कारण दिखाई देती है।" अर्थात समुद्र की नीलिमा जल द्वारा बिखराव के कारण थी। उनका यही आविष्कार 'रामन प्रभाव' के नाम से मशहूर हुआ। इस पर सन् 1930 में उन्हें विश्व का सबसे बड़ा सम्मान नोबेल पुरस्कार दिया गया।

इस खोज में रमन ने विश्व के वैज्ञानिकों को बताया कि किसी पदार्थ से विकीर्ण होते समय प्रकाश के रंगों में भी परिवर्तन हो जाता है। सफ़ेद प्रकाश जब रंगीन पदार्थ पर पड़ता है, तो वह विकीर्ण होकर पदार्थ के रंग के अनुसार अपना रंग बदल लेता है। उसके अनुसार कुछ रंग ग़ायब हो जाते हैं, कुछ धुंधले पड़ जाते हैं और पानी के बीच से विकीर्ण पदार्थ में बिल्कुल नए रंग दिखाई देते हैं। यह आविष्कार 'प्रकाश-विज्ञान' से सम्बन्धित था। इसके अलावा उन्होंने 'ध्वनि-विज्ञान' के सम्बन्ध में भी अनेक महत्वपूर्ण आविष्कार किए। 'रामन प्रभाव' के आविष्कार ने उन्हें संसार के श्रेष्ठ वैज्ञानिकों की पंक्ति में खड़ा कर दिया।

1933 में उन्हें जमशेदजी नौशेरवां टाटा इंस्टिट्यूट का निदेशक नियुक्त किया गया। पहले तो वह कलकत्ता छोड़ने को तैयार ही नहीं थे और उस पद को स्वीकारने में टालमटोल करते रहे, परन्तु बाद में पद स्वीकार कर लिया। उन्होंने भारी मन के साथ कलकत्ता छोड़ा, जहां अपने वैज्ञानिक जीवन का स्वर्ण-युग गुज़ारा था। टाटा इंस्टिट्यूट में प्रबन्धकों के साथ तालमेल ठीक तरह से जम नहीं पाया और कुछ समय बाद वह वहां से मुक्त हो गए।

1934 में उन्होंने स्वयं भारतीय विज्ञान अकादमी की स्थापना की। उनका यह प्रयास उन होनहार नौजवान वैज्ञानिकों के लिए था, जो उन्हीं की तरह

कुछ कर गुज़रने की इच्छा रखते थे। बीस वर्ष तक विज्ञान के क्षेत्र में कार्य करते रहने के बाद उन्होंने अकादमी की ओर से एक पत्रिका प्रकाशित की, जो संसार में रसायन एवं भौतिकी पर प्रामाणिक सामग्री प्रकाशित करने वाली श्रेष्ठ पत्रिकाओं में गिनी जाती है।

रामन की रुचि हीरों में जगत प्रसिद्ध थी। इसी कारण अपनी प्रयोगशाला में हीरे में अपूर्णता का अध्ययन करते हुए उन्होंने 'छः किरण फ़ोटोग्राफ़ी' का आविष्कार किया, जो हीरों के व्यापारियों के लिए बहुत ही लाभदायक सिद्ध हुआ।

उनके आविष्कारों की सबसे बड़ी बात यही थी कि वह विश्व-कल्याण की भावना से जुड़े हुए होते थे। उनके इन्हीं विचारों और आविष्कारों से प्रभावित होकर भारत सरकार ने उन्हें सन् 1954 में भारत के सर्वोच्च अलंकरण भारतरत्न से सम्मानित किया।

1948 में जब इंडियन इंस्टिट्यूट ऑफ़ साइंस से अवकाश मिला और राष्ट्रीय प्रोफ़ेसर बनाया गया, तब उन्हें आशा थी कि जीवन-भर की कमाई से की गई बचत से वह छोटा-सा इंस्टिट्यूट चला लेंगे और शेष जीवन विज्ञान का आनन्द लेंगे, परन्तु दुर्भाग्यवश वह अपनी सारी पूंजी गंवा बैठे, फिर भी उन्होंने हिम्मत नहीं हारी। अपने उद्देश्य के लिए वह देश भ्रमण के लिए निकल पड़े ओर धन एकत्रित करने लगे। वह कहते थे, "भिक्षा मांगने में बुराई क्या है? हमारे तो सभी महान पुरुषों ने भिक्षा मांगी थी। बुद्ध, शंकर, गांधी सभी ने अपने उद्देश्यों की पूर्ति के लिए भिक्षा मांगी थी।" और इस तरह उन्होंने धन जुटाकर इंस्टिट्यूट चलाया।

1935 में मैसूर के महाराजा ने भी अपनी ओर से 'राजसभा भूषण' की उपाधि से नवाजा था। इससे पूर्व 1924 में लन्दन की रायल सोसाइटी ने अपनी फ़ेलोशिप देकर तथा 1929 में भारत की ब्रिटिश सरकार ने नाइटहुड देकर 'सर' के ख़िताब से भी सम्मानित किया।

पुरस्कार और सम्मान की कड़ियां यहीं समाप्त नहीं हुईं। भारत में कलकत्ता, बम्बई, मद्रास, बनारस, ढाका, इलाहाबाद, पटना, लखनऊ, उस्मानिया, मैसूर, दिल्ली, कानपुर और वेंकटेश्वर विश्वविद्यालयों ने सर सी.वी. रामन को पी-एच. डी. की मानद उपाधियां तो समर्पित की हीं, साथ ही विदेशों में ग्लासगो विश्वविद्यालय ने 1930 में एल-एल.डी. की मानद उपाधि तथा 1932 में पेरिस विश्वविद्यालय ने ऑनर्स एस.सी.डी. की उपाधि प्रदान करके स्वयं को सम्मानित किया।

रामन को अमेरिका की ऑप्टिकल सोसाइटी और मिनरालाजिकल सोसाइटी का सम्मानित सदस्य भी बनाया गया। रोमानिया सरकार द्वारा कैटगट अकाउस्टिकल सोसाइटी के सम्मानित सदस्य बनाए गए। वह चेकोस्लोवाकिया की विज्ञान अकादमी के भी सदस्य थे।

रूस सरकार ने भी उन्हें 1957 में लेनिन पुरस्कार प्रदान किया। विश्व के अनेक देशों ने उन्हें अपने अलंकरणों से सम्मानित करके उनके आविष्कारों की खुले दिल से सराहना की। उन्होंने देश में विज्ञान को लेकर रुचि से भरपूर वातावरण बनाने की कल्पना की थी, क्योंकि उनके अनुसार हमारे देश में लोग सभी वस्तुओं के लिए पश्चिम के मोहताज रहना पसन्द करते हैं। इस भावना को बदलने की कोशिश में वह अन्त तक डटे रहे।

यह महान भारतीय वैज्ञानिक अपने देश में ही नहीं, बल्कि सारे संसार में नक्षत्र की भांति हमेशा चमकता रहेगा। विश्व में भारत की पहचान बनाने वाले इस महान विज्ञानी का निधन 21 नवम्बर, 1970 को हो गया।

4

डॉ. भगवान दास

भारतरत्न 1955

हमारे देश में अनेक जातियों और धर्मों के लोग रहते हैं, परन्तु इन सभी में भिन्नता होने के साथ-साथ सभी जातियां और धर्म एक ही रंग में रंगे हैं। उन सबकी संस्कृति एक-सी ही है, क्योंकि वे हमारे उस देश की माटी में फले-फूले हैं, जिस माटी से मानवता की खुशबू आती है। यहां पर सभी धर्मों का निवास मानवता में है।"

इस प्रकार की विचारधारा के उपासक डॉ. भगवान दास का जन्म 12 फ़रवरी, 1869 को वाराणसी के एक वैश्य परिवार में हुआ था। पिता साह माधवदास की गणना बनारस के सम्मानित व्यक्तियों में होती थी। उनके पूर्वज साह मनोहरदास कलकत्ता के एक प्रसिद्ध व्यापारी थे।

डॉ. भगवान दास के पिता ने नागरी प्रचारणी सभा, कार्निकल लाइब्रेरी तथा सेंट्रल हिन्दू कॉलेज की स्थापना में भी हर प्रकार का सहयोग दिया था। वह सभी धर्मों को समान मानने वाले उदार व्यक्ति थे। जहां उनके मित्र सर सैयद अहमद ख़ां थे, वहीं दूसरी ओर महर्षि दयानन्द सरस्वती भी उनके अच्छे मित्र थे। माधवदास हरेक वर्ग के लोगों में लोकप्रिय थे और उनका बड़ा सम्मान किया जाता था। लॉर्ड पैथिक लोरिंस, महाराजा कश्मीर, दीनबन्धु सी.एफ. ऐंड्रूज़ फ्रांसीसी लेखक मोनशायर शेवरलिन, जापान के विद्वान एकाई काबागूची, चीन के साहित्यकार लिन यु तांग उनके बहुत अच्छे मित्र थे।

भगवान दास को अपने पूर्वजों से विरासत में व्यापार मिला था। उनका

परिवार सोलहवीं शताब्दी में हरियाणा के अग्रोहा से दिल्ली आया था, फिर हुमायूं की फ़ौज के साथ पूर्वी उत्तर-प्रदेश में मिर्ज़ापुर ज़िले के चुनार और आहरुरा नामक क़स्बों में बस गया था। बाद में उनके पुरखे बनारस जाकर बस गए और अठारहवीं शताब्दी में कुशल व्यापारी के रूप में प्रसिद्ध ईस्ट इंडिया कम्पनी से उनके अच्छे व्यापारिक सम्बन्ध हो गए। इससे उनका व्यापार सूरत, बम्बई, मद्रास और मछलीपटनम तक फैल गया। अंग्रेजों के भी ये लोग साहूकार थे और मछलीपटनम में उनकी अपनी टकसाल तक थी। मैसूर के टीपू सुल्तान के विरुद्ध अंग्रेज़ो के साथ श्रीरंगापटनम का युद्ध भी उन्होंने लड़ा था। इस युद्ध में नाम के साथ-साथ दौलत भी अर्जित की, क्योंकि पूरी रसद का ठेका उनके परिवार के पास था। इसके बाद ही कलकत्ता में एक बड़ा बाज़ार बनवाया। आज भी वहां की मनोहरदास स्ट्रीट उनके परिवार की याद दिलाती है। कलकत्ता का मैदान, जो अब विधानचन्द्र मैदान कहलाता है, भगवान दास के पूर्वजों द्वारा दान में दिया गया एक नमूना है।

ऐसे परिवार में डॉ. भगदान दास का जन्म हुआ था, जिनके गुणों को गुरुदेव रवीन्द्रनाथ ठाकुर ने भी सराहा था। गुरुदेव ने एक सज्जन से कहा था, “आप मेरे पास दर्शन से सम्बन्धित यह प्रश्न क्यों पूछने आए हैं, जब कि भगवान दास जैसे दार्शनिक, बुद्धिमान और योग्य पुरुष विद्यमान हैं।” सच्चाई यही है कि डॉ. भगवान दास को राजनेता की अपेक्षा दर्शनशास्त्री के रूप में ज़्यादा जाना जाता है।

डॉ. भगवान दास बाल्यकाल से ही प्रतिभा के धनी थे। उन्होंने बारह वर्ष की आयु में मैट्रिक की परीक्षा पास कर ली थी। उन दिनों फ़ारसी और उर्दू पढ़ने और बोलने का रिवाज़ था। समय को देखते हुए बालक भगवान दास को भी फ़ारसी और उर्दू की शिक्षा दी गई और छोटी-सी आयु में उन्होंने शेख़ सादी के ‘गुलिस्तां’, ‘बोस्तां’ पर महारत हासिल कर अपनी तेज़ बुद्धि का परिचय दिया। परिवार और शहर बनारस के माहौल को देखते हुए उन्हें संस्कृत भी पढ़ाई गई। जब कि रीति के अनुसार उन दिनों संस्कृत केवल ब्राह्मणों को ही पढ़ाई जाती थी।

एफ.ए. (इंटरमीडिएट) में उनके विषय थे — नागरिकशास्त्र, अंग्रेज़ी, संस्कृत, मनोविज्ञान, तर्कशास्त्र, गणित और इतिहास । उस समय तक इलाहाबाद विश्वविद्यालय शुरू नहीं हुआ था और बनारस का क्वीन्स कॉलेज कलकत्ता विश्वविद्यालय से जुड़ा हुआ था। भगवान दास ने अठारह वर्ष की आयु में कलकत्ता विश्वविद्यालय से दर्शनशास्त्र में एम.ए. की परीक्षा उत्तीर्ण कर ली। एंट्रेंस से एम.ए. तक वह सदा विशेष योग्यता के साथ परीक्षाएं पास करते रहे।

इसी बीच उन्होंने हिन्दी, अंग्रेज़ी, संस्कृत, अरबी और फ़ारसी भाषाओं का बहुत अच्छा ज्ञान प्राप्त कर लिया। इक्कीस वर्ष की उम्र में ही डॉ. भगवान दास उत्तर-प्रदेश में तहसीलदार बन गए। बाद में डिप्टी कलक्टर और मजिस्ट्रेट भी रहे। ग़ाज़ीपुर, कंचनपुर व इलाहाबाद की तहसीलों में तहसीलदारी करने के पश्चात वह आगरा और बाराबंकी में डिप्टी कलक्टर रहे।

भगवान दास का पन्द्रहवें साल में विवाह हुआ था। उनकी पत्नी एक साधारण अध्यापक की पुत्री थी। उनके परिवार में बड़प्पन को पैसे की तराज़ू में नहीं तोला गया, बल्कि चरित्र और गुणों से आंका गया। उनके रईस पिता माधवदास ने अपने बेटे के लिए एक साधारण अध्यापक की गुणवती सुशील कन्या चुनी थी और इस रिश्ते में उन्होंने गर्व का अनुभव किया था।

डॉ. भगवान दास का मन सरकारी नौकरी से प्रसन्न नहीं था। उन्होंने शुरू में केवल आठ वर्ष ही सरकारी नौकरी की, वह भी पिता की आज्ञा का पालन करने के लिए। 1897 में उनके पिता का देहान्त हो गया। इसके बाद उन्होंने अपनी नौकरी से त्याग पत्र दे दिया। उसी समय वह वाराणसी में एक कॉलेज की स्थापना में जुट गए। आख़िर वहां सेंट्रल हिन्दू कॉलेज की नींव पड़ी। अंग्रेज़ सरकार ने इस कॉलेज के लिए अनुदान देने से साफ़ इनकार कर दिया, क्योंकि कॉलेज में धर्म की शिक्षा अनिवार्य थी। धन की कमी के कारण कॉलेज को चलाने में कठिनाई होने लगी, तो उत्साही युवक धन एकत्र करने में जुट गए।

डॉ. भगवान दास और उनके भाई गोविन्ददास विभिन्न रियासतों के राजा-महाराजाओं के पास गए और उनसे दान इकट्ठा करके कॉलेज के काम को आगे बढ़ाया। इतना ही नहीं, उन्होंने इस कॉलेज में साहित्य और दर्शनशास्त्र पढ़ाने की ज़िम्मेदारी भी अपने ऊपर ले ली और उसे पूरी सफलता के साथ निभाया।

जब भगवान दास इलाहाबाद में तहसीलदार थे, उनका परिचय थियोसोफ़िकल आन्दोलन की सक्रिय नेता डॉक्टर एनी बेसेंट से हुआ। थियोसोफ़ी के मतानुसार आध्यात्मिक विचारधारा का मूल स्रोत भारत है। एनी बेसेंट से भगवान दास बहुत प्रभावित हुए और थियोसोफ़िकल आन्दोलन में सक्रियता से भाग लेने लगे। उन्हीं के साथ भगवान दास ने भारत भ्रमण भी किया। उनका मत था कि बच्चों को धर्म की शिक्षा अवश्य देनी चाहिए। डॉ. भगवान दास की मेहनत का ही फल था कि थियोसोफ़िकल सोसाइटी का मुख्य कार्यालय मद्रास से बनारस पहुंच गया और एनी बेसेंट भी बनारस में रहने लगीं। यहां उनके ही सहयोग से सेंट्रल हिन्दू कॉलेज की स्थापना हो सकी थी। उन दिनों ढेरों बुद्धिजीवी थियोसोफ़िकल आन्दोलन से प्रभावित हो चुके थे।

कॉलेज में साहित्य और दर्शनशास्त्र को पढ़ाने का तरीक़ा इतना अच्छा था कि छात्र मुग्ध हो जाते थे। इन्हीं दिनों उनकी मुलाक़ात पंडित मदन मोहन मालवीय से हुई और उन्होंने हिन्दू विश्वविद्यालय की स्थापना में अपना सारा श्रम लगा दिया।

वह स्वयं कसरती बदन वाले पुरुष थे। रोज़ाना डंड-बैठक लगाते और गदा व मुगदर भांजते थे। अपनी घोड़ागाड़ी स्वयं ही चलाते थे। ये आदतें काफ़ी उम्र तक उनके साथ रहीं। मिलनसार मिजाज़ का मालिक होने के कारण सभी उनसे मिलने और उनके ज्ञान से भरपूर लाभ उठाने के लिए उत्सुक रहते थे।

उनका निशाना अच्छा और सधा हुआ होने के बावजूद वह शिकार नहीं खेलते थे। उन्हें संगीत पसन्द था और सितार पर भक्ति गीत सुनने का बहुत शौक था। इसके अलावा कव्वाली भी पसन्द थी। विचारों के मामले में भगवान

दास को पुरातनी ही कहा जा सकता है, पर वह कट्टरपन्थी नहीं थे। वह वर्ण व्यवस्था में विश्वास रखते थे और उनका विश्वास था कि मानवता के कल्याण तथा स्थिरता के लिए 'मनुस्मृति' में जो चार वर्ण बताए गए, ठीक उसी प्रकार मानव जीवन को चार आश्रमों में बांटा गया है।

चार आश्रमों को उन्होंने अपने जीवन में भी उतारा। इस तरह बीस वर्ष तक शिक्षा प्राप्त की, फिर सरकारी नौकरी में चले गए, जिसे आठ वर्षों के बाद छोड़कर समाज सेवा शुरू कर दी। लगभग सत्तावन वर्ष की आयु के बाद इन कामों से भी हाथ खींच लिया और मिर्ज़ापुर ज़िले में चुनार में अपना मकान बनवाकर शान्तिपूर्वक रहना शुरू कर दिया। इस प्रकार वह वानप्रस्थ आश्रम में आ गए, किन्तु स्वयं को सदा गृहस्थ ही मानते रहे। वह ज्योतिष में विश्वास करते थे। परिवार में जब कोई बच्चा जन्म लेता, तो उसकी जन्मपत्री बनवाते। उन्होंने अपना भी वर्षफल निकलवाया था। वह अपने स्वप्नों का भी ध्यानपूर्वक अध्ययन किया करते थे। उनके पास एक डायरी थी, जिसमें उन सपनों को लिख लेते थे।

सन् 1920-21 में जब सारे देश में असहयोग आन्दोलन अपने चरम पर था, तब वह भी उस आन्दोलन में कूद पड़े और उन्हें जेल जाना पड़ा। उन दिनों ऐसे शिक्षा केन्द्रों की ज़रूरत थी, जिनसे छात्रों के मन में देशहित की भावना पैदा की जा सके। इसलिए काशी में ऐसी ही एक संस्था काशी विद्यापीठ की स्थापना की गई। इस विद्यापीठ में पढ़ाने वालों में डॉ. सम्पूर्णानन्द, आचार्य नरेन्द्रदेव, आचार्य कृपलानी तथा स्वयं डॉ. भगवान दास जैसी विभूतियां थीं।

डॉ. भगवान दास के संयम से भरे जीवन, कर्म के प्रति निष्ठा और उदारता का छात्रों पर गहरा प्रभाव पड़ा। वह मानवता के पुजारी थे। सभी धर्मों में उनकी समान आस्था थी। उनमें राष्ट्र-प्रेम की भावना कूट-कूटकर भरी हुई थी। भूतपूर्व प्रधानमन्त्री लालबहादुर शास्त्री उनके ही शिष्य थे। डॉ. साहब की याददाश्त इतनी तेज़ थी कि संस्कृत के सैकड़ों श्लोक ज़बानी याद थे। बाद में वह काशी विद्यापीठ के प्रथम कुलपति बना दिए गए।

वह राजनीति में भी भाग लेते थे, फिर भी उनका वास्तविक क्षेत्र दर्शन एवं शिक्षा ही रहा। उनके राजनीतिक लेखों में भी दर्शन और अध्यात्म झलकता था। वह यह साबित करना चाहते थे कि भारत के लोग आरम्भ से ही स्वतन्त्रता-प्रेमी हैं। स्वतन्त्रता की ललक या यह विचारधारा उनकी अपनी थी। वह कहते थे कि आज़ादी का अर्थ आत्मा की स्वतन्त्रता से है, जो विदेशी सत्ता के कारण बंधी हुई है। आज का बहुचर्चित शब्द कॉमनवेल्थ सबसे पहले डॉ. एनी बेसेंट के ही मुख से निकला था, जिसका समर्थन डॉ. साहब ने किया था।

सर्वधर्म समभाव और मानव जाति की एकता का प्रयास उनके लिए केवल कथनी ही नहीं, बल्कि उनके दैनिक व्यवहार के अंग भी थे। 1931 में जब काशी और कानपुर में दंगे हुए, तब भगवान दास का कबीर जैसा पवित्र हृदय फूट-फूटकर रो पड़ा। सन् 1932 में पूना की यरवदा जेल से गांधी जी ने भगवान दास को एक महत्त्वपूर्ण ज़िम्मेदारी सोंपी कि वह सिद्ध करें कि हरिजनों का मन्दिरों में प्रवेश कोई धार्मिक हानि नहीं है। उन्होंने इस ज़िम्मेदारी का भली-भांति निर्वाह किया था।

हालांकि डॉ. भगवान दास के सम्बन्ध अंग्रेज़ि अधिकारियों से हमेशा मधुर रहे, परन्तु उन्होंने उनके साथ विचार करते समय अपने देश के पलड़े को कभी हलका नहीं होने दिया। वह हिन्दू-मुस्लिम एकता के सदा तरफ़दार रहे। जब कभी कहीं दंगा हो जाता, तो वह अपनी जान हथेली पर रखकर वहां जा पहुंचते और शान्ति स्थापित करते। देश के बंटवारे ने भी उन्हें बेहद पीड़ा पहुंचाई थी।

विदेशों में भारतीयों पर होने वाले बुरे व्यवहार से भी वह दुखी हो जाते थे। उन्हें इस बात पर नाराज़गी थी कि जिन भारतीयों को अंग्रेज़ किसी काम के लिए अपने उपनिवेशों में ले जाते तो उन्हें अशिक्षित ही रखते। वे उनके साथ गुलामों से भी बदतर व्यवहार करते थे। इन भारतीयों का सम्बन्ध हमेशा-हमेशा के लिए अपने देशवासियों से तोड़ दिया जाता था। ऐसे अभागे

भारतवासियों ने ही अपने देश की मिट्टी छोड़कर अंग्रेज़ो के साथ उन उपनिवेशों को बनाने-संवारने में अपनी जानें तक खपाई थीं। मॉरिशस, सूरीनाम, फ़ीज़ी आदि में बसे भारतीय मूल के लोगों की आपबीतियां इसकी गवाह हैं और डॉ. भगवान दास ने इन स्थितियों को बदलने के भरसक प्रयास किए।

हिन्दी साहित्य से उन्हें गहरा प्यार था। हिन्दी साहित्य सम्मेलन, प्रयाग और नागरी प्रचारिणी सभा से उनका निकट सम्बन्ध रहा। सन् 1921 में कलकत्ता में आयोजित हिन्दी साहित्य सम्मेलन के वह सभापति बनाए गए थे। अपनी लिखी हुई पुस्तकों में वह 'एशेंसियल यूनिटी ऑफ़ ऑल रिलीजंस' को सबसे पहला स्थान देते थे। इस पुस्तक का हिन्दी रूपान्तर पंडित सुन्दरलाल ने किया था, जिसका नाम है, 'सर्वधर्मों की बुनियादी एकता'। इसके अलावा 'दर्शन का प्रयोजन' एवं 'पुरुषार्थ' नामक दोनों पुस्तकें उन दिनों बड़ी लोकप्रिय हुईं। तीस वर्ष की आयु में पहली पुस्तक 'भावनाओं का विज्ञान' (साइंस ऑफ़ इमोशंस) प्रकाशित हुई। अंग्रेज़ी में विशेष दक्षता के कारण उन्होंने अधिकतर अंग्रेज़ी में ही लिखा, जिससे भारत ही नहीं, विदेशों का भी ध्यान भी उनकी ओर गया। मित्रों के आग्रह पर कई पुस्तकें हिन्दी में भी लिखीं।

हर वस्तु को ढंग से रखने का उन्हें विशेष चाव था। उनकी आलमारियों में पुस्तकें लगी रहती थीं, जिनमें से लगभग सभी पढ़ चुके थे। पुस्तकें पढ़ना और उन्हें सुन्दर हस्तलिपि में साफ़-साफ़ नोट करना उनकी रुचि थी। यदि किसी पुस्तक में उन्हें व्याकरण सम्बन्धी अशुद्धि मिल जाती, तो तुरन्त ठीक कर देते। उन्होंने पुस्तकों के हाशियों पर कभी कुछ नहीं लिखा। उनकी सारी पुस्तकें इतनी अच्छी हालत में रहतीं कि लगता, जैसे नई हों। अपनी मृत्यु से पूर्व उन्होंने सारी पुस्तकें हिन्दू विश्वविद्यालय और काशी विद्यापीठ को दान में दे दी थीं।

वह बहुत व्यावहारिक थे। उनका कहना था, "इसमें सन्देह नहीं कि मैं वेदान्त दर्शन को मानता हूं, पर इसका यह मतलब भी नहीं कि आप मेरी जीभ पर पिसी हुई तेज़ और तीखी मिर्चें रख दें और मुझे उसका तीखापन महसूस

न हो।” वह अधिकतर गम्भीर ही रहते थे, परन्तु टंडन जी के साथ उनका मज़ाक़ चलता रहता था। इसकी छूट सिर्फ़ टंडन जी को ही थी।

भगवान दास स्वाभिमानी भी बहुत थे। वह खादी पहनते थे। बहुत-से अंग्रेज़ कमिश्नर उनके निवास-स्थान पर उनसे मिलने आते थे। प्रिंस ऑफ़ वेल्स के भारत आगमन के बहिष्कार के सम्बन्ध में जिन अंग्रेज़ अधिकारियों ने उन्हें एक वर्ष का कारावास दिया था, वह भी उनसे मिलने आते थे। इतना सम्मान था उनका।

जब वह म्युनिसिपल बोर्ड के अध्यक्ष थे, उन्हें कमिश्नर का पत्र प्राप्त हुआ। पत्र की भाषा थोड़ी फूहड़ थी। भगवान दास ने पत्र की मूल प्रति पर ही यह लिखकर उसे वापस कर दिया कि उचित भाषा न होने के कारण मूल पत्र वापस किया जाता है। पत्र वापस पाकर दूसरे दिन कमिश्नर स्वयं भगवान दास के पास आए और उस स्थिति के लिए शर्मिन्दगी प्रकट की।

वह प्रशासन में बहुत कुशल और तीव्र थे। बड़े-से-बड़े और पेचीदा कार्यों को भी वह तुरन्त निपटा देते थे। उनकी हस्तलिपि बहुत सुन्दर थी और अधिकतर फ़ाइलों पर टिप्पणियां स्वयं लिखते थे। बोर्ड की अध्यक्षता के काल में उन्होंने 'श्रीमद्भगवद्गीता' का अनुवाद भी किया था, जिसमें एनी बेसेंट का भी बड़ा सहयोग रहा।

विचारों और साहित्यिक सेवाओं से प्रभावित होकर काशी हिन्दू विश्वविद्यालय एवं इलाहाबाद विश्वविद्यालय ने उन्हें डॉक्ट्रेट की मानद उपाधियां प्रदान कीं। देश-भक्ति, विद्वत्ता; शिक्षा और साहित्य में योगदान के लिए भारत सरकार ने 1955 में उन्हें भारतरत्न की सर्वोच्च उपाधि से विभूषित किया।

उन्हें लगातार दिल के दौरे पड़ते रहे थे, पर अन्त में उनकी मृत्यु, दिल के दौरे से नहीं हुई, बल्कि उनके गुर्दे फेल हो गए थे। 1958 में उनकी पुस्तक 'विविधार्थ' प्रकाशित हुई। सम्भवतः यह उनकी अन्तिम रचना थी, क्योंकि महानता का वह सूर्य 90 वर्ष की आयु में 18 सितम्बर, 1958 को रात आठ बजे अस्त हो गया।

5

डा. मोक्षगुंडम विश्वेश्वरैया

भारतरत्न 1955

मेहनत करो, काम करो! बिना मेहनत किए हमें रोटी खाने का क्या हक़ है? मेहनत करने, काम करने में ही देश का कल्याण है, सबकी भलाई है। हमारा देश पिछड़ा हुआ है, क्योंकि हम आलसी हैं। अमेरिका और जापान देखते-ही-देखते कितना आगे बढ़ गए हैं। इसका कारण यही है कि वहां के लोग हमसे अधिक परिश्रमी हैं।"

आधुनिक भारत के विश्वकर्मा डॉ. विश्वेश्वरैया का यह मूलमन्त्र था। जनता के बीच काम करने की भावना को जाग्रत करने के लिए इस मूलमन्त्र का प्रयोग करने वाले विश्वेश्वैया का जन्म कर्नाटक के कोलार ज़िले के चिकवल्लपुर नगर के निकट मुद्देनल्ली गांव में हुआ था। तारीख़ थी 15 सितम्बर, 1861 । उनके पिता का नाम श्रीनिवास शास्त्री था। वह एक अच्छे ज्योतिषी एवं वैद्य थे, जो धर्म में विशेष आस्था रखते थे।

विश्वेश्वरैया अपने पिता की दूसरी पत्नी के दूसरे पुत्र थे। वे चार भाई और दो बहनें थीं। उनके बड़े भाई वेंकटेश शास्त्री ने अपने परिवार की परम्परागत शिक्षा प्राप्त की और गांव में ही पिता का काम संभाल लिया। उनके सबसे छोटे भाई रामचन्द्रराव ने उच्च शिक्षा जारी रखी और बाद में मैसूर उच्च न्यायालय के जज बने।

विश्वेश्वैया की आरम्भिक शिक्षा चिकवल्लपुर के स्कूल में हुई। उनकी आयु पन्द्रह वर्ष थी। तभी पिता का साया उनके सिर से उठ गया। वह अपनी

मां के साथ मामा के यहां बंगलौर चले गए। उनके मामा रमैया मैसूर राज्य में कार्यरत थे। बंगलौर से हाईस्कूल की शिक्षा प्राप्त करके उन्होंने वहीं के सेंट्रल कॉलेज में पढ़ाई शुरू कर दी। विश्वेश्वरैया बड़े मेहनती और समय के पाबन्द थे। वह अपना गुज़ारा करने के लिए छात्रों की ट्यूशन किया करते थे।

सेंट्रल कॉलेज के प्रधानाचार्य मिस्टर वाट्स को विश्वेश्वरैया की प्रतिभा का भान हो गया था। वह समझ गए थे कि विश्वेश्वरैया को थोड़ा-सा सहयोग मिलने पर वह बहुत कुछ कर पाएंगे। इसलिए वह विश्वेश्वरैया की हर तरह की सहायता किया करते थे। विश्वेश्वरैया पढ़ते थे और साथ ही ट्यूशन द्वारा परिवार का ख़र्चा भी चलाते थे। मैसूर मेडिकल कॉलेज के प्रसिद्ध शल्य-चिकित्सक डॉ. सी.एम. मनजय्या विश्वेश्वरैया से ही पढ़े थे।

सन् 1880 में उन्होंने अच्छे अंकों में बी.एस-सी. की परीक्षा पास की और मिस्टर वाट्स की सिफ़ारिश से पूना के साइंस कॉलेज में इंजीनियरिंग की शिक्षा आरम्भ कर दी। उन्हें मैसूर राज्य से छात्रवृत्ति मिलती थी। उन्होंने तीन साल का कोर्स केवल ढाई साल में ही पूरा कर लिया। इस परीक्षा में प्रथम श्रेणी के साथ विशेष योग्यता होने के कारण उन्हें जेम्स बर्कले पुरस्कार भी मिला।

प्रथम श्रेणी में इंजीनियरी पास करने पर वह 1884 में बम्बई के लोक निर्माण विभाग में असिस्टेंट इंजीनियर के पद पर नियुक्त हो गए। उस समय उनकी उम्र तेईस वर्ष थी। उनकी पहली नियुक्ति नासिक में हुई। इस पद पर बड़ी मेहनत और कुशलता से काम किया। वह अपनी तेज़ बुद्धि, लगन और प्रतिभा के बल पर चीफ़ इंजीनियर के पद तक जा पहुंचे थे। उस वक़्त इस पद पर अधिकतर अंग्रेज़ो को ही रखा जाता था। उनकी योग्यता को जल्दी ही अंग्रेज़ो भी सराहने लगे। इस बीच विश्वेश्वरैया शहरों में पानी के इन्तज़ाम और गन्दे पानी की निकासी के लिए नाली निर्माण की योजना को लेकर प्रसिद्ध हो गए। बम्बई सरकार की नौकरी के समय उन्होंने कई नगरों को स्वर्ग बना दिया।

सिन्ध प्रदेश के सक्खर नामक शहर में पानी के इन्तज़ाम के लिए उन्हें

बुलाया गया। सिन्ध उन दिनों बम्बई प्रान्त का ही एक हिस्सा था। वहां रेगिस्तान के कारण पानी की बहुत कमी थी। विश्वेश्वरैया ने उस रेगिस्तान की चुनौती को स्वीकार किया और लगभग एक साल में ही 'सक्खर बराज' और 'वाटर वर्क्स' बनाकर वहां के मरुस्थल को स्वर्ग बना दिया। उनके इस कार्य की प्रशंसा उस समय के राज्यपाल ने भी खुले दिल से की थी। उन्होंने कहा था, "हमारे देश की योजनाएं आज जिन इंजीनियरों के हाथों फलीभूत हो रही हैं, विश्वेश्वरैया उनमें से एक महान शिल्पी हैं।"

सड़कों और सार्वजनिक भवनों को बनाने और उनके रख-रखाव में डॉ. विश्वेश्वरैया का बहुत बड़ा हाथ रहा है। बेलगांव, धारवाड़ और बीजापुर आदि की जलप्रदाय योजनाएं आज भी भारत के इस विश्वकर्मा के कला-कौशल की ज़िन्दा कहानियां हैं। इसी प्रकार खड़कवासला का स्वचालित स्लाइस गेट भी उनकी इंजीनियरिंग की सूझबूझ का बेमिसाल नमूना है। उनके द्वारा तैयार की गई सिंचाई की खंड-प्रणाली की प्रशंसा भारतीय सिंचाई आयोग के अध्यक्ष सर कॉलिन सी. स्टाक मोनक्रिफ़ भी किए बिना नहीं रह सके। यह प्रणाली बम्बई राज्य में अत्यन्त सफल हुई।

चौबीस वर्ष की सरकारी नौकरी से बन्धन मुक्त होने के लिए उन्होंने 1908 में अवकाश ग्रहण कर लिया। इसके बाद अध्ययन-यात्रा के लिए विदेश चले गए। वह इटली में थे, तब लन्दन से इंडिया ऑफ़िस के सचिव का पत्र मिला। उसके साथ एक केबल भी था, जिसमें लिखा था, 'हैदराबाद और उसकी ड्रेनेज व्यवस्था को दोबारा तैयार करने के लिए महामहिम निज़ाम उत्सुक हैं' इस शीघ्रता का यही अर्थ था कि वह बहुत जल्दी निज़ाम की सेवा में उपस्थित हो जाएं, परन्तु वह अपनी यात्रा का सिलसिला नहीं तोड़ पाए। वह यूरोप घूमे, अमेरिका भी गए और इतने समय तक निज़ाम ने उनकी प्रतीक्षा की।

दरअसल हैदराबाद की छोटी-सी नदी मूसी नें वहां के लोगों को परेशान किया हुआ था। बरसात में मूसी नदी में इतनी बाढ़ आ जाती थी कि हैदराबाद शहर में पानी भर जाता था। विश्वेश्वरैया ने छः-सात महीने में ही मूसी नदी

को क़ाबू करने के लिए योजना बना ली और हैदराबाद शहर के लिए पानी तथा नालियों की व्यवस्था कर दी। आज यही नगर आन्ध्र प्रदेश की सुन्दर राजधानी है।

हैदराबाद को पूरी तरह से सुरक्षित करके और उसकी ड्रेनेज प्रणाली में सुधार करने के बाद विश्वेश्वरैया ने हैदराबाद छोड़ दिया और वापस मैसूर चले आए। वहां उन दिनों सर वी.पी. माधवराव मैसूर राज्य के दीवान थे। वह विश्वेश्वरैया की प्रतीक्षा में थे कि कब हैदराबाद से मुक्त हों। सर माधवराव उन्हें चीफ़ इंजीनियर का पद सौंपना चाहते थे, किन्तु विश्वेश्वरैया इसके लिए राज़ी नहीं हुए। वह नौकरी नहीं करना चाहते थे। इसका कारण था कि वह तकनीकी शिक्षा को प्रोत्साहित करना चाहते थे, जो नौकरी करते हुए नहीं हो पाता।

विश्वेश्वरैया ने अपने उद्योगपति मित्रों विट्ठल भाई ठाकरसी और टाटा, के सहयोग से एक तकनीकी संस्थान की स्थापना की। उधर मैसूर के चीफ़ इंजीनियर एम. मैकहुटचिन के रिटायर होने पर मैसूर को एक कुशल इंजीनियर की आवश्यकता थी। विश्वेश्वरैया पर मैसूर के चीफ़ इंजीनियर के पद का भार और साथ ही मैसूर राज्य रेलवे के सचिव का पद सौंप दिया गया, जिसे मना नहीं कर सके। तब वह केवल अड़तालीस वर्ष के चुस्त युवक थे।

मैसूर के महाराजा कृष्णराज ने सन् 1912 में उन्हें अपनी रियासत का दीवान बना दिया। मैसूर राज्य का दीवान होना उनके जीवन में सुखद संयोग था। उन्होंने स्वप्न में भी नहीं सोचा था कि जहां वह छोटे से बड़े हुए, ट्यूशनें कर-करके पढ़े, वहीं पर एक दिन सर्वोच्च पद संभालेंगे। हालांकि रियासती शान-शौक़त और रईसी ठाट-बाट के ठसके में एक मामूली इंजीनियर द्वारा राज्य का सर्वोच्च पद प्राप्त कर लेना लोगों को बहुत अखरा। वैसे विश्वेश्वरैया तो ख़ुद ही इस ऊंची पदवी के लिए तैयार नहीं थे। आख़िर नौ वर्ष के कार्यकाल में उन्होंने मैसूर की काया ही पलट दी। भारत के इतिहास में पहली बार मैसूर में जनता के प्रतिनिधियों की सभा गठित की गई और प्रजातन्त्र का बीज बोया

गया। जनता को इस योग्य बना दिया कि वह राज्य के प्रशासन में भाग ले सके।

उन्होंने राज्य की राजनीतिक स्थिति को सम्मान और मज़बूती दिलाई। 1881 में महाराजा को मैसूर की बागडोर सौंपी गई थी, तभी से वही शर्तें चली आ रही थीं और सभी कार्यकलापों में अंग्रेज़ो की सहमति आवश्यक समझी जाती थी। विश्वेश्वरैया राज्य के अंग्रेज़ रेजीडेंट के सहयोग से वायसराय लॉर्ड हार्डिंग से मिले ओर विचार-विमर्श किया। इस तरह राज्य से दोबारा सन्धि की गई, जिसके अन्तर्गत महाराज को राज्य के अन्दरूनी मामलों में स्वतन्त्रता मिल गई और प्रशासन के अधिक अधिकार भी मिले। विश्वेश्वरैया ने राज्य में दक्षता जांच-प्रणाली भी शुरू की।

शिक्षा के क्षेत्र में उन्होंने बेहद कारगर उपाय किए। स्त्रियों, विशेष रूप से दलित वर्ग की स्त्रियों की शिक्षा की ओर विशेष ध्यान दिया। पहले मैसूर के लगभग सभी कॉलेज मद्रास विश्वविद्यालय से सम्बद्ध थे। बंगलौर के सेंट्रल कॉलेज तथा मैसूर के महाराजा कॉलेज में एम.ए. की शिक्षा का प्रबन्ध नहीं था। बी.ए. के बाद विद्यार्थियों को मद्रास, पूना या बम्बई जाना पड़ता था। इससे उन्हें असुविधा होती थी। अपने अनुभवों की रोशनी में उन्होंने इस ओर क़दम बढ़ाया और 1 जुलाई, 1916 को मैसूर विश्वविद्यालय खुलवा दिया।

अपने मित्र विट्ठल ठाकरसी के सहयोग से बैंक ऑफ़ मैसूर की स्थापना की। इससे व्यापार के लिए धन प्राप्त होने लगा और राज्य में औद्योगिक क्रान्ति हो गई। रेशम उद्योग विकसित करने के लिए उन्होंने विशेषज्ञों को अध्ययन के लिए जापान और इटली भेजा। भेड़-पालन को प्रोत्साहन देने के पीछे उनका एक ही मक़सद था, अधिक ऊन का उत्पादन। कृष्णधाम राजेन्द्र टेक्सटाइल मिल और सन्दलवुड ऑयल फ़ैक्टरी की शुरूआत उन्हीं के हाथों हुई थी।

भद्रावती में लोहा व इस्पात का कारख़ाना खुलवाया। इन सबके साथ बाबाबूदम की पर्वत-श्रेणियों में स्थित केन्नमगुडी से कच्ची धातु तथा लोहा निकालने का भी कार्यक्रम बनाया। उद्योग के सम्बन्ध में सरकार की ओर से

संस्थानों अथवा उद्योगपतियों को सहायता भी दिलवाई गई, जिससे वे अपना उद्योग आरम्भ करने के लिए मैसूर राज्य में आकर्षित हो सके।

राज्य-भर में रेलवे लाइनें बिछवाईं, क्योंकि उन्होंने महसूस किया था कि किसी भी देश के लिए रेल जीवन-रेखा होती है। मैसूर में अच्छे बन्दरगाह की कमी महसूस की जा रही थी। अपना कोई बन्दरगाह नहीं होने के कारण लोगों को पूर्व में मद्रास और पश्चिम में बम्बई से ढुलाई करानी पड़ती थी। तब विश्वेश्वैरैया ने मंगलौर के बजाए भटकल को बन्दरगाह बनवाने का बीड़ा उठाया।

1918 में वह मैसूर के दीवान पद से मुक्त हो गए। उसके बाद उन्होंने अपना समय दो कामों में देना आरम्भ किया। एक तो केन्नमगुडी बांध को पूरा करवाया, जिससे मांड्या क्षेत्र में सिंचाई सुलभ हो सकी। यह बांध अपने स्तर से अड़तीस मीटर अधिक ऊपर उठाया गया। दूसरे कृष्णराज सागर वाटर वर्क्स भी पूरा करवाया।

मैसूर से बारह मील दूर कृष्णराज सागर बांध कावेरी नदी को बांधकर बनाया गया था। भले ही आज यह बांध भाखड़ा बांध की तुलना में छोटा है, परन्तु उन दिनों वह सबसे बड़ा था। इस क्षेत्र में विश्वेश्वैरैया ही ऐसे पहले व्यक्ति थे, जिन्होंने आधुनिक भगीरथ का काम कर दिखाया। इस बांध के विषय में महात्मा गांधी ने कहा था, "विश्वेश्वैरैया का नाम अमर करने के लिए कृष्णराज बांध ही काफ़ी है।"

सेवामुक्त होने के बाद भी वह राज्य को अपनी अमूल्य सलाहों से लाभान्वित करते रहे। हुलोकेरी सुरंग, जिसमें ऊंचे स्तर की प्रणाली से पानी निकलता था, इन्हीं की देखरेख में बनवाई गई थी। इसी प्रणाली से बनी इरविन नहर थी, जो बाद में विश्वेश्वैरैया नहर के नाम से प्रसिद्ध हुई।

1929 में उन्होंने 'दक्षिण भारतीय राज्य जनता परिषद' की अध्यक्षता की। इसके अधिवेशन में मैसूर, हैदराबाद, त्रावनकोर, कोचीन आदि के प्रतिनिधियों ने भाग लिया। वह नहीं चाहते थे कि भारतीय गुलाम बने रहें। इसलिए उन्होंने

अपने अधिकारों की मांग की थी। बंगलौर में स्थित विज्ञान के भारतीय संस्थान में वह प्रारम्भ से ही रुचि लेते रहे। इसके लिए मैसूर राज्य से ज़मीन और वार्षिक अनुदान भी दिलवाया।

उनकी सेवाओं से प्रसन्न होकर सन् 1930 में उन्हें बम्बई विश्वविद्यालय ने डॉक्टर, कलकत्ता विश्वविद्यालय ने डॉक्टर ऑफ़ लॉ और अन्य कई विश्वविद्यालयों ने अपनी-अपनी मानद उपाधियों से विभूषित किया। अंग्रेज़ सरकार ने भी उन्हें 'सर' का ख़िताब देकर सम्मान बढ़ाया।

जोग के झरने से विद्युत शक्ति मिलने से मैसूर राज्य में उद्योग के नए सूर्य का उदय हुआ। एक अमेरिकी विशेषज्ञ मिस्टर चैरिन भारत आए और विश्वेश्वरैया की कार्य-प्रणाली से अत्यन्त.प्रभावित हुए। इसका उल्लेख उन्होंने महाराजा से किया। अप्रैल, 1939 मे विश्वेश्वरैया गांधी जी के आमन्त्रण पर उड़ीसा गए और वहां की बाढ़ के कारणों पर विस्तार से एक रिपोर्ट तैयार की। इसी रिपोर्ट के आधार पर महानदी पर हीराकुड बांध बनाया गया था।

उनकी 'रिकस्ट्रक्टिंग इंडिया' नामक पुस्तक उल्लेखनीय है। यह पुस्तक आज भी इंजीनियरिंग और प्लानिंग पर पुस्तकों में अमूल्य धरोहर मानी जाती है। 'कांग्रेस प्लान', जिसकी जवाहरलाल नेहरू समिति द्वारा परिकल्पना की गई थी, में भी विश्वेश्वरैया ने बड़ी महत्त्वपूर्ण भूमिका निभाई थी।

1935 में भी वह विदेश गए थे, जिससे भारत में उस समय की श्रेष्ठ तकनीक के आधार पर मोटरकार बनाने का कारख़ाना स्थापित किया जा सके। इसके लिए इंग्लैंड के कई संस्थानों को देखा और लॉर्ड ऑस्टिन से भी मिले। उनसे मिलकर बम्बई में कारख़ाना शुरू करने के ख़र्चे का पता चला। विश्वेश्वेरिया का यह सपना पूरा न हो सका। न तो बम्बई में, न ही मैसूर में वह मोटरकार का कारख़ाना स्थापित कर सके। बाद में बालचन्द हीराचन्द के तकनीकी सलाहकार आडवाणी के सहयोग से बम्बई में फ़ोर्ड मोटरकार बनाई गई।

1946 में उन्होंने अखिल भारतीय निर्माता संघ, बम्बई के शिष्टमंडल का नेतृत्व किया, जो इंजीनियरिंग, रसायन, कपड़ा और हवाईजहाज़ बनाने के

कारख़ानों को देखने विदेश यात्रा पर गया था। 1947 में मद्रास व हैदराबाद के बीच तुंगभद्रा बांध पर चले आ रहे विवाद को सुलझाने के लिए भी विश्वेश्वरैया को ही बुलाया गया था।

अपने जीवन की सफलता की कुंजी के बारे में उनका कहना था, "मैं सब काम समय पर करता हूं, समय पर नियमित सैर और कसरत करता हूं। गुस्से से कोसों दूर रहता हूं। बुढ़ापा जब भी मुझसे मिलने आता है, मैं उससे साफ़-साफ़ कह देता हूं, मैं अभी घर में नहीं हूं, फिर कभी आना। एक बात उनके सम्बन्ध में बेहद प्रसिद्ध है कि वह अपनी पोशाक के सम्बन्ध में पूरी तरह सजगता बरतते थे। कोई भी उनसे मिलने जाता, तो पगड़ी से जूते तक पूरी तरह सजकर ही बाहर आते और अपने अतिथि का स्वागत करते थे।

आधुनिक युग का यह विश्वकर्मा और कोलार घाटी का महान रत्न सन् 1955 में भारत सरकार की सर्वोच्च उपाधि से विभूषित होकर भारतरत्न बन गया।

डॉ. विश्वेश्वरैया 99 वर्ष के हो गए थे। उनकी दृष्टि काफ़ी क्षीण हो चुकी थी। अपनी जन्म-शताब्दी पर 1961 में उनका स्वास्थ्य नरम ही था, फिर भी मस्तिष्क से बिल्कुल चुस्त और चौकस थे। साल के मध्य तक वे बिल्कुल चारपाई से लग गए और 14 अप्रैल, 1962 को प्रातः सवा छः बजे सौ वर्ष सात महीने का यह आधुनिक विश्वकर्मा भारतवासियों को बिलखता छोड़ गया।

6

जवाहरलाल नेहरू

भारतरत्न 1955

विजय हमारे साथ में नहीं होती, लेकिन साहस और प्रयास से वह अक्सर मिल जाती है, लेकिन जो कायर हैं और नतीजों से डरते हैं, उन्हें तो विजय कभी नसीब ही नहीं हो सकती।"

इन विचारों के मानने और बच्चों को ढेर सारा प्यार लुटाने वाले तथा उनके दिलों को जीतने वाले पंडित जवाहरलाल नेहरू का जन्म 14 नवम्बर, 1889 को इलाहाबाद में हुआ था।

होनहार एवं शानदार व्यक्तित्व के मालिक पंडित जवाहरलाल नेहरू को आम जनता का अपार प्यार मिला। उनके पिता देश के मशहूर वकील थे। उनका नाम था, मोतीलाल नेहरू। माता स्वरूपरानी के लाड़ले जवाहर की दो बहनें थीं, विजयलक्ष्मी और कृष्णा।

पंडित जवाहरलाल के घर का खानपान, रहन-सहन और शिष्टाचार आदि सब अंग्रेज़ी ढंग का था। उनका लालन-पालन बड़े लाड़-प्यार के बीच हुआ। घर पर ही प्राथमिक शिक्षा दी जाने लगी। कई अंग्रेज़ अध्यापक घर पर पढ़ाने आया करते थे। उनमें एफ.टी. ब्रुक्स मुख्य थे, पर वह शिक्षक कम, थियोसोफी के प्रचारक अधिक थे। इस कारण बालक जवाहर पर थियोसोफी द्वारा आध्यात्मिक प्रभाव भी पड़ा। उन्हीं दिनों उन्होंने श्रीमती एनी बेसेंट को भी ख़ूब सुना। बचपन में ही वह अपने पिता के मुंशी मुबारक अली से फ़ारसी पढ़ने के साथ-साथ 1857 के स्वतन्त्रता संग्राम के वीरों की कहानियां सुनते

थे। माता स्वरूपरानी उन्हें रामायण, महाभारत और पुराणों की कथाएं सुनाया करती थीं। उनके बाल मानस पर पश्चिमी सभ्यता के साथ भारतीयता का रंग भी चढ़ता गया।

एक दिन वह घुड़सवारी सीखते हुए गिर गए। उन्हें काफ़ी चोट आई, लेकिन डरे नहीं, बल्कि घुड़सवारी का शौक़ और भी बढ़ गया। पन्द्रह साल की आयु में जवाहरलाल को मोतीलाल ने इंग्लैंड के प्रसिद्ध स्कूल हैरो में भर्ती करा दिया । स्कूल में सभी विद्यार्थियों को जूतों की पॉलिश जैसे छोटे-छोटे काम ख़ुद करने पड़ते थे। एक बार मोतीलाल ने उन्हें पॉलिश करते देखा, तो बिगड़कर बोले, "यह काम तुम नौकरों से क्यों नहीं करा लेते?" जवाहर का फ़ौरन उत्तर मिला, "जो काम मैं स्वयं कर सकता हूं, वह दूसरों से क्यों कराऊं?"

इसके बाद वह कैम्ब्रिज के ट्रिनिटी कॉलेज में भर्ती हुए। यहां से बी.ए. और एम.ए. की शिक्षा प्राप्त करके इनरटेम्पिल से बैरिस्ट्री की परीक्षा पास की। सात साल विदेश में रहकर 1912 में स्वदेश लौट आए। उस समय उनकी आयु तेईस साल के आसपास थी। उन्होंने अपने पिता के साथ मिलकर इलाहाबाद हाईकोर्ट में वकालत शुरू कर दी।

सन् 1916 की बसन्त पंचमी को दिल्ली निवासी जे.एल. कौल की सुपुत्री कमलादेवी से उनका विवाह हो गया। कमलादेवी अत्यन्त सुशील, आदर्श और समर्पित महिला थीं। विवाह के दो वर्ष पश्चात ही उनके यहां इन्दिरा जी का जन्म हुआ। आनन्द भवन में आनन्द-ही-आनन्द छा गया।

देश में बदलती परिस्थितियों को देखते युवक जवाहर के मन में कुछ कर गुज़रने की इच्छा जागने लगी। प्रथम विश्वयुद्ध समाप्त होने के बाद अंग्रेज़ो ने वायदे के अनुसार भारतीय शासन में कुछ सुधार लाने के बदले रौलट एक्ट जैसा दमनकारी क़ानून बनाकर भारतीय जनता को कुचलना शुरू कर दिया। इस क़ानून से किसी भी आदमी को केवल शक की बिना पर अनिश्चित काल के लिए बन्दी रखा जा सकता था। इसके विरोध में महात्मा गांधी ने असहयोग और सविनय अवज्ञा आन्दोलन छेड़ दिया।

महात्मा गांधी के सम्बन्ध में जवाहरलाल काफ़ी पढ़ और सुन चुके थे। जब उन्हें लखनऊ अधिवेशन में देखा, तो उनसे प्रभावित हुए बिना नहीं रह सके। वह भी गांधी जी के साथ आन्दोलन में कूद पड़े। मोतीलाल ने बेटे को रोकने की कोशिश की, किन्तु जवाहरलाल अपने फ़ैसले पर अडिग रहे। उनकी देशभक्ति से प्रभावित होकर मोतीलाल भी पसीज गए।

फिर चली आन्दोलन और संघर्षों की आंधी, जेल-यात्राएं, धरने और पिकेटिंग, भाषण और लाठीचार्ज। विदेशी वस्त्रों की होलियां और जुलूसों का लगातार सिलसिला चला, जिससे सारा भारत एक ही रंग में रंग गया, आज़ादी की उमंग का रंग।

सन् 1920 तक वह वकालत करते रहे, परन्तु गांधी जी की विदेशी बहिष्कार की नीति एवं असहयोग आन्दोलन के प्रभाव में आकर उन्होंने वकालत छोड़ दी और उस आन्दोलन में खुलकर भाग लेने लगे। सन् 1921 में उन्हें छह महीने की और सन् 1922 में अठारह महीने की क़ैद हुई। इसी वर्ष वह अखिल भारतीय कांग्रेस कमेटी के महामन्त्री बन गए।

1928 में जब साइमन कमीशन का देश-भर में काले झंडों से स्वागत किया जा रहा था। लाला लाजपतराय ब्रिटिश सरकार के क्रूर प्रहार से घायल हो चुके थे। हर तरफ़ विरोध की ज्वाला धधक रही थी। जहां साइमन कमीशन जाता, वहां उसके विरोध की चिनगारियां भड़क उठतीं। इसके चलते सरकार का दमन-चक्र जनता पर क़हर ढाता रहा।

साइमन कमीशन 30 नवम्बर, 1928 को लखनऊ पहुंचा। उसका विरोध करने के लिए हज़ारों लोग कई समूहों में स्टेशन की ओर बढ़ चले। सरकार ने जुलूसों पर रोक लगा दी, सोलह-सोलह की टुकड़ियों में पहुंचकर सभा स्थल पर इकट्ठा होने की व्यवस्था कर ली गई। सारा शहर डरा हुआ था, फिर भी कुछ कर गुज़रने के जोश से भरपूर था। सड़कें सूनी थीं, चप्पे-चप्पे पर पुलिस तैनात थी। यह ज़ुल्म के ख़िलाफ़ विरोध और दमन की ज़बर्दस्त टक्कर थी। उस दिन लखनऊ का चारबाग़ स्टेशन नारों से गूंज उठा था –

साइमन कमीशन वापस जाओ!
काला क़ानून मुर्दाबाद!
इंक़लाब! ज़िन्दाबाद!
भारत माता की जय!
वन्देमातरम !

पुलिस का घुड़सवार दल देशभक्तों पर टूट पड़ा। जवाहरलाल नेहरू और पं. गोविन्दवल्लभ पन्त सबसे आगे थे। पुलिस ने निर्दयता से उन पर लाठियां बरसानी आरम्भ कर दीं। सत्याग्रही वहीं सड़क पर बैठ गए और बाजुओं से सिर को ढकने का असफल प्रयास करने लगे। पं. गोविन्दवल्लभ पन्त ने अपने लम्बे-चौड़े डील-डौल से नेहरू को ढक लिया, किन्तु, जोशीले जवाहरलाल उनकी गिरफ़्त से बाहर निकलने के लिए ज़ोरों से मचलने लगे।

एक सवार ठोकर मारता हुआ तीर-सा निकल गया। प्रहार के कारण जवाहरलाल की आंखों के आगे अंधेरा छा गया; क्रोध का उत्तर क्रोध से देने की भावना भी जागी, किन्तु संयम ने उन्हें रोक लिया। लाठीचार्ज के दौरान वह दल से बिछड़ गए। उन पर ज़ोरों से लाठियां बरसीं और बेहोश होकर गिर पड़े। आधी बेहोशी में भी वह वहां से हटना नहीं चाहते थे।

अंग्रेज़ सरकार ने उन्हें लखनऊ, बरेली, देहरादून, अहमदनगर कई स्थानों पर जेल में बन्द रखा। जब भी वह जेल से बाहर आते, फिर से दहाड़ते शेर की तरह राजनीति में सक्रिय हो जाते। इस तरह नौ वर्ष का कारावास भोगा। जेल में रहकर उन्होंने 'विश्व इतिहास की झलक' और 'भारत की खोज' नामक प्रसिद्ध पुस्तकें लिखीं। 'पिता के पत्र पुत्री के नाम' भी उनकी ऐसी उत्कृष्ट पुस्तक है।

सन् 1929 में लाहौर में हुए कांग्रेस अधिवेशन में उन्हें अध्यक्ष बनाया गया। वहीं रावी के तट पर 26 जनवरी को पूर्ण स्वाधीनता का प्रस्ताव पारित किया गया और समस्त देश एक विशाल संघर्ष के लिए तैयार हो गया, फिर वही दौर चला, जुलूस, प्रदर्शन, लाठीचार्ज और कारावास का। सन् 1930 में गांधी

जी ने नमक सत्याग्रह आरम्भ कर दिया। समूचे देश में नवजागरण की लहर दौड़ गई। हज़ारों देशभक्त नमक क़ानून तोड़कर जेल जाने लगे। जेलें मन्दिर बन गईं। इसी बीच जवाहरलाल के पिता मोतीलाल का देहान्त हो गया और पांच साल बाद पत्नी भी स्वर्गवासी हो गईं। वह इन दोनों मौतों से संभले भी नहीं थे कि माता स्वरूपरानी भी उन्हें छोड़कर चल बसीं। उनकी बेटी इन्दिरा तब छोटी ही थी, लेकिन उन्होंने हार नहीं मानी । वह अपने इस ग़म को भुलाने के लिए पूरी तरह देश की सेवा में लग गए। 20 जून, 1938 को पेरिस रेडियो से प्रसारित उनके प्रभावशाली भाषण से पूरी दुनिया में तहलका मच गया।

उनका भावुक हृदय पशु-पक्षियों के दुख-दर्द को भी ख़ूब पहचानता था। जेल के दिनों में एक बार स्वयं बीमार थे, पर तीमारदारी करते थे एक पिल्ले की । लखनऊ जेल में जब वह पढ़ा करते थे, तो बिल्कुल बिना हिले-डुले काफ़ी समय तक बैठे रहते थे। तब एक गिलहरी उनके पांव पर चढ़ आती थी और उनके घुटने पर बैठकर निहारा करती थी। उसे जब यह भान होता कि वह कोई वृक्ष नहीं एक जीवित पुरुष है, तो तुरन्त फुदककर चली जाती थी। ग़लतफ़हमी का यह ड्रामा दिन में न जाने कितनी बार खेला जाता था। नेहरू उन बेज़बानों की अठखेलियों को देखते और आत्मविभोर हो जाते, जैसे कोई भावुक कवि कुदरत के इन कारनामों को देख निहाल हो जाता है।

सन् 1942 में कांग्रेस ने 'अंग्रेज़ों, भारत छोड़ो' का नारा बुलन्द किया। इस आन्दोलन में नेहरू को गिरफ़्तार कर लिया गया। वह 1945 तक जेल में रहे। अन्त में 1947 को सत्ता का हस्तान्तरण हुआ। अंग्रेज़ो की चाल से भारत के दो टुकड़े हो गए और दंगों की आग भड़क उठी। आदमी का ख़ून बहुत सस्ता हो गया। इंसानियत की कोई क़ीमत नहीं रही। सारा दिल्ली शहर आतंकित हो उठा था। कर्फ़्यू खुलते ही ख़ून की होली खेली जाती । जवाहरलाल दिल्ली के गली-कूचों में निर्भीकता से चले जाते थे। उन्हें किसी के छुरे या गोली का ख़तरा नहीं सताता। कभी किसी चौराहे पर, तो कभी मस्जिद के सामने लोगों को बचाने के लिए आगे आते।

ब्रिटेन के तत्कालीन प्रधानमन्त्री विंस्टन चर्चिल ने स्वीकारा था, "इस पुरुष ने मानव प्रकृति के दो बड़े दोषों को अपने क़ाबू में कर लिया है। उसमें न भय है और न दोष।" यह उक्ति अपने-आप में पूरे इतिहास का दर्पण है।

पं. नेहरू के अनूठे व्यक्तित्व ने सारे विश्व को अपनी चमत्कारी आभा में समेट लिया था। 15 अगस्त, 1947 को भारत स्वतन्त्र हुआ, तो नेहरू ही भारतीय गणराज्य के पहले प्रधानमन्त्री बने। उनका अपनी वाणी और लेखनी पर कमाल का अधिकार था। जब भी उनके साहित्यकार की छवि मन में उभरती है, तो अनायास ही गुरुदेव रवीन्द्रनाथ ठाकुर के एक गीत की कुछ पंक्तियां गूंजने लगती हैं –

मां,
मैं अपनी वेदना के अश्रुओं से
तुम्हारे गले के लिए
मोतियों का हार पिरोऊंगा।

वास्तव में वह उन राजनीतिज्ञों में नहीं थे, जो अवकाश के क्षणों में दिल बहलाने अथवा अपनी बात दूसरों पर थोपने के लिए साहित्य-सृजन करते थे। उनकी रचनाओं में राजनीति कम और साहित्य अधिक मिलता है, चाहे वह 'मेरी कहानी' हो, चाहे 'भारत की खोज' चाहे 'पिता के पत्र पुत्री के नाम' हो या 'विश्व इतिहास की झलक' वह एक संवेदनशील रचनाकार की हैसियत से हमेशा याद किए जाते रहेंगे।

प्रकृति के इस अनोखे चितेरे के सम्बन्ध में एक बार डॉ. राधाकृष्णन ने कहा था, "अपनी आत्मकथा या भारत की खोज अथवा विश्व इतिहास की झलक, या भारत की एकता में उन्होंने आदमियों के, पहाड़ों के, प्रकृति के, बच्चों के, पशु-पक्षियों और पुष्पों के क्या ही सुन्दर रेखाचित्र खींचे हैं। बहुत-सी सुन्दर वस्तुओं के बारे में उन्हें ढेर सारा ज्ञान है।"

बच्चों के प्रति उनके मन में असीम प्रेम था। उन्हीं के शब्दों में, "जब कोई

आसमान के सितारों को देखकर देश का भविष्य बतलाता है, तब मुझे बड़ी हैरानी होती है। यदि हमें ख़ुशहाल, समृद्ध और स्वस्थ भारत की तस्वीर देखनी हो, तो बच्चों के चेहरों में देखिए। यदि देश के बालक प्रसन्न और स्वस्थ हैं, तो देश भी मज़बूत और खुशहाल होगा।"

उनका जन्मदिन ही बाल-दिवस के रूप में मनाया जाता है। वह विश्व के सभी बच्चों के चाचा नेहरू हैं। 'शंकर्स वीकली' प्रति वर्ष संसार के सभी देशों के बच्चों की अटपटी रंगीन तस्वीरों की प्रतियोगिता आयोजित करता है। 3 दिसम्बर, 1949 को प्रकाशित इसी पत्रिका के बाल विशेषांक में स्वयं उन्होंने लिखा था, "'मैं ज़्यादा-से-ज़्यादा समय बच्चों के बीच बिताना पसन्द करता हूं। उनके साथ रहकर कुछ समय के लिए यह भूल जाता हूं कि कोई कितना बूढ़ा हो गया है और उसका बचपन बीते एक युग गुज़र चुका है।" बच्चे ही देश के भविष्य होते हैं। उन्हें ही यदि हम उचित और अच्छी शिक्षा न दें, तो फिर देश का क्या बनेगा, नेहरू को इसकी बड़ी चिन्ता रहती थी।

1955 के साल में जवाहरलाल नेहरू को भारतीय गणतन्त्र की सर्वोच्च उपाधि 'भारतरत्न' से विभूषित किया गया, किन्तु देश इस रत्न को अधिक दिनों तक संजोए नहीं रख सका। 27 मई, 1964 को यह रत्न हमसे विदा हो गया, किन्तु जाने से पहले उसने भारत में औद्योगिक क्रान्ति की चिनगारी फूंक दी थी। बड़े-बड़े कारख़ानों की चिमनियां धुआं उगल रही थीं। बड़े-बड़े बांध, पनबिजली योजनाएं, लोहे, इस्पात और रासायनिक खाद के कारख़ानों का जाल बिछाकर उन्होंने भारत की विकास-गति तीव्र कर दी थी।

देश की शान्ति का पुजारी देश की पवित्र माटी में विलीन हो गया। उनकी वसीयत भी यही थी – "मेरी भस्म को उन खेत-खलिहानों में बिखेर दी जाए, जहां भारत के किसान अपना ख़ून-पसीना बहाते हैं, ताकि भस्म भारत की धूल और मिट्टी में मिलकर उसमें विलीन हो जाए।"

7

गोविन्दवल्लभ पन्त

भारतरत्न 1957

"**हमारे** प्रिय हिमालय पर्वत का बेटा उन्हीं पर्वतों की तरह शान्त, अविचलित, निर्विकार व चट्टान की तरह स्थिर एवं मज़बूत है तथा लोगों के मन को दिशा दिखाने के लिए प्रकाश स्तम्भ की तरह है।"

पं. जवाहरलाल नेहरू ने कुछ इस तरह पं. गोविन्द वल्लभ पन्त के लिए कहा था। गोविन्द वल्लभ पन्तभारतीय राजनीति के उन दूरदर्शी नेताओं में से एक थे, जिन्होंने अपने देश को दासता की बेड़ियों से आज़ाद कराने के लिए अपना ख़ून बहाया था।

10 सितम्बर, 1887 को अल्मोड़ा जिले के खूंट ग्राम में जन्मे गोविन्द वल्लभ को बचपन में सभी थापा कहकर पुकारते थे, जिसके मायने 'स्थापित मूर्ति' होता है। वह बचपन से ही बड़े गम्भीर स्वभाव के थे। जब बच्चे गेंद या कोई दूसरा खेल खेलते होते, तो बालक गोविन्द एक स्थान पर बैठे एकटक उन्हें देखते रहते। इस समय वह किसी स्थिर मूर्ति की तरह लगते थे। वह थे भी सुन्दर। गोल-मटोल चेहरा, गोरा-चिट्टा रंग, बड़ी-बड़ी आंखें, उनकी सहज सौम्य प्रकृति सभी को आकर्षित करती थी।

उनके पिता पं. मनोरथ पन्त सरकारी नौकरी में थे और अपने घर से दुर रहते थे। इसलिए उनका पालन-पोषण अधिकतर ननिहाल में हुआ । उनके नाना रायबहादुर बद्रीप्रसाद जोशी अल्मोड़ा में जुडीशियल अधिकारी थे। वह उन्हें बेहद प्यार करते थे। नाना ही नहीं, घर के सभी लोगों से उन्हें बेहद प्यार

मिला। ननिहाल में मां के प्यार की कमी मौसी धनीदेवी पूरी करती थीं। दस वर्ष तक घर पर ही शिक्षा प्राप्त करने के बाद उन्हें स्थानीय रैमज़े इंटरमीडिएट कॉलेज में भेजा गया। वह जल्दी ही अपने अध्यापकों के प्रिय छात्र बन गए।

1899 में गोविन्द जब सातवीं कक्षा के छात्र थे, तब उनका विवाह पं. बालादत्त जोशी की पुत्री गंगादेवी के साथ हो गया। उनके विवाह के कुछ दिनों बाद नाना बद्रीप्रसाद का स्वर्गास हो गया। उनके लिए यह बहुत बड़ी दुर्घटना थी, क्योंकि नाना का उन पर गहरा प्रभाव था। उनके साथ रहते हुए गोविन्द की रुचि राजनीति में होने लगी थी। पढ़ाई में वह तेज़ थे। मिडिल और मैट्रिक में प्रथम श्रेणी में पास हुए। इंटर पास किया, तो उन्हें छात्रवृत्ति भी मिलने लगी। 1905 में आगे पढ़ाई करने के लिए परिवारजनों का विरोध सहकर इलाहाबाद विश्वविद्यालय पहुंच गए। इलाहाबाद में उन्हें आसानी से म्योर सेंट्रल कॉलेज में बी.ए. में प्रवेश मिल गया।

इलाहाबाद उस समय राजनीति का गढ़ माना जाता था। गोविन्द के इलाहाबाद पहुंचते ही बंगाल-विभाजन की घोषणा हो गई । इसी के साथ स्वदेशी यानी 'भारतीय वस्तुओं को अपनाओ और विदेशी का बहिष्कार करो' आन्दोलन की शुरूआत हुई। दिसम्बर में वह वाराणसी में हो रहे कांग्रेस अधिवेशन में स्वयंसेवकों के रूप में शामिल हुए। वहां गोपालकृष्ण गोखले से मिले। गोविन्द उनके भाषण से बड़े प्रभावित हुए। इसी बीच महामना मदनमोहन मालवीय के भी सम्पर्क में आए। इसी के चलते उनके अन्दर देश-सेवा की भावना ने जन्म ले लिया।

1906 के माघ मेले में कांग्रेस का प्रचार किया और एक सभा में ज़ोरदार भाषण दिया। इसकी सूचना कॉलेज के प्रिंसिपल जैनिंग्स को मिल गई। उसने उन्हें बी.ए. द्वितीय वर्ष की परीक्षा से रोकने का आदेश दे दिया। तब गणित के प्रोफ़ेसर कॉक्स के हस्तक्षेप से परीक्षा में बैठने की अनुमति मिली, किन्तु अपने भाषण की वजह से वह नेताओं के बीच चर्चा का विषय बन चुके थे।

उसके बाद गोखले इलाहाबाद आए। उन दिनों गोविन्द बी.ए. के अन्तिम

वर्ष में पढ़ रहे थे। गोखले ने उस सभा में नौजवानों को भारत मां की सेवा करने के लिए ललकारा था। गोविन्द ने तय कर लिया कि पढ़कर सरकारी नौकरी नहीं करेंगे। उन्होंने क़ानून पढ़कर वकालत करके स्वतन्त्र जीवन अपनाना अधिक उचित समझा । अतः 1907 में एल.एल.बी. में प्रवेश ले लिया। मेओ कॉलेज में क़ानून विभाग का यह पहला बैच था, जिसमें पन्त जी भी शामिल थे। एल.एल. बी. की परीक्षा में उन्होंने सर्वोच्च स्थान प्राप्त किया । इसके लिए उन्हें दीक्षान्तर समारोह में 'लम्सडेन स्वर्ण पदक' दिया गया।

सन् 1909 में उन्होंने काशीपुर में वकालत शुरू कर दी। बहुत अधिक परिश्रम और लगन के कारण उनकी वकालत ख़ूब चल निकली। साथ ही समाज सेवा की ओर झुकाव भी बढ़ता गया। कुछ दिनों बाद उन्हें काशीपुर के म्युनिसिपल बोर्ड का सदस्य चुन लिया गया। उन्होंने एक हाई स्कूल की स्थापना में भी सक्रिय सहयोग दिया। बहुत ज़ोर देने पर फिर से विवाह के लिए तैयार हो गए। उनके माता-पिता भी काशीपुर आ गए। इसी के साथ परिवार में दुर्घटनाओं का सिलसिला आरम्भ हो गया। पिता की मृत्यु के पश्चात पत्नी और पुत्र दोनों की मृत्यु हो गई। यही नहीं उनके बहनोई का भी निधन हो गया। इससे उन्हें गहरा आघात पहुंचा। इन दुखों से उबरने की कोशिश में उन्होंने अपने-आप को काम में डुबो दिया।

1914 में काशीपुर में प्रेम-सभा के नाम से एक संस्था आरम्भ की। यह संस्था साहित्यिक और सामाजिक क्षेत्र में सक्रिय थी। उनके प्रयत्नों से ही काशीपुर नरेश ने 1914 में ही उदयराज हिन्दू इंटर कॉलेज की स्थापना की। गोविन्द वल्लभ पन्त इस संस्था के प्रधानमन्त्री बने।

उन दिनों सरकारी ओहदेदारों का एक प्रकार से एकछत्र राज हुआ करता था। वे हर किसी गांव वाले को पकड़कर अपनी सेवा-टहल करवाते और बिना कुछ दिए छोड़ देते। यदि कोई मना करता, तो उस बेचारे पर जुल्मों के पहाड़ तोड़ देते। इस मनमानी के ख़िलाफ़ उन ग़रीबों की सुनने वाला कोई नहीं था। उधर सरकारी ओहदेदारों का अत्याचार बढ़ता ही जा रहा था। गांव में कोई

चाहे कितना ही इज़्ज़तदार क्यों न हो, उनकी आबरू धूल में मिला दी जाती। पन्त जी ने इन अत्याचारों के विरुद्ध आवाज़ उठाई और कुमाऊं परिषद के माध्यम से एक आन्दोलन शुरू कर दिया। उनका कहना था कि जब सरकारी अफ़सरों का काम करने के लिए चपरासी दिए जाते हैं, तो फिर अपनी टहल करवाने के लिए गांव वालों को पकड़कर मुफ्त में काम कराने का क्या अधिकार है? इस बेगार प्रथा को बन्द करवाने का बीड़ा उन्होंने उठाया।

वह काशीपुर से नैनीताल और नैनीताल से इलाहाबाद के उच्च न्यायालय में जा पहुंचे। 1916 में लखनऊ कांग्रेस के अधिवेशन में उन्होंने कुमाऊं का ही प्रतिनिधित्व किया। यहां उन्होंने सर्वप्रथम गांधी जी और भारत कोकिला सरोजिनी नायडू को सुना।

1917 में पन्त जी तीस वर्ष की आयु में मां की ज़िद के आगे हारकर तीसरे विवाह के लिए तैयार हुए और इस तरह काशीपुर के ही तारादत्त जोशी की बेटी कलावती देवी से उनका विवाह हो गया। कलावती देवी से ही उन्हें एक पुत्र कृष्णचन्द्र पन्त और दो पुत्रियां हुईं। तब तक देश का राजनीतिक वातावरण काफ़ी हलचल भरा हो चुका था।

13 अप्रैल, 1919 को पंजाब के जलियांवाला बाग़ कांड ने देश को झकझोर कर रख दिया, किन्तु वह गांधी जी से प्रभावित थे। उनके असहयोग आन्दोलन पर उनका विश्वास था। इसलिए 1922 में वकालत के पेशे से हाथ खींच लिया। उस समय वह बहुत लोकप्रिय तथा योग्य वकीलों में गिने जाते थे और उनकी वकालत ज़ोरों से चल रही थी। वह कुमाऊं के निवासियों की तरक़्क़ी के लिए लड़ते रहे। सर्वप्रथम 1923 में पं. मोतीलाल नेहरू ने उनकी प्रतिभा और सूझबूझ का अन्दाज़ा लगाकर उसी वर्ष उन्हें स्वराज्य दल का नेता चुन लिया। वह उत्तर-प्रदेश विधानसभा के सदस्य भी तभी चुने गए। इस महत्त्वपूर्ण दायित्व को उन्होंने कुशलता के साथ निभाया।

1928 में साइमन कमीशन का बहिष्कार सारे भारत में हुआ। लाहौर में लाला लाजपतराय घायल होकर हमेशा-हमेशा के लिए आंखें मूंद चुके थे।

लखनऊ में भी साइमन कमीशन पहुंचा। उसके विरोध में नौजवानों ने पूरी तैयारी की हुई थी। शहर में दफ़ा 144 लगा दी गई थी। इसलिए किसी भी तरह की सभा करने या जुलूस निकालने की सख़्त पाबन्दी थी, फिर भी साइमन कमीशन के लिए चारबाग़ रेलवे स्टेशन पर टुकड़ियों में उत्साही युवक पहुंच चुके थे। एक दल का नेतृत्व पन्त जी के हाथों में था। 'साइमन कमीशन वापस जाओ' के नारे लगाते हुए वह आगे बढ़ते जा रहे थे। अचानक सशस्त्र पुलिस और घुड़सवारों ने उस दल को घेर लिया। क्रूरता से लाठियां बरसाई जाने लगीं। नौजवान पन्त तब तक लाठियां और कोड़े खाते रहे, जब तक मूर्च्छित होकर नहीं गिर पड़े, परन्तु उनके होंठ फड़फड़ाते रहे और कहते रहे, 'साइमन वापस जाओ!' इस निर्मम यातना ने पन्त जी को जीवन-भर सीधा नहीं होने दिया।

घटना के कुछ समय बाद प्रान्तीय असेम्बली में सी.वाई. चिन्तामणि ने इस विषय में 'काम रोको' प्रस्ताव रखा। इसमें पन्त जी को घटना के वर्णन के लिए कहा गया, किन्तु वे अत्यन्त संकोच में थे।

उन्होंने कहा, "आज मुझे सदन के सामने बोलने में भारी संकोच हो रहा है। साइमन कमीशन के लखनऊ आगमन पर घटी घटनाओं के विषय में मुख्य रूप से मेरा नाम जोड़ा जाता है। मैं इतना कह सकता हूं कि मुझमें किसी प्रकार की हिंसा या गुस्से का भाव नहीं है। यदि निष्ठा या व्यक्तिगत स्पष्टीकरण देने की अनुमति हो, तो मैं नम्रता से कह सकता हूं कि 29-30 नवम्बर को किए गए अपने कार्य पर मुझे गर्व है। ईश्वर से प्रार्थना है कि वह हमें पाशविकता का अहिंसात्मक सामना करने की शक्ति दे, जिससे हम कठिन परिस्थितियों में भी सफल हो सके। यही पशु शक्ति पर स्थित इस शासन को समाप्त करने का एकमात्र उपाय है।"

अहिंसा को मानने वाले पन्त जी ज़िला मजिस्ट्रेट, नेनीताल की नज़र में एक ख़तरनाक व्यक्ति थे। 19 जनवरी, 1932 में उनके हल्द्वानी वाले घर की तलाशी ली गई और वहां कांग्रेस कार्यालय को ज़ब्त कर लिया गया। 18 फ़रवरी

को उन्हें बन्दी बनाकर उन पर तुरत-फुरत मुक़दमा चलाया गया और देहरादून जेल भेज दिया गया। अगस्त, 1932 में पन्त जी जेल से छूटे।

1937 में आंशिक रूप से भारतीय शासन स्वीकार कर कांग्रेस ने प्रादेशिक विधान सभाओं में प्रवेश किया। पन्त जी उत्तर-प्रदेश के मुख्यमन्त्री बने। प्रान्तीय गवर्नरों तथा वायसराय दोनों ने कांग्रेस सरकार को यह आश्वासन दिया था कि रोज़ के प्रशासन में किसी प्रकार का हस्तक्षेप नहीं किया जाएगा। पन्त जी ने तब तक मन्त्रिमंडल नहीं बनाया, जब तक उन्हें गवर्नर से उक्त आश्वासन नहीं मिल गया।

कांग्रेस का अन्तिम लक्ष्य सम्पूर्ण स्वराज्य ही था। उस लक्ष्य तक पहुंचाने वाला एक वातावरण तैयार करने के लिए ही कांग्रेस ने प्रान्तों में सरकारें बनाना स्वीकार किया था। उसके सामने देश के असंख्य शोषित मज़दूर, बेसहारा किसान और ग़रीब जनता थी, जिसे दो वक़्त भरपेट रोटी तक नसीब नहीं थी। मिल मालिकों, महाजनों और ज़मीदारों के शोषण का भयानक जाल फैला था। अत्याचारों की सीमा ही नहीं थी। लोगों की हालत कीड़े-मकोड़ों से भी गई-गुज़री थी। राजनीतिक बन्दियों का भी बुरा हाल था। कांग्रेस ने सरकार बनाने के बाद सबसे पहले ऐसे बन्दियों को मुक्त किया और जिनके विरुद्ध मुक़दमे चल रहे थे, वापस ले लिये।

द्वितीय विश्वयुद्ध 1939 में शुरू हो चुका था। भारत के वायसराय लॉर्ड लिनलिथगो ने एक वक्तव्य प्रकाशित कराया, जिसमें इंग्लैंड के लिए सहानुभूति दिखाते हुए भारतीयों से अनुरोध किया गया था कि संकट की घड़ी में भारत को इंग्लैंड का साथ देना चाहिए, वह भी बिना शर्त। कांग्रेस को यह बात मंजूर नहीं थी। इसलिए उसने एक शर्त रखी कि इंग्लैंड भारत को स्वायत्तता का वचन दे, तो देश उसकी सहायता करेगा, परन्तु लार्ड लिनलिथगो ने फिर चालें चलीं, जिससे संयुक्त प्रान्त के मन्त्रिमंडल ने अन्य प्रान्तों के कांग्रेसी मन्त्रीमंडलों के साथ त्यागपत्र दे दिया। इस तरह पन्त जी के मन्त्रिमंडल का कार्य बीच में ही समाप्त हो गया।

द्वितीय विश्वयुद्ध 1940 तक चलता रहा और गांधी जी ने व्यक्तिगत सत्याग्रह का निर्णय लिया, जिसका नारा था – 'न एक भाई और न एक पाई,' अर्थात न तो हम महायुद्ध में अपने किसी भाई को भेजेंगे और न एक पाई की आर्थिक सहायता ही देंगे। इस फ़ैसले का यह असर हुआ कि सभी बड़े नेताओं के साथ पन्त जी भी जेल में बन्द किए गए। बाद में 17 नवम्बर, 1941 को उन्हें छोड़ा गया।

1947 में जब भारत आज़ाद हुआ, तो उन्हें संयुक्त प्रान्त का मुख्यमन्त्री बनाया गया। आज़ादी के तुरन्त बाद प्रायः सारा उत्तर भारत दंगों की आग में झुलस उठा। हिन्दू-मुस्लिम एक-दूसरे के ख़ून के प्यासे हो गए। इन हालात में भी पन्त जी ने दोस्तों से कहा कि चाहे सारे भारत में कुछ भी हो, पर संयुक्त प्रान्त हमेशा संयुक्त ही रहेगा। वास्तव में उनकी प्रशासनिक योग्यता की तारीफ़ करनी होगी कि संयुक्त प्रान्त साम्प्रदायिकता की आग से बिल्कुल अलग रहा। हालांकि पंजाब व सिन्ध से भागकर शरणार्थी वहां भी पहुंचे और बसने लगे, पर वहां हिन्दू-मुसलमान एक साथ मेल और प्यार से रहते रहे।

उत्तर-प्रदेश के मुख्यमन्त्री पद पर रहते हुए उन्होंने विकास के लिए अनेक महत्त्वपूर्ण काम किए। तराई अंचल में 16,500 एकड़ 'एक जोत' ज़मीन को कृषि योग्य बनाया। यहां एक कृषि विश्वविद्यालय की स्थापना की गई। वहां के फूलों के बग़ीचे, सुन्दर इमारतें, दूध के केन्द्र, मनोरम झीलें, हवाई अड्डा आदि सभी कुछ आज भी पन्त जी की याद दिलाते हैं।

पं. जवाहरलाल नेहरू को उनकी दूरदर्शिता पर गहरा विश्वास था। सरदार पटेल की मृत्यु के बाद केन्द्रीय गृह मन्त्रालय को संभालने के लिए उतने ही मज़बूत हाथों की आवश्यकता थी। पं. नेहरू को यह सहयोग पन्त जी से मिला। केन्द्र सरकार में गृहमन्त्री के रूप में उन्होंने बड़ी ख़ूबी के साथ पद संभाल लिया।

पन्त जी में सहने की शक्ति भरपूर थी। एक दिन संसद में राज्यों के पुनर्गठन के सम्बन्ध में बड़ी गर्मागर्म बहस चल रही थी। उनके एक असन्तुष्ट

मित्र उनसे झगड़ा करने के उद्देश्य से उन पर आरोप पर आरोप लगाने लगे। क़रीब एक घंटे तक वह उनकी आलोचना करते रहे, किन्तु पन्त जी चुपचाप सुनते रहे। अन्त में जब मित्र चुप हुए, तो उन्होंने मुस्कराकर और बड़ी नम्रता से पूछा, "क्या आपको कुछ और कहना है?" पन्त जी के धैर्य, नम्रता और सहनशक्ति का उन पर ऐसा गहरा असर पड़ा कि वह उनकी प्रशंसा करते हुए लौटे।

पन्त जी भारतरत्न से अलंकृत देश के पहले नेता थे, जो गृहमन्त्री रहे थे। 1957 में इस राजनेता को भारत सरकार ने इस सर्वोच्च उपाधि से विभूषित किया।

अपने स्वभाव से हर किसी के दिल में घर कर लेने वाले पन्त जी का शरीर कई रोगों से पीड़ित हो चला था। 7 मार्च, 1961 को देश के इस सपूत ने अपना शरीर त्याग दिया।

8

डॉ. धोन्धूकेशव कर्वे

भारतरत्न 1958

“**सब** इंसान बराबर हैं। न कोई छोटा है, न बड़ा। हम आज़ादी के बाद भी दुर्बल हैं, दरिद्र हैं और नैतिक रूप से कमज़ोर हैं, क्योंकि हमारे उद्देश्यों, विचारों और कर्मों में समता और ममता का स्थान नहीं रहा। हमें नैतिक रूप से मज़बूत बनने के लिए अपने विचारों और कर्मों में समता को जगाना होगा।”

ये महान विचार हैं समाजसेवी डॉ. धोन्धूकेशव कर्वे के, जिन्हें सम्मान के साथ अण्णा सहब कहा जाने लगा।

वह ज़माना पेशवाओं का था। पेशवाओं की राजधानी पुणे में कोंकण से दो भाई केशव भटकर्वे और रघुनाथ भटकर्वे आए। उन्होंने वहां एक दुकान खोली। थोड़े समय में ही उनका व्यापार अच्छा चल निकला।

उनकी व्यापारिक उपलब्धि यह थी कि पेशवा स्वयं उनकी दुकान से सौदा मंगवाने लगे। बड़े भाई केशव भटकर्वे की विद्वत्ता के कारण पेशवा उनसे खुश हो गए और एक गांव हतनोर की जागीर उन्हें भेंट में दे दी। केशव भटकर्वे अग्निहोत्री ब्राह्मण थे। अतः पेशवाओं के धार्मिक कार्यकलापों में भी उपस्थित रहते थे।

छोटे भाई रघुनाथ व्यापार को दिन दूना रात चौगुना बढ़ाते रहे। अपने बड़े भाई की वह इतनी इज़्ज़त करते थे कि सारा व्यापार उन्हीं के नाम से चलाते। बढ़िया व्यापार के कारण धन-धान्य की कोई कमी नहीं थी। ज़रूरत

पड़ने पर मराठा सरदारों को ऋण भी देते थे। एक बार दासजी गायकवाड़ ने उनसे साढ़े छह लाख रुपए उधार लिए थे। नागपुर के भोंसले भी उनके ऋणी थे।

वही दासजी गायकवाड़ बड़ौदा के शासक बने। उनके वंशज महाराज गायकवाड़ एक दिन कर्वे के गांव मुरद में आकर ब्राह्मणों को दान-दक्षिणा दे रहे थे। हरेक ब्राह्मण को दस रुपए मिल रहे थे। भीखू और धोन्धू दोनों भाइयों को भी यह पता चला। वे दक्षिणा लेने के लिए अपनी मां की आज्ञा लेने घर की ओर दौड़े। मां ने कहा कि वह दक्षिणा नहीं, भीख है और हम इतने गिरे हुए नहीं कि भीख लेने जाएं, पर धोन्धू ज़िद करता रहा और उसे दक्षिणा कहता रहा। बड़ौदा के महाराज दक्षिणा दे रहे हैं, इसे वह बहुत बड़ी बात मानता रहा। मां ने कहा कि हम उनसे कम नहीं। वह भी हमारे क़र्ज़दार हैं। हमारे पुरखों ने उनके पुरखों को छः लाख दिए थे, जिसे आज तक वे उतार नहीं पाए।

मां की बात सुनकर नन्हा धोन्धू आश्चर्य से भर उठा। 18 अप्रैल, 1858 को महाराष्ट्र के रत्नागिरि ज़िले के एक गांव में जन्मा धोन्धू उन्हीं केशव और रघुनाथ भटकर्वे की भावी पीढ़ी था, धोन्धू के पिता केशव पन्त ने बचपन में ख़ूब अमीरी भोगी थी, परन्तु धीरे-धीरे घर की धन-सम्पत्ति चुकने लगी। उनकी स्वाभिमानी पत्नी लक्ष्मीबाई दुर्भाग्य के ये दिन पहले ही भांप गई।

केशव पन्त तो घर से बाहर रहते थे, लक्ष्मीबाई ने बहुत होशियारी से थोड़ा-थोड़ा करके धन बचाया और ज़मीन ख़रीदकर घर बनाया। परिवार पर जो क़र्जा था, उसे भी चुकाया। इसी बीच उनके छः बच्चे हुए। पहले तीन बच्चे बचे नहीं। दुख तथा परेशानी को सहते हुए भीखू, धोन्धू और उनकी छोटी बहन अम्बा को उन्होंने पाला-पोसा।

ज़िद्दी धोन्धू डरपोक भी थे। समुद्र के पास रहते हुए भी उन्होंने कभी तैरने की हिम्मत नहीं की। एक बार साथियों ने उन्हें ज़बर्दस्ती हाथ-पांव बांधकर पानी में डाल दिया। धोन्धू ने बड़ा शोर मचाया और चिल्ला-चिल्लाकर राहगीरों

को इकट्ठा कर लिया। उनके मन में ऐसा डर समाया कि घर आकर अंधेरी अटारी में छिप गए। किसे पता था कि आगे चलकर यही ज़िद्दी और डरपोक बालक बहादुरी के साथ समाज में फैली रूढ़ियों का डटकर मुक़ाबला करेगा और समाज की भलाई के अनेक काम करके महर्षि का पद प्राप्त करेगा।

हाथ में तख़्ती लेकर वह शेनवी पन्तोजी की प्राइमरी पाठशाला में जाने लगे। वहां बांस की क़लम से लिखना सीखा। कितने ही पुराने श्लोकों को कंठस्थ कर लिया, जिन्हें वह मधुरता से गाकर सुनाते थे। इस प्राइवेट स्कूल से चौथी कक्षा तक पढ़ाई की। बाद में सोमण गुरुजी द्वारा संचालित सरकारी विद्यालय में छठी तक पढ़े। यह विद्यालय मुरद से छः मील दूर दपोली में था।

उन्हें गणित से विशेष लगाव था। शिक्षा के साथ वह रोज़ राम विजय, हरि विजय, शिव लीला, अमृत, गुरु चरित्र का पाठ करते। जब कभी धार्मिक उत्सव का समापन समारोह होता, तो धोन्धू से श्लोक पाठ करने को कहा जाता। दुर्गा देवी मन्दिर में उन्होंने अपने एक अध्यापक के सहयोग से वाचनालय शुरू किया। अध्यापक के एक मित्र पांडुरंग कई समाचार-पत्र मंगाते थे। वही वाचनालय में रख दिए जाते थे। धोन्धू बड़ी लगन से वाचनालय में काम करते।

समाज-सेवा का बीज धोन्धू के मन में इस वाचनालय से ही पड़ा। आगे चलकर उन्हीं अध्यापक के सहयोग से उन्होंने सहकारी भंडार खोला। पांच-पांच रुपयों के शेयर बेचे और पूंजी 800 रुपए तक की गई, परन्तु हिसाब-किताब ठीक से न रख पाने के कारण भंडार चल नहीं पाया। बड़ी मुश्किल से भागीदारों को उनका पैसा चुका पाए। कुछ लोगों ने उन्हें माफ़ भी कर दिया।

उन दिनों छठी कक्षा की परीक्षा बम्बई, रत्नागिरी और सतारा में हुआ करती थी। 1875 का सितम्बर महीना था। वर्षा मूसलाधार चल रही थी। छठी कक्षा की परीक्षा देने वे अपने चार अन्य साथियों के साथ सतारा जाने के लिए निकल पड़े। दिन-रात पैदल चले। रास्ते की गहरी घाटी और पर्वत की चोटी के बीच पड़ने वाले कंटीले रास्तों को पार करके जब वह प्रवेश समिति

के अध्यक्ष के सामने पहुंचे, तो उसने देखते ही उनसे उनकी उम्र पूछी। उन्होंने सत्रह वर्ष बताई, पर अध्यक्ष ने उसे नहीं माना और उन्हें पन्द्रह वर्ष का ही बताते रहे। इसलिए उनका प्रवेश न हो सका और निराश होकर उन्हें लोटना पड़ा।

बाद में वह अपने भाई के साथ कोल्हापुर से परीक्षा पास कर पाए। दो वर्ष बाद उन्हें पढ़ने के लिए रत्नागिरि या बम्बई जाना आवश्यक हो गया। उनके पिता पढ़ाई का ख़र्च उठाने में स्वयं को मजबूर पा रहे थे। धोन्धू के उत्साह को देखकर उन्होंने किसी-न-किसी तरह धन की व्यवस्था की और उन्हें रत्नागिरि भेज दिया।

उन दिनों अंग्रेज़ी भाषा का काफ़ी महत्त्व था। उसी के सहारे तरक़्क़ी कर पाना आसान था। रत्नागिरि के हाईस्कूल में प्रवेश लेने का यह भी एक कारण था, परन्तु स्वास्थ्य ने उनका साथ नहीं दिया। वह बीमारी के कारण गांव लौट आए और पांच रुपए प्रति माह पर अध्यापन का काम शुरू कर दिया। साथ में पढ़ाई को भी जारी रखा। सात घंटे स्कूल में पढ़ाना और फिर घर आकर अपनी अंग्रेज़ी की पढ़ाई करना। इस प्रकार कुछ धन कमाकर वह अपने एक दोस्त के साथ बम्बई के विल्सन स्कूल में भर्ती हो गए। सन् 1881 में मैट्रिक परीक्षा पास करने के बाद सन् 1884 में एल्फिंस्टन कॉलेज से गणित में बी. ए. की परीक्षा पास कर ली। एल्फिंस्टन कॉलेज में धोन्धू केशव कर्वे के सहपाठियों में थे, महान देशभक्त गोपालकृष्ण गोखले, गणितज्ञ चिमनलाल सीतलवाड़ और राजनीतिज्ञ वकील टी.के. गज्जर।

इस बीच उनके पिता की मृत्यु हो गई। बम्बई में वह अपनी पत्नी राधाबाई और पुत्र रघुनाथ को ले आए। परिवार के ख़र्चे के लिए उन्होंने ट्यूशन आरम्भ कर दी। राधाबाई ने भी पढ़ना शुरू किया और वह शीघ्र ही मैट्रिक की परीक्षा देने योग्य हो गईं।

वामन आवाजी मोडक उन दिनों एल्फिंस्टन कॉलेज के प्रधानाचार्य थे। वह धोन्धू से परिचित भी थे। धोन्धू उनके यहां कुछ दिन रत्नागिरि में ठहरे

भी थे। उसी याद और परिचय के सहारे वह उनके पास अस्थायी रूप से अध्यापन का कार्य मांगने पहुंचे।

कम उम्र के कारण मोडक महाशय के मना करने पर धोन्धू केशव ने हार नहीं मानी और वह एल्फिंस्टन कॉलेज के अपने दयालु व परिचित प्रोफ़ेसर हैथोरुथ वाइट से मिले, जिनके प्रयास से उन्हें अस्थायी तौर पर अध्यापक रख लिया गया। इसके साथ प्रोफ़ेसर साहब ने उन्हें प्राइवेट ट्यूशनें भी दिलवा दीं। इससे उनकी ज़िन्दगी की गाड़ी के पहिए चल निकले। स्कूल में काम अच्छा रहा, तो मोडक ने उन्हें स्थायी कार्य देना चाहा। स्वाभिमानी कर्वे ने उन्हें मना कर दिया। इसके बाद उन्होंने मेहनत करके रसायन और भौतिक विज्ञान में एम.एस-सी. किया।

उन्हीं दिनों राबर्ट मनी स्कूल के एक अध्यापक राजाराम शास्त्री भागवत ने बम्बई में मराठा हाईस्कूल खोला और अपने प्रिय शिष्य कर्वे को अध्यापन के लिए बुला लिया। धोन्धू केशव अपने गुरु की यह आज्ञा मानकर आजीवन मराठा हाईस्कूल के हो गए।

उनकी जीवनचर्या बहुत व्यस्त हो गई। सुबह छः बजे मझगांव में सेंट पीटर्स स्कूल के भारतीय और यूरोपीय छात्रों को अंग्रेज़ी पढ़ाते। जिस गांव में वह रहते थे, वहां से मझगांव पैदल जाते थे। राधाबाई साढ़े चार बजे जाग जातीं। पांच बजे तक दही-भात का कलेवा देकर उन्हें विदा करतीं। मझगांव में पढ़ाकर वह दिन-भर मराठा हाईस्कूल में रहते। रात में वापस आते, तो भोजन करके राधाबाई की पढ़ाई को देखते।

बेहद परिश्रम का प्रभाव पड़ा राधाबाई के स्वास्थ्य पर। वह बीमार पड़ गईं। उनकी देखभाल करना कर्वे जी के बस में नहीं था। इसलिए उन्हें मुरद छोड़ आए। गांव की सुधारनिधि से वह आर्थिक रूप से छात्रों की सहायता भी किया करते थे। अपनी आय में से 5 प्रतिशत का कोष केवल सामाजिक कार्यों में दान देने के लिए ही बना रखा था। इतना ही नहीं, समाज-सेवा की भावना के कारण उन्होंने मित्रों के सहयोग से सन् 1888 में गांव में एक स्कूल

की स्थापना के लिए मुरद कोष शुरू किया और उसी से एक दिन हाईस्कूल खोल लिया।

इस समाज-सेवा में राधाबाई ने भी कड़ी मेहनत की, किन्तु उनका स्वास्थ्य गिरता चला गया और श्रावण की नागपंचमी के दिन राधाबाई उनका साथ छोड़कर अनन्त यात्रा पर चली गईं। उन दिनों कर्वे बम्बई में थे। पत्नी का शोक मन में बसाए कार्यों में लगे रहे और अपने पसीने से कमाया गया लगभग 500 रुपए का धन उन्होंने मुरद गांव को स्त्री-शिक्षा के लिए राधाबाई स्मारक फंड के रूप में दे दिया। यही दान आधार साबित हुआ अनाथ महिला उद्धार एवं स्त्री-शिक्षा के लिए बने भव्य महिला विद्यापीठ का। यह धोन्धू कर्वे का कभी न भूलाया जाने वाला महादान था।

उन्हीं दिनों पूना से गोपालकृष्ण गोखले का पत्र मिला। उन्होंने कर्वे को फ़र्ग्युसन कॉलेज, पूना में गणित पढ़ाने के लिए बुलावा भेजा। वह उलझन में पड़ गए। उस दिन राजाराम शास्त्री ने ही उन्हें समझाया कि अगर इस निमन्त्रण को ठुकरा दिया, तो फिर जीवन-भर इस भूल के लिए पछताना पड़ेगा।

राजाराम शास्त्री द्वारा समझाने पर वह फ़र्ग्युसन कॉलेज में गणित पढ़ाने लगे। बम्बई में अध्यापन कार्य से होने वाली लगभग 300 रुपए प्रति मास की आमदनी की चिन्ता किए बिना केवल 75 रुपए मासिक पर पूना आ गए और डेकन एजुकेशन सोसाइटी के सदस्य बनकर 1914 तक शिक्षण संस्थान में सेवा करते रहे। पेंशन सहित पदमुक्त होने के बाद उनके जीवन में बदलाव आया और पूना की धरती उनकी साधना-स्थली बन गई।

उन दिनों भारतीय समाज तरह-तरह की कुरीतियों में फंसा हुआ था। बाल-विवाह और सती-ग्रथा जैसी कुरीतियों ने समाज को जकड़ा हुआ था। अक्सर बाल-विधवाएं यदि सती नहीं होती थीं, तो नरक भोगने को मजबूर हो जाती थीं। उनका सुबह-सुबह मुंह देखना या मांगलिक कारों में उनकी उपस्थिति अपशगुन मानी जाती थी। पति के मर जाने पर उनकी ज़िन्दगी

बाल मुंडवाकर एक अंधेरी कोठरी में बन्द होकर रह जाती थी। विधवा पुनर्विवाह एक्ट बन गया था, परन्तु फिर भी समाज में पाखंड तब भी अपनी जड़ें जमाए हुए था।

कर्वे ने अपने मित्र की पत्नी को भी इसी प्रकार दयनीय हालत में मरते देखा, तो उन्होंने ठान लिया कि भाषणों के बल पर इस प्रथा का अन्त होना कठिन है। इसलिए उन्होंने किसी कुलीन परिवार की कन्या के साथ विवाह न करके अपने मित्र नरहर पंत की विधवा छोटी बहन गोदूबाई (गोदावरी) के साथ 13 मार्च, सन् 1893 में दूसरा विवाह कर लिया। इनका नया नाम आनंदीबाई रखा गया। इस विवाह के कारण उनके परिवारजन और समाज के लोग नाराज़ हो गए और उन्हें समाज से बहिष्कृत कर दिया गया। यहां तक कि अपने गांव में भी उन्हें रहने को स्थान नहीं दिया।

दूसरी ओर उनके इस साहसिक क़दम की जागरूक जगत में सराहना की गई। 'इन्दु प्रकाश', 'सुबोध पत्रिका', 'ज्ञान प्रकाश', 'सुधारक', 'केसरी' और 'वैदर्भ' आदि प्रगतिशील समाचार-पत्रों ने उनकी प्रशंसा में अपने कॉलम रंग डाले और उन्हें बधाइयां भेजीं। बाधाओं के आने पर भी कर्वे दम्पति ने हार नहीं मानी, बल्कि दुगुनी हिम्मत से सामाजिक कुरीतियों को जड़ से समाप्त करने के लिए उनमें ओर भी शक्ति आ गई।

आनन्दीबाई ने राधाबाई के निधन के बाद हुए ख़ालीपन को भर दिया। उन्होंने नागपुर के डफ़रिन अस्पताल से मिडवाइफ़ और नर्सिंग की शिक्षा ली। दूसरी ओर कर्वे जी ने विधवा समिति की स्थापना की। इसका उद्देश्य विधवाओं की दशा सुधारना था। उन्होंने सोचा कि महिलाओं के उद्धार के लिए विधवा विवाह ही काफ़ी नहीं है। अतः उन्होंने अनाथ बालिका आश्रम समिति की भी स्थापना कर डाली।

इस आश्रम में बालिकाओं को ऐसे पढ़ाया जाता था, ताकि उनका इस तरह मानसिक विकास हो सके कि उनमें अपने पैरों पर खड़ा होने की भावना मज़बूत हो जाए। इस कार्य में गोपालकृष्ण गोखले का उन्हें भरपूर सहयोग

मिला। लोकमंडल के कामों में ज़रा भी फुरसत मिलती, तो गोखले कर्वे जी के आश्रम में आते और सुधार के कार्यक्रमों पर बातचीत होती।

उनकी आलोचनाएं कम नहीं हुईं। इससे उनका मन बहुत दुखी हुआ। दिन-रात काम में लगे रहने के बाद भी सबको सन्तुष्ट नहीं कर पा रहे थे, फिर भी परेशान होकर रुके नहीं। वह आत्म-मन्थन करके अपनी कमियों को दूर करने की कोशिश करते रहते।

कर्वे जी ने अपने पास की सारी जमा-पूंजी आश्रम को दान कर दी और अधिक धन इकट्ठा करने के लिए गुजरात तथा महाराष्ट्र के शहरों में घूमने लगे। इतने पर भी उनका मन नहीं माना और अपनी पांच हज़ार रुपए की बीमा पॉलिसी को भी आश्रम के लिए दे दिया।

सन् 1908 में उन्होंने निष्काम कर्म मठ की भी स्थापना कर डाली। इस संस्था का मूल मन्त्र था – समाज-सेवा ही हमारा ईश्वर है और उनकी सेवा करने में ही लाभ समझना हमारी श्रद्धा है। आगे चलकर इन तीनों संस्थाओं को एक ही नाम दे दिया गया, वह था महिला आश्रम।

यह उनकी अटूट मेहनत का नतीजा था कि चार वर्षों में ही इस संस्था के कोष में दो लाख सोलह हज़ार रुपए इकट्ठे हो गए। तभी बम्बई के विख्यात उद्योगपति विट्ठलदास दामोदर ठाकरसी ने इस आश्रम और विद्यापीठ के नाम पन्द्रह लाख रुपए कर दिए। अपनी माता के नाम पर उन्होंने इस महिला विद्यापीठ का नाम 'श्रीमती नाथीबाई दामोदर ठाकरसी महिला विद्यापीठ' रखा।

महात्मा गांधी कर्वे जी की इस सफलता को देखकर बहुत प्रसन्न हुए। विश्वविद्यालय में स्वदेशी भाषा के माध्यम की योजना को भी उन्होंने पसन्द किया, किन्तु दूरदर्शी बापू ने एक प्रस्ताव रखा कि उच्च शिक्षा के लिए अंग्रेज़ी वैकल्पिक विषय होना चाहिए। इस पर कर्वे जी ने नम्रतापूर्वक अपनी बात पर अड़े रहे, तो केवल उन्हीं की ख़ातिर गांधी जी ने झुकना स्वीकार कर लिया।

कर्वे जी ने इंसान-इंसान के बीच किसी प्रकार का भेदभाव नहीं माना।

वह सभी जातियों के इंसानों को एक मानते थे। अपने इन्हीं विचारों की परिकल्पना को साकार करने के लिए 1944 में उन्होंने 'समता' संघ की भी स्थापना की थी।

1942 में काशी हिन्दू विश्वविद्यालय ने उन्हें डॉक्टर ऑफ़ लॉ की उपाधि प्रदान की थी। 1950 में देशवासियों ने उनको महर्षि अलंकरण से विभूषित किया। 1951 में पुणे में उन्हें डी. लिट्. की उपाधि दी गई और 1955 में उन्हीं के द्वारा स्थापित नाथीबाई दामोदर ठाकरसी महिला विद्यापीठ ने भी डी. लिट्. से सम्मानित किया।

सन् 1955 में भारत सरकार ने उन्हें 'पद्मविभूषण' की उपाधि से नवाज़ा। बम्बई विश्वविद्यालय ने भी 1957 में भी उन्हें डॉक्टर ऑफ़ लॉ की उपाधि दी। वह सौ वर्ष के हो गए। तब 1958 में देश-भर में उनकी जन्म-शताब्दी धूमधाम से मनाई गई।

26 जनवरी, 1958 को उन्हें भारत सरकार द्वारा भारतरत्न के सर्वोच्च अलंकरण से विभूषित किया गया। यह निष्काम कर्मयोगी एवं समाजसेवी 9 नवम्बर, 1962 को 105 वर्ष की आयु में परमात्मा में लीन हो गया।

9

डॉ. विधानचन्द्र राय

भारतरत्न 1961

“**जो** कुछ भी करो, उसे अपनी सम्पूर्ण शक्ति से करो” इस वाक्य को मूलमन्त्र मानकर अपने जीवन में सफलता की सीढ़ियां चढ़ने वाले डॉ. विधानचन्द्र राय का जन्म 1 जुलाई, 1882 को पटना नगर के बांकीपुर स्थान में हुआ था। पिता प्रकाशचन्द्र राय आबकारी इंस्पेक्टर थे। दो बहनों और तीन भाइयों में सबसे छोटे होने के कारण बालक विधान को सभी का ढेर सारा प्यार मिला।

वह बचपन में दूसरे छात्रों की तरह एक साधारण छात्र थे। अध्यापकों को झांसा देकर भाग जाने में उन्हें बड़ा मज़ा आता था। पहले तो उन्हें गांव की पाठशाला में भेजा गया, जहां बंगला भाषा का अक्षर ज्ञान मिला, फिर अंग्रेज़ी ‘साधन’ के साथ हाईस्कूल में भर्ती हुए। कमज़ोर वह शुरू से ही थे। क़द भी नाटा था। इससे खेलकूद में हमेशा फिसड्डी रहते, अलबत्ता बाद में फुटबाल में रुचि बढ़ी और वह भी इतनी कि एक बार अपनी परीक्षा अधूरी छोड़कर खेल में शामिल हो गए। वह केवल पास होने पर भी अपने को धन्य समझते थे। कक्षा में प्रथण आना या कुछ ख़ास कर पाने का कभी कोई विचार मन में उठता ही नहीं था।

फिर भी पढ़ाई में बिल्कुल नियमित रहे। माता-पिता को कभी यह कहने की आवश्यकता नहीं हुई कि विधान पढ़ने जाओ। चौदह वर्ष की अल्पायु में ही उनकी मां का स्वर्गवास हो गया, फिर भी वह अपने सभी भाई-बहनों के साथ नियमित रूप से पढ़ते रहे।

सन् 1901 में पटना के बांकीपुर कॉलेज से गणित में बी.ए. ऑनर्स की परीक्षा पास की और फिर कलकत्ता के मेडिकल कॉलेज में डॉक्टरी की पढ़ाई में दाख़िला ले लिया। दरअसल एफ.ए. और बी.ए. पास करने के बाद उनकी रुचि किसी विशेष पेशे में नहीं थी। वकालत उनके पिता पसन्द नहीं करते थे। सरकारी नौकरी की तरफ़ उनका रुझान ही नहीं था। कुछ तो करना ही है, यह सोचकर वह मेडिकल कॉलेज में भर्ती हो गए।

डॉक्टर राय के जीवन पर जिन हस्तियों ने गहरा प्रभाव छोड़ा, उनमें महात्मा गांधी, देशबन्धु के अलावा उनके शिक्षक प्रधानाचार्य कर्नल ल्यूकिस प्रमुख हैं। उनकी पारखी आंखों ने युवक विधानचन्द्र राय का चमकदार भविष्य देख लिया था। वह अंग्रेज़ थे, फिर भी उन्हें विधानचन्द्र में विशेष रुचि थी और सदा उनकी सहायता करते रहते थे। एक बार उन्होंने कहा था, "देखो विधान, मैं तुम्हें एक शिक्षा देता हूं। किसी भी अंग्रेज़ के सामने चौथाई इंच भी मत झुकना, नहीं तो वह तुम्हें दोहरा (झुका) कर देगा।" और डॉक्टर विधानचन्द्र राय ने इस शिक्षा को अपने जीवन का मूलमन्त्र बना लिया।

मेडिकल कॉलेज में दाख़िला लेने के बाद दूसरे वर्ष पिता नौकरी से रिटायर हो गए। पढ़ाई का ख़र्चा उठाना एक समस्या बन गई, परन्तु तभी संयोग से विधान को छात्रवृत्ति मिलने लगी और गाड़ी फिर चल निकली। कर्नल ल्यूकिस ने उन्हें मेल नर्स का काम भी दे दिया, जिससे उन्हें आठ रुपए मासिक मिलने लगे।

एक दिन कॉलेज के प्राध्यापक कर्नल पेक ब्रुहाम की मोटर एक ट्राम से टकरा गई। विधानचन्द्र वहीं खड़े थे। कर्नल पेक ने वक़्त पड़ने पर उनसे अपने पक्ष में गवाही देने के लिए कहा। उन्होंने झूठ बोलने से साफ़ इनकार कर दिया। कर्नल ने जल-भुनकर अपने विषय में उन्हें एक भी अंक नहीं दिया। उस वर्ष अन्य विषयों में अच्छे अंक होने पर भी वे फेल हो गए। आगे चलकर कर्नल पेक उनकी योग्यता और सच्चाई देखकर इतने प्रभावित हुए कि उनसे अपनी ग़लती के लिए क्षमा मांगी और अपने विषय में ज़्यादा अंक भी दिए।

1904 में बंग-भंग के कारण विरोध का स्वर गूंज रहा था। उन दिनों एंग्लो इंडियन लोग भारतीयों को अपने से हीन समझते थे। एक दिन विधानचन्द्र राय अपने एक साथी के साथ कलकत्ता से वर्धवान जा रहे थे। वे दोनों रेल के इंटर क्लास में थे। सामने वाली सीट पर एक एंग्लो इंडियन जोड़ा भी यात्रा कर रहा था। वे पूरी सीट घेरकर बैठे हुए थे। विधानचन्द्र और उनके मित्र खड़े थे। उन्होंने एंग्लो इंडियन से बैठने का स्थान मांगा, पर वह तो साहब थे, भला क्यों बैठने देते? साथ ही उन्होंने अनाप-शनाप बकना आरम्भ कर दिया। बात बढ़ गई। कर्नल ल्यूकिस की चौथाई इंच भी न झुकने की शिक्षा उन्हें याद आ गई। बात हाथापाई तक जा पहुंची और एंग्लो इंडियन साहब ने अपनी दुम दबा ली।

इस घटना की याद करते हुए डॉक्टर राय ने एक बार बताया था कि उस समय ऐसा लगा था कि जैसे सम्पूर्ण अंग्रेज़ जाति से ही जीत गए थे।

कलकत्ता मेडिकल कॉलेज से एम.बी. की परीक्षा पास करके वह सन् 1908 में इंग्लैंड चले गए। वहां के सेंटबर्थो लोम्यूज में प्रवेश के लिए डीन डॉ. शोर के पास न जाने कितने चक्कर लगाने पड़े। अन्त में उन्हें प्रवेश मिल ही गया। सेंटबर्थो लोम्यूज़ के अस्पताल में वह पूरी ताक़त के साथ अपने काम में जुट गए। प्रातः साढ़े नौ बजे से सायं साढ़े चार बजे तक पूरी तरह डूबकर मृत शरीरों पर ऑपरेशन का अभ्यास करते रहते। छुट्टियों में भी यही क्रम चला करता था। इस प्रकार पूरी लगन से पढ़ाई करके उन्होंने अपना विशेष स्थान बना लिया।

बाद में उन्होंने अपनी लगन, परिश्रम और निष्ठा से डॉक्टर शोर का ही मन नहीं जीता, बल्कि उनकी फ़ीस भी माफ़ कर दी गई। सर्जरी के अपने प्रयोगों में काम आने वाले मृत शरीरों के पैसे उन्होंने नहीं लिए, जिसका प्रभाव वहां के स्थानीय विद्यार्थियों और डॉक्टरों पर भी पड़ा।

स्वदेश लौटने पर उन्हें पुलिस कर्मचारियों को प्राथमिक चिकित्सा पढ़ाने का काम सौंपा गया। शायद यह अस्पताल के अधिकारियों की तरफ़ से उनकी

उस हार का बदला था, जो उनके मना करने के बावजूद डॉक्टर राय को गवर्नर द्वारा विदेश जाने की छुट्टी मिल गई थी।

उनके मृदु स्वभाव ने सभी का मन जीत लिया और उनका यश दूर-दूर तक फैल गया। इतना ही नहीं, उनकी सफलता के विषय में अनेक प्रकार की कहानियां मशहूर हो गईं। कितना भी बिगड़ा हुआ रोग होता, रोगी को उनसे उपचार करवाने पर चैन पड़ जाता। आधा रोग तो उनके अच्छे स्वभाव और प्यार भरे व्यवहार से ही दूर भाग जाता। इसी बीच उन्होंने कलकत्ता विश्वविद्यालय के कारमाइकेल मेडिकल कॉलेज में पढ़ाने का कार्य भी शुरू कर दिया। वह विश्वविद्यालय की सीनेट के सदस्य भी चुने गए।

1923 में बंगाल की कौंसिल की सदस्यता के लिए अपने मित्र सर आशुतोष मुखर्जी के अनुरोध पर सर सुरेन्द्रनाथ बनर्जी के विरोध में चुनाव लड़ा और स्वतन्त्र उम्मीदवार के रूप में जीत भी लिया। उस समय डॉक्टर राय केवल इकतालीस वर्ष के थे।

गांधी जी से डॉक्टर राय की भेंट जून 1925 में हुई थी। तब देशबन्धु चितरंजनदास का देहान्त हुए कुछ ही दिन हुए थे। गांधी जी कलकत्ता में देशबन्धु की विधवा वसन्तीदेवी के पास ही ठहरे हुए थे। तभी डॉ. राय भी शोक संवेदना प्रकट करने वहां पहुंचे। वसन्तीदेवी उन्हें देखकर फूट-फूटकर रोने लगीं। गांधी जी ने अजनबी का परिचय पूछा और जब उन्हें मालूम हुआ कि वही विधानचन्द्र हैं, तो दोनों ऐसे मिले, जैसे आपस में बहुत समय से जानते हों। यह मित्रता तेईस वर्षों तक चली।

देशबन्धु की प्रेरणा से ही विधानचन्द्र राय राजनीति में उतरे थे और उनके निधन के पश्चात कौंसिल में वही स्वराज्य पार्टी के अधिकृत वक्ता माने जाने लगे थे। खडगपुर की रेलवे हड़ताल के समय 1927 में कौंसिल में काम रोको प्रस्ताव लाने का दायित्व डॉ. राय ने ही अपने हाथों में लिया था और अगले वर्ष 1928 में पुलिस के बजट पर सबसे अधिक उग्र डॉ. साहब ही हुए थे, क्योंकि साइमन कमीशन के विरोध में पुलिस ने कलकत्ता में अत्यन्त क्रूरता

का प्रदर्शन किया था। सन् 1931 में क़ानून भंग आन्दोलन में सक्रिय भाग लेने पर उन्हें जेल जाना पड़ा।

1937 में प्रान्तों में देशी सरकारें बनीं, तो बंगाल की कांग्रेस सरकार के मुख्यमन्त्री के पद पर डॉ. विधानचन्द्र राय को ही बैठाया गया। गांधी जी जब पूना के आग़ा ख़ां महल में क़ैद थे, उन्हीं दिनों उन्होंने इक्कीस दिन का अनशन आरम्भ कर दिया था। कुछ समय तक अनशन चलता रहा। सरकार ने उनकी देखभाल के लिए तीन सरकारी डॉक्टरों का एक दल नियुक्त कर दिया था। ये डॉक्टर थे, कर्नल शॉ, कर्नल भंडारी और जनरल केंडी। उन्होंने गांधी जी के एपेंडिक्स का ऑपरेशन भी किया था। इस दल के अतिरिक्त गांधी जी की इच्छानुसार तीन ग़ैरसरकारी डॉक्टर भी नियुक्त किए गए थे - डॉ. गिल्डर, डॉ. सुशीला नैयर और डॉ. विधानचन्द्र राय।

गांधी जी के उपवास का तेरहवां दिन था। उनकी स्थिति ठीक नहीं थी। उनके ख़ून और मूत्र की जांच से पता चला कि स्थिति गम्भीर होती जा रही है। पेट में कुछ भी रुक नहीं पा रहा था। चेतना भी खोती जा रही थी। सरकार को सूचित कर दिया गया था कि गांधी जी बचेंगे नहीं। सरकार ने भी वास्तविकता का सामना करने के लिए तैयारी पूरी कर ली थी। किस स्थान पर उनका दाह संस्कार किया जाएगा, यह भी निश्चित हो चुका था।

जनरल कैंडी बहुत निराश होकर डॉ. विधानचन्द्र राय से बोले, "डॉक्टर राय, गांधी जी में अनशन की शक्ति शेष नहीं रही है। हम इंजेक्शन द्वारा उनके शरीर में ग्लूकोज़ पहुंचाना चाहते हैं। अगर वह उसे मुंह से नहीं लेंगे, तो... ।" इस पर डॉ. राय ने कहा, "जब मैं पूना आया था जनरल, तो गांधी जी ने मुझसे वायदा लिया था कि आप ग्लूकोज़ नहीं देंगे, न मुंह से, न इंजेक्शन से," डॉ. राय ने आगे कहा, "बहुत सम्भव है, इस तरह से उनके दिमाग़ पर आघात पहुंचे और उसका नतीजा ठीक न निकले। ऐसी स्थिति में मैं दुनिया को यह बतलाने के लिए पूर्ण रूप से स्वतन्त्र रहूंगा कि बावजूद मेरी चेतावनी के गांधी जी को ग्लूकोज़ दिया गया, जिससे उनकी मृत्यु हो गई।"

सरकारी डॉक्टर इतना बड़ा जोखिम लेने को तैयार नहीं हुए। जनरल कैंडी गांधी जी के पास गए और उनसे कुछ लेने के लिए फिर अनुरोध किया, किन्तु गांधी जी ने मना कर दिया। जनरल कैंडी निराश होकर बाहर आ गए।

तब डॉ. राय गांधी जी के पास गए। केवल चार औंस मीठा नीबू का रस लेने के लिए उन्होंने गांधी जी से अनुरोध करते हुए समझाया कि उससे उनके पेट में शक्ति आएगी और अनशन पर प्रभाव भी नहीं पड़ेगा, क्योंकि नीबू साइट्रेट समूह का पेय है। गांधी जी मान गए।

1939 में अखिल भारतीय चिकित्सा परिषद के अनौपचारिक अध्यक्ष पद के लिए डॉ. राय को चुना गया। उसी वर्ष द्वितीय विश्वयुद्ध छिड़ गया और अंग्रेज़ सरकार ने भारत को भी ज़बर्दस्ती युद्ध में घसीट लिया। 1940 में सरकार ने सेना के चिकित्सा विभाग में नवयुवकों को भर्ती करने में डॉ. राय से सहयोग का अनुरोध किया और गांधी जी की अनुमति पाकर डॉ. राय ने न केवल भर्ती में सहयोग किया, बल्कि भर्ती किए गए भारतीय चिकित्सकों को वे सुविधाएं दिलवाई, जो प्रथम विश्वयुद्ध में उपलब्ध नहीं थीं।

1941 के अन्त में डॉ. राय को कलकत्ता विश्वविद्यालय का उपकुलपति बनाया गया। उन्हीं दिनों जापान के आक्रमण के कारण रंगून पूरी तरह भयभीत था। म्यांमार की राजधानी रंगून से लोग भागकर कलकत्ता आ रहे थे।

डॉ. राय ने उन्हें बसाने के लिए स्कूलों और कॉलेजों में आवासीय व्यवस्था का इस प्रकार प्रबन्ध किया कि शरणार्थियों को सिर छिपाने के लिए भी स्थान मिल गया और साथ ही विद्यार्थियों की शिक्षा और परीक्षा में विघ्न भी नहीं पड़ा। कठिन परिस्थिति में फंसे अध्यापकों को उनकी भविष्य निधि से सहायता भी दिलवाई और विश्वविद्यालय के कर्मचारियों को उचित मूल्यों पर चावल भी दिलवाया। वह अपने जीवन के चालीस वर्षों तक लगातार सेवाकार्य और अनेक अस्पतालों के साथ जुड़े रहे। उनकी इन सेवाओं को देखकर सन् 1944 में कलकत्ता विश्वविद्यालय ने उन्हें डॉक्ट्रेट की मानद उपाधि प्रदान की। सन् 1948 में उन्होंने मुख्यमन्त्री के रूप में बंगाल की बागडोर संभाली।

उससे पहले 1946 के साम्प्रदायिक दंगों में कुछ उपद्रवियों ने उनके मकान पर हमला कर दिया था। वहां मलाया से आया डॉक्टरों का दल ठहरा हुआ था। दल का सारा सामान और दवाओं के बक्से उपद्रवियों ने तोड़कर आग के हवाले कर दिए थे, फिर भी उस पशुता का मुक़ाबला डॉ. राय ने बड़ी हिम्मत के साथ किया।

डॉ. राय ने जीवन-भर विवाह नहीं किया। उन्हें अपने भाइयों के परिवार से बहुत स्नेह था। जब भी समय मिलता, उनके साथ रहते और उनमें घुल-मिल जाते। डॉ. राय को पश्चिम बंगाल का निर्माता माना जाना चाहिए। दुर्गापुर में लोहे और इस्पात का कारख़ाना, कांच का कारख़ाना, एसिड का कारख़ाना, दामोदर घाटी परियोजना, मयूराक्षी जलाशय, गंगा बांध परियोजना, कलकत्ता महानगर में दुग्ध वितरण की योजना आदि आज भी उनके यश की गाथाएं कहती हैं।

मुख्यमन्त्री होने के बावजूद वह रोगियों की निःस्वार्थ भाव से सेवा किया करते थे। उनके निवास स्थान पर रोज़ सुबह रोगियों की भीड़ लगी रहती थी। अनेक डॉक्टरों और अस्पतालों से निराश हुए रोगी जब उनके पास लौटकर आते, तो वह अपने व्यस्त जीवन में से भी समय निकालकर उनकी सेवा अवश्य करते। इस देश में सबसे पहले डॉ. राय ने ही जीवनदायिनी औषधि बनाने का कारखाना खोलने की व्यवस्था की। अपने निवास-स्थान तक को उन्होंने देश-सेवा के लिए दान कर दिया। उन्होंने कभी दो पल भी विश्राम चहीं किया। उनका मन्त्र था, “मैं उसी दिन रुकूंगा, जब मृत्यु मेरे दारा पर आएगी।”

सन् 1961 में भारत सरकार ने उन्हें भारतरत्न के सम्मान से विभूषित किया। सन् 1962 की 1 जुलाई को जब लोग उनका जन्म-दिवस मनाने की तैयारी कर रहे थे, तब किसे पता था कि उनका जन्म-दिवस ही निधन दिवस में बदल जाएगा।

10

पुरुषोत्तमदास टंडन

भारतरत्न 1961

“**यह** महापुरुषों की निशानी है कि जो उनसे मिले, लेकर गए। हमने भी उनसे लिया, जिससे दिल और दिमाग़ की दौलत बढ़ी। वह हम सबके बड़े भाई थे। हम सब उनसे मुहब्बत करते थे। डर था, मालूम नहीं कब डांट दें। जब वह कोई बात नापसन्द करते, तो दिल खोलकर कह देते।”

ये पंक्तियां कही थीं पं. जवाहरलाल नेहरू ने राजर्षि पुरुषोत्तमदास टंडन के सम्बन्ध में। वह प्रखर राष्ट्रवादी के रूप में मशहूर थे। चरित्र में हिमालय के समान अटल थे। सामान्य से उठकर ऋषि-तुल्य समझी जाने वाली हस्ती थे पुरुषोत्तरदास टंडन।

प्रयाग के पवित्र तीर्थस्थान में 1 अगस्त, 1882 को श्रावण शुक्ल पक्ष की द्वितीया के दिन शालिगराम टंडन के यहां काफ़ी प्रतीक्षा के बाद एक गोरे-चिट्टे बालक का जन्म हुआ। श्रावण वर्ष का सबसे उत्तम मास कहा जाता है। हो सकता है, इसीलिए उनका नाम पुरुषोत्तम रखा गया। उनके मोहल्ले में चौधरी महादेव प्रसाद के घर के सामने पीपल की छाया में एक मौलवी साहब ने देवनागरी का अक्षर-ज्ञान करवाया। साथ ही उन्हें गिनती भी सिखाई गई। प्रारम्भिक शिक्षा के बाद परिवारजनों ने उन्हें स्थानीय डी.ए.वी. स्कूल में दाख़िला दिलवा दिया।

वह पढ़ने में बड़े-ही अच्छे थे। आरम्भ में ही अपनी तेज़ बुद्धि के बल पर दो बार ‘डबल प्रमोशन’ पा गए और 1897 में एंट्रेंस की परीक्षा प्रथम

श्रेणी में पास कर ली। इंटरमीडिएट उन्होंने कायस्थ पाठशाला से किया और म्योर सेंट्रल कॉलेज, इलाहाबाद में बी.ए. और बी.एस-सी. दोनों की पढ़ाई एक साथ आरम्भ कर दी। 1904 में उन्होंने बी.ए. पास कर लिया।

शिक्षा के साथ-साथ युवक पुरुषोत्तम दास अपने कॉलेज में होने वाली भाषण प्रतियोगिताओं, व्यायाम, क्रीड़ाओं और सांस्कृतिक गतिविधियों में भी भाग लेते थे। अपने असाधारण चरित्र के कारण कॉलेज में उन्हें जीसस क्राइस्ट कहा जाने लगा था।

बी.ए. पास करने के बाद दो वर्ष तक वकालत पढ़ी और उसके तुरन्त बाद सर तेजबहादुर सप्रू की छत्र-छाया में वकालत शुरू कर दी। वह उनके जूनियर थे। इतने पर भी उनकी ज्ञान की प्यास शान्त नहीं हुई। उन्होंने एम. ए. भी कर लिया। 1908 में हाईकोर्ट में वकालत शुरू करने पर वह जल्दी ही काफ़ी मशहूर हो गए।

टंडन जी का विवाह छोटी उम्र में ही हो गया था। उस समय उनकी आयु केवल पन्द्रह वर्ष थी और पत्नी की बारह वर्ष। पत्नी चन्द्रमुखी देवी मुरादाबाद के नरोत्तमदास की बेटी थीं। उनका स्वभाव बहुत सरल था। वह धर्मपरायण महिला थीं। वैसे तो वह साधारण शिक्षित थीं, परन्तु थीं एक आदर्श गृहिणी।

वकालत जैसे पेशे में पड़कर भी टंडन जी अपने सिद्धान्तों सच्चाई और ईमानदारी पर चट्टान की तरह डटे रहे। वह अपनी सरलता, ईमानदारी और सच्चरित्रता के लिए बार एसोसिएशन में बहुत प्रसिद्ध थे। इस कारण उनकी बड़ी इज़्ज़त थी। वह लोगों के आगे एक मिसाल बन गए थे।

हाईकोर्ट में वकालत के दिनों में ही उनका सम्पर्क मदन मोहन मालवीय और बालकृष्ण भट्ट से हो गया। वह वकालत का काम करते हुए भी हिन्दी प्रचार के कामों में बराबर रुचि लेने लगे। टंडन जी का परिवार बड़ा था। उनके कन्धों पर सात बेटे और दो बेटियों के लालन-पालन की ज़िम्मेदारी थी। महामना मालवीय से उनकी आर्थिक स्थिति छिपी नहीं थी। उन्होंने टंडन जी का नाम नाभा रियासत के क़ानून मन्त्री के पद के लिए भिजवा दिया।

1914 में नाभा राज्य के क़ानून मन्त्री के रूप में टंडन जी नियुक्त हो गए। अपनी योग्यता के कारण उन्हें जल्दी ही विदेश मन्त्री बना दिया गया। जब तक वह नाभा में रहे, अपनी कार्य-कुशलता से सभी को प्रभावित करते रहे। सन् 1918 में कुछ ऐसी समस्या उत्पन्न हो गई कि उन्हें नाभा छोड़ इलाहाबाद वापस आना पड़ा। इलाहाबाद के निवासियों ने इस हस्ती को अपनी नगर परिषद का चेयरमैन बनाकर उनका सम्मान किया।

स्वतन्त्रता संग्राम में तो वह पहले की कूद चुके थे। इलाहाबाद आकर नियमित रूप से राजनीति में भाग लेने लगे। साथ ही हिन्दी के लिए भी निरन्तर सक्रियता बनाए रखी। 17 फ़रवरी, 1915 को मुज़फ़्फ़र नगर में आयोजित 'सहृदय संघ' के सत्रहवें वार्षिक अधिवेशन में उन्होंने कहा था, "लोग कहते हैं कि मैं साहित्य और राजनीति में समन्वित व्यक्तित्व रखता हूं, पर सच्ची बात यह है कि मैं पहले साहित्य में आया और प्रेम से आया। हिन्दी साहित्य के प्रति मेरे उसी प्रेम ने उसके हितों की रक्षा और उसके विकास पक्ष को स्पष्ट करने के लिए मुझे राजनीति में सम्मिलित होने को बाध्य किया।"

उन दिनों हिन्दी साहित्य और भारत की राजनीति दोनों में ही टंडन जी का समान रूप से सम्मान होता था। आज हिन्दी देश की राजभाषा के सिंहासन पर विराजमान है। इसका श्रेय राजर्षि पुरुषोत्तमदास टंडन को ही जाता है। हिन्दी साहित्य सम्मेलन के तत्वावधान में मंगलाप्रसाद पारितोषिक की स्थापना टंडन जी ने ही की, जो प्रतिवर्ष किसी-न-किसी साहित्यकार को उसकी श्रेष्ठ रचना पर दिया जाता है।

सन् 1921 के सत्याग्रह के कारण उन्होंने पहली बार जेल-यात्रा की। साधु जैसा स्वभाव और सौम्य छवि, उस पर स्वाध्याय, परिश्रम, त्याग और निष्ठा के कारण टंडन जी जनता के प्रिय बन गए और 'उत्तर-प्रदेश का गांधी' के नाम से प्रसिद्ध हुए। इसी अवधि में उन्होंने काशी विद्यापीठ की तरह प्रयाग विद्यापीठ की स्थापना की, जो वास्तव में एक महान कार्य था।

सन् 1925 में गोरखपुर की प्रान्तीय कांग्रेस के अठारहवें अधिवेशन में टंडन

जी को अध्यक्ष बनाया गया। इसी वर्ष हिन्दी साहित्य सम्मेलन के अध्यक्ष भी बने। उन्होंने सम्मेलन की पहली नियमावली बनाई ओर हिन्दी को राष्ट्र-भाषा के पद पर आसीन कराने के लिए गांधी जी, राजेन्द्र बाबू आदि के साथ तालमेल बैठाया।

राजनीतिक सक्रियता के कारण वह वकालत छोड़ चुके थे। इससे उन्हें आर्थिक कठिनाई होने लगी। कुछ मित्रों के कहने पर फिर से वकालत शुरू की। लाला लाजपतराय ने इस संकट को दूर करने के लिए उन्हें पंजाब नेशनल बैंक के मैनेजर पद पर लाहौर भिजवा दिया, परन्तु वहां टंडन जी केवल चार वर्ष रहकर इलाहाबाद वापस आ गए। लाला जी पुरुषोत्तमदास को बड़ा प्यार करते थे और उन्हें अपना राजनीतिक उत्तराधिकारी बनाना चाहते थे, परन्तु उनके कन्धों पर बड़े परिवार की ज़िम्मेदारी देखकर चुप रह जाते। लाला जी द्वारा स्थापित तिलक स्कूल ऑफ पॉलिटिक्स में टंडन जी बहुत मन लगाकर काम करते थे।

यही स्कूल बाद में द पीपुल सोसाइटी (लोक सेवक मंडल) में बदल गया। लाला जी की मृत्यु के बाद गांधी जी के आदेश पर टंडन जी ने मंडल का अध्यक्ष पद स्वीकार किया। लोक सेवक मंडल के अध्यक्ष के रूप में उन्होंने लाला लाजपतराय स्मारक निधि के लिए पांच लाख रुपए इकट्ठा किए।

उन्होंने किसान आन्दोलन के अग्रदूत के रूप में भी बड़ा काम किया। यह आन्दोलन जौनपुर, प्रतापगढ़, रायबरेली आदि ज़िलों में बड़ी तेज़ी से फैला, फिर एकता आन्दोलन के रूप में पूरे प्रान्त में फैल गया। गांव-गांव में किसान सभाएं की गईं और उनमें नव-जाग्रति का शंख फूंका गया। सन् 1930-31 में महंगाई के कारण किसानों के सामने खड़ी समस्याओं का समाधान भी पूरा ज़ोर लगाकर किया और इसी प्रकार आन्दोलन की चिनगारी सारे देश में भड़क उठी।

नमक सत्याग्रह सारे देश में अद्भुत उत्साह लेकर आया। नमक बनाने के जुर्म में डांडी के समुद्र तट पर गांधी जी को गिरफ़्तार किया गया। उन्हीं के

साथ तैयब जी, सरोजिनी नायडू, गणेशशंकर विद्यार्थी की भी गिरफ़्तारीयां हुईं। इसके बाद जवाहरलाल नेहरू और पुरुषोत्तमदास टंडन की बारी आई।

3 नवम्बर, 1939 को कांग्रेसी मन्त्रिमंडलों ने विश्वयुद्ध में भारत की भूमिका को लेकर त्याग-पत्र दे दिया। सारे भारत में नारा दिया गया – 'न एक भाई, न एक पाई'। टंडन जी अब विधान सभा से निकलकर फिर से जनकार्यों में जुट गए। कानपुर, फ़ैज़ाबाद आदि नगरों में व्यायाम- शालाओं, प्रौढ़-शिक्षा केन्द्रों की योजनाएं चलाईं।

1940 के व्यक्तिगत सत्याग्रह में वह पुनः जेल गए। 9 अगस्त, 1942 को भारत छोड़ो आन्दोलन में टंडन जी ने बड़े उत्साह के साथ युवकों का नेतृत्व किया। इस कारण उन्हें पुनः जेल जाना पड़ा। यह उनकी सातवीं जेल-यात्रा थी। 1944 में वह जेल से छूटे।

अनेक वर्षो तक कांग्रेस के उच्च पदों पर रहते हुए भी वह हिन्दी के प्रश्न को भुला नहीं सके। उत्तर-प्रदेश विधानसभा के अध्यक्ष के रूप में उन्होंने हिन्दी की विशेष सेवा की। जब वह कांग्रेस के अध्यक्ष बने, तब भी अखिल भारतीय कांग्रेस कमेटी के कार्यालय में सभी काम हिन्दी में करने के आदेश जारी किए। स्वतन्त्रता के बाद जब विधान परिषद बनी, उसमें भारतीय संविधान में भाषा का प्रश्न उठा, तब भी उन्होंने हिन्दी की हिमायत की।

देश-विभाजन का विरोध टंडन जी ने बहुत किया। इस सिलसिले में वह महात्मा गांधी से मिले, किन्तु देश के टुकड़े हो ही गए। भीषण मारकाट और परेशानियों का माहौल बन गया, फिर 15 अगस्त, 1947 को देश स्वतन्त्र हो गया।

15 अप्रैल, 1948 को देवरहा बाबा द्वारा प्रयाग के एक बड़े जनसमूह के सामने टंडन जी को राजर्षि की उपाधि दी गई। टंडन जी ने अपना सारा जीवन एक ऋषि की तरह व्यतीत किया। उन्हें पद का बिल्कुल भी मोह नहीं था। एक बार विधान सभा के किसी सदस्य ने व्यंग्य में कह दिया कि मेरा स्पीकर में विश्वास नहीं है। टंडन जी फ़ौरन कुर्सी से उठ गए और बोले, "अगर

पांच सदस्य सोच-समझकर कहें कि उनका स्पीकर में विश्वास नहीं है, तो मैं तुरन्त इस पद से इस्तीफ़ा दे दूंगा।"

उनके इस कथन से चारों ओर चुप्पी छा गई। थोड़ी देर बाद सभासद संभले और सबने एक स्वर से स्पीकर के प्रति अपना विश्वास प्रकट किया, तब कहीं जाकर टंडन जी कुर्सी पर बैठे।

3 अक्टूबर, 1960 को प्रयाग में राष्ट्रपति डॉ. राजेन्द्र प्रसाद ने एक विशाल समारोह में उन्हें अभिनन्दन-ग्रन्थ भेंट किया। उनकी सेवाओं को देखते हुए अभिनन्दन-ग्रन्थ शायद पर्याप्त नहीं था। इसीलिए अगले वर्ष 1961 में उन्हें भारतरत्न से अलंकृत करके उनकी देशसेवा का सही मूल्यांकन किया गया।

हिन्दी की महान कवयित्री महादेवी वर्मा ने उनके बारे में कहा था, "पुरुषोत्तमदास जी सत्य के ऐसे शिल्पी हैं, जिनके मूल्यांकन के लिए साधारण मापदंड से भिन्न मापदंड की आवश्यकता पड़ेगी। उनके शरीर और जीवन दोनों ने ही इतने परीक्षणों का भार झेला है कि वह सैद्धान्तिक सत्यों का खरापन सिद्ध करके भी जर्जर हो गए। स्वर्ण को खरा प्रमाणित करने के लिए अंगारे क्या भस्मावशेष नहीं हो जाते?!"

1 जुलाई, 1962 को सुबह 10 बजकर 5 मिनट पर टंडन जी मृत्यु की गोद में सो गए। आकाश के सप्त ऋषियों में एक ऋषि और जुड़ गया, जो हमें सदा अपना प्रकाश देता रहेगा।

11

डॉ. राजेन्द्र प्रसाद

भारतरत्न 1962

"वह न बेर हैं, जो बाहर से मीठा और अन्दर से कठोर होता है; वह न बादाम हैं, जो बाहर से कठोर और अन्दर से कोमल होता है; वह तो अंगूर के समान है, जो अन्दर-बाहर दोनों जगह से मीठे रस से परिपूर्ण होता है।"

ये शब्द हैं लार्ड लिनलिथगो के, जो उन्होंने भारत के प्रथम राष्ट्रपति बाबू राजेन्द्र प्रसाद के लिए कहे थे।

भारत के एक छोटे-से गांव के बालक ने बड़े होकर अपनी योग्यता, असाधारण प्रतिभा और मानवीय गुणों के बल पर देश का सर्वोच्च पद प्राप्त किया। उनका जीवन कर्मठता, सादगी और देश-सेवा से भरपूर था। उनका परिवार पूरी तरह सादा और सरल था, जहां बड़ा आदमी बनने का सपना देखना भी मुहाल था। ऐसे में संसार के एक महान प्रजातन्त्र देश का प्रथम राष्ट्रपति बन जाना आश्चर्य की बात थी।

डॉ. राजेन्द्र प्रसाद का जन्म बिहार में सारन ज़िले के जीरादेई गांव में एक कायस्थ परिवार में 3 दिसम्बर, 1884 को हुआ था। पिता महादेव सहाय ज़मींदार थे, जिनकी आयुर्वेद विज्ञान और फ़ारसी भाषा पर गहरी पकड़ थी। इस विषय के गहन अध्ययन ने उन्हें चतुर वैद्य का दर्जा दिलवाया। निर्धन व्यक्तियों के लिए वह किसी देवता से कम न थे। ऐसा चिकित्सक, जो बिना धन लिये दवा दे, ग़रीब गांव वालों को और कहां मिल सकता था?

पिता का साधु स्वभाव और माता की धर्मपरायणता उन्हें विरासत में मिली थी। आरम्भ से ही वह बेहद प्रतिभाशाली थे। सादगी और सरलता अन्त तक बनी रही।

एक बार विजय लक्ष्मी पंडित ने मैक्सिको के राष्ट्रपति को उनका फ़ोटो दिखाया, तो वह बोल उठे, "क्या यह ही हैं भारत के राष्ट्रपति? यह तो बिल्कुल हमारे मैक्सिको के किसी साधारण किसान जैसे हैं। इनके सिर से गांधी टोपी हटाकर अगर हमारे किसानों द्वारा पहना जाने वाला 'सोम ब्रियो' पहना दिया जाए, तो यह बिल्कुल मैक्सिको के किसान लगेंगे।"

बालक राजेन्द्र ने मां और दादी का भरपूर प्यार पाया। पांच-छह वर्ष की आयु में बालक राजेन्द्र की शिक्षा आरम्भ हुई। मौलवी साहब घर में तीन लड़कों को पढ़ाने के लिए नियुक्त किए गए। राजेन्द्र के साथ उनके दो चचेरे भाई भी पढ़ते थे। हंसी-मज़ाक़, शरारतें व बाल सुलभ दिनचर्या के साथ-साथ फ़ारसी का अक्षर ज्ञान चलता रहता। दूसरे मौलवी साहब सात-आठ माह बाद पढ़ाने आए। लगभग दो वर्ष तक उन्होंने इन बालकों को पढ़ाया।

प्रारम्भिक शिक्षा घर पर पूरी कराने के बाद नो वर्ष की आयु में उन्हें छपरा के ज़िला स्कूल में प्रवेश दिलाया। 1902 में वहीं से मैट्रिक परीक्षा सर्वप्रथम रहकर पास की। कलकत्ता के प्रेसीडेंसी कॉलेज से बी.ए. करने के बाद एम.ए. किया। एम.एल. की परीक्षा भी आगे चलकर पास की। वह शुरू से ही मेधावी छात्र रहे थे। उन्होंने मैट्रिक से एम.एल. तक की सभी परीक्षाएं प्रथम श्रेणी में पास की। इस दौरान उन्हें अनेक छात्रवृत्तियां और पदक भी मिले।

भारतीय ग्रामीण जीवन से राजेन्द्र बाबू ने संस्कारों और परम्पराओं की अमिट छाप पाई थी। तीज-त्यौहार हों या रामलीला वह उनमें सहर्ष भाग लेते थे। अपनी पुस्तक में जिस तरह से उन्होंने उस समय के सामाजिक परिवेश का ख़ाका खींचा है, उसे पढ़ने से अनुमान लगाया जा सकता है कि वह अपने आसपास के जीवन से गहरी आत्मीयता के साथ बंधे थे। अनन्त चतुर्दशी का

व्रत उन्हें बेहद प्रिय था। उनका विवाह बलिया ज़िले के दल छपरा में तय हुआ। तब उनकी आयु केवल 12 वर्ष थी।

राजेन्द्र बाबू को 1906 में राष्ट्र-प्रेम का गुरु मन्त्र मिला, जब वह लाला लाजपत राय, अरविन्द घोष, गोपालकृष्ण गोखले, सुरेन्द्रनाथ बनर्जी तथा पं. मदनमोहन मालवीय जैसी महान विभूतियों के सम्पर्क में आए।

वकालत पास करके उन्होंने कलकत्ता में ही प्रैक्टिस शुरू कर दी। पहले ही मुक़दमे में राजेन्द्र बाबू ने अपनी प्रतिभा और योग्यता का झंडा गाड़ दिया। आशुतोष मुखर्जी का ध्यान उनकी ओर गया और उन्हें लॉ कॉलेज में अध्यापन के लिए बुलावा भिजवाया। इससे पहले भी वह मुज़फ़्फ़रपुर कॉलेज में अध्यापन कार्य कर चुके थे।

जिन दिनों वह वकालत की परीक्षा की तैयारी कर रहे थे, तब गोपाल कृष्ण गोखले से परिचित होने का सौभाग्य प्राप्त हुआ था। 1909 में उन्होंने सर्वेंट्स ऑफ़ इंडिया सोसाइटी की स्थापना की थी। वह बिहार के प्रतिभावान युवकों को उसमें शामिल करना चाहते थे। उन्होंने राजेन्द्र बाबू से भी कहा। राजेन्द्र जी आग्रह से व्यथित हो उठे। मन में देशप्रेम की तीव्र लहर उठी, किन्तु परिवार व माता के मोह ने पैरों में ज़ंजीरें डाल दीं। वह चाहते हुए भी गोखले की सोसाइटी में शामिल न हो सके।

राजेन्द्र बाबू ने 1911 में अखिल भारतीय कांग्रेस दल की सदस्यता ग्रहण की। जब पटना हाईकोर्ट की स्थापना हुई, तो वहां चले आए। 1920 तक पटना में वकालत की। वकालत के पेशे से उनकी आमदनी लगभग तीन-चार हज़ार रुपए प्रति मास थी, किन्तु उनका सारा धन ग़रीबों की सेवा में ही ख़र्च होता रहता था। जब उन्होंने वकालत छोड़ी, तो उनकी पासबुक में केवल 15 रुपए थे।

उन्हीं दिनों बिहार के कांग्रेसियों ने गांधी जी से चम्पारन में नील की खेती के किसानों के प्रति अंग्रेज़ मालिकों के अत्याचार और शोषण के विरुद्ध सहायता की प्रार्थना की, जिसे गांधी जी तुरन्त मान गए और चम्पारन सत्याग्रह

छिड़ गया। इस सत्याग्रह के फलस्वरूप राजेन्द्र बाबू के दैनिक जीवन में क्रान्तिकारी परिवर्तन आया। वह अपनी आत्मकथा में इस विषय पर लिखते हैं – 'चम्पारन में ही हमने जाति-पांति का भेद छोड़ा। ज़िन्दगी में सादगी भी बहुत आ गई। हम लोगों के नौकर भी एक-एक करके हटा दिए गए।!'

चम्पारन सत्याग्रह के साथ ही वह स्वतन्त्रता संग्राम में खुलकर आ गए और जल्दी ही पूरे देश में प्रसिद्ध हो गए। पटना के सदाक़त आश्रम में बिहार विद्यापीठ की स्थापना की, ताकि छात्रों में राष्ट्रीयता की भावना जाग्रत हो सके। धीरे-धीरे राजेन्द्र प्रसाद बिहार की राजनीतिक गतिविधियों के सूत्रधार बन गए। लोग उन्हें बिहार का बापू कहने लगे।

साइमन कमीशन के विरोध में राजेन्द्र प्रसाद के नेतृत्व में एक विशाल जनसमूह ने शान्तिपूर्ण प्रदर्शन किया। नमक सत्याग्रह में भी उनकी पिटाई हुई व चोटें भी आईं। इस सत्याग्रह में भाग लेने के कारण उन्हें छः मास क़ैद की सज़ा सुनाई गई।

1933 में पुनः उन्हें पन्द्रह महीने की क़ैद हो गई। इस जेल-यात्रा में दमे के रोग ने भयंकर रूप धारण कर लिया। अनियमित दिनचर्या व कमज़ोर कन्धों पर अनेक कार्यों का बोझ जब असहनीय हो गया, तो राजेन्द्र बाबू का शरीर टूट-सा गया। दमे के इस रोग से उन्हें मुक्ति कभी भी नहीं मिली।

1933 में ही बिहार के कई इलाक़ों में भूकम्प आ गया। उन्हें जब जेल से रिहा किया गया, तब भी वह पूरी तरह स्वस्थ नहीं थे, फिर भी भूकम्प पीड़ितों की सहायता में जुट गए। उस कठिन दुख की घड़ी में राजेन्द्र जी ने अपनी सूझबूझ व तुरत-फुरत निर्णय करने की क्षमता का परिचय दिया। अनेक स्वयंसेवक उनसे प्रेरित होकर सेवा करने आ पहुंचे। इसी प्रकार क्वेटा के भयानक भूकम्प में भी राजेन्द्र बाबू लगन से जुट गए। उन्होंने बिहार अर्थक्वेक रिलीफ़ सोसाइटी बनाकर पीड़ितों की जो सेवा और सहायता की, वह उनके जीवन की एक बेजोड़ कहानी बन गई और गांधी जी ने राजेन्द्र बाबू को 'देशरत्न' की उपाधि से विभूषित किया।

राजेन्द्र बाबू हिन्दी प्रेम के लिए शुरू से ही मशहूर थे। उन्होंने 1918 में बिहार के प्रसिद्ध अंग्रेज़ी पत्र 'सर्च लाइट' की स्थापना की, तो हिन्दी में भी 'देश' नामक साप्ताहिक का प्रकाशन किया। इस हिन्दी प्रेम के कारण ही अखिल भारतीय हिन्दी सम्मेलन ने 1936 के नागपुर अधिवेशन में उन्हें सभापति बनाया। इसके पूर्व 1926 में बिहार प्रान्तीय हिन्दी साहित्य सम्मेलन, दरभंगा के तथा 1927 में संयुक्त प्रान्त के हिन्दी साहित्य सम्मेलन के कांगड़ी अधिवेशन के सभापति बने थे। इतना ही नहीं अंग्रेज़ सरकार द्वारा चलाए जाने वाले कॉलेजों और स्कूलों का बहिष्कार करने और इसको आन्दोलन का रूप देने के लिए ही उन्होंने बिहार विद्यापीठ की स्थापना की थी, जिसमें सर्वप्रथम अपने बेटों को दाख़िल करवाया था।

1942 में महान क्रान्ति का शंखनाद हुआ। कांग्रेस ने गांधी जी के मन्त्र 'करो या मरो' और 'भारत छोड़ो' के साथ समूचे देश को पुकारा। राजेन्द्र बाबू सहित अनेक सदस्यों को गांधी जी के साथ बन्दी बना लिया गया और अज्ञात स्थान पर जेल में डाल दिया गया। 1945 तक वह जेल में ही रहे। जेल जीवन में राजेन्द्र बाबू ने 'द इंडिया डिवाइडेड' व संस्मरणों की एक पुस्तक लिखी। भारत में अन्तरिम सरकार की स्थापना हुई, तो उन्हें कृषि व खाद्य मन्त्री बनाया गया। देश में उन दिनों अनाज का संकट ज़ोरों पर था, जिसे उन्होंने बड़ी कुशलता से संभाल लिया था। जब संविधान सभा का गठन हुआ, तो वह उसके अध्यक्ष चुने गए। 26 जनवरी, 1950 को बाबू राजेन्द्र प्रसाद ने भारतीय गणतन्त्र के प्रथम राष्ट्रपति पद को ग्रहण किया।

राष्ट्रपति भवन में भी राजेन्द्र प्रसाद जी ने अपनी सरल व सादगीपूर्ण जीवनशैली को नहीं छोड़ा। भोजन भी हमेशा सादा ही पसन्द किया। अपने लिए शानदार कपड़ों पर कभी ध्यान नहीं दिया।

सर्वप्रथम गणतन्त्र समारोह में जब उन्हें राष्ट्रपति का आसन ग्रहण करना था, उस समय उनके भतीजे जनार्दन प्रसाद ने एक अच्छी चुस्त सिली हुई शेरवानी और चूड़ीदार पाजामा पहनने के लिए बड़ी कठिनाई से राज़ी किया,

वरना वह पहले की तरह घुटनों तक ऊंची धोती, लम्बा ढीला-ढाला कोट और रूखे बालों वाले सिर पर गांधी टोपी पहनकर भारतीय प्रजातन्त्र का सर्वोच्च पद ग्रहण करने के लिए तैयार थे।

भारतकोकिला सरोजिनी नायडू ने उनके विषय में कहा, "यदि मुझे सोने की क़लम मिल जाए, जिसे मैं शहद की दवात में डुबो सकूं, फिर भी उनके बारे में लिखने के लिए काफ़ी नहीं होगा। मेरे मन में ऐसी तस्वीर उभरती है, जो किसी शस्त्रधारी योद्धा की-सी नहीं, बल्कि वह तस्वीर एक फ़रिश्ते की है, जिसके हाथ में क़लम है और उसने जनता के दिल को जीत लिया है।"

1962 में उन्हें भारत के सर्वोच्च अलंकरण भारतरत्न से विभूषित किया गया। वह बारह वर्षों तक भारत के राष्ट्रपति पद पर आसीन रहे। 1962 में दूसरा कार्यकाल समाप्त करके पटना के सदाक़त आश्रम में रहने लगे। 28 फ़रवरी, 1963 को वह एक सार्वजनिक सभा को सम्बोधित करने जा रहे थे कि एकाएक उनके शरीर में शिथिलता छा गई और देखते-ही-देखते इस संसार से विदा हो गए।

12

डॉ. ज़ाकिर हुसैन

भारतरत्न 1963

"**देश** के सर्वोच्च पद पर मुझे निर्वाचित करके मेरे देशवासियों ने मुझमें जो विश्वास प्रकट किया है, मुझे स्वीकार करना चाहिए कि उससे मैं अभिभूत हो उठा हूं और जिन परिस्थितियों में मुझे यह पद-भार दिया गया है, उससे मेरी यह भावना और बढ़ जाती है, क्योंकि मुझ पर यह भार भारत के सबसे अधिक प्रतिष्ठित सपूतों में एक, डॉ. राधाकृष्णन के बाद पड़ रहा है, जो लम्बे समय तक मेरे मार्गदर्शक, तत्त्वज्ञ और मित्र रहे हैं और जिनके अधीन पिछले पांच वर्षों तक काम करने का सौभाग्य मुझे प्राप्त हुआ है। मैं उनके पदचिह्नों पर चलने का यत्न करूंगा, किन्तु उनकी समानता की आशा मैं नहीं कर सकता।"

ये महान विचार शिक्षाविद डॉ. ज़ाकिर हुसैन के हैं। नई तालीम के जनक, राष्ट्रीय मुसलमानों के लिए बेमिसाल शख़्सियत और जीवन-भर श्रमजीवी अध्यापक डॉक्टर ज़ाकिर हुसैन का जन्म 8 फ़रवरी, 1897 को हैदराबाद में हुआ था। उनके पुरखे सीमा प्रान्त के आफ़रीदी क़बीले के थे और लगभग ढाई सौ वर्ष पहले उत्तर-प्रदेश के फ़र्रुखाबाद जिले के क़ायमगंज में आ बसे थे। उनके पिता फ़िदा हुसैन ख़ां हैदराबाद में नामी वकील थे।

उनके पिता की ईमानदारी की क़समें खाई जाती थीं, किन्तु वह अधिक समय तक अपने नेक विचारों से दुनिया को परिचित नहीं कर पाए। केवल उनतालीस वर्ष की छोटी आयु में वह चल बसे। नौ वर्षीय ज़ाकिर हुसैन को उनकी माता क़ायमगंज ले आईं। उन्होंने बच्चों के पालन-पोषण में कोई कमी

नहीं होने दी। ज़ाकिर हुसैन समझदार हो चले थे। वह मौलाना अबुल कलाम आज़ाद और मौलाना मोहम्मद अली के लेखों से प्रभावित थे और निरन्तर उर्दू में निकलने वाले 'अलहिलाल' और 'कामरेड' समाचार पत्र पढ़ते थे।

सन् 1911 में वह छात्रवृत्ति की परीक्षा देने के लिए आगरा गए। उन्हीं दिनों प्लेग की महामारी फैली हुई थी। जब वह वापस लौटे, तो सन्न रह गए। उनका सारा परिवार महामारी की भेंट चढ़ गया था। उनके भविष्य पर कोई आंच न आ जाए, यह सोचकर मां ने अपने अन्तिम समय में भी उनको नहीं बुलाया था।

मां की मृत्यु के बाद ज़ाकिर ने प्रारम्भिक शिक्षा इटावा में ही प्राप्त की। इन दिनों उनका परिचय एक दिव्य व्यक्तित्व से हुआ। सूफ़ी हसन शाह एक धार्मिक व्यक्ति थे। उनकी संगत में ज़ाकिर ने दयालुता, उदारता, सेवा, करुणा जैसे गुणों को ग्रहण किया। उस्ताद के उसूलों को चेले ने जीवन-भर निभाया। अच्छी पुस्तकों के पठन-पाठन की प्रेरणा भी यहीं से मिली। मैट्रिक की परीक्षा पास कर वह अलीगढ़ के मुस्लिम एंग्लो ओरियंटल कॉलेज में दाख़िल हुए। इसी समय उनका विवाह दस वर्षीय शाहबानो बेगम से हो गया, जो जीवन-भर उनके साथ छाया की तरह बनी रहीं। अलीगढ़ में उर्दू के दो प्रसिद्ध साहित्यकारों रशीद अहमद सिद्दीक़ी और इक़बाल हुसैन के सम्पर्क में आए। वे उन्हें मुर्शिद के नाम से पुकारते थे।

स्नातक की परीक्षा पास करने तक ज़ाकिर हुसैन युग की एक ऐसी शक्ति के रूप में उभर चुके थे, जो अपने विरोधियों को झुकाना जानती थी। हिंसा से नहीं, बल्कि शील, संयम और वाक्पटुता के बल से । वह उपनाम से नियमित लेखन भी करते थे। उनकी गतिविधियां अपने तक ही सीमित नहीं रहीं। वह सदा अपने सहपाठियों के दुख-दर्द में हाथ बंटाते थे और इसी से छात्र समुदाय में बहुत लोकप्रिय हो गए थे। सदा विचार- गोष्ठियों में भाग लेते और तर्कपूर्ण भाषण देते थे।

1918 में उन्होंने दर्शन, अंग्रेज़ी साहित्य और अर्थशास्त्र लेकर बी.ए. की

परीक्षा पास की। जब क़ानून और अर्थशास्त्र में एम.ए. का अध्ययन शुरू किया, तभी उनकी नियुक्ति उसी कॉलेज में कनिष्ठ प्रवक्ता के पद पर हो गई। तरह-तरह की गतिविधियों के बीच उनका तेज़ दिमाग़ गतिमान होता जा रहा था। शिक्षक भी अपने इस प्रतिभावान छात्र से प्रसन्न थे। एम.ए. की परीक्षा से पूर्व ही ज़ाकिर हुसैन के जीवन में क्रान्तिकारी परिवर्तन हुआ। महात्मा गांधी के अलीगढ़ आगमन व असहयोग आन्दोलन ने उनको प्रभावित किया।

गांधी जी के विचारों ने ज़ाकिर हुसैन को जगाया और नई राह दिखाई। नई नौकरी का लालच भी उन्हें अपने निश्चय से डिगा नहीं पाया। उन्होंने कॉलेज छोड़ दिया और अलीगढ़ में ही जामिया मिलिया इस्लामिया की नींव डाली। हालांकि एक उभरते व्यक्तित्व के लिए यह फ़ैसला इतना आसान नहीं था, फिर भी उन्होंने यह जोखिम उठा ही लिया।

जामिया मिलिया में कुछ वर्ष कार्य करने के बाद वह उच्च शिक्षा प्राप्त करने के लिए जर्मनी गए। पश्चिमी वातावरण युवा ज़ाकिर हुसैन पर रत्ती- भर भी असर नहीं डाल सका। उन्होंने बातचीत की सुन्दर शैली और विचारों से वहां भी धाक जमा ली। जर्मनी में उनकी भेंट प्रोफ़ेसर मुजीब और आबिद हुसैन से हुई, जिन्होंने जीवन-भर जामिया मिलिया की सेवा करने का वचन दिया।

ज़ाकिर साहब को जामिया मिलिया के आर्थिक संकट के समाचार मिले और यहां तक आशंका हुई कि कहीं वह बन्द न हो जाए। अपने ख़ून-पसीने से सींचे हुए पौधे को इस तरह से सूखता हुआ सुनकर वह बहुत बेचैन हो उठे, किन्तु परदेस में आख़िर क्या कर सकते थे? तभी हकीम अजमल ख़ां और डॉक्टर अंसारी यूरोप पधारे। ज़ाकिर साहब उनसे तुरन्त मिले और सहयोग की प्रार्थना की। हकीम साहब और डॉक्टर अंसारी ने उन्हें विश्वास दिलाया कि उनके इस पवित्र कार्य को नष्ट नहीं होने देंगे। स्वदेश लौटने पर इन्होंने उसके लिए आर्थिक सहयोग की अपील की और जामिया मिलिया को अलीगढ़ से दिल्ली ले आया गया।

विदेश में रहकर ज़ाकिर साहब ने विश्व की अनेक साहित्यिक विभूतियों से सम्पर्क स्थापित किया। उन्होंने जामिया मिलिया को सहयोग देते रहने का वचन दिया। उन दिनों वहां हिन्दुस्तान एसोसिएशन नामक संस्था थी। वहां लोग थोड़े ही समय में ज़ाकिर साहब की विद्वत्ता के क़ायल हो गए और अध्यक्ष पद सौंपने का निश्चय कर लिया, परन्तु अपने उसूलों के पाबन्द ज़ाकिर हुसैन ने अध्यक्ष पद लेने से इनकार कर दिया।

उन्होंने जामिया के प्रकाशन गृह 'मकतबा जामिया' व बर्लिन के कवियानी प्रेस के बीच सम्पर्क स्थापित करवाया। सुदूर जर्मनी में भी वह जामिया को भूल नहीं सके। हर पल यही सोचते रहते कि संस्था के हित के लिए अगला क़दम क्या हो?

जर्मन के लोगों को गांधी जी के जीवन, कार्यों व विचारों से अवगत कराने के लिए उन्होंने क़लम का सहारा लिया। उनके लेखों से प्रभावित होकर बहुत-से लोग गांधीवादी विचारधारा के अनुयायी हो गए। इन सब गतिविधियों के साथ-साथ उन्होंने एक लेखक के साथ संयुक्त रूप से गांधी जी पर जर्मन भाषा में ग्रंथ लिखा। उसका नाम था 'डाई बोट शेख़्त डेस महात्मा गांधी' ।

जर्मनी में उन्होंने बर्लिन विश्वविद्यालय से अपने शोध-प्रबन्ध पर पी-एच. डी. की डिग्री प्राप्त की। 1926 में वापस आए। यहां आकर देखा कि जामिया मिलिया का दीवाला निकला हुआ था और जनता का सहयोग भी नाम-मात्र ही था। ज़ाकिर साहब ने हिम्मत नहीं हारी और फिर से जामिया को बनाने-संवारने में जुट गए। यह कहा जाए कि जामिया का इतिहास ज़ाकिर साहब की आत्मकथा है, तो ग़लत नहीं होगा।

1935 में जामिया मिलिया को दिल्ली के करोलबाग से उठाकर ओखला ले जाया गया। संस्थान की आधारशिला अनेक महत्त्वपूर्ण विभूतियों की उपस्थिति के बावजूद ज़ाकिर साहब ने एक बालक के नन्हें-मुन्ने हाथों से रखवाई। वह एक सफल अध्यापक एवं शिक्षाशास्त्री थे और सदा जामिया की आर्थिक स्थिति को ध्यान में रखते थे। आरम्भ में वह तीन सौ रुपए मासिक

वेतन पाते थे, किन्तु कुछ समय पश्चात केवल दो सौ रुपए लेने लगे। शिक्षण संस्था में छात्रों को पढ़ाते वक़्त तन्मय हो जाते। दूसरे व्यक्ति को उसकी ग़लती समझाने का तरीक़ा बड़ा अनोखा था। छात्रावास के सभी छात्र उन्हें अपना आदर्श मानते थे। उनका मानना था कि स्वच्छ एवं स्वस्थ वातावरण ही विद्या प्राप्त करने का सही अवसर प्रदान करता है। इसके लिए वह प्रयत्नशील रहते थे।

1937 से ही गांधी जी शिक्षा सम्बन्धी सुधारों की तरफ़ ध्यान देने की बात कहते आए थे। वह चाहते थे कि बच्चों को केवल किताबी ज्ञान ही नहीं दिया जाना चाहिए, बल्कि शिक्षा का व्यावहारिक पहलू भी उतना ही महत्त्वपूर्ण है। वह यह भी कहते थे कि जब तक शिक्षा के माध्यम से बच्चों का शारीरिक व मानसिक विकास नहीं होगा, तब तक देश का कल्याण होना कठिन है।

गांधी जी चाहते थे कि बुनियादी शिक्षा के पाठ्यक्रम के लिए एक कमेटी बनाई जाए। ज़ाकिर हुसैन को कमेटी का अध्यक्ष बनाया गया। उन्होंने बहुत ही कम समय में कड़ी मेहनत के साथ रिपोर्ट तैयार की। हालांकि उस रिपोर्ट के कारण बहुत वाद-विवाद भी हुआ, किन्तु गांधी जी ने उदारता के साथ उसका स्वागत किया। वह ज़ाकिर हुसैन की योग्यता से बेहद प्रभावित हुए और उन्हें हिन्दुस्तानी तालीमी संघ का प्रधान नियुक्त कर दिया। 1948 से 1956 तक वह अलीगढ़ विश्वविद्यालय के कुलपति रहे । उनके प्रयत्नों से अलीगढ़ विश्वविद्यालय फिर सुचारु ढंग से चलने लगा। उन्होंने उसे फिर संभाला और एक महत्त्वपूर्ण शिक्षा संस्थान के रूप में फिर से राष्ट्रीय मंच पर स्थापित कर दिया।

ज़ाकिर हुसैन के हृदय में मानवीय भावों का ख़ज़ाना था। दूसरों के दुख से दुखी होना और विनोदप्रियता स्वभाव में रची-बसी थी। पहले वह राज्यसभा के मनोनीत सदस्य थे। 1957-62 तक बिहार के राज्यपाल के पद पर रहे। अनेक स्थानों पर उन्होंने अपनी योग्यता, निर्णय क्षमता और विशाल हृदय का परिचय दिया। वह 1962 में उपराष्ट्रपति पद के लिए चुने गए। यह दूसरा अवसर था कि एक अध्यापक को इतना बड़ा सम्मान दिया गया था। 1967

में उन्हें राष्ट्र के सर्वोच्च राष्ट्रपति पद के लिए चुना गया। यह भी पहला अवसर था कि राष्ट्रपति पद के लिए बाक़ायदा चुनाव हुआ। इसमें कांग्रेस के उम्मीदवार थे, ज़ाकिर हुसैन, जब कि विरोधी पक्ष ने मुख्य न्यायाधीश के. सुब्बाराव को खड़ा किया था। जीत ज़ाकिर साहब की हुई और उन्हें भारतीय गणतन्त्र का प्रथम मुसलमान राष्ट्रपति होने का गौरव प्राप्त हुआ।

भारत सरकार ने 1963 में ज़ाकिर साहब को भारतरत्न की सर्वोच्च उपाधि से सम्मानित किया। इससे पूर्व 1954 में उन्हें पद्मविभूषण की उपाधि भी दी गई थी।

ज़ाकिर हुसैन ने राष्ट्रपति पद की गरिमा का निरन्तर पालन किया। एक अवसर पर उन्होंने अपने भाषण में कहा था, “सारा भारत मेरा घर है ओर उसके लोग मेरा परिवार। मैं सच्ची लगन से इस घर को सुन्दर और मज़बूत बनाने की कोशिश करूंगा, ताकि वह मेरे महान देशवासियों का उपयुक्त घर बन सके।”

उनके भीतर छिपे लेखक ने तमाम व्यस्तताओं के बाद भी हार नहीं मानी। वह लगातार मौलिक लेखन करते रहे। उन्होंने बच्चों के लिए भी शिक्षाप्रद कहानियां लिखीं। महान दार्शनिक प्लेटो की पुस्तक ‘रियासत’ का उर्दू अनुवाद भी किया।

सन् 1969 में डॉ. ज़ाकिर हुसैन को दिल का दौरा पड़ा। सब मुंह बाए देखते रह गए और वह मौत की गोद में आराम की नींद सो गए। अपने जीवन के अन्तिम दिनों में उन्होंने एक पत्र में लिखा था – दूसरा माने न माने, मैं इंसान को हिन्दू, मुसलमान या ईसाई की दीवार से ऊंचा मानता हूं।

13

पांडुरंग वामन काणे

भारतरत्न 1963

“**जितना** दंड क्रूर होगा, जुर्म भी उतना ही क्रूर होता जाएगा।” एक सरकारी विधेयक का विरोध करते हुए पांडुरंग वामन काणे ने यह वाक्य कहा था।

महाराष्ट्र प्रदेश के रत्नागिरि नाम के ज़िले की धरती ने अनेक रत्नों को जन्म दिया है। लोकमान्य बालगंगाधर तिलक, राजनेता गोपालकृष्ण गोखले, न्यायमूर्ति रानांडे, आचार्य विनोबा भावे और पांडुरंग वामन काणे इसी रत्नागिरि की उपज हैं। इन सभी ने अपने-अपने क्षेत्र में सर्वोच्च स्थान बनाया।

संस्कृत के अन्तर्राष्ट्रीय ख्याति प्राप्त प्रकांड पंडित, प्रसिद्ध विधिवेत्ता और सांसद पांडुरंग वामन काणे का जन्म 7 मई, 1880 को रत्नागिरि के दापोली ग्रामवासी एक चितपावन परिवार में हुआ था। उनके पितामह शंकरराव संस्कृत के विद्वान तो थे ही, साथ में कुशल वैद्य भी थे। उनके पिता वामनराव ने पहले कुछ समय पुरोहिताई का कार्य किया, फिर लीक से हटकर वकालत करनी शुरू कर दी थी।

पांडुरंग का जन्म उनकी ननिहाल में हुआ था, जो चिताली परिवार था। काणे और चिताली परिवारों में वैदिक शिक्षा का प्रचलन था। बालक पांडुरंग पर भी आरम्भ से ही संस्कृत शिक्षा पर ज़ोर दिया गया। दापोली में ही शिक्षा आरम्भ की और वहीं के एस.पी.जी. हाईस्कूल से 1897 में मैट्रिक परीक्षा पास की।

आगे की शिक्षा के लिए उन्हें बम्बई जाना था, किन्तु उन दिनों बम्बई में प्लेग फैला हुआ था। इसलिए बम्बई जाना नहीं चाहते थे और शिक्षा की हानि भी सहन नहीं थी। बम्बई स्थित विलसन कॉलेज के प्रधानाचार्य डॉ. मैकिकन को अपनी समस्याओं और शिक्षा में व्यवधान न पड़ने की अपनी बात से भी अवगत कराया और प्रार्थना की कि विलसन कॉलेज में प्रवेश दे दिया जाए। डॉ. मैकिकन ने उनकी प्रार्थना स्वीकार कर ली। उन्हें एक सत्र के लिए घर पर ही पढ़ाई करते रहने की अनुमति भी दे दी गई। परीक्षा आदि से सम्बन्धित अन्य समस्याओं को समय पर विश्वविद्यालय से सुलझा लेने का आश्वासन अलगे से दे दिया।

1901 में पांडुरंग वामन काणे ने बी.ए. पास किया। उन्हें भाऊदाजी संस्कृत पुरस्कार भी तभी प्रदान किया गया। इससे पूर्व भी संस्कृत के मेधावी छात्र होने के कारण कई छात्रवृत्तियां मिल चुकी थीं। बी.ए. कर लेने के बाद उन्हें विलसन कॉलेज में ही दो वर्षों के लिए दक्षिण फ़ेलोशिप मिल गई, जिसके सहारे उन्होंने क़ानून भी पढ़ना शुरू कर दिया। 1902 में एल.एल.बी. की प्रथम परीक्षा में प्रथम श्रेणी में सफल घोषित हुए। अगले वर्ष 1903 में संस्कृत व अंग्रेज़ी में एम.ए. भी कर लिया और वेदान्त पुरस्कार प्राप्त किया। वकालत वह करना नहीं चाहते थे। इसलिए अध्यापन कार्य के लिए उन्होंने डॉ. मैकिकन से शिक्षा विभाग में सिफ़ारिश करने का अनुरोध किया था। उनके चेहरे पर चिन्ता और निराशा छा गई। उन दिनों ब्रिटिश सरकार चितपावनों के सम्बन्ध में अच्छी राय नहीं रखती थी। रानाडे, तिलक आदि सभी चितपावन थे, जिन्होंने देश के स्वतन्त्रता आन्दोलन में अपनी उग्र रणनीति से सरकार की नींद हराम कर दी थी।

फिर भी डॉ. मैकिकन के प्रयासों से पांडुरंग को 60 रुपए प्रतिमाह के वेतन पर रत्नागिरि में अध्यापक की नौकरी मिल गई। वहां उन्हें कई विषय पढ़ाने पड़ते थे। शिक्षा के क्षेत्र में जब पांडुरंग पहुंचे, तो उन्होंने शिक्षक की परीक्षा दी और पूरी बम्बई प्रिज़िडेंसी में प्रथम श्रेणी में पास हुए। अगले वर्ष विभागीय परीक्षा में भी बेठे और सफलता प्राप्त की । इससे उन्हें शिक्षा विभाग में सहायक

शिक्षा निरीक्षक का पद मिल गया, परन्तु उन्होंने इसे स्वीकार करने से इनकार कर दिया, क्योंकि तब उन्हें अपने शोधकार्य के लिए पर्याप्त समय न मिल पाता

1907 में पांडुरंग बम्बई स्थित एलफ़िन्स्टन हाईस्कूल में स्थानान्तरित कर दिए गए। वहां उन्हें संस्कृत का मुख्य अध्यापक बनाया गया। शोध कार्य वहां भी जारी रहा। इस बार उनका विषय था, प्राचीन भारतीय साहित्य, जिसके शोध पर वी.एन. मांडलिक पुरस्कार से सम्मानित किया गया। 1908 में काणे ने एल.एल. बी. का दूसरा हिस्सा भी पास कर लिया।

अगले वर्ष एक सत्र के लिए प्रोफ़ेसर एस.आर. भंडारकर के रिक्त स्थान पर अध्यापन कार्य मिल गया। पूना के डैकन कॉलेज में संस्कृत के एक प्राध्यापक के पद का सृजन किया गया और पांडुरंग वामन काणे के लिए सिफ़ारिश भी की गई। काणे उस पद के लिए पूरी तरह योग्य थे, फिर भी उनकी उपेक्षा की गई। उनके आत्मसम्मान को आघात पहुंचा और उन्होंने चार वर्ष सेवा करने के पश्चात सरकारी नौकरी से त्याग-पत्र दे दिया। एल.एल.बी. वह कर चुके थे, परन्तु इतने से भी उन्हें सन्तोष नहीं हुआ और उन्होंने हिन्दू और मुस्लिम क़ानून जैसे गहन विषयों को लेकर एल.एल.एम. किया।

अन्ततः काणे को उनका खोया हुआ सम्मान पुनः प्राप्त हुआ। बम्बई विश्वविद्यालय का ध्यान क़ानून में पांडुरंग के अपार ज्ञान की ओर गया और उन्हें विश्वविद्यालय की ओर से भाषण देने के लिए आमन्त्रित किया गया। इसका विषय था 'संस्कृति और सहयोगी भाषाएं'। उनके विद्वत्तापूर्ण भाषण से अधिकारी वर्ग अत्यन्त प्रभावित हुआ और उन्हें सौ रुपए प्रतिमास की दो वर्षों की शोध छात्रवृत्ति प्रदान की गई। तब वह केवल तीस वर्ष के थे और यह 1913 की बात थी। इस बार शोध का विषय था, 'महाराष्ट्र का प्राचीन भूगोल' । व्यापक अध्ययन के बाद उन्होंने इस विषय पर अपना शोधकार्य सफलता के साथ पूरा किया। इसी शोधकार्य से प्रभावित होकर प्रोफ़ेसर भंडारकर के रोगग्रस्त हो जाने के बाद उनके रिक्त स्थान पर पांडुरंग को नियुक्त किया गया।

विलसन कॉलेज से निवृत्त होते ही उन्हें राजकीय क़ानून विद्यालय में क़ानून पढ़ाने का कार्य मिल गया। इसे उन्होंने अगले छह वर्ष तक कुशलता के साथ निभाया। काणे का संस्कृत के प्रति अनुराग कभी लुप्त नहीं हुआ। उन्होंने संस्कृत साहित्य का अध्ययन जारी रखा और साहित्यशास्त्र पर शोध किया। 'अलंकार साहित्य का इतिहास' जैसे ग्रन्थ के प्रथम संस्करण पर ही उन्हें पांच सौ रुपए की नक़द राशि प्राप्त हुई, जिससे उन्होंने तुरन्त उच्च न्यायालय की सनद प्राप्त कर ली।

उनका प्रिय व्यसन था शोध और अध्ययन। बाद में उन्होंने 'धर्मशास्त्र के इतिहास' पर कार्य किया, जो वास्तव में अद्वितीय शोध-ग्रन्थ प्रमाणित हुआ। धर्मशास्त्र के शोधकार्य का विचार भी उनके मन में एक रोचक घटना के कारण आया। जब वह धर्मशास्त्र का अध्ययन कर रहे थे, तो इस विषय के सम्बन्ध में उन्हें पाश्चात्य विद्वानों के विचारों को भी पढ़ने का अवसर मिला। उसमें उन्होंने हर स्थान पर पाया कि पश्चिम के अधिकतर विद्वानों ने न केवल संस्कृत साहित्य के तथ्यों को तोड़ा-मरोड़ा है, बल्कि कहीं-कहीं तो धर्मशास्त्र और संस्कृत साहित्य के प्रति बहुत दुराग्रही भी हो गए। तब पांडुरंग ने अपना कर्तव्य समझा कि संसार के सामने सही तथ्यों को लाया जाए। इस कार्य के लिए उन्होंने जर्मन और फ़्रांसीसी भाषाओं को भी ख़ूबी के साथ सीखा। इसके बाद संसार के आगे धर्मशास्त्र के सम्बन्ध में सही तथ्यों को प्रस्तुत किया और पश्चिम की आंखों पर पड़े झूठे प्रचार के पर्दे को अपने पैने तर्कों से हटा दिया।

वकालत में भी पांडुरंग किसी से पीछे नहीं रहे। प्रत्येक मुक़दमे में अपने पक्ष को सशक्त बनाने के लिए वह बहुत गहरा अध्ययन करते थे। अपने साथी वकीलों से, चाहे वह उनसे पद में छोटा ही क्यों न हो, बहुत ही अपनेपन का सम्बन्ध रखते थे। बार में उनकी उपस्थिति हमेशा ही आनन्दपूर्ण हुआ करती थी।

न्यायाधीश के आगे भी उनका प्रत्येक तर्क ठोस आधार लिए होता था और उनकी बहस से न्यायालय में सम्मान और गौरव का वातावरण बन जाता

था। एक बार किसी न्यायाधीश ने पांडुरंग वामन काणे के किसी तर्क को ऊलजलूल (एबसर्ड) कह दिया। उन्होंने तुरन्त उत्तर दाग़ दिया, "मेरा यह तर्क तत्कालीन देश के सर्वोच्च न्यायालय प्रिवी कौंसिल की न्याय सम्बन्धी समिति द्वारा प्रदान किए गए निर्णय पर ही आधारित है श्रीमान!" साथ ही उस निर्णय की प्रतिलिपि उन्होंने न्यायालय को दिखाई । न्यायाधीश चुप हो गए और उनके पास काणे के पक्ष में निर्णय देने के अलावा दूसरा विकल्प ही नहीं बचा।

जहां तक हिन्दू क़ानून का सम्बन्ध है, पांडुरंग वामन काणे का कथन या मत अन्तिम और अधिकृत समझा जाता था। 1933 में सरकार ने पूना स्थित डेकन कॉलेज बन्द कर देने का निर्णय ले लिया। हालांकि पांडुरंग उसके पूर्व छात्र नहीं थे, फिर भी मन में उस कॉलेज के प्रति अपार सम्मान था, क्योंकि वहां से तिलक और आंग्रेकर जैसी महान हस्तियां पढ़कर निकली थीं। कॉलेज एक ट्रस्ट द्वारा चलाया जाता था। इसलिए उसे बन्द करने का अधिकार सरकार को था ही नहीं।

पांडुरंग वामन काणे कॉलेज के सभी पूर्व छात्रों से मिले और एक संगठन बनाया। बी.जी. खेर, जो बाद में बम्बई प्रान्त के शिक्षा मन्त्री और फिर मुख्यमन्त्री भी हुए, उस समय बम्बई में सालिसिटर का कार्य करते थे। उन्होंने इस सम्बन्ध में सहायता दी। डॉ. एन.आर. जयकर ने भी मदद की। सबने एक साथ मिलकर न्यायालय में सरकार के विरुद्ध मुक़दमा चलाया। पूना के न्यायाधीश ने कॉलेज बन्द करने पर रोक लगा दी। सरकार ने बम्बई के उच्च न्यायालय में अपील दायर कर दी। सुनवाई शुरू हुई और उच्च न्यायालय ने भी पूना के ज़िला न्यायालय के निर्णय को ही माना।

पांडुरंग वामन काणे समाज सुधारक भी थे। समाज में प्रचलित ढकोसलों, रूढ़ियों और कुरीतियों को जड़ से उखाड़ फेंकना चाहते थे। जब वह बम्बई की ब्राह्मण सभा के सभापति थे, तब गणपति उत्सव में भाग लेने के लिए हरिजनों को भी अनुमति दे दी। पांडुरंग की इस उदारता से कुछ कट्टरपन्थी बौखला उठे। उन्होंने कोर्ट में मुक़दमा चला दिया। इस केस में कट्टरपन्थियों

के वकील मोहम्मद अली जिन्ना थे। पांडुरंग अपने शास्त्र सम्मत और अकाट्य तर्कों से जीत गए। हरिजनों को गणपति उत्सव में शामिल होने की अनुमति मिल गई। ब्राह्मण सभा की आर्थिक स्थिति सुधारने के लिए भी उन्होंने जी-जान से प्रयत्न किया और घर-घर जाकर धन इकट्ठा किया।

बम्बई के मराठी ग्रन्थ संग्रहालय से भी पांडुरंग वामन काणे का घनिष्ठ सम्बन्ध रहा और उसके लिए उन्होंने धन इकट्ठा किया। इसके भवन के लिए भी प्रयत्नशील रहे। संग्रहालय के तो वह आजीवन सदस्य थे। वह विनायक मंडल के भी वर्षों तक अध्यक्ष रहे।

पांडुरंग वामन काणे ने एक अवसर पर गोद प्रथा के क़ानून के सम्बन्ध में सुझाव दिया था कि गोद लेने वाले और गोद लिए जाने वाले पुत्र की आयु में पर्याप्त अन्तर होना चाहिए। उन्हें भय था कि इस प्रथा की आड़ में क़ानून का सहारा लेकर कुछ लोग अनुचित लाभ उठा सकते हैं। यदि कोई पच्चीस वर्षीय युवक किसी अठारह वर्षीय युवती को अपनी पुत्री बना लेता है, तो परिणाम अच्छे निकलने की आशा कम रहेगी।

कड़े परिश्रम में विश्वास रखने वाले पांडुरंग ने सदा ही कर्म को महत्त्व दिया। कर्म उनके लिए पूजा थी। न्यायाधीश रानाडे की तरह अपने जीवन का एक क्षण भी व्यर्थ नहीं गंवाया। वह प्रतिदिन अठारह घंटे काम किया करते थे। जब कोई उनसे बात करता, तो ऋग्वेद की ऋचाओं से सजी उनकी भाषा को सुनकर तृप्त होकर लौटता। सभी लोग उन्हें प्रेम से अन्ना साहेब पुकारते थे। पांडुरंग वामन काणे विलक्षण बुद्धि और अपार ज्ञान के भंडार थे। कार्ल मार्क्स हो या कौटिल्य या कीट्स, नारद हो, चाहे न्यूटन, उनका सभी पर समान अधिकार था। वह बात-बात पर वशिष्ठ या वाल्मीकि का उदाहरण दिया करते।

अपने स्वाभिमान के चलते उन्होंने कभी किसी के आगे हाथ नहीं फैलाया, चाहे वह व्यक्ति हो, चाहे सरकार। तब के मुख्यमन्त्री यशवन्त राव चव्हाण ने एक बार कहीं ज़िक्र किया था कि उनसे पांडुरंग का कभी भी सम्पर्क नहीं

हुआ। उन्होंने सरकार से कभी भी कुछ नहीं चाहा। शायद वह बम्बई विश्वविद्यालय के पहले और अन्तिम उपकुलपति थे, जो अपने घर से कार्यालय ट्राम में आते-जाते थे। सरकारी निमन्त्रणों पर भी जाते, तो किराए की गाड़ी में।

अठारह पुस्तकों, पांच मराठी ग्रन्थों के अतिरिक्त ढेर सारा लेखन करने वाले पांडुरंग वामन काणे ने भरपूर आनन्द और पवित्रता के साथ जीवन जिया। वह वास्तव में भारतीय संस्कृति के दिव्य दूत थे, जिन्होंने अपने ज्ञान के प्रकाश से सारे संसार को जगमगाया। अकेले 6 हज़ार पृष्ठों के महान ग्रंथ 'धर्मशास्त्र का इतिहास' ने उनकी ख्याति को सारी दुनिया में पहुंचाया।

सन् 1942 में पांडुरंग वामन काणे की विद्वत्ता को स्वीकारते हुए उन्हें 'महामहोपाध्याय' की उपाधि प्रदान की गई। इलाहाबाद विश्वविद्यालय ने डॉक्टर ऑफ़ लिटरेचर की मानद उपाधि से विभूषित किया। सन् 1947 में उन्हें बम्बई विश्वविद्यालय का उपकुलपति भी नियुक्त किया गया था। सन् 1948 में पेरिस से बुलाई गई प्राच्य विद्या परिषद में डॉ. राधाकृष्णन् के नेतृत्व में डॉ. काणे ने भाग लिया था। इसी परिषद के निमन्त्रण पर वह इस्ताम्बूल और कैम्ब्रिज भी गए। 1953 से 1958 तक और उसके बाद भी वह राज्यसभा के सदस्य रहे। 1959 में भारतीय प्राच्य विद्या के राष्ट्रीय अध्यापक भी रहे।

उनकी असीम विद्वत्ता और समाज-सेवा को ध्यान में रखकर ही भारत सरकार ने उन्हें 1963 में भारतरत्न की सर्वोच्च उपाधि से सम्मानित किया। 18 अप्रैल, 1972 को 92 वर्ष की अवस्था में पांडुरंग वामन काणे ने अपने शरीर को त्याग दिया।

14

लालबहादुर शास्त्री

भारतरत्न 1966

"**जो** मशाल गांधी ने जलाई और जिसकी रोशनी पंडित नेहरू ने फैलाई, उस मशाल को जलाए रखना हम सबका कर्तव्य है। मैं लोगों के जोश, उत्साह और सहायता से इस मशाल को देश के कोने-कोने में ले जाना चाहता हूं, जिससे ग़रीबी, बेरोज़गारी तथा अन्धकार दूर हो।"

इन शब्दों को कहने वाले लालबहादुर शास्त्री सरलता और सादगी के प्रतिरूप थे। जब देश संकट की भयानक घड़ी से गुज़र रहा था और पड़ोसी पाकिस्तान ने हमारे देश पर क्रूर आक्रमण कर दिया था, तब उस अजेय लौहपुरुष ने प्रधानमन्त्री के रूप में इस देश की बागडोर अपने सशक्त हाथों में संभाली थी।

नेहरू जी की मृत्यु के तुरन्त बाद भारत में ही नहीं, विश्व-भर में एक बड़ा सवाल सामने उठ खड़ा हुआ था कि प्रधानमन्त्री के रूप में कौन आएगा। अन्त में भारत का वह कर्मठ 'लाल' सामने आया और अपनी ईमानदारी, कुशलता तथा कार्यक्षमता से भारत का प्रिय नेता बन गया। लालबहादुर शास्त्री के अठारह मास के छोटे-से प्रधानमन्त्री-काल में सोई हुई देश की आत्मा जाग उठी और जनता का ख़ून जोश की आंच में तपकर खौल उठा।

पड़ोसी पाकिस्तान और चीन द्वारा भारत का मणिमुकुट कश्मीर और लद्दाख का क्षेत्र हड़पने का षड़यन्त्र बना, परन्तु शास्त्री जी की ललकार से उनका सपना मिट्टी में मिल गयां। यह पहला अवसर था, जब पूरा देश कश्मीर

से कन्याकुमारी तक एकजुट हो गया। शास्त्री जी ने पाकिस्तानी आक्रमण के अवसर पर देश की जनता को बड़ी ओजस्वी भाषा में सम्बोधित किया – हम रहें न रहें, लेकिन भारत का सिर ऊंचा रहेगा। भारत दुनिया के देशों में एक बड़ा देश होगा और शायद दुनिया को बहुत कुछ दे सकेगा।

जिस तरह मौर्य साम्राज्य के निर्माता आचार्य चाणक्य कुटिया में रहकर साधारण जीवन बिताते थे, वैसे ही लालबहादुर शास्त्री प्रधानमन्त्री रहते हुए बहुत ही साधारण जीवन व्यतीत करते थे। उस समय उनके पास केवल दो जोड़ी जूते और तीन पुराने कोट थे। वह बान से बुने पलंग पर सोते थे और क़र्ज़ में भी डूबे हुए थे। उन्होंने न मकान बनवाया, न ज़मीन ख़रीदी, न उनके पास बैंक बैलेंस ही था। शास्त्री जी के व्यक्तित्व के बारे में नेहरू जी ने कहा था, "उच्चतम व्यक्तित्व वाले, निरन्तर सजग और कठोर श्रमशील व्यक्ति का नाम है, लालबहादुर शास्त्री ।"

लालबहादुर शास्त्री का जन्म 2 अक्टूबर, 1904 को वाराणसी के मुग़लसराय में एक साधारण कायस्थ परिवार में हुआ। लालबहादुर के पिता शारदा प्रसाद श्रीवास्तव मुग़लसराय के रेलवे स्कूल में अध्यापक थे। पुत्र के जन्म के बाद वह सोचा करते थे कि बच्चा जब पढ़-लिखकर बड़ा होगा, तो उन्हें किसी प्रकार का कष्ट नहीं रहेगा, किन्तु विधाता को शायद यह स्वीकार नहीं था। बालक लालबहादुर डेढ़ वर्ष के हुए, तब पिता का स्वर्गावास हो गया। उनकी मां रामदुलारी भी असहाय हो गईं।

बालक लालबहादुर को पिता का स्नेह नहीं मिल पाया, किन्तु नाना हजारीलाल का संरक्षण प्राप्त था। वह नवासे को बहुत प्यार करते थे। उनका पालन-पोषण नाना के घर पर ही हुआ। वहां रहते हुए उन्होंने छठी कक्षा पास कर ली।

वह दस वर्ष के हुए, तब अपनी मौसी के साथ वाराणसी चले आए। वहां हरिश्चंद्र हाईस्कूल में भर्ती हो गए। उनके मौसा रघुनाथ प्रसाद बनारस के म्युनिसिपल दफ़्तर में हेड क्लर्क थे। उनकी आर्थिक स्थिति अच्छी नहीं थी,

फिर भी लालबहादुर को बड़ी अच्छी तरह रखते थे। उन्होंने साठ वर्ष की आयु में अवकाश प्राप्त करने के बाद परिवार के भरण-पोषण के लिए किराने की दुकान खोल ली। लालबहादुर पर मौसा के कर्मठ जीवन का काफ़ी प्रभाव पड़ा ।

लालबहादुर शास्त्री का बचपन ग़रीबी में बीता, किन्तु यह उनकी आत्मा को कुचल नहीं पाई, बल्कि इससे उनका आत्मबल मज़बूत हुआ और उन्हें आत्मनिर्भर होने की प्रेरणा मिली। अपने कपड़े वह स्वयं धोते, अपने घर से सोलह मील पैदल चलकर पढ़ाई के लिए स्कूल पहुंचते। कभी-कभी पैसा पास में न होने से उन्हें नदी तैर कर पार करनी पड़ती थी। कई बार उपवास भी करना पड़ता था, पर सारा दुख वह बड़े धैर्य के साथ सहन कर लेते थे। विनयशीलता की वह जीती-जागती तस्वीर थे। उनके व्यवहार से शिक्षक बहुत प्रसन्न रहते। एक अध्यापक निष्कामेश्वर मिश्र थे, जो उन्हें राणाप्रताप, शिवाजी जैसे वीरों की कहानियां सुनाया करते थे।

उन दिनों देश-भर में स्वाधीनता संग्राम ज़ोर पकड़ रहा था। विपिनचन्द्र पाल, सुरेन्द्रनाथ बनर्जी, बालगंगाधर तिलक, गोपालकृष्ण गोखले जैसे प्रमुख नेताओं के देश-प्रेम की चर्चा चारों ओर सुनाई पड़ रही थी। लोकमान्य तिलक और महात्मा गांधी अपने जोशीले भाषणों से देश की जनता को गुलामी की बेड़ियां तोड़ फेंकने के लिए जाग्रत कर रहे थे।

देश-प्रेम की तरंग से लालबहादुर शास्त्री का मन भी भीग गया। वह अस्सी मील की पैदल यात्रा करके लोकमान्य तिलक का ओजस्वी भाषण सुनने पहुंचे तथा 'स्वराज्य हमारा जन्मसिद्ध अधिकार है' जैसा गूंजता हुआ नारा उनके मन पर छाप छोड़ गया।

1921 में गांधी जी ने असहयोग आन्दोलन शुरू किया, तब लालबहादुर पढ़ाई छोड़कर उसमें कूद पड़े। वाराणसी में गांधी जी के दर्शनों ने उन्हीं के आदर्श जीवन-भर अपनाने की प्रेरणा दी और उन्होंने संकल्प कर लिया कि बापू के बताए रास्ते पर ही चलेंगे। बाद में अपनी शिक्षा पूरी करने के लिए वह राष्ट्रीय भावना जगाने वाले काशी विद्यापीठ में भर्ती हो गए।

उन्हें स्वदेशी वातावरण और राष्ट्र-भक्ति की प्रेरणा देने वाले अध्यापक मिले। वहां चार वर्ष तक अध्ययन किया। वह रूसी साहित्यकार टॉलस्टाय के विचारों के प्रति बहुत आकर्षित हुए। उन्होंने रामकृष्ण परमहंस तथा विवेकानन्द के विचारों का भी अध्ययन किया। काशी विद्यापीठ से ही परीक्षा पास करने पर शास्त्री की उपाधि मिली। इसके बाद वह शास्त्री कहलाने लगे। शिक्षा पूरी करने के बाद समाज-सेवा का क्षेत्र अपने लिए चुना। वह लाला लाजपतराय द्वारा स्थापित लोक सेवक मंडल के सदस्य बन गए।

सन् 1927 में तेईस वर्ष की आयु में उनका विवाह मिर्ज़ापुर की ललिता देवी के साथ हो गया। शास्त्री जी दहेज के विरुद्ध थे। विवाह के समय उन्होंने अपने ससुर से कह दिया था कि दहेज में उनकी पत्नी को एक जोड़ी कड़ा, एक साड़ी और सिन्दूर दें और मुझे मात्र एक चरख़ा। ललिता देवी का साथ शास्त्री जी के लिए बड़ा प्रेरणादायक सिद्ध हुआ।

विवाह के बाद लालबहादुर शास्त्री पूरी तरह से राजनीति में कूद पड़े। सत्याग्रह आन्दोलन में उन्हें कई बार जेल जाना पड़ा। सन् 1930 से 1945 के बीच नौ वर्ष जेल में रहे। जेल में विश्व-साहित्य का गहन अध्ययन किया। वहां अनेक प्रकार की यातनाएं भी सहनी पड़ी, किन्तु उस साहसी व्यक्ति ने कभी उफ़ तक नहीं किया।

सन् 1937 के चुनावों में शास्त्री जी उत्तर-प्रदेश विधानसभा के सदस्य चुने गए। उन्होंने ज़मींदारी प्रथा और भूमि-सुधार के सम्बन्ध में गहरा अध्ययन किया तथा कांग्रेस द्वारा नियुक्त एक ग़ैरसरकारी समिति के सचिव के रूप में भूमि-सुधारों के सम्बन्ध में अपनी रिपोर्ट प्रस्तुत की, जो आगे चलकर ज़मींदारी उन्मूलन का आधार बनी।

8 अगस्त, 1942 को कांग्रेस ने 'भारत छोड़ो' का ऐतिहासिक नारा लगाया। लालबहादुर शास्त्री उन दिनों बम्बई में थे। उन्हें बम्बई से इलाहाबाद छिपकर जाना था। पुलिस उन्हें बन्दी बनाने के लिए ताक में थी। वह किसी तरह इलाहाबाद पहुंच गए और आठ दिनों तक छिपकर रहे। शहर में कर्फ़्यू और

धारा 144 लागू थी। शास्त्री जी ने किसी तरह प्रबन्ध करके इलाहाबाद की सार्वजनिक सभा के आयोजन पर पर्चे छपवाकर बांट भी दिए। शाम को भीड़ जमा हो गई। हथियारबन्द गाड़ियों को देखकर जनता ने सोचा, शास्त्री जी ऐसी स्थिति में शायद ही आएं। इतने में धोती-कुर्ता पहने एक ठिगना-सा व्यक्ति तांगे पर आ धमका और पुलिस के विरोध के कारण तांगे पर ही खड़े होकर भाषण देने लगा। यही शास्त्री जी थे। उनका एक वाक्य भी पूरा न हो पाया था कि पुलिस उन्हें गिरफ़्तार करके ले गई।

द्वितीय विश्वयुद्ध समाप्त होने पर 1945 में भारत में फिर प्रान्तीय स्वशासन स्थापित किया गया। प्रान्तों के विधानमंडलों के चुनावों में कांग्रेस ने बहुमत प्राप्त किया। इस सफलता में लालबहादुर शास्त्री का बड़ा योगदान था।

देश स्वतन्त्र होने के बाद पं. गोविन्द वल्लभ पन्त ने 1947 में उन्हें उत्तर-प्रदेश में पुलिस तथा परिवहन मन्त्री का पद प्रदान किया। शास्त्री जी की संगठन क्षमता और कर्तव्य को सर्वोच्च स्थान देने के कारण उनका मान बहुत बढ़ गया। वह पुरुषोत्तमदास टंडन और जवाहरलाल नेहरू के समान रूप से विश्वासपात्र बने रहे। एक बार टंडन जी और नेहरू जी के बीच काफ़ी मतभेद हो गया। इस अवसर पर शास्त्री जी ने बड़ी कुशलता से मध्यस्थता का कार्य किया और कांग्रेस में फूट पड़ने से बचाया।

टंडन जी द्वारा कांग्रेस के अध्यक्ष पद से त्यागपत्र देने के बाद जब नेहरू जी ने इस पद को संभाला, तो उन्होंने लालबहादुर शास्त्री को महासचिव नियुक्त कर दिया। इस अवधि में कांग्रेस के चुनाव अभियानों में वह प्रमुख सूत्रधार रहे और सभी चुनावों को सफल बनाते रहे।

बाद में वह नेहरू जी की इच्छा के अनुसार राज्यसभा के सदस्य बन गए और केन्द्र सरकार में रेल मन्त्री का पद संभाला। उन्होंने अपने विभाग में कई महत्त्वपूर्ण सुधार किए। आम लोगों की सुविधा के लिए जनता एक्सप्रेस चलाई। 1956 के अगस्त महीने में महबूब नगर और इसके बाद मद्रास में भयंकर रेल दुर्घटनाएं हुईं, जिसमें काफ़ी लोग मारे गए। इन दुर्घटनाओं से शास्त्री जी बड़े

दुखी हो गए। उन्होंने इसका दायित्व अपने ऊपर लेकर मन्त्री पद से त्यागपत्र दे दिया। शास्त्री जी के त्यागपत्र से उनका सम्मान बहुत बढ़ गया।

सन् 1957 के चुनावों में जीतकर आने पर इस बार उन्होंने संचार और परिवहन मन्त्री का पद संभाला। कुछ अरसे बाद वाणिज्य और उद्योग मन्त्री बन गए। इस पद पर इतनी अच्छी तरह कार्य किया कि उन्हें 1961 में गृहमन्त्री के अत्यधिक महत्त्वपूर्ण पद को संभालना पड़ा। उन्होंने असम की भाषा समस्या, मास्टर तारासिंह द्वारा संचालित पंजाबी सूबे के निर्माण की समस्या को बड़ी कुशलता के साथ हल किया तथा नेपाल यात्रा करके भारत के साथ उस देश के बिगड़े हुए सम्बन्धों को सुधारा। अगस्त, 1962 में कामराज योजना के अन्तर्गत केन्द्र के मन्त्रियों को स्वेच्छा से अपने पद छोड़ने थे। लालबहादुर शास्त्री उनमें पहले व्यक्ति थे, जिन्होंने तत्काल अपने पद से त्यागपत्र दे दिया।

शास्त्री जी अनेक विकट समस्याओं को तत्काल सुलझाने की क्षमता के कारण प्रसिद्ध हो गए। जब भी कोई कठिन समस्या देश के सामने उपस्थित होती, उसको हल करने के लिए उन्हीं की ओर दृष्टि जाती। सन् 1963 में कश्मीर में हज़रत मोहम्मद साहब के बाल की चोरी की आड़ में हज़रतबल दरगाह कांड के अन्तर्गत हिंसात्मक उपद्रव शुरू हुए। इसका समाधान शास्त्री जी को ही सौंपा गया और वह उन उपद्रवों को शान्त करने में सफल हुए।

1964 का जनवरी का महीना था। शास्त्री जी कश्मीर जाने वाले थे। नेहरू जी समझ गए कि गर्म कोट शास्त्री जी के पास नहीं है और न ठीक-ठाक जूते ही। उन्होंने अपना कोट और जूते उनको दे दिए। यह शायद संयोग ही था। इस प्रकार अपना कोट और जूते देकर नेहरू जी ने शास्त्री जी को एक तरह से अपना उत्तराधिकारी घोषित कर दिया। 27 मई, 1964 को नेहरू जी के स्वर्गवास के बाद लगभग सर्वसम्मति से लालबहादुर शास्त्री भारत के प्रधानमन्त्री बने।

अपने प्रधानमन्त्री के अल्पकाल में ही शास्त्री जी ने जिस अद्भुत राजनीतिक कुशलता का परिचय दिया, उसे देखकर विदेशी राजनीतिज्ञ भी चकित रह गए।

अन्तर्राष्ट्रीय क्षेत्रों में भारत के सम्मान में कोई कमी नहीं आई। जब 1965 के मई महीने में पाकिस्तान ने भारत पर आक्रमण किया और चीन भी आंखें दिखाने लगा, तब शास्त्री जी सिंह गर्जना कर उठे और सारे देश में आत्मविश्वास की लहर दौड़ गई। शास्त्री जी ने दुनिया को बता दिया कि हम शान्ति के दूत जरूर हैं, किन्तु हमारी स्वतन्त्रता पर डाका डालने वाले आक्रमणकारियों को हम शक्ति के बल पर झुका भी सकते हैं। उनकी ज़बर्दस्त इच्छा-शक्ति और दूरदर्शिता से देश ने जीत का हार पहना और स्वतन्त्र भारत में पहली बार भारतीय सेना ने शानदार कामयाबी प्राप्त की।

शास्त्री जी केवल शक्ति के योद्धा ही नहीं थे, वह शान्ति के भी पुजारी थे। जब रूस के ताशकन्द में उन्हें आमन्त्रित किया गया, तब वह पाकिस्तान के राष्ट्रपति अयूब ख़ां से शान्ति वार्ता के लिए तनिक भी नहीं हिचकिचाए, बल्कि उस दौरान उन्होंने कहा, "देश का साधारण व्यक्ति युद्ध नहीं करना चाहता। वह शान्ति का आश्रय मांगता है। आइए, हम परस्पर युद्ध न करके ग़रीबी, अशिक्षा और रोग-बीमारियों के विरुद्ध युद्ध करें। हमारे दोनों ही देशों के नागरिकों की आशा-आकांक्षाएं समान रूप से एक ही हैं। उन्हें शस्त्र नहीं चाहिए, गोला-बारूद नहीं चाहिए, बल्कि चाहिए पर्याप्त खाद्य और वस्त्र।"

10 जनवरी, 1966 को ताशकन्द समझौता सम्मानपूर्वक सम्पन्न हुआ। दोनों देशों की जनता ने सुख की सांस ली। वार्ता की समाप्ति पर सब लोगों को वापस लौटना था, किन्तु होनी कुछ और ही थी। रात को एक बजे शास्त्री जी को अचानक दिल का दौरा पड़ा। इस रोग के वह पुराने मरीज़ थे। हृदय गति रुक जाने से कुछ देर बाद ही शान्ति के इस प्रहरी की आत्मा चिर निद्रा में लीन हो गई। शास्त्री जी के स्वर्गवास से देश में हाहाकार मच गया। यहां तक कि सारा विश्व विचलित हो उठा।

1966 में 26 जनवरी के एक विशेष समारोह में भारत के इस लाल को शोक में डूबे राष्ट्रपति डॉ. राधाकृष्णन् ने उनके मरणोपरान्त भारतरत्न की उपाधि प्रदान कर देश की ओर से श्रद्धांजलि अर्पित की।

15

वी. वी. गिरि

भारतरत्न 1971

"मैं तो एक साधारण व्यक्ति और जनता का सामान्य सेवक हूं। मुझसे पहले के तीनों प्रतिभाशाली राष्ट्रपति सुविख्यात बुद्धिजीवी और बड़े विद्वान थे। मुझमें तो उन जैसा कोई गुण नहीं है कि मैं उनकी बराबरी कर सकूं। मैं तो एक सरल, साधारण व्यक्ति हूं और मैंने श्रमिक आन्दोलनों में सक्रिय भाग लेते हुए अपने जीवन का अधिकांश समय समाज के निम्न वर्ग के लोगों की सेवा में बिताया है। अतः अपनी अत: प्रेरणा व प्रशिक्षण के कारण मैं जनता का प्रथम सेवक हूं।"

ये शब्द कहे थे भारतीय गणतन्त्र के चौथे राष्ट्रपति वराहगिरि वेंकटगिरि ने।

वी.वी. गिरि भारतीय श्रमिकों के बीच आदरणीय थे। जहां कहीं भी वह पाते कि श्रमिकों के साथ न्याय नहीं हो रहा है, तो उनके पक्ष में अपनी आवाज़ बुलन्द करते। वह स्वयं को मज़दूरों का साथी समझते थे। वी.वी. गिरि जैसे नेता ने सिद्ध कर दिखाया था कि भारत में श्रमिक वर्ग की उपेक्षा का अर्थ है, भावी प्रगति की उपेक्षा ।

गिरि का जन्म 10 अगस्त, 1894 को उड़ीसा राज्य के बुरहानपुर में हुआ। उनके पिता जोगैया पन्तुलु गारुरु की गिनती नामी वकीलों में की जाती थी। परिवार में सात पुत्र और पांच पुत्रियों में गिरि का स्थान दूसरे नम्बर पर था। पिता चाहते थे कि पुत्रों की शिक्षा-दीक्षा में कोई कमी न आए। अतः लगातार

उनकी शैक्षिक योग्यता पर नज़र रखते। पिता ने ही उन्हें आगे बढ़ने में प्रोत्साहन दिया। उन्होंने मद्रास से सीनियर कैम्ब्रिज परीक्षा पास की। पिता की दिली इच्छा थी कि गिरि उच्च शिक्षा के लिए विदेश जाए। उन दिनों ब्रिटेन में शिक्षा प्राप्त करने वाले भारतवासियों को सम्मान की दृष्टि से देखा जाता था। उन्हें नौकरी प्राप्त करने में कहीं भी कठिनाई नहीं होती थी। पुत्र ने पिता की आज्ञा का पालन किया तथा उन्हीं के समान वकील बनने पर राज़ी हो गए, किन्तु इंग्लैंड न जाने के लिए अड़ गए। पिता ने लाख समझाया, किन्तु जीत अन्ततः पुत्र की ही हुई। वह इंग्लैंड की बजाय पहुंच गए। दरअसल गिरि नहीं चाहते थे कि वह इंग्लैंड जैसे देश में शिक्षा प्राप्त करें, जो दूसरे देशों को गुलाम बनाने में विश्वास रखता हो। 1913 में आयरलैंड पहुंचे, तो वहां की दशा देखकर दंग रह गए। आयरलैंड वासी भी इंग्लैंड के शिकजे में फंसे थे। उनके स्वतन्त्रता प्राप्ति के प्रयत्नों को बेरहमी से दबा दिया जाता था।

उन दिनों भारतीय लोग भी दक्षिण अफ्रीका में समान अधिकारों के लिए संघर्ष कर रहे थे। उन पर तरह-तरह के अत्याचार किए जाते थे। गिरि का हृदय द्रवित हो उठा। वह बेचैन हो उठे और डबलिन की इंडिया सोसाइटी की ओर से विरोध किया। उन्होंने इस विषय में एक छोटी पुस्तिका भी लिखी, जिसका शीर्षक था 'दक्षिण अफ्रीका का आतंक' । भारतीयों तक सही हालात की जानकारी पहुंचाने के लिए यह पुस्तिका भारत भी भेजी गई, किन्तु ब्रिटिश सरकार ने उसे वितरण से पूर्व ही ज़ब्त कर लिया। ब्रिटिश सरकार जानना चाहती थी कि उक्त पुस्तिका का लेखक कौन है। छानबीन के पश्चात यह तो पता चल गया कि पुस्तक आयरलैंड में छापी गई थी, किन्तु प्रकाशक का पता न मिलने के कारण आगे की कार्यवाही ठप हो गई और गिरि बाल-बाल बच गए।

गिरि पर महात्मा गांधी का गहरा प्रभाव पड़ा। दोनों के विचारों में कुछ भिन्नता अवश्य थी, किन्तु मंज़िल एक ही थी। गांधी जी के विचारों ने उन्हें अहिंसा का सरल, किन्तु दृढ़ मार्ग दिखलाया। 1914 में महात्मा गांधी इंग्लैंड आए। गिरि उनसे तुरन्त मिले। गांधी जी ने उनके कार्यों की प्रशंसा की और

उन्हें अनेक कार्य सौंपे। हालांकि गिरि गर्म दल के थे और गांधी नर्म दल के, फिर भी वह महात्मा गांधी के विचारों से प्रभावित हुए बिना नहीं रहे और उनके बताए रास्ते पर चल पड़े।

वी.वी. गिरि कभी श्रमिक नहीं रहे, किन्तु श्रमिकों की दिक़्क़तों को बहुत अच्छी तरह समझते थे और उनको दूर करने में सहायता करते थे। उन्होंने निश्चय किया कि ट्रेड यूनियन बनवाएंगे। वह एक ऐसी संस्था होगी, जिसके नेता अपने श्रमिकों के अधिकारों के लिए लड़ेंगे।

दूसरी ओर अंग्रेज़ो को किसी तरह पता चल गया कि 'दक्षिण अफ़्रीका का आतंक' पुस्तक के लेखक वी.वी. गिरि हैं और उन्हें एक आरोप के जाल में फंसा दिया गया। सरकार ने कहा कि उनका सम्बन्ध आयरलैंड के क्रान्तिकारियों से है और उनके ख़िलाफ़ वारंट जारी कर दिया गया। वारंट जारी होने की भनक जैसे ही उन्हें लगी, वह तुरन्त आयरलैंड से बाहर जाने की तैयारी करने लगे। उन्होंने शक वाले दस्तावेज़ जला दिए। वह संयुक्त राज्य अमरीका जाना चाहते थे, किन्तु इतनी जल्दी वहां के लिए उनका पार-पत्र नहीं मिल सका। किसी तरह वह लुक-छिपकर रहने लगे। अंग्रेज़ो को उनके ठिकाने का पता लग गया और उन पर धावा बोल दिया। उनके कमरे की तलाशी ली गई। अंग्रेज़ो को वहां कुछ भी नहीं मिला, किन्तु शक का घेरा तो बन ही गया था।

उन पर कड़ी नज़र रखी जाने लगी। अंग्रेज़ इस बात को अच्छी तरह समझ चुके थे कि गिरि उनके लिए ख़तरनाक सिद्ध हो सकते हैं। इसलिए उन्हें शीघ्र ही आयरलैंड छोड़कर चले जाने के लिए कहा गया। उनके पास कोई और चारा नहीं था। आख़िर उन्हें आयरलैंड छोड़ना ही पड़ा। ब्रिटिश संसद में वी. वी. गिरि के मुक़दमे की सुनवाई के बाद निर्णय सुनाया गया। ब्रिटिश सरकार के पास विश्वास करने के लिए कई कारण हैं कि वी.वी. गिरि का सम्बन्ध आयरलैंड के राष्ट्रवादियों के साथ बहुत गहरा है, परन्तु उनके पास पुलिस को कोई प्रमाण नहीं मिला है। अतः सरकार उन्हें केवल आयरलैंड से ही निष्कासित करती है।

वह भारत पहुंचे, जहां उन्हें अनेक उच्च पदों पर कार्य करने के प्रस्ताव मिलने लगे, पर बिना भारत को आज़ाद कराए चैन कहां था। उन्होंने सारे प्रस्ताव ठुकरा दिए। वी.वी. गिरि ने मद्रास उच्च न्यायालय में वकालत शुरू की। सरकार की ओर से नौकरी का प्रस्ताव भी किया गया, किन्तु गिरि जानते थे कि नौकरी स्वीकारने का अर्थ होगा सरकार की गुलामी। अतः उन्होंने स्पष्ट शब्दों में सरकारी पद के लिए इनकार कर दिया। वकालत करते समय उनका सम्पर्क अनेक बड़े नेताओं व वकीलों से हुआ, जिनमें वरदाचारी, श्रीनिवास आयंगर, सी. आर. दास, लार्ड सिन्हा व टी. प्रकाशम आदि प्रमुख थे। वकालत ज़ोरों से चली, किन्तु स्वतन्त्रता प्राप्ति की लौ अभी बुझी न थी। जब महात्मा गांधी के नेतृत्व में असहयोग आन्दोलन शुरू हुआ। गिरि ने उसमें सक्रिय रूप से भाग लिया। इस दौरान उन्हें गिरफ़्तार कर अमरावती जेल भेज दिया गया। इसके बाद चुपके से वेल्लोर जेल भेजा गया। वहीं सरकार को इस स्वाभिमानी देशप्रेमी का पूर्ण परिचय प्राप्त हुआ। उनकी ज़िद पर जेल ले जाने वाली गाड़ी को प्लेटफ़ार्म तक लाया गया।

कुछ समय बाद गिरि ने वकालत का पेशा त्याग दिया और स्वतन्त्रता संग्राम में पूरी तरह कूद पड़े। जेल से मुक्त होने के बाद वह बहुत बदल चुके थे। जेल जीवन में राजनीतिक क़ैदियों के साथ भी चोरों और डकैतों जैसा व्यवहार होता था। गिरि ने उसका विरोध किया। उन्होंने भूख हड़ताल आरम्भ कर दी। उनकी दृढ़ता के आगे जेल अधिकारियों को झुकना पड़ा। उसके बाद से राजनीतिक क़ैदियों के भोजन आदि दैनिक आवश्यकताओं की पूर्ति पर ध्यान दिया जाने लगा। गिरि ने नशाबन्दी आन्दोलनों में भी भाग लिया। वह बेझिझक परिवार सहित ताड़ी की दुकानों पर धरना देते। उनमें आरम्भ से ही संगठन का गुण विद्यमान था। बुरहानपुर में उनके द्वारा संगठित युवकों कां दल ग़रीब बच्चों के लिए सप्ताह में एक बार भोजन की व्यवस्था करता था।

वह जेल से रिहा हुए, तो खडगपुर रेलवे वर्कशाप के कर्मचारी उनके पास आए और ट्रेड यूनियन बनाने का प्रस्ताव रखा। गिरि भी यही चाहते थे कि श्रमिक अपनी मांगों के समर्थन में सिर ऊंचा कर सकें। उन्होंने सहर्ष सहमति

दे दी। सर्वप्रथम बंगाल व नागपुर रेलवे की मज़दूर यूनियनों का गठन हुआ। वही संगठन अपने विशाल रूप में अखिल भारतीय कर्मचारी संघ कहलाया। सरकार द्वारा रेलवे मज़दूरों की छंटनी की गई। गिरि इस अन्याय को कैसे सहन कर सकते थे। पहले तो विनम्रता से समझाना चाहा, किन्तु कोई नतीजा न निकलने पर हड़ताल की घोषणा कर दी गई। हड़ताल सफल रही। सरकार को निकाले गए कर्मचारियों को वापस लेना पड़ा। इस घटना ने गिरि को और भी लोकप्रिय बना दिया।

भारत को स्वतन्त्रता मिली। उन्हें श्रीलंका का भारतीय उच्चायुक्त बना दिया गया। 1957 में वह उत्तर-प्रदेश के राज्यपाल बनाए गए, उन्हें केरल का राज्यपाल भी बनाया गया, फिर 1965 में मैसूर के राज्यपाल के रूप में उन्होंने दायित्वों का उचित रूप से निर्वाह किया। उनकी प्रशासनिक क्षमता ने उन्हें नेहरु जी के मन्त्रिमंडल में श्रममन्त्री का पद भी दिलवाया, किन्तु कुछ मतभेदों के कारण स्वयं ही त्यागपत्र दे दिया।

1967 के आम चुनावों के बाद वी.वी. गिरि उपराष्ट्रपति बने। राज्यसभा के सभापति के रूप में उनकी योग्यता और अद्भुत कार्यक्षमता व निर्णय शक्ति का सभी लोहा मान गए। 1971 में वी.वी. गिरि को श्रमिक नेता के रूप में भारतरत्न की उपाधि से अलंकृत किया गया। 1969 में राष्ट्रपति ज़ाकिर हुसैन की मृत्यु के बाद परम्परागत रूप से राष्ट्रपति पद वी.वी. गिरि को ही मिलना था। चुनाव में उनकी जीत हुई। इस तरह वह भारत के चौथे राष्ट्रपति बने। 24 अगस्त, 1974 को वह पदमुक्त हुए और बंगलोर चले गए। राष्ट्रपति पद से हटने के बाद भी वह देशसेवा से विमुख नहीं हुए।

जून, 1980 में उनका निधन हो गया। संसार में गिरि जैसे व्यक्ति आजीवन स्मरण किए जाते रहेंगे।

16

इन्दिरा गांधी

भारतरत्न 1972

"**यदि** मेरी हत्या भी कर दी जाए, तो मुझे उसकी तनिक भी परवाह नहीं। मेरे ख़ून का एक-एक क़तरा एक-एक हिन्दुस्तानी की रचना करेगा।"

अपनी इस वाणी को पूरी तरह चरितार्थ किया श्रीमती गांधी ने। हमारे देश का यह सौभाग्य है कि उसने एक ऐसी महान विभूति को जन्म दिया, जिसकी गणना शताब्दियों तक विश्व के महानतम नेताओं में की जाएगी। इन्दिरा गांधी को भारत के प्रथम प्रधानमन्त्री जवाहरलाल नेहरू का राजनीतिक उत्तराधिकार प्राप्त हुआ था। वह भारत की पहली महिला प्रधानमन्त्री बनी।

19 नवम्बर, 1917 को जब इन्दिरा गांधी का जन्म हुआ, तो दादा मोतीलाल नेहरू रोग-शैया पर थे। उनकी बड़ी इच्छा थी कि बेटे जवाहरलाल की कोई सन्तान देखकर ही स्वर्गवासी हों। नवजात शिशु को जब मोतीलाल जी के पास लाया गया, तो वह प्रसन्नता से झूम उठे। वहां उपस्थित व्यक्तियों में से किसी ने कहा, "यह लड़की आपके परिवार एवं जवाहर की वास्तविक उत्तराधिकारी बनकर आपके सपनों को पूरा करेगी।" और यह भविष्यवाणी वास्तव में सत्य सिद्ध हुई । पिता जवाहरलाल नेहरू और मां कमला नेहरू इस बालिका को पाकर बेहद खुश थे। नेहरू परिवार का आनन्द भवन धन्य हो गया। माता-पिता ने बालिका का नाम प्रियदर्शनी इन्दिरा रखा। घर-परिवार में धनधान्य की कोई कमी नहीं थी। मोतीलाल नेहरू इलाहाबाद हाईकोर्ट के जाने-माने वकील थे।

आनन्द भवन केवल आवास-गृह नहीं, बल्कि स्वाधीनता सेनानियों का

देवालय भी था, जहां प्रतिदिन राष्ट्रीय नेताओं की भीड़ लगी रहती थी और राष्ट्रीय हित में विचार-विमर्श होता रहता था। आनन्द भवन के ऐसे माहौल में प्रियदर्शनी धीरे-धीरे बड़ी होती गई। आयु के साथ-साथ उसमें गम्भीरता भी आती गई। घर पर माता-पिता की राजनीतिक सरगर्मियों और उनकी गिरफ़्तारियों देखते हुए बालिका इन्दिरा बचपन से ही राजनीति का पाठ पढ़ने लगी। सार्वजनिक पार्कों और रेलों में भारत और भारतीयों के अपमान को देख-सुनकर उसका मन विचलित हो उठता था और भारतीयों द्वारा किए गए प्रतिकार की बात सुनकर वह प्रसन्न हो उठती थी।

पिता जवाहरलाल उन दिनों प्रायः जेलों में ही रहते थे। इसलिए यह बालिका अपनी मां कमला नेहरू के संरक्षण में रहती। वह विदुषी महिला थीं। भारतीय संस्कृति के प्रति उनकी गहरी निष्ठा थी। इन्दिरा जी ने स्वयं कहा था, "पिता जी मुझसे आकाश तक उठने की बात करते थे और माता जी मुझे धरती पर ढंग से रहना सिखाती थीं।"

नेहरू की एकमात्र सन्तान होने के कारण उनका लालन-पालन बड़े लाड़-प्यार से हुआ। उनकी शिक्षा पूना, स्विट्ज़रलैंड और ऑक्सफ़ोर्ड में हुई। इन्दिरा जी ने कुछ दिन शान्तिनिकेतन में गुरुदेव रवीन्द्रनाथ ठाकुर के सान्निध्य में भी शिक्षा प्राप्त की। पढ़ाई के दौरान ही इनकी मां का निधन हो गया।

इन्दिरा जी बारह-तेरह वर्ष की आयु में ही राजनीति में उतर आईं। उन्होंने कांग्रेस की सहायता के लिए एक वानर सेना का निर्माण किया। बाद में इस संगठन में 60 हज़ार सदस्य हो गए। जहां आनन्द भवन की गतिविधियों से उन्होंने राजनीति का पहला पाठ पढ़ा, वहीं ऑक्सफ़ोर्ड में शिक्षा प्राप्त करते हुए ब्रिटिश मज़दूर दल में शामिल होकर राजनीति का दूसरा पाठ पढ़ा । इक्कीस वर्ष की आयु में वह कांग्रेस की सक्रिय सदस्य बन गईं। इसके बाद आज़ादी की लड़ाई में बढ़-चढ़कर भाग लिया। 1942 के भारत छोड़ो आन्दोलन में भाग लेने पर उन्हें तेरह महीने के लिए जेल जाना पड़ा।

इन्दिरा जी ने कांग्रेस के ही एक आकर्षक व्यक्तित्व वाले नेता फ़िरोज

गांधी को अपने जीवनसाथी के रूप में चुना। शादी के कुछ ही दिनों बाद दोनों को पकड़कर जेल में डाल दिया गया। यह उनके जीवन-संघर्ष की महान शुरूआत थी। साहस और जोखिम-भरे काम करने की शिक्षा उन्हें अपने पिता से ही मिली थी।

भारत के स्वतन्त्र होने पर जब जवाहरलाल नेहरू प्रथम प्रधानमन्त्री बने, तो इन्दिरा जी का अधिकांश समय उन्हीं के साथ बीतता था। कई बार वह उनके साथ विदेश यात्रा पर भी गईं और विश्व के अनेक राजनेताओं से सम्पर्क हुआ। पहले और दूसरे आम चुनावों में उन्होंने नेहरू जी के चुनाव क्षेत्र की ज़िम्मेदारी संभाली और साथ ही फ़िरोज़ गांधी के चुनाव क्षेत्र का भी दौरा लगातार करती रहीं, जिससे वह जनता के निकट सम्पर्क में आईं।

फ़रवरी, 1959 में वह अखिल भारतीय राष्ट्रीय कांग्रेस के नागपुर अधिवेशन में दल की अध्यक्ष चुनी गईं। उनकी अध्यक्षता के दौरान कांग्रेस ने अनेक महत्त्वपूर्ण सफलताएं प्राप्त कीं। उस समय महाराष्ट्र और गुजरात के कारण बम्बई राज्य का विघटन करना तथा केरल राज्य में फेल रही हिंसा और अराजकता को समाप्त करने के लिए वहां राष्ट्रपति शासन की मांग करना, उनकी उल्लेखनीय सफलता कही जा सकती है। इन सफलताओं से उन्होंने जनता को अपनी योग्यता का परिचय दिया। 8 सितम्बर, 1960 को उन्हें एक भारी सदमा सहना पड़ा। उनके पति फ़िरोज़ गांधी उनका साथ छोड़कर चल बसे।

नेहरू जी की मृत्यु के बाद प्रथम प्रधानमन्त्री बने लालबहादुर शास्त्री ने उन्हें सूचना और प्रसारण मन्त्री बनाकर अपने मन्त्रिमंडल में शामिल कर लिया। यह सर्वविदित है कि इस पद पर रहते हुए उन्होंने महत्त्वपूर्ण भूमिका निभाई। शास्त्री जी के अकस्मात निधन पर देश के सामने एक बार फिर यह समस्या आई कि देश की बागडोर किसे सौंपी जाए। दुर्भाग्य से दल किसी एक नाम पर एकमत न हो सका और मोरारजी देसाई तथा इन्दिरा गांधी के मध्य चुनाव की नौबत आ गई। इस चुनाव में श्रीमती इन्दिरा गांधी को 355 तथा मोरारजी

देसाई को 169 मत प्राप्त हुए। इस प्रकार संसदीय दल के नेता पद का चुनाव जीतकर 1965 में देश की प्रथम महिला प्रधानमन्त्री बनने का गौरव उन्हें प्राप्त हुआ।

प्रधानमन्त्री पद संभालते ही उनके सामने कठिनाइयों का सिलसिला आरम्भ हो गया। 1969 के आम चुनाव सिर पर थे। यह इन्दिरा जी के नेतृत्व को एक बड़ी चुनौती थी। जनता ने इन्दिरा जी में अपना अटूट विश्वास प्रकट करते हुए विपक्षी दलों के गठबन्धन को करारी मात दे दी। इसके थोड़े ही दिन बाद इन्दिरा जी को अपने ही दल में संकट का सामना करना पड़ा।

बंगलौर के कांग्रेस अधिवेशन में दक्षिण पन्थी या सिंडीकेट ग्रुप के नेता उनकी नीतियों का विरोध करके सरकार पलटने की योजना बनाने लगे। श्रीमती गांधी ने साहस का परिचय देते हुए दल के आन्तरिक संकट पर विजय प्राप्त कर ली। उन्होंने वित्त मन्त्रालय को अचानक अपने हाथ में लेकर चौदह बड़े बैंकों के राष्ट्रीयकरण की घोषणा कर दी, जिसे आम जनता में पूरी तरह सराहा गया। इसी के साथ राजा-महाराजाओं को प्राप्त प्रिवीपर्स को ख़त्म करके जनमानस को अपने प्रति भावनामय बना लिया। श्रीमती गांधी राष्ट्रीय नेता के रूप में देश के मंच पर आसीन हो गईं और जिस प्रकार जनता का अटूट विश्वास पं. नेहरू को प्राप्त था, उससे भी एक क़दम आगे जनता ने इन्दिरा जी को अपना विश्वास दिया।

1971 का मध्यावधि चुनाव उनके नेतृत्व के लिए एक कसौटी था। विरोधी पक्ष एकजुट होकर 'इन्दिरा हटाओ' अभियान में लगे हुए थे, तब इन्दिरा जी ने 'ग़रीबी हटाओ' का नारा देकर जनता को अपनी ओर आकर्षित कर लिया। यह चुनाव उन्होंने अपनी ही कमान में लड़कर देश के दिग्गज नेताओं को भारी पराजय दी। उसी वर्ष 9 अगस्त, 1971 को राष्ट्रहित में उन्होंने सोवियत रूस से बीस वर्षीय शान्ति और मैत्री सन्धि करके भारतीय जनता को बाहरी ख़तरों से सुरक्षित कर दिया।

बंगलादेश का प्रश्न इसलिए आया कि पाकिस्तानी शासकों की नीति और

बर्बरतापूर्ण अत्याचारों के कारण लाखों की संख्या में शरणार्थी भारत आ गए। इससे भारत का अर्थतन्त्र लड़खड़ाने लगा। श्रीमती गांधी ने विश्व के मानवतावादी देशों से अपील की कि स्थिति को बिगड़ने से रोकने में वे अपना सहयोग दें, परन्तु कोई फल न निकला। यह उनके लिए कठिन परीक्षा की घड़ी थी। उनके द्वारा किए गए शान्ति और राजनीतिक समाधान के सारे प्रयत्न नाकाम हो गए। बंगलादेश की मुक्तिवाहिनी को भारत की सहानुभूति से चिढ़कर पाकिस्तान ने भारत पर आक्रमण कर दिया। इस पर इन्दिरा जी ने करारा जवाब देने की ठान ली। चौदह दिन के भारत-पाक युद्ध में हमारी ऐतिहासिक विजय ने श्रीमती गांधी की शक्ति और दूरदर्शिता पर अपनी छाप लगा दी। भारत के हाथों जहां पाकिस्तान की पराजय हुई, वहां बंगलादेश के रूप में एक नए राष्ट्र का निर्माण भी हो गया।

विश्व के बड़े-बड़े राजनेता यह स्वीकार करने के लिए बाध्य हो गए कि श्रीमती गांधी में महान साहस है और चुनौतियों का सामना करने की ज़बर्दस्त इच्छाशक्ति भी है। इसके बाद 28 जून, 1972 को शिमला में भारत तथा पाकिस्तान के मध्य ऐतिहासिक समझौता हुआ। भारत के प्रधानमन्त्री के तौर पर श्रीमती गांधी तथा पाकिस्तानी राष्ट्रपति के रूप में जुलफ़िकार अली भुट्टो ने परस्पर मैत्री का हाथ बढ़ाया।

देश में विरोधी तत्त्वों को इन्दिरा गांधी की शक्ति और लोकप्रियता रास नहीं आई और वे अशान्ति फैलाने में जुट गए। राजनीति एक अजीब से जाल में फंस गई। देश के आन्तरिक संकट पर क़ाबू पाने के लिए 25 जून, 1975 को उन्होंने आपात-काल की घोषणा कर दी और जनता को बीस सूत्री आर्थिक कार्यक्रम दिया, जिसके फलस्वरूप देश में फिर से प्रगति और खुशहाली का दौर शुरू हो गया।

1977 के चुनाव में उन्हें एक करारा झटका लगा। वह स्वयं तथा उनका दल इस चुनाव में जनता का विश्वास खो बैठा। मोरारजी देसाई के नेतृत्व में नवगठित जनता पार्टी की सरकार बनी, परन्तु श्रीमती गांधी ने तब भी

मानसिक हार स्वीकार नहीं की। यहां तक कि तब की सरकार ने उन्हें अनेक प्रकार से तंग करना आरम्भ कर दिया। उनके विरुद्ध आयोग बिठाए गए, जिनका उन्होंने बड़ी दिलेरी के साथ सामना किया। प्रधानमन्त्री पद से हाथ धो बैठने के बावजूद इन्दिरा जी ने बड़े साहस के साथ सभी बाधाओं का सामना किया। अपनी कटु आलोचना का भी बड़ी सहजता से उत्तर दिया।

अपनी राजनीतिक सूझबूझ का परिचय देते हुए उन्होंने जनता सरकार को समय से पहले ही हटने को बाध्य कर दिया। 1980 में मध्यावधि चुनावों की घोषणा का जनता ने स्वागत किया। इस चुनाव में श्रीमती गांधी ने अपनी पिछली पराजय का भरपूर बदला लिया और भारी विजय प्राप्त कर फिर से प्रधानमन्त्री के पद पर आसीन हो गईं। इस प्रकार उन्होंने विश्व में एक अनोखा उदाहरण प्रस्तुत किया। इन्दिरा जी एकमात्र नेता थीं, जिन्होंने अपने दमख़म से राजनीति के महारथियों को पछाड़कर अपनी पार्टी को फिर से सत्ता दिलाई।

श्रीमती गांधी ने इस बार आम जनता की भलाई के लिए विभिन्न कल्याणकारी योजनाएं आरम्भ कीं। उनके छोटे पुत्र संजय गांधी युवा नेता के रूप में विख्यात हो चुके थे। वह भारतीय राष्ट्रीय कांग्रेस के महामन्त्री के रूप में इन्दिरा जी का हाथ बंटा रहे थे, परन्तु भगवान को कुछ और ही मंजूर था। अचानक दिल्ली में वह एक हवाई दुर्घटना का शिकार हो गए और असमय ही एक युवा नेता संसार से विदा हो गया। इन्दिरा जी के लिए यह एक गहरा सदमा था। उन्होंने पुत्र ही नहीं, अपने विश्वसनीय सहयोगी को खो दिया था।

नए बीस सूत्री आर्थिक कार्यक्रम के अन्तर्गत भारत चतुर्मुखी उन्नति कर रहा था। इस कार्यक्रम की घोषणा करते हुए इन्दिरा जी ने कहा था, “1975 में जब पहली बार बीस सूत्री कार्यक्रम की घोषणा की गई थी, तब मैंने आपको जता दिया था कि आप चमत्कार की उम्मीद न करें। ग़रीबी दूर करने के लिए बस एक ही जादू है और वह है, कड़ी मेहनत । इसके साथ ही उद्देश्य की स्पष्ट अनुभूति और अनुशासन का होना भी ज़रूरी है। खड़ी चढ़ाई की सड़क पर रुकने के लिए न तो समय है और न ही कोई स्थान। हमारा आदर्श राष्ट्रीय

वाक्य है, सत्यमेव जयते, अर्थात केवल सत्य की ही विजय होती है। हमें अपने दैनिक जीवन में एक और आदर्श वाक्य अपनाना चाहिए, श्रमेव जयते। यह सच्चाई और कड़ी मेहनत के प्रति सम्मान प्रगति और खुशहाली का मूल सिद्धान्त है।"

इन्दिरा गांधी देशवासियों के हृदय की साम्राज्ञी बन गई थीं। सन् 1972 में उन्हें भारतरत्न की सर्वोच्च उपाधि से विभूषित किया गया। उन्होंने सिद्ध कर दिया कि वह इस विशाल देश की जनता की इच्छाओं को पूरा करने वाली एक मसीहा हैं। उनमें दृढ़ इच्छाशक्ति, गहन आत्मविश्वास और लक्ष्य के प्रति अटूट निष्ठा थी। हार को जीत में बदलने की उनके पास अपार शक्ति थी।

31 अक्टूबर, 1984 को लगभग नौ बजे प्रातः प्रधानमन्त्री निवास पर ही उनके अंगरक्षकों ने उनकी हत्या कर दी और अहिंसा, शान्ति तथा सहिष्णुता की यह मूर्ति सदा के लिए चिरनिद्रा में सो गई।

17

कुमारस्वामी कामराज

भारतरत्न 1976

"**देश** के सिर्फ़ ग़रीब ही मेरे सगे-सम्बन्धी हैं। वे मेरे देवता हैं। उनके झोंपड़े मेरे मन्दिर हैं। वे बंगला नहीं मांगते, मोटर नहीं मांगते । वे केवल खाना, कपड़ा और सिर के ऊपर छत चाहते हैं। आओ, हम सब मिलकर उनके स्वप्न को साकार करें।"

ये विचार थे जनसेवक कुमारस्वामी कामराज के।

विरुदपट्टी नामक गांव में नाडार जाति के एक ग़रीब परिवार में 15 जुलाई, 1903 को कामराज का जन्म हुआ था। यह गांव भारत के बिल्कुल दक्षिण में स्थित है। ज्योतिषियों ने भविष्यवाणी की थी कि यह बालक सूर्य के समान चमकेगा, परन्तु उनके परिवार वाले इस भविष्यवाणी को असम्भव मान चुके थे, क्योंकि परिवार की ग़रीबी के कारण बालक के उज्ज्वल भविष्य के बारे में वे सभी आश्वस्त नहीं थे। तब शायद उनकी दादी पार्वती अम्मल और मां शिवकामी भी यही सोच रही होंगी। कामराज को कामात्वी ही पुकारा जाने लगा था। उनकी मां ने देवी कामाक्षी से न जाने कितनी मनौतियां मानी थीं, तब उन्हें कामराज का मुंह देखने को मिला था। इसलिए मां ने उनका नाम कामात्वी कामराज रखा था।

धीरे-धीरे वह दिन भी आ गया, जब कामराज की पढ़ाई की शुरूआत होनी थी। एक छोटा-सा स्कूल था और उसका अध्यापक विकलांग था। इसी से लोग उसे 'नोन्दी वत्यार वैलुयुत्तम' अर्थात लंगड़ा अध्यापक पुकारते थे। उनके

पिता कुमारस्वामी नाडार ने उस दिन विशेष उत्सव आयोजित किया था। मित्रों और रिश्तेदारों से भरा हुआ सारा घर खुशियों से झूम उठा थां। कामराज को परिवार की परम्परागत पोशाक पहनाई गई थी। बड़े पुजारी रामलिंगम भी विशेष रूप से आमन्त्रित थे। बालक को एक सुन्दर पालकी में बैठाकर सारे गांव में घुमाया गया। उनके मामा ने गांव-भर में जुलूस को घुमा-फिराकर गांव वालों को बताया कि कामराज विद्या आरम्भ करने वाला है। एक ताड़ के पत्ते पर उसे पहला अक्षर लिखकर दिखाया गया और उसने स्कूल जाना शुरू कर दिया।

इस घटना के बाद उनके दादा चिनप्पा का देहान्त हो गया। कुछ समय बाद ही उनके पिता भी स्वर्ग सिधार गए। परिवार के भरण-पोषण की सारी ज़िम्मेदारी उनकी बूढ़ी दादी और मां पर आ पड़ी। उनके पास बालक कामराज और बिटिया नागम्माल के पालन-पोषण के लिए कुछ भी तो नहीं था, फिर भी दादी और मां ने हिम्मत नहीं हारी। उन्होंने अपने सारे गहने एक सज्जन साहूकार के पास तीन हज़ार रुपए में रख दिए, ताकि उन्हें प्रतिमाह चालीस रुपए गुज़ारे के लिए मिलते रहें। कामराज स्कूल जाता रहा।

पिता के अकस्मात निधन से कामराज के जीवन को एक ज़बर्दस्त झटका लगा। दादी और मां ने रुपयों की व्यवस्था तो की, किन्तु फिर भी कामराज को पढ़ाई छोड़नी पड़ी। सोचा गया कि पढ़ाई से अच्छा तो यह है कि उन्हें किसी काम-धन्धे में लगा दिया जाए, ताकि कुछ गाड़ी तो चले। जब पिता का देहान्त हुआ, तब वह छह वर्ष के थे। दो वर्ष तक किसी-न-किसी तरह उनकी पढ़ाई की गाड़ी चलती रही। आख़िर ग़रीबी की मार के कारण उनकी पढ़ाई छूट ही गई। मां और दादी के संजोए हुए सपने कांच की तरह टूटकर चूर-चूर हो गए। जब खुले वातावरण में उनके खेलने-कूदने के दिन थे, तब वह दो जून की रोटी जुटाने के लिए मामा की दुकान पर बैठने लगे। उन्होंने बचपन में ही ग़रीबी की तकलीफ़ झेली थी। यही कारण था कि आगे चलकर वह ग़रीबों की सेवा में तन-मन से जुट गए।

तभी आया गणेश चतुर्थी का उत्सव। इलाक़े की पाठशाला में उत्सव मनाना तय हुआ। प्रत्येक व्यक्ति से एक-एक आना चन्दा लिया गया। कामराज ने भी एक आना दिया, परन्तु प्रसाद मिलते समय इतनी भीड़ हो गई कि कामराज पीछे रह गए। जब उन्हें मौका मिला, तो प्रसाद समाप्त हो चुका था। उनके हाथ में थोड़ा-सा प्रसाद देखकर मां शिवकामी को आश्चर्य हुआ। उन्होंने पूछा, "अरे, न नारियल की गिरी है, न मिठाई का कोई टुकड़ा? क्या तुझे कुछ नहीं मिला?"

"मुझे तो इतना ही मिल पाया मा।" मायूसी से वह बोले।

"और लड़कों ने तो आगे बढ़कर पहले ही ले लिया होगा।" मां ने चिढ़कर कहा।

"तो इससे क्या होता है? क्या मैंने चन्दा नहीं दिया था? मुझे भी पूरा हिस्सा मिलना चाहिए था। उन्होंने मुझे कम क्यों दिया? तुम मास्टर जी से पूछो न।"

"नहीं, यह बात तो तुझे कहनी चाहिए थी कामात्वी।"

मां की इस बात से उनके बालमन में यह बैठ गया कि यह दुनिया डरपोक और दब्बुओं के लिए नहीं है। अगर इस दुनिया में जीना है, तो आगे बढ़कर अपना हिस्सा लेना होगा, छीनना होगा।

इसी बात को वह अपने सम्पूर्ण जीवन में चरितार्थ करते रहे, फिर तेरह वर्ष की आयु में उन्होंने डॉक्टर एनी बेसेंट की होमरूल की पुकार और बंकिमचन्द्र के वन्देमातरम का महामन्त्र सुना। इन सबने उनके मन में एक चिनगारी जगा दी। वह देश के लिए कुछ कर गुज़रने को तड़प उठे।

इधर जब परिवार वालों को मालूम हुआ कि उनकी आंखों का तारा विद्रोही गतिविधियां अपना रहा है, तो उन्होंने उसे देशभक्ति के वातावरण से दूर रखने के लिए गांव ही बदल दिया और दादी पार्वती अम्मल ने युवक कामराज को गृहस्थी के बन्धन में बांधने के लिए सुन्दर कन्या की तलाश आरम्भ कर दी। उन्होंने दुनिया के अन्य मां-बाप की तरह यही सोचा कि शादी हो जाएगी,

बाल-बच्चों में मन रम जाएगा, तो सब ठीक हो जाएगा, किन्तु यह हुआ नहीं। उन्होंने साफ़-साफ़ बता दिया कि वह शादी नहीं करेंगे। अगर किसी ने ज़बर्दस्ती करने की कोशिश की, तो वह भाग जाएंगे और कामराज ने शादी नहीं की। वह जीवन-भर अविवाहित रहे।

जलियांवाला हत्याकांड के कारण जिन दिनों सारा देश सुलग रहा था, कामराज का मन भी अंग्रेज़ो के प्रति आक्रोश से भर उठा था। उन्हीं दिनों उनके गांव विरुदपट्टी में डॉक्टर वरदराजुलू नायडू पधारे। उनके ओजस्वी भाषण ने आग में घी का काम किया। उस समय उनकी आयु सोलह वर्ष थी। वह अंग्रेज़ों के जलियांवाला कांड से भली-भांति समझ गए थे कि गुलाम देश को इसी तरह से रौंदा जाता है। कामराज ने ही डॉक्टर वरदराजुलू की सभा संगठित की थी। डॉक्टर नायडू उनके जोश और सेवा-भाव से प्रभावित हुए। उन्होंने कामराज के अन्दर भड़क रही ज्वाला देख ली थी।

उन्हीं दिनों सारे भारत में, विशेष तौर से दक्षिण भारत में छुआछूत का बाज़ार बेहद गर्म था। सवर्ण हिन्दू हरिजनों की छाया से भी परहेज़ करते थे। महात्मा गांधी के निर्देशानुसार अछूतों के उद्धार के लिए आन्दोलन चलाया गया। कामराज ने सर्वप्रथम सत्याग्रही के रूप में अपना नाम लिखवा दिया। सत्याग्रह की सफलता का सम्पूर्ण श्रेय युवक कामराज के परिश्रम को ही गया। यह उनकी पहली राजनीतिक सफलता थी।

सफलता की पहली सीढ़ी पार कर कामराज ने कभी पीछे मुड़कर नहीं देखा। वह आगे ही बढ़ते चले गए। नागपुर का झंडा सत्याग्रह, मद्रास में कर्नल नील की मूर्ति हटाने का आन्दोलन, महात्मा गांधी का देशव्यापी नमक सत्याग्रह जैसे आन्दोलन उनके राजनीतिक जीवन में आएं। वह सभी अग्नि-परीक्षाओं में खरे उतरे।

1930 में नमक सत्याग्रह में भाग लेने के कारण उन्हें दो साल की क़ैद की सज़ा हो गई। यह उनकी पहली जेल-यात्रा थी। इस सज़ा को सुनकर वह फूले नहीं समा रहे थे। 1931 में उन्हें अखिल भारतीय कांग्रेस कमेटी का सदस्य

चुना गया। 1935 में वह तमिलनाडु कांग्रेस के मन्त्री बने और चार वर्ष बाद ही वहां की कांग्रेस कमेटी के अध्यक्ष चुन लिये गए। वह 1954 तक इस पद पर निर्वाचित होते रहे।

वह अखिल भारतीय गतिविधियों में भाग लेते थे, पर उन्हें केवल तमिल भाषा का ज्ञान था। इस कारण कठिनाई होने लगी। इसलिए उन्होंने धीरे-धीरे अंग्रेज़ी का अच्छा ज्ञान प्राप्त कर लिया। 1937 में कामराज विरुदनगर के एक ऐसे क्षेत्र से बिना किसी विरोध के चुने गए, जो सदा से अंग्रेज़ों के वफ़ादारों का गढ़ था।

1942 में भारत छोड़ो आन्दोलन की आंधी चली और उसमें सक्रिय भाग लेने के कारण उन्हें तीन वर्ष की जेल-यात्रा करनी पड़ी। 1947 में उन्हें मद्रास विधानसभा का सदस्य मनोनीत किया गया और सन् 1951 में संसद सदस्य निर्वाचित हुए। आगे चलकर 1954 में वह तमिलनाडु के मुख्यमन्त्री बन गए।

कामराज का तमिलनाडु का मुख्यमन्त्री बनना अचानक नहीं था, क्योंकि उनकी कर्मठता और काम के प्रति ईमानदारी ने तमिलनाडु के प्रत्येक व्यक्ति के दिल में उनके लिए सम्मानित जगह बना ली थी। इस तरह ग़रीबी की कोख में जन्मे, अभावों में पले कामराज को ग़रीबों की सेवा करने का सुअवसर मिला।

आदमी को पहचानने में कामराज ने शायद ही कभी ग़लती की हो । अपने मन्त्रिमंडल में उन्होंने इसी पहचान की कसौटी पर व्यक्तियों को कसकर मन्त्री बनाया था। जितने कामराज जनता के लिए सुलभ थे, भारत में शायद ही कोई ऐसा नेता अथवा मुख्यमन्त्री हुआ हो। वह हमेशा हर एक की समस्या को बड़े भाई की तरह सुलझाने के लिए तत्पर रहते थे।

वह चाहते थे कि देश के आर्थिक विकास के कार्यक्रमों में शिक्षा को प्राथमिकता मिलनी चाहिए। उनकी योजना थी कि छह से ग्यारह वर्ष की आयु के सभी बच्चों को अनिवार्य शिक्षा प्राप्त हो। उसी के साथ स्कूल के बच्चों को दोपहर का भोजन देने की योजना उनके मन में पनप रही थी। उन्होंने हाईस्कूल तक मुफ़्त शिक्षा और मुफ़्त भोजन की व्यवस्था करके राज्य का

शैक्षिक विकास किया। शिक्षा के सम्बन्ध में कामराज का एक मत और भी था कि बच्चों को तकनीकी शिक्षा भी देनी चाहिए, ताकि बच्चे डिग्रियां प्राप्त करके सड़कों पर बेकार न घूमें।

उनके काल में राज्य का चहुंमुखी विकास हुआ। प्रशासन में उनकी कुशलता से जवाहरलाल नेहरू भी प्रभावित थे। गांवों की दशा सुधारने के लिए उन्होंने पंचायत प्रणाली को उचित समझा था।

नौ वर्ष तक मुख्यमन्त्री के कार्यालय की चारदीवारी में क़ैद जननायक कामराज का मन फिर जनता के बीच काम करने के लिए मचल उठा। यद्यपि उन्होंने मुख्यमन्त्री काल में भी अपना सम्पर्क शिथिल नहीं किया था और हमेशा जनता से मिलने, उनसे बात करने, उनकी समस्याओं को जानने-परखने और सुलझाने को प्राथमिकता दी थी, फिर भी वह इस पद पर रहते हुए अनेक पाबन्दियां महसूस करते रहते थे।

उन्होंने एक योजना तैयार की। इसमें पुराने नेताओं को सत्ता के पदों का त्याग कर जनता की सेवा करने के लिए कांग्रेस संगठन में अपना पूरा समय देने का प्रस्ताव था। यही प्रस्ताव 'कामराज योजना' के नाम से प्रसिद्ध है। इसी योजना के तहत सन् 1963 में कामराज ने स्वेच्छा से तमिलनाडु राज्य के मुख्यमन्त्री पद से त्यागपत्र दे दिया। वह अखिल भारतीय कांग्रेस कमेटी के अध्यक्ष चुन लिए गए परन्तु 'कामराज योजना' अधिक प्रभावी ढंग से चल नहीं पाई। केवल दो-चार चोटी के मन्त्रियों को छोड़कर कोई भी अपनी जगह से नहीं हिला।

नेहरू जी के निधन के तुरन्त बाद जो प्रश्न वर्षो से प्रत्येक भारतवासी को परेशान किए हुए था, वह प्रत्यक्ष रूप से सामने आकर खड़ा हो गया, नेहरू के बाद कौन? यह कामराज का बड़प्पन था कि बजाय इसके कि वह स्वयं नेहरू जी का उत्तराधिकारी बनते, उन्होंने 'किंग मेकर' की भूमिका निभाना अधिक उचित समझा और प्रमुख मन्त्रियों के विचार-विमर्श से लालबहादुर शास्त्री को प्रधानमन्त्री बनाया गया।

कामराज की यह आदत शुरू से रही थी कि वह अपने विरोधी को पूरी तरह से नाप-तोलकर अपनी योजना बनाते थे। यही कारण था कि लालबहादुर शास्त्री के निधन पर उन्होंने सोच लिया था कि इन्दिरा गांधी को प्रधानमन्त्री बनाना है और वह समय आ भी गया। भारत के प्रायः सभी प्रमुख मन्त्री तथा नेता दिल्ली पहुंच रहे थे। शास्त्री जी के दाह-संस्कार में सम्मिलित होने का अवसर था। कांग्रेस अध्यक्ष कामराज को भी मद्रास से आना था। उनके हवाई जहाज़ में विलम्ब था। प्रतीक्षा में बैठे कांग्रेस अध्यक्ष ने मन-ही-मन अगला प्रधानमन्त्री चुन लिया था।

कामराज एक दूरदर्शी और परिपक्व राजनीतिज्ञ थे। राजनीति के विचारक उन्हें एक कूटनीतिज्ञ मानते हैं। उनकी महान देश-सेवाओं के लिए भारत सरकार ने उन्हें मरणोपरान्त 1976 में भारतरत्न की सर्वोच्च उपाधि से अलंकृत किया।

आज कामराज हमारे बीच नहीं हैं। उनका निधन अक्तूबर, 1975 को हुआ। उनकी जीवन-कथा हमें सदा इस बात के लिए प्रेरित करती रहेगी कि ग़रीब परिवार में जन्मा बालक भी अपनी मेहनत और लगन से आगे बढ़ता हुआ, बड़े से बड़ा लक्ष्य प्राप्त कर सकता है।

18

मदर टेरेसा

भारतरत्न 1980

मौन का फल है प्रार्थना
प्रार्थना का फल है विश्वास
विश्वास का फल है प्रेम
प्रेम का फल है सेवा
सेवा का फल है शान्ति।

यह प्रार्थना कहने वाली मदर टेरेसा का जन्म 26 अगस्त, 1910 को यूगोस्लाविया के स्कोपिये शहर में हुआ था। मदर का असली नाम एग्नेस था, एग्नेस गोंजा। बड़े भाई द्वारा दिया गया गोंजा नाम का मतलब कली है। फूल की कली।

स्कोपिये छोटा शहर था। उसकी आबादी उस वक़्त क़रीब पच्चीस हज़ार थी। उनके पिता निकोलस बोजाक्सयु भवन-निर्माता थे। इस काम में उन्हें ख़ूब नाम ओर पैसा दोनों ही मिले। उनकी माता का नाम था, ड्रानाफ़िल बार्नाई। एग्नेस को मिलाकर वे तीन भाई-बहन थे। दो बहनें ओर एक भाई। अपने भाई-बहनों में एग्नेस सबसे छोटी थीं। उनकी दीदी का नाम ऐगे था और बड़े भाई का नाम लाज़ार।

ड्रानाफ़िल बड़ी दयालु और ईश्वर-भक्त महिला थीं, साथ ही बड़ी धर्मात्मा भी। ईसाई कैथोलिक धर्म के क़ायदे-क़ानून के बाहर वह कुछ भी नहीं करती थी। वहीं कई भाषाओं के जानकार उनके पिता ग़रीबों को कभी ख़ाली हाथ

नहीं लौटाते थे। उनकी मां अपने बच्चों को लेकर प्रतिदिन सुबह गिरिजाघर जाती थीं। उनसे जितना सम्भव होता, वह ग़रीबों को खाना, कपड़ा और पैसा बांटतीं। उस समय एग्नेस उनके साथ होती। रात को वह एक साथ बैठकर माला जपतीं।

1917 में जब एग्नेस सात साल की थी, अचानक उनके पिता की मृत्यु हो गई। उनके व्यापारिक भागीदार ने इस बात का फ़ायदा उठाकर सारे रुपए-पैसे हड़प लिए। इससे पूरे परिवार को बेहद तंगी से गुज़रना पड़ा। घर चलाने का बोझ अब एग्नेस की दीदी एगे पर आ पड़ा। अन्ततः उनकी मां ने अपने को मज़बूत किया और वह कढ़ाई किए हुए कपड़े बेचने लगीं।

1924 तक एग्नेस चौदह वर्ष की किशोरी हो गईं। वह और ऐगे पढ़ने में होशियार थीं। एग्नेस अच्छा लिख लेती थीं। बड़े भाई ने सोचा, वह बड़ी होकर लेखिका बनेगी, किन्तु तब तक एग्नेस के मन में संन्यासिन बनने का विचार उत्पन्न हो चुका था। अपनी इच्छा उन्होंने मां को बताई, लेकिन मां ने मना कर दिया।

पहले विश्वयुद्ध ने ग़रीबों को और ग़रीब बना दिया। युद्ध के कारण चीज़ों के दाम बढ़ गए। खाने-पीने की चीज़ों की कमी हो गई। विदेशी शासकों का अत्याचार बढ़ता गया। एग्नेस के परिवार पर भी इसका बुरा प्रभाव पड़ा।

स्कूल में एग्नेस को यीशू के दूतों के बारे में जानकारी हुई। उन दिनों यूगोस्लाविया के यीशू दूत बंगाल में भी सेवा-कार्य करते थे। वे ग़रीबों की देखभाल किया करते थे। कलकत्ता और दार्जिलिंग में उनके केन्द्र थे। एग्नेस को उनके बारे में ओर ज़्यादा जानकारी स्कोपिये के फादर जैमब्रेनकोविक से मिली। उनके मन में तभी से कलकत्ता का चित्र बस गया और वहां के ग़रीबों के प्रति उनके मन में सहानुभूति भर गई। वह तभी इस बात को समझ गईं कि भगवान की सेवा करने का एक तरीका ग़रीबों की सेवा करना है।

जब एग्नेस अठारह वर्ष की हुईं, तब दूसरी बार मां को अपने दिल की

इच्छा बताई। मां ने इस बार हामी भर दी। वह समझ गईं कि बेटी को घर में रोके रखना उचित नहीं होगा। उसने भगवान की सेवा के लिए जिस रास्ते को चुन लिया है, उसी रास्ते पर चलने देना ही सही है।

एग्नेस ने बंगाल के लॉरेटो संघ के पास एक दरख़्वास्त भेजी। उसके जवाब में उन्हें कहा गया कि बंगाल में काम करने के लिए उन्हें आयरलैंड में जाकर अंग्रेज़ी सीखनी पड़ेगी, तभी वह बंगाल आ सकती है। अपने जन्मदिन पर एग्नेस अपनी मां और दीदी के साथ यूगोस्लाविया के जाग्रेव रेलवे स्टेशन पर पहुंचीं। एग्नेस ने उसी स्टेशन से अपनी मां और दीदी से विदा ली। वह उनकी अन्तिम भेंट थी। वह डबलिन से जहाज़ में सवार होकर भारत रवाना हुईं। कलकत्ता पहुंचने में उन्हें सात सप्ताह लगे। वह 6 जनवरी, 1929 को वहां पहुंचीं। जहाज़ में उनका परिचय तीन फ्रांसिस्कन सिस्टरों से हुआ था। जहाज़ में ही उन सभी ने मिलकर बड़ा दिन मनाया था।

भारत में रहने वाले अंग्रेज़ों के बच्चे दार्जिलिंग में पढ़ने जाया करते थे। अंग्रेज़ और देश के अमीरों के बच्चे वहां के लॉरेटो कॉन्वेंट में पढ़ते थे। मिशनरियों द्वारा संचालित वह स्कूल बड़े लोगों के लिए ही था। एग्नेस का शिक्षक जीवन इसी लॉरेटो कॉन्वेंट से शुरू हुआ। उसी के साथ उनकी अपनी पढ़ाई भी चलती रही। वह मन लगाकर अंग्रेज़ी और बांग्ला भाषा सीखने लगीं। वहां के अस्पताल में रोगियों की सेवा भी करतीं।

देखते-देखते दो वर्ष बीत गए। एग्नेस की शुरूआती तैयारी पूरी हुई। वह अब लोरेटो संघ की सिस्टर के रूप में नए जीवन में दाख़िल होने जा रही थीं। 24 मार्च, 1931 को उन्होंने सिस्टर के रूप में शपथ ली। नया नाम ग्रहण करते हुए एग्नेस को लिसिऊ कॉन्वेंट की एक फ्रांसीसी संन्यासिन की याद आई, जो चौबीस वर्ष की उम्र में टी.बी. से मरी थी। उनका नाम था, टेरेसा। एग्नेस को उनसे काफ़ी प्रेरणा मिली थी। इसलिए उन्होंने अपना नाम उन्हीं के नाम पर रख लिया। सिस्टर टेरेसा ने पूरे मन से बंगाली बनकर बंगाल में रहते हुए बंगाली बच्चों-बूढ़ों की सेवा के ज़रिए ईश्वर-सेवा करने का निश्चय किया था।

ऐसे दुखियारों की सेवा, जो अपने पैरों पर खड़े नहीं हो सकते थे, जिनके पास रोटी, कपड़ा, मकान नहीं था, जिन्हें भूख और मौत को गले लगाना पड़ता था। सिस्टर टेरेसा का हर काम धर्म के दायरे में होता था। उन्हें जो ज़िम्मेदारी दी जाती, वह उसे पूरा करतीं।

1931 से 1948 तक वह कलकत्ता के सेंट मेरी में पढ़ाती रहीं। 1937 में सिस्टर टेरेसा मदर टेरेसा बन गईं। उन्होंने संन्यासिन का जीवन चुन लिया था और अपने मन में भगवान की महिमा महसूस की थी।

10 सितम्बर, 1946 की बात है, वह रेलगाड़ी में दार्जिलिंग जा रही थीं, तब उन्होंने देखा कि असहाय स्त्रियों, पुरुषों और बच्चों के पास पहनने के लिए कपड़े, खाने के लिए भोजन, सोने के लिए बिस्तर और रहने के लिए मकान तक नहीं है। उनका मन कराह उठा। एक प्रेरणा जागी और उनके जीवन ने एक नया मोड़ ले लिया। उसी दिन से सेंट मैरी के वैभवशाली वातावरण से निकलकर फुटपाथों पर पड़े असहायों, ग़रीबों की सेवा करने के लिए उन्होंने पोप से आज्ञा मांगी।

एक दिन रोम के वैटिकन सिटी की राय भी आ पहुंची। यह बात 12 जुलाई, 1948 की है, लेकिन वह चिट्ठी जुलाई के अन्त में मिली। इसके अनुसार मदर लॉरेटो संघ की नन रहते हुए कॉन्वेंट के बाहर काम कर सकती थीं। शर्त सिर्फ़ यही थी कि एक साल बाद मदर को कॉन्वेंट के बाहर रहना पड़ेगा। साल ख़त्म होने पर आर्क बिशप मदर का कामकाज देखकर फ़ैसला करेंगे कि उन्हें फिर से कॉन्वेंट में वापस बुलाया जा सकता है या नहीं।

17 अगस्त, 1948 को मदर को विदा लेना था। इसके पहले ही 8 अगस्त, 1948 को अनुमति मिलने के बाद से ही मदर टेरेसा ने भारतीय महिलाओं का पहनावा अपना लिया। यूरोपीय महिलाओं का स्कर्ट छोड़कर वह सस्ती नीले किनारे की सफ़ेद साड़ी पहनने लगीं। साड़ी अपनाने से पहले उन्होंने चर्च के पादरियों का आशीर्वाद लिया। 1948 में ही मदर ने भारत की नागरिकता अपना ली।

बस्ती में ग़रीबों की सेवा करने के लिए थोड़ी-बहुत डॉक्टरी जानना ज़रूरी था। इसलिए कॉन्वेंट के फ़ादर वैन ने पटना के मेडिकल मिशन की सिस्टरों को पत्र लिखकर मदर की ट्रेनिंग का इन्तज़ाम कर दिया और डॉक्टरी ज्ञान प्राप्त करने के लिए मदर टेरेसा पटना पहुंचीं। चीर-फाड़ के काम से लेकर पर्ची लिखने और बीमारों की देखभाल से लेकर सुई लगाने तक का काम उन्होंने चार महीने में ही सीख लिया।

1948 के दिसम्बर महीने के दूसरे सप्ताह मदर कलकत्ता लौटीं। वह लोअर सर्कुलर रोड के लिटिल सिस्टर्स ऑफ द पुअर द्वारा चलाए जाने वाले केन्द्र पर पहुंचीं। उस केन्द्र का नाम था, सेंट जोज़फ़'स होम । इस मकान में क़रीब दो सौ लाचार बूढ़े रहा करते थे। मदर टेरेसा रोज़ कुछ घंटे उनकी सेवा करतीं । इस तरह वह लिटिल सिस्टर्स के काम में हाथ बंटाने लगीं और अपना काम शुरू करने के लिए तैयारी में जुट गईं। उन्हें सही दिन का इन्तज़ार था।

आख़िर 20 दिसम्बर, 1948 को उन्होंने अपना काम शुरू कर दिया। मदर टेरेसा के पास पूंजी के नाम पर आर्कबिशप द्वारा दिए गए सिर्फ़ पांच रुपए थे। अब उनकी मंज़िल मोतीझील बस्ती थी। वहां का माहौल बेहद गन्दा था और रहने वाले ग़रीब और अनपढ़ थे। रोग और अभाव से त्रस्त लोगों में मामूली बातों को लेकर आपस में झगड़ा और मारपीट होती रहती थी।

21 दिसम्बर को मदर का असली काम शुरू हुआ। उन्होंने सुबह बस्ती पहुंचकर देखा कि वहां छह-सात बच्चे पहुंच गए थे। तालाब के पास ही पेड़ के नीचे थोड़ी-सी खुली जगह थी। वहां ज़मीन में सींक से निशान बनाकर उन्होंने बच्चों के बैठने की जगह तय की। इसके बाद कक्षा शुरू हुई। इस तरह स्कूल की शुरुआत से नए काम की नींव पड़ी। मदर के पास साधन के नाम पर केवल लकड़ी का सन्दूक और पैकिंग केस था। इसी को मदर ने लिखने-पढ़ने की डेस्क बनाया। ब्लैक-बोर्ड के अभाव में मदर ज़मीन पर ही एक पतली डंडी से अक्षर लिखने लगीं। जहां चाह होती है, वहां राह मिल ही जाती है। दूसरे दिन एक व्यक्ति कुर्सी और मेज़ दान में दे गया।

एंटाली के लॉरेंटो में प्रधानाचार्य मदर प्रोवेंशियल से भेंट हुई, तो उन्होंने मदर टेरेसा से लॉरेंटो में वापस लौट आने के लिए कहा। यह बात सच्चे दिल से कही थी, लेकिन मदर टेरेसा को बात पसन्द नहीं आई। इसके बाद उन्होंने वहां जाना ही बन्द कर दिया। उन्हें डर था कि कहीं उनका मन कमज़ोर न पड़ जाए। जिस रास्ते को उन्होंने चुन लिया था, अब उससे डिगने वाली वह नहीं थीं।

पार्क स्ट्रीट के पादरी मदर टेरेसा के काम से ख़ुश होकर रुपए-पैसे से उनकी सहायता करने लगे। उन्होंने पहली बार सौ रुपए दिए। रुपए मिलने पर चौबीस घंटे के अन्दर ही मदर ने मोतीझील बस्ती में पांच रुपए महीने में दो कमरे किराए पर ले लिए। यह 27 दिसम्बर की बात थी। उन कमरों में कक्षाएं चलाने से पहले उनकी मरम्मत की ज़रूरत थी। 28 दिसम्बर को उनके स्कूल के छात्र-छात्राओं की संख्या इक्कीस थी।

मदर उन्हें पढ़ाने के अलावा, उन्हें साफ़-सुथरा रहना भी सिखाती थीं। हर विद्यार्थी को नहलाया जाता था। सेंट मेरी की एक सिस्टर भी मदर की सहायता के लिए आ गईं। 4 जनवरी तक उनके साथ तीन और सिस्टर जुड़ गईं। उस वक़्त तक बच्चों की संख्या बढ़कर 56 हो गई थी। 15 जनवरी को नए मकान में स्कूल शुरू हुआ। स्कूल का नाम दिया गया 'निर्मल हृदय' । फ़ादर निकेइस अपनी शुभकामना देने के लिए वहां पधारे।

मोतीझील बस्ती में बीमारियां लगी ही रहती थीं। बीमारों की सेवा के लिए मदर मौजूद रहतीं। क्षय और कुष्ठ रोगियों की सेवा करने में भी वह हिचकती नहीं थीं। रोगियों के इलाज के लिए वहां स्कूल में दवाख़ाना खोला गया। इलाक़े के ग़रीबों में अस्पताल खुल जाने से ख़ुशी की लहर दौड़ गई।

मोतीझील बस्ती के बाद मदर टेरेसा ने तिलजला बस्ती में भी एक स्कूल खोलने की बात सोची। वहां के बच्चे मोतीझील के बच्चों से ज़्यादा तकलीफ़ में थे। मदर ने तिलजला में भी स्कूल का नाम 'निर्मल हृदय' दिया। आर्कबिशप की सलाह पर वह एक कॉपी में अपने रोज़ के कामकाज का विवरण लिखती

रहती थीं। कॉपी को देखकर समझ में आता है कि शून्य से शुरू करके कितनी आसानी से करोड़ों के बीच पहुंचा जा सकता है। मदर टेरेसा अपनी इच्छा से भारत की नागरिक बनी थीं। उन्होंने भारत को अपने देश के रूप में चुन लिया था और इस देश के असहाय ग़रीब लोगों की सेवा करके भगवान की सेवा करने का व्रत लिया था।

1950 में मदर को पोप ने स्वीकार कर लिया। 'मिशनरी ऑफ़ चैरिटी' का दीपक जगमगा उठा। शुरू में मदर दीन-दुखियों, असहायों और बेघर लोगों की सड़क पर ही सेवा किया करती थीं। उन्हें कहीं ले जाने, रख पाने के लिए उनके पास जगह ही कहां थी। एक दिन बरसात में सड़क पर दम तोड़ते एक आदमी को देखकर मदर बेचैन हो उठीं। उसी क्षण उन्होंने निश्चय कर लिया कि दीन-दुखियों के लिए अवश्य ही आश्रम बनाना होगा। दो महीने में स्थान भी मिल गया। कालीघाट के काली मन्दिर के पीछे एक पुरानी धर्मशाला कलकत्ता की नगर-सभा ने उनके हाथों में सौंप दी। बाहर एक साइनबोर्ड लगा दिया, जिस पर अंग्रेज़ी और बंगला में 'निराश्रितों के लिए आश्रय स्थल' लिखा था।

साइनबोर्ड को देखते ही संकीर्ण विचारधारा के लोगों ने विरोध में आन्दोलन शुरू कर दिया। बात धरना और मारपीट तक पहुंच गई। मदर आईं और उन्होंने बड़े स्थिर चित्त से प्रार्थना की, "आप मुझे मारना चाहें, मारें, पर जो मृत्यु-पथ के यात्री हैं, उन्हें कुछ घड़ी शान्ति से जी लेने दें।" सब लोग शान्त होकर लौट गए। कुछ दिनों बाद काली मन्दिर के एक पुजारी को टी.बी. ने दबोच लिया। मदर ने अपनी सन्तान की तरह उसकी देखभाल की और उसे मौत के पंजों से बचा लिया। उस पुजारी ने मदर का अहसान मानते हुए अपने उद्गार व्यक्त किए, "मैं तीस वर्षों से मां काली की पूजा-अर्चना करता आ रहा हूं। आज मैं तुममें ही मां काली के साक्षात दर्शन करके धन्य हो गया।" फिर क्या था, सभी पुजारी मदर के भक्त हो गए। मदर टेरेसा उनके लिए साक्षात काली मां की प्रतीक बन गई।

मदर टेरेसा की सहायता से भारत में पचास कुष्ठ अस्पताल बन चुके हैं। दुनिया के अन्य देशों में भी उन्होंने कुष्ठ रोगियों के इलाज के केन्द्र बनाए। एशिया, अफ्रीका, साउथ अमेरिका और मध्यपूर्व के लगभग तीस देशों में बनाए कुष्ठाश्रम आज भी चल रहे हैं। भारत में क़रीब चालीस लाख कुष्ठ रोगी हैं। पूरी दुनिया में इनकी संख्या क़रीब एक करोड़ बीस लाख होगी। मदर टेरेसा की इच्छा थी कि पूरी दुनिया से इस रोग का नामोनिशान मिटा दें।

साथ ही टी.बी. क्लीनिक, कई चिकित्सालय, कमर्शियल स्कूल और तकनीकी विद्यालय हैं, जहां बेरोज़गारों को रोजी के क़ाबिल बनाया जाता है। स्विट्ज़रलैंड, आस्ट्रिया, वेनेज़ुएला, फ्रांस, अमेरिका, कनाडा, इटली, आस्ट्रेलिया, हॉलैंड, डेनमार्क, इंग्लैंड, न्यूज़ीलैंड आदि देशों में 'मिशनरीज़ ऑफ़ चैरेटीज़' के अनेक दीप जलाकर मदर की यशोगाथा गा रहे हैं।

केवल भारत में ही नहीं, मदर टेरेसा को सम्मान और पुरस्कार देकर सारी दुनिया ने नवाज़ा। 1962 में भारत ने उन्हें पद्मश्री से सम्मानित किया। उसी साल फिलीपींस का मैगसेसे पुरस्कार भी मिला।

1965 में छठे पोप पाल ने भारत में अमेरिकियों से भेंट में मिली जिस गाड़ी पर सवारी की थी, उसे भारत से जाते समय मदर को उपहार में दे दिया। 6 जनवरी, 1971 को छठे पोप पाल के हाथों उन्हें पोप जॉन तेईसवां शान्ति पुरस्कार मिला। उसी साल वाशिंगटन से 'जॉन ऑफ़ केनेडी अन्तर्राष्ट्रीय पुरस्कार', न्यूयॉर्क से 'गुड सेमेरिटन पुरस्कार' और कैथोलिक यूनिवर्सिटी ऑफ़ अमेरिका से 'डॉक्टर ऑफ़ ह्यूमन लेटर्स' उपाधि दी गई। 1972 में उन्हें 'जवाहरलाल नेहरू अवार्ड फ़ॅार इंटरनेशनल अंडरस्टैंडिंग' मिला। 1973 में मदर को लंदन से 'फाउंडेशन प्राइज फ़ॉर प्रोग्रेस इन रिलीजन' दिया गया। 1979 में उन्हें शान्ति के लिए नोबेल पुरस्कार मिला। 1980 में भारत के सबसे बड़े सम्मान भारतरत्न से विभूषित किया गया। 1983 में इंग्लैंड की महारानी एलिज़ाबेथ द्वितीय से उन्हें 'ऑर्डर ऑफ़ मेरिट' सम्मान मिला। मदर टेरेसा ने सभी पुरस्कार ग़रीबों की ओर से लिये।

इन पुरस्कारों का धन भी ग़रीबों में ही ख़र्च किया। 1985 में उन्होंने राष्ट्रसंघ की आम सभा में भाषण दिया।

शुक्रवार, 5 सितम्बर, 1997 को कलकत्ता के 'मिशनरीज़ ऑफ़ चैरिटी' के सदर दफ़्तर 'मदर हाउस' में विश्व-जननी मदर टेरेसा ने अन्तिम सांस ली। मदर का शव 7 सितम्बर को सुबह मिडिल टाउन होते हुए सेंट थॉमस चर्च में ले जाया गया और 12 सितम्बर तक आम जनता के दर्शनों के लिए रखा गया। 13 सितम्बर को राष्ट्रीय सम्मान के साथ मदर का अन्तिम संस्कार किया गया। इस अवसर पर देश-विदेश के अनेक राष्ट्र-प्रमुख कलकत्ता में मौजूद थे।

19

विनोबा भावे

भारतरत्न 1983

सन्त विनोबा भावे एक दिन आन्ध्र-प्रदेश के नलगुंडा ज़िले में एक गांव पौचमपल्ली पहुंचे। वहां नक्सलवादियों की गतिविधियों से प्रभावित हरिजनों की दशा के सर्वेक्षण के लिए रुके थे। तभी एक दिन कुछ निर्धन हरिजन उनके पास पहुंचे। वे अस्सी एकड़ भूमि अपनी जीविका के लिए चाहते थे। विनोबा जी ने उसी शाम प्रार्थना-सभा में अस्सी एकड़ भूमि की बात रखी। एक अमीर किसान उठा और बोला, "मेरे पास पांच सौ एकड़ ज़मीन है। मैं उसमें से सौ एकड़ ज़मीन भेंट करने के लिए तैयार हूं।"

उस किसान के इस प्रस्ताव को विनोबा जी ने स्वीकार कर लिया। उसी दिन उनके बहुचर्चित 'बहुजन हिताय, बहुजन सुखाय' भूदान आन्दोलन की नींव रखी गई। विनोबा जी तेलंगाना में इक्यावन दिन रहे और इस अवधि में उन्हें 12,201 एकड़ भूमि भेंट की गई, जिसे उन्होंने भूमिहीनों को वितरित क़र दिया, जिससे उनका जीवनयापन हो सके।

सन्त विनोबा भावे का जन्म 1895 में महाराष्ट्र के कोलाबा ज़िले में गागोदा नामक गांव के एक ब्राह्मण परिवार में हुआ था। उनके पिता नरहरि राव बड़ौदा में कपड़ा तकनीशियन थे। उन्होंने ही ख़ाकी कपड़े की तकनीक आरम्भ की थी, जिसे बाद में ब्रिटिश सरकार ने अपने सिपाहियों की वर्दी के लिए चुना। विनोबा जी की माता रुक्मिणी देवी धार्मिक विचारों वाली महिला थीं। अपने मधुर कंठ से वह हमेशा मराठी सन्तों की वाणियां गुनगुनाती रहती थीं। इन्हीं

वाणियों का बालक विनोबा के भावी जीवन निर्माण में काफ़ी प्रभाव रहा। मां विनोबा को विन्या (विनय) के नाम से पुकारा करती थीं। इसी विनय के चलते उन्होंने सन्तों जैसा स्वभाव पाया।

उनकी आरम्भिक शिक्षा गांव में ही हुई, फिर अपने पिता के पास बड़ौदा जाना पड़ा। वहां 1913 में उन्होंने मैट्रिक की परीक्षा पास करके इंटरमीडिएट में दाख़िला ले लिया। विनोबा की स्मरण-शक्ति बड़ी तेज़ थी। जो भी पढ़ते, अच्छी तरह याद कर लेते। वह बड़ौदा के प्रसिद्ध पुस्तकालय में रोज़ जाया करते थे। वहां धर्म, साहित्य और इतिहास आदि की पुस्तकें पढ़ना उनकी दिनचर्या में शामिल था।

कॉलेज की पढ़ाई से उन्हें सन्तुष्टि नहीं मिली। उनके मन का पंछी सब छोड़कर कहीं और ही उड़ जाने के लिए तड़प रहा था। इसलिए एक दिन उन्होंने अपने सारे प्रमाण-पत्रों को मोड़ा और अपनी मां के सामने जलते चूल्हे में डाल दिया और वह एकदम अलग और अकेले रास्ते पर चल पड़े। वह काशी पहुंचकर संस्कृत के अध्ययन में जुट गए। उन्हीं दिनों मदनमोहन मालवीय ने बनारस हिन्दू विश्वविद्यालय शुरू किया था। उसके उद्घघाटन भाषण के लिए सत्याग्रही महात्मा गांधी को आमन्त्रित किया गया था। अपने भाषण में गांधी जी ने देश के राजा, रजवाड़ों ओर नवाबों से आहवान किया कि वे अपने हीरे-जवाहरात त्याग कर आम जनता के साथ आ मिलें।

दूसरे दिन विनोबा जी ने दैनिक समाचार पत्र में गांधी जी का यह भाषण पढ़ा। उनका मन गांधी जी से मिलने के लिए व्याकुल हो उठा। उन्हें लगा कि जो प्राप्त करना था, वह अब दूर नहीं है। विनोबा जी पहली रेलगाड़ी पकड़कर गांधी जी से उनके नए आश्रम में जा मिले। उनकी आत्मा मिलकर तृप्त हो गई। गांधी जी ने उनकी समस्याओं का समाधान किया। विनोबा जी चले थे शान्ति की खोज में और अब शान्ति उनके मन में बस चुकी थी। उन्होंने महसूस किया कि गांधी जी में शान्ति के अथाह सागर के साथ-साथ क्रान्ति का ज्वालामुखी भी धधक रहा है। देश की आजादी की कामना विनोबा जी

के मन में भी एक चिनगारी बनकर सुलग रही थी। गांधी जी की संगत में यह और भी तेज़ हो गई। 6 अप्रैल, 1921 का दिन था। विनोबा जी ने साबरमती आश्रम से वर्धा आश्रम का संचालन संभाल लिया। तब से उन्होंने एक मौन साधक की भांति गांधी जी द्वारा चलाए गए अनेक कार्यक्रमों में सक्रियता से भाग लिया। खादी ग्रामोद्योग, बुनियादी शिक्षा तथा सफ़ाई अभियान जैसे रचनात्मक कार्यक्रमों पर विनोबा जी की सेवा की अमिट छाप पड़ी।

वर्धा आश्रम में पूरे ग्यारह वर्ष, आठ महीने और उन्नीस दिन रहकर 25 दिसम्बर, 1932 को विनोबा जी वर्धा से दो मील दूर हरिजनों के गांव नलवाड़ी चले गए। नलवाड़ी में वह अपने ही काते सूत के पारिश्रमिक पर ही जीवन निर्वाह करते थे। पारिश्रमिक बहुत ही कम बन पाता था, फिर भी वह उसी में गुज़ारा करते थे। परिणाम यह हुआ कि जुलाई, 1938 में वह बीमार पड़ गए। उन्होंने वर्धा से पांच मील दूर पवनार नदी के तट पर स्थित पवनार गांव के एक टीले को ही स्वास्थ्य के लिए पहाड़ी स्थान बना लिया। वहां वह केवल तीन महीने रहे, किन्तु जिस कुटिया में रहे, वही आज पवनार आश्रम के नाम से प्रसिद्ध है।

नागपुर झंडा सत्याग्रह में विनोबा जी ने बड़े उत्साह और लगन से भाग लिया। 17 जून, 1923 को वह गिरफ़्तार हुए, तब उन्होंने बारह माह का कारावास भोगा। यह उनकी पहली जेल-यात्रा थी। अक्टूबर, 1940 में भी वह जेल गए, तब द्वितीय विश्वयुद्ध में भारत को ज़बर्दस्ती घसीटने पर विरोधस्वरूप गांधी जी ने सत्याग्रह करने का निश्चय किया। गांधी जी ने तब उन्हें प्रथम सत्याग्रही चुना। उन्होंने सत्याग्रह किया और जेल गए। 1942 के भारत छोड़ो आन्दोलन में भी वह गिरफ़्तार हुए। तीन वर्ष की जेल-यात्रा के बाद जब अपने पवनार आश्रम लौटे, तो ग्राम सेवा में जुट गए। उन्होंने अपने को राजनीति से अलग कर लिया। वह वहां से चार मील दूर सुरगांव जाकर सफ़ाई का कार्य करते थे।

देश-विभाजन के समय गांधी जी की भांति विनोबा जी ने भी शरणार्थियों

के पुनर्वास के लिए अथक परिश्रम किया। साथ ही देश में फैली साम्प्रदायिकता की आग को बुझाने और शान्ति स्थापित करने में भी उनका बहुत बड़ा योगदान रहा। हरिजनों की बुरी हालत सुधारने के लिए कई राज्यों का भ्रमण किया।

उन्होंने कंचन-मुक्ति अभियान भी चलाया। लोगों से कंचन अर्थात सोने से मुक्त हो जाने की अपील की, क्योंकि समाज की बहुत बड़ी बुराई और अभिशाप का असली कारण सोना ही है। उन्होंने कहा कि जिसके पास अधिक सोना हो, वह अधिक सोना दे दे, जिसे उन निर्धनों में बांटा जा सके, जिन्हें आवश्यकता है। समाज को समानता के स्तर पर लाने का यह अनोखा अभियान भूदान आन्दोलन का जनक बना। इस आन्दोलन में उन्हें भारी सफलता मिली।

गांधी जी ने कहा था, "जब तक देश में एक आंख भी आंसुओं से गीली है, तब तक सच्ची स्वतन्त्रता नहीं आएगी।" विनोबा जी यही भाव लेकर देश-भर की पद-यात्रा पर भूदान आन्दोलन के लिए निकल पड़े। विनोबा जी सत्ताईस महीने बिहार में ठहरे, जहां उन्हें जयप्रकाश नारायण का भरपूर सहयोग प्राप्त हुआ। जे.पी. ने तो विनोबा जी के भूदान यज्ञ में अपने को पूरी तरह समर्पित कर दिया। इस अहिंसक क्रान्ति में लगभग तीन लाख छोटे-बड़े भूमि मालिकों से 22,23,47,535 एकड़ भूमि प्राप्त हुई । उन्होंने सारा देश अपने पैरों से नाप लिया। लाखों लोग उनके बताए रास्ते पर चल पड़े। भूमि मालिकों ने उनकी झोली में जितनी भूमि डाली, उतनी ही उन्होंने भूमिहीनों में बांट दी। चालीस हज़ार मील की पद-यात्रा के दौरान उन्होंने लगभग 250 लाख भारतवासियों से भेंट की। गांव-गांव में विनोबा जी के भूदान यज्ञ की घटनाएं लोक-कथाओं की तरह चर्चा में रहने लगीं। इस पद-यात्रा के बीच कई बार धर्मान्ध तथा पाखंडियों के गुस्से का शिकार बनना पड़ा।

बिहार पद-यात्रा के दौरान उन्हें वैद्यनाथधाम के पवित्र स्थल में आमन्त्रित किया गया। उन्होंने बुलाने वालों से साफ़ कहा कि उनके साथ उनके हरिजन भाई-बहनों की मंडली भी होगी। उन्हें विश्वास दिलाया गया कि जितने हरिजन उनके साथ होंगे उन्हें भी प्रवेश की इजाज़त दी जाएगी, परन्तु जैसे ही वह अपनी मंडली के साथ पहुंचे, मन्दिर के पंडे अपने लठैतों के साथ उन पर टूट

पड़े। विनोबा जी और उनके निहत्थे स्वयंसेवकों पर लाठियां बरसने लगीं। विनोबा जी के कान पर भी एक भरपूर चोट पड़ी और वह सदा के लिए श्रवण-शक्ति गंवा बैठे।

विनोबा जी ने पद-यात्रा के दौरान देश के विभिन्न भागों में आश्रमों की स्थापना की। ये बोध गया में समन्वय आश्रम, पठानकोट में प्रस्थान आश्रम, इन्दौर में विसर्जन आश्रम, बंगलौर में विश्वनीड़म आश्रम और असम के लखीमपुर ज़िले में मैत्री आश्रम के नाम से जाने जाते हैं।

महात्मा गांधी के आध्यात्मिक उत्तराधिकारी के रूप में विनोबा जी ने उनकी परम्परा को देश में न केवल जीवित रखा, बल्कि उसे आगे भी बढ़ाया। अहिंसा और शान्ति के इस परम उपासक और प्रचारक ने बापू के पदचिह्नों पर चलकर 'शान्ति सेना' को जीवित रखा। इसी बीच उन्होंने चम्बल घाटी में डाकुओं की गम्भीर समस्या को हाथ में लिया और बिल्कुल ग़ैरसरकारी तौर पर उसे सुलझाने का बीड़ा उठाया। विनोबा जी इस विकट समस्या की जड़ों तक गए। बरसों से चली आ रही उन परिस्थितियों के सामाजिक और मनोवैज्ञानिक पक्ष को समझने की कोशिश की, जिस कारण कोई व्यक्ति डाकू बन जाता है। विनोबा जी ने समाज के बाग़ी मुजरिमों के सिरों पर सहानुभूति का हाथ रखा। सम्मान के भूखे बाग़ी प्यार की इस डोरी में खिंचे चले आए।

22 मई, 1960 को भिंड में 'शस्त्र से विदाई' का वह अनूठा समारोह आयोजित किया गया। समर्पण उस हिंसक प्रवृत्ति का था, जिसने डाकुओं को न घर का छोड़ा था, न घाट का। चम्बल घाटी के आसपास के बाईस डाकू सरदारों ने आत्मसमर्पण करके अपनी दस्यु-वृत्ति का परित्याग कर दिया था। डाकुओं के इस अनोखे समर्पण पर सारा संसार चकित था।

गांधी जी के न रहने पर देश को उनके स्थान पर एक समाज सुधारक और आध्यात्मिक नेता की आवश्यकता पड़ी। विनोबा जी ने उस कमी को पूरा किया। उनके पास आध्यात्मिक और सामाजिक गुत्थियां सुलझाने के लिए समय-समय पर देश के नेता पहुंचते थे।

धीरे-धीरे उन्होंने अनुभव किया कि अब देश को उनकी आवश्यकता नहीं है और उन्होंने निश्चय कर लिया कि वह अपने हाड़-मांस के पिंजड़े की तीलियां तोड़कर अनन्त में जा मिलेंगे और उन्होंने खाना-पीना छोड़ दिया। प्रधानमन्त्री और राष्ट्रपति से लेकर स्वयंसेवकों के अनुरोध को भी उन्होंने अनसुना कर दिया।

14 नवम्बर, 1982 की रात उनकी दशा बहुत गम्भीर थी। पानी तक लेना उन्होंने छोड़ दिया था। उस रात उनकी एक फ्रांसीसी शिष्या ऋता बड़ी कठिनाई से पेरिस से पहुची। पांच दिन पहले इन्दिरा गांधी रूस के राष्ट्रपति ब्रेजनेव की अन्त्येष्टि के कार्यक्रम के बीच में से ही लौट आई थीं। स्वदेश आने पर वह सीधी पवनार आश्रम पहुंचीं। उन्होंने भी विनोबा जी से कुछ पीने का आग्रह किया, किन्तु विनोबा जी नहीं माने। ऋता को विश्वास था कि विनोबा जी उनके कहने से कम-से-कम पानी तो अवश्य ले लेंगे। 15 नवम्बर को प्रातः ऋता ने एक पर्चे पर लिखा कि 'बाबा मेरे कहने से आपको कम-से-कम पानी तो पीना ही पड़ेगा।'बाबा ने उसे पढ़ा। ऋता को पहचाना और संकेत से कहा, "पानी तू ही पी ले।" मृत्यु को गले लगाने से दो घंटे पहले भी उनमें इतनी सजगता थी।

15 नवम्बर, 1982 को जब सारा देश अपने आंगन में दीप मालिकाएं सजाने में व्यस्त था, तब विनोबा जी के जीवन-दीप का उजाला भवसागर में विलीन हो गया।

भारत सरकार चाहती थी कि उनकी मृत्यु पर राष्ट्रीय शोक मनाया जाए, किन्तु विनोबा जी ने स्वयं को विशेष व्यक्ति माना ही नहीं था। इसीलिए न तो आश्रमवासी और न उनके छोटे भाई आदि उस राष्ट्रीय शोक के लिए राज़ी हुए और न ही भारतरत्न स्वीकारने की इच्छा जताई। यह भारतरत्न उनके स्वर्गवास के दो माह ग्यारह दिन बाद राष्ट्र ने 26 जनवरी, 1983 को अपने गणतन्त्र दिवस पर उन्हें मरणोपरान्त दिया गया था।

20

ख़ान अब्दुल गफ़्फ़ार ख़ां

भारतरत्न 1987

"**मैंने** ख़ुदा को गवाह बनाकर यह क़सम खाई है कि मैं अपनी प्रिय जन्मभूमि और ज़ाती भाइयों की ख़िदमत में अपने-आप को पूरी तरह लगा दूंगा। सर्वशक्तिमान ख़ुदा के सामने मेरी यही इलतजा है कि मैं इस कोशिश में लगा हुआ शहीद हो जाऊं।"

इस संकल्प को वास्तविक रूप देने वाले सीमान्त गांधी का जन्म पश्चिमोत्तर सीमान्त के हस्तनगर (अष्टनगर) के उतमानज़ई ग्राम में 1890 में हुआ था। उनके पिता ज़मींदार बहराम ख़ां थे। पठानों में तब नवजात शिशु की जन्मतिथि लिखकर रखने का रिवाज नहीं था। शायद इसी कारण उनकी जन्मतिथि सही-सही ज्ञात नहीं। वह अपने पिता की चौथी सन्तान थे। पिता बहराम ख़ां ईमानदार, ख़ुदा पर भरोसा रखने वाले, नेकदिल इंसान थे। गांव के ग़रीब लोग अपनी धरोहर उनके पास इत्मीनान से रख जाते थे।अंग्रेज़ अफ़सर भी उनकी इज़्जत करते थे और उन्हें चचा कहकर पुकारते थे।

उस समय पख़तून क्षेत्र में शिक्षा का माहौल नहीं था। अतः पख़तून जाति शिक्षा की दौड़ में पिछड़ गई। 1901 तक उत्तर-पश्चिम सीमा प्रान्त पंजाब का ही भाग बना रहा, पर शिक्षा व सामाजिक कल्याण सम्बन्धी सुविधाओं से वंचित रहा।

सरदार बरहाम ख़ां ने मौलवियों के फ़तवों की चिन्ता नहीं की और अपने बच्चों को स्कूल भेजा। गफ़्फ़ार ख़ां पेशावर के म्यूनिसिपल बोर्ड के हाईस्कूल

में जाने लगे। उस समय उनकी आयु आठ वर्ष थी। ऊंच-नीच की भावना उनसे कोसों दूर थी। इसीलिए उनकी मित्र-मंडली में सभी जातियों के छात्र थे। प्राथमिक शिक्षा समाप्त करने के बाद उन्हें पेशावर के एडवर्ड मेमोरियल मिशन स्कूल में दाख़िल कराया गया।

अबुल गफ़्फ़ार ख़ां के बड़े भाई पहले ही बम्बई से डॉक्टरी पास करके इंग्लैंड चले गए थे। गफ़्फ़ार ख़ां ने हाईस्कूल पास कर लिया था। वह रेखागणित में तेज़ थे। इसी कारण बड़े भाई ने उन्हें इंजीनियरिंग का अध्ययन करने के लिए इंग्लैंड बुलाना चाहा। इसका सारा इन्तज़ाम हो गया, परन्तु मां ने उन्हें उतनी दूर भेजने से साफ़ इनकार कर दिया।

जिन दिनों वह मिशन स्कूल में पढ़ा करते थे, उनका नौकर बारानी काका उन्हें सेना की वीरता से भरी कहानियां सुनाया करता था। इससे उनके मन में सेना में नौकरी करने की इच्छा जाग उठी। एक दिन उन्होंने पिता से मंजूरी लिए बिना ही डायरेक्ट कमीशन के लिए कमांडर इन चीफ के पास आवेदन-पत्र भेज दिया। उन्हें भर्ती कार्यालय में उपस्थित होने का आदेश मिल गया और इस तरह वह सेना में भर्ती हो गए, परन्तु कुछ ही दिनों में उन्होंने पाया कि सेना की नौकरी में उन जैसे व्यक्ति के स्वाभिमान को आए दिन बेइज़्ज़ती की आग में झुलसना पड़ेगा। इसलिए सेना की नौकरी छोड़ दी और घर वापस आ गए।

1910 में उन्होंने देवबन्द जैसे प्रगतिशील इस्लामिक शिक्षा संस्थान के सहयोग से सारे प्रान्त में स्कूल खोले। सभी पख़्तून माता-पिताओं से अपने बच्चों को उन स्कूलों में पढ़ने के लिए भेजने की प्रार्थना की, ताकि स्वतन्त्रता संग्राम के लिए उन स्कूलों के छात्रों को तैयार किया जा सके।

आख़िर अंग्रेज़ सरकार ने सीमान्त प्रान्त को पंजाब से अलग कर दिया और जनता पर एक भयंकर काला क़ानून थोप दिया। यह फ्रंटियर क्राइम्स रेग्यूलेशन एक्ट था। इस काले क़ानून ने पठान जाति के सामूहिक जीवन को नष्ट करने में कोई कसर नहीं छोड़ी। इस क़ानून के अन्तर्गत अनेक निर्दोष

व्यक्तियों पर झूठे मुक़दमे चलाए गए और उन्हें क़ैद में डाल दिया गया। अनेक देशभक्तों को फांसी की सज़ा दे दी गई। सीमान्त प्रान्त में अशिक्षा का अन्धकार था, जिसका नाजायज़ फ़ायदा अंग्रेज़ सरकार और धर्म के ठेकेदार, दोनों ही उठा रहे थे।

इसी बीच 1912 में उनका विवाह हुआ। उन्हें दो पुत्र प्राप्त हुए। वह आगरा गए, तो वहां उन्होंने मौलाना अबुलकलाम आज़ाद का भाषण सुना। वापस लौटकर उत्साह के साथ शिक्षा का प्रचार तेज़ कर दिया। वह स्थान-स्थान पर जाकर लोगों को शिक्षा का महत्त्व समझाने लगे और प्रार्थना करने लगे कि सभी अपने बच्चों को स्कूल भेजें।

लोगों में शिक्षा के प्रति उत्पन्न जागरूकता से अंग्रेज़ो की नींद हराम हो गई। मुख्य कमिश्नर ने गफ़्फ़ार ख़ां के पिता को बुलवाया और अपने पुत्र की हरकतों को रोकने के लिए उन्हें डराया-धमकाया, परन्तु पिता-पुत्र दोनों ही निडर थे। उन्होंने अंग्रेज़ो की गीदड़-भभकियों की ज़रा भी परवाह नहीं की। 1915 में उसकी पत्नी का देहान्त हो गया। इससे दुखी होकर भी उन्होंने खिलाफ़त नहीं छोड़ी।

प्रथम विश्वयुद्ध समाप्त हुआ, तो भारत इस प्रतीक्षा में था कि उनके भारतीय जवानों के बलिदान और सेवाओं के बदले अंग्रेज़ सरकार भारतवासियों को कुछ अवश्य देगी, किन्तु इसके बदले देश को फरवरी, 1919 में रौलट एक्ट जैसा दमनकारी काला क़ानून मिला। इस क़ानून के विरोध में सारे देश में विद्रोह की लहर दौड़ गई। गफ़्फ़ार ख़ां चुप बैठने वाले नहीं थे। उन्होंने भी इस क़ानून का डटकर विरोध किया और सभाएं आयोजित कीं।

अंग्रेज़ों ने मार्शल लॉ लागू कर दिया। अब्दुल गफ़्फ़ार ख़ां को गिरफ़्तार कर लिया गया। यह उनकी पहली गिरफ़्तारी थी। उनकी लम्बी-चौड़ी क़द-काठी के आगे अंग्रेज़ सरकार की हथकड़ी-बेड़ी छोटी पड़ गई। वह उन्हें पहनकर पैदल चलने योग्य नहीं थे। अतः पुलिस अधिकारी को नियम और रिवाज के विपरीत क़ैदी को तांगे पर ले जाना पड़ा।

न्यायाधीश ने जेल की सज़ा सुनाई। उन्हें मरदान की जेल में डाला गया। सज़ा समाप्त हो जाने पर वह अपने गांव आए, तो उनके पीछे-पीछे अंग्रेज़ फ़ौज की टुकड़ी भी आ धमकी। सारे गांव को घेर लिया गया। गांव वालों को घुटनों के बल बैठा दिया गया और चारों तरफ़ तोपें लगा दी गईं। उन पर तीस हज़ार रुपयों का दंड घोषित किया गया, परन्तु वसूल किया गया एक लाख रुपया। डेढ़ सौ से अधिक लोगों को ज़मानत के तौर पर बन्द कर दिया, परन्तु पिता बहराम ख़ां को इसी बात की प्रसन्नता थी कि उन्हें भी उसी जेल में रखा गया था, जिसमें उनकी आंखों का तारा अब्दुल गफ़्फ़ार ख़ां बन्द था। छह महीनों के बाद उन्हें फिर मुक्त कर दिया गया, परन्तु कुछ समय पश्चात नोशहरा बम-कांड के सिलसिले में उन्हें और उनके चचेरे भाई को फिर पकड़ लिया गया।

उन्होंने अपने क्षेत्र में 'अंजुमन इसलाह उल अफ़गान' नामक आज़ाद हाईस्कूल की स्थापना की। अंग्रेज़ो ने सरदार बरहाम ख़ां को पट्टी पढ़ाई कि वह अपने बेटे अब्दुल गफ़्फ़ार ख़ां को समझाए कि गांव-गांव घूमते रहने के बदले घर पर आराम से क्यों नहीं बैठते? स्कूल खोलकर और पठानों को शिक्षा की ओर झुकाकर वह क्यों गुनाह कमा रहे हैं, जब कि इस्लाम में यह सब मना है। अंग्रेज़ भली-भांति जानते थे कि अब्दुल गफ़्फ़ार ख़ां अपनी धुन के पक्के हैं और किसी की बात नहीं मानते । अगर वह बरहाम ख़ां की बात नहीं मानते, तो दोनों में निश्चित रूप से ठन जाती, झगड़ा होता और इस फूट से अंग्रेज़ो को लाभ होता। अब्दुल गफ़्फ़ार ने अपने पिता को समझाया। बहराम ख़ां मान गए।

उन्हें पेशावर की ख़िलाफ़त कमेटी का अध्यक्ष चुना गया। इस पद को स्वीकार करने के लिए उनकी शर्त थी कि सीमान्त प्रान्त में जो चन्दा जमा होगा, वह प्रान्त में ही शिक्षा पर ख़र्च किया जाए। शर्त स्वीकार कर ली गई। वह दूने उत्साह और जोश के साथ शिक्षा के प्रचार- प्रसार में जुट गए। सरकार ने उन्हें 17 दिसम्बर, 1921 को पुनः गिरफ़्तार कर लिया। अपराध था आज़ाद स्कूल खोलना। इस बार उन्हें तीन वर्ष के कठोर कारावास का दंड दिया गया।

1924 में जब वह रिहा होकर पहुंचे, तो घर वीरान हो चुका था। पुत्र के वियोग में मां चल बरसीं। 1926 में जब बहराम ख़ां का निधन हो गया, तो रीति-रिवाज के अनुसार मुल्लाओं को धार्मिक कर्म करने के बदले पारिश्रमिक दिया जाना था। उन्होंने बिरादरी की आम राय से दो हज़ार रुपए की राशि स्कूल के लिए दे दी। उनके इस प्रगतिशील क़दम से कई लोग हाथ मलते रह गए।

उन्होंने इस बात की आवश्यकता महसूस की कि जनता में शिक्षा के जागरण के साथ-साथ राजनीतिक और सामाजिक जागृति भी आए। इसी उद्देश्य को साकार करने के लिए उन्होंने मई, 1928 में 'पख़तून' नामक समाचार-पत्र निकाला। यह पत्र सीमान्त प्रान्त में बेहद लोकप्रिय हो गया।

गफ़्फ़ार ख़ां पखतून, बलोच जैसे पठानों की सांसों में बसते थे। वह उन्हें जगाना और ऊंचा उठाना चाहते थे। उनमें वतनपरस्ती का जज़बा उन्होंने ही भरा था। इसीलिए उनके नेतृत्व में उनके ये अनुयायी सदैव अंग्रेज़ों से टकराते रहे। गफ़्फ़ार खान उनके दिलों के बादशाह थे। इसी कारण उन्हें बादशाह ख़ान जैसे खिताब से नवाजा गया। वह महात्मा गांधी के सिद्धान्तों पर चलते रहे। सत्य, अहिंसा, सत्याग्रह, सविनय अवज्ञा का कभी दामन नहीं छोड़ा । इसीलिए उन्हें सरहदी गांधी या सीमान्त गांधी कहा गया।

1929 में उन्होंने 'खुदाई ख़िदमतगार' नामक एक ग़ैर राजनीतिक एवं स्वयंसेवी संस्था की स्थापना की। इसके सदस्यों को निःस्वार्थ भाव से लोगों की सेवा करने, हिंसा न करने, किसी प्रकार का बदला न लेने और करुणा तथा क्षमा अपनाने की क़सम दिलाई जाती थी। इस संस्था के सदस्यों की वेशभूषा लाल होती थी और उनका झंडा भी लाल होता था। अतः यह संस्था 'लाल कुर्ती सेना' के नाम से मशहूर हो गई। फिर सविनय अवज्ञा आन्दोलन का दौर चला। गफ़्फ़ार ख़ां को बन्दी बना लिया गया। जेल से रिहा होने के बाद वह कांग्रेस में शामिल हो गए। उन्हें बार-बार गिरफ़्तार किया जाता रहा और अन्त में सीमान्त प्रान्त में उनके प्रवेश पर भी रोक लगा दी, लेकिन वह शान्त बैठने वाले नहीं थे। बंगाल में रहते हुए उन्होंने ग्रामीण क्षेत्रों में

जन-जागरण की योजना बनाई, किन्तु सरकार ने उन्हें फिर बन्दी बना लिया। पहले उन्हें बम्बई की जेल में रखा गया। 29 दिसम्बर, 1934 को उन्हें साबरमती जेल भेज दिया गया। जेल में उनका वज़न 170 पौंड से घटकर 149 पौंड रह गया। जेल-यात्रा के दौरान अंग्रेज़ सरकार ने उन्हें बीमार करने की भरसक शरारत की। जेल-जीवन में भी वह अनुशासन का विशेष ध्यान रखते थे। एक रहमदिल वार्डन ने जेल में उन्हें गेहूँ पीसने के बजाय आटा देने की बात कही, तो उन्होंने साफ़ इनकार कर दिया और अपने हिस्से के गेहूं स्वयं पीसते रहे।

1942 में कांग्रेस ने अंग्रेज़ो के विरोध में भारत छोड़ो आन्दोलन की शुरुआत की। सरकार ने दमन का रास्ता अपनाया। गफ़्फ़ार ख़ां 50 साथियों के साथ चारसद्दा से मरदान ज़िला न्यायालय पर धरना देने के लिए रवाना हुए। रास्ते में पुलिस ने उन्हें पकड़ लिया और इतना पीटा कि उनकी दो पसलियां टूट गईं। कपड़े ख़ून से तर हो गए। उन्हें मरदान जेल ले जाया गया। वहां उनकी कोई चिकित्सा नहीं की गई। उधर हरिपुर जेल से छूटने के बाद चुनाव अभियान शुरू हुआ। अंग्रेज़ो ने मुस्लिम लीग का खुलकर साथ दिया। उन्होंने मुस्लिम लीग के साम्प्रदायिक स्वरूप को चुनौती के रूप में स्वीकार किया। इससे लीग को भारी मतों से पराजय का मुंह देखना पड़ा। वह भारत-विभाजन के सख़्त ख़िलाफ थे। जब कांग्रेस कार्यकारिणी ने उसे स्वीकार कर लिया, तो उन्होंने कहा, "महात्मा जी ने हमें भेड़ियों के हवाले कर दिया है।"

अन्त में 15 अगस्त, 1947 को देश आज़ाद हो गया। स्वतन्त्र भारत और स्वतन्त्र पाकिस्तान का निर्माण हो गया था। आज़ादी की लड़ाई में अपना सर्वस्व लुटा देने वाले बादशाह ख़ान को अलग खड़ा कर दिया गया। मुस्लिम लीग वाले उनके पहले से ही दुश्मन थे। पाकिस्तान के निर्माण के बाद वह मुस्लिम लीग को तोड़ देना चाहते थे। इसलिए मार्च, 1948 में सिन्ध के सईद के साथ मिलकर पीपुल्स पार्टी की स्थापना की। वह नई पार्टी के अध्यक्ष चुने गए। पाकिस्तान सरकार बौखला उठी और उन्हें 15 जून, 1948 को गिरफ़्तार कर लिया। स्वतन्त्र पाकिस्तान में यह उनकी पहली गिरफ़्तारी थी। उन्हें कुल मिलाकर लगभग पन्द्रह साल जेल की कठिन यातनाओं में बिताने पड़े । इस्लामी

सरकार ने निहत्थे पठान स्त्री-पुरुषों की छातियों को छलनी कर दिया। 1950 में उनके अनुयायी गांवों पर बम भी बरसाए।

31 अगस्त, 1965 को सीमान्त गांधी ने क़ाबुल की एक सभा में कहा, "पाकिस्तान में वही लोग सत्ताधारी हैं, जो अंग्रेज़ों के सेवक थे। उनका संघर्ष पाकिस्तान से है। वह पठानों को उनके अधिकार दिलाने के लिए अन्तिम समय तक लड़ते रहेंगे।"

अमन और शान्ति के प्रहरी, साम्प्रदायिक सद्भाव और सत्याग्रह के अजेय योद्धा को भारत ने गांधी शताब्दी समारोह में भाग लेने के लिए आमन्त्रित किया था। 1 अक्तूबर, 1969 को सीमान्त गांधी ने पहली बार स्वाधीन भारत की धरती पर क़दम रखा। 15 नवम्बर, 1969 को तीनमूर्ति मार्ग पर एक विशेष समारोह में उन्हें तत्कालीन राष्ट्रपति वी.वी. गिरि ने विश्व शान्ति और अन्तर्राष्ट्रीय सद्भाव के प्रतीक 'नेहरू पुरस्कार' से सम्मानित किया।

वह अपनी विचारधारा के अनुकूल नए पाकिस्तान का सपना संजोए हुए थे। अपने विचार को साकार रूप देने के लिए उन्होंने जी.एम. सैयद के सहयोग से सिन्ध, बलोच और पख़्तून फ्रंट की स्थापना की। पाकिस्तान सरकार ने उनके सिन्ध प्रवेश पर पाबन्दी लगा दी। इतनी वृद्धावस्था में भी निरन्तर संघर्ष से जूझते रहने के कारण उनके फेफड़े ख़राब हो गए।

भारत सरकार के निमन्त्रण पर वह मई, 1987 में अखिल भारतीय आयुर्विज्ञान संस्थान, दिल्ली में इलाज के लिए भारत आए। इलाज में सफलता नहीं मिल सकी। उन्हें वापिस पेशावर ले जाया गया। पेशावर ले जाने से पूर्व ही 14 अगस्त, 1987 को भारत सरकार ने उन्हें सत्य और अहिंसा के पथ पर चलते हुए जीवन-भर संघर्ष करने के लिए भारतरत्न के सर्वोच्च अलंकरण से विभूषित किया। लम्बी अचेतन अवस्था के बाद 20 जनवरी, 1988 को प्रातः इस अजेय सेनानी ने मौत को गले लगा लिया। उनकी अन्तिम इच्छानुसार अफ़गानिस्तान के जलालाबाद नामक स्थान पर उन्हें दफ़ना दिया गया।

21

मरुदूर गोपालन रामचन्द्रन

भारतरत्न 1988

"**अपार** लोकप्रियता प्राप्त कर लेने के बाद आमतौर पर नेता की सोच में एक गहरा विश्वास पैदा हो जाता है कि देश और देशवासियों का वास्तविक हितैषी वही है। यह किसी सीमा तक स्वाभाविक भी है। इस आत्मविश्वास के कारण मानव में स्वेच्छाचारी अधिनायक और किसी सीमा तक निरंकुश शासक जन्म लेता है, किन्तु एम.जी.आर. अर्थात एम.जी. रामचन्द्रन इससे अछूते थे।"

एम.जी.आर. के नाम से प्रसिद्ध भारतीय सिनेमा में नायक की भूमिका अदा करने वाले मरुदूर गोपालन रामचन्द्रन का जन्म श्रीलंका के कैंडी नामक शहर में 17 जनवरी, 1917 को एक मलयाली परिवार में हुआ था। उस समय भारत और श्रीलंका दोनों पर अंग्रेज़ों का शासन था। उनके पिता गोपालन मैनन कैंडी में मजिस्ट्रेट थे। एम.जी.आर. अपने माता-पिता की पांचवीं सन्तान थे। उनके जन्म के दो वर्ष बाद ही पिता का देहान्त हो गया और मां सत्यभामा अपने परिवार के साथ तमिलनाडु के कुम्भकोणम में बस गई।

आर्थिक परिस्थितियों के कारण एम.जी.आर. ने बचपन से ही रोटी कमाना शुरू कर दिया। वह पढ़ाई-लिखाई भी इसी कारण ठीक से नहीं कर पाए। नाटकों में छोटा-मोटा अभिनय करके अपने परिवार का पेट पालने लगे। जब कुछ बड़े हुए, तो फ़िल्मों में काम मिलने लगा। उनकी मां ने उन्हें सदा आशावादी बने रहने और काम के लिए जूझते रहने की शिक्षा दी। वह आरम्भ से ही सुन्दर और सुदर्शन थे। सात वर्ष की आयु में ही मदुरै में उन्होंने 'मदुरै

ओरिजनल ब्वाय कम्पनी' के नाटकों में काम करना आरम्भ कर दिया था। सुन्दरता और सुडौल-छरहरे शरीर के कारण उन्हें स्त्री पात्रों के रोल आसानी से मिल जाते थे, जिसे वह बड़ी आसानी से निभा लेते।

एम.जी.आर. को पहली बार 'सती लीलावती' फ़िल्म में पुरुष रूप में पुलिस की भूमिका निभाने को मिली। यह सिनेमा में उतरने का उनका पहला अवसर था और यही उनकी सफलता की पहली सीढ़ी थी। 'मालैकल्लन' नामक फ़िल्म में उन्हें ग़रीबों और दलितों की सेवा करने वाले समाज- सेवी नायक का रोल करने का अवसर मिला। इसके बाद अनेक फिल्मों में एम.जी.आर. कमज़ोर वर्ग के लोगों के भले के लिए ज़मींदारों तथा प्रशासकों से मुक़ाबला करते हुए दिखाए गए। फ़िल्मों में नायक की इस भूमिका का दर्शकों ने दिल से स्वागत किया और प्रशंसा की। उनके लिए दर्शकों में प्यार का सागर हिलोरें लेने लगता। जब वह सारी मुसीबतों पर विजय प्राप्त करके प्रकट होते, तो सिनेमाघर तालियों की गूंज में डूब जाता। स्त्रियां रोने लग जातीं। 'मर्मयोगी', 'नाडोडिमन्न्म' और 'एंग वीट्टू पिल्लै' आदि फ़िल्मों में उन्होंने अपनी यही छवि बनाए रखी और तमिलभाषी दर्शकों के दिल-दिमाग़ पर छा गए। युवा पीढ़ी एम.जी.आर. को अपना आदर्श मानने लगी। पुरुषों के मन उनके लिए आदर से भर गए। स्त्रियां उनकी भक्त हो गई और आरती उतारने लगीं। सभी को विश्वास था, यदि कोई उन्हें ग़रीबी, शोषण और भ्रष्टाचार की दलदल से मुक्ति दिला सकता है, तो वह है एम.जी. आर.।

बहुत-से अभिनेता ज़रा-सी प्रसिद्धि और समृद्धि प्राप्त कर लेने के बाद ज़मीन पर चलना भूल जाते हैं, परन्तु एम.जी.आर. सफल अभिनेता बन जाने के बाद भी अपने अतीत को भूले नहीं। इसीलिए ग़रीबों से दूर कभी नहीं भागे। उन्होंने अपनी इस छवि को भरपूर निभाया। लोगों की मदद करके उन्हें मानसिक सन्तोष और अलौकिक आनन्द मिलता था।

पर्दे के बाहर भी वह दोनों हाथों से धन लुटाते। जब कभी फ़िल्म की शूटिंग के लिए किसी गांव में जाते, तो उस क्षेत्र के ग़रीबों, किसानों व मज़दूरों

के सामने एम.जी.आर. अपनी जेबें ख़ाली कर देते। वह फ़िल्म की यूनिट के सहकर्मियों की सहायता करने से भी पीछे नहीं हटते थे।

वह समाज-सेवा की ओर निरन्तर झुकते चले गए। उन्होंने 'द्रविड़ मुनेत्र कषगम' पार्टी में प्रवेश ले लिया। इसके संस्थापक सी.एन. अन्नादुरै को एम.जी.आर. की लोकप्रियता का ज़बर्दस्त लाभ मिला। पं. जवाहरलाल नेहरू ने जब भारत-चीन युद्ध के दौरान युद्ध के लिए आर्थिक सहयोग की अपील की, तब उन्होंने एक लाख रुपए सहायतार्थ भेंट करके अपनी दानवीरता का उदाहरण पेश किया।

एम.जी.आर. अन्नादुरे से बहुत प्रभावित हुए और उनके दिशा निर्देश में उन्होंने ख़ूब जमकर काम किया। 1972 में एम.जी.आर. ने करुणानिधि से मतभेद होने के कारण एक अलग दल गठित किया और नाम दिया अन्ना द्रविड़ मुनेत्र कषगम, जो बाद में आल इंडिया अन्ना द्रविड़ मुनेत्र कषगम कहलाया जाने लगा।

इससे पूर्व एम.जी.आर. ने कांग्रेस में कामराज के नेतृत्व में भी काम किया था। भारत-चीन युद्ध के समय एम.जी.आर. ने एक लाख रुपए भेंट किए, जिसकी पहली किस्त के रूप में पच्चीस हज़ार रुपए उसी समय मुख्यमन्त्री कामराज को दे दिए, तो एक पत्रकार की टिप्पणी थी कि यह भेंट एम.जी. आर. ने अपनी छवि और प्रचार के ख़ातिर दी है। तब कामराज ने मुंहतोड़ उत्तर दिया कि उन्हें (एम.जी.आर.) इस प्रकार के प्रचार की आवश्यकता नहीं है। उनकी इस भेंट को केवल पैसे की तराज़ू से मत तोलिए, बल्कि इसके पीछे उनके सद्भाव निष्ठा को ध्यान में रखिए।

जब सिनेमा में ग़रीबों, असहायों और निर्बलों की हिमायत लेने वाले इस नायक ने तमिलनाडु की जनता से भ्रष्टाचार मिटाने का वायदा किया, तो जनता ने उसे सत्ता के आसन पर बैठा दिया। यह 1977 की बात है, जब एम.जी. आर. तमिलनाडु के मुख्यमन्त्री बने थे।

उनके उदार और दयालु स्वभाव के कारण उन्हें 'पोनमन चेमल' (स्वर्ण हृदय वाला पुरुष) कहा जाने लगा। इसकी कथा भी बड़ी दिलचस्प है। एक बार फ़िल्म निर्माता-निर्देशक चिन्नप्पा देवर हरिकथा के माहिर कलाकार कृपानन्द वारियार को लेकर एम.जी.आर. के पास पहुंचे। निर्माता चिन्नप्पा देवर की कुछ फ़िल्मों में एम.जी.आर. ने काम किया था और दोनों के सम्बन्ध मधुर थे। चिन्नप्पा देवर ने वारियार का परिचय देते हुए बताया कि वह मरूदमलै में भगवान मुरुगम का एक मन्दिर बनवाने के लिए धन एकत्रित करते हुए एम.जी.आर. के पास आए हैं। एम.जी.आर. ने एक ख़ाली चैक पर अपने हस्ताक्षर किए और उन्हें देते हुए कहा, "जितना चाहिए, राशि भर लीजिए।" कुछ दिन बाद एक सार्वजनिक सभा में कृपानन्द वारियार ने वह घटना सुनाते हुए एम.जी.आर. को 'पोनमन चेमल' की उपाधि से विभूषित किया।

एम.जी.आर. का शासन करने का तरीक़ा सख़्त था। इस वजह से अधिकारी वर्ग पर बुरा असर पड़ा। वह आई.ए.एस. अधिकारियों को सबके सामने झिड़क दिया करते थे। यही कारण था कि उनके शासनकाल में कुछ अधिकारियों को सेवाएं छोड़नी पड़ीं। उन्होंने ग़रीब बच्चों को जूते, कपड़े और दांतों का पाउडर उपलब्ध कराने के साथ-साथ राज्य के पचास लाख बच्चों को दोपहर के भोजन का भी बन्दोबस्त कराया।

उनकी छवि उनके कुछ क्रान्तिकारी एवं रचनात्मक कार्यक्रमों के कारण साफ़-सुथरी बनी रही। उनकी इच्छा-शक्ति बड़ी प्रबल थी और वह स्वयं ही भाषण देते थे। जब उनके एक साथी अभिनेता एम.आर. राधा ने ईर्ष्या से उनकी गर्दन पर घातक प्रहार किया, तब भी वह अपनी फ़िल्म के संवाद स्वयं ही बोलते थे, डब नहीं करवाते थे। इस हालत में भी उन्हें अपनी छवि की चिन्ता अधिक थी। सफ़ेद टोपी, काला चश्मा, सफ़ेद रंग का चुस्त और लम्बा कुर्ता, कलाई पर बड़ी घड़ी, सफ़ेद लुंगी, पांवों में चप्पल अथवा पम्प शू और कन्धों पर पड़ा रंगीन कारचोबी कढ़ा हुआ शॉल, यही थी उनकी छवि।

उन्हें धर्म के प्रति प्रगाढ़ आस्था थी। 1984 में उनके गुर्दे फ़ेल हो गए।

वह अमेरिका के एक अस्पताल में ज़िंदगी और मौत के बीच झूल रहे थे। उनकी आवाज़ ने भी जवाब दे दिया था। तब उनकी पार्टी के कार्यकर्ताओं ने कर्नाटक में स्थित मूकम्बिया मन्दिर में अपने नेता के स्वास्थ्य के लिए पूजा-अर्चना की थी।

22 दिसम्बर, 1987 को कत्थिपारा के चौराहे पर एक सार्वजनिक सभा आयोजित की गई थी। इस समारोह में प्रधानमन्त्री राजीव गांधी ने जवाहरलाल नेहरू की प्रतिमा का अनावरण किया था। इस सभा में भाग लेने के कारण वह थककर चूर हो गए थे। दूसरे दिन शाम पांच बजे उन्हें बेचैनी महसूस हुई । रोग बढ़ता गया। 24 दिसम्बर, 1987 को प्रातः तीन बजे सोने जैसे दिल वाला वह नायक सदा के लिए हमसे विदा हो गया।

उनके निधन के बाद 25 जनवरी, 1988 को एम.जी.आर. को भारत सरकार ने मरणोपरान्त सर्वोच्च उपाधि भारतरत्न से विभूषित करके उनकी सेवाओं का सम्मान किया।

22

डॉ. भीमराव अम्बेडकर

भारतरत्न 1990

"**दलित** नौजवानों को जब कभी अवसर मिले, तो यह सिद्ध करने का प्रयास करें कि वे बुद्धिमानी और योग्यता में किसी भी अन्य व्यक्ति की अपेक्षा रत्ती-भर भी कम नहीं हैं। साथ ही उन्हें सदा निजी स्वार्थ की ओर ध्यान न देकर अपने समाज को स्वतन्त्र, बलशाली और प्रतिष्ठित बनाने का प्रयत्न करना चाहिए।"

दलित समाज को प्रेरणा देने वाले ये शब्द डॉ. भीमराव अम्बेडकर के हैं, जिनका जन्म 14 अप्रैल, 1891 में मध्य-प्रदेश की मह्रू छावनी में हुआ था। उनके पिता रामजी राव महाराष्ट्र के रत्नागिरि ज़िले में थे। वह सेना में सूबेदार मेजर थे। भीमराव की माता का नाम भीमाबाई था।

डॉ. अम्बेडकर का बचपन का नाम भीमजी था। वह अपने माता-पिता की चौदहवीं सन्तान थे। इन चौदह बच्चों में केवल पांच जीवित रहे। तीन पुत्र और दो पुत्रियां। भीमजी सबसे छोटे थे। उनके भाई थे बलराम और आनन्द राव। बहनें थीं मंजुला और तुलसी।

डॉ. अम्बेडकर महार जाति के थे। यह जाति दलित वर्ग से सम्बन्ध रखती है, परन्तु शूरवीरता के लिए प्रसिद्ध थी। छत्रपति शिवाजी की सेना में बहुत से महार सैनिक थे। उन्नीसवीं सदी में अंग्रेज़ों ने भी इनकी बहादुरी को पहचाना और महार रेजीमेंट का गठन किया। ईस्ट इंडिया कम्पनी की सेना में एक अच्छा नियम यह था कि जो लोग काम करते थे, उनके बच्चों को ज़रूरी तौर पर

शिक्षा दी जाती थी। सैनिक टुकड़ियों के साथ हर जगह उसने स्कूल खड़े किए थे। इससे महारों को पढ़ने-लिखने के अवसर प्राप्त हुए और उनके बच्चे आगे बढ़ सके। संयोग से अम्बेडकर के पिता और दादा, मामा और नाना सब ईस्ट इंडिया कम्पनी की सेना में काम कर चुके थे। जब अंग्रेज़ सरकार ने सेना में महार लोगों की भर्ती पर रोक लगा दी, तो 1893 में रिटायर रामजी अपने परिवार को लेकर दपोली चले गए। 1896 में यहीं भीमजी को प्राथमिक पाठशाला में दाख़िल कराया गया, किन्तु वह दपोली में अधिक दिन नहीं पढ़ सके, क्योंकि उनके पिता को सतारा में लोक-निर्माण विभाग में स्टोरकीपर की नौकरी मिल गई थी।

भीमजी ग़रीब घर में जन्मे थे, किन्तु इससे भी अधिक वह एक दलित क़ौम में जन्मे थे। ग़रीब घर की बात पैसे की तंगी की होती है, लेकिन दलित क़ौम की बात हीनभावना की होती है, जो धरती पर मनुष्य के जन्म की सबसे बड़ी कमज़ोरी है। इसी कारण भीमजी के साथ बचपन से ही कई ऐसी घटनाएं घटी, जिन्होंने आरम्भ से ही उन्हें सामाजिक अन्याय के ख़िलाफ़ सोचने पर मजबूर कर दिया।

छह वर्ष की छोटी अवस्था में ही भीमजी को छुआछूत का कटु अनुभव हुआ। वह बैलगाड़ी से किसी गांव जा रहे थे। उनके साथ बड़ा भाई था। गाड़ी में अन्य सवारियां भी थीं। उनमें कौन सवर्ण और कौन दलित है, यह किसी को मालूम न था। गाड़ीवान बैलगाड़ी चलाते हुए दोनों भाइयों से बात कर रहा था। उसका व्यवहार स्नेहपूर्ण था। काफ़ी दूरी तय कर लेने पर उसे पता चला कि ये बालक महार जाति के हैं, तो उसका व्यवहार बदल गया। उसने दोनों भाइयों को ख़ूब डांटा-फटकारा और नीचे उतार दिया। दोनों भाइयों के मन को इस अपमान से चोट पहुंची। लाचार हो वे पैदल चलकर अपनी मंज़िल तक पहुंचे। जब यह घटना भीमजी ने अपने पिता को सुनाई, तो उन्हें भी दुख हुआ। उन्होंने अपने बेटों को समझाया कि ख़ूब शिक्षा प्राप्त करके ही वे सामाजिक अपमान से बच सकते हैं, अन्याय के ख़िलाफ़ लड़ सकते हैं।

भीमजी ने मन में ठान लिया कि अधिक-से-अधिक शिक्षा प्राप्त करेंगे। यह गांव में रहकर सम्भव न था। वहां का वातावरण अच्छा नहीं था। लोग ऊंच-नीच में विश्वास करते थे। हर समय अपमान का डर रहता था। अतः भीमजी ने शहर जाने की बात सोची। एक दिन वह घर में किसी को बताए बिना अपनी बहन के पास बम्बई पहुंच गए। भाई के अचानक आने पर बहन को आश्चर्य हुआ, किन्तु जब उसने भाई की दुख-भरी कथा सुनी, तो उसका मन भर आया।

बम्बई में भी एक चाय वाले द्वारा अपमान किए जाने पर भीमजी का मन निराशा से भर उठा। उन्हें लगा कि शिक्षा सम्बन्धी उनका सपना कभी पूरा न होगा। अपमान के अहसास ने उनके बालमन को झकझोर कर रख दिया। वह खोए-खोए से रहने लगे। तब बहन ने उन्हें समझाते हुए कहा, "हमारे पिता भी तो दलित हैं। वह भी कभी तुम्हारी तरह बालक रहे होंगे और उन्हें भी यही सब सहन करना पड़ा होगा, परन्तु वह तो कभी इस समाज से नहीं डरे। उन्होंने हर बाधा का मुक़ाबला किया और अन्त में महार रेजीमेंट में सूबेदार बने।" बहन ने आगे कहा, "इसी तरह तुम भी अपने लक्ष्य से मत डिगो। निडर होकर बाधाओं का सामना करो, ताकि बड़े होकर जाति-प्रथा को समाप्त करके दलितों का उत्थान कर सको। लाखों बालक ऐसे हैं, जो तुमसे भी अधिक अपमानित जीवन जी रहे हैं। क्या तुम चाहते हो कि बड़े होकर वे ऐसा ही जीवन जिएं?"

बहन के शब्दों ने उनमें आशा का संचार कर दिया। वह वापस सतारा लौट गए, जहां उन्हें सरकारी पाठशाला में प्रवेश मिल गया और वह मन लगाकर पढ़ने लगे। अध्ययन के लिए उनकी लगन देखकर पाठशाला के अधिकतर अध्यापक स्नेह करने लगे। इन्हीं दिनों एक लम्बी बीमारी के बाद उनकी माता भीमाबाई का देहान्त हो गया। माता की मृत्यु से उनके मन को बड़ा आघात लगा, किन्तु उनकी बुआ मीराबाई ने उन्हें संरक्षण दिया।

1904 में रामजी की नौकरी समाप्त हो गई। वह परिवार को लेकर बम्बई

चले गए। वहां भीमजी ने एल्फ़िंस्टन हाईस्कूल में दाख़िला ले लिया। सतारा के स्कूल में महार जाति का छात्र क्रिकेट नहीं खेल सकता था। बम्बई में इस तरह की रोक न थी, किन्तु एक रूप में छुआछूत यहां भी थी। सवर्ण बच्चे अपने टिफ़िन कक्षा में ब्लैकबोर्ड के पीछे रख देते थे। एक दिन अध्यापक ने भीमजी को ब्लैकबोर्ड पर कुछ लिखने का आदेश दिया। इस पर सवर्ण बच्चे ब्लैकबोर्ड के पीछे से अपने खाने के डिब्बे हटाने के लिए दौड़ पड़े। उन्हें डर था, कहीं डिब्बों में छूत न घुस जाए।

दसवीं की परीक्षा भीमजी ने 1907 में पास की। उनके परिवार के सब लोग बहुत खुश हुए। महार जाति के लिए यह गौरव की बात थी कि उसका एक लड़का दसवीं पास हो गया है।

छोटी आयु में उनका विवाह रामाबाई से हुआ। रामाबाई ने अपने पति की शिक्षा में कोई बाधा न डाली, बल्कि मन से चाहा कि वह ज़्यादा-से-ज़्यादा पढ़ें। अम्बेडकर की शिक्षा में उनके पिता और पत्नी का बड़ा योगदान था।

दसवीं पास करने पर उनकी कॉलेज शिक्षा के लिए बड़ौदा नरेश सयाजी राव आगे आए। वह योग्य अछूत छात्रों को आर्थिक सहायता दिया करते थे। उन्होंने भीमजी को पच्चीस रुपए माहवार छात्रवृत्ति देनी शुरू की। बम्बई के एल्फ़िंस्टन कॉलेज में भीमजी ने दाख़िला ले लिया। कॉलेज के प्रोफ़ेसर मुलर अपने इस योग्य छात्र को पुस्तक और कपड़े देकर मदद किया करते, किन्तु अपमान के राक्षस ने अम्बेडकर को सताना नहीं छोड़ा। कॉलेज की कैंटीन एक ब्राह्मण चलाता था। वह उन्हें न पानी देता था, न चाय। अम्बेडकर ने इस तरह के अपमान से विचलित होना छोड़ दिया। वह पूरे मन से पढ़ाई करते रहे। उन्होंने बी.ए. की परीक्षा भी पास कर ली। बी.ए. करने के बाद अम्बेडकर बड़ौदा रियासत की सेना में लेफ़्टिनेंट हो गए। रियासत के बड़े-बड़े पदों पर सवर्ण हिन्दू काम करते थे। वहां छुआछूत की जड़ें बहुत गहरी थीं। चपरासी भी उनकी मेज़ पर फ़ाइल रखने से बचते थे। वे फ़ाइलों को दूर से मेज पर फेंक देते। अम्बेडकर को किराए का मकान तक न मिल सका। खाने की

व्यवस्था भी न हो पाई। एक आर्यसमाजी पंडित आत्माराम ने उन्हें अपने पास ठहराया। सामाजिक वातावरण इतना प्रतिकूल था कि अम्बेडकर को नौकरी छोड़नी पड़ी।

2 फ़रवरी, 1913 को उनके पिता का निधन हो गया। अम्बेडकर के लिए यह बहुत बड़ा आघात था। उनके शिक्षा-प्रेमी पिता को यह देखना नसीब नहीं हुआ कि एक दिन उनका पुत्र विदेश जाकर ऊंची शिक्षा प्राप्त करेगा। अम्बेडकर पहले महार युवक थे, जिन्होंने महाराजा बड़ौदा की सहायता से अमेरिका में शिक्षा पाई। अमेरिका में अम्बेडकर ने समानता और स्वतन्त्रता के वातावरण में सांस ली। अतः वह पूरी लगन से ज्ञान प्राप्त करने में जुट गए। प्रोफ़ेसर सेलिगमैन जैसे प्रसिद्ध अर्थशास्त्री के मार्गदर्शन में उन्होंने एम. ए. पास किया। उन्हें कोलम्बिया विश्वविद्यालय से भारतीय अर्थशास्त्र पर पी-एच.डी. की डिग्री मिली। अब वह डॉ. भीमराव अम्बेडकर हो गए थे।

भारत लौटने पर अम्बेडकर महाराज बड़ौदा के सैनिक सचिव नियुक्त हुए, किन्तु बाद में छुआछूत के अपमान को न सह सकने के कारण नौकरी से त्याग-पत्र देकर बम्बई आ गए। यहां कोशिश करने पर उन्हें सीडेनहम कॉलेज में प्राध्यापक का पद मिल गया। यह ईसाइयों की संस्था थी। अतः दलित होने के कारण कोई उन्हें अपमानित नहीं करता था। छात्र उनका बहुत आदर करते थे। उन्हीं दिनों उनकी दो पुस्तकों 'कास्ट्स इन इंडिया' और 'स्माल होल्डिंग्स इन इंडिया एंड देयर रेमेडीज़' का प्रकाशन हुआ।

नवम्बर, 1917 में दलित जातियों के बम्बई में दो सम्मेलन हुए। अम्बेडकर ने इनमें मांग की कि दलितों को अपने प्रतिनिधि स्वयं चुनने का अधिकार दिया जाए। 1918 में एक आयोग ने भारत के विभिन्न वर्गों के प्रतिनिधियों से देश की स्थिति सुधारने के लिए राय मांगी। अम्बेडकर ने भी सुझाया कि दलित जातियों को उनकी जनसंख्या के अनुपात में सुरक्षित सीटें मिलनी चाहिए। उनका यह मत भी था कि स्वाधीनता से पहले दलितों को सामाजिक समानता मिले।

31 जनवरी, 1920 को अम्बेडकर ने बम्बई से 'मूकनायक' साप्ताहिक अख़बार निकालना शुरू किया। सितम्बर, 1920 में वह आगे अध्ययन के लिए इंग्लैंड गए। वहां लन्दन स्कूल ऑफ़ इकोनोमिक्स एंड पोलिटिकल साइंस में दाख़िला लेकर 1923 तक अनेक विषयों का अध्ययन किया। कड़े परिश्रम का फल मिला। उन्हें अर्थशास्त्र में डी.एस-सी. की डिग्री मिली। साथ ही बोन विश्वविद्यालय में लिखी गई उनकी थीसिस 'द प्रॉब्लम ऑफ़ द रुपी' बहुत सराही गई। इसको लंदन के एक प्रकाशक ने छापा। 1923 में अम्बेडकर ने बैरिस्टरी भी पास कर ली। वह भारत लौट आए और बम्बई हाईकोर्ट में वकालत का काम शुरू कर दिया।

वकालत करते हुए डॉ. अम्बेडकर स्वयं को एक बड़ी भूमिका के लिए तैयार कर रहे थे। यह भूमिका थी सामाजिक अन्याय का विरोध करने की। अम्बेडकर के विचारों पर तीन लोगों का मुख्य प्रभाव था। ये थे, महात्मा बुद्ध, कबीर और ज्योतिबा फुले। बुद्ध से उन्हें मानसिक प्यास बुझाने वाला अमृत मिला, कबीर से भक्ति भावना मिली और ज्योतिबा फुले ने उन्हें दलितों के उद्धार का सन्देश दिया। शीघ्र ही डॉ. अम्बेडकर को अन्याय के विरोध में खड़ा होना पड़ा। कुछ ब्राह्मणों ने तीन दलित लेखकों पर मुक़दमा दायर कर दिया था। लेखकों ने अपनी पुस्तक में ब्राह्मणों पर आरोप लगाया था कि वे अछूतों पर अत्याचार करते हैं। यह मानहानि का मुक़दमा था। दलित लेखकों की पैरवी डॉ. अम्बेडकर ने की। उनकी दलीलें लाजवाब थीं। अन्त में जीत उन्हीं की हुई । इस जीत से वह देश के सारे दलितों में लोकप्रिय हो गए । बम्बई के दलितों ने कोलाबा में उनका अभिनन्दन किया।

19 और 20 मार्च, 1927 को महाड़ में एक अछूत सम्मेलन बुलाया गया। इसमें दस हज़ार प्रतिनिधि उपस्थित थे। डॉ. अम्बेडकर के आह्वान पर दलितों की भीड़ महाड़ बावड़ी की ओर चल पड़ी। अछूत उस बावड़ी का उपयोग नहीं कर सकते थे, पर उस दिन वहां दलित जमा हो गए थे। तभी सवर्ण वहां आए और दलितों पर टूट पड़े। अनेक लोगों को चोटें आईं। डॉ. अम्बेडकर ने पुलिस थाने में शरण ली।

डॉ. अम्बेडकर ने मन्दिर के लिए भी संघर्ष किया। सवर्ण हिन्दू अछूतों को मन्दिर में नहीं जाने देते थे। मई, 1930 को नासिक के कालाराम मन्दिर में प्रवेश के लिए आन्दोलन प्रारम्भ हुआ। डॉ. अम्बेडकर का विचार था कि इस प्रकार के अहिंसक आन्दोलन से सवर्ण लोगों के मन में बदलाव आएगा। इसमें पन्द्रह हज़ार पुरुषों और पांच सौ महिलाओं ने भाग लिया। एक मील लम्बा जुलूस कालाराम मन्दिर की ओर चल पड़ा। मन्दिर के द्वार बन्द थे। अतः जुलूस गोदावरी घाटी की दिशा में मुड़ गया। अन्त में दोनों पक्षों में एक समझौता हुआ। तय किया गया कि रामनवमी के दिन सवर्ण और अछूत मिलकर भगवान राम का रथ खीचेंगे, लेकिन फिर सवर्णों ने इस समझौते को मानने से इनकार कर दिया। अछूतों ने इसका भारी विरोध किया। एक साल तक मन्दिर बन्द रहा। यह आन्दोलन पांच साल तक चलाया गया।

वास्तव में डॉ. अम्बेडकर हिन्दू जाति की कमज़ोरियों को दूर करना चाहते थे। छुआछूत हिन्दू समाज पर कलंक था। वह समता के समर्थक थे। इसीलिए हमेशा वर्णों को समाप्त करने पर बल दिया करते थे। उनके अनुसार अन्तर्जातीय विवाहों से ही वर्ण व्यवस्था का अन्त हो सकता था।

डॉ. अम्बेडकर एक राजनीतिक प्राणी थे। उनके राजनीतिक महत्त्व में कभी कमी नहीं आई। मोंटफ़ोर्ड सुधारों से लेकर कैबिनेट मिशन योजना तक संविधान निर्माण-सम्बन्धी हर बैठक में डॉ. अम्बेडकर ने भाग लिया। वह दलित वर्ग के सबसे बड़े नेता थे।

1930 में पहले गोलमेज़ सम्मेलन में डॉ. अम्बेडकर ने अछूतों के लिए समान नागरिकता, नागरिक अधिकारों के निर्भय उपभोग और विधायिकाओं, सरकारी सेवाओं तथा मन्त्रिमंडल में उचित प्रतिनिधित्व की मांगें पेश कीं। 5 मार्च, 1931 को गांधी-इरविन समझौता हुआ और 7 सितम्बर, 1931 को दूसरा गोलमेज़ सम्मेलन आयोजित किया गया, जिसमें डॉ. अम्बेडकर ने अछूतों के लिए अलग निर्वाचन मंडल की मांग को दोहराया। गांधी जी ने इसका कड़ा विरोध किया, क्योंकि इससे हिन्दू समाज का बंटवारा होता था, किन्तु ब्रिटिश सरकार ने

डॉ. अम्बेडकर की मांग स्वीकार कर ली। 20 अगस्त, 1932 को पूना पैक्ट में अछूतों के लिए अलग निर्वाचक मंडल की घोषणा कर दी गई। गांधी जी ने इसके विरोध में आन्दोलन शुरू कर दिया, तो उन्हें यरवदा जेल में डाल दिया गया। वह जेल के अन्दर आमरण अनशन पर बैठ गए। पूरा देश चिन्ता में डूब गया। कांग्रेसी नेताओं ने तय किया कि किसी प्रकार गांधी जी और डॉ. अम्बेडकर में सुलह कराई जाए, नहीं तो बापू के प्राण संकट में पड़ जाएंगे। मदनमोहन मालवीय तथा अन्य नेताओं ने डॉ. अम्बेडकर को समझाने की कोशिश की। स्वयं कस्तूरबा गांधी अपने पुत्र देवदास गांधी को लेकर डॉ. अम्बेडकर से मिलीं। वह अपने साथ गांधी जी का पत्र भी ले गई थीं।

पत्र पाकर डॉ. अम्बेडकर चिन्तित हो उठे और उन्होंने समझौता कर लिया। गांधी जी ने अपना अनशन समाप्त कर दिया। जेल से रिहा होने पर उन्होंने हरिजनों की स्थिति सुधारने का बीड़ा उठाया और 'अखिल भारतीय छुआछूत निवारक संघ' की स्थापना की गई। डॉ. अम्बेडकर ने सुझाव दिया कि संघ में अछूतों का बहुमत हो और उसे अछूतों के आर्थिक, सामाजिक, शैक्षिक और राजनीतिक उत्थान के लिए काम करना चाहिए। बाद में गांधी जी ने संघ का नाम 'हरिजन सेवक संघ' कर दिया। उन्होंने 'हरिजन' नामक एक साप्ताहिक अख़बार भी निकालना शुरू किया। इस प्रकार कांग्रेस के हरिजन-उद्धार कार्यक्रमों में तेज़ी आ गई। कहना ग़लत न होगा कि इन कार्यक्रमों के पीछे डॉ. अम्बेडकर का ही प्रभाव था।

डॉ. अम्बेडकर का सार्वजनिक जीवन बहुत व्यस्त था। इसमें एक निजी दुखद घटना से कुछ बाधा आई। उनकी पत्नी रामाबाई का 20 मई, 1935 को उनका निधन हो गया। रामाबाई के स्वर्गवास से डॉ. अम्बेडकर बहुत दुखी हुए। यहां तक कि कुछ समय के लिए उनमें विरक्ति की भावना आ गई। वह बैरागी के कपड़े पहनने लगे। उन दिनों लोगों ने उन्हें बाबा साहब कहना शुरू कर दिया। इस तरह उनका दूसरा नाम बाबा साहब भीमराव अम्बेडकर पड़ा। डॉ. अम्बेडकर दलितों के प्रति समर्पित थे। उनके हितों की उन्हें बहुत चिन्ता थी। अतः वह देर तक सार्वजनिक जीवन से दूर न रह सके।

दलितों का अपना कोई राजनीतिक मंच नहीं था। इस कमी को दूर करने के लिए डॉ. अम्बेडकर ने 1936 में इंडिपेंडेंट लेबर पार्टी का गठन किया। इस पार्टी ने पुरानी बम्बई प्रेसीडेंसी से आम चुनाव लड़ा, क्योंकि यही क्षेत्र उनकी गतिविधियों का केन्द्र था। यहां अछूतों के लिए पन्द्रह सीटें तय की गई थीं। डॉ. अम्बेडकर की पार्टी ने उनमें से तेरह सीटें जीतीं। पार्टी ने दो असुरक्षित सीटों पर भी विजय प्राप्त की। डॉ. अम्बेडकर ने कांग्रेसी उम्मीदवार विख्यात क्रिकेट खिलाड़ी पी. बालू को हराया। कांग्रेस ने इसलिए चुनाव लड़ा था, क्योंकि वह उस एक्ट को रद्द करवाना चाहती थी, जिसमें अछूतों को हिन्दुओं से अलग माना गया था। डॉ. अम्बेडकर इस एक्ट के समर्थक थे। उन्होंने यह चुनाव लड़कर यह सिद्ध करने का प्रयास किया कि कांग्रेस अछूतों का प्रतिनिधित्व नहीं करती।

2 जुलाई, 1942 को डॉ. अम्बेडकर वायसराय की कार्यकारिणी कौंसिल में श्रम सदस्य नियुक्त किए गए। यह पहला मौक़ा था, जब एक अछूत हिन्दू को वायसराय की कौंसिल में लिया गया। डॉ. अम्बेडकर ने कहा, "यदि ऐसा नहीं होगा, तो अछूत कभी शासक जाति नहीं बन सकेगी।" उनकी नियुक्ति ब्राह्मणों के लिए एक बड़ा आघात था।

दूसरा विश्वयुद्ध चल रहा था। डॉ. अम्बेडकर ने श्रमिकों से कहा कि वे इंग्लैंड का साथ देकर हिटलर को पराजित करें, इसीलिए उन्होंने युद्ध का सामान तैयार करने वाले कारख़ानों में विशेष रुचि दिखाई।

1942 को जब कांग्रेस ने 'भारत छोड़ो' आन्दोलन और 'करो या मरो' का नारा दिया, तो डॉ. अम्बेडकर ने भारत छोड़ो आन्दोलन का समर्थन नहीं किया। उनका विचार था कि युद्ध जीत जाने पर इंग्लैंड स्वयं भारत को आज़ाद कर देगा। कांग्रेस ने डॉ. अम्बेडकर की तीखी आलोचना की। युद्ध समाप्त होने पर ब्रिटिश सरकार ने भारतीय नेताओं से बातचीत करने के लिए मार्च, 1946 में कैबिनेट मिशन को यहां भेजा। उसमें ब्रिटिश मन्त्रिमंडल के सदस्य थे।

डॉ. अम्बेडकर ने अछूतों की ओर से मिशन को एक स्मरण-पत्र दिया।

पत्र में अछूतों के लिए अलग मतदान प्रणाली के अलावा विधान सभाओं, मन्त्रिपरिषदों, सरकारी पदों और लोक सेवा आयोगों में संरक्षण की मांग की गई। दलित जातियों में शिक्षा का प्रसार करने के लिए अलग से कोष बनाने की मांग भी पत्र में शामिल थी। कैबिनेट मिशन से उन्हें अनुकूल उत्तर प्राप्त नहीं हुआ। अतः डॉ. अम्बेडकर ने दलितों की राजनीतिक गतिविधियों में तेज़ी लाने पर विचार किया। उन्होंने इसी उद्देश्य के लिए अखिल भारतीय अनुसूचित जाति संघ की स्थापना की और डटकर संघर्ष करते रहे।

ब्रिटिश संसद ने 15 जुलाई, 1947 को भारतीय स्वाधीनता विधेयक पास कर दिया। मन्त्रिमंडल का गठन किया गया। पंडित नेहरू ने डॉ. अम्बेडकर को अपना विधि मन्त्री बनाया। उन्होंने देश के हित में कांग्रेस का विरोध त्याग दिया। विधि मन्त्री के रूप में डॉ. अम्बेडकर का प्रमुख काम संसद में हिन्दू कोड बिल पेश करना था। उन्होंने मौजूदा हिन्दू कोड में चार मुख्य बातें और जोड़ी – 1. जन्मजात अधिकार के सिद्धान्त की समाप्ति, 2. महिलाओं को सम्पत्ति के पूर्ण अधिकार, 3. पिता की सम्पत्ति में पुत्री का अधिकार और 4. तलाक की व्यवस्था। इस बिल का कट्टर हिन्दुओं ने जमकर विरोध किया। पं. नेहरू ने कहा कि यदि संसद ने बिल पास न किया, तो वह इस्तीफ़ा दे देंगे। सरदार पटेल भी हिन्दू कोड बिल के विरोधी थे।

संसद में बिल की अनेक धाराओं में केवल चार ही पास हो सकीं। शेष धाराओं पर बहस अगले अधिवेशन के लिए स्थगित कर दी गई। यह इसलिए किया गया, क्योंकि देश में बिल का कड़ा विरोध हो रहा था। डॉ. अम्बेडकर बहुत निराश हुए। 27 सितम्बर, 1951 को उन्होंने नेहरू मन्त्रिमंडल से इस्तीफ़ा दे दिया।

देश की सेवा और दलितों के हितों की रक्षा के लिए वह संविधान बनाने में जुटे। इस सम्बन्ध में उनके विचार स्पष्ट और प्रगतिशील थे। वास्तव में भारतीय संविधान की रचना डॉ. अम्बेडकर की देश को सबसे बड़ी देन है, जो 26 जनवरी, 1950 को लागू किया गया।

14 अक्टूबर, 1956 को उन्होंने अपने हज़ारों अनुयायियों के साथ बौद्ध धर्म की दीक्षा ले ली। दीक्षा के बाद उन्होंने कहा, "गले-सड़े धर्म को त्याग कर जो असमानता और उत्पीड़न को मान्यता देता है, मैं आज एक नया जन्म ले रहा हूं और नरक से मुक्ति प्राप्त कर रहा हूं।" उन्होंने घोषणा की, "मैं हिन्दू धर्म को त्यागता हूं।"

धर्म-परिवर्तन के बाद डॉ. अम्बेडकर काठमांडू गए। वहां विश्व बौद्ध सम्मेलन हो रहा था। 15 नवम्बर, 1956 को नेपाल नरेश महेन्द्र ने इसका उद्घाटन किया। इस अवसर पर दिए गए अपने भाषण में उन्होंने बौद्ध धर्म को समानता के लिए विकल्प बताया।

उनके स्वास्थ्य में निरन्तर गिरावट आ रही थी। वह डायबिटीज़ रोग से पीड़ित थे। 5 दिसम्बर की रात को उन्होंने 'द बुद्ध एंड हिज़ रिलीजन' नामक पुस्तक पूरी की । इसके बाद उन्हें तुरन्त नींद आ गई। वह इसी के साथ चिरनिद्रा में डूब गए। यह 1956 का साल था।

भारत के इतिहास पर अपनी अमिट छाप छोड़कर डॉ. अम्बेडकर ने संसार से विदा ली। कृतज्ञ राष्ट्र ने उनकी सेवाओं को याद करते हुए 1990 में उन्हें मरणोपरान्त भारतरत्न के सम्मान से विभूषित किया।

23

नेलसन मंडेला

भारतरत्न 1990

अपने परिवार से अलग, अपनी मां से दूर, अपने ही देश में ग़ैरों की तरह कंगालों जैसा जीवन व्यतीत करने वाले, संघर्ष को ही अपना जीवन समझने वाले और अन्तिम सांस तक आज़ादी के लिए जूझने वाले नेलसन मंडेला का जन्म 18 जुलाई, 1918 को दक्षिण अफ्रीका के ट्रांसकायी स्थित अमटाटा गांव में टाम्बू क़बीले के एक साधारण किसान परिवार में हुआ था। उनके पिता का नाम हैनरी था, जो एक सीधे-सादे और अनपढ़ व्यक्ति थे। 1930 में उनके पिता चल बसे और बालक नेलसन क़बीले के मुखिया डेविड के संरक्षण में पलने लगे।

नेलसन मंडेला ने अपने माता-पिता की लीक से हटकर शिक्षा प्राप्त की। वह अफ्रीका विश्वविद्यालय से कला स्नातक बने। उनमें राष्ट्रीय भावना बचपन से ही कूट-कूटकर भर चुकी थी। बड़ों से वह अपने क़बीले की गौरव-गाथाएं सुना करते थे। क़बीले का राजा किस प्रकार अपने मन्त्रियों की सलाह लेकर न्याय का शासन चलाता था। हरे-भरे जंगलों से सजे हुए उनके प्यारे देश पर उन्हीं का राज था। सब कुछ अपना ही था। अपनी सेना। अपना क़ानून। अपना जीवन । एकदम स्वतन्त्र । अपनी इस स्वतन्त्रता को बचाने के लिए यहां के पूर्वजों ने बड़ी बहादुरी से जंग लड़ी थी। यूरोप से पहुंचे श्वेत विदेशी आस्तीन के सांप बन गए। इतना सुनते-सुनते युवक मंडेला की भुजाएं फड़क उठती थीं। ज़बर्दस्त जोश से उसकी छाती फूल जाती थी। उसका मन उत्साह और उमंग की भावना से भर जाता था।

सोलह वर्ष की उम्र में क़बीले के रीति-रिवाज के अनुसार वाशी नदी के तट पर विधि-विधान से नेलसन मंडेला को बड़ा मान लिया गया। उन्हें इम्बीजों के क़बीले की पंचायत में शामिल किया गया। जब वह तेईसवें वर्ष में चलने लगे, तो मुखिया डेविड ने नेलसन का विवाह कराने का विचार बनाया। मंडेला के लिए जो लड़की पसन्द की गई, वह काफ़ी स्वस्थ शरीर की थी। शादी के लिए आदान-प्रदान की रस्म, जिसे वहां की स्थानीय भाषा में लो बोला कहा जाता है, वह भी अदा कर दी गई, लेकिन नेलसन को लड़की पसन्द नहीं थी। मना करना भी बूते के बाहर था। वह बड़े धर्मसंकट में फंस गए।

एक दिन नेलसन मंडेला अपने बड़े भतीजे मितरारा को साथ लेकर भाग निकले और जोहान्सबर्ग पहुंच गए। वहां उन्होंने क्राउन खदान कम्पनी में नौकरी कर ली। बाद में नेलसन एक और जगह प्रॉपर्टी डीलिंग के कार्यालय में दो पाउंड प्रति माह और कमीशन पर क्लर्क के रूप में काम मिल गया। एक वर्ष बाद वेटिकन, साइडैल्स्की एंड एडिलमैन नामक एक एटार्नी फ़र्म में काम मिल गया। यह गोरों की फ़र्म थी। यहां काम करके उन्होंने अच्छी तरह समझ लिया कि गोरे लोग अपने अहंकार को कभी नहीं भूलते। जोहान्सबर्ग में नेलसन का सर्वप्रथम परिचय वाल्टर सिसुलू से हुआ। परिचय गहरी दोस्ती में बदल गया। सिसुलू ने उनकी प्रतिभा को परख लिया। इसलिए उन्होंने नेलसन को क़ानून पढ़ने की नेक सलाह दी।

1944 में नेलसन मंडेला अफ़्रीकी राष्ट्रीय कांग्रेस के सदस्य बन गए। उन्होंने सिसुलू, ओलिवर टाम्बो, ऐंटन लैम्बेदी और अन्य उत्साही नौजवानों के सहयोग से यूथ लीग का गठन किया। उसके नियमों में अफ़्रीकियों के उत्थान और आज़ादी पर विशेष बल दिया गया। जब अफ़्रीकी राष्ट्रीय कांग्रेस के सम्मेलन का आयोजन किया गया, उसी समय नेलसन मंडेला को युवा संघ का महासचिव चुन लिया गया। 1948 में एक दुखद घटना हुई। प्रजातीय अलगाव और रंगभेद नीति का नारा देकर अफ़्रीका में अंग्रेज़ सरकार बन गई । शासन प्रणाली गुलामी से भी बदतर थी। यहां के मूल निवासी पहले की तुलना में और भी ज़्यादा गुलाम बन गए, परन्तु एक वर्ष के अन्दर ही नेलसन और उसके साथियों ने

सविनय अवज्ञा जैसे आन्दोलन द्वारा अफ़्रीकी राष्ट्रीय कांग्रेस को जुझारू और मज़बूत बना दिया।

1950 में मई दिवस के अवसर पर जब अठारह शान्तिप्रिय प्रदर्शनकारियों को पुलिस ने भून दिया, तो अफ़्रीकी राष्ट्रीय कांग्रेस ने पूरे देश में 'काम रोको' आन्दोलन खड़ा कर दिया। 26 जून, 1950 को सारे देश में विरोध दिवस मनाया गया। इतना ही नहीं, दो वर्ष बाद रंगभेद नीति के अनुचित और अमानवीय नियमों के खिलाफ़ अभियान छेड़ दिया। इस अभियान में लोगों ने अनुशासन और शान्ति के साथ उन जगहों में प्रवेश किया, जो केवल गोरे लोगों के लिए ही थे। इस अभियान में प्रवासी भारतीयों ने भी वहां के लोगों का साथ दिया। इसमें 8,500 गिरफ़्तारियां की गईं।

जोहान्सबर्ग में अवज्ञा आन्दोलन में भाग लेने के अपराध में नेलसन मंडेला को गिरफ़्तार कर लिया गया। इस समय उनके पचास कार्यकर्ता भी साथ थे। यह जून, 1952 की घटना है। उन्हें धकेलते हुए मार्शल स्क्वायर ले जाया गया और उनके साथ जानवरों जैसा व्यवहार किया गया।

इसी बीच मंडेला को अफ़्रीकी राष्ट्रीय कांग्रेस की ट्रांसवाल शाखा का अध्यक्ष चुन लिया गया। गोरी सरकार की आंखों में उनकी बढ़ती लोकप्रियता खटक रही थी। अतः 11 दिसम्बर, 1952 को उन पर प्रतिबन्ध लगा दिया गया कि जोहान्सबर्ग से बाहर कहीं नहीं जाएं और न किसी आमसभा में भाग लें। तीन वर्ष के प्रतिबन्ध के दौरान भला मंडेला कहां चुप बैठने वाले थे। उन्होंने जोहान्सबर्ग में ही शोषितों और पीड़ितों की ख़ातिर वकालत शुरू कर दी। मंडेला ने उन सभी के मुक़दमों में रंगभेद नीति की धज्जियां उड़ा दीं।

26 जून, 1955 को क्लिप टाउन में कांग्रेस के साथ मिलकर सभी अफ़्रीकी जातियों के लगभग तीन हज़ार लोगों ने आज़ादी का मांगपत्र जारी किया। इस अभियान में क़लम चलाने वाले क्लर्कों, ट्रेड यूनियन के कार्यकर्ताओं, घर में कामकाज करने वाली गृहिणियों तक का भरपूर समर्थन मिला था। इसका नेतृत्व किया था नेलसन मंडेला ने।

इसके बाद कांग्रेस को जुझारू बनाने के लिए मंडेला ने उसका नए तरीक़े से गठन किया। श्वेत सरकार ने उनकी आगामी योजना को ध्वस्त करने के लिए 5 सितम्बर, 1956 को प्रातःकाल 156 कार्यकर्ताओं को उनके घर से गिरफ़्तार कर लिया। उनमें मंडेला और उनके सहयोगी लुटली, ओलिवर, टाम्बो और वाल्टर सिसुली भी शामिल थे। अभियोग था – राजद्रोह। गोरी सरकार अपराध सिद्ध न कर सकी और उन्हें छोड़ दिया गया। नेलसन मंडेला का विवाह ट्रांसकायी के मन्त्री कोलम्बस माडिकिजेला की बेटी नोम्जामो रिनी माडिकिजेला के साथ 1958 में हुआ। वह जोहान्सबर्ग में समाज-सेवा के कार्य करती थीं।

गोरी सरकार 31 मई, 1961 को गणतन्त्र दिवस मनाने की तैयारी में थी। मंडेला ने प्रधानमन्त्री डॉ. फ़ेयर फुट को पत्र लिखा और इस बात पर दुख व्यक्त किया कि उनकी हुकूमत में अफ्रीकी कीड़े-मकोड़ों जैसी ज़िन्दगी गुज़ारने पर मजबूर हैं। इस ख़तरनाक और मानवता विरोधी स्थिति को रोकने के लिए दक्षिण अफ्रीकीयों राष्ट्रीय संघ बनाया जाए, नहीं तो 29 मई को सारे देश में 'घर पर बैठो' अभियान छेड़ दिया जाएगा।

सरकार ने उनकी एक न सुनी और लोगों को गिरफ़्तार करना शुरू कर दिया। मंडेला भूमिगत हो गए। अभियान फिर भी रुका नहीं। गोरी सरकार की कड़ी चेतावनी के बावजूद हड़ताल कामयाब रही। मंडेला ने सिंह गर्जना की कि सरकार की कुटिल नीतियों को हमारी अहिंसात्मक कार्यवाही के आगे झुकना पड़ेगा। प्रिटोरिया सरकार की बर्बर कार्यवाहियों के कारण जनता में असन्तोष का ज्वालामुखी सुलगने लगा था। छः महीने के भीतर ही 16 दिसम्बर, 1961 को एक विस्फोट हुआ। जिस दिन गोरी सरकार अपना विजय दिवस मना रही थी, सभी सरकारी संस्थानों में एक ज़बर्दस्त कार्यवाही की गई।

'उमखांटो' अर्थात 'देश छोड़ो' के नारे से आकाश गूंज उठा। जनता के हाथों में घोषणा-पत्र लहरा रहा था। नेलसन मंडेला भूमिगत होकर आन्दोलन चला रहे थे। पुलिस उन्हें छू तक नहीं सकी। 1962 में पैन अफ्रीकी कांग्रेस के मंच पर अचानक प्रकट होकर मंडेला ने घोषणा की कि आज सम्पूर्ण दक्षिण

अफ़्रीका जातीय संघर्ष फूट के कारण टूट गया है और देशभक्तों के रक्त से सना हुआ है। सारे श्रोताओं में देशभक्ति की लहर दौड़ गई। मंडेला फिर ग़ायब हो गए और पुलिस हाथ मलती रह गई। भूमिगत रहते हुए मंडेला ने लंदन और अल्जीरिया का दौरा किया। वहां के नेताओं से भेंट की और 5 अगस्त, 1962 को देश वापस लौट आए। तब किसी मुख़बिर की सूचना पर सरकार ने उन्हें पकड़ लिया।

जून, 1964 में उनके मुक़दमे का फैसला सुनाया जाना था। चार दिन पूर्व ही उन्होंने प्रिटोरिया जेल से लंदन विश्वविद्यालय की क़ानून की परीक्षा दी थी। न्यायालय से जेल तक जाने वाले सभी मार्गों पर जनता अपने प्यारे नेता के सम्मान में सामूहिक स्वर में राष्ट्रगान गा रही थी। जनता के दिलों में उत्साह और भारी जोश था, जो लगातार नारों के रूप में व्यक्त हो रहा था। मंडेला को बन्दी बनाकर रॉबेन द्वीप भेज दिया गया। वहां कारावास के दौरान उनसे पत्थर तुड़वाए गए। समुद्र से काई निकलवाई गई। बहुत अधिक शारीरिक और मानसिक कष्ट दिया गया। दिन-भर कमर तोड़ काम और भोजन के नाम पर कुछ रोटी और सालन, लेकिन उन्होंने हार नहीं मानी। 1990 में 27 वर्ष बाद उन्हें मुक्त किया गया।

आख़िर उनके प्रयासों से अन्ततः दक्षिण अफ़्रीका स्वतन्त्र हुआ। गोरी सरकार को अपना मुंह छिपाकर वहां से भागना पड़ा। 10 मई, 1994 को वह अपने देश के राष्ट्रपति चुने गए।

1979 में नेलसन मंडेला को भारत सरकार द्वारा जवाहरलाल नेहरू अन्तर्राष्ट्रीय सद्भावना पुरस्कार से सम्मानित किया गया। उनकी पत्नी ने भारत आकर यह पुरस्कार प्राप्त किया। भारतवर्ष ही ऐसा देश है, जिसने सर्वप्रथम उन्हें सम्मानित किया था। 1990 में भारत सरकार ने इस महान स्वतन्त्रता सेनानी को सर्वोच्च उपाधि भारतरत्न से विभूषित करके उसकी सेवाओं की भूरि-भूरि प्रशंसा की। स्वाधीनता की रक्षा का यह यज्ञ आज भी निरन्तर और अबाध गति से चल रहा है।

24

राजीव गांधी

भारतरत्न 1991

“**मेरा** संकल्प है कि जन सेवा को और बेहतर बनाया जाए। मैं इस सेवा में लगे सभी लोगों से कहना चाहता हूं कि अगर वे लगन और निष्ठा से काम करेंगे, तो उन्हें बाहरी दबाव और दख़लअन्दाज़ी से पूरी सुरक्षा दी जाएगी, लेकिन भ्रष्ट, आलसी और निकम्मे लोगों को बर्दाश्त नहीं किया जाएगा।” यह बात कहने वाले राजीव गांधी वास्तव में स्वच्छ प्रशासन के हामी थे और उन्होंने सारी बुराइयों को जड़-मूल से नष्ट करने का प्रयत्न किया।

राजीव जी का जन्म 20 अगस्त, 1944 को मुम्बई के डॉ. शिरोडकर नर्सिंग होम में हुआ था। वह अपनी मां इन्दिरा गांधी, नाना पं. जवाहरलाल नेहरू और पिता फ़िरोज़ गांधी की राजनीतिक विरासत को उन्हीं के बताए रास्ते पर चलाने के लिए वचनबद्ध थे।

सम्बन्धियों और मित्रों ने जब राजीव के जन्म की ख़बर सुनी, तो सबके दिलों में ख़ुशी की लहर दौड़ गई। नवजात शिशु की कोमल मुस्कान देखकर घर का वातावरण झूम उठा। पंडित नेहरू उन दिनों जेल में थे। उन्होंने इन्दिरा जी को अपनी इच्छा कहला भेजी कि बच्चे का नाम उसकी नानी के नाम पर ही रखा जाए। इसलिए उसका नाम रखा गया, राजीव रत्न गांधी । कमल का एक पर्यायवाची शब्द राजीव भी होता है। रत्न शब्द का मतलब जवाहर से होता है। अतः यह हुआ राजीव रत्न यानी कमला और जवाहर का नवासा।

कहा जाता है कि बालक की प्रथम गुरु मां होती है। बच्चे अपने माता-पिता

को जैसा काम करते हुए देखते हैं, वैसे ही गुण स्वतः उनमें समाते चले जाते हैं। बालक राजीव भी मौन रहकर अपने माता-पिता के क्रियाकलापों से प्रेरणा ग्रहण करते रहते थे।

राजीव बड़े मिलनसार, खुशमिज़ाज, काम को पूरी लगन से करने वाले बालक थे। वह ग़रीबों और बीमारों की सहायता में दिलचस्पी लेते थे। उन्हें बाग़-बग़ीचे और बढ़िया फ़र्नीचरों का बड़ा शौक़ था। मशीनों के प्रति लगाव ने उन्हें होनहार बनाया। गृहस्थ जीवन को व्यवस्थित रूप में निभाना, पत्नी से बेहद प्रेम, अदम्य साहस, निर्भीकता, देश के प्रति समर्पण की भावना, रोज़मर्रा के जीवन को नियमित रखने जैसी आदतें माता से प्राप्त करने लगे। इन्हीं गुणों के कारण बाद में राजीव की कार्यप्रणाली विश्व-भर में चर्चित हुई।

15 अगस्त, 1947 को देश आज़ाद हुआ और पंडित जवाहरलाल नेहरू स्वाधीन भारत के प्रथम प्रधानमन्त्री बने। उनका निवास-स्थान तीनमूर्ति भवन को बनाया गया। नेहरू जी की यह ज़बर्दस्त इच्छा थी कि इन्दिरा जी इस विशाल भवन में सपरिवार उनके साथ ही रहें, लेकिन फ़िरोज गांधी देश को गुलामी से मुक्त कराने के बाद देश-निर्माण के कार्यों में जुटे रहे । तीनमूर्ति भवन की चारदीवारी में अपने आपको समेटना नहीं चाहते थे। देश सेवा ही उनका प्रथम लक्ष्य था। अतः उन्होंने अपनी पत्नी इन्दिरा गांधी को दोनों बालकों सहित तीनमूर्ति भवन में रहने की इजाज़त दे दी। वैसे बच्चों और इन्दिरा जी से मिलने वह बराबर वहां जाते रहे।

बालक राजीव जब बड़े हो गए, तो उन्हें दिल्ली के कर्ज़न रोड स्थित 'शिव निकेतन' स्कूल भेजा गया। यह स्कूल एक जर्मन महिला एलिज़ाबेथ गाबा चलाती थीं। दोनों बच्चे बड़े हुए तो बोर्डिंग स्कूल गए। 1955 में संजय के साथ उन्हें देहरादून के दून स्कूल में दाख़िल करवा दिया गया । इसके बाद राजीव को पढ़ने के लिए विलायत भेजा गया। एक वर्ष तक इस्पीरियल कॉलेज में और उसके बाद मैकेनिकल इंजीनियरिंग के लिए ट्रिनिटी कॉलेज में दाख़िला ले लिया।

कमज़ोर का पक्ष लेना और जीवों पर दया करना, राजीव के मन में ये दो भावनाएं ऐसी जम गई थीं कि यदि वह अपने भाई अथवा किसी अन्य को इसके ख़िलाफ़ पाते, तो उसे डांटते और इसका महत्त्व समझाते। सभी से भविष्य में किसी जीव को न सताने का संकल्प करवाते। कितने ही ऐसे अवसर आए, जब राजीव ने संजय को इन बातों पर ख़ूब समझाया तथा स्नेह का पाठ पढ़ाया। राजीव के व्यक्तित्व में इस भावना की तीव्रता सहज ही देखी जा सकती थी।

भारत की तुलना वह विदेशों से करते और देश की जड़ों में जो कमियां छिपी हुई थीं, उनके विषय में दोस्तों से राय-मशविरा किया करते। अपनी कल्पना में वह भारत को विश्व का महान आत्मनिर्भर देश देखना चाहते थे। उनका सपना था कि चारों ओर खुशहाली हो और कोई भी भूखा न रहे। सभी के लिए अनिवार्य रोटी, कपड़ा और मकान के लिए चिन्तित रहते।

राजीव विलायत में थे, तभी उनकी मुलाक़ात इंग्लैंड में एक समारोह में सोनिया माइनो नामक युवती से हुई। इसी युवती के साथ भारत में 25 फ़रवरी, 1968 को राजीव का विधिवत विवाह सम्पन्न हो गया।

इन्दिरा जी ने आपात-काल की घोषणा कर दी थी, क्योंकि देश में चारों ओर अव्यवस्था व असन्तोष फैला हुआ था। आपात-काल का उद्देश्य था, देश को अराजकता से बचाना और आर्थिक स्थिति सुधारना। उसके बाद 1977 के चुनावों में इन्दिरा गांधी चुनाव हार गईं। जनवरी, 1980 में मध्यावधि चुनाव की नौबत आ गई और इस बार फिर से कांग्रेस सत्ता में आ गई।

अचानक जून, 1980 में एक हवाई दुर्घटना में संजय गांधी की मृत्यु हो गई। अब इन्दिरा जी को केवल राजीव का ही सहारा था। अतः मां की मदद के लिए वह राजनीति में चले आए। संजय की मृत्यु से पहले उन्होंने राजनीति की ओर रुख़ करने की बात कभी सोची नहीं थी। संजय गांधी के निधन के कारण नेतृत्व में जो रिक्तता आ गई थी, उसे भरने के लिए राजीव के नाम पर ही विचार किया जा रहा था। लगभग सत्रह सांसदों ने मिलकर एक प्रस्ताव

पारित किया और उस पर सबने हस्ताक्षर किए। राजीव पहले तो काफ़ी टालते रहे पर बाद में उन्हें मंजूर करना ही पड़ा। वैसे राजीव अपनी छुट्टियों के दौरान मां का हाथ बंटाते ही थे और प्रधानमन्त्री से मिलने आने वाले ख़ास व्यक्तियों से मिलते भी थे। उनसे विचार-विमर्श भी करते थे।

राजीव का व्यक्तित्व, उनका देश के प्रति समर्पण भाव, नेहरू परिवार के देश पर छाए हुए असर जैसे गुणों ने राजीव को जल्दी ही लोकप्रिय बनाकर बुलन्दी पर बैठा दिया।

फ़रवरी, 1981 में राजीव ने दिल्ली में एक विशाल किसान रैली का आयोजन किया। एक अनुमान के अनुसार इस रैली में लगभग 50 लाख किसान आए थे। उन्होंने लगभग 25 हज़ार कार्यकर्ताओं के लगातार सहयोग से रेली की तैयारी की थी। अतः यह कहा जा सकता है कि उसी दिन राजीव गांधी ने सक्रिय राजनीति में प्रवेश किया। उस समय उन्होंने उत्तम क़िस्म का बीज एवं खाद उपलब्ध कराने के विषय में सरकार का ध्यान आकर्षित किया। अपने विचारों को किसानों के सामने रखकर उन्होंने किसानों का दिल जीत लिया। समय पर सिंचाई के लिए किसानों को पानी मिले, इसके लिए सरकार से बिजली भी भरपूर मात्रा में देने का अनुरोध किया।

30 अप्रैल, 1981 को युवा कांग्रेस की राष्ट्रीय समिति ने एकमत से पारित प्रस्ताव द्वारा राजीव गांधी से चुनाव लड़ने के लिए अनुरोध किया। कांग्रेस संसदीय दल की बैठक हुई। बैठक में चुनाव के लिए उम्मीदवारों पर चर्चा आरम्भ हुई, तो वसन्तदादा पाटिल ने अमेठी चुनाव क्षेत्र से राजीव गांधी के नाम का प्रस्ताव रखा। इससे पूर्व अमेठी संजय गांधी का चुनाव क्षेत्र रहा था। अमेठी की सीट उनके देहान्त के बाद ख़ाली था। 9 जून को चुनाव हुआ और 16 जून को घोषित परिणामों के अनुसार अमेठी ने भरपूर प्यार के साथ राजीव गांधी को अपना प्रतिनिधि चुनकर लोकसभा में भेज दिया। यहां से राजीव गांधी का राजनीतिक सफ़र आरम्भ हुआ। 17 अगस्त को राजीव ने लोकसभा में सदस्यता की शपथ ग्रहण की।

यह उनके लिए अच्छा था कि वह सांसद हो गए थे। कुछ आलोचकों को उनका मां के कामों में हाथ बंटाना अकारण अखर रहा था, लेकिन अब वह विधिवत मां के कामों में उनकी मदद करके लोगों के मुंह बन्द कर सकते थे। राजीव गांधी ने सांसद बनने के बाद अनेक कार्यक्रम बनाए। वह अपने क्षेत्र के लोगों की दिक़्क़तें जानने के लिए निरन्तर दौरे करते रहे। उन्होंने लोगों को क्षेत्र में आते रहने का विश्वास दिलाया। इस विश्वास को उन्होंने अन्त तक बनाए रखा और क्षेत्र में कमी किसी को कहने का मौक़ा नहीं दिया कि उनका नेता चुनाव जीतने के बाद क्षेत्र में नहीं आता।

1984 के उत्तरार्द्ध में पंजाब की समस्या देश के लिए एक भीषण चुनौती के रूप में उभरकर सामने आई थी। इसी का ही नतीजा था कि 31 अक्टूबर, 1984 को कायरता और बर्बरतापूर्ण तरीक़े से प्रधानमन्त्री इन्दिरा गांधी की उनके ही निवास स्थान पर नृशंस हत्या कर दी गई। उन्हीं के दो अंगरक्षकों ने उन पर गोलियां चलाकर उनका शरीर छलनी कर दिया। इन्दिरा जी की दुखद मृत्यु से भारत ने राजनीतिक और आर्थिक विकास के निर्णायक समय में एक समर्पित और प्रतिभावान नेता खो दिया।

इन्दिरा गांधी की हत्या का समाचार राजीव जी को भेजा गया। वह पार्टी के कार्य से कलकत्ता गए हुए थे। सूचना मिलते ही वह तुरन्त वहां से चल दिए। चारों ओर हाहाकार मचा हुआ था। देशभर में साम्प्रदायिक तनाव फैल गया। लोग ख़ूनी खेल खेलने लगे। दिल्ली में यह आग भयंकर रूप से फैली। राजीव जी ने उस गर्म वातावरण पर क़ाबू पाने का भरसक प्रयत्न किया। वह दिल्ली में घूम-घूमकर लोगों को शान्त रहने के लिए समझा रहे थे।

श्रीमती गांधी की मृत्यु के बाद जिस सहजता से उसी दिन राजीव गांधी को कांग्रेस के संसदीय दल द्वारा नेता चुना गया। इसकी उम्मीद किसी को भी नहीं थी, लेकिन अब उन्हें प्रधानमन्त्री तो बनना ही था।

12 नवम्बर, 1984 को प्रसारित राष्ट्र के नाम सन्देश में उन्होंने घोषणा की, "मेरा संकल्प है कि जन-सेवा को बेहतर बनाया जाए। मैं इस सेवा में

लगे सभी लोगों से कहना चाहता हूं कि अगर वे लगन और निष्ठा से काम करेंगे, तो उन्हें बाहरी दबाव और दखलअन्दाज़ी से पूरी सुरक्षा दी जाएगी, लेकिन भ्रष्ट, आलसी और निकम्मे लोगों को बर्दाश्त नहीं किया जाएगा।"

प्रधानमन्त्री का पद भार संभालने के बाद नए युग का सूत्रपात हुआ। उन्होंने एक महत्त्वपूर्ण कार्य और किया। तुरन्त नए चुनावों की घोषणा कर दी। 1984 में आठवीं लोकसभा के लिए चुनाव प्रचार के लिए उन्होंने सारे भारत का तूफ़ानी दौरा किया। चुनाव सम्पन्न हुए। पिछले सभी रिकॉर्डों को तोड़कर उन्होंने नया रिकॉर्ड बनाया। जनता ने जितने प्रचंड बहुमत से राजीव गांधी को प्रधानमन्त्री पद पर बैठाया, वह कल्पना से परे था। यह भारत की राजनीति में एक नए धूमकेतु का उदय था।

30 जनवरी, 1985 को आठवीं लोकसभा के पहले सत्र में राजीव गांधी ने दल-बदल सम्बन्धी एक विधेयक प्रस्तुत किया। इस विधेयक का सभी राजनीतिक दलों ने खुले दिल से स्वागत किया। राजीव गांधी का मुख्य उद्देश्य ईमानदार, निष्ठावान और कार्य करने वाली सरकार की स्थापना करना और भारत की स्थिति को विदेशों में ऊंचा उठाना था। इसलिए नेहरू जी की तरह विदेश मन्त्रालय अपने पास ही रखा।

उन्होंने 28 जनवरी, 1985 को दिल्ली के विज्ञान भवन में छः राष्ट्रों के शासनाध्यक्षों का शिखर सम्मेलन आयोजित किया। सम्मेलन में परमाणु हथियारों के परीक्षण और होड़ पर रोक लगाने की मांग की गई और सुझाव दिया गया कि इस पर ख़र्च होने वाले धन को विकास कार्यों के लिए किया जाए। इस घोषणा पर भारत, यूनान, स्वीडन, अर्जेंटीना, मैक्सिको और तंजानिया ने हस्ताक्षर किए। अन्तर्राष्ट्रीय मंच पर राजीव गांधी का यह पहला क़दम था। यह भगवान बुद्ध, महात्मा गांधी और नेहरू की शान्ति, अहिंसा और सहअस्तित्व की विरासत को आगे बढ़ाने वाला एक सराहनीय एक क़दम था।

राजीव गांधी ने महसूस किया कि देश के नागरिकों की सेवा करने और उनकी समस्याओं को सुलझाने के लिए देश को निकट से देखना बेहद ज़रूरी

है। यही सोचकर उन्होंने सम्पूर्ण भारत-दर्शन का कार्यक्रम बनाया। 12 जुलाई, 1985 को यह यात्रा मध्य-प्रदेश के एक साधारण और अनजाने गांव झाबुआ से शुरू हुई, फिर उड़ीसा, केरल, कर्नाटक, महाराष्ट्र, गुजरात, राजस्थान, लक्षद्वीप से लेकर अरुणाचल और मिज़ोरम तक सारे ही देश को नाप दिया। इस यात्रा में उन्होंने भारत की वास्तविक तस्वीर को बहुत क़रीब से देखा। इसे राजीव गांधी की सदभावना यात्रा कहा गया।

श्रीलंका का इतिहास मानव-रक्त में डूब गया था। हज़ारों नागरिक मौत की नींद सो गए। लगभग पन्द्रह लाख लोग भागकर भारत आ गए और शरणार्थी बन गए। इस मामले में राजीव गांधी ने पहल की । 29 जुलाई, 1987 को कोलम्बो में श्रीलंका के राष्ट्रपति जयवर्धने से आमने-सामने बैठकर बात की और दोनों ने भारत-श्रीलंका समझौते पर हस्ताक्षर किए। दूसरे दिन राजीव गांधी स्वदेश लौट रहे थे। श्रीलंका सरकार की ओर से कोलम्बो हवाई अड्डे पर उनके सम्मान में विदाई समारोह का आयोजन किया गया था। परम्परा के अनुसार उनको नौसैनिकों द्वारा प्रस्तुत गार्ड ऑफ़ ऑनर के निरीक्षण के लिए आमन्त्रित किया गया। यहां पर एक नौसैनिक ने उन पर घातक हमला कर दिया। बन्दूक़ का कुन्दा उनकी गर्दन पर लगा। सौभाग्य से अनहोनी टल गई। इससे पहले 2 अक्टूबर, 1986 को जब वह राष्ट्रपिता महात्मा गांधी की समाधि पर श्रद्धांजलि अर्पित करने गए थे, तब भी बाहर एक कोने की घनी झाड़ियों में से किसी ने गोली चलाकर उनकी हत्या का घिनौना प्रयास किया था।

राजीव गांधी इस क़द्र लोकप्रिय हो चुके थे कि समूचे विपक्ष को अपनी राजनीतिक आकांक्षाओं को सफल बनाने का मौक़ा ही नहीं मिल रहा था। आख़िर विपक्षी दलों ने मिलकर जनमोर्चा की स्थापना कर ली। इससे नवीं लोकसभा के आम चुनावों में कांग्रेस को पराजय का मुंह देखना पड़ा। भारतीय जनता पार्टी के समर्थन से जनमोर्चा की सरकार बनी और विश्वनाथप्रताप सिंह देश के प्रधानमन्त्री बन गए। इस दौरान विश्वनाथप्रताप सिंह ने मंडल कमीशन लागू कर दिया। उनकी नीति भारतीय जनता पार्टी को रास नहीं आई

और उसने अपना समर्थन वापस ले लिया। उन्हें गद्दी छोड़नी पड़ी और लोकसभा भंग कर दी गई।

अगली लोकसभा के लिए चुनावों की घोषणा हुई। चुनावी सरगर्मियां फिर शुरू हो गईं। राजीव गांधी के तूफ़ानी दौरे होने लगे। चुनाव अभियान के दौरान जब वह 21 मई, 1991 को तमिलनाडु के श्रीपैराम्बदूर नामक स्थान पर एक आम सभा में भाषण देने के लिए गए, तो एक आत्मघाती औरत ने राजीव गांधी को मृत्यु की अन्धी गुफ़ा में धकेल दिया। इस तरह एक स्वप्नद्रष्टा युवा नेता तथा भारतीय राजनीति का धूमकेतु सदा के लिए विलुप्त हो गया और शेष रह गए केवल उसके किए हुए काम और अन्तहिन यादें।

17 जून, 1991 को उन्हें भारत सरकार ने मरणोपरान्त सर्वोच्च नागरिक सम्मान भारतरत्न से विभूषित किया। इसके बाद मई, 1992 में इन्दिरा गांधी शान्ति, निःशस्त्रीकण और विकास पुरस्कार से भी राजीव गांधी को नवाज़ा गया।

25

वल्लभभाई पटेल

भारतरत्न 1991

"**आप** तो किसान हैं। किसान कभी दूसरे की ओर हाथ नहीं पसारता। आप सब कमेरे हैं, फिर डर किस बात का? आप किसी से न डरें। न्याय के लिए, प्रतिष्ठा के लिए बराबर लड़ें। यहां अमर होकर कौन आया है। देश के लिए अपने-आप को मिटाकर संसार में अपनी अमर कीर्ति फैला दीजिए।"

इस जोशीले आवाहन के द्वारा किसानों में क्रान्ति का संचार करने वाले सरदार वल्लभभाई पटेल का जन्म 31 अक्टूबर, 1875 को गुजरात के खेड़ा ज़िले के करमसद ग्राम के एक किसान परिवार में हुआ था।

इनके पिता झवेरभाई पटेल एक साधारण किसान थे, किन्तु उनके भीतर भी ब्रिटिश साम्राज्य के लिए गुस्सा था। 1857 की आज़ादी की पहली लड़ाई में उन्होंने सक्रिय भाग लिया था। इस प्रकार सरदार पटेल एक क्रान्तिकारी पिता के पुत्र थे।

सरदार पटेल की आरम्भिक शिक्षा उनके गांव में हुई और बाद में उन्होंने नाडियाद तथा बड़ौदा में शिक्षा प्राप्त की। नाडियाद में दसवीं कक्षा पास करने के बाद इन्होंने मुख़तार की परीक्षा पास की तथा गोधरा में मुख़तारी करने लगे। अंग्रेज़ मजिस्ट्रेट उनके तर्कों को सुनकर हैरान रह जाते थे।

गोधरा में मुख़तारी के दौरान उनकी पत्नी की मृत्यु का समाचार मिला। उन्होंने तार पढ़ा और मेज़ पर रख दिया। उस समय वह किसी ज़रूरी काम

में डूबे हुए थे। काम पूरा हो जाने के बाद उन्होंने यह बात अपने मित्रों को बताई। उस समय उनकी ऐसी गम्भीरता देखकर मित्रों को यह भांपते देर नहीं लगी कि यह व्यक्ति कठिन-से-कठिन हालात में भी धैर्य रखने वाला है।

सरदार वल्लभभाई पटेल ने लन्दन से प्रथम श्रेणी में बैरिस्टरी पास की और उसके बाद अहमदाबाद में प्रैक्टिस शुरू कर दी। पटेल पर गांधी जी का गहरा प्रभाव था। 1918 में गांधी जी ने किसानों पर सरकार द्वारा किए जा रहे अत्याचारों का विरोध किया। इस सत्याग्रह में भाग लेने वालों में पटेल पहले व्यक्ति थे और उन्होंने सत्याग्रह का प्रदर्शन कुछ इस प्रकार किया कि अंग्रेज़ सरकार को झुकना पड़ा। वह बड़े साहसी तथा निडर व्यक्ति थे। उनके जीवट की प्रशंसा ब्रिटिश राज में पुलिस सुपरिटेंडेंट मिन्द्रोली ने भी की थी।

जलियांवाला बाग़ हत्याकांड के बाद सरदार पटेल ने पूरी तरह बैरिस्टरी छोड़ दी तथा गांधी जी के पक्के अनुयायी बनकर देश-सेवा करने का व्रत ले लिया। गुजरात में 1922 के बाद जो भी आन्दोलन हुए, उनके पीछे सरदार पटेल का बड़ा हाथ रहता था। वल्लभभाई की दृढ़ता और कार्यकुशलता के अनेक उदाहरण हैं, जिनसे पता चलता है कि उनमें देशभक्ति कूट-कूट कर भरी हुई थी। उनमें ग़ज़ब की संगठन शक्ति थी। झंडा सत्याग्रह, आनन्द का सत्याग्रह तथा अन्य अंग्रेज़ी शासन विरोधी आन्दोलनों में उन्होंने सदैव आगे बढ़कर भाग लिया।

सरदार पटेल कभी भी दैन्य और पलायन में विश्वास नहीं करते थे। जब अड़ गए, तो अड़ गए। सरकार से टक्कर लेने में भी वह आगे ही रहे। चर्ख़ा तथा खादी का प्रचार उन्होंने ख़ूब किया और कांग्रेस के रचनात्मक कार्यों से भी जुड़े रहे। गो-संवर्धन, ग्राम विकास, सहकारिता और किसान जागरण द्वारा किसानों में मेल-मिलाप तथा एकता पैदा करने के लिए भरसक प्रयास किया। वह अहमदाबाद नगरपालिका के चेयरमैन भी बने तथा पांच वर्ष तक नगर के विकास के लिए ठोस कार्य किए।

बारदोली के अहिंसक आन्दोलन में विजय से उनकी धाक दूर-दूर तक जम

गई। वह एक ज़बर्दस्त नेता के रूप में उभरे। इस आन्दोलन की सफलता से वह सरदार पुकारे जाने लगे। यह ख़िताब उनके नाम के साथ सदैव के लिए जुड़ गया।

गांधी जी ने 1930 में नमक सत्याग्रह की घोषणा की। पटेल इस सम्बन्ध में बोरसद की एक सभा में भाषण देना चाहते थे। सरकार को यह मंज़ूर नहीं था। इसलिए उन्हें पकड़ लिया गया और तीन महीने के कारावास के साथ पांच सौ रुपए जुर्माने की सज़ा सुना दी। कारावास से मुक्त होकर सरदार पटेल फिर देश-सेवा में जुट गए।

सरकार ने मनमानी करते हुए कांग्रेस कार्य-समिति को अवैध क़रार दे दिया तथा पं. मोतीलाल नेहरू को बन्दी बना लिया। ऐसी विषम परिस्थिति में सरदार पटेल ने सत्याग्रह की बागडोर संभाली । कुछ समय बाद 'तिलक दिवस' धूमधाम से मनाने तथा जुलूस निकालने को अपराध मानकर अंग्रेज़ सरकार ने उन्हें पुनः बन्दी बना लिया और फिर से तीन महीने के कारादास का दंड दे दिया।

अद्भुत नेतृत्व-क्षमता के कारण उन्हें कराची अधिवेशन में कांग्रेस का अध्यक्ष मनोनीत किया गया। इसी तरह 1931 में प्रान्तीय चुनावों में कांग्रेस विजयी हुई और प्रान्तीय सरकारों की सुव्यवस्था के लिए संसदीय समिति के अध्यक्ष भी सरदार पटेल मनोनीत किए गए। इससे स्पष्ट पता चलता है कि कांग्रेस के अन्दर उनका स्थान कितना महत्त्वपूर्ण है। 1942 का क्रान्तिकारी वर्ष आया और गांधी जी ने देश की स्वतन्त्रता के लिए अपने जीवन का अन्तिम संघर्ष करने का निश्चय किया। इस आन्दोलन में 'अंग्रेज़ो भारत छोड़ो' का नारा दिया गया। इसमें भाग लेने के कारण गांधी जी तथा अन्य नेताओं के साथ वल्लभभाई भी बन्दी बना लिए गए। उन्हें तीन वर्ष तक अहमदनगर दुर्ग में बन्दी बनाकर रखा गया। 1945 में जब अन्य नेता रिहा हुए, तो उन्हें भी छोड़ दिया गया। अंग्रेज़ सरकार को कांग्रेस की अनेक मांगें स्वीकार करने के लिए विवश होना पड़ा। 1946 में केन्द्र में बनी अंतरिम सरकार के वह गृह विभाग के मन्त्री बने। 1947 में आज़ादी के बाद उन्होंने गृह मन्त्रालय का कार्यभार संभाला।

भारत की आज़ादी की जंग में सरदार पटेल का बहुत बड़ा योगदान था। उनकी सूझबूझ की वजह से सैकड़ों छोटी-छोटी रियासतों में बंटा भारत एक हो सका। हैदराबाद तथा जूनागढ़ की रियासतों का बिना किसी रक्तपात के भारत में शामिल होना सरदार पटेल की मेहनत का नतीजा था। सरदार पटेल विलक्षण प्रतिभा के धनी और भारतीय राजनीति के चाणक्य थे। वह कठोर प्रशासक तथा अनुशासन बनाए रखने में मज़बूत थे। विकट परिस्थितियों में भी अचल रहकर जो भी निर्णय लेते थे वह फलदायी होता था। उनका चेहरा आभा से दमकता रहता था और जब बोलते थे, तो उनके शब्द सन्तुलित तथा प्रभावशाली होते थे।

वह राष्ट्रहित को सर्वोपरि रखते थे और कभी किसी से समझौता नहीं करते थे। यही वजह है कि आज भी भारत में ऐसे लोग हैं, जो मानते हैं कि यदि सरदार पटेल, राजर्षि पुरुषोत्तम दास टंडन तथा रफ़ी अहमद क़िदवई जैसे लोग भारत में कुछ समय और जीते, तो भारत की तस्वीर ही दूसरी होती। हिमालय जैसे व्यक्तित्व, वज्र से ज़्यादा कठोर तथा फूलों से ज़्यादा कोमल स्वभाव के धनी पटेल को राष्ट्र ने लौह पुरुष की संज्ञा दी।

देश के लिए अथक परिश्रम करते-करते उनकी काया थक गई थी और कमज़ोर होने लगी थी। एक बार उन्हें दिल का दौरा भी पड़ चुका था, फिर भी वह कोई काम अधूरा छोड़ना नहीं चाहते थे। डॉक्टर उन्हें आराम की सलाह देते थे, परन्तु वह चाहते थे कि मृत्यु से पहले नए और मज़बूत भारत का निर्माण कर लें लेकिन 15 दिसम्बर, 1950 को स्वतन्त्रता आन्दोलन के महान सेनानी सरदार पटेल सदा के लिए देश को बिलखता छोड़कर दुनिया से चले गए।

भारत सरकार ने इस लौह पुरुष को 1991 में मरणोपरान्त देश के सर्वोच्च अलंकरण भारतरत्न से विभूषित कर उनकी महान सेवाओं का सम्मान किया।

26

मोरारजी देसाई

भारतरत्न 1991

"**गीता** तो सारे जीवन का ऐसा राजमार्ग है, जिसकी अन्तिम मंज़िल तक न तो यात्री के लिए छाया और फलदार वृक्षों की कमी है और न कहीं चोर, लुटेरों का भय। गीता से अधिक जागरूक प्रहरी मनुष्य जीवन के लिए शायद ही कोई हो। गीता की मर्यादा में मनुष्य निश्चय ही सुख की नींद सो सकता है।"

इस मान्यता के प्रणेता मोरारजी देसाई का जन्म 29 फ़रवरी, 1896 को गुजरात में बलसाड़ ज़िले के भदेली ग्राम में अपने ननिहाल में हुआ था। उनकी माता का नाम विजयाबेन देसाई था। पिता रणछोड़जी देसाई भावनगर रियासत के एक मिडिल स्कूल में प्रधान अध्यापक थे।

मोरारजी ननिहाल में ही रहे और उन्हें भदेली की पाठशाला में दाख़िल करा दिया गया। पन्द्रह वर्ष की आयु में ही ननिहाल वालों ने मोरारजी के रिश्ते की बात पक्की कर दी। उस दिन सभी लोग उनके पुश्तैनी मकान मदनफलिया में ठहरे हुए थे। हंसी-खुशी का वातावरण था। तभी अचानक एक दुर्घटना हो गई। उनके पिता जी कुएं में गिर गए। पिता की मृत्यु के तीसरे दिन ही मोरारजी का विवाह गजराबेन देसाई के साथ हो गया। उस समय उनकी पत्नी की उम्र ग्यारह वर्ष थी।

पिता के देहावसान के बाद घर का सारा भार और मुसीबतों का भारी पहाड़ मोरारजी के नाज़ुक कन्धों पर आ पड़ा। घर में सबसे बड़े वही थे।

उनसे छोटे तीन भाई और दो बहनें, पत्नी, मां और दादी परिवार के सदस्य थे। नौ व्यक्तियों के परिवार के भरण-पोषण की ज़िम्मेदारी उन्हीं पर थी। पिता केवल चार बीघा ज़मीन छोड़ गए थे। इस ज़मीन से दस रुपए प्रति वर्ष की आमदनी होती थी। दस रुपए प्रति मास की छात्रवृत्ति उन्हें भावनगर राज्य से मिला करती थी। कुछ सहायता ननिहाल से मिल जाती थी। इसी से घर का ख़र्च किसी तरह चल जाता था। कुछ समय के बाद उनकी मां की अपने मायके में कहा-सुनी हो गई। वह स्वाभिमानी महिला थीं। अतः बच्चों को साथ लेकर अपनी ससुराल बलसाड़ चली आईं और स्थायी रूप से वहीं रहने लगीं।

उच्च शिक्षा पाने के लिए मोरारजी देसाई 1913 में बम्बई पहुंचे। वहीं उन्होंने विल्सन कॉलेज में दाख़िला ले लिया, क्योंकि यह कॉलेज सस्ता और अच्छा था। उन दिनों छात्र एल्फ़िंस्टन कॉलेज को ज़्यादा महत्त्व देते थे, परन्तु मोरारजी की आर्थिक स्थिति बेहतर नहीं थी और इतना ख़र्च सहन नहीं कर सकते थे। इसीलिए लगभग साढ़े चार साल तक गोकलदास तेजपाल फ्री बोर्डिंग हाउस में रहे और विल्सन कॉलेज से प्रथम श्रेणी में विज्ञान के स्नातक बनकर निकले।

1915 में सर सत्येन्द्रप्रसन्न सिन्हा की अध्यक्षता में बम्बई में कांग्रेस अधिवेशन हुआ। मोरारजी पहली बार इस अधिवेशन में वालंटियर के रूप में शामिल हुए। वह इंटर पास कर चुके थे। यह पहला अवसर था, जब उन्होंने महात्मा गांधी का प्रभावशाली भाषण सुना। इसके अतिरिक्त सुरेन्द्रनाथ बनर्जी और फ़िरोज़शाह मेहता के भी जोशीले भाषण सुनने का मौक़ा मिला।

उन दिनों वह कॉलेज की डिबेटिंग सोसाइटी के सचिव थे। उन्होंने सरोजिनी नायडू को कॉलेज में आमन्त्रित किया। उनके भाषण से न केवल सभी छात्र, बल्कि मोरारजी भी बहुत प्रभावित हुए। इसी क्रम में एक दिन लोकमान्य तिलक को भी कॉलेज के प्रांगण में भाषण के लिए आमन्त्रित किया गया। इस अवसर पर सभा-स्थल खचाखच भरा हुआ था। तिलक का जोशीला भाषण हो रहा था। उनके भाषण से लोग इतने प्रभावित हुए कि गांधी जी के आन्दोलन में अपना भरपूर सहयोग देने के लिए उतावले हो गए।

मोरारजी की कामना एम.एस-सी. करके प्रोफ़ेसर बनने की थी, क्योंकि उनकी आर्थिक स्थिति संकट में थी। उससे छुटकारा पाने के लिए धन कमाना ज़रूरी था। यही कारण था कि तमाम आन्दोलनों के चलते हुए भी, वह उनमें शामिल नहीं हुए। अपना भविष्य बनाने की धुन में विद्याध्ययन में जुटे रहे।

1917 में विश्वविद्यालयों में यूनिवर्सिटी ट्रेनिंग कोर्स चालू किए गए। मोरारजी ने इस कोर्स में दाख़िला ले लिया। इसके बाद उन्हें कमीशंड ऑफ़ीसर का पद मिल गया। उनके कैप्टन सिसोन उनसे बेहद प्रसन्न थे। उन्हीं के कहने पर मोरारजी ने फ़रवरी, 1918 में प्रोविंसियल सिविल सर्विस के लिए आवेदन कर दिया। इंटरव्यू हुआ। कुछ दिन बाद मोरारजी को तार मिला कि पी.सी. एस. के लिए उनका चयन हो गया है।

मई, 1918 में मोरारजी की नियुक्ति अहमदाबाद में डिप्टी कलक्टर के रूप में हो गई। दो साल बाद उन्हें प्रान्तीय ऑफ़ीसर के पद पर नियुक्त किया गया और उनका स्थानान्तरण थाना ज़िले में कर दिया गया। इसके बाद उन्हें भाड़ौंच भेजा गया। उनके अधीन तीन ताल्लुक़े थे। इस स्थान पर वह 1924 तक प्रशासन अधिकारी के नाते कार्य करते रहे।

डिप्टी कलक्टर के तौर पर उनके पास दो तरह की ज़िम्मेदारियां थीं। एक वित्तीय विभाग की और दूसरी सब डिवीज़नल मजिस्ट्रेट की। इस पद पर रहते हुए उन्होंने लगभग एक हजार फ़ौजदारी केसों पर निर्णय देकर अपनी योग्यता का परिचय दिया। उन केसों पर सैकड़ों अपीलें हुईं, परन्तु हाईकोर्ट द्वारा केवल तीन अपीलें ही स्वीकार की गईं। अपनी सूझबूझ, केसों के गहन अध्ययन और निष्पक्ष निर्णयों के कारण वह इस क्षेत्र में बहुत मशहूर हो गए। 21 मई, 1930 को उन्होंने अपने पद से त्याग-पत्र दे दिया और कांग्रेस की सदस्यता ग्रहण कर ली। उन्होंने गांधी जी का अनुयायी बनने का दृढ़ निश्चय कर लिया। अतः उनके सत्याग्रह आन्दोलन में जमकर भाग लिया।

सूरत में उन्होंने दयालजी भाई तथा कल्याणजी भाई मेहता के साथ मिलकर बहुत कार्य किए। सूरत से वह बलसाड़ सत्याग्रह कैम्प पहुंचे। वहां से धरसना

में सत्याग्रह करना था। इसलिए उस सत्याग्रह में सम्मिलित हो गए। इन्हीं दिनों उनके छोटे पुत्र चीनू का निधन हो गया। बलसाड़ जाकर उन्होंने अपनी पत्नी को धीरज बंधाया, लेकिन उनके क़दम वहां रुकने वाले नहीं थे। सत्याग्रह के संघर्ष में वह आगे बढ़ते गए। नतीजा यह निकला कि अंग्रेज़ सरकार ने गिरफ़्तार करके उन्हें साबरमती जेल भेज दिया।

फ़रवरी, 1931 में साबरमती जेल से छूटने के बाद मोरारजी ने खेड़ा, सूरत और पंचमहल ज़िलों का दौरा कर सभी सत्याग्रहियों को संगठित किया। उसी दौरान दिल्ली से गांधी जी ने पत्र लिखकर उनसे यह जानना चाहा कि वह पुनः सरकारी नौकरी में जाना चाहते हैं या नहीं। मोरारजी पत्र पाते ही दिल्ली चले आए। यहां उन्होंने बापू से स्पष्ट कह दिया, "मेरी नौकरी पर जाने की कोई इच्छा नहीं है। मुझे नौकरी नहीं स्वराज्य चाहिए।"

1931 में गांधी जी अखिल भारतीय कांग्रेस कमेटी के प्रस्ताव के अनुसार लन्दन में गोलमेज कान्फ्रेंस में भाग लेने गए। उन्होंने बड़ी दृढ़ता से देश की पैरवी की। उनकी दलीलों से सहमत होने के बावजूद प्रस्ताव नामंजूर कर दिया गया। गांधी जी ख़ाली हाथ लौट गए। बम्बई आने के दो-तीन दिन बाद ही उन्हें बन्दी बना लिया गया। विभिन्न स्थानों से लगभग सभी बड़े नेताओं को बन्दी बनाया गया था। मोरारजी को भी बन्दी बनाकर साबरमती जेल भेज दिया गया। छः सप्ताह बाद उन्हें छोड़ा गया। तभी बारह घंटे के भीतर उन्हें अहमदाबाद छोड़ने का नोटिस मिला। मोरारजी ने इस नोटिस का विरोध किया। उन्हें पुनः बन्दी बनाकर दो वर्ष का कठोर कारावास दे दिया गया। 1932 में उन्हें साबरमती से नासिक जेल भेजा गया। जेल से रिहा होने के बाद वह गांधी जी से मिलने वर्धा पहुंचे।

मई, 1937 में गांधी जी अस्वस्थ हो गए, तो उपचार के लिए उन्हें बलसाड़ के निकट तिथाल ले जाया गया। वहां मोरारजी की देखभाल में उनकी सेवा-टहल की गई।

विभाजन की रूपरेखा के अनुसार पाकिस्तान का निर्माण हुआ। इसके साथ

ही जगह-जगह दंगे भड़क उठे। हिन्दू और मुसलमानों के बीच बैर और गुस्से के जुनून की आंधी चल पड़ी। उन दिनों मोरारजी बम्बई सरकार के गृहमन्त्री थे। निडर तो थे ही। उन्होंने दृढ़ता के साथ काम किया और कड़ाई से दंगों को दबाया। इस कार्य में उन्हें जो सफलता मिली, उससे दूसरे प्रान्तों में भी उनके नाम की चर्चा होने लगी।

1952 में चुनाव लड़कर वह विधानसभा के सदस्य चुने गए। इस बार मुख्यमन्त्री बने। 1954 में पं. जवाहरलाल नेहरू ने मोरारजी देसाई को केन्द्रीय मन्त्रिमंडल में शामिल होने के लिए आमन्त्रित किया। पहले तो उन्होंने असमर्थता प्रकट की, परन्तु नेहरू जी ने ज़ोर दिया, तो वह मुख्यमन्त्री का पद छोड़कर केन्द्रीय मन्त्रिमंडल में आ गए। उन्हें वाणिज्य तथा उद्योग मन्त्रालय सौंपे गए, फिर वित्त मन्त्री बना दिया गया।

1967 के आम चुनाव के बाद जब इन्दिरा गांधी प्रधानमन्त्री बनीं, तब मोरारजी देसाई उपप्रधानमन्त्री बने और साथ ही वित्त मन्त्री भी बनाया गया। जब वह वित्त मन्त्री थे, तब इन्दिरा गांधी ने उनसे वित्त मन्त्रालय वापिस मांग लिया। मोरारजी ने उसी दिन उपप्रधानमन्त्री पद से भी त्यागपत्र दे दिया। इसके बाद तेज़ घटनाचक्र चला और कांग्रेस में अनेक परिवर्तन हुए।

मोरारजी देसाई ने अपने सिद्धान्तों से कभी समझौता नहीं किया। वह निश्चय के इतने पक्के थे कि कोई बात उन्हें बुरी लगती, तो उसे जड़ से हटाने के लिए जुट जाते थे। नेहरू जी के मन्त्रिमंडल में वित्त मन्त्री रहते हुए उन्होंने स्वर्ण नियन्त्रण क़ानून सख़्ती से लागू किया। इसी प्रकार नशाबन्दी क़ानून लागू कराने में उन्होंने पूरी सख़्ती से अमल करने की ताकीद कर दी थी।

आपातकाल के बाद 1977 का साल शुरू हुआ। 18 जनवरी को इन्दिरा गांधी ने पांचवीं लोकसभा भंग करवा दी और छठी लोकसभा के लिए चुनाव कराने का ऐलान कर दिया गया। कांग्रेस से टक्कर लेने के लिए विपक्ष ने मिलकर 23 जनवरी को जनता पार्टी की स्थापना की घोषणा कर दी। उस समय सम्पूर्ण विपक्ष कांग्रेस के खिलाफ़ लड़ने को तैयार था।

मार्च के इस चुनाव में कांग्रेस की करारी हार हुई। जनता पार्टी को पूर्ण बहुमत मिला। कांग्रेस की पराजय पर 'न्यूयॉर्क टाइम्स' ने कहा था कि ग़रीबी के बोझ से दबी जनता ने तानाशाही द्वारा चारों तरफ़ बजने वाली रणभेरी को ठुकरा दिया है। बयासी वर्षीय मोरारजी देसाई ने 24 मार्च को पद और गोपनीयता की शपथ ली और इस प्रकार वह भारत के पहले ग़ैर कांग्रेसी प्रधानमन्त्री बने। यह विडम्बना ही कही जा सकती है कि जनता सरकार अठारह महीने में ही समाप्त हो गई और मोरारजी देसाई ने प्रधानमन्त्री पद से 15 जून, 1979 को त्यागपत्र दे दिया।

अपने समकालीन राजनीतिज्ञों में मोरारजी देसाई कुशल प्रशासक तथा पैनी दृष्टि वाले नेता माने जाते थे। उनकी सोच में महात्मा गांधी तथा सरदार पटेल की विचारधारा का अद्भुत समन्वय था। गांधी जी के विचारों को कार्यरूप में परिणत करने में उनका बड़ा योगदान रहा है। वह समय के साथ चलने वाले ऐसे नेता थे, जिन्हें युवा पीढ़ी और समवयस्क सभी अपने नज़दीक पाते थे।

1991 को भारत सरकार ने उन्हें देश के सर्वोच्च अलंकरण भारतरत्न से सम्मानित करके इस माला में एक रत्न और जोड़ दिया।

10 अप्रैल, 1995 को मोरारजी देसाई का देहावसान हो गया। वह आज हमारे बीच नहीं हैं, किन्तु इतिहासपुरुष बन गए हैं और उनका नाम सदा अमर रहेगा।

27

सुभाषचन्द्र बोस

भारतरत्न 1992

“**शूरवीर** जहां आगे बढ़ते हैं, वहां समय पड़ने पर उन्हें पीछे भी हटना पड़ता है, अपने सम्मान, गौरव और कर्तव्यनिष्ठा को ध्यान में रखें, अनुशासन में रहें। मैंने सदा कहा है कि घोर अंधेरी रात लहलहाती सुबह होने का संकेत होती है। इस समय हम घोर अंधेरी रातों में से गुज़र रहे हैं। अतः ध्यान रखिए कि सुहानी सुबह के आने में अब अधिक देर नहीं है। विश्वास रखिए, भारत निश्चय ही स्वतन्त्र होगा।” यह कथन था नेताजी सुभाषचन्द्र बोस का।

नेताजी सुभाषचन्द्र बोस भारत की आज़ादी के ऐसे सेनानी थे, जिनका नाम भारत के इतिहास में सदा सोने के अक्षरों में लिखा जाएगा। अंग्रेज़ो से सीधी टक्कर लेने का जो साहस उन्होंने दिखाया, वैसा दुर्लभ ही है। उनके शानदार व्यक्तित्व और दबंग आवाज़ से वह नायक लगते थे। देश की आज़ादी के लिए मर मिटने की ज़बर्दस्त इच्छाशक्ति के लिए उनके विरोधी भी सराहना करते थे।

नेताजी का जन्म 23 जनवरी, 1897 को कटक में हुआ था। उनके पिता जानकीनाथ जाने-माने वकील थे। उनकी आरम्भिक शिक्षा यूरोपियन स्कूल में हुई। 1913 में उन्होंने एन्ट्रेंस की परीक्षा पास की। अंग्रेज़ी लिखने में वह बहुत तेज़ थे। उनकी सुन्दर भाषा देखकर एक बार उनके अध्यापक ने कहा था कि इतनी अच्छी भाषा तो मैं भी नहीं लिख सकता। सुभाष की क्रान्तिकारी भावना का परिचय शुरू में ही मिल गया था। प्रेसीडेंसी कॉलेज में वह छात्रों

के नेता बन गए थे। किसी बात को लेकर छात्रों तथा अंग्रेज़ो अध्यापकों के बीच विवाद हो गया। इस कारण उन्हें कॉलेज से निकाल दिया गया।

बी.ए. पास करने के बाद पिता उन्हें आई.सी.एस. अधिकारी बनाना चाहते थे। सुभाष बाबू के मन में भारत के दीन-हीन लोगों की सेवा करने की ललक थी। वह भला अंग्रेज़ो की चाकरी कैसे करते। पिता की सलाह पर पढ़ने के लिए इंग्लैंड चले गए। वहां के परिश्रमी समाज और उनके पारस्परिक सद्व्यवहार को देखकर बेहद प्रसन्न हुए। कुछ बुराइयां भी दिखाई दीं, किन्तु वह तो अच्छाइयों के पारखी थे। उनमें देश-सेवा का बीज इंग्लैंड में ही पड़ गया था। अंग्रेज़ सरकार की नौकरी के लिए उन्होंने साफ तौर पर मना कर दिया और भारत लौटकर दिलो-जान से अपन मिशन में जुट गए।

भारत की जनता में चेतना का वातावरण दिखाई पड़ रहा था। गांधी जी ने असहयोग आन्दोलन चला रखा था। देश में तूफ़ान खड़ा हो गया था। बंगाल इस आन्दोलन से अछूता कैसे रहता। देशबन्धु चितरंजनदास जैसे नेता वहां पहले से ही अंग्रेज़ों का विरोध कर रहे थे। सुभाष बाबू पर उन्हीं का प्रभाव पड़ा। बंगाल में भी असहयोग आन्दोलन तेजी से चारों तरफ़ फैल गया था। ब्रिटिश सरकार घबराने लगी। प्रिंस ऑफ़ वेल्स के आगमन का बहिष्कार किया गया। सुभाष बाबू असहयोग आन्दोलन में काफ़ी सक्रिय थे। इसलिए उन्हें गिरफ़्तार कर छह महीनों के कारावास का दंड दिया गया।

जेल से छूटने के बाद कलकत्ता कारपोरेशन के चुनावों में चितरंजनदास को मेयर चुन लिया गया। उन्होंने सुभाष बाबू की लोकप्रियता देखकर उन्हें अधिशासी अधिकारी नियुक्त कर दिया। इस पद पर रहकर उन्होंने सराहनीय कार्य किए। ब्रिटिश सरकार को यह सब सहन नहीं हो रहा था। उन्हीं दिनों किसी बंगाली के हाथों एक अंग्रेज़ मारा गया। इस कांड में सुभाष बाबू अकारण बन्दी बनाए गए। उन पर न तो अभियोग चला, न ही नियत समय के लिए सजा दी गई, बल्कि सीधे मांडले जेल भेज दिया। ब्रिटिश सरकार के इस अत्याचार से सभी बौखला गए। जेल में सुभाष बाबू का स्वास्थ्य गिरने लगा।

उनकी रीढ़ की हड्डी में बेहद पीड़ा थी। लगभग 20 सेर वज़न भी कम हो गया था। सरकार ने उन्हें इस शर्त पर छोड़ा कि वह सीधे स्विट्ज़रलैंड चले जाएंगे, लेकिन यह शर्त उन्होंने स्वीकार नहीं की। अन्त में सरकार को झुकना पड़ा और बिना शर्त रिहा कर दिए गए। कुछ दिनों बाद उनका स्वास्थ्य सुधर गया। लाहौर अधिवेशन के दौरान कांग्रेस द्वारा पूर्ण स्वतन्त्रता की मांग रखी गई। अंग्रेज़ इस मांग को स्वीकार नहीं कर सकते थे। सत्याग्रह शुरू हो गया। नमक क़ानून भी तोड़ा गया। सुभाष बाबू के नेतृत्व में इस आन्दोलन ने बंगाल में विकट रूप धारण कर लिया। वह फिर गिरफ़्तार कर लिए गए, किन्तु लार्ड इर्विन ने गांधी जी के साथ एक समझौता कर लिया और सभी नेताओं को जेल से छोड़ दिया गया। सुभाष बाबू भी जेल से बाहर आ गए।

बार-बार जेल-यात्रा से सुभाष बाबू के स्वास्थ्य पर बुरा असर पड़ा। उनको बुख़ार रहने लगा। आशंका थी कि कहीं टी.बी. न हो गई हो। उनके इलाज का प्रबन्ध किया गया, जो ज़्यादा उपयोगी नहीं रहा। आख़िर स्विट्ज़रलैंड में उनका इलाज हुआ। स्वस्थ होने पर उन्होंने यूरोप के कई देशों का दौरा किया। भारत में उनके पिता का स्वास्थ्य अच्छी नहीं था। उधर सरकार उन्हें स्वदेश आने नहीं देना चाहती थी। आख़िर किसी तरह वह भारत लौटे और घर पहुंचने के बाद उनके पिता का देहान्त हो गया।

सुभाष बाबू ने अंग्रेज़ों द्वारा लगाए गए प्रतिबन्धों को तोड़ना शुरू कर दिया। वह भारत वापस लौट आए। यह भी देश वापसी पर लगे प्रतिबन्ध के ख़िलाफ़ था। अतः यहां आते ही सरकार ने उन्हें बन्दी बना लिया। उधर जवाहरलाल नेहरू कांग्रेस के अध्यक्ष बनना चाहते थे, क्योंकि वह लखनऊ में हुए कांग्रेस अधिवेशन के सभापति चुन लिए गए थे। सुभाष उन दिनों जेल में बन्द थे, किन्तु उन्हें इस बात का सन्तोष था कि वह भारत में हैं।

जेल में फिर उनके स्वास्थ्य में गिरावट आ गई। सारा देश उनके स्वास्थ्य को लेकर व्याकुल हो उठा। अंग्रेज़ों को इस बार भी बिना शर्त उन्हें छोड़ना पड़ा। स्वास्थ्य लाभ के लिए वह विदेश चले गए। अभी वह विदेश में ही थे

कि हरिपुर में संभावित कांग्रेस अधिवेशन के लिए उन्हें अध्यक्ष मनोनीत कर दिया गया और वह भारत लौट आए। उन्हें इक्यावन बैलों द्वारा खींचे जा रहे भव्य वाहन में बैठाकर विशाल जुलूस निकाला गया। चारों ओर सुभाष बाबू की जय के नारे लग रहे थे। अगली बार त्रिपुरा अधिवेशन के भी वही अध्यक्ष मनोनीत किए गए।

सुभाषचन्द्र बोस को ब्रिटिश शासन अपनी आंखों की किरकरी मानता था। उन्हें 1940 में फिर बन्दी बना लिया गया। बाद में उनके गिरते स्वास्थ्य को देख सरकार ने एक बार फिर उन्हें रिहा कर दिया। सरकार ने उनकी गतिविधियों पर कड़ी निगाह रखने के लिए उनके मकान पर पहरा बैठा दिया। सुभाष बाबू किसी से मिलते-जुलते नहीं थे। उन्होंने दाढ़ी बढ़ा ली थी, ताकि कोई उन्हें पहचान न सके। एक दिन पता चला कि वह अपने कमरे से ग़ायब हैं। वह भेस बदलकर क़ाबुल पहुंच गए। वहां जर्मनी के दूत की सहायता से जर्मनी पहुंचे और हिटलर से मिले। हिटलर उनकी दिलेरी से इतना प्रभावित हुआ कि उसने सुभाष बाबू को एक वायुयान तथा एक ट्रांसमीटर भेंट में दिया। इसी ट्रांसमीटर पर वह अपने सन्देश भारत में प्रसारित करते थे। ब्रिटिश शासन अवाक रह गया।

नेता जी 1942 में जापान चले गए। वहां उन्होंने सुदूर पूर्व में रहने वाले भारतीयों का संगठन बनाने का प्रयत्न किया और उन लोगों में जाग्रति फैलाई। आज़ाद हिन्द लीग की स्थापना पहले ही हो चुकी थी। नेता जी ने उसकी बागडोर संभाल ली। उन्होंने आज़ाद हिन्द फ़ौज (आई. एन.ए.) का गठन किया और अस्थायी सरकार की स्थापना भी कर डाली। जापान ने भी आई.एन.ए. की काफ़ी सहायता की थी।

इसी बीच युद्ध का पासा पलटने तथा जापान पर अणुबम गिराए जाने से उसकी युद्ध की कार्यवाही डगमगा गई। फलस्वरूप पूरी योजना विफल हो गई। जापान तथा आई.एन.ए. ने हथियार डाल दिए। इसके तीन दिन बाद ही 22 अगस्त, 1945 को समाचार आया कि बैंकाक से टोकियो जाते समय

18 अगस्त को उनका हवाई जहाज़ नष्ट हो गया। दिल दहला देने वाले इस समाचार को सुनकर सारा भारत शोकाकुल हो उठा। आशा थी कि सुभाष बाबू बच गए होंगे, किन्तु ख़बरें इसके उलट ही आ रही थीं।

नेता जी सुभाषचन्द्र बोस भारत के ऐसे महान स्वतन्त्रता सेनानी थे, जिन्होंने अपनी मेहनत से एक विशाल फ़ौज खड़ी करके अंग्रेज़ों को यह सोचने के लिए विवश कर दिया था कि भारत के लोग इस सीमा तक जाकर भी अपनी आज़ादी की मांग कर सकते हैं। वास्तविकता यह है कि भारत को आज़ादी दिलाने में नेता जी के योगदान को कम करके आंका नहीं जा सकता। भारत में आज भी लोग सुभाषचन्द्र बोस को पूरी श्रद्धा से याद करते हैं।

उनकी अमिट यादों को श्रद्धांजलि देते हुए भारत सरकार ने उन्हें 22 जनवरी, 1992 को मरणोपरान्त भारतरत्न की उपाधि देकर सम्मानित किया।

२८

अबुल कलाम आज़ाद

भारतरत्न 1992

हूं नर्म दिल कि दोस्त के मानिन्द रो दिया
दुश्मन ने भी जो अपनी मुसीबत बयान की।

आज़ाद यह ख़ुदी का नशेबो फ़राज़ देख
पूछी ज़मीन की, तो कही आसमान की।

चौदह वर्ष की उम्र में यह शे'र कहने वाले मौलाना अबुल कलाम आज़ाद का जन्म 1888 में मक्का में हुआ था। उनके पिता शेख़ ख़ैरुद्दीन एक प्रसिद्ध सूफ़ी विद्वान थे। जब मौलाना आज़ाद दो साल के हुए, तो उनके पिता उन्हें और उनकी बड़ी बहन फ़ातिमा को लेकर कलकत्ता चले आए, जहां उनको मानने वाले हज़ारों लोग थे। मौलाना आज़ाद का असली नाम मुहीउद्दीन अहमद था और आज़ाद उनका उपनाम था। वह शायर भी थे और अच्छे शे'र कहते थे।

आज़ाद जब कलकत्ता आए, तब कलकत्ता के अध्यापकों से शिक्षा प्राप्त करने लगे। 1903 में उनकी आयु केवल पन्द्रह वर्ष की थी, तब दर्से निज़ामी (नैतिक शिक्षा का एक पाठ्यक्रम) समाप्त कर चुके थे। हालांकि इस उम्र में अधिकतर विद्यार्थी इस शिक्षा का आधा पाठ्यक्रम भी पूरा नहीं कर पाते। इसके बाद वह स्वयं पढ़ाने लगे।

कम उम्र में ही मौलाना को इतनी ख़्याति मिली कि उन्हें देखकर लोगों को विश्वास नहीं होता था कि यही मौलाना आज़ाद हैं। वह शायरी करने लगे

और जल्दी ही उसे छोड़ भी दिया। शायरी को छोड़ा, तो पत्रकारिता में चले आए। इसी में आकर उनके वास्तविक गुण उभरे। इसी मंच से अपने लेखों द्वारा उन्होंने भारत के मुसलमानों को सम्बोधित किया और उन्हें सही रास्ता दिखाया। धर्म की भी उचित व्याख्या की।

तेरह वर्ष की उम्र में ही उनके पिता ने उनका निकाह ज़ुलेख़ा से करवा दिया था। निकाह के समय ज़ुलेख़ा की उम्र सात-आठ साल थी। उन्होंने उर्दू-फ़ारसी की अच्छी शिक्षा प्राप्त की थी और थोड़ी बहुत अरबी भी जानती थीं। वह बड़ी सुशील थीं। मौलाना आज़ाद के चहुंमुखी विकास में उनका विशेष योगदान रहा।

मौलाना आज़ाद में कलाकार और पत्रकार की प्रतिभा जन्मजात थी। संगीत में भी उनकी ख़ासी रुचि थी। इसका सबूत उन्होंने सिर्फ़ चौदह वर्ष की आयु में 'नौरंगे आलम' जैसे पत्र का सम्पादक बनकर दिया था। इसके बाद 'लिसानुस सिद्क़' नामक पत्रिका का भी सम्पादन करने लगे। पन्द्रह वर्ष की आयु में मौलाना के दिल में जो बात थी, उसने राष्ट्रीय एकता एवं स्वतन्त्रता प्राप्ति के लक्ष्य का रूप धारण कर लिया और उस पर वह आख़िरी दम तक डटे रहे।

उसी ज़माने में मौलाना आज़ाद 'अंजुमन हिमायत इस्लाम' लाहौर के अधिवेशन में सम्मिलित हुए। मौलाना वहीदुद्दीन सलीम पानीपती ने जब उस युवक को देखा और उन्हें मालूम हुआ कि वही 'लिसानुस सिद्क़' का सम्पादक है, तो वह चकित रह गए और उसे मौलाना हाली के पास ले गए। वह भी उन्हें देखकर आश्चर्य में डूब गए। उन्हें विश्वास नहीं हो रहा था कि इतने उच्चस्तरीय लेख इसी नौजवान की क़लम से निकलते हैं।

पिता और भाई के देहान्त के बाद मौलाना आज़ाद पूरी तरह आज़ाद हो गए। यह समय उनकी मानसिक पीड़ा का था। वह 'अलहिलाल' नामक पत्रिका से सम्बद्ध हो गए। मौलाना ने इस पत्रिका में मुसलमानों को एक नई तरह की भाषा में सम्बोधित किया । केवल उनके विचार ही नए नहीं थे, बल्कि उनकी

लेखन-शैली भी नई थी। इस युवा लेखक एवं पत्रकार ने मुसलमानों के शिक्षित वर्ग में हलचल मचा दी, क्योंकि उनके लेखों ने रूढ़िवादी विचारों के क़िले पर हमला कर दिया था। इससे बूढ़ों ने नाक-भौं चढ़ाई, पर युवकों के दिलों में एक क्रान्ति जाग उठी।

इसी बीच अरविन्द घोष कलकत्ता आ गए और बंग विभाजन के विरुद्ध लड़ाई का मुख्य केन्द्र बने। मौलाना एक-दो बार उनसे मिले। इससे उनके विचारों में ज़बर्दस्त परिवर्तन आ गया और वह क्रान्तिकारियों के साथ मिलकर काम करने के लिए तैयार हो गए। दो वर्ष के अन्दर ही मौलाना के प्रयत्नों से उत्तर भारत में गुप्त शाखाएं स्थापित हो गईं। इसके बाद वह इराक़, मिस्र, सीरिया, तुर्की और फ्रांस की यात्रा पर गए। वह ईरानी और तुर्की क्रान्तिकारियों से भी मिले।

'अलहिलाल' मुस्लिम लीग की साम्प्रदायिक राजनीति का घोर विरोधी था। इसका असर यह हुआ कि शिक्षित वर्ग की ओर से भी मुस्लिम लीग की नीतियों का विरोध किया जाने लगा। 1913 में मुस्लिम लीग कांग्रेस के निकट आने लगीं और 1916 में दोनों पार्टियां एक-दूसरे के बहुत निकट आ गईं।

प्रथम विश्वयुद्ध शुरू हुआ, तो मौलाना सरकार की नज़रों में खटकने लगे। सरकार उन पर कड़ी नज़र रख रही थी। 'अलहिलाल' को प्रेस अधिनियम के अन्तर्गत दबा दिया गया और मौलाना उसे बन्द करने पर मजबूर हो गए, लेकिन वह शान्त कब बैठने वाले थे, तुरन्त ही एक नया पत्र प्रकाशित करने लगे। उन्होंने 'गुबारे खातिर', 'तर्जुमानुल कुरान' और 'इंडिया विन्स फ्रीडम' जैसी विद्वतापूर्ण पुस्तकें लिखीं।

बंगाल सरकार ने 22 मार्च, 1916 को भारत सुरक्षा अधिनियम की धारा 3 के अन्तर्गत मौलाना आज़ाद को बंगाल की सीमा से एक सप्ताह के भीतर निकल जाने का आदेश दिया। वह कलकत्ता से रांची चले गए और मौड़ाबादी नामक एक गांव के निकट अकेले रहने लगे।

उनका निर्वासन आदेश वापस लेने के लिए मित्रों और शुभचिन्तकों ने

प्रयत्न किए। साठ हज़ार से अधिक हस्ताक्षर करके प्रतिवेदन भेजा गया। इसी बीच लार्ड माइकल ने एक भेंट के दौरान स्वीकार किया कि ग़लतफ़हमी दूर हो गई है। उन्होंने फ़ौरन रिहाई का आश्वासन भी दे दिया, लेकिन यह झूठी तसल्ली थी। फिर भी इस बहाने उन्हें इतना समय मिल गया कि साहित्य, इतिहास और धर्म को लेकर कुछ कर सकें।

जनवरी, 1920 में प्रतिबन्ध के आदेश हटा लिये गए। वह पुनः रांची से कलकत्ता पहुंच गए। प्रतिबन्ध के दौरान रौलट एक्ट पास हो गया था। जनरल डायर द्वारा जलियांवाला बाग का बर्बर हत्याकांड किया जा चुका था। अधिकांश राष्ट्रीय नेताओं को गिरफ़्तार कर लिया गया। मुश्किलें समाप्त होने के बाद मौलाना आज़ाद फिर से अपनी गतिविधियों में जुट गए। 1921 में उन्होंने कलकत्ता से 'पैग़ाम' नामक साप्ताहिक पत्र निकाला और फिर गिरफ़्तारियों का दौर शुरू हो गया। मौलाना आज़ाद भी गिरफ़्तार कर लिए गए। उन्होंने अदालत के सामने विस्तार से बयान देकर ब्रिटिश न्याय की जमकर खिल्ली उड़ाई। इसी वजह से उनका मुक़दमा जानबूझकर तीन महीने तक लटकाया गया। महात्मा गांधी ने उनके बयान की बड़ी प्रशंसा की।

मौलाना स्पष्ट रूप से मौलाना थे, पर उच्चकोटि के धार्मिक विद्वान होते हुए भी उन्हें पुराने विचारों में आस्था नहीं थी। वह हर तरह से आधुनिक विचारों के व्यक्ति थे। उनका ज्ञान असाधारण था, फिर भी बौद्धिक कार्यों के अतिरिक्त जीवन-भर वह राजनीति में व्यस्त रहे।

मौलाना को अपनी गिरफ़्तार के बारे में पहले ही मालूम हो गया था, इसलिए उन्होंने महात्मा गांधी के नाम बधाई और देशवासियों के नाम एक सन्देश लिखा था। उन्होंने विशेष रूप से मुसलमानों के लिए यह सन्देश दिया था – मोमिनीन (इस्लाम के सच्चे समर्थको), न तुम निराश हो, न दुखी। अगर सच्चा ईमान अपने अन्दर पैदा कर लो, तो तुम्हीं सब पर छा जाओगे। हमारी सफलता चार सच्चाइयों पर निर्भर करती है और मैं इस समय भी सारे देशवासियों को इन्हीं के लिए आमन्त्रित करता हूं : हिन्दू-मुस्लिम एकता, शान्ति,

अनुशासन और बलिदान। मुसलमानों से मैं विशेष रूप से अनुरोध करूंगा कि अपने इस्लामी कर्तव्य को याद रखें और परीक्षा के इस निर्णायक समय में अपने सारे भारतीय भाइयों से आगे निकल जाएं। अगर वे पीछे रहे, तो उनका अस्तित्व विश्व के चालीस करोड़ मुसलमानों के लिए कलंक बन जाएगा। उन्हें अंग्रेज़ सरकार ने एक साल की सख़्त सज़ा सुना दी।

मौलाना सितम्बर, 1923 में दिल्ली में आयोजित कांग्रेस के विशेष अधिवेशन में अध्यक्ष बने। कांग्रेस के पुराने और अनुभवी नेताओं को छोड़कर एक पैंतीस वर्षीय नवयुवक को इस काम के लिए चुना गया। वास्तव में यह उनकी सूझबूझ और दूरदृष्टि की दाद थी। मौलाना के प्रयत्न से कौंसिलों में प्रवेश के समर्थकों और विरोधियों के बीच बेहतर समझौता हुआ था।

मौलाना अब बार-बार जेल जाने लगे। उनके इस तरह जेल जाने से बेगम जुलैख़ा के मन पर निरन्तर उदासी छाई रहती। मौलाना जब 1942 में बम्बई के ऐतिहासिक कांग्रेस अधिवेशन की अध्यक्षता करने जा रहे थे, तो बेगम जुलैख़ा के चेहरे पर विचित्र-सा भाव था। उन्होंने मौलाना को खुदा हाफ़िज़ कहा। जिन दिनों मौलाना अहमदनगर के क़िले में नज़रबन्द थे, तभी जुलैख़ा बेगम का देहान्त हो गया।

आज़ादी की लड़ाई में ख़िलाफ़त के दिन बड़े स्वर्णिम थे। उन दिनों मुसलमानों ने गोवध बन्द कर दिया था। हिन्दू भी ख़िलाफ़त में उनकी ख़ूब सहायता कर रहे थे, परन्तु अन्त में अंग्रेज़ अपनी भेद-भाव की नीति में सफल हो गए और देश साम्प्रदायिकता की आग में झुलसने लगा। एक ओर देश को दंगों की आग से बचाना और दूसरी ओर ब्रिटिश सरकार के दमन-चक्रों का सामना करना कोई आसान काम नहीं था।

मौलाना अंग्रेज़ो की चाल को अच्छी तरह समझ गए थे। वह जानते थे कि भारत में साम्प्रदायिक समस्या का समाधान तभी हो सकेगा, जब ब्रिटिश सरकार यहां से विदा हो जाएगी।

देश स्वतन्त्र हुआ, तो मौलाना आज़ाद को शिक्षा मन्त्री का कार्यभार सौंपा

गया। 1952 में रामपुर से लोकसभा के सदस्य चुने गए और 1957 में गुड़गांव से। मौलाना आज़ाद मानवीयता और शिष्टाचार के बहुत बड़े प्रचारक थे। वह हर हाल में सन्तुष्ट रहते थे। शिक्षा मन्त्रालय उनकी रुचि के अनुसार बिल्कुल सही था। उन्होंने देखा कि अंग्रेज़ो का ज़माना तो गुज़र गया। अब सुधार होना चाहिए। नवयुवकों में अच्छी और स्वस्थ आदतें पैदा होनी चाहिए। इसके बिना शिक्षा अधूरी रह जाएगी।

मौलाना के शिक्षा सम्बन्धी दर्शन का बुनियादी विचार था कि पूर्व और पश्चिम के दृष्टिकोणों में मेल पैदा किया जाए। वह बिना सोचे-समझे किसी बात को पुराना या दकियानूसी कहकर निरस्त नहीं किया करते थे। उन्होंने अपने विचारों की छाप शिक्षा के हर पहलू पर छोड़ी और शिक्षा तथा साहित्य में अनुसन्धान को बढ़ावा दिया। ललित कला की प्रगति के लिए अकादमियां भी बनवाई।

हिन्दी में विज्ञान सम्बन्धी तकनीकी शब्दावली तैयार करने का काम बड़े पैमाने पर शुरू किया गया। शिक्षा के माध्यम की गम्भीर समस्या और हिन्दी-अहिन्दी भाषाओं के झगड़े को बड़ी होशियारी से संभाला और लोगों को अलगाव के ख़तरों से आगाह किया। विश्वविद्यालय अनुदान आयोग की स्थापना करके न केवल उच्च शिक्षा की अधिक सुविधाएं प्रदान कीं, बल्कि विश्वविद्यालयों की स्वायत्तता की भी रक्षा की। उन्होंने महिलाओं की शिक्षा को पुरुषों की शिक्षा से अधिक महत्त्वपूर्ण ठहराया, क्योंकि इससे राष्ट्र में नया जीवन और नई जाग्रति पैदा हो सकती है।

मौलाना स्वयं एक लेखक और सांस्कृतिक व्यक्ति थे। उन्होंने एक योजना बनाई, जिससे साधनहीन लेखकों, कवियों और कलाकारों को आर्थिक सहायता दी जाने लगी।

हिमालय जैसा अटल स्वभाव, गंगा के पानी जैसा निर्मल दिल, तबीयत की उड़ान आसमान की ओर, बातचीत का ढंग बड़ा विनम्र, सूरत से शानो-शौकत टपकती हुई। इस महापुरुष की यह हलकी-सी तस्वीर है, जिसने अपने

व्याख्यानों को दिल जीतने का साधन बनाया, राजनीति पर सत्य की मुहर लगाई, विद्या और कला जिसको घुट्टी में मिली हुई थी। पत्रकारिता ने जिससे जीवन पाया। साहित्य और इतिहास को जिसने रंग-रूप और ताज़गी दी।

बेशक वह समन्वित राष्ट्रीयता के ध्वजवाहक थे तथा हमारी संस्कृति के पुनरुद्धार में उनका बड़ा योगदान था। 22 फ़रवरी, 1958 को साहित्य, राजनीति, दर्शन, सौजन्य और शराफ़त का यह सम्राट हम सबको छोड़ गया। 22 जनवरी, 1992 में उन्हें भारत सरकार ने मरणोपरान्त देश के सर्वोच्च अलंकरण भारतरत्न से विभूषित किया।

29

जे. आर. डी. टाटा

भारतरत्न 1992

भारत के सुप्रसिद्ध उद्योगपति टाटा परिवार में जन्मे जे.आर.डी. यानी जहांगीर रतनजी दादाभाई टाटा जन्मजात उद्योगपति थे। जहां तक उनकी प्रतिभा, क्षमता, कर्मठता, रुचि तथा प्रशिक्षण का सम्बन्ध है, वह बहुआयामी व्यक्तित्व के धनी थे। हवाई जहाज़ उड़ाने, योजनाएं तैयार करने, प्रबन्ध कार्यों को सरल बनाने तथा औद्योगिक सम्बन्धों का विकास करने में उनकी गहरी रुचि थी।

शिक्षा, जनसंख्या नियन्त्रण, परमाणु ऊर्जा के विकास में जीवन-भर उन्होंने अपना भरपूर योगदान दिया। वह चाहते थे कि देश के अधिक से अधिक लोगों को ऐसे कार्यों से लाभ पहुंचाया जाए। अपनी कोशिशों से उन्होंने एक ऐसे नए इतिहास की रचना की, जो भारत के औद्योगिक विकास में निहित है। जे.आर. डी. टाटा के नाम से विख्यात इस हस्ती को भारत में नागरिक उड्डयन का अग्रदूत कहा जाता है।

जहांगीर रतनजी दादाभाई टाटा का जन्म 29 जुलाई, 1904 को फ्रांस की राजधानी पेरिस में हुआ था। उनके पिता का नाम रतनजी दादाभाई टाटा और मां का नाम सूनी था। वह फ्रांसीसी महिला थीं। जहांगीर रतनजी दादाभाई की आरम्भिक शिक्षा फ्रांस तथा बम्बई में हुई थी। वह अंग्रेज़ी की अपेक्षा फ्रेंच भाषा ज़्यादा अच्छी तरह बोलते थे। युवावस्था में एक वर्ष तक वह फ्रांस की सेना में भी रहे। बाद में पिता ने 1924 में बम्बई बुला लिया। यहां आकर उन्होंने टाटा उद्योग में काम करना शुरू किया और मि. पीटर्सन की देखरेख

में उद्योगों का प्रबन्धन कार्य सीखा। पीटर्सन एक आई.सी.एस. अधिकारी थे। उन्होंने सिविल सर्विस छोड़कर टाटा उद्योग को अपनी सेवाएं देना उचित समझा।

जे.आर.डी. टाटा का विवाह थेल्मा नाम की एक सुयोग्य तरुणी से 15 दिसम्बर 1930 में हुआ। अविभाजित भारत में वह पहले नागरिक थे, जिन्हें हवाईजहाज़ चलाने का लाइसेंस दिया गया। उन्होंने अपना विमान भी ख़रीद लिया और करतब दिखाना भी सीखा। टाटा ने 3 मई, 1930 को कराची से इंग्लैंड के लिए उड़ान भरकर पहली विजय प्राप्त की। 1940 के शुरू में जे. आर.डी. की जवाहलाल नेहरू से अच्छी पहचान हो गई थी। भारत के औद्योगिक विकास का एक सपना पं. नेहरू ने भी देखा था। जे.आर.डी. की सक्रियता ने उनके विचार को बल दिया।

1942 में भारत छोड़ो आन्दोलन शुरू होने से पूर्व जे.आर.डी. कांग्रेस की बैठकों में शामिल हुए थे, लेकिन राजनीतिक गतिविधियों में शामिल होने के बजाय उन्होंने देश की प्रगति के लिए उद्योग-धन्धों का विकास करन के विकल्प को चुना। वह अपनी लगन के पक्के थे, इसीलिए भारत की औद्योगिक उन्नति के लिए सदैव सक्रिय रहे । एयर इंडिया के जन्मदाता भी वही थे। इसकी स्थापना 8 मार्च, 1948 को की गई थी। बीसवीं सदी के उत्तरार्द्ध में टाटा उद्योग समूह की जितनी उन्नति हुई, उसका श्रेय जे.आर.डी. टाटा को ही जाता है। वह औद्योगिक प्रबन्धन को व्यवस्थित रूप देना चाहते थे। इसी उद्देश्य को लेकर उन्होंने टाटा मैनेजमेंट ट्रेनिंग सेंटर की स्थापना की थी, जो अपनी तरह का एक सर्वश्रेष्ठ संस्थान है।

पंडित नेहरू तथा टाटा के विचारों में काफ़ी समानता थी। दोनों ही कुलीन घराने में पैदा हुए थे तथा उनकी शिक्षा-दीक्षा भी विदेशों में हुई थी। दोनों के मध्य आत्मीयता से भरा पत्र-व्यवहार भी होता रहता था, जिसमें देश की उन्नति की बातें भी रहा करती थीं।

पं. नेहरू ने कई बार सरकारी तन्त्र में रतन टाटा की योग्यता के अनुसार

पद देना चाहा, किन्तु बीच-बीच में कुछ ऐसी बातें होती रहीं, जिनकी वजह से वह ऐसे पदों को स्वीकार करने से बचते रहे। वह तिरपन वर्षों तक टाटा उद्योग समूह के अध्यक्ष रहे। इस दौरान उन्होंने योग्य प्रशासक के रूप में कामगारों का भला करने वाले तथा हर पल देश की उन्नति के बारे में सोचने वाले कर्मयोगी के रूप में प्रसिद्धि प्राप्त की। वह उद्योगों में ट्रस्टीशिप के सिद्धान्त के पक्षधर भी थे और चाहते थे कि उद्योगों में कार्यरत कर्मचारी वर्ग के भीतर ऐसे भाव पनपने चाहिए कि वे स्वयं को मात्र वेतनभोगी न मानकर सम्बन्धित उद्योग का एक ज़िम्मेदार भागीदार माने। उनके इस विश्वास के कारण ही देश में टाटा उद्योग समूह व्यवस्थित उद्योगों की पहचान बन गया।

जे.आर.डी. टाटा ने खुलकर कभी यह नहीं कहा कि वह गांधीवादी हैं, लेकिन ग़ौर से विचार किया जाए तो ज्ञात होता है कि गांधी के आदर्शों के काफ़ी निकट थे। वह सादा जीवन व्यतीत करते थे तथा कभी-कभी अपने कपड़े स्वयं ही धो लेते थे। ऐसा सरल जीवन जीने में उनकी पत्नी को भी कभी संकोच नहीं होता था। उन्होंने महिलाओं एवं उनके बच्चों की मदद के लिए जे.आर.डी. तथा थेल्मा जे. टाटा ट्रस्ट की स्थापना की।

जे.आर.डी. टाटा लोगों के बीच घुलना-मिलना पसन्द करते थे। टाटा उद्योगों में कार्यरत अधिकारियों तथा कर्मचारियों के साथ उनका स्नेह से भरा और दोस्ताना व्यवहार रहता था। विशेष समारोहों अथवा अवसरों पर वह स्वयं उनके साथ बैठते थे तथा प्रसन्नता से उनका उत्साह बढ़ाया करते थे। एक बार उनसे पूछा गया कि क्या आप धार्मिक हैं या अध्यात्मवादी? इस प्रश्न का सीधा उत्तर देते हुए उन्होंने कहा कि वह ऐसे योजनाबद्ध धर्म को तो पसन्द नहीं करते, जो लोगों के बीच दीवारें खड़ी करता है, किन्तु वह अधिकांश धर्मों की मूल अच्छाइयों में अवश्य विश्वास करते हैं तथा जीवन में अच्छाई की शक्ति को भी स्वीकार करते हैं।

एक बार उनसे पूछा गया कि क्या वह पुनर्जन्म में विश्वास करते हैं। इसका रोचक-सा उत्तर देते हुए उन्होंने कहा था कि वह आत्मा की अमरता पर विश्वास

करते हैं तथा यह चाहते हैं कि यदि उनका पुनर्जन्म हो, तो वह भारत में इतनी क्षमता और शक्ति लेकर उत्पन्न हों कि अपने देश और यहां के लोगों की भरपूर मदद कर सकें।

सफलता के शिखर पर पहुंचकर अक्सर लोग अपने-आप को एकाकी समझने लगते हैं और ऐसा एकाकीपन कभी-कभी बड़ा उबाऊ हो जाता है। जे.आर.डी. के साथ ऐसा नहीं था। इस बारे में पूछे गए एक प्रश्न का उत्तर देते हुए उन्होंने कहा था कि वह ऐसा इसलिए नहीं समझते, क्योंकि उनके पास योग्य कर्मचारियों का पूरा समूह है, जो उनके दायित्वों में हाथ बटाता है। उन्होंने कहा कि यह तो नहीं कहा जा सकता कि वह ऐसे लोगों को कोई प्रेरणा देते हैं, किन्तु तथ्य यह है कि वह स्वयं उनसे प्रेरणा अवश्य प्राप्त करते हैं। किसी महापुरुष के ये विचार प्रकट करते हैं कि वह कितने सरल तथा अभिमान से दूर थे।

आम जनता की चिन्ता करने वाले ऐसे पुरुष किसी देश के भाग्य विधाता ही होते हैं। टाटा अपने देश को कई क्षेत्रों में आत्मनिर्भर बनाने के लिए भरपूर प्रयत्न करते रहते थे। उन्होंने लम्बी उम्र पाई थी। नवासी वर्ष की उम्र तक वह देश में विभिन्न उद्योगों का विकास करने में जुटे रहे। देश के लिए उनके महान योगदान को देखते हुए भारत सरकार ने 25 जनवरी, 1992 को उन्हें भारतरत्न जैसे सर्वोच्च अलंकरण से विभूषित किया। 1993 में वह जेनेवा गए हुए थे, जहां हृदय एवं श्वास गति रुक जाने से 29 नवम्बर को उनका निधन हो गया।

भारत के उद्योग जगत के लिए उनकी मृत्यु एक ऐसी क्षति मानी गई, जिसकी पूर्ति होना कठिन था। भारत सरकार ने अपना शोक व्यक्त करते हुए संसद की कार्यवाही एक दिन के लिए स्थगित कर दी थी और महाराष्ट्र सरकार ने एक शोक प्रस्ताव पारित करके तीन दिन का राजकीय शोक मनाया था। जहांगीर रतनजी दादाभाई टाटा बेशक इस देश की महान विभूति और भारतीय उद्योग जगत के एक आधार स्तम्भ थे।

30

सत्यजित राय

भारतरत्न 1992

जीवन के यथार्थ को ख़ूबसूरती के साथ प्रस्तुत करने और भारतीय फ़िल्मों को विश्व स्तर की ऊंचाइयां प्रदान करने वाले, साथ ही सहित्य और कला के क्षेत्र में बहुआयामी व्यक्तित्व के धनी सत्यजित राय अपने निकट के सम्बन्धियों और दोस्तों में माणिकदा के नाम से मशहूर थे। उनका जन्म 2 मई, 1921 को कलकत्ता के कला-सम्पन्न परिवार में हुआ था। उनके पिता सुकुमार राय मशहूर व्यंग्य लेखक, चित्रकार और अच्छे कवि थे। मां सुपर्णा राय अपने ज़माने की प्रसिद्ध गायिका थीं। उनके दादा भी बच्चों के लेखक थे। इस प्रकार कहा जा सकता है कि सत्यजित राय को साहित्य, संगीत और कला विरासत में मिले थे।

जब उनके पिता का देहान्त हुआ, तब उनकी उम्र बहुत कम थी। अतः उन्हें अपना बचपन मामा के यहां भवनीपुर में बिताना पड़ा।

उन्होंने बालीगंज के सरकारी स्कूल से हाईस्कूल तक शिक्षा प्राप्त की । 1940 में प्रेसीडेंसी कॉलेज से स्नातक की उपाधि प्राप्त कर ली थी। उसके बाद शान्तिनिकेतन चले गए। वहां गुरुदेव रवीन्द्रनाथ ठाकुर की छत्र-छाया में आर्ट स्कूल में अध्ययन करने लगे।

विश्वभारती में उन्होंने तीन वर्ष तक चित्रकला का अध्ययन किया। यहां पर नन्दलाल बोस जैसे प्रख्यात चित्रकार से भारतीय कला के सूक्ष्म पक्षों की शिक्षा ग्रहण की। जिसे रवीन्द्रनाथ ठाकुर का संरक्षण मिला हो और फिर जिसने

नन्दलाल बोस और विनोद बिहारी बोस जैसे चितेरों का रंग-स्पर्श पाया हो, भला वह अनजाना कैसे रह सकता था। उसे तो ऊपर उठकर आकाश छूना ही था। उन्होंने कलकत्ता की एक ब्रितानी विज्ञापन एजेंसी में कमर्शियल आर्टिस्ट के रूप में काम करना शुरू कर दिया। वह जल्द ही वहां कला निदेशक बन गए, लेकिन उनकी रुचि तो फ़िल्मों में थी। इसलिए 1947 में अपने कुछ सहयोगियों एवं मित्रों के साथ मिलकर 'कलकत्ता फ़िल्म सोसाइटी' की स्थापना की।

1949 में उनकी मुलाकात मशहूर फ़िल्म निर्देशक जीन रेनवा से हो गई। रेनवा उन दिनों अपनी 'द रीवर' नामक फ़िल्म की शूटिंग के सिलसिले में कलकत्ता आए हुए थे। राय ने उनके साथ रहकर फ़िल्म निर्माण की तमाम तकनीकी बारीकियां सीखीं।

सत्यजित राय 1950 में लंदन गए। वहां साढ़े चार मास के प्रवास काल में उन्होंने लगभग सौ फ़िल्में देखीं। इन फ़िल्मों से वह इतने प्रभावित हुए कि इंग्लैंड से लौटते वक़्त अपनी समुद्र-यात्रा के दौरान ही उन्होंने ''पाथेर पांचाली' की पटकथा लिख डाली। इस कहानी पर 1955 में बनी उनकी फ़िल्म ने उन्हें संसार-भर में एक महान कलाकार के रूप में स्थापित कर दिया। इस फ़िल्म के निर्माण के लिए माणिकदा के पास पर्याप्त धन की व्यवस्था न होने के कारण उन्हें अपनी पत्नी के गहने तक गिरवी रखने पड़े। 'पाथेर पांचाली' ने तहलका मचा दिया और फ़िल्म उद्योग में यह मील का पत्थर बन गई। जापानी सिनेमा को अंतर्राष्ट्रीय प्रतिष्ठा दिलाने वाली कावाकिता ने 'पाथेर पांचाली' के बारे में 1955 में अपनी सम्मति देते हुए कहा था, "विश्व सिनेमा में यह फ़िल्म सबसे महान है।" उनका कथन उस समय सार्थक सिद्ध हुआ जब 'पाथेर पांचाली' को कान्स फ़िल्म समारोह में प्रथम अन्तर्राष्ट्रीय पुरस्कार दिया गया और इसे मानवीय दस्तावेज बताया गया और इसी एडिनबर्ग फ़िल्म फ़ेस्टिवल में भी पुरस्कृत किया गया। 1957 में इसे सानफ्रांसिस्को फ़िल्म समारोह में सर्वश्रेष्ठ निर्देशन का पुरस्कार प्राप्त हुआ। इस फ़िल्म को बारह अन्तर्राष्ट्रीय पुरस्कार भी प्रदान किए गए। इतने पुरस्कार प्राप्त करने के बाद यह सिद्ध हो जाता

है कि माणिकदा ने अपने उस कथन को सत्य सिद्ध करके दिखा दिया, जो उन्होंने 1948 में अपने किसी दोस्त से कहा था, "किसी दिन मैं एक महान फ़िल्म बनाऊंगा।" उनकी दूसरी फ़िल्म थी 'अपराजिता', जिसे 1957 के वेनिस फ़िल्म फ़ेस्टिवल में 'ग्राण्ड प्रिक्स' पुरस्कार प्रदान किया गया।

उनकी पहली हिन्दी फ़िल्म थी 'शतरंज के खिलाड़ी' । यह फ़िल्म मुंशी प्रेमचन्द की कहानी पर आधारित है। इसे भी राष्ट्रीय पुरस्कार मिला। तीन दशकों तक फ़िल्म मेकर के रूप में उनकी उपलब्धियां बेहद प्रशंसनीय रहीं।

वह उच्च कोटि के फ़िल्म और कला निर्देशक थे। उनमें कथा लेखक की प्रतिभा भी भरपूर थी। साथ ही कुछ फ़िल्मों में उन्होंने संगीतकार की भूमिका का भी सफल निर्वाह किया था। कथा-साहित्य और बाल-साहित्य के लेखक के रूप में भी माणिकदा का नाम और कार्य किसी से छिपा नहीं है। उनकी 'फ़ेलूदा', 'सोनार क़िला', 'प्रोफ़ेसर शंकू' और 'जब मैं छोटा था' आदि साहित्य की उल्लेखनीय कृतियों में गिनी जाती हैं।

उनकी सेवाओं का सम्मान करते हुए भारत सरकार ने 1959 में 'पद्मश्री', 1965 में 'पद्मभूषण' और 1976 में 'पद्मविभूषण' अलंकरणों से विभूषित किया। राय के योगदान की विदेशों में भी खुले दिल से प्रशंसा की गई। 1978 में ऑक्सफ़ोर्ड विश्वविद्यालय ने 'डॉक्टरेट' की मानद उपाधि से नवाज़ा। इस विश्वविद्यालय के प्रशंसा-पत्र में लिखा था, "सत्यजित राय ने भारत की महानता को दर्शकों के सामने उजागर किया है।"

माणिकदा की जिन फ़िल्मों को पुरस्कार मिले हैं, उनमें 'पाथेर पांचाली' (1955), 'अपराजिता' (1956), 'पारस पाथर' (1957), 'जल-साघर (1958), 'अपूर संसार' (1959), 'देवी' (1960), 'तिन कन्या' (1961), 'कंचनजंघा' (1962), 'अभिज्ञान' (1962), 'महानगर' (1963), 'चारुलता' (1964), 'कापुरुष-महापुरुष' (1965), 'नायक' (1966), 'चिड़ियाख़ाना' (1969), 'सोनार क़िला' (1973), 'शतरंज के खिलाड़ी' (1977), 'जय बाबा फेलूनाथ' (1978), 'हीरक राजार देशे' (1980), 'आगन्तुक' (1991) आदि के नाम उल्लेखनीय

हैं। रवीन्द्रनाथ टैगोर पर भी 1961 में एक श्रेष्ठ वृत्तचित्र बनाया। उन्होंने लगभग 36 फ़िल्मों का निर्माण किया।

अन्तर्राष्ट्रीय सिनेमा में राय के ज़बर्दस्त योगदान को फ्रांस के राष्ट्रपति फ्रांस्वा मितरां ने भी स्वीकार किया था। वह अपने देश का सर्वोच्च नागरिक अलंकरण 'लीज़न डी आनर' प्रदान करने के लिए 1989 में विशेष रूप से कलकत्ता आए थे। दिसम्बर, 1991 में राय को फ़िल्मी दुनिया के सबसे बड़े पुरस्कार 'विशेष ऑस्कर' से सम्मानित किया। यह पुरस्कार प्राप्त करने वाले राय भारत की पहली फ़िल्मी हस्ती थे। 1967 में पत्रकारिता और साहित्य के लिए उन्हें 'मैगसैसे एवार्ड' मिला। 1971 में ऑर्डर ऑफ यूगोस्लाव फ्लेग' से विभूषित किए गए। माणिकदा तीन बार भारतीय फ़िल्म महोत्सव के जूरी सदस्य बने। साथ ही मास्को, बर्लिन और कान्स में हुए अन्तर्राष्ट्रीय फ़िल्म समारोहों में भी उन्हें जूरी का सदस्य बनाया गया।

राय को 1983 में दिल का दौरा पड़ा। तब से वह डॉक्टरों की सलाह पर ज़्यादातर घर पर ही रहने लगे। ऐसे में भी फ़िल्म निर्माण से जुड़े रहे। फ़र्क़ इतना था कि कोशिश रहती कि बाहर जाकर कम-से-कम शूटिंग करनी पड़े। 27 जनवरी, 1992 को उन्हें सामान्य जांच के लिए कलकत्ता के प्राइवेट नर्सिंग होम में भर्ती किया गया। उन्हें सांस लेने में तकलीफ़ महसूस होती थी। स्वास्थ्य धीरे-धीरे बिगड़ता चला गया।

20 मार्च, 1992 को भारत सरकार ने देश के सर्वोच्च अलंकरण भारतरत्न प्रदान करने की घोषणा कर दी। यह अलंकरण उन्हें भारत के प्रधानमन्त्री पी.वी. नरसिंहराव ने स्वयं कलकत्ता जाकर भेंट किया। 5 जून, 1992 को सूचना एवं प्रसारण उपमन्त्री डॉ. गिरिजा व्यास ने उनकी पत्नी विजया राय को 'स्वर्ण कमल' पुरस्कार से सम्मानित किया। यह पुरस्कार उनकी फ़िल्म 'आगन्तुक' के लिए उन्तालीसवें राष्ट्रीय समारोह में प्रदान करने की घोषणा की गई थी। आख़िर इस महान व्यक्तित्व को 23 अप्रैल, 1992 को मृत्यु ने हमसे सदा के लिए छीन लिया।

31

ए.पी.जे. अब्दुल कलाम

भारतरत्न 1997

"**मैं** नहीं चाहता कि दूसरों के लिए कोई उदाहरण बनूं, लेकिन मुझे विश्वास है कि कुछ लोग मेरी इस कहानी से प्रेरणा ज़रूर ले सकते हैं और जीवन में सन्तुलन लाकर वह सन्तोष प्राप्त कर सकते हैं, जो सिर्फ़ आत्मा के जीवन में ही पाया जा सकता है।'

– ए.पी.जे. अब्दुल कलाम

अब्दुल कलाम का जन्म 15 अक्टूबर, 1931 में तमिलनाडु के रामेश्वर के निकट धनुषकोडि नामक गांव में हुआ था। 'मिसाइल मैन' के ख़िताब से देश के 'राष्ट्रपति' बनने की यात्रा करने वाले इस महान व्यक्तित्व का पूरा नाम अब्दुल पाकिर ज़ैनुल आबदीन अब्दुल कलाम है।

कलाम के पिता का नाम ज़ैनुल आबदीन, दादा का नाम पाकिर तथा परदादा का नाम अब्दुल था। इनकी माता का नाम आशियम्मा था। माता-पिता दोनों ही धार्मिक विचारों के थे। कलाम का परिवार रामेश्वरम का आदर्श परिवार माना जाता था। घर में दादा, दादी, माता, पिता और बच्चे थे। बच्चों में चार लड़के और एक लड़की के नाम जुड़े थे। बचपन से ही उनके व्यक्तित्व में ऐसी सरलता और मिलनसारिता थी कि कोई भी बच्चा उनकी ओर आकर्षित हो जाता था और उनसे दोस्ती करना पसन्द करता था। उनके पक्के दोस्त केवल तीन थे – रामनाथ शास्त्री, अरविन्दन और शिवप्रकाशन। ये तीनों ब्राह्मण परिवारों के थे।

वह बचपन से ही प्रकृति को बहुत प्यार करते थे। प्राकृतिक दृश्यों को देखकर उनका दिल आनन्द से भर जाया करता था। उनका जन्म ही ऐसे स्थान में हुआ, जो प्राकृतिक सौन्दर्य, आध्यात्मिक रुचियों ओर सद्विचारों का केन्द्र था। अब्दुल कलाम के परिवार ने अपने परिवेश से वह सब-कुछ ग्रहण किया था, जो आदर्श था। वैसे ही गुण अब्दुल कलाम में भी विकसित हुए। अच्छे विचारों के प्रति उनकी भूख बचपन में ही जाग गई थी। उनके पिता इतने बुद्धिमान और अनुभवी थे कि मिलने-जुलने वालों को कुछ-न-कुछ समझाते ही रहते थे। अब्दुल कलाम को बचपन में पिता का पूरा साथ मिला। वह जहां भी जाते, उन्हें अक्सर अपने साथ ले जाते। भारतीय संस्कृति के महान मूल्यों –अहिंसा, दया, ममता और आत्मीयता की भावनाएं कलाम के भीतर गहरे तक रच-बस गई थीं।

रामेश्वरम के समुद्र तट पर स्थित होने से वहां रहने वालों को समुद्र से जुड़े व्यवसायों से आजीविका चलानी पड़ती थी। कलाम के पिता बहुत परिश्रमी और जीवट वाले व्यक्ति थे। उनके लिए काम ही पूजा थी। ख़ाली रहना उन्हें ज़रा भी पसन्द नहीं था। किसी-न-किसी काम में हर वक़्त जुटे रहना उन्हें बहुत अच्छा लगता था।

एक दिन समुद्र में भीषण तूफ़ान आया। सौ मील प्रति घंटे से भी ज़्यादा रफ़्तार वाला तूफ़ान था। उस समय कुछ नावें किनारे पर थीं और कुछ तीर्थयात्रियों को ले जा रही थीं। सारी नावों को समुद्र ने अपनी ऊंची-ऊंची लहरों में समेट लिया और उन्हें निगल गईं। समुद्र का यह विनाशकारी रूप अब्दुल कलाम के सामने पहली बार आया था। वह दुखी हो उठे। उन्हें तो समुद्र जीवन और सौन्दर्य का भंडार लगता था। तूफ़ान गुज़र जाने के बाद समुद्र पहले की तरह शान्त हो गया, परन्तु बालक अब्दुल कलाम के मन में अनेक दिल दहला देने वाले प्रश्न छोड़ गया। इसी के साथ उन्हें परिवार की ग़रीबी और उससे निरन्तर लड़ते रहने की स्थिति का अहसास भी हुआ।

इनके पिता ने बहुत कम पढ़ाई की थी और आर्थिक रूप से भी बेहतर नहीं थे, हालांकि माता आशियम्मा ने औपचारिक रूप से विद्या ग्रहण की थी।

पिता शहर के दक्षिणी छोर पर मछुआरों को कश्तियां दिया करते थे। यही रोज़ी-रोटी का साधन था।

अब्दुल कलाम को परिवार में बड़ा प्यार मिला। उनके पड़ोसी कहते हैं कि बचपन से ही वह अपने में डूबे रहने वाले अन्तर्मुखी स्वभाव के थे। पढ़ने में उन्हें बहुत ज़्यादा रुचि थी, लेकिन जिस माहौल में उनका लालन-पालन हुआ, वहां किताबें कम ही थीं। उनके पड़ोसी एस.टी. आर. मानिक्कम ने उनकी पढ़ने की रुचि को काफ़ी बढ़ावा दिया। वह कहते हैं, "मेरी निजी लाइब्रेरी में अब्दुल घंटों बैठा रहता। वह हर तरह की किताबें पढ़ता था।" एक और व्यक्ति ने उन्हें खूब प्रभावित किया। वह था रामेश्वर समाचार-पत्रों का विक्रेता । उससे उन्हें ढेरों तरह की जानकारियां मिला करती थीं। आज़ादी की लड़ाई के बारे में भी उसी ने बताया था।

वह हमेशा खाना अपनी मां के साथ ज़मीन पर बैठकर ही खाते थे। शुरू में उन्होंने शाकाहारी रहने का फ़ैसला किया, जो कि आर्थिक तंगी की वजह से था, लेकिन बाद में उन्होंने इसे अपनी आदत बना लिया। कलाम का कहना है कि ईमानदारी तथा स्वानुशासन का सबक़ उन्हें अपने पिता से मिला, जब कि अच्छाई में विश्वास और दयालुता जैसे गुण मां से सीखने को मिले।

डॉ. अब्दुल कलाम ने अपनी स्कूली पढ़ाई स्मियार में शुरू की और रामनाथपुरम के श्वार्ट्ज हाईस्कूल में विज्ञान की पढ़ाई जारी रखी, फिर तिरुचिरापल्ली के सेंट जोज़फ कॉलेज में विज्ञान-स्नातक की पढ़ाई पूरी कर ली। उसके बाद मद्रास इंस्टिट्यूट ऑफ़ टेकनोलॉजी में एयरोनोटिकल इंजीनियरिंग में डिप्लोमा कोर्स किया। 1958 में डिफेंस रिसर्च डेवलपमेंट ऑर्गनाइज़ेशन (डी.आर.डी.ओ.) में चले गए। इनका पहला प्रोजेक्ट एक होवरक्राफ़्ट था। इस होवरक्राफ़्ट का नाम नन्दी रखा गया। 1962 में डी.आर.डी.ओ. संस्थान छोड़ दिया और इंडियन स्पेस रिसर्च संस्थान (आई.एस.आर.ओ.) में शामिल हो गए।

तिरुअनन्तपुरम में जुलाई, 1980 में भारतीय उपग्रह रोहिणी अन्तरिक्ष में छोड़ा गया। उस समय अब्दुल कलाम एस.एल.बी.-3 प्रोजेक्ट के संचालक थे।

तब विक्रम साराभाई जैसे मुख्य अधिकारी ने इन्हें काफ़ी प्रोत्साहन दिया था।

अब्दुल कलाम आगे हैदराबाद के डिफ़ेंस रिसर्च डेवलपमेंट प्रोग्राम में शामिल हो गए तथा देश की सम्पूर्ण मिसाइल विकास परियोजना का बीड़ा उठा लिया। वह भारत के इतिहास में सबसे बड़ा और पूरी तरह सफल डिफ़ेंस सम्बन्धी रिसर्च प्रोग्राम था। इसकी रिपोर्ट उस समय के रक्षा मन्त्री आर. वेंकटरमन को समर्पित की गई।

डॉ. कलाम ने बारह यूनिवर्सिटियों, तीस रक्षा प्रयोगशालाओं, सी.एस.आई. आर., आई.एस.आर.ओ. तथा दर्जनों सरकारी तथा ग़ैरसरकारी संस्थाओं को इस कार्यक्रम में शामिल कर लिया था। इस कार्यक्रम की पांच मिसाइलों के नाम हैं: पृथ्वी, नाग, आकाश, त्रिशूल और अग्नि।

उनकी योग्यताओं को देखते हुए उन्हें टेक्नोलॉजी, इन्फ़ॉरमेशन, फ़ॉरकास्टिग एंड एसेसमेंट काउंसिल (टी.आई.एफ.ए.सी.) का मुख्य अधिकारी होने के साथ भारत सरकार का मुख्य वैज्ञानिक सलाहकार नियुक्त किया गया और कैबिनेट मन्त्री का दर्जा दिया गया। डॉ. अब्दुल कलाम ने सेटेलाइट लांच विहिकिल के विकास में भी बड़ा योगदान किया। इसकी वजह से रोहिणी उपग्रह अन्तरिक्ष में छोड़ना सम्भव हो सका। उन्होंने देश के वैज्ञानिक तथा तकनीकी क्षेत्र से जुड़े हर मामले में अपनी सलाह दी तथा उसके विकास में भरपूर सहायता की। डॉ. कलाम को भारतीय मिसाइल का जनक कहा जाता है।

बचपन से ही अब्दुल कलाम लम्बे पंखों वाली समुद्री चिड़िया की उड़ान की तरफ़ बहुत आकर्षित रहे। उनकी यही रुचि उन्हें विमान चालकता अभियन्ता की डिग्री प्राप्त करने तक ले गई। उन्होंने तमिल भाषा में कविताएं भी लिखीं तथा वीणा को बजाना भी सीखा।

अब्दुल कलाम ने अपनी सारी जिन्दगी भारत के जल-सीमान्त क्षेत्रों के पास बिताई। अरब सागर के नज़दीक थम्बा अन्तरिक्ष केन्द्र में रामेश्वरम के इस लड़के ने अपने बीस साल अन्तरिक्ष में अव्वल होने के स्वप्न के साथ बिताए। अगले बीस साल बंगाल की खाड़ी के पास चांदीपुर में बिताए, जहां

मिसाइलों की उड़ान का निरीक्षण किया जाता था। इसी बीच उन्होंने अन्तरिक्ष से वातावरण में आने वाले पदार्थों की जांच-पड़ताल भी की।

डॉ. कलाम को 1981 में पद्मभूषण, 1990 में पद्मविभूषण तथा भारतरत्न पुरस्कार से 26 नवम्बर, 1997 को सम्मानित किया गया।

कलाम ने योजना बनाई है कि वह 2020 तक भारत को जगाने, तकनीकी के क्षेत्र में आत्मनिर्भर बनाने तथा युवाशक्ति को देश को आगे बढ़ाने के अभियान से जोड़ने में लगे रहेंगे। इसलिए कहा जा सकता है कि दुनिया का सबसे बड़ा लोकतन्त्र डॉ. कलाम जैसे धुनी-गुनी हस्ती के रहते किसी से पीछे रहने वाला नहीं। ऐसे में पूरी आशा है कि देश की जन-शक्ति और नेतृत्व के तालमेल से यह स्वप्न अवश्य पूरा होगा।

ज्यों ही रामेश्वरम के लोगों को पता लगा कि वहां की मिट्टी में जन्मे और पले-बढ़े कलाम भारत के राष्ट्रपति चुन लिये गए हैं, तो वे खुशी से झूम उठे। सारे रामेश्वरम में मिठाइयां बांटी गईं। रामेश्वरम मन्दिर में विशेष पूजा की गई और डॉ. कलाम का पुश्तैनी मकान बधाई देने वालों से भर गया। उसी दिन उनके मोहल्ले की गली वाली मस्जिद में भी विशेष नमाज़ अता की गई। कलाम के परिवार वालों की प्रसन्नता का वर्णन तो शब्दों में भी सम्भव नहीं है।

25 जुलाई, 2002 को डॉ. कलाम को भारत के राष्ट्रपति पद की शपथ दिलाई गई और वह एक ऐसे घर में रहने लगे, जहां आम लोगों का पहुंचना आसान नहीं था। वह था भारत के प्रथम नागरिक का घर, यानी राष्ट्रपति भवन, लेकिन इस घर में आकर उन्होंने-अपने आप को इसकी दीवारों में क़ैद नहीं कर लिया, बल्कि देश-भर में ख़ुद जाकर या राष्ट्रपति भवन में बुलाकर युवाओं और बच्चों को विकास का पाठ पढ़ाते हुए उनसे दोस्ती और पक्की कर ली।

32

गुलजारीलाल नन्दा

भारतरत्न 1997 गुलज़ारी

पाकिस्तान में स्यालकोट ज़िले के गांव गड़थल के एक मध्यमवर्गीय परिवार में 4 जुलाई, 1898 को जन्मे गुलजारीलाल नन्दा को मज़दूर नेता के रूप में ख्याति मिली। सीधी-सादी प्रवाहमयी वाणी बोलने वाले नन्दा जी की प्रारम्भिक शिक्षा आर्य स्कूल में हुई।

मोरारजी के बाद गांधीवादी परम्परा को निभाने वाले गुलजारीलाल नन्दा ने अपना कर्मक्षेत्र गुजरात बनाया। वह श्रमिकों की भलाई के कामों में जुट गए। समाज के प्रत्येक व्यक्ति को सुखी बनाने की उनकी बड़ी इच्छा थी। उनका उद्देश्य सभी की उन आवश्यकताओं को पूरा करना था, जिनकी हर इंसान को बुनियादी ज़रूरत रहती है अर्थात रोटी, कपड़ा और मकान।

उन्होंने यह अच्छी तरह समझ लिया था कि भारत की आज़ादी के लिए श्रमिकों का सहयोग बहुत आवश्यक है। शायद इसीलिए उन्होंने श्रमिकों में एकता और राष्ट्रीय चेतना लाने के लिए काफ़ी काम किया। उन सभी समाजवादी उद्देश्यों तथा आदर्शों को एक साथ करने का महत्त्वपूर्ण कार्य किया, जो भारत जैसे ग़रीब देश के लिए काफ़ी उपयोगी हो सकते थे।

1921 में वह मज़दूर-महाजन सभा के मन्त्री बने। इस सभा को गांधी जी

का आशीर्वाद प्राप्त था। उनके नेतृत्व में मिल मालिकों के विरुद्ध अपनी आवाज़ ऊंची करने में मज़दूरों को सफलता मिली।

उनका विश्वास था कि कुटीर उद्योग के साथ-साथ बड़े उद्योगों को भी प्रोत्साहित करने की ज़रूरत है, क्योंकि संसार में तेज़ी से हो रही वैज्ञानिक प्रगति को देखते हुए भारत को अपने संसाधनों का विस्तार तथा विकास करना ही होगा, अन्यथा प्रगति की दौड़ में वह काफ़ी पिछड़ जाएगा।

नन्दा जी महात्मा गांधी के कट्टर अनुयायी थे। गांधीवादी विचारधारा से भरपूर, शालीन व्यक्तित्व के धनी गुलजारीलाल नन्दा ने अपने जीवन में कोई धन-सम्पत्ति नहीं जोड़ी। नेतिक मूल्य ही उनके जीवन की पूंजी थे।

1952 में उन्होंने अपना पहला लोकसभा चुनाव मुंबई से लड़ा और जीत कर संसद की शोभा बढ़ाई। 1957 में चुनाव हुए तो उन्हें योजना एवं श्रममन्त्री बनाया गया। 1962 में वह गुजरात के साबरकांठा से लड़े और जीतने के बाद उन्हें श्रम व रोज़गार मन्त्रालय का काम-काज दिया गया। 1972 और 1977 में हरियाणा के कैथल से लड़े और जीते। उनका वजूद इतना भारी भरकम था कि जहां से भी चुनाव लड़ते, जनता भारी वोटों से उन्हें जिताती। नेहरू जी ने 1963 में उन्हें गृहमन्त्री बनाया और उनकी कोशिशों से कलकत्ता के दंगे एकदम रुक गए। सही मायनों में नंदा जी जिस पद पर रहे, उस पर हमेशा के लिए छाप छोड़ गए।

देश को योजनाबद्ध विकास के मार्ग पर चलाने की बारी आई, तब सबको नन्दा जी से सही और कोई नहीं लगा। अतः तब उन्हें योजना आयोग का प्रथम अध्यक्ष बनाया गया। वहीं नेहरू जी के मन्त्रिमंडल में उन्होंने बख़ूबी काम किया, तो इंदिरा जी के साथ भी मन्त्री रहे। वह लगातार कई मन्त्रालयों के मन्त्री बनते रहे और जिसमें भी गए, उसे उन्नति पर पहुंचाया। वह मन से यही चाहते थे कि इस देश के ग़रीबों तथा बेसहारा लोगों को रोज़ी-रोटी मिले और उस शोषण से उन्हें मुक्ति मिले, जिसे वे सदियों से भोगते आ रहे हैं।

1964 में नेहरू जी की मृत्यु के बाद उन्हें अन्तरिम प्रधानमन्त्री बनाया गया। 1966 में पुनः लालबहादुर शास्त्री की मृत्यु के बाद अन्तरिम प्रधानमन्त्री बने। उनके सामने इस दौरान कई तरह के प्रलोभन आए, किन्तु उन्होंने उनकी ओर ध्यान नहीं दिया।

1966 में इन्दिरा गांधी के मन्त्रिमंडल में गृहमन्त्री के पद पर रहे। उन्हीं दिनों गोवध के विरोध में अनेक संगठनों ने संसद भवन पर प्रदर्शन की योजना बनाई । इस योजना के तहत उन्होंने नन्दा जी से प्रदर्शन की अनुमति मांगी। सहज में ही नन्दा जी ने उस प्रदर्शन की अनुमति दे दी। प्रदर्शन हुआ और वहां उपद्रव मच गया। उपद्रव दबाने के लिए पुलिस को गोली चलानी पड़ी, जिससे नौ लोग मारे गए। इसका दोष नन्दा जी पर मढ़ दिया गया और इन्दिरा जी को उनसे गृहमन्त्री पद से इस्तीफ़ा लेना पड़ा। इससे व्यथित नन्दा जी ने राजनीति से संन्यास ले लिया और समाज-सुधार में लग गए।

गुलज़ारी लाल नंदा सादा जीवन-उच्च विचार के सौम्य पैरोकार थे। सत्ता से बाहर आते ही उन्होंने तमाम सरकारी सुविधाएं लौटा दीं। यहां तक कि सरकारी आवास भी छोड़ दिया और किराए के मकान में रहने लगे। वह फ़र्श पर दरी बिछाकर बैठ जाते और अपना काम करते। उन्होंने अपने दो पुत्रों और एक पुत्री को भी ख़ुद से आगे नहीं बढ़ाया। वे अपने प्रयत्नों से ही सुखी और सम्पन्न हुए। वह साधु स्वभाव के ऐसे गांधीवादी नेता थे, जिन्होंने कभी अपने आदर्शों से समझौता नहीं किया। इसीलिए उनके सभी कार्य मानव कल्याण की भावनाओं से ओत-प्रोत हैं, जिनमें मानवीय संवेदना और करुणा शामिल है।

4 जुलाई, 1997 को उन्होंने अपना सौवां जन्मदिन मनाया। 24 जुलाई को उन्हें भारतरत्न की उपाधि से नवाज़ा गया। जीवन के अन्तिम दिनों में वह चलने-फिरने में असमर्थ हो गए थे। उन्होंने शतायु तो पाई ही, बल्कि वह 103 वर्ष तक जिए। उनका निधन अहमदाबाद में अपनी पुत्री के यहां हुआ।

33

अरुणा आसफ़अली

भारतरत्न 1997

1942 के भारत छोड़ो आन्दोलन में जिन महिलाओं ने हिस्सा लिया, अरुणा आसफ़अली का नाम उनमें सर्वप्रथम लिया जाता है। अपने सशक्त भूमिगत आन्दोलन के कारण उन्हें '1942 की क्रान्ति की नायिका' भी कहा गया। इसके पूर्व 1930 के असहयोग आन्दोलन और 1941 के व्यक्तिगत सत्याग्रह में भी वह जेल गई थीं, पर राष्ट्रीय नेताओं की प्रथम पंक्ति में उनका नाम भारत छोड़ो आन्दोलन के दौरान ही चमका।

अरुणा जी का जन्म 1909 में एक सम्मानित बंगाली परिवार में हुआ। शिक्षा नैनीताल के एक कॉन्वेंट स्कूल में प्राप्त की और अध्यापन कार्य कलकत्ता की गोखले स्मारक पाठशाला में शुरू किया। उन्हीं दिनों 1928 में अध्यापन छोड़ दिल्ली के प्रसिद्ध देशभक्त वकील आसफ़अली से विवाह करके अरुणा गांगुली से वह अरुणा आसफ़अली बन गईं। आसफ़अली आयु में उनसे 23 वर्ष बड़े थे। उनके मुसलमान होने के कारण अरुणा जी को अपने समाज के ज़बर्दस्त विरोध का सामना करना पड़ा।

संयोग से हिन्दू-मुस्लिम विवाह उन दिनों राष्ट्रीय एकता की भावना से बंधकर बड़ी तादाद में किए जा रहे थे। इसलिए कांग्रेसी क्षेत्रों में इस क़दम का स्वागत ही किया गया। राजनीति में भाग लेते हुए उन्हें पति के साथ ही जैसे एक राजनीतिक पथ-प्रदर्शक भी मिल गया।

1930 के सत्याग्रह के समय ही अरुणा जी आज़ादी की लड़ाई की एक

जुझारू नेता के रूप में सामने आ गई थीं। जुलूसों का नेतृत्व करने, सभाओं में भाषण देने जैसी गतिविधियां देखकर दिल्ली के चीफ़ कमिश्नर ने उन्हें चेतावनी दी कि वह अपने-आप को आन्दोलनों से दूर रखें, पर अरुणा जी ने इनकार कर दिया और उन्होंने एक वर्ष के लिए जेल जाना पसन्द किया। कुछ महीनों बाद गांधी-इरविन समझौते के समय अन्य नेता रिहा कर दिए गए, लेकिन ख़तरनाक व्यक्ति बताकर अरुणा जी को नहीं छोड़ा। गांधी जी के हस्तक्षेप, जेल के अन्य साथियों की रिहाई के बिना अपनी रिहाई से इनकार तथा जनमत के भारी दबाव को देखकर आख़िर सरकार को उन्हें रिहा करना ही पड़ा।

1932 में सत्याग्रह करके अरुणा जी फिर जेल चली गईं। इस बार उन्हें छः महीने की सज़ा मिली। दिल्ली की जेल में क़ैदियों के साथ दुर्व्यवहार के विरोध में उन्होंने भूख हड़ताल भी की। इस पर अधिकारियों ने उनकी मांगें तो मान लीं, पर वहां से हटाकर अम्बाला जेल के एकान्त में रख दिया। रिहाई के बाद इस बार उन्होंने अपना एक वर्ष अपने स्वास्थ्य सुधार और अध्ययन-मनन में लगा दिया। 1941 में हालांकि व्यक्तिगत सत्याग्रह करके वह फिर जेल गई थीं, पर अब उन्होंने निर्णय कर लिया था कि आगे कोई आन्दोलन हुआ, तो वह जेल नहीं जाएंगी, भूमिगत रहकर काम करेंगी।

अरुणा जी की विचारधारा समाजवादी थी, पर उनका झुकाव साम्यवाद की ओर अधिक था। पति के राजनीति में भाग लेने के कारण उनका अनेक नेताओं से सम्पर्क हुआ। कांग्रेस में सोशलिस्ट नेता जयप्रकाश नारायण, अच्युत पटवर्धन और राममनोहर लोहिया से उनके विचार अधिक मेल खाते थे।

8 अगस्त, 1942 के 'भारत छोड़ो' प्रस्ताव के समय वह अपने पति के साथ बम्बई में हुई कांग्रेस कार्यकारिणी की मीटिंग में उपस्थित थीं। 8 अगस्त की रात सभी बड़े नेताओं को गिरफ़्तार कर लिया गया। 9 अगस्त को सरकारी इमारतों पर तिरंगा फहराने के आन्दोलन की शुरूआत करने वाली सभा की अध्यक्षता अरुणा आसफ़अली ने ही की थी।

नेताओं की थोक गिरफ़्तार से देश में तूफ़ान-सा आ गया। इस अवसर पर लाठी चार्ज, आंसू गैस छोड़ने, गोली चलाने की घटनाएं हुईं और धर-पकड़ शुरू हो गई। योजना के अनुसार अरुणा जी तुरन्त भूमिगत हो गईं। उन्होंने कहा, "सभी लोग जेल चले जाएंगे, तो आन्दोलन कौन चलाएगा?" इस तरह वह अपनी गिरफ़्तार से बचते हुए आन्दोलन का लगातार नेतृत्व करती रहीं। इस तरह गुप्त रूप से ब्रिटिश विरोधी कार्यवाहियों में जुटी रहीं तथा देश के प्रमुख नगरों का दौरा किया।

26 सितम्बर, 1942 को उनकी दिल्ली की सारी सम्पत्ति ज़ब्त कर ली गई। सम्पत्ति लौटाने के लिए आत्मसमर्पण की शर्त लगा दी। इस पर भी अरुणा जी सामने नहीं आईं, तो उनका मकान, सामान, कार सब नीलाम कर दिए गए, परन्तु अरुणा जी झुकी नहीं। वह लगातार गुप्त तरीक़ों से काम करते हुए आन्दोलन को आगे बढ़ाती रहीं।

भूमिगत रहते हुए उन्होंने राममनोहर लोहिया के साथ मिलकर 'इंकलाब' भी चलाया। इस पत्र के माध्यम से वह जनचेतना जगाती रहीं। उनका कहना था, "इस समय हिंसा-अहिंसा की बहस में न पड़कर हमें लड़ाई जारी रखनी चाहिए। मैं चाहती हूं कि देश का हर नागरिक अपने ढंग से क्रान्ति का सिपाही बने ।" उनकी अपीलों ने लोगों को इतना प्रभावित किया कि बहुत से सरकारी कर्मचारी अपनी नौकरियां छोड़ कर आन्दोलन में कूद पड़े और हज़ारों छात्र-छात्राएं कॉलेजों से बाहर निकल कर आन्दोलन की गति तेज़ करने में जुट गए।

लुकते-छिपते, लगातार तकलीफ़ें सहते अरुणा जी का स्वास्थ्य बहुत गिर गया था। उनका सुराग़ देने वाले के लिए पांच हज़ार रुपए का इनाम भी घोषित किया गया था। गांधी जी ने उन्हें सलाह दी, "अपने-आप को इस तरह मारने के बजाय साहस से आत्मसमर्पण कर दो और पांच हज़ार रुपए इनाम स्वयं जीतकर हरिजन फंड में दान कर दो।" फिर भी गिरे स्वास्थ्य और गांधी जी की सलाह के बावजूद उन्होंने अन्त तक आत्मसमर्पण नहीं किया। 1944 में सभी नेता रिहा हो गए, तब भी वह सामने नहीं आईं।

1946 की 26 फ़रवरी को जब उनके विरुद्ध गिरफ़्तार का वारंट वापस ले लिया गया, तभी वह प्रकट हुईं। दैनिक 'ट्रिब्यून' ने इस साहसिक व सफल भूमिगत मोर्चाबन्दी के लिए उन्हें 1942 की 'रानी झांसी' कहकर सम्बोधित किया।

आज़ादी के बाद 1947 में वह दिल्ली प्रदेश कांग्रेस कमेटी की अध्यक्ष बनीं, परन्तु वैचारिक मतभेद के कारण 1948 में सोशलिस्ट पार्टी में शामिल हो गईं। यहां भी उन्होंने वामपन्थी सोशलिस्ट पार्टी का गठन किया। यह पार्टी 1955 में कम्यूनिस्ट पार्टी में मिल गई । वह कम्यूनिस्ट पार्टी की केन्द्रीय समिति की सदस्य और मज़दूर कांग्रेस की उपाध्यक्ष बनीं।

उनके पति का 1953 में स्विट्ज़रलैंड में निधन हो गया था, जहां वह राजदूत थे। दुख की इस घड़ी में भी अरुणा जी ने अपना धीरज नहीं खोया। 1958 में उन्होंने कम्यूनिस्ट पार्टी भी छोड़ दी और नेहरू जी की मृत्यु के बाद 1964 में फिर कांग्रेस में आ गई। 1958 में वह दिल्ली नगर निगम की प्रथम महिला मेयर बनीं। दूसरी बार भी मेयर बनीं, पर 1959 में उन्होंने स्वयं त्यागपत्र दे दिया।

वामपन्थी विचारधारा की समर्थक अरुणा आसफ़अली इसके बाद अनेक राष्ट्रीय और अन्तर्राष्ट्रीय राजनीतिक, सामाजिक और महिला संस्थाओं में अग्रणी रूप से सक्रिय रहीं। 'लिंक' और 'पैट्रियट' जैसे पत्रों की संस्थापिका-व्यवस्थापिका के नाते पत्रकारिता में भी उन्होंने नाम कमाया। उन्हें अनेक राष्ट्रीय, अन्तर्राष्ट्रीय पुरस्कार और सम्मान भी मिले, पर उनके लिए वास्तविक सम्मान तो जनता के दिलों में था। 29 जुलाई, 1996 को यह जुझारू महिला इस संसार से विदा हो गई।

उनकी मृत्यु के बाद 1997 में 24 जुलाई को उन्हें भारत के सर्वोच्च सम्मान भारतरत्न से सम्मानित किया गया।

34

एम.एस. सुब्बुलक्ष्मी

भारतरत्न 1998

"वे संगीत द्वारा पश्चिमी श्रोताओं से जो सम्पर्क स्थापित करती हैं, उसके लिए आवश्यक नहीं कि पश्चिमी श्रोता उनके शब्दों को समझें, परन्तु उनके कंठ से निकले हुए मधुर स्वर पश्चिमी श्रोताओं के लिए उनसे सम्पर्क स्थापित करने का सबसे महत्त्वपूर्ण साधन हैं।"

– न्यूयॉर्क टाइम्स

अपने जीवन में जितने सम्मान मदुरै षणमुखावादिवु सुब्बुलक्ष्मी को मिले, उतने कुछों को ही मिले होंगे। ऐसे भी कोई-कोई ही होते हैं, जिन पर पुरस्कारों की झड़ी लग जाती है और अन्तर्राष्ट्रीय लोकप्रियता की रोशनी लगातार दमकती रहती है। ऐसी थीं सुब्बुलक्ष्मी जिनके परिवारजन, मित्र और प्रशंसक उन्हें एम.एस. कहा करते थे।

विश्वप्रसिद्ध संगीत साम्राज्ञी एम.एस. सुब्बुलक्ष्मी का जन्म तमिलनाडु के मदुरै शहर में 16 सितम्बर, 1916 को एक संगीतमय परिवार में हुआ था। उनकी मां प्रसिद्ध वीणावादक थीं। उनकी स्कूली शिक्षा बीच में ही रुक गई थी, फिर भी अनेक संगीतकारों द्वारा संस्कृत श्लोकों के माध्यम से उनकी तालीम का क्रम जारी रहा। एम.एस. का संगीत में कैरियर बनाने की ख़ातिर परिवार 1936 में मद्रास आ गया था। इससे पहले वह सत्रह वर्ष की कम आयु में ही चेन्नई संगीत अकादमी की एक होनहार गायिका के रूप में सदस्य बन गई थीं।

आरम्भ से ही उनके मन में एक बात बैठ गई थी कि उनके संगीत को

सुनकर श्रोताओं के मुरझाए चेहरों पर आनन्द की झलक दिखलाई दे। इसके लिए वह ख़ूब प्रयत्न करतीं। वह इस बात का भी पूरा ध्यान रखती थीं कि आधुनिकता की होड़ में लोग संगीत की भारतीय परम्परा को भूल न जाएं।

इस विलक्षण संगीत प्रतिभा ने पहली बार तेरह साल की उम्र में स्टेज पर गाना शुरू कर दिया। उन्हें घर में स्नेह से कुंजम्मा कहा जाता था। वह अन्त तक संगीत की गहनता को सीखती रहीं। उन्होंने दस विभिन्न भाषाओं में गायन का जादू जगाया और भजनों के साथ-साथ शास्त्रीय गायन की धारा को भी बराबरी से बहाया। सुब्बुलक्ष्मी के बाद शायद आज कोई और ऐसा गायक नहीं, जिसने पूरी तरह शुद्ध राग में गाई जाने वाली रचनाओं में महारत हासिल की हो। वह अपनी इस सफलता के पीछे प्रभु की कृपा, कांचीमठ के परमाचार्य और पति त्यागराजन सदाशिवम की प्रेरणा और आशीर्वाद को मानती थीं।

पति टी. सदाशिवम स्वतन्त्रता सेनानी और तमिल पत्रिका के मार्केटिंग मैनेजर थे। उनसे एम.एस. की मुलाक़ात मद्रास में हुई और 1940 में दोनों ने विवाह कर लिया। विवाह के बाद भी उनके जीवन में कठिनाइयों का सिलसिला जारी रहा। सदाशिवम की नौकरी जाती रही, क्योंकि वह केवल एम. एस. के पति ही नहीं, जुझारू देशप्रेमी और पत्रकार भी थे। आर्थिक तंगी से गुज़रती एम.एस. फिर भी सामाजिक कार्यों के लिए धन जुटा ही देती थीं। उनके दौर के महान संगीत गुरु उन्हें सुस्वरलक्ष्मी और शुभलक्ष्मी कहते थे।

सुब्बुलक्ष्मी के संगीत में एक विशेषता दिखाई देती थी, जो उन्हें अन्य प्रसिद्ध संगीतकारों से अलग बनाती है। वह यह कि संगीत की शुरूआत वह तानपूरे से करती थीं और तन्मय होकर गाना आरम्भ करतीं, तो इतनी भाव-विभोर हो जाती कि तानपूरा उनके हाथों से छूट जाता। गीत उनके मुंह से गंगा की पवित्र धारा की तरह बहते चले जाते। श्रोता उन स्वरलहरियों में डूब जाते और अनुभव करते कि प्रभु उनके कष्टों को दूर कर सारी कामनाओं को पूरा करेंगे।

सुब्बुलक्ष्मी की एक बड़ी उपलब्धि यह थी कि शास्त्रीय अनुशासन का

उल्लंघन किए बिना लम्बी अवधि तक श्रोताओं को मोहित किया। हिन्दी का उनका शुद्ध उच्चारण ऐसा था कि एक-एक शब्द कली खिला दे। उनकी लोकप्रियता का एक कारण यह भी है कि उन्होंने भक्ति-भाव में डूबकर मीरा के अनेक भजन भी गाए और 'मीरा' नामक तमिल फ़िल्म में काम भी किया। इस फ़िल्म की हिन्दी रूपान्तर आने पर वह सारे देश में प्रसिद्ध हो गई। इसके बाद उन्होंने 'सेवासदन', 'सावित्री', 'शकुन्तला' आदि फ़िल्मों में भी काम किया।

हमारे देश में कर्नाटक संगीत एक महान परम्परा है, जिसे सुब्बुलक्ष्मी ने देश में ही नहीं, विदेशों में भी शान से पहुंचाया और अपने श्रोताओं का एक विशाल समूह एकत्र कर लिया। पश्चिम के ढेरों देशों के सुनने वाले भाषा को नहीं समझने पर भी संगीत की ऊंचाइयों में डूबकर सुध-बुध खो देते। उन्होंने इंग्लैंड में 1963 में और संयुक्त राष्ट्र में 1966 में गायन प्रस्तुत किए। अमरीका के बाद रूस और ब्रिटेन के भार महोत्सवों में उन्होंने गायन के उच्च शिखर खड़े किए। दुनिया-भर के लोगों को उनकी गायकी समझने में ज़रा-सी भी दिक़्क़त नहीं होती थी। भक्ति संगीत में भी उनकी कमाल की रुहानी गहराई है।

'सुप्रभातम' में प्रतिदिन प्रसारित होने वाले उनके स्वर भारत के घर-घर, में सुनाई देते हैं। सुब्बुलक्ष्मी अपनी संगीत साधना को प्रभु का प्रसाद मानती थीं। उनके जीवन में अनेक क्षण ऐसे आए, जब उनके भक्ति संगीत को सुनने के लिए विश्व के अनेक शासक, प्रधानमन्त्री, उच्च अधिकारी तथा व्यापारी लालायित रहते । साबरमती आश्रम में गांधी जी ने भी एक सन्ध्याकालीन प्रार्थना में सुब्बुलक्ष्मी से भजन सुनाने की प्रार्थना की थी। इसके बाद जब-जब वह गांधी जी के प्रिय भजन 'वैष्णवजन तो तेणे कहिए, जे पीर पराई जाने रे' गातीं तो श्रोताओं पर जादू-सा छा जाता।

वह ऐसी पहली महिला संगीतज्ञ थीं, जिन्हें संगीत अकादमी चेन्नई ने 1968 में संगीत कलानिधि के सम्मान से नवाज़ा। अनेक विश्वविद्यालयों ने डॉक्टरेट की मानद डिग्रियों से सम्मानित किया। उन्हें 1954 में पद्मभूषण और 1975

में पद्मविभूषण से अलंकृत किया गया। 1974 में रेमन मैग्सेसे और 1988 में कालिदास सम्मान भी उन्हें प्राप्त हुए। 1990 में राष्ट्रीय एकता के लिए इंदिरा गांधी अवार्ड भी दिया गया। सबसे अधिक चौंकाने वाला सम्मान तो उन्हें 'ईसाई वाणी' का मिला। पश्चिम का कर्नाटक संगीत से परिचय करवाने का श्रेय भी सुब्बुलक्ष्मी को ही जाता है। वर्ष 1963 में ईडनबर्ग महोत्सव के दौरान उनकी प्रस्तुति से ही पश्चिम के लोगों का वास्ता कर्नाटक संगीत से क़ायम हुआ था।

उनके गायन की प्रशंसा करते हुए पंडित जवाहरलाल नेहरू ने कहा था, "मैं तो केवल प्रधानमन्त्री हूं, परन्तु सुब्बुलक्ष्मी संगीत की साम्राज्ञी हैं।" नाक में हीरे की लौंग पहनने वाली उनकी छवि अद्भुत थी। स्वभाव से सरल एम. एस. पत्रकारों द्वारा प्रशंसा किए जाने पर असहज हो उठती थीं। वह चाहती थीं कि उनकी प्रशंसा न की जाए। विश्वविख्यात होने के बाद भी सुब्बुलक्ष्मी के व्यक्तित्व की विशेषता थी कि उन्हें अहंकार छू भी नहीं पाया था। संगीत के प्रति दीर्थ और महान सेवा को देखते हुए सुब्बुलक्ष्मी को भारत सरकार ने 14 जनवरी, 1998 में सर्वोच्च नागरिक सम्मान भारतरत्न से विभूषित किया।

पति की मृत्यु के बाद एम.एस. ने सार्वजनिक रूप से गायन बन्द कर दिया था। 12 दिसम्बर, 2004 को अट्ठासी वर्ष की आयु में इस महान गायिका ने हमेशा के लिए गाना बंद करके इस संसार से ही नाता दोड़ लिया।

35

सी. सुब्रह्मण्यम

भारतरत्न 1998

"**सी.** सुब्रह्मण्यम की दूरदृष्टि और प्रभाव के कारण कृषि सम्बन्धी यह महत्त्वपूर्ण परिवर्तन हुआ है। किसी भी कार्य के लिए जो राजनीतिक निर्णय लिये जाते हैं, उनको लागू करने में पूर्ण प्रयत्न किया जाना चाहिए। गेहूं के रिकॉर्ड उत्पादन के लिए जिस कार्य की आवश्यकता थी, वह 1964-67 के उस काल में हुआ, जब सी. सुब्रह्मण्यम राजनीतिक परिदृश्य को बदलने का प्रयत्न कर रहे थे।"

– नोबेल पुरस्कार विजेता डॉ. नार्सन बोरलाग

1947 में देश आज़ाद तो हो गया था, लेकिन अपने पैरों पर खड़े होने के लिए देंश को जिस आर्थिक निर्भरता की ज़रूरत थी, वह महान हरित क्रान्ति से बहुत हद तक पूरी हुईं। हरित क्रान्ति का मुख्य श्रेय सी. सुब्रह्मण्यम को ही जाता है।

कोयम्बटूर ज़िले के पोलावी में 30 जनवरी, 1910 को जन्मे सी. सुब्रह्मण्यम बड़े होकर देश को अपने पैरों पर खड़ा होना सिखाएंगे, यह किसी को पता नहीं था। कोयम्बटूर तमिलनाडु का ही एक हिस्सा है। सी. सुब्रह्मण्यम की प्रारम्भिक शिक्षा पोलावी के एक स्कूल में हुई। उसके बाद उच्च शिक्षा मद्रास से पूरी की । 1932 में मद्रास विश्वविद्यालय से क़ानून की डिग्री प्राप्त की। देश इस समय स्वतन्त्रता आन्दोलनों में जुटा हुआ था। नौजवान जोश में आकर इन आन्दोलनों में कूद रहे थे। सुब्रह्मण्यम भी इनसे बड़े प्रभावित थे। उन्होंने

1936 में कोयम्बटूर में वकालत शुरू की। इस समय तक वह स्वतन्त्रता आन्दोलनों से पूरी तरह जुड़ चुके थे। उनकी सक्रियता के कारण उन्हें अंग्रेज़ सरकार ने गिरफ़्तार कर लिया। इसका असर यह हुआ कि वह पूरी तरह स्वतन्त्रता आन्दोलन की धधकती आग में कूद पड़े। 1941 में उन्हें फिर से गिरफ़्तार कर लिया गया।

उस समय देश में महात्मा गांधी के नेतृत्व में कई बड़े नेताओं ने ज़ोर-शोर से आज़ादी के लिए संघर्ष का बिगुल बजा रखा था। सी. सुब्रह्मण्यम भी इस संघर्ष में जूझ रहे थे। 1942 के 'भारत छोड़ो' आन्दोलन में कई बड़े नेता जेल चले गए। उनके साथ अनेक नवयुवकों ने भी जेल-यात्रा की। सी. सुब्रह्मण्यम भी भला इस गिरफ़्तारी से कैसे बच सकते थे। वह भी जेल चले गए। उनका प्रभाव कोयम्बटूर ज़िले में महत्त्वपूर्ण कांग्रेसी नेता के रूप में बढ़ने लगा। वह कोयम्बटूर की कांग्रेस समिति के अध्यक्ष चुने गए। इसके साथ ही तमिलनाडु कांग्रेस की कार्यसमिति में भी महत्त्वपूर्ण स्थान मिला । 1946 में सी. सुब्रह्मण्यम संविधान सभा के सदस्य बन गए। इस अन्तरिम संस्था के वह 1952 तक सदस्य रहे। उनका सामाजिक और राजनीतिक जीवन और अधिक फैल गया। 1952 में ही वे मद्रास (तमिलनाडु) विधानसभा के सदस्य चुने गए और उन्हें प्रदेश मन्त्रिमंडल में भी शामिल कर लिया गया।

आज़ादी के बाद दक्षिण की कांग्रेस पार्टी में सी. सुब्रह्मण्यम बहुत असरदार साबित हुए। इसलिए उन्हें 1952-62 तक राज्य सरकार के महत्त्वपूर्ण मन्त्रीपद दिए गए और राज्य के वित्तमन्त्री, शिक्षामन्त्री और विधिमन्त्री की ज़िम्मेदारियों का बड़ी ख़ूबी के साथ निर्वाह किया। अपने दस वर्ष के कार्यकाल में उन्होंने राज्य में शिक्षा के विस्तार और विकास के महत्त्वपूर्ण कार्य किए। उन्हीं के प्रयासों से तमिलनाडु उन गिनती के राज्यों में शामिल हो पाया, जिनमें बच्चों की प्राइमरी शिक्षा निःशुल्क आरम्भ कर दी थी। निःशुल्क शिक्षा पाने वाले निर्धन बच्चे ही थे, इसलिए सी. सुब्रह्मण्यम ने उन्हें दोपहर का खाना भी मुफ़्त देने की योजना शुरू की। इस योजना में उन्हें जनता का भरपूर सहयोग मिला।

1962 में सी. सुब्रह्मण्यम ने लोकसभा का चुनाव लड़ा। सफल होने के बाद उन्होंने 1962-65 तक कैबिनेट स्तर के मन्त्री के रूप में कार्य किया। इस्पात मन्त्रालय की ज़िम्मेदारी उन पर थी। 1963-64 तक इस्पात मन्त्रालय के साथ खाद्य और भारी इंजीनियरिंग मन्त्रालय की भी देखरेख की । 1964-65 में खाद्य और कृषि मन्त्रालय सौंपा गया। 1966-67 में सामुदायिक विकास और सहयोगिता विभाग का भी कार्यभार मिल गया। इस्पात मन्त्री के रूप में उन्होंने महत्त्वपूर्ण भूमिका निभाई।

खाद्य और कृषि मन्त्रालय के समय बीज की विभिन्न क़िस्मों के प्रयोगों को अपनाने पर ज़ोर दिया, जिससे खाद्य उत्पादन बढ़ने लगा। उनके बताए रास्ते पर चलने से देश खाद्य उत्पादन में आत्मनिर्भर हो गया। उनकी कृषि नीतियों के कारण 1972 में खाद्यान्न का रिकॉर्ड उत्पादन हुआ, इसे हरित क्रान्ति की संज्ञा दी गई और उन्हें हरित क्रान्ति का जन्मदाता माना जाने लगा।

उनकी कृषि नीतियों को दुनिया-भर में सराहा गया। नोबेल पुरस्कार विजेता और खाद्यान्न विशेषज्ञ डॉ. नार्थन बोटलाग का कहना है कि "सी. सुब्रह्मण्यम की दूरदृष्टि और प्रभाव के कारण कृषि सम्बन्धी यह महत्त्वपूर्ण परिवर्तन हुआ है।" 1964-67 में गेहूं का भी रिकॉर्ड उत्पादन हुआ। देश के अनाज भंडार खाद्यान्नों से भर गए। 1967-68 के मध्य सी. सुब्रह्मण्यम को भारत सरकार द्वारा स्थापित ऐरोनॉटिकल इंडस्ट्री का अध्यक्ष बनाया गया। 1979-80 में उन्होंने रक्षा मन्त्री का पद-भार भी संभाला।

इसके बाद 15 फ़रवरी, 1990 को महाराष्ट्र के राज्यपाल का पद-भार संभाल लिया और तीन वर्ष तक इस पद पर रहकर कार्य किया। केन्द्रीय मन्त्रिमंडल से अवकाश लेने के बाद भी सी. सुब्रह्मण्यम ने अनेक ऐसे कार्य किए, जिनके कारण उन्हें अन्तर्राष्ट्रीय ख्याति प्राप्त हुई। उन्होंने अनेक संस्थाओं की स्थापना की, जैसे इंस्टिट्यूट ऑफ़ मैथेमैटिकल साइंस तथा मद्रास इंस्टिट्युट ऑफ़ डेवलपमेंट स्टडीज़। वह देश की संस्थाओं में सक्रिय भागीदारी तो करते ही रहे, साथ ही अंतर्राष्ट्रीय संस्थाओं के साथ भी उनका विशेष जुड़ाव

रहा। संयुक्त राष्ट्र संघ के विश्व खाद्य संगठन और यूनेस्को में भी महत्वपूर्ण भूमिका निभाई। सामाजिक संस्थाओं, जैसे भारतीय विद्या भवन से उनका अटूट रिश्ता बना। इसके वह अध्यक्ष रहे, तो अंतर्राष्ट्रीय विद्या भवन के सभापति के रूप में काम किया। जय तुलसी फ़ाउंडेशन से जो एक लाख रुपए की राशि सम्मान में प्राप्त हुई, उसे भारतीय विद्या भवन को सौंप दी, ताकि छात्रों को उनके आदर्श चरित्र के लिए पुरस्कार दिया जा सके। 1970 में वह राष्ट्रीय कृषि आयोग के अध्यक्ष भी बने। वह मनीला और मैक्सिको के अधिवेशनों में भी गए। ये अधिवेशन खाद्य अनुसंधान से संबंधित थे। राजनीति और समाज-सेवा के बाद उनकी रुचि खेलों में थी। ख़ासकर क्रिकेट और टेनिस में। अखिल भारतीय लॉन टेनिस एसोसिएशन के तो दो बार अध्यक्ष भी चुने गए। इस तरह खेलों को बढ़ावा देने का काम भी किया।

इस बीच उन्होंने कई महत्त्वपूर्ण पुस्तकें भी लिखीं। उनकी पुस्तकों के नाम हैं: 'वार एंड पावर्टी', 'द न्यू स्ट्रेटेजी इन इंडियन एग्रीकल्चर', 'सम कंट्रीज़ विच आई विज़िटेड राउंड द वर्ल्ड' तथा 'द इंडियन ऑफ़ ड्रीम्स'। उन्होंने इनके अलावा अपने जीवन के विचारपूर्ण संस्मरण भी लिखे। वास्तव में वह अपने विषय के विद्वान थे और जिन कामों को करने का बीड़ा उठाते, उनके साथ गहरा भावनात्मक लगाव रहता।

उन्हें जय तुलसी फ़ाउंडेशन द्वारा आदर्श चरित्र के लिए सम्मान और एक लाख रुपए पुरस्कार में दिए गए, जिसे उन्होंने भारतीय विद्या भवन को समर्पित कर दिया। उन्हें प्राप्त पुरस्कार और सम्मानों में शान्ति पुरस्कार, राष्ट्रीय एकता के लिए किए गए कार्यों का वाई.एस. चौहान पुरस्कार भी उल्लेखनीय है। 1998 में भारत के सर्वोच्च सम्मान भारतरत्न से भी उन्हें विभूषित किया गया।

36

जयप्रकाश नारायण

भारतरत्न 1998

जयप्रकाश नारायण का जन्म 11 अक्तूबर, 1902 को सिताब दियरा में हुआ था। यह उत्तर-प्रदेश और बिहार की सीमा के पास एक गांव है, जहां इनके दादा व पिता हरसूदयाल रहते थे। इनकी मां का नाम फूलरानी देवी था, जो छपरा ज़िले के एक जमींदार की बेटी थी। पिता पढ़े-लिखे थे और नहर विभाग में काम करते थे। दादा देवकीनन्दन लाल दरोगा के काम पर तैनात थे।

पढ़े-लिखे खानदान के थे, इसलिए जयप्रकाश बाबू की भी पढ़ाई में आगे बढ़ना था। गांव की पाठशाला के बाद पटना के कॉलेजिएट स्कूल गए। यहां से प्रथम श्रेणी में मैट्रिक पास किया और पटना कॉलेज में पढ़ने लगे। इस दौरान आजादी के लिए ज़बरदस्त आन्दोलन चल रहे थे।

एक भाषण में मौलाना आज़ाद ने अंग्रेज़ी शिक्षा को ज़हर के समान बताया, फिर क्या था। अगले दिन ही उन्होंने कॉलेज को त्याग दिया, फिर तो बिहार विद्यापीठ में ही पढ़े, जो एक राष्ट्रीय विद्यालय था। यहां से प्रथम श्रेणी में आई.एस.सी. किया। तभी उनके विवाह की बात चल पड़ी और आखिर अक्तूबर, 1920 को वह प्रभावती देवी के साथ विवाह के बंधन में बंध गए। जयप्रकाश बाबू अब आगे की शिक्षा के लिए अमरीका जाना चाहते थे और आखिर वह क़ैलीफ़ोर्निया विश्वविद्यालय में दाख़िला लेने के लिए बर्कले पहुंचे ही गए। खर्चों में तंगी के कारण पढ़ाई के लिए छोटे-छोटे काम भी किए और इस तरह एम.ए. तक शिक्षा प्राप्त कर ली। वह पी-एच.डी. भी करना चाहते थे, परन्तु मां की बीमारी के कारण वापिस भारत लौट आए।

जे.पी. सिताब दियरा पहुंचे। जे.पी. नाम उन्हें अमरीका में एक प्रोफ़ेसर ने दिया था। इसके बाद ही वह आजादी की लड़ाई में उतरे और आगे बढ़ते गए। शुरू में काफ़ी समय तक विनोबा भावे के साथ रहकर सर्वोदय की विचारधारा से जुड़े रहे। अमरीका से लौटते हुए कम्युनिस्ट विचारधारा से लैस थे, पर यहां राष्ट्रीय आन्दोलनों ने उन्हें कांग्रेस की तरफ़ मोड़ दिया। आगे चलकर वह कांग्रेस के मज़दूर विभाग के इंचार्ज बन गए, फिर इलाहाबाद आकर पं. नेहरु के साथ ही रहने लगे। राजनीति कार्यकलापों के कारण उन्हें जेल-यात्राएं भी करनी पड़ीं।

दूसरा विश्वयुद्ध प्रारंभ हुआ, तो ब्रिटेन ने बिना भारत की मर्ज़ी जाने उसे युद्ध में शामिल कर लिया। इसका डटकर विरोध किया गया। जयप्रकाश बाबू के तेवर इस मामले को लेकर सबसे ज़्यादा तीखे थे। विरोध में उन्होंने एक परिपत्र भी जारी कर दिया था। इसके लिए उन्हें सज़ा मिली और नौ माह के लिए जेल भेज दिया गया। जेल से छूटने के बार उनके क्रान्तिकारी विचारों ने एक और अंगड़ाई ली और उन्होंने सशस्त्र संघर्ष के रास्ते पर चल पड़ने का फैसला किया। इसके लिए देश की जनता के नाम फिर एक परिपत्र जारी किया।

जिन दिनों वह हज़ारीबाग जेल में थे, उन्होंने 'भारत छोड़ो आन्दोलन' में सक्रिय रूप से भाग लेने का मन बना लिया और एक दिन जे.पी. जेल से फ़रार हो गए। इस आन्दोलन के कारण बड़े-बड़े नेताओं को गिरफ़्तार किया गया। वह स्वयं अंग्रेज़ो के विरुद्ध अंतिम संघर्ष का नेतृत्व करने लगे। लाहौर के नज़दीक एक बार फिर उन्हें गिरफ़्तार कर लिया गया। 31 महीने की लम्बी सज़ा के बाद उन्हें जेल से छोड़ा गंया। यह 11 अप्रैल, 1946 की बात थी।

आज़ादी के बाद 1952 में उन्होंने आत्मशुद्धि के लिए उपवास किया। इसके बाद ग्राम सुधार में लग गए। 1971 में विनोबा भावे से मिलने पवनार आश्रम गए और वहां बीमार पड़ गए। आगे चलकर पटना के गांधी मैदान में छात्रों की एक अभूतपूर्व सभा में उन्हें लोकनायक की उपाधि से विभूषित किया गया। सम्पूर्ण क्रान्ति का नारा उन्होंने 5 जून, 1973 को दिया था।

राजनीति के पैरोकारों के दिलों में कांग्रेसी सत्ता के ख़िलाफ़ असन्तोष भड़कने लगा था। ग़रीबों की उपेक्षा हो रही थी। गांधी के अनुयायियों का जीवन-दर्शन तथा रहन-सहन बदल रहा था। अतः तपे हुए नेताओं ने जयप्रकाश बाबू से अनुरोध किया कि वह आगे बढ़कर राष्ट्र का नेतृत्व करें।

जयप्रकाश बाबू को इस बात का अच्छी तरह पता था कि लोकतन्त्र में विपक्ष को पड़ने वाले वोट उन वोटों से कहीं अधिक होते हैं, जो कांग्रेस पार्टी को डाले जाते हैं। आख़िर वह इस रास्ते पर चल पड़े और जनसभाएं आयोजित करना शुरू कर दीं। उन्होंने पार्टियों से अनुरोध किया कि जनता पार्टी बनाएं और उसमें अपना-अपना झंडा, सिद्धान्त तथा कार्यक्रम सब शामिल कर दें। उनका कहना था कि सब एक ही मंच पर होंगे, तो निश्चय ही उनकी विजय होगी।

जयप्रकाश बाबू के क्रान्तिकारी विचार चमत्कारी सिद्ध हुए और उनका आन्दोलन ज़ोर पकड़ने लगा। सभाओं में अपार भीड़ जुटने लगी। इस आन्दोलन को सम्पूर्ण क्रान्ति के ज्वार के रूप में देखा गया। इन्दिरा गांधी समेत पूरी कांग्रेस चिन्तित हो उठी और इससे निबटने के लिए आपत्काल की घोषणा कर दी। इसके पश्चात मीसा जैसे कष्टकारी क़ानून के अन्तर्गत शीर्ष नेताओं को या तो गिरफ़्तार कर लिया गया अथवा उन्हें भूमिगत होना पड़ा। जयप्रकाश को भी गिरफ़्तार कर लिया गया। जेल में उनका स्वास्थ्य गिरने लगा और दोनों गुर्दे ख़राब हो गए। जेल से छूटने के बाद वह जितने दिन जिए, उन्हें डायलेसिस के सहारे ही जीना पड़ा।

आपत्काल को भी एक दिन जाना ही था, सो उसे उठा लिया और चुनाव घोषित कर दिए गए। इसमें कांग्रेस की बुरी तरह पराजय हुई। जयप्रकाश बाबू की भविष्यवाणी सत्य साबित हुई और केन्द्र में जनता पार्टी की सरकार बनी।

जयप्रकाश बाबू पूरे मन से यही चाहते थे कि इस देश के गरीबों, साधनहीनों और बेसहारा लोगों को रोज़ी-रोटी मिले। उस शोषण से उन्हें मुक्ति मिले, जिसे वे हमेशा से झेलते आ रहे हैं। उनके इन विचारों की वजह से जनता उनकी

आवाज़ उसी प्रकार सुनने लगी थी, जैसे वह कभी पं. नेहरू की आवाज़ सुनती थी। जनता पार्टी से भी यही उम्मीद की जाती थी कि यह नई पार्टी जनता का भला अवश्य करेगी।

अनेक विचारधाराओं के मेल से पकी खिचड़ी ज़्यादा दिनों तक रुचिकर नहीं लग सकती थी। इन्दिरा गांधी की रणनीति ने नई पार्टी को छिन्न-भिन्न कर दिया। जयप्रकाश बाबू हालांकि जनता सरकार और जनता पार्टी की दुर्दशा देखने के लिए जीवित नहीं रहे।

जयप्रकाश बाबू का व्यक्तित्व अजेय था। सचमुच वह लोकनायक ही थे। उस समय की विषम परिस्थितियों से जनता को राहत देने के लिए उन्होंने एक तपे हुए नेता की तरह भरपूर प्रयास किया, जो वास्तव में उनके जैसा निःस्वार्थ जननेता ही कर सकता था।

उनके सामने नेहरू जी के ज़माने में ओर उसके बाद भी कई प्रकार के प्रलोभन आए, लेकिन उन्होंने उनकी ओर ध्यान तक नहीं दिया था। त्याग की वह साकार मूर्ति थे। राजनीति में अकेले पड़ जाने के बावजूद कभी अपने सिद्धान्तों से समझौता नहीं किया।

लोकनायक खिताब से विख्यात जयप्रकाश नारायण इस देश के उन महापुरुषों में से थे, जिन्होंने देश-सेवा करने का कोई पद या पुरस्कार नहीं लिया। यही वजह है कि जनता ने भरपूर सम्मान देकर उन्हें लोकनायक कहना सही समझा। वह सचमुच ऐसे लोकनायक थे, जिनका नाम लेकर लोग सत्य के मार्ग पर चलेंगे और भावी पीढ़ियां गौरव का अनुभव करेंगी।

1998 में सरकार ने बाबू जयप्रकाश नारायण द्वारा की गई राष्ट्र सेवाओं के प्रति सम्मान व्यक्त करते हुए उन्हें 23 दिसम्बर, 1998 को मरणोपरान्त भारतरत्न की उपाधि प्रदान करके एक राष्ट्रीय दायित्व का निर्वाह किया।

37

अमर्त्य सेन

भारतरत्न 1999

“मैं प्रतिवर्ष भारत आकर भारतीय जनता की निर्धनता का उल्लेख करते हुए इस बात पर बल देता हूं कि जब तक समाज में राजनीतिक और आर्थिक असमानताएं विद्यमान रहेंगी और सामाजिक विषमताएं दूर नहीं होंगी, तब तक भारत की उन्नत देशों में गणना होना असम्भव है।”

– प्रो. अमर्त्य सेन

प्रो. अमर्त्य सेन का जन्म 3 नवम्बर, 1933 को शान्तिनिकेतन में माता अमिता और पिता आशुतोष के घर हुआ था। बचपन में सब उन्हें बबलू या अमरतो के नाम से पुकारते थे। वह कुछ बड़े हुए और शान्तिनिकेतन में ही अपनी शिक्षा लेने लगे। वहां पढ़ते समय एक दिन विश्वकवि रवीन्द्रनाथ टैगोर ने अपने इस विद्यार्थी का नाम अमर्त्य रखा था, इसका अर्थ है, जिसकी कीर्ति सदैव अमर रहेगी।

सचमुच बालक अमरतो ने गुरुदेव द्वारा दिए इस नाम को बड़े होने पर सार्थक कर दिखाया। गुरुदेव के पदचिह्नों पर चलकर उसने मानव कल्याणकारी अर्थशास्त्र की नवीन अवधारणा के सृजक के रूप में 1998 में नोबेल पुरस्कार प्राप्त किया। प्रो. सेन ने पहली बार अर्थशास्त्र का यह पक्ष दुनिया के सामने रखा। यह उनके दृढ़ संकल्प और बुद्धि कौशल का श्रेष्ठ उदाहरण था।

प्रो. अमर्त्य सेन ने अपनी प्रारम्भिक शिक्षा शान्तिनिकेतन से लेने के बाद कलकत्ता विश्वविद्यालय से 1953 में स्नातक की उपाधि पाई और उच्च शिक्षा

के लिए इंग्लैंड का रुख किया। उन्होंने कैम्ब्रिज के ट्रिनिटी कॉलेज से एम. ए. और पीएच.डी. किया। डॉक्टरेट की उपाधि के बाद प्रो. सेन वापस अपने देश लौट आए और जाधवपुर विश्वविद्यालय में अर्थशास्त्र विभाग के अध्यक्ष और प्रोफ़ेसर का पदभार संभाल लिया। उस समय उनकी आयु केवल 23-24 वर्ष की थी।

इसी बीच 1957 से 1963 तक कैम्ब्रिज के ट्रिनिटी कॉलेज के फ़ैलो बने रहे। 1959 में प्रो. सेन ने महान अर्थशास्त्री जॉन रॉबिन्सन के मार्गदर्शन में 'विकास नियोजना में तकनीकों का चयन' जैसे विषय पर डॉक्टरेट हासिल कर ली थी। दिल्ली स्कूल ऑफ़ इकोनोमिक्स, लन्दन स्कूल ऑफ़ इकोनोमिक्स, हार्वर्ड यूनिवर्सिटी और ऑक्सफ़ोर्ड यूनिवर्सिटी जैसे प्रतिष्ठित संस्थानों से जुड़कर उन्होंने अध्यापन के साथ-साथ गहन अध्ययन भी जारी रखा।

उनके शोधपत्रों ने उन्हें अन्तर्राष्ट्रीय ख्याति दिलवा दी थी। विश्व के सर्वाधिक प्रतिष्ठित विभिन्न संस्थानों में अध्यापन कार्य कर चुके प्रोफ़ेसर सेन इंग्लैंड के सबसे प्रतिष्ठित एकेडमिक पद मास्टर ऑफ ट्रिनिटी कॉलेज में अध्यापन कर रहे हैं। भारत में दिल्ली स्कूल ऑफ़ इकोनोमिक्स के मानद प्रोफ़ेसर के रूप में छात्रों का मार्गदर्शन करना भी उनका महत्त्वपूर्ण कार्य माना जाता है।

प्रो. अमर्त्य सेन का दृष्टिकोण संवेदनशील मानवतावादी है। उन्होंने मनुष्य की ग़रीबी और ग़ैरबराबरी के सामाजिक और राजनीतिक दृष्टिकोण से जाना कि यह मनुष्य को जैसा-का-तैसा जीवन बिताने पर मजबूर कर अपाहिज और भाग्यवादी बना देता है। प्रो. सेन के अनुसार जब मनुष्य यह समझ बैठता है कि उसके भाग्य में तो सिर्फ़ ग़रीबी ही लिखी है, तब वह उस परिस्थिति को बदलने के लिए अपनी इच्छाशक्ति ही खो बैठता है।

प्रो. सेन ने मनुष्य की ऐसी सोच के पीछे अशिक्षा को कारण बताया है। अशिक्षित व्यक्ति लम्बे समय तक ग़रीबी को भोगने के बाद हीनभावना से ग्रस्त हो जाता है। इससे वह सामाजिक और आर्थिक ग़ैरबराबरी के प्रति संघर्ष

करने की शक्ति खो देता है। यह सब उन्होंने ग़रीबों की विभिन्न अवस्थाओं पर अपनी एक पुस्तक में विस्तार से लिखा है। भारत में स्त्री-जीवन की दयनीय स्थिति पर भी अपनी पुस्तकों में विचार दिए हैं।

"कोई भी देश प्रारम्भिक शिक्षा को जब तक प्रत्येक नागरिक तक नहीं पहुंचाता, तब तक उन्नति के पथ पर आगे नहीं बढ़ सकता। यह सभी जानते हैं कि विकसित देशों की तरह ही भारत ने भी उच्च शिक्षा के क्षेत्र में बहुत उन्नति की है, किन्तु अभी भी भारत में प्रारम्भिक शिक्षा की स्थिति बहुत ज़्यादा अच्छी नहीं है। प्रारम्भिक शिक्षा की उपेक्षा के कारण गांवों के बच्चे शिक्षा से वंचित रह गए।"

ये उद्गार प्रो. सेन ने अपनी एक पुस्तक में दिए हैं। उन्होंने भारतीय बच्चों के जीवन को सुधारने के लिए नोबेल पुरस्कार में मिली लगभग समूची राशि का उपयोग शिक्षा के क्षेत्र में करने के लिए एक ट्रस्ट की स्थापना की। मानवता के लिए इतना बड़ा दान करने वाले अमर्त्य बाबू का भारत और भारत के लोगों से लगाव देखकर बड़ा सन्तोष होता है। इसी तरह आम जीवन को भी उन्होंने अपने से जुदा नहीं किया। भारत आकर अपने घर शान्तिनिकेतन जाते हैं, तो यार-दोस्तों के साथ घूमना नहीं भूलते। उन्होंने अपने चिन्तन और सोच के दायरे को भी भारत के बारे में केन्द्रित किया।

वह विशुद्ध रूप से भारतीय हैं, क्योंकि उन्होंने भारत की नागरिकता कभी नहीं छोड़ी और इतने वर्षों से विदेश में रहने के बावजूद दूरे देश की नागरिकता प्राप्त नहीं की। इंग्लैंड के विश्वविद्यालयों में वह वर्षों से अध्यापन कार्य कर रहे हैं, लेकिन इंग्लैंड को कार्यक्षेत्र बनाने का अर्थ यह नहीं हो गया कि वह भारत से दूर हो गए। वह हर साल दो से तीन बार तक यहां आते हैं और इसी दौरान सभा-सेमिनार से लेकर लोगों को दिशा-निर्देश भी देते हैं, ताकि जो ज्ञान उन्होंने पाया है, उससे कोई दूसरा वंचित न रह जाए। वह सिर्फ़ अकादमिक व्यक्तित्व नहीं रहना चाहते, बल्कि मानव के कल्याण के लिए सतत प्रयत्नशील रहना चाहते हैं।

प्रो. अमर्त्य सेन का व्यक्तित्व बड़ा चुम्बकीय और बहुआयामी है। यूं तो वह प्रसिद्ध अर्थशास्त्री हैं, जिनकी गिनती विश्व के चोटी के लोगों में होती है, परन्तु साथ ही उनकी रुचि दर्शनशास्त्र में भी गहरी है। दर्शनशास्त्र में उनकी पकड़ के कारण वह अपने भाषणों और लेखन में चाणक्य और गीता के सन्देशों का उल्लेख करते हैं। वह अर्थशास्त्र के साथ दर्शनशास्त्र को भी पढ़ाने में आनन्द का अनुभव करते हैं।

उनका पारिवारिक जीवन कई घुमावदार रास्तों से होता हुआ गुज़रा है। 1960 में उनका विवाह बंगला की प्रसिद्ध लेखिका नवनीता देव के साथ हुआ, लेकिन यह वैवाहिक सम्बन्ध 1974 तक ही चल पाया। इस बीच वह दो सन्तानों के पिता बने। नवनीता देव से अलग होने के बाद उन्होंने दूसरा विवाह किया। उनकी दूसरी पत्नी दिल्ली स्कूल ऑफ़ इकोनोमिक्स की इवा नामक छात्रा थी। इवा विदेशी मूल की थी। दुर्भाग्य से इवा की 1985 में मृत्यु हो गई। उसकी मृत्यु के बाद प्रो. सेन इंग्लैंड चले गए और 1991 में एम्मा रोश्स चाइल्ड नामक महिला से विवाह कर लिया। एम्मा अभी ट्रिनिटी कॉलेज में शिक्षिका के रूप में कार्य कर रही है।

प्रो. सेन ने लगभग 23-24 पुस्तकें और 215 के करीब शोध-पत्र लिखे हैं। इनमें से प्रमुख पुस्तकें हैं – 'थ्योरी ऑफ़ सोशल च्वाइस', 'डेफ़ीनेशन ऑफ़ वेल्फ़ेयर एंड पावर्टी' और 'स्टडीज़ ऑफ़ फ़ेमन'। उन्हें इन्हीं पुस्तकों पर 1998 में नोबेल पुरस्कार मिला। वह मानव कल्याणकारी अर्थशास्त्र की नवीन अवधारणा के सृजक के रूप में नोबेल पुरस्कार पाने वाले प्रथम व्यक्ति हैं।

अमर्त्य सेन तब मात्र दस वर्ष के थे, जब बंगाल में अकाल पड़ा था। उस अकाल की याद वह कभी नहीं भूले। यह अनुभव उनके लेखन के समय फलीभूत हुआ। उन्होंने अकाल और ग़रीबी को लेकर जो पुस्तकें लिखी उसकी दुनिया-भर में चर्चा हुई, परन्तु नोबेल पुरस्कार उन्होंने दूसरी दो पुस्तकों के कारण ही मिला। इन दोनों पुस्तकों में ख़ासतौर से ग़रीबी, ग़ैरबराबरी और अभाव की भारत में मौजूदगी पर विस्तार से चर्चा की गई है। उनका कहना

है कि अकाल अनाज की कमी के कारण नहीं, बल्कि वितरण की व्यवस्था में त्रुटि और लोगों में ख़रीद की शक्ति के अभाव के कारण पड़ता है।

इन्हीं प्रो. अमर्त्य सेन को 1999 में भारत सरकार ने देश का सर्वोच्च अलंकरण 'भारतरत्न' देकर सम्मानित किया। दुनिया के सबसे बड़े अर्थशास्त्री और नोबेल पुरस्कार विजेता 'अमरतो बाबू' आज भी बेहद सरल स्वभाव के व्यक्ति हैं और उनमें मानवीय संवेदना कूट-कूटकर भरी है।

38

रविशंकर

भारतरत्न 1999

"**विश्व-भर** में मुझे इतने सम्मान प्राप्त हुए हैं, जिन्हें पूरी तरह स्मरण रखना मेरे लिए कठिन है, परन्तु मेरे देश ने इस सर्वोच्च सम्मान द्वारा मेरे कार्यों को सराहा है, उससे मैं बहुत अभिभूत हूं। इस सम्मान के सामने अन्य सम्मान मेरे लिए फीके हैं। इन सबका मैं अत्यन्त आभारी हूं, परन्तु 'भारतरत्न' मेरे लिए एक ऐसा सम्मान है, जिसे मैं कभी भी भुला नहीं सकूंगा।"

–पंडित रविशंकर

दुनिया-भर में विख्यात सितार के महान जादूगर पंडित रविशंकर का जन्म 7 अप्रैल, 1920 को बनारस में हुआ। उनके पिता का नाम श्याम शंकर था और वह रियासत झालावाड़ के दीवान थे। वह संस्कृत के विद्वान थे और ध्रुपद गायन में भी ख़ूब रमे हुए थे। इसीलिए कहा जा सकता है कि संगीत की घुट्टी तो उन्हें विरासत में मिली थी, क्योंकि उनकी माता को भी संगीत में ख़ासा लगाव था और वह संगीत समारोहों में जाती रहती थीं।

आख़िर पिता रियासत से रिटायर हो गए और लंदन चले गए, जहां वकालत करने लगे। लंदन से वापिस लौटने पर 'इंडियन बैले' में जुट गए और नए-नए प्रयोग करने लगे। उनके बड़े भाई उदयशंकर, जो जाने-माने नर्तक थे, इसमें शामिल हो गए। बाद में उन्होंने स्वयं अपना ग्रुप तैयार किया और विदेशों के दौरे करने लगे। उस समय रविशंकर भी इस नृत्य दल में थे। उनका समय बड़े कशमकश में गुज़रा और एक दिन आख़िर नृत्य दल से मोह भंग हो गया।

अब वह पूरी तरह संगीत की तरफ़ लौट आए। उस्ताद अलाउद्दीन ख़ान से वह सितार सीखने लगे। धीरे-धीरे सितार में पारंगत होते गए और उन्हें ख्याति प्राप्त होती रही। एक दिन वह आकाशवाणी में संगीत निदेशक के पद पर नियुक्त हो गए और इस दायित्व को 1948 से 1956 तक निभाया।

अपने सितार वादन की अनूठी कला को सारी दुनिया में प्रदर्शित करने की उन्होंने ठानी और इसके लिए निरन्तर विदेशों के दौरे करते रहे। सितार के तारों की गूंज उन्होंने संसार के एक कोने से दूसरे कोने तक पहुंचा दी। उनके हाथ की उंगलियां जब सितार के तारों को छूतीं, तो उससे निकलती रेशमी झंकार सुनने वाले को मोम की तरह पिघला देती। दुनिया-भर के संगीत प्रेमी पं. रविशंकर के दीवाने बन गए। उनके शिष्य अपने देश में ही नहीं विदेशों में भी ख़ासी तादाद में बने।

धीरे-धीरे उन्होंने शास्त्रीय संगीत में प्रयोग करना शुरू कर दिए और परमेश्वरी, गंगेश्वरी, जोगेश्वरी, वैरागी तोड़ी, कौशिक तोड़ी, मोहनकौंस, रसिया, मनमंजरी, पंचम आदि जैसे अनेक राग बनाए। इन सबमें वैरागी और नट रागों का संयोजन सबसे अधिक लोकप्रिय हुआ।

अपने जीवनकाल में ही बनाए रागों को अपार लोकप्रियता देने वाले पं. रविशंकर अपने आप में एक मिसाल बन गए। मात्र पच्चीस वर्ष की आयु में उन्होंने 'सारे जहां से अच्छा हिन्दोस्तां हमारा' जैसे राष्ट्रगीत की धुन बनाकर स्वयं को उस मुकाम पर पहुंचा दिया, जहां अमर हो जाते हैं। इसके बाद कम्पोज़र के रूप में समारोहों से लेकर फ़िल्मों तक अपार ख्याति अर्जित की।

उन्होंने अनेक फ़िल्मों में संगीत दिया, इनमें 'गांधी' और सत्यजित राय की 'पाथेर पांचाली' प्रमुख हैं। और शायद ही कोई दिन ऐसा जाता हो, जब रेडियो पर कोई-न-कोई कलाकार उनके बनाए रागों पर आधारित गीत न गाता हो। उन्होंने रवीन्द्रनाथ ठाकुर की कविताओं के बैले के लिए भी संगीत दिया। भारतीय संगीत के लिए पश्चिम का दरवाज़ा भी उन्होंने ही खोला। संसार-भर में हमारे संगीत को जो सम्मान उन्होंने दिलवाया, भारतीय इतिहास उसे हमेशा

याद रखेगा। संगीत द्वारा उन्होंने विदेशी श्रोताओं की रुचियों को ही नहीं बदला, बल्कि स्वयं भी पाश्चात्य संगीत के गुणों को अपनाया। संगीत कार्यक्रमों को समय पर शुरू करना, माइक्रोफ़ोन और साउंड सिस्टम के प्रति जागरूकता, शालीन और सुदर्शन कपड़ों में मंच पर आना, भारतीय श्रोताओं में अनुशासन पैदा करना ऐसी ही कुछ विशेषताएं हैं, जो वह पश्चिम से भारतीय समाज के बीच लाए।

पं. रविशंकर के पास हमेशा समय और समाज को पहचानने की पैनी नज़र रही। कला का सम्मान बढ़ाने में मीडिया की महिमा को समझने वाले वह पहले हिन्दुस्तानी संगीत के कलाकार हैं। परम्परा के अनुसार जो हमेशा से होता आया है, उसी के अनुसार चलना उनके स्वभाव के ख़िलाफ़ है। उन्होंने शास्त्रीय संगीत की परम्परा को आगे बढ़ाया, लेकिन रूढ़ियों को पीछे भी धकेला है।

उन्होंने शास्त्रीय रागों के प्रयोगों में एक यह भी किया कि लोक संगीत को भी उसमें शामिल कर लिया। उन्हीं प्रयोगों के चलते विदेशी वाद्यों का भी इस्तेमाल बख़ूबी किया। इतने पर भी संगीत की भारतीयता के मामले में कभी समझौता नहीं किया। भारतीय संगीत से जुड़ी उनकी जड़ों का ही कमाल था कि बीटल्स जैसे मशहूर विदेशी ग्रुप को भी उन्हें गुरु मानने पर मजबूर कर दिया। यह 60 के दशक की बात है। उन्होंने विश्व के महान यहूदी मेनुहिन के साथ भी संगत की और उनके लिए दो कसंर्ट लिखकर अपनी छाप छोड़ी । बीटल्स ब्रदर्स के जॉर्ज हैरिसन ने 'शंकर फैमिली एंड फ्रेंड्स' तथा 'फ़ैस्टीवल ऑफ इंडिया' नाम से एलबम बनाए।

ढेरों किस्म की लयकारियों के विविध और विचित्र प्रयोगों और उन पर उनकी पकड़ ने सितार की पुरानी दुनिया को बदलकर रख दिया। उनका सितारवादन आधुनिक युग का सौन्दर्य शास्त्र कहा जा सकता है। भारतीय संगीत की गहराई और उसके चमत्कार का दर्शन पं. रविशंकर ही ने दुनिया-भर को करवाया।

वह कहते हैं, "अंधेरे में डूबे आज के वातानुकूलित सभागारों में एक अच्छा

कलाकार किसी भी मौसम अथवा किसी भी वक़्त के राग को साकार कर सकता है। संवेदनशील श्रोता भी उसके सौन्दर्य का पूरा लुत्फ़ उठाता है।" इसके बावजूद रविशंकर ख़ुद समय के नियमों का पालन करने की पूरी कोशिश करते हैं, क्योंकि उनके भारतीय संस्कार उन्हें इससे मुक्त नहीं होने देते।

सितार की शिक्षा देने के लिए पं. रविशंकर ने जिस स्वर पद्धति का विकास किया, उसकी तरफ़ बहुत लोगों का ध्यान गया। उनसे पिछली पीढ़ी के सितारवादक जो आलाप करते थे, उसके आलाप में ही नाम था। गत बजाने वाले का आदर 'गत' में ही किया जाता था। इसी प्रकार झाले में झाले वाले का नाम और ठुमरीवादक का ठुमरी में हुआ करता था, लेकिन उन्होंने इन सबको एक जगह इकट्ठा करके श्रोताओं को अलग रोमांच प्रदान किया। इससे ठुमरी, धुन, लयकारी आदि का आनन्द श्रोताओं को एक जगह ही मिलने लगा। उस ज़माने में यह एक नई बात थी।

अपनी वृद्ध आयु में भी आज वह युवाओं की भांति सक्रिय पं. रविशंकर आज भी नियमित रूप से संगीत का अभ्यास करते हैं। उनका मानना, है कि संगीत को जीवित रखने के लिए रियाज़ करना बहुत आवश्यक है। आज दीर्घ आयु में भी उनका जीवन आज व्यवस्थित रूप से बीतता है। उनकी पत्नी सुकन्या उनकी प्रत्येक बात का ध्यान रखती हैं। पं. रविशंकर ने अपनी एक बेटी अनुष्का को भी सितार की शिक्षा दी है और वह उनके आदर्शों के अनुरूप सितार में महारत हासिल कर चुकी है।

उनकी दूसरी पुत्री नोरा जोंस, जो उनकी विदेशी पत्नी की सन्तान है, ग्रेमी जैसा अन्तर्राष्ट्रीय एवार्ड प्राप्त कर चुकी है। उनका मानना है कि सितार के माध्यम से वह अपनी आन्तरिक भावनाओं, जैसे अपने कष्टों, चिन्ताओं, प्रसन्नता और आध्यात्मिकता से सम्बन्धित सभी विचारों को भली प्रकार प्रकट करने में समर्थ होते हैं।

सितार के यह जादूगर कलाकार संगीत के प्रति गहन चिन्तनशील थे। इसक पता उनकी मशहूर पुस्तक 'माई म्यूज़िक माई लाइफ़' से चलता है। उनकी

एक महत्वपूर्ण पुस्तक 'रागमाला' भी है। रविशंकर की विद्वता का लोहा सारी दुनिया ने माना और इसीलिए विश्व के एक दर्जन से अधिक विश्वविद्यालयों ने डॉक्ट्रेट का मानद उपाधियों से नवाजा। उन्हें विश्व के सबसे बड़े पुरस्कार मैगसेसे और ग्रैमी एवार्ड भी मिले।

पं. रविशंकर ने विश्व-भर में सितार के लिए जो महान कार्य किया, उसके सम्मान में भारत सरकार ने उन्हें 1999 में भारतरत्न जैसे सर्वोच्च अलंकरण से विभूषित किया।

39

गोपीलाथ बार्दोलोई

भारतरत्न 1999

"**कोई** भी व्यक्ति सही अर्थों में लोकप्रिय तब होता है, जब वह लोगों के सुख-दुख का भागीदार बनता है, उनके बीच रहता है और उनके हित के लिए निःस्वार्थ भाव से सेवा करता है। गोपीनाथ बार्दोलोई को मैं एक ऐसा ही राजनेता मानता हूं, जिन्होंने जीवन-भर असम के आम लोगों के हित के लिए काम किया और निःस्वार्थ भाव से किया।"

–डॉ. शंकरदयाल शर्मा

गोपीनाथ बार्दोलोई का जन्म 1890 में असम के एक मध्यवर्गीय परिवार में हुआ था। सन् 1907 में मैट्रिक की और 1909 में इंटरमीडिएट की परीक्षा गुवाहाटी के कॉटन कॉलेज से उन्होंने प्रथम श्रेणी में पास की। इसके बाद उच्च शिक्षा के लिए कलकत्ता भेजे गए, जहां से उन्होंने बी.ए. करने के बाद सन् 1914 में एम.ए. की परीक्षा पास की, तीन साल तक क़ानून की शिक्षा लेकर गुवाहाटी लौट आए। गुवाहाटी लौटने पर उन्होंने सोनराम हाईस्कूल में हेडमास्टर के पद का कार्यभार संभाला। यह समय राजनीतिक ग़ुलामी का था। साम्राज्यवादी शोषण के कारण देश के अन्य भागों जैसे असम में भी ग़रीबी आमतौर पर फैली थी। लोग अशिक्षित थे, इसलिए अपनी शोषित स्थिति से अनजान थे। असम राजनीतिक, सामाजिक और आर्थिक समस्याओं से पीड़ित था। ऐसे कठिन समय में असमवासियों को एक ऐसे नेतृत्व की ज़रूरत थी, जो उनकी जड़ता को तोड़कर उसमें जागृति का शंख फूंक सके।

असम ही क्या पूरा देश आज गोपीनाथ बार्दोलोई का ऋणि है। उन दिनों भारत विभाजन का तूफ़ान उठा हुआ था। तभी वह सत्ता के केंद्र बने और असम के लिए लोहपुरुष की तरह तन कर खड़े हो गए। यदि वह और उनके साथी नहीं होते, तो शायद कुछ हिस्से पूर्वी पाकिस्तान में चले जाते। यही नेता थे, जिन्होंने असम को टूटने से बचाया।

एक बड़ा काम उन्होंने और अंजाम दिया। असम में चाय बागानों के मालिक अंग्रेज़ थे। असम को उनसे कोई लाभ नहीं था। थोड़ा-बहुत मज़दूर लोग गुज़ारा कर लेते थे। सारी आमदनी अंग्रेज़ो की थी। बाकी किसी से कोई मतलब नहीं। यह सब सादुल्ला मंत्रिमंडल की शह पर था। यह गोपीनाथ बार्दोलोई ही थे, जिन्होंने शोषण की इस भारी समस्या से लड़ने का फ़ैसला किया।

गांधी जी ने देश की आज़ादी के लिए असहयोग आन्दोलन आरम्भ कर दिया था। लोगों ने गांधी जी के आदेश के अनुसार सरकारी नौकरियां छोड़ दीं और असहयोग आन्दोलन में कूद पड़े। गोपीनाथ जी भी बिना किसी हिचक के स्वतन्त्रता आन्दोलन में पूरी तरह भाग लेने लगे। पहली बार सन् 1921 में उन्होंने गांधी जी के नेतृत्व में होने वाले असहयोग आन्दोलन में भाग लिया।

सबसे पहले उन्होंने असम में दक्षिण के गोआलपाड़ा ज़िले का पैदल चलकर दौरा किया। इस दौरे में तरुणराम फूकन उनके साथ थे। उन्होंने जनता को गांधी जी का यह सन्देश दिया कि विदेशी माल का बहिष्कार करें और अंग्रेज़ों के काम में असहयोग करें। जनता इस बात से प्रभावित होकर विदेशी वस्तुओं की होली जलाने के बाद स्वयं चर्ख़े पर सूत कातकर वस्त्र धारण करने लगी। इससे अंग्रेज़ सरकार बौखला गई। गोपीनाथ जी और उनके साथियों को गिरफ़्तार करके एक वर्ष की सज़ा दे दी गई। इसके बाद उन्होंने अपने आपको पूरी तरह देश के स्वतन्त्रता संग्राम के लिए समर्पित कर दिया।

सन् 1926 में कांग्रेस का इकतालीसवां अधिवेशन पांडु में हुआ। गोपीनाथ ने इसमें सक्रियता से भाग लिया। इससे वह जनता में अधिक लोकप्रिय हो गए। उन्होंने पूरे राज्य की पदयात्रा करके लोगों की समस्याओं को अच्छी तरह

समझा और लोक-जीवन में घुल-मिल गए। इसके कारण उनमें लोगों को संगठित करने की ज़बर्दस्त शक्ति पैदा हो गई थी। उन्होंने असम के लोगों को इकट्ठा किया और उनके मन में राष्ट्रीयता का भाव पैदा कर दिया। अपनी कार्यकुशलता, संगठन की क्षमता, व्यवहार और दूरदर्शिता द्वारा असम की जनशक्ति को जगा कर जनहित के अनुसार उसे राष्ट्र की मुख्यधारा से जोड़ने का ऐतिहासिक काम किया।

सन् 1932 में वह गुवाहाटी म्युनिसिपल बोर्ड के चेयरमेन चुने गए। उस समय तक असम में न तो अलग हाईकोर्ट था और न विश्वविद्यालय । गोपीनाथ जी ने कुछ देश-भक्तों और असम एसोसिएशन के लोगों को साथ लेकर इस सम्बन्ध में आन्दोलन शुरू किया। सन् 1939 में जब कांग्रेस ने प्रदेश एसेम्बलियों के चुनावों में भाग लेने का निर्णय किया, तो गोपीनाथ जी कांग्रेस उम्मीदवार के रूप में चुनाव जीते और सर्वसम्मति से कांग्रेस दल के नेता चुने गए।

गोपीनाथ जी देश की तत्कालीन परिस्थितियों से वाकिफ़ थे और असम की समस्याओं के अच्छे जानकार तो थे ही। उन्होंने पहचान लिया था कि असम की समस्याएं केवल असम की ही नहीं हैं, बल्कि हमारी राष्ट्रीय समस्याओं का ही एक भाग है। ऐसी समस्याओं का निदान राष्ट्रीय एकता से ही सम्भव है।

सितम्बर, 1939 में द्वितीय विश्वयुद्ध आरम्भ हो गया। इसमें ब्रिटिश सरकार ने भारत को उसकी इच्छा के बिना युद्ध का भागीदार बना दिया। इसलिए कांग्रेस ने महात्मा गांधी के नेतृत्व में इसका विरोध किया और असहयोग आन्दोलन आरम्भ कर दिया। द्वितीय विश्वयुद्ध की समाप्ति के बाद स्थिति ने पलटा खाया और सन् 1940 में कांग्रेस ने चुनावों में हिस्सा लेने का निश्चय कर लिया।

सन् 1946 के चुनावों में असम कांग्रेस को पूर्ण बहुमत प्राप्त हुआ और गोपीनाथ जी असम के मुख्यमन्त्री बने और उन्होंने लोगों को आज़ादी की रक्षा करने और राष्ट्र निर्माण के काम में जुट जाने का सन्देश दिया। स्वयं

भी उसी के अनुकूल आचरण किया और नवनिर्माण के कार्य करने लगे।

यह तब की बात है जब द्वितीय विश्वयुद्ध ज़ोरों पर था। उस समय अंग्रेज़ों ने भारत के अलग-अलग हिस्सों में दल बनाने का प्रस्ताव रखा। इसे 'ग्रुपिंग सिस्टम' कहा गया। मुंबई के अगले कांग्रेस अधिवेशन में कांग्रेस ने इस सिस्टम को स्वीकार कर लिया, जबकि गोपीनाथ जी इसके खिलाफ़ थे। आख़िर वह कांग्रेस के नेताओं से मिले और उन्हें समझाया और कहा कि असम इस ग्रुप काउंसलिंग में भाग न लेकर अपना संविधान ख़ुद बनाएगा। असम की एसेम्बली ने क्रिप्स मिशन की योजना को खारिज कर दिया। तब दस प्रतिनिधियों का 'गणपरिशय' बनाया गया और तय पाया गया कि चाहे संविधान बनाया जाए या कोई और काम किया जाए, फैसला ये 'गण' ही करेंगे। महात्मा गांधी ने इसकी अनुमति दे दी और इस तरह अंग्रेजों का कुचक्र टूट गया। यह सब गोपीनाथ बार्दोलोई के अथक प्रयत्नों से ही संभव हो पाया।

देश की आज़ादी के बाद गोपीनाथ जी असम के प्रथम मुख्यमन्त्री निर्वाचित हुए। अपने तीन वर्ष के छोटे कार्यकाल में उन्होंने आधुनिक असम की नींव रखी, जिसके आधार पर प्रदेश ने काफ़ी प्रगति की। राज्य के मानव संसाधन को बढ़ाने के लिए शिक्षा के क्षेत्र में आधुनिक और वैज्ञानिक शिक्षा को महत्त्व दिया। राज्य में इंजीनियरिंग, चिकित्सा, आयुर्वेद, वन तथा कृषि महाविद्यालयों की स्थापना की। उच्च शिक्षा के महत्त्वपूर्ण केन्द्र गुवाहाटी विश्वविद्यालय की शुरुआत भी की। न्यायपूर्ण, निष्पक्ष और समतावादी समाज की स्थापना के उद्देश्य से गुवाहाटी में हाईकोर्ट की स्थापना का भी श्रेय उन्हीं को जाता है।

गोपीनाथ जी अपने व्यक्तित्व, चिन्तन और कार्य-व्यवहार से असमिया संस्कृति के प्रतिरप बन गए। असम के महान सन्त शंकरदेव के दर्शन ने उनके चिन्तन को आकार देने में महत्त्वपूर्ण भूमिका निभाई थी। साहित्य, शिक्षा, संगीत तथा संस्कृति के प्रति उनका गहरा लगाव था। वह एक अच्छे लेखक थे। उन्होंने महात्मा गांधी की 'आत्मकथा' एवं 'अनासक्ति योग का असमिया में रूपान्तरण किया था। वह बाल-साहित्य के भी रचनाकार थे। भगवान राम,

ईसा मसीह, हज़रत मोहम्मद और गौतम बुद्ध जैसे देवपुरुषों की जीवन-कथाएं समान भाव से लिखी थीं। धर्मनिरपेक्षता की श्रेष्ठ परम्परा की रक्षा के लिए वह जीवन के अन्तिम क्षणों तक लड़ते रहे।

सन् 1950 में गोपीनाथ जी के निधन पर देश ने और असम ने जिस शून्यता का अहसास किया, वह राजनीति और जन-जीवन में उनके प्रभाव को स्पष्ट करता है। डॉ. राजेन्द्रप्रसाद ने अपनी श्रद्धांजलि देते हुए कहा था कि "उनके निधन से असम और भारत के जन-जीवन में जो शून्यता आ गई है, उसे भरना बहुत कठिन है।" पं. जवाहरलाल नेहरू ने उनके साहस की प्रशंसा करते हुए अपनी श्रद्धांजलि में कहा था कि "हम सबके लिए, विशेषकर असम के लिए स्वतन्त्रता के इस वीर सेनानी का निधन बहुत बड़ी क्षति है। उन्होंने असम के उच्च पद पर मुख्यमन्त्री के रूप में राज्य की अनेक समस्याओं का साहस के साथ सामना किया था।" |

आज भी असम के लोग उन्हें 'शेरे असम' के नाम से पुकारते हैं। भारत सरकार ने उन्हें मरणोपरान्त सन् 1999 में भारत के सर्वोच्च नागरिक सम्मान 'भारतरत्न' से विभूषित कर उनकी देश सेवा को आदर दिया।

40

लता मंगेशकर

भारतरत्न 2001

"**अगर** ताजमहल सातवां आश्चर्य है, तो लता मंगेशकर आठवां।"

– उस्ताद अमजद अली ख़ां

सुर साम्राज्ञी लता मंगेशकर नाम उस हस्ती का है, जिसे सुनकर हरेक भारतीय गर्व से सिर ऊंचा उठा लेता है। 28 सितम्बर, शनिवार, सन् 1929 को जन्मीं इस अद्भुत कलाकार के पिता मास्टर दीनानाथ भी विख्यात संगीतज्ञ और कलाकार थे। संगीत का अमृत लता ने जन्म-घुट्टी की तरह बचपन से ही पीना आरम्भ कर दिया था। छह मास की उम्र में ही पिता को उनके संगीत साम्राज्ञी होने का आभास होने लगा था।

लता चार वर्ष की थीं। एक दिन घर के बरामदे में उनके पिता सारंगी बजा रहे थे। तभी लता ने आगे बढ़कर सारंगी को अपने हाथों में ले लिया और फिर दीनानाथ जी सारंगी पर उनके साथ संगीत का खेल खेलने लगे। उसी वर्ष लता जी अपने पिता के संग इन्दौर गईं। वहां एक छोटे से समारोह में तनतम शहनाई के साथ बाल सुलभ स्वर में उन्होंने एक गीत गाया, जिसे सुनकर दीनानाथ जी ख़ुशी से झूम उठे। उस दिन उन्होंने निर्णय किया कि वह लता को विधिवत संगीत शिक्षा देंगे।

लता जी का पिता के साथ संगीत का रियाज़ चलने लगा। जिस उम्र में उनकी बराबर की लड़कियां गुड्डे-गुड़ियों का ब्याह रचातीं, लता जी संगीत के सुरों के साथ अठखेलियां करने लगीं। वह प्रतिदिन प्रातः जल्दी उठतीं और

तानपूरे पर अपना रियाज़ आरम्भ कर देतीं। उनकी लगन देखकर माता-पिता बड़े प्रसन्न होते। जल्दी ही वह पूरिया घनेश्वरी राग आदि रागनियां अपने घर आने वाले संगीत के छात्रों को भी सिखाने लगीं।

छह वर्ष की आयु में लता जी ने के.एल. सहगल की फ़िल्म 'चंडीदास' देखी । सहगल का व्यक्तित्व उनके बाल हृदय को छू गया। उन दिनों घरों में सहगल के अभिनय की चर्चा आम थी। इसी बात से प्रेरित होकर उन्होंने घर आकर भोलेपन के साथ कह दिया, "मैं बड़ी होकर सहगल के साथ शादी करूंगी।" घर वाले उनके भोलेपन पर हंस पड़े और मज़ाक़ में चुटकी लेने लगे। फ़िल्मों से सुने गाने लता जी को पूरी तरह याद रहते थे। उनकी प्रतिभा का प्रकाश जब सभी को दिखाई देने लगा, तब पिता ने उनसे स्टेज प्रोग्राम में गवाने का निश्चय किया। उन्होंने पहला स्टेज प्रोग्राम शोलापुर में दिया।

लता जी के पिता अपने कार्यक्रम प्रस्तुत करने के लिए एक शहर से दूसरे शहर घूमते रहते थे और लता जी भी उनके साथ रहती। उनकी बहनें मीना, आशा और ऊषा तथा भाई हृदयनाथ भी पिता के साथ घूम-घूमकर प्रोग्राम देते थे। लता जी का जीवन इसी तरह सीधी-सरल गति से चलता रहा कि अचानक एक दिन उसमें भूचाल आ गया। वह तेरह वर्ष की थीं कि दीनानाथ जी का देहान्त हो गया। घर की आर्थिक हालत गम्भीर हो गई। सबसे बड़ी होने के कारण घर की आर्थिक ज़िम्मेदारी लता जी के कन्धों पर आ पड़ी। ऐसी कठिन स्थिति में लता जी ने मां से नौकरी करने की अनुमति मांगी। उस समय मां के सामने हां करने के अलावा और कोई चारा नहीं था।

दीनानाथ जी के साथ श्रीपाद जोशी नामक सज्जन बहुत लम्बे समय से जुड़े रहे थे। उन्होंने लता जी को फ़िल्मों में बाल कलाकार के रूप में काम से लगवा दिया। घर की रुकी हुई गाड़ी चल निकली। आगे लता जी ने विभिन्न फ़िल्मों में पार्श्व गायन शुरू किया। उनके गाए गानों ने धूम मचा दी। 'महल' फ़िल्म का 'आएगा आने वाला' और बीस साल बाद' का 'कहीं दीप जले, कहीं दिल' ऐसे गाने थे, जिन्होंने लता जी को प्रसिद्धी

के शिखर पर पहुंचा दिया। फिर तो उन्होंने पीछे मुढ़कर कभी नहीं देखा। लता जी वास्तव में मराठी-भाषी थीं। एक बार की बात है कि उनकी भेंट अभिनय सम्राट दिलीप कुमार से हुई। तपाक से उन्होंने ऐसी बात कह दी कि लता जी के भीतर तक उतरती चली गई। उन्होंने उनके उच्चारण को कचोटा था, जो मराठी भाषा होने के कारण हिन्दी-उर्दू को ठीक से नहीं ले पाता था। आख़िर लता जी ने कड़ी मेहनत की और भाषा की तमाम कमज़ोरियों को दूर कर लिया, फिर तो इस स्वर साम्राज्ञी ने हिन्दी- उर्दू के हज़ारों गाने गाए।

लता जी की दुनिया फ़िल्म संगीत की रही, किन्तु प्रशिक्षण उन्होंने शास्त्रीय पद्धति से ही प्राप्त किया था। उनकी मधुर आवाज़ के जादू के साथ अनूठी प्रतिभा वाले संगीत निर्देशक, गीतकार और भाव विभोर कर देने वाली स्थितियां जुड़ी रहीं। इसी कारण लता जी के गाए गीतों का आनन्द ऐसे करोड़ों श्रोता भी कर सकते हैं, जिन्हें शास्त्रीय संगीत की रत्ती-भर भी जानकारी न हो। उनके गले की मिठास और सुरों का आकर्षण श्रोता को मन्त्रमुग्ध बना देता है। पंडित भीमसेन जोशी ने एक बार कहा था कि "यदि आम लोग भी शास्त्रीय संगीत पसन्द करने लगे हैं, तो इसका श्रेय लता को मिलना चाहिए।"

जब वह अपने बालपन की स्मृतियों को टटोलती हैं, तो एक सहज मुस्कान उनके सौम्य चेहरे पर बिखर जाती है। वह अपनी दादी और नानी के साथ एक छोटे से घर में रहती थीं। उनकी नानी मां का एक छोटा सा पूजा-कक्ष था। शाम को सन्ध्या-पूजा के बाद सब एकत्र होते और वह हारमोनियम पर भक्ति गीत गातीं। लता जी की नानी उन्हें कई तरह की कहानियां सुनाती थीं। वह हिन्दी और मराठी के मिश्रण में भजन गाया करती थीं और लोकगीत भी सुनाती थीं। लता जी को भगवद्-भक्ति के संस्कार बचपन से ही मिलने लगे थे। वह भगवद्गीता के श्लोकों का बचपन से ही मनन करने लगी थीं। गीता को उन्होंने अपने जीवन में पूरी तरह आत्मसात कर लिया था। यही कारण है कि वह किसी भी परिस्थिति में शान्त भाव से गा सकती हैं। उनकी यह शक्ति संसार-भर को तब दिखाई दी, जब वह न्यूयार्क के एक ऑडिटोरियम में अपना प्रोग्राम दे रही थीं। तभी वहां बम रखे होने की आफ़वाह फैल गई।

यह ख़बर मिलने के बाद भी लता जी बिना विचलित हुए शान्त भाव से गाती रहीं।

लता जी ने ढेरों फ़िल्मों में असंख्य गीत गाए। ग़ैर फ़िल्मी गीतों और भजनों में भी उन्होंने कमाल दिखाया। अनेक संगीतकारों के साथ उनके गाए यादगार गीतों ने उन्हें न भुलाने वाली ऐसी शख़्सियत बना दिया, जिसे युगों तक याद किया जाता रहेगा।

भारत के पहले प्रधानमन्त्री पं. जवाहरलाल नेहरू साहित्य, कला और संगीत के बड़े पारखी थे। उन्होंने लता मंगेशकर की गायकी को भी दिल की गहराइयों से सुना था। इसीलिए उन्हें 'नाइटेंगिल ऑफ इंडिया' की उपाधि से विभूषित किया था। अवसर था एक भव्य समारोह का, जिसमें देश के ही नहीं, विदेशों के भी ढेरों विशेष मेहमान आए हुए थे। इस दिन लता जी ने कवि प्रदीप का लिखा देश-भक्ति से भरा-पूरा अमर गीत 'ए मेरे वतन के लोगों ज़रा आंख में भर लो पानी, जो शहीद हुए हैं उनकी, जरा याद करो कुर्बानी ।' यह गीत उन्होंने इतने डूब कर तथा ऐसी आवाज़ और लयकारी में गाया कि सचमुच लोगों की आंखों में पानी भर आया।

लता जी को उनकी संगीत उपलब्धियों के कारण देश-विदेश से अनेक पुरस्कार और सम्मान प्राप्त हुए। 1989 में दादा साहब फाल्के पुरस्कार से भी उन्हें सम्मानित किया गया। लता जी को शिवाजी यूनिवर्सिटी, कोल्हापुर और हैदराबाद यूनिवर्सिटी ने डी.लिट्. की उपाधियां भी प्रदान कीं। सन् 2001 में राष्ट्रपति के.आर. नारायणन द्वारा 'भारतरत्न' की उपाधि देकर उनकी महानता को रेखांकित किया।

41

बिस्मिल्लाह ख़ां

भारतरत्न 2001

भारतीय संगीत को ऊंचाइयों के शिखर पर पहुंचाने वाले उस्ताद बिस्मिल्लाह ख़ां का मानना है कि "संगीत की सेवा करते जाओ और रियाज़ ज़ारी रखो, ज़रूर कुछ मिलेगा।"

21 मार्च, 1916 को बिहार के बक्सर ज़िंले के डुमराव गांव में जन्मे बिस्मिल्लाह ख़ां संगीत की साधना को अल्लाह की इबादत मानते हैं। उनका व्यक्तित्व मानवीय संवेदना और करुणा से भरा हुआ है। वह 400 बेवाओं और यतीम बच्चों की परवरिश करके अपने महान व्यक्तित्व की सार्थकता को दर्शा रहे हैं।

अली बख्श विलायंत बिस्मिल्लाह ख़ां के चाचा थे। वह काशी के विश्वनाथ मन्दिर में शहनाई बजाया करते थे। शगुन के लिए शहनाई, स्वागत और ब्याह-बरात में शहनाई और फिर मन्दिरों में इसका चलन ही तो है, जो इस वाद्य को परम शुभ माना गया है। भारत के इस महान वाद्य को सीखा बिस्मिल्लाह ख़ां ने अपने इन्हीं चाचा अली बख़्श से। यह चाचा निरन्तर समारोहों में जाया करते थे। बिस्मिललाह ख़ां भी उनके साथ होते थे और चलता रहता था प्रदर्शन का यह सिलसिला। तब उनकी 14 वर्ष की छोटी उम्र थी और वह शहनाई में माहिर हो गए थे। उनकी ख्याति चारों तरफ़ तेज़ी से फैलती गई और ऐसा आलम आया कि चारों तरफ़ उनकी मांग होने लगी।

मुसलमानों में शिया और सुन्नी होते हैं। बिस्मिल्लाह ख़ां शिया मुसलमान

है और हमेशा ईमान पर चलते हैं, जो एक मुसलमान की सच्ची पहचान है। संगीत को वह अपनी नमाज़ की तरह मानते हैं। यह इबादत उन्होंने कभी नहीं छोड़ी। उनकी सांस और आत्मा के साथ यह सिलसिला चलता रहा। वह सरस्वती देवी के भी उपासक हैं। सरस्वती जो ज्ञान और विद्या की देवी है। डुमराव गांव का यह संगीत-ऋषि आज भी बनारस को मानता है अपना ठिकाना और सराय हारा में है उनका घर, जिसमें वह रहते हैं।

देश के प्रथम स्वतन्त्रता दिवस 15 अगस्त, 1947 को उन्होंने प्रधानमन्त्री पं. जवाहरलाल नेहरू के सामने दिल्ली के लालक़िले की प्राचीर पर अपनी शहनाई से आज़ादी की पहली धुन बजाई। यह धुन राग काफ़ी में थी और इसके उतार-चढ़ावों ने आकाशवाणी के माध्यम से जन-जन के मानस को अभिभूत कर दिया था।

बिना किसी शक़ के बिस्मिल्लाह ख़ां शहनाई के महान उस्ताद हैं और उन्होंने शहनाई वादन को अपने सर्वोच्च स्तर पर पहुंचाया। उन्होंने अपनी कला के प्रदर्शन के लिए देश में ही नहीं, विदेशों के भी दौरे किए और दुनिया के करोड़ों लोगों को अपना प्रशंसक बना लिया।

बचपन से ही संगीत का कड़ा अभ्यास करने वाले उस्ताद आज भी अपनी इस वयोवृद्ध अवस्था में प्रतिदिन दो घंटे शहनाई का रियाज़ करते हैं। रियाज़ के लिए उन्होंने तीन स्थान नियत किए हैं, मज़ार शरीफ़, मन्दिर और गंगा का किनारा। इससे साफ़ जाहिर है कि वह संगीत के रियाज़ को भी भगवान में लीन हो जाने का माध्यम मानते हैं। इसमें भी वह उसी उत्कंठा और उतनी ही लगन से डूब जाते हैं, जिस तरह एक भक्त भगवान की भक्ति में डूबकर साधना में तल्लीन हो जाता है।

ख़ां साहब मज़हब को अपने जीवन का महत्त्वपूर्ण अंग मानते हैं और दिन में आठ घंटे इबादत करते हैं, लेकिन धर्म के आधार पर नफ़रत से सख़्त नफ़रत करते हैं। उन्हें राजनीति से भी सख़्त नफ़रत है। चढ़ती उम्र के कारण उन्होंने अब सार्वजनिक कार्यक्रमों में जाना बन्द कर दिया है। पिछले दिनों केवल उस्ताद

विलायत अली ख़ां के साथ दूरदर्शन और मुम्बई में जैमिनी स्टूडियो में आयोजित एक कार्यक्रम में भाग लिया था। उनके पुत्र नैयर हुसैन, ज़ामिन हुसैन और मेहताब हुसैन भी अच्छे शहनाईवादक हैं, जब कि उनके एक पुत्र नाज़िम हुसैन तबलावादक हैं।

उन्हें ढेरों पुरस्कार और सम्मान प्राप्त हुए। सबसे पहले संगीत नाटक अकादमी का पुरस्कार मिला। उसके बाद पद्मश्री से सम्मानित किया गया। 1968 में भारत सरकार ने उन्हें फिर पद्मभूषण अलंकरण से नवाज़ा। शहनाई वादन के आज उनके अनेक कैसेट्स और रेकार्ड मिल रहे हैं।

संगीत में उनके अविस्मरणीय योगदान को देखते हुए भारत सरकार ने उन्हें सन् 2001 में 'भारतरत्न' की उपाधि से सम्मानित किया। इस अवसर पर उन्होंने कहा कि "संगीत-प्रेमी अपने बच्चों को संगीत की शिक्षा दिलाएं और प्रतिदिन रियाज़ करवाकर अपनी उस सभ्यता और संगीत को जीवित रखें, जो पहले भी चोटी पर था और आज भी चोटी पर है।"

42

भीमसेन जोशी

भारतरत्न 2009

भीमसेन गुरुराज जोशी को पुरानी पीढ़ी के लोग "रघुवर तुमको मेरी लाज" से जानते हैं, जो आज की नई पीढ़ी "मिले सुर मेरा तुम्हारा" के जरिये इस आवाज को उन तमाम आवाजों की भीड़ में अलग पहचान लेती है। 11 साल की उम्र में बिना बताए संगीत सीखने के लिए घर छोड़ कर भाग जाने वाले की आवाज में इतना दम है कि ग्यारह साल के बच्चे भी उस आवाज को सुनते ही रूक जाते हैं और ध्यान से सुनने लगते हैं। वे नहीं जानते कि क्या गाया जा रहा है? मगर उन्हें जो भी आवाज सुनाई देती है, वो उनके कानों को ही नहीं बल्कि पूरी रूह को सुकून देती है।

86 वर्षीय पंडित जी जब सुर लगाते हैं, तो सुनने वालों को कानों पर हाथ लगाने का मन होता है कि इस लायक हैं भी या नहीं, जो पंडित जी को सुन सकें? इस दैवीय सुर को सुनने का जिसको भी अवसर मिला वह धन्य हो गया।

जोशी जी के दादा जहां गायक थे, वहीं पिता एक शिक्षक थे। 4 फरवरी 1922 में उनका जन्म हुआ था कर्नाटक के धारवाड़ जिले के एक कन्नड़ परिवार में। उनके पिता पुराने ख्यालों वाले एक स्कूल शिक्षक थे। जोशी जी के बचपन का एक मजेदार वाकया है। हुआ यूं कि उनके गांव में एक बारात जा रही थी, उसके पीछे पीछे बजती शहनाई के सुर सुनते-सुनते बालक भीमसेन दूसरे गांव चले गए। घरवाले पुलिस वाले ढूंढ परेशान। आखिर किसी ने घर में खबर दी कि बालक को पास के गांव में देखा गया है, घर वाले समाचार

सुन कर जब उनका समाचार पूछते-पूछाते गांव के थाने पहुंचे तो वह वहां सोते हुए मिले। उनके पिता ने उस समय तो कुछ नहीं कहा और उन्हें घर लिवा लाए। लेकिन अगले दिन डांट फटकार करने के बाद पिताजी ने उनकी कमीज पर यह वाक्य लिखवा दिया कि ये लड़का कहीं गुम हो जाए तो इसे निम्न पते पर पहुंचाने की कृपा करें। पता लिखा था– गुरुराज जोशी, मुख्य अध्यापक, बगलकोट।

दरअसल बचपन से ही बालक भीमसेन को गाने के प्रति दीवानगी थी। ये वाकया तब का है, जब वे नौ साल के थे। उन दिनों आजादी के आंदोलन के दौरान नेहरू जी और गांधी उनके कस्बे में आने वाले थे। उनके सम्मान में रखी सभा में समस्या ये आ रही थी कि वन्दे मातरम का गायन कौन करेगा? यह समस्या जानकर नौ वर्षीय भीमसेन ने कहा कि "मुझे हारमोनियम दिलवा दो तो मैं गा दूंगा ।" सब लोग हंसने लगे कि ये बालक क्या गाएगा? पर बालक ने फिर जिद्दपूर्वक कहा कि "बस मुझे पेटी दिलवा दो फिर देखना।" गांव वाले उसकी जिद्द के आगे मजबूर हो गये और भीमसेन के लिए हारमोनियम का इंतजाम करवाया गया।

नौ साल के बालक ने कार्यक्रम मे जब वन्दे मातरम गाना शुरू किया तो नेहरू जी और गांधी जी ने बालक को गोद में उठा लिया और पूछने लगे कि "शास्त्रीय संगीत कहां सीखते हो?"

बालक भीमसेन ने कहा, "मस्जिद की अजान और शहनाई की आवाज से कुछ-कुछ सीख गया हूं।"

बाद में गांधी जी ने 1931 में अहिंसा आन्दोलन चलाया तो उसमें उन्हें बुलाया और तभी से पंडित जी के संगीत का सफर शुरू हो गया।

पंडित भीमसेन जोशी की संगीत यात्रा बहुत संघर्षमयी और रोमांचक है। उनके पिता चाहते थे कि भीमसेन पढ़ लिखकर विद्वान बनें, लेकिन बचपन से ही उनके हृदय में संगीत की लहरें फूट रही थीं। उन्हें संगीत का मीठा सुर अपनी मां से मिला था, जो मधुर भजन गाती थीं। बचपन में एक बार घर

के नजदीक ग्रामोफोन की दुकान में उन्होंने उस्ताद करीम का राग जोगिया में अमर गीत पिया मिलन की आस सुना जिसका उन पर इतना गहरा असर हुआ कि उन्होंने उस्ताद जैसे ही बनने की ठान ली और संगीत साधना के लिए 11 वर्ष की उम्र में घर से भाग निकले।

11 साल की उम्र में बिना टिकट रेल में सवार हो गए। जब टी.सी. ने टिकट मांगा तो टी.सी. को भी सुरों में उतार दिया। टी.सी. के कहने पर वे जालंधर स्टेशन पर ट्रेन से उतर कर भगत जी के यहां पहुंच गए। उन दिनों पंजाब में भगत जी की शास्त्रीय संगीत की तूती बोलती थी।

ग्यारह साल के भीमसेन जब भगत जी से मिले तो उन्होंने उनसे वहां आने का प्रयोजन पूछा । इस पर भीमसेन ने जवाब दिया, "गाना गाना सीखने आया हूं।"

भगत जी ने पूछा-"यहां कैसे आए हो?"

बालक भीमसेन बोले-'बगैर टिकट आया हूं।'

हैरान परेशान भगत जी ने उन्हें कहा कि "भई मेरे पास रहने की जगह नहीं है, इसलिए मैं तुम्हें अपने साथ नहीं रख सकता |"

भीमसेन भी कहां हार मानने वाले थे? सो उन्होंने तड़ से कहा– "आप तो मुझे गाना सिखाएं, रहने का इंतजाम मैं कर लूंगा।"

भगत जी तब तक उनके अंदर छिपे संगीत साधक को पहचान चुके थे लिहाजा उन्होंने इस विलक्षण प्रतिभा के धनी बालक को सिखाना शुरू किया। रात हुई तो भीमसेन ने रहने का ठिकाना खोजना शुरू किया, तो उन्हें आश्रय दिया भगत जी के सामने स्थित ढाबे वाले ने। फिर तो वे जितने दिन जालंधर में रहे उसी ढाबे वाले के शरणागत रहे। इस प्रकार से संगीत की प्राथमिक शिक्षा उनकी जालंधर में हुई।

अच्छे गुरु की तलाश में भीमसेन पुणे होते हुए ग्वालियर, खडगपुर कोलकाता. दिल्ली और रामपुर से लेकर जालंधर तक भटकते रहे । ख्याल गायन

में अपना वर्चस्व बनाने के बाद एक दिन उनके मन में पूरब की गायकी ठुमरी, दादरी, होरी और भजन आदि सीखने की तीव्र उत्कंठा जागी और वे फिर सब कुछ छोड़कर रामपुर पहुंचे। साल भर उस्ताद मुश्ताक हुसैन खा के पास रहने के बाद वे ठुमरी का अंदाज महसूस करने के लिए लखनऊ जा पहुंचे। उस जमाने में अमीनाबाद की एक चांय के मालिक थे, डी.सी. दत्ता । गीत-ग़ज़ल के गवैए के हिसाब से डी.सी. दत्ता साहब ने काफी शोहरत हासिल कर ली थी। उन्हीं की कोशिशों से भीमसेन रेडियो के स्टाफ आर्टिस्ट बने और पच्चीस रुपए की फीस पर ख्याल और ज्यादातर भजन ही गाने लगे थे। वहां उनका बेगम अख्तर और पंडित शंभू महाराज से मिलना और उनके साथ संबंधों की एक लंबी दास्तान है। संगीत को सीखने की चाह में आखिर में उन्हें अपने ही क्षेत्र में गुरु के रूप में सवाई गंधर्व मिले। जहां संगीत सीखने के लिए उनका दृढ़ संकल्प आखिरकार पूरा हुआ।

शुरूआती दिनों में रोज सोलह-सत्रह घंटे रियाज करने वाले संगीत के साधक पंडित भीमसेन जोशी कहते हैं कि शास्त्रीय संगीत तो बहुत लोग जानते हैं लेकिन असल बात ये है कि कौन कितना बढ़िया स्वर लगाता है। उन्होंने शुद्ध रागदारी में सबसे ज़्यादा ध्यान स्वर, तान और उनकी संगतियों पर दिया। गायन में उनकी प्रतिभा की एक बड़ी मिसाल है कि 1946 में अपने गुरु सवाई गंधर्व की साठवीं वर्षगांठ पर संयोग से पुणे के एक समारोह में उन्हें गाने का न्यौता मिला। इतना बड़ा समारोह, वह भी गुरु के सामने। बहरहाल उन्होंने राग मियां मल्हार चुना। उनके दमदार और सुरीले गायन ने श्रोताओं को मंत्रमुग्ध कर दिया। कालांतर में उनके संगीत का जादू श्रोताओं के सिर चढ़कर बोलता रहा। ।

उन्होंने अपना सबसे पहला परफामेंस 19 साल की उम्र में दिया, और पहला एल्बम 20 वर्ष की उम्र में निकला । इस एल्बम में कन्नड और हिन्दी के धार्मिक गीत थे।

उनकी ठुमरी और भजन की भी काफी चर्चा होती है। "पिया के मिलन की आस" और "पिया तो मानत नहीं" नाम की दो लोकप्रिय ठुमरी उन्हीं

के द्वारा स्वरबद्ध हैं। हर साल पुणे में आयोजित होने वाला सवाई गंधर्व संगीत महोत्सव भीमसेन जोशी की देखरेख में ही संपन्न होता रहा है, और इसमें ठुमरी को जितनी लोकप्रियता मिली है इसका सारा श्रेय भी उन्हीं को जाता है। पंडित भीमसेन जोशी ने भारतीय भक्ति गीत को भी अपनी पराकाष्ठा पर पहुंचाया है। अपने पिता का प्रिय भजन जो "भजे हरि को सदा वहीं परम पद पाएगा" गाते-गाते पंडित जोशी इतने आगे निकल गए कि उन्होंने "अंखियां हरि दर्शन की प्यासी" और "आया द्वार तुम्हारे राम" को जन-जन तक पहुंचाया।

उनकी आवाज बहुत ही बुलंद और ज़ोरदार है, लेकिन उन्हें आश्चर्यजनक तरीके से वॉल्यूम कंट्रोल करना आता है, और ऐसी बुलंद आवाज के साथ उसी स्वर में वे एक नए किस्म का प्रभाव पैदा करते हैं।

कुछ साल पहले ब्रेन ट्यूमर से ग्रस्त हो जाने के कारण वे गायन क्षेत्र में सक्रिय नहीं हो पा रहे हैं। हालांकि कुशल डॉक्टरों द्वारा उनका इलाज चल रहा है, पर 85 साल की आयु को पार कर चुके पंडित जी की वह स्वरलहरी फिर सुनाई पड़ेगी, कहना मुश्किल है। जो भी हो, अपनी अनूठी गायकी से शास्त्रीय संगीत के क्षेत्र में उन्होंने जो इतिहास रचा है, वह बेमिसाल है और सदियों-सदियों तक अमर रहेगा।

43

प्रोफेसर सीएनआर राव

भारतरत्न 2014

वह बुजुर्ग हैं। लेकिन वह युवा भी हैं। बुजुर्ग, उम्र के लिहाज से। युवा इसलिए कि शोध छात्र की तरह जानकारी जुटाने की उत्सुकता बरकरार। जन्म बेंगलुरु में हुआ। नाता पूरे भारत से रहा। विदेशों में उनके विज्ञान शोधों का डंका बजा। उनके खाते में उपलब्धियों की खान है।भारत के सी वी रमन और पूर्व राष्ट्रपति ए पी जे अब्दुल कलाम के बाद वह तीसरे वैज्ञानिक हैं, जिनके नाम के साथ यह सम्मान जुड़ा। सॉलिड स्टेट और मैटेरियल केमिस्ट्री के विशेषज्ञ प्रोफेसर सीएनआर राव देश के सबसे बड़े सम्मान भारत रत्न से वर्ष 2013 में सम्मानित किये गए। राव के सहयोगी उन्हें भारत का 'मिस्टर साइंस' और 'डॉक्टर साइंस' कहते हैं। उनका मानना है कि राव को एक दिन रसायन का 'नोबेल पुरस्कार' अवश्य मिलेगा।

जन्म एवं शिक्षा:

डॉ. चिंतामणि नागेश रामचंद्र राव अपने माता-पिता की इकलौती संतान हैं। उनके पिता का नाम हनुमंत नागेश राव और माता का नाम नगम्मा नागेश राव है। उनका जन्म 30 जून 1943 को बंगलुरू के एक कन्नड़ परिवार में हुआ था। उनकी माता को गणित और हिंदी का अच्छा ज्ञान था। श्रीमती नागम्मा राव धार्मिक विचारों वाली कुलीन महिला थीं। वे अपने पुत्र को पढ़ाई लिखाई के साथ रामायण तथा महाभारत की कथाएं सुना कर महानता के लक्ष्य की ओर बढ़ने की प्रेरणा दिया करती थीं। डॉ राव के पिता को

इतिहास, अर्थशास्त्र विषयों में एम् .ए . की डिग्री प्राप्त थी वे मैसूर सरकार के शिक्षा विभाग में सेवारत थे। राव ने लोअर सेकण्डरी परीक्षा 1944 में प्रथम श्रेणी में तथा सेकण्डरी स्कूल लिविंग परीक्षा 1947 में प्रथम श्रेणी में ही उत्तीर्ण की। उनकी बचपन से ही विज्ञान में गहरी रूचि थी। बासवनागुडी में 'आचार्य हाईस्कूल' में पढ़ते हुए उनकी रुचि रसायन विज्ञान की ओर हुई।

उनके पिता जानते थे कि उच्च शिक्षा के लिए अंग्रेजी भाषा का समुचित ज्ञान जरुरी है। इसलिए वे उनको इस तरफ ध्यान देने के लिए कहते थे। आज भी राव का संस्कृत और अंग्रेज़ी भाषा पर भी अच्छा अधिकार है। सिर्फ 17 की उम्र में ही 'मैसूर विश्वविद्यालय' से बीएससी परीक्षा पास कर उन्होंने सबको चौंका दिया। बीएससी के बाद एमएससी के दौरान उन्हें रसायनज्ञ पलिंग की पुस्तक, नेचर ऑफ दी केमिकल बांड को पहली बार पढ़ने का मौका मिला। इस पुस्तक ने राव के मन में अणुओं के संसार के प्रति गहरी उत्सुकता जगा दी। वे नोबेल पुरस्कार विजेता वैज्ञानिक सी वी रमन से बहुत प्रभावित थे। अपनी पढाई के दौरान उन्होंने अपने अध्यापक की मदद से रमन से मिलने में कामयाब हुए। वे उनकी प्रयोगशाला देखकर बहुत प्रभावित हुए और आगे चलकर विज्ञान के क्षेत्र में कुछ करके दिखाने की प्रेरणा प्राप्त की। प्रारंभिक शिक्षा आसपास से पूरी करने के बाद वह विज्ञान की बातों के अलावा देश-दुनिया की भी जानकारी जुटाने लगे। आज के इंटरनेट युग से इतर वह दौर था जब अपने गांव के पड़ोस की खबर जुटाने में भी अच्छा खासा समय लग जाता। विज्ञान के साथ-साथ देश और दुनिया को जानने की ललक ने ही उन्हें पूरे विश्व के साथ जोड़ दिया। और इसी ललक ने उनको महज 24 साल की आयु में पीएचडी करने वाला सबसे युवा वैज्ञानिक बना दिया।

राव ने 1951 में मैसूर विश्वविद्यालय से स्नातक की डिग्री प्राप्त की। तब उनका इरादा इंडियन इंस्टीट्यूट ऑफ साइंस बंगलूर से इंजीनियरिंग में डिप्लोमा या स्नातकोत्तर डिग्री प्राप्त करना था। परन्तु अपने एक अध्यापक की सलाह पर उन्होंने काशी हिन्दू विश्वविद्यालय में प्रवेश लिया और सन 1953 में उसे शानदार तरीके से उत्तीर्ण किया। उन दिनों वहां एस .एस . जोशी रसायनशास्त्र

के विभागाध्यक्ष थे। उनकी ही प्रेरणा से प्रो. राव ने शोधकार्य करने का लक्ष्य निर्धारित किया और शोध कार्य हेतु उन्हें आई आई टी खड़कपुर से शोध छात्रवृत्ति भी स्वीकृत हो गयी। परन्तु इसी बीच उन्हें चार विदेशी विश्वविद्यालयो एम.आई.टी., पेनस्टेट, कोलंबिया और पुरड्यू से भी शोध छात्रवृत्ति हेतु प्रस्ताव प्राप्त हो गए। उन्होंने यू.एस.ए. के पुरड्यू विश्वविद्यालय में पीएच.डी. में प्रवेश लिया। वहां पर उन्होंने नोबेल विजेता एच.सी. ब्राउन के मार्गदर्शन में स्पेक्ट्रोस्कोपी में शोध कार्य किया, जिसके लिए उन्हें 1958 में पी-एच.डी. की डिग्री प्रदान की गयी।

सन 1959 में प्रो. राव बैंगलुरु वापिस लौट आये और 500/-प्रतिमाह के वेतन पर इंडियन इंस्टीट्यूट ऑफ साइंस में शुद्ध और अध्यापन करने लगे।

राव का विवाह 1960 में 26 साल की उम्र में इंदुमति से हुआ। इस बीच 1961 में उन्हें मैसूर विश्वविद्यालय से डी. एस .सी की उपाधि भी प्राप्त हो गयी। विज्ञान के क्षेत्र में बढ़ते उनके कदम में वैवाहिक जीवन कभी आड़े नहीं आया। प्रो. राव दो बच्चों के पिता बने। बेटा संजय और बेटी सुचित्रा। आज संजय बेंगलुरु के स्कूलों में विज्ञान का प्रचार-प्रसार करते हैं। पिता के शोधपत्रों के आधार पर भी संजय बच्चों को विज्ञान के महत्व को समझाते हैं। बेटी सुचित्रा को भी पढने-पढ़ाने का शौक है। बेटी की शादी इंडियन इंस्टीट्यूट ऑफ साइंस एजुकेशन एंड रिसर्च (आईआईएसईआर) के निदेशक के.एम.गणेश से हुई है। राव का सारा समय रसायन विज्ञान को समर्पित है। उनकी मेज पर कम्प्यूटर नहीं है। वे अपने ई-मेल खुद नहीं देखते। फोन पर केवल पत्नी से बात करते हैं।

विज्ञान सेवा:

1958 में अमरीका से अपनी डॉक्टरेट की उपाधि लेने के बाद राव ने कैलिफोर्निया और बर्कले यूनिवर्सिटी में रिसर्च एसोसिएट की हैसियत से काम किया और वर्ष 1959 में भारत लौटकर बंगलौर स्थित इंडियन इंस्टीट्यूट ऑफ साइंस में काम करना शुरू किया। इसके बाद वे सन 1963 से 1976 तक आईआईटी कानपुर

चले गए। जहाँ उन्होंने रसायन शास्त्र विभागाध्यक्ष के पद पर कार्य किया। वहां पर उनका कार्यकाल आज भी बड़े सम्मान के साथ याद किया जाता है। लेकिन वर्ष 1976 में दोबारा बंगलौर आ गए जहां उन्होंने मटेरियल साइंस सेंटर और सॉलिड स्टेट कैमिकल यूनिट स्थापित की थी। उनकी इस पहल को वैज्ञानिक जगत में महत्वपूर्ण कदम माना जाता है। वे आईआईएससी, बेंगलुरु में लेक्चरर बने। उन्होंने 1976 में 'इण्डियन इंस्टीव्यूट ऑफ़ साइंस' में आकर वहाँ 'सॉलिड स्टेट एंड स्ट्रक्चरल केमिस्ट्री यूनिट' बनायी। 1984 से 1994 तक वे वहाँ निदेशक रहे। सी. एन. आर. राव ऑक्सफ़ोर्ड, कैलिफ़ोर्निया, कैम्ब्रिज, सैंटा बारबरा और परड्यू विश्वविद्यालयों में विजिटिंग प्रोफ़ेसर भी रहे हैं।

शोध क्षेत्र :

राव ने ही सबसे पहले द्विआयामी ऑक्साइड मटीरियल्स का व्यवस्थित अध्ययन किया था। इससे विशाल चुम्बकीय प्रतिरोध और उच्च तापमान पर सुपर कंडक्टिविटी के इस्तेमाल में काफ़ी सहायता मिली। पिछले दो दशक में उन्होंने नैनो मटीरियल्स और हाइब्रिड मटीरियल्स पर काफ़ी शोध किया है। उन्होंने ट्रांजिशन मेटल ऑक्साइड्स पर काफ़ी काम किया है। इससे नोवल फेनोमिना, मटीरियल्स के गुणों के अंतर-सम्बंधों और इन मटीरियल्स की स्ट्रक्चरल केमिस्ट्री को समझने में मदद मिली है।

क्या है सॉलिड स्टेट केमिस्ट्री

सीएनआर राव सोलिड स्टेट केमिस्ट्री के क्षेत्र में अंतरराष्ट्रीय स्तर पर ख्याति प्राप्त वैज्ञानिक हैं। अंतरराष्ट्रीय स्तर पर उनके 1600 शोध पत्र और 45 किताबें प्रकाशित हो चुकी हैं।

सॉलिड स्टेट केमिस्ट्री को बोलचाल की भाषा में मैटेरियल केमिस्ट्री भी कहा जाता है। यह असल में रसायन विज्ञान का वह अंग है, जिसमें ठोस पदार्थों की

संरचना, उसके गुण और संश्लेषण का अध्ययन किया जाता है। ऐसे पदार्थ आमतौर पर गैर-आणविक ठोस होते हैं। हीलियम, नियॉन, ऑर्गन जैसे पदार्थ ठोस गैर-आणविक के उदाहरण हैं, जो अमूमन नरम और विद्युत के कुचालक होते हैं।

सॉलिड स्टेट केमिस्ट्री की तरफ रसायनशास्त्री तब ज्यादा संजीदा हुए, जब यह जानकारी मिली कि व्यावसायिक उत्पादों में इसकी प्रासंगिकता है। पेट्रोलियम प्रसंस्करण में प्लैटिनम आधारित उत्प्रेरक की आवश्यकता, माइक्रो इलेक्ट्रॉनिक उपकरणों के मुख्य घटक के रूप में अतिशुद्धता वाले सिलिकॉन की जरूरत आदि ने रसायनशास्त्रियों को सॉलिड स्टेट केमिस्ट्री की तरफ प्रेरित किया। लेकिन इस विज्ञान की अनजानी परतों को खोलने का काम कार्ल वैगनर ने किया, जब वह ऑक्सीडेशन रेट थ्योरी पर काम कर रहे थे। यही वजह है कि वैगनर को सॉलिड-स्टेट केमिस्ट्री का जनक भी माना जाता है। हालांकि दिलचस्प यह भी है कि गैर-आणविक तत्वों का अध्ययन होने के कारण सॉलिड स्टेट केमिस्ट्री का जुड़ाव सॉलिड-स्टेट फिजिक्स (ठोस भौतिकी), खनिज विज्ञान, क्रिस्टल विज्ञान, धातु विज्ञान, थर्मोडाइनेमिक्स जैसे विज्ञान के अन्य अंगों से भी है।

एच-इंडेक्स तक पहुँचने वाले पहले भारतीय

राव पहले भारतीय हैं जो शोध कार्य के क्षेत्र में सौ के एच-इंडेक्स में पहुंचे हैं। राव ने अप्रैल 2013 में 100 के एच-इंडेक्स (शोधकर्ता की वैज्ञानिक उत्पादकता एवं प्रभाव का वर्णन करने का जरिया) तक पहुंचने वाले पहले भारतीय होने का गौरव हासिल किया। राव की इस उपलब्धि से पता चलता है कि उनके प्रकाशित शोध कार्यों का दायरा कितना व्यापक है। इस मामले में भी प्रोफेसर राव दुनिया के कुछेक चुनिंदा वैज्ञानिकों में ऐसे एकमात्र भारतीय हैं जिनके शोध पत्र का दृष्टांत के तौर पर वैज्ञानिकों ने लगभग 50 हजार बार के करीब उल्लेख किया है।

रसायन शास्त्र की गहरी जानकारी रखने वाले राव फिलहाल बंगलौर स्थित जवाहरलाल नेहरू सेंटर फॉर एडवांस्ड साइंटिफिक रिचर्स में कार्यरत हैं। डॉ. राव न सिर्फ न केवल बेहतरीन रसायनशास्त्री हैं बल्कि उन्होंने देश की वैज्ञानिक नीतियों को बनाने में भी अहम भूमिका निभाई है।

भारत रत्न मिलने पर

राव को जब उन्हें भारत रत्न दिए जाने की खबर मिली तो उनकी प्रतिक्रिया थी 'मैंने सम्मान के बारे में केरल के तिरुवनंतपुरम हवाईअड्डे पर एक विमान में सवार होते हुए सुना। मैं हवाईअड्डे पर था। उसी समय इंडिगो एयरलाइंस के एक कर्मचारी ने आकर मुझसे कहा, आपके लिए अर्जेंट क़ॉल है। यह भारत रत्न मिलने की सूचना थी। मैंने प्रधानमंत्री से इस बारे में बात की और सम्मान के लिए उनको धन्यवाद दिया। मैं महसूस करता हूं कि बुनियादी विज्ञान को अब उसका हक मिल रहा है। मैं उम्मीद करता हूँ की आने वाले समय में और अधिक छात्र विज्ञान अनुसंधान को आगे बढ़ाएंगे। हालाँकि मैं पहले भी कह चुका हूं कि होमी भाभा को यह सम्मान दिया जाना चाहिए और अन्य प्रसिद्ध अनुसंधानकर्ताओं को भी यह सम्मान दिया जाना चाहिए।'

उनको देश के सर्वोच्च नागरिक सम्मान भारत रत्न के लिए चुने जाने की घोषणा को अप्रत्याशित लेकिन सुखद बताते हुए उनकी पत्नी इन्दुमति ने कहा कि बात जब विज्ञान की हो तो राव अभी भी युवा हैं। विज्ञान की शिक्षाविद इंदुमति राव ने कहा "जब बात विज्ञान की हो तो सीएनआर राव अभी भी युवा हैं और उनके विद्यार्थी उनसे बड़े हैं। आप देखते हैं कि प्रयोग आपके दिमाग को सक्रिय और तेज बनाए रखते हैं और तब ही आप युवा रह सकते हैं इसलिए राव भी यही करते हैं।"

उन्होंने कहा कि राव हमेशा सक्रिय रहे हैं और लगातार सोचते रहते हैं या नए प्रयोग करते रहते हैं जिससे वह हमेशा व्यस्त रहते हैं। उन्होंने कहा कि मुझे उनकी ज्यादा देखभाल नहीं करनी पड़ती। हम अच्छे मित्र हैं इसलिए मैं उनका ध्यान रख पाती हूं।

शिक्षा के प्रति उनके विचार

प्रो राव का कार्य क्षेत्र केवल शोध तक ही सीमित नहीं है। वे भारत में उच्च शिक्षा और शोध के स्तर में गुणात्मक सुधार के लिए निरंतर कार्यरत रहते हैं। उनका विश्वास है कि भारत को वैज्ञानिक शक्ति सम्पन्न राष्ट्र बनाने के लिए सर्वप्रथम विद्यालयों में विज्ञान की शिक्षा में आमूल-चूल परिवर्तन आवश्यक है। व्यस्त कार्यक्रम के बावजूद वे समय निकालकर नियमित रूप से बच्चों के साथ कांटेक्ट प्रोग्राम में पूर्ण उत्साह के साथ भाग लेते हैं। उन्होंने युवाओं को विज्ञान की शिक्षा देने के उद्देश्य से सी.एन.राव एजुकेशन फाउंडेशन की स्थापना की है। इसका सञ्चालन उनकी पत्नी डॉ.इंदु राव तथा परिवार के अन्य सदस्यों की देख-रेख में हो रहा है। युवा वैज्ञानिकों को अपने लक्ष्य की प्राप्ति और उन्नति हेतु पर। राव के निम्न सुझावों पर गंभीरता से ध्यान देना चाहिए-

- अपने स्वप्नों को पूर्ण मनोयोग कठिन परिश्रम और सम्पर्ण से साकार करें।
- शिक्षा प्राप्त करते रहें। अधिक शिक्षा प्राप्त करने की पिपासा कभी भी समाप्त नहीं होनी चाहिए।
- हमेशा पूर्ण जानकारी प्राप्त करें। उचित प्रश्न पूछने में कभी संकोच न करें।
- मार्गदर्शकों का निकटता से अवलोकन करें और उनकी मार्गदर्शी शैली से अधिक से अधिक सीखें।
- सशक्त आधार का निर्माण करें। उत्कृष्टता के शिखरों पर पहुँचने की यात्रा हेतु एक सशक्त आधार शिविर की आवश्यकता होती है।
- अपने व्यवसायिक और व्यक्तिगत जीवन के मध्य संतुलन बनाकर रखें। अपने परिवार तथा अपनी रूचि के अन्य कार्यों के लिए भी समय निकालें।

पुरस्कार

प्रोफेसर राव ठोस अवस्था, संरचनात्मक और मैटेरियल रसायन के क्षेत्र में दुनिया के जाने-माने रसायन शास्त्री हैं। सन 1967 में फैराडे सोसाइटी ऑफ इंग्लैंड ने राव को मार्लो मेडल दिया। सन 1968 में राव भटनागर अवार्ड से नवाजे गए। सन 1988 में जवाहरलाल नेहरू अवार्ड और सन 1999 में वह इंडियन साइंस कांग्रेस के शताब्दी पुरस्कार से सम्मानित हुए। भारत सरकार ने उन्हें 1974 में पदमश्री और 1985 में पदमविभूषण से सम्मानित किया। वर्ष 2000 में रायल सोसायटी ने उन्हें ह्युजेज पुरस्कार से सम्मानित किया वर्ष 2004 में भारतीय विज्ञान पुरस्कार पाने वाले पहले भारतीय बने। भारत-चीनी विज्ञान सहयोग को बढ़ावा देने में अहम भूमिका निभाने के लिए उन्हें जनवरी, 2013 में चीन के सर्वश्रेष्ठ विज्ञान पुरस्कार चाइनीज अकैडमी ऑफ साइंस से सम्मानित किया गया। इससे पहले उन्हें फ्रांस सरकार द्वारा 'नाइट ऑफ द लीजन ऑफ ऑनर' का पुरस्कार मिला था।

दुनियाभर के तमाम प्रमुख वैज्ञानिक शोध संस्थानों ने राव के योगदानों का महत्वपूर्ण बताते हुए उन्हें अपने संस्थान की सदस्यता के साथ ही फेलोशिप भी दी है। उन्हें कई राष्ट्रीय और अंतरराष्ट्रीय पुरस्कार भी मिल चुके हैं। उन्होंने स्पेक्ट्रम विज्ञान के उन्नत उपकरणों के माध्यम से ठोस पदार्थों की भीतरी संरचनाओं पर कार्य किया। इसके अतिरिक्त उन्होंने सूक्ष्मदर्शी स्तर पर ठोसों में होने वाली प्रक्रियाओं को समझा और उनसे सम्बंधित रिसर्च पेपर लिखे। उन्होंने पदार्थ के गुणों और उनकी आणविक संरचना के बीच बुनियादी समझ विकसित करने में अहम भूमिका निभाई है।

विज्ञान में योगदान

प्रोफेसर राव ने ट्रांजीशन मेटल ऑक्साइड सिस्टम, (मेटल-इंसुलेटर ट्रांजीशन, सीएमआर मैटेरियल, सुपरकंडक्टिविटी, मल्टीफेरोक्सि), हाइब्रिड मैटेरियल,

नैनोट्यूब और ग्राफीन समेत नैनोमैटेरियल और हाइब्रिड मैटेरियल के क्षेत्र में काफी शोध और अनुसंधान कार्य किये। प्रोफेसर राव सॉलिड स्टेट और मैटेरियल केमिस्ट्री में अपनी विशेषज्ञता की वजह से जाने जाते हैं। उन्होंने पदार्थ के गुणों और उनकी आणविक संरचना के बीच बुनियादी समझ विकसित करने में अहम भूमिका निभाई है। भारत को अंतरिक्ष विज्ञान में आकाश की अनंत बुलंदी पर पहुँचाने वाले मंगल अभियान में भी उन्होंने अपना महत्वपूर्ण योगदान दिया। विज्ञान के क्षेत्र में भारत की नीतियों को गढ़ने में अहम भूमिका निभाने वाले राव, प्रधानमंत्री इंदिरा गांधी की वैज्ञानिक सलाहकार परिषद के भी सदस्य थे। इसके बाद उन्होंने प्रधानमंत्री राजीव गांधी, एचडी दैवेगोड़ा, और आईके गुजराल के कार्यकाल में भी परिषद से जुड़े रहें। राव की मेधा और लगन का अंदाजा इसी बात से लगाया जा सकता है कि उनके साथ काम करने वाले अधिकतर वैज्ञानिक सेवानिवृत्त हो चुके हैं, लेकिन वे 89 साल की उम्र में भी सक्रिय हैं। वे कर्मयोगी की तरह शोध और अध्यापन में तल्लीन हैं। इस समय भी वे चमत्कारी पदार्थ ग्रेफीन और कृत्रिम प्रकाश-संश्लेषण पर कार्य कर रहे हैं। वे सुबह 4.30 बजे जाग जाते हैं, 8.30 बजे तक वे अपनी प्रयोगशाला में पहुँच होते हैं और शाम 4.30 बजे तक कार्य करते हैं। रविवार के दिन भी वे दोपहर तक कार्य करते रहते हैं। बहुमुखी प्रतिभा के धनि इस विज्ञान महर्षि की उपलब्धियों की समीक्षा करते हुए सी.एस.आई.आर. के पूर्व महानिदेशक डॉ रघुनाथ अनंत माशेलकर ने ठीक ही कहा है 'भविष्य की पीढ़ियों के लिए यह विश्वास करना कठिन होगा की एक अकेले व्यक्ति ने इतना अधिक कार्य किया है।'

44

सचिन तेंदुलकर

भारतरत्न 2014

भारत के सर्वोच्च नागरिक सम्मान भारत रत्न से सम्मानित होने वाले वह सर्वप्रथम खिलाड़ी और सबसे कम उम्र के व्यक्ति सचिन तेंदुलकर का जन्म 24 अप्रैल 1973 को दादर, मुंबई के निर्मल नर्सिंग होम में राजापुर के मराठी ब्राह्मण परिवार में हुआ था। सचिन तेंदुलकर के पिता रमेश तेंदुलकर महाराष्ट्र के सबसे प्रसिद्ध उपन्यासकार थे और उनकी माँ रजनी एक बीमा एजेंट थीं। यह बहुत कम लोग जानते होंगे कि सचिन तेंदुलकर अपने पिता रमेश तेंदुलकर की दूसरी पत्नी के पुत्र हैं। रमेश तेंदुलकर की पहली पत्नी से तीन संताने हुई अजीत, नितिन, और सविता जो कि तीनों सचिन से बड़े हैं उनके पिता ने अपने चहेते संगीतकार सचिन देव बर्मन के नाम पर उनका नाम सचिन रखा था। उनके बड़े भाई अजीत तेंदुलकर ने उन्हें क्रिकेट खेलने के लिये प्रोत्साहित किया था। सचिन एक महान खिलाड़ी होने के साथ साथ एक अच्छे इंसान भी हैं।

क्रिकेट के भगवान कहे जाने वाले सचिन ने अपनी मेहनत लगन से देश विदेश में अपने काम का लोहा मनवाया है। सचिन देखने में सीधा-सादा इंसान हैं। वह अति प्रसिद्ध हो जाने पर भी नम्र स्वभाव का हैं। वह अपने अच्छे व्यवहार का श्रेय अपने पिता को देता हैं। उसका कहना है-"मैं जो कुछ भी हूं अपने पिता के कारण हूँ। उन्होंने मुझ में सादगी और ईमानदारी के गुण भर दिए हैं। वह मराठी साहित्य के शिक्षक थे और हमेशा समझाते थे कि जिन्दगी को बहुत गम्भीरता से जीना चाहिए। जब उन्हें अहसास हुआ कि शिक्षा नहीं, क्रिकेट मेरे जीवन का हिस्सा बनने वाली है, उन्होंने उस बात का बुरा नहीं माना। उन्होंने

मुझसे कहा कि ईमानदारी से खेलो और अपना स्तर अच्छे से अच्छा बनाए रखो। मेहनत से कभी मत घबराओ।"

होनहार बिरवान के होत चीकने पात

सचिन वर्तमान की तुलना में अपने बचपन में बिल्कुल विपरीत थे, क्योंकि उन्हे स्कूल में लड़ाई करना या स्कूल में पहली बार आने वाले बच्चों का धमकाना पसंद था। 5 साल के सचिन का एक ही शौक था क्रिकेट, क्रिकेट और सिर्फ क्रिकेट। 5 साल की उम्र में ही सचिन अपने से बड़ो बच्चो के साथ क्रिकेट खेलते और खूब छक्के लगाते। इसे देखकर उनके बड़े भाई अजीत आश्चर्य में आ जाते।

सचिन ने अपने बचपन के कुछ साल बांद्रा ईस्ट के साहित्य सहवास सहकारी आवास सोसायटी में व्यतीत किए। वहां सचिन का ऐसा दोस्त ऐसा भी था, जो हमेशा उनके लिए कुछ भी करने को तैयार रहता था। सचिन के उस दोस्त का नाम है रमेश। जिसके पिता उस कॉलोनी में वाचमैन थे, जहां सचिन का बचपन बीता था। रमेश को उसके पिता हमेशा कॉलोनी में लेकर आते थे। जल्दी ही वह साहित्य सहवास कॉलोनी में सबसे हिल मिल गया। सबके साथ खेलने लगा। किसी को कभी नहीं लगता था कि वह एक वाचमैन का बेटा है। सचिन से उसकी दोस्ती कुछ ज्यादा ही थी। वह दिन में सचिन के घर में ही रहता था। जब सचिन को दूध दिया जाता था तो वो इसे रमेश की ओर सरका देते थे। कभी कभी दोनों दोस्त एक ही प्लेट में भी खा लेते थे। सचिन का ये दोस्त अब कई सालों से उनका सेक्रेटरी है। उनके बिजनेस के कामों को देखता है। उनके तमाम जरूरी मामलों को देखता है। सचिन ने वाकई अपने इस दोस्त की जिंदगी बदल दी। लेकिन एक बात ये भी रही कि वह हमेशा सचिन के भरोसे पर खरे भी उतरे। इस कालोनी में सचिन अपने दो दोस्तों फोटोग्राफर अविनाश गोवारिकर और कांट्रैक्टर सुनील हर्षे के साथ काफी मस्ती करते थे। ये तिकड़ी कालोनी में काफी विख्यात थी। अब भी समय निकालकर वो आपस में मिलते हैं। उनकी पत्नी अंजलि साहित्य सहवास में होने वाले सभी कार्यक्रमों में शरीक होती हैं।

अपनी किशोरावस्था में सचिन जॉन मैकनेरो, जो अमेरिका के प्रमुख टेनिस खिलाड़ियों में से एक हैं, के बहुत बड़े प्रशंसक थे। सचिन को बचपन में उनके दोस्त मेकेनरो नाम से ही पुकारते थे, क्योंकि सचिन अपने लंबे बालों में बैंड लगाकर अमेरिकी टेनिस खिलाडी जॉन मैकेनरों की तरह दिखना चाहते थे। अजीत ने सचिन के शरारती स्वभाव को बड़ी मुश्किल से छुड़ाया और उन्हें वर्ष 1984 में क्रिकेट के प्रति दिलचस्पी दिखाने पर जोर दिया। उन्होंने सचिन की रमाकांत आचरेकर से भेंट करवाई, जो अपने समय के सबसे प्रसिद्ध क्लब क्रिकेटर के साथ-साथ एक बेहतरीन कोच भी थे। रमाकांत आचरेकर दादर के शिवाजी पार्क में क्रिकेट का अभ्यास करवाते थे।

आचरेकर ने सचिन की प्रतिभा को देखा, जो उन्हें काफी पसंद आयी, उसके बाद उन्होंने सचिन से शारदाश्रम विद्यामंदिर (इंग्लिश) माध्यमिक स्कूल को छोड़कर, अपने स्कूल में प्रवेश लेने के लिए कहा, जो दादर में ही स्थित था। यह स्कूल स्थानीय क्रिकेट मंडली में शीर्ष पर था और उस समय, यहाँ से कई प्रसिद्ध क्रिकेटर उभरकर सामने आए थे। इससे पहले, सचिन ने बांद्रा ईस्ट के भारतीय एजुकेशन सोसाइटी के न्यू इंग्लिश स्कूल में अध्ययन किया था।

क्रिकेट की यात्रा का शुभारंभ

आचरेकर ने सचिन को सुबह स्कूल से पहले और शाम को स्कूल के बाद अभ्यास कराना शुरू किया। तेंदुलकर चार घंटों तक अभ्यास करते थे और जब भी वे थक जाते थे, तो आचरेकर सचिन को प्रलोभित करने के लिए स्टंप के शीर्ष पर एक रुपए का सिक्का रख देते थे। रुपया रखने के बाद आचरेकर कहते कि अगर वह उनको आउट न कर पाएं, तो वह सिक्का उनका हो जाएगा और इस तरह सचिन ने उनसे 13 सिक्के जीते, जिसे आज भी सचिन अपनी सबसे अमूल्य संपत्ति मानते हैं। अभ्यास को ज्यादा समय देने के लिए सचिन ने अपने चाचा और चाची के साथ रहने का फैसला किया, जो शिवाजी पार्क के निकट रहते थे।

सफलता की ओर बढ़ते कदम

सचिन को स्कूल में एक अच्छा बच्चा माना जाता था और वह मुंबई के क्रिकेट मंडलियों में एक आम चर्चा का विषय बन गए थे। वह अपनी स्कूल की माटुंगा गुजराती सेवा मंडल शील्ड के नाम से जानी जाने वाली टीम के सबसे प्रतिभाशाली खिलाड़ियों में से एक थे। सचिन स्कूल क्रिकेट के साथ-साथ क्लब क्रिकेट में अपनी एक अलग छाप छोड़ने में सफल हुए और साथ ही उन्होंने क्रिकेट खेल की औपचारिक शुरुआत तब की जब 12 वर्ष की उम्र में क्लब क्रिकेट (कांगा लीग) के लिए उसने खेला। सचिन का पहला क्लब, जॉन ब्राइट क्रिकेट क्लब था, जो बाद में क्रिकेट क्लब ऑफ इंडिया (सीसीआई) में तब्दील हो गया।

तेज गेदबाजी सीखने के लिए 14 वर्ष की आयु में सचिन मद्रास के एम.आर. एफ. फाउंडेशन के ट्रेनिंग कैंप में गये जहाँ उन्हें तेज गेदबाजी के कोच डेनिस लिली ने अपनी बल्लेबाजी पर पूरा ध्यान देने के लिए कहा और तब से सचिन बल्लेबाजी करने लगे। 1987 वर्ल्ड कप में भारत और जिम्बाब्वे के बीच खेले गए मैच के दौरान सचिन बाउंड्री के बाहर बॉल ब्वॉय भी बने थे। उस समय सचिन की उम्र महज 14 साल थी। यह मैच वानखेड़े स्टेडियम में खेला गया था।

सचिन तेंदुलकर ने 11 दिसंबर 1988 में सिर्फ 15 साल की उम्र में डोमेस्टिक क्रिकेट में प्रवेश किया और पहले ही मैच में शतक जड़ दिया। इस मैच ने सचिन को यंगेस्ट इंडियन टू स्कोर ए सेंचुरी ऑन डेब्यू और बेहतर क्रिकेटर बना दिया। इसके बाद सचिन ने ईरानी ट्रॉफी और दलीप ट्रॉफी के दोनों ही पहले मैचों में शतक जड़ दिया और डोमेस्टिक क्रिकेट में सचिन तेंदुलकर ने डबल शतक भी लगाया।

इस समय सचिन मुंबई क्रिकेट एसोसिएशन के सर्वश्रेष्ठ ज्यूनियर क्रिकेटर अवॉर्ड को जीतने में सक्षम नहीं थे, इसलिए वह परेशान थे, लेकिन उन्हें श्री सुनील गावस्कर के अल्ट्रा लाइट पैड की एक जोड़ी मिली, जिसमें लिखा था कि वह स्वयं भी इस उम्र में यह अवार्ड नहीं जीत पाए थे। युवा प्रतिभा को प्राप्त

करने के प्रयास में उन्होंने यह भी कहा कि एक क्रिकेटर के रूप में खुद काफी बेहतर साबित किया है।

उनकी प्रतिभा की पहली झलक

वर्ष 1988 सचिन के लिए एक असाधारण सत्र रहा, क्योंकि इसमें होने वाले प्रत्येक मैच में उन्होंने शतक लगाया था। सचिन के पूर्व मित्र और टीम इंडिया के सहयोगी विनोद कांबली के साथ मिलकर लॉर्ड्स हैरिस शील्ड इंटरस्कूल प्रतियोगिता में सेंट जेवियर्स के हाई स्कूल के खिलाफ 664 रन की नाबाद भागेदारी की थी। उस मैच में तेंदुलकर ने 326 रन बनाए थे और उस टूर्नामेंट में 1000 से ज्यादा रन बनाए थे।

1988 में सचिन ने स्टेट लेवल के मैच में मुंबई की तरफ से खेलकर अपने करियर की पहली सेंचुरी मारी थी। पहले ही मैच के बाद उनका चयन नेशनल टीम के लिए हो गया था और 11 महीनों बाद सचिन ने पहली बार इंटरनेशनल मैच पाकिस्तान के खिलाफ खेला, जो उस समय की सबसे दमदार टीम मानी जाती थी। इसी सीरीज में सचिन ने पहली बार वन डे मैच खेला। सचिन का प्रभुत्व ऐसा था कि विपक्षी उनके साथ मैच खेलने से कतराते थे और एक गेंदबाज के लिए वह समय वास्तव में काफी दर्दनाक होता था। उन दोनो लोगों की साझेदारी वर्ष 2006 तक अटूट रही, जब हैदराबाद में आयोजित मैच में कुछ अंडर-13 के बल्लेबाजों ने भाग लिया था।

अंतर्राष्ट्रीय क्रिकेट का पहला अनुभव

अंतरराष्ट्रीय क्रिकेट में उनके सिलेक्शन का श्रेय राज सिंह डूंगरपुर को दिया जाता है जो कि उस समय की सेलेक्टर थे। तेंदुलकर नवंबर 1989 में सिर्फ 16 साल और 205 दिनों की उम्र में कराची में पाकिस्तान के खिलाफ अपने टेस्ट करियर की शुरुआत की इससे पहले भी भारतीय चयन समिति ने वेस्टइंडीज के

दौरे के लिए सचिन के सलेक्शन की इच्छा जताई थी लेकिन वह नहीं चाहते थे कि सचिन को इतनी जल्दी वेस्टइंडीज की तेज गेंदबाजों का सामना करना पड़े और इसीलिए उन्होंने सचिन को थोड़ा और समय दे दिया था। करांची में सचिन ने इंडिया क्रिकेट टीम की तरफ से पाकिस्तान के खिलाफ पहला मैच खेलते हुए 15 रन बनाए इसी सीरीज के एक मैच में सचिन की नाक पर गेंद लग गई थी, जिसकी वजह से उनकी नाक से खून आ गया लेकिन फिर भी वो रुके नहीं पूरा मैच खेला उस मैच में उन्होंने 54 रन बनाए थे।

सचिन को अंतर्राष्ट्रीय क्रिकेट का पहला अनुभव तब प्राप्त हुआ, जब वह एक प्रदर्शनी खेल में इमरान खान की टीम के एक विकल्प के रूप में दिखाई दिए, क्योंकि यह सीसीआई की स्वर्ण जयंती समारोह के रूप में मुंबई में ब्रेबोर्न स्टेडियम में आयोजित की गई थी और सचिन इस जगह अभ्यास भी करते थे। जब वर्ष 1987 में मुंबई में भारत और इंग्लैंड के बीच विश्वकप का सेमीफाइनल मैच खेला गया, तो उसमें सचिन ने गेंदबाज की भूमिका निभाई थी। 1990 में सचिन ने इंग्लैंड के हिलाफ़ पहला टेस्ट सीरीज खेली, जिसमें उन्होंने 119 रनों की पारी खेली और दुसरे नंबर के सबसे छोटे प्लेयर बन गए जिन्होंने सेंचुरी मारी। इसके बाद ऑस्ट्रेलिया और दक्षिण अफ्रीका के टेस्ट मुकाबलों में भी सचिन का प्रदर्शन यही रहा और उन्होंने कई टेस्ट शतक जड़े। सचिन ने 1992-93 में अपना पहला घरेलू टेस्ट मैच इंग्लैंड के खिलाफ भारत में खेला जो उनका टेस्ट कैरियर का 22वां टेस्ट मैच था।

इसके बाद ऑस्ट्रेलिया और दक्षिण अफ्रीका के टेस्ट मुकाबलों में भी सचिन का प्रदर्शन बहुत ही जबरदस्त रहा और उन्होंने कई टेस्ट शतक भी जड़े हालांकि सचिन को एक दिवसीय मैच में अपना पहला शतक लगाने के लिए उन्नासी मैचों का इंतजार करना पड़ा था, लेकिन एक बार लय में आने के बाद सचिन ने कभी भी पीछे मुड़कर नहीं देखा और अपनी जादुई बल्लेबाजी से क्रिकेट जगत की सभी रिकॉर्ड को तोड़ दिया। यही वह समय था जब सचिन तेंदुलकर को भारत की नई रन मशीन कहा जाने लगा था और वह महान क्रिकेटर बनने की सीढ़ी

चढ़ रहे थे। उन्होंने ऑस्ट्रेलिया के खिलाफ तीन लगातार शतक भी लगाए। अब एक ऐसा मैच आया जिसमें दुनिया के महान बल्लेबाज सचिन का सामना सबसे महान स्पिनर शेन वॉर्न से होने वाला था। तेंदुलकर ने इस सीरीज में धूम मचा दी। सचिन ने एक मैच में 204 रन बनाए इसमें से 111 रन शेन वॉर्न की बॉल पर थे। सचिन एकमात्र खिलाड़ी हैं अक्टूबर 1995 में सचिन सबसे अमीर क्रिकेटर बने जब उन्होंने वर्ल्ड टेल के साथ 31.5 करोड़ रुपए के पांच साल के अनुबंध पर हस्ताक्षर किया।

1996 के वर्ल्ड कप के समय सचिन को टीम का कप्तान बना दिया गया। लेकिन वे एक कप्तान के रूप मे सफल नहीं हो सके और उनका अपना खेल भी इससे बहुत प्रभावित हुआ। जिस कारण उन्होंने 1998 में सचिन ने स्वतः ही कप्तानी का पद छोड़ दिया।

1999 का वर्ल्डकप सचिन के लिए गहरा आघात लेकर आया, टूर्नामेंट के दौरान उनके पिता की मृत्यु हो गयी थी। सचिन की माँ ने उस समय उन्हें मजबूती देते हुए कहा कि तुम्हारे पिता और मैं तुम्हे हमेशा से मैदान में देखते देखना चाहते है इसलिए तुम्हे मैदान में जाकर अपने देश के लिए खेलना चाहिए। जिससे तुम्हारे पिता खुश होंगे। सचिन इस मुश्किल भरे समय में वापस मैदान में जब आए तो दो मैच हार चुकी टीम इंडिया का सामना केन्या से था। टॉस जीतकर टीम इंडिया पहले बल्लेबाजी करने आई थी और सचिन नम्बर तीन पर मैदान में बल्लेबाजी करने उतरे। जिसके बाद शुरू हुई जीवन के सबसे कठिन हालातों में मास्टर के द्वारा खेली गयी ब्लास्टर पारी की कहानी और सचिन केन्या के गेंदबाजों को एक स्कूली बच्चों की तरह मारते नजर आए। सचिन के 101 गेंदों में खेली गई 140 रनों की नाबाद पारी के चलते टीम इंडिया ये मैच 94 रनों से जीती थी। शतक मारने के बाद सचिन ने उपर आकाश में देखते हुए इस पारी को अपने पिता को समर्पित किया। 1999 में उन्हें फिर कप्तान बना दिया गया। कप्तानी के दौरान सचिन ने 25 में से सिर्फ 4 टेस्ट मैच जीते थे, जिसके बाद से सचिन ने कभी भी कप्तानी ना करने का फैसला कर लिया।

2001 में सचिन पहले खिलाड़ी बन गए जिन्होंने वन डे मैच में 10000 रन बनाये। 29 वर्ष और 134 दिन की उम्र में सचिन ने अपना 100वां टैस्ट इंग्लैण्ड के खिलाफ खेला। 5 सितम्बर, 2002 को ओवल में खेले गए इस मैच से सचिन 100वां टैस्ट खेलने वाले सबसे कम उम्र का खिलाड़ी बन गए।

2003 के वर्ल्ड कप में सचिन सबके चहेते बन गए थे, 11 मैचों में 673 रन बनाकर भारत को जीत के करीब लेकर आये थे। एक दशक पहले हिंदुस्तान की बल्लेबाजी तो पाकिस्तान की गेंदबाजी का गूरुर विश्व क्रिकेट पर कायम था। दोनों चिरप्रतिद्वंदी के बीच 2003 में सेंचुरियन (साउथ अफ्रीका) का मैच हमेशा देखने लायक था। इस मैच में सचिन भलें ही शतक मारने से सिर्फ दो रन दूर रह गये हो मगर उनकी पारी को पवेलियन में बैठे दोनों देशो के दर्शकों ने सराहा था।

दरअसल, उस समय पाकिस्तान के पास एक से बढ़कर एक धाकड़ तेज़ गेंदबाज थे। जिनकी तेज़ी और स्विंग के आगे दुनिया के सभी बल्लेबाज चित्त नजर आते थे। इनमें वसीम अकरम, वक़ार युनिस, शोएब अख्तर और अब्दुल रज्जाक के नाम शामिल थे। ये सभी सोलह आने खरे गेंदबाज थे। तभी तेंदुलकर ने मैदान में उतरने के साथ जैसे ही बैकफूट पर जाकर एक्स्ट्रा कवर के रूप में शानदार ड्राइव मारा लोग मैदान में सचिन-सचिन के नारे लगाने लगे। उसके बाद रंग में आए सचिन ने दिग्गज पाकिस्तानी गेंदबाजों को हर कोने में शॉट्स मारे।

इस तरह 75 गेंद में 98 रन बनाने के बाद शोएब अख्तर की बाउंसर गेंद पर सचिन अपना विकेट गंवा बैठे। हालांकि तब तक मजबूत स्थिति में पहुँच चुकी टीम इंडिया इस मैच को आसानी से अपने नाम किया था।अपनी इस पारी के बारें में बात करते हुए सचिन का मानना था कि उन्हें इस बात का कभी मलाल नहीं है कि वो इसमें शतक नहीं मार पाए बल्कि विश्वकप में खेली गई ये पारी उनके लिए हमेशा ये यादगार पारियों में से एक है।

वर्ल्ड कप फाइनल में इंडियन टीम की भिड़त ऑस्ट्रेलिया से हुई थी, जो

इंडियन टीम हार गई थी, सचिन को मैन ऑफ़ द टूर्नामेंट अवार्ड से नवाजा गया था। इसके बाद सचिन ने बहुत से मैच खेले।

सचिन तेंदुलकर के क्रिकेट जीवन का सबसे बुरा दौर तब आया जब सचिन सन 2005-06 में टेनिस एब्लो और कंधो में दर्द के कारण काफी अनफिट रहे जिस कारण उनका खेल भी इससे प्रभावित हुआ। उन्होंने बहुत बुरा समय भी देखा, किसी भी मैच हारने पर सचिन पर तरह तरह के लांछन लगाये जाते थे, मीडिया व सचिन विरोधी लोग बुरी बुरी बातें किया करते थे। इन सब बातों की परवाह ना करते हुए सचिन आगे बढ़ते रहे और 2007 में 11000 टेस्ट रनों का नया कीर्तिमान खड़ा कर दिया। यह बात है साल 2007 के अक्टूबर महीने की, इंडिया और ऑस्ट्रेलिया के बीच क्रिकेट मैच सीरीज चल रही थी। इसी सीरीज में तीसरा वनडे मैच 5 अक्टूबर को राजीव गाँधी इंटरनेशनल स्टेडियम, हैदराबाद में हुआ था। इस मैच में ऑस्ट्रेलिया ने 290 रन का स्कोर खड़ा किया था। जवाब में इंडियन क्रिकेट टीम बैटिंग करते हुए लक्ष्य का पीछा कर रही थी।

24 वें ओवर में सचिन तेंदुलकर बैटिंग कर रहे थे और ऑस्ट्रेलिया के ब्रैड हॉग बॉलिंग कर रहे थे। इस ओवर की लास्ट बॉल पर सचिन हिट करना चूक गये, बाल सीधे स्टंप पर जा लगी और सचिन बोल्ड हो गये। सचिन के आउट होने से ब्रैड हॉग की ख़ुशी का ठिकाना नहीं, आखिर उसने क्रिकेट के भगवान का विकेट लिया था। ऑस्ट्रेलिया यह मैच 47 रन से जीत गयी थी।

इस मैच के अगले दिन दोनों देश की क्रिकेट टीम नेट प्रैक्टिस कर रही थीं। नेट प्रैक्टिस के दौरान ब्रैड हॉग सचिन के पास एक फोटो पर सचिन का ऑटोग्राफ लेने आया। यह फोटो एक दिन पहले सचिन तेंदुलकर को आउट करने की थी। सचिन ने फोटो पर एक लाइन लिखकर नीचे ऑटोग्राफ दे दिया।

सचिन ने फोटो पर लिखा – This will never happen again, Hoggy (ये अब दुबारा कभी नहीं होगा, हॉगी)

और वाकई ये दुबारा कभी नहीं हो पाया। इस सीरीज के बाद सचिन और

ब्रैड हॉग एक दर्जन से भी अधिक बार एक दूसरे के खिलाफ खेले, लेकिन ब्रैड सचिन को आउट नहीं कर पाया। इस तरह सचिन ने बिना कोई क्रोध बहस या व्यंग किये, बदला ले लिया।

शायद हम और आप सभी अच्छे से जानते हैं कि सचिन तेंदुलकर ने मैदान में अपने पूरे क्रिकेटिंग करियर में गुस्सा बहुत कम दिखाया है। सचिन तेंदुलकर को गुस्से में कभी-कभार ही देखा जाता था। अपनी भावनाओं पर काबू रखना किसी के लिए भी आसान नहीं होता और कभी-कभी तो गुस्सा आ ही जाता है।

वैसे सचिन तेंदुलकर ने अपने क्रिकेट करियर में कभी भी गुस्सा या आपा खोते नहीं नजर आए, लेकिन उन्हें तब भी गुस्सा आता हालांकि वो अपने उस गुस्से को दबा कर रखते थे और पूरा गुस्सा किसी और पर निकालते थे। अपने इसी दबे गुस्से को सचिन तेंदुलकर एक साथ अपने घर में निकालते थे जिसका शिकार साफ तौर पर उनकी पत्नी अंजलि हुआ करती थी। अजित के अनुसार सचिन अपने घर में बात-बात पर गुस्सा होते और पूरा गुस्सा उनकी पत्नी अंजलि पर निकालते।

किन्तु बेजोड़ प्रतिभा और कठिन परिश्रम के धनी सचिन ने अपने खेल में बदलाव करके खुद को सन 2008 के ऑस्ट्रेलियाई दौरे में साबित किया और रनों का अम्बार लगा दिया। 2009 में ऑस्ट्रेलिया के साथ हैदराबाद में खेली सचिन की पारी को सबसे जुझारू पारी के रूप में जाना जाता है। जिसमें उनके अंदर जीत का जज्बा अंत तक बरकरार रहा लेकिन दुर्भाग्यवश टीम इंडिया को जीत की दहलीज़ पर आकर हार का मुहं देखना पड़ा। ऑस्ट्रेलिया के पहली पारी में 351 रनों का पीछा करते हुए सचिन ने शुरू से शानदार बल्लेबाजी रखी मगर दूसरे छोर से किसी भी बल्लेबाज का उन्हें पर्याप्त साथ नहीं मिला। इसके बावजूद अकेले कंधो पर जीत का जिम्मा लेकर चलने वाले सचिन मैदान में 360 डिग्री अंदाज में बल्लेबाजी कर रहे थे। जो कि इस खिलाड़ी के खेल के प्रति जुनून और जीत की भूख को दर्शाता है। 140 गेंदों में 175 रन के दौरान 19 चौके व 4 छक्के लगाने वाले मास्टर ब्लास्टर अचानक पैडल स्वीप शॉट के जरिये

अपना विकेट गंवा बैठे, और टीम इंडिया 3 रनों से मैच हार गई थी।

अपनी जिंदगी में इस पारी को खास अहमियत देते हुए सचिन का कहना है कि ये मेरे जीवन की सबसे शानदार पारी में से एक है जो मुझे इस खेल के प्रति प्रेरित करती है। मुझ अफसोस है की मेरी पारी जीत दिलाने में कामयाब नहीं रही। पिछले 20 साल से मेरा एक ही सपना है देश के लिए खेलना, जिसे मैं करता आ रहा हूं और जब तक फिट हूँ खेलता रहूँगा।

सचिन ने अपने 24 साल के करियर में कई मुकामों को हासिल किया है। जिसमें सबसे ख़ास वनडे क्रिकेट इतिहास में सबसे पहले दोहरा मारने वाला दुनिया का पहला पुरुष बल्लेबाज बनना। सचिन से पहले वनडे क्रिकेट में ऑस्ट्रेलिया की महिला खिलाड़ी बेलिंडा क्लार्क ने 1997 में डेनमार्क के खिलाफ दोहरा जड़ा था। जिसके बाद यह कारनामा सचिन तेंदुलकर के नाम हुआ।

2010 में साउथ अफ्रीका के साथ ग्वालियर भारत में खेले मैच में साउथ अफ्रीका जैसी मजबूत टीम के खिलाफ 25 चौके और तीन छक्के मारते हुए वनडे क्रिकेट का दोहरा शतक जड़ा। उन्होंने अपनी इस पारी के साथ पिछले 13 सालों से कायम सईद अनवर के 194 रनों के रिकॉर्ड को भी ध्वस्त किया।

सचिन के दोहरे की सबसे ख़ास बात यह थी कि उसने आधुनिक क्रिकेट के खिलाड़ियों की मानसिकता बदल थी कि वो भी अब वनडे क्रिकेट में दोहरा जड़ सकते हैं।

जिसके बाद भारत के वीरेंद्र सहवाग, रोहित शर्मा, न्यूजीलैंड के मार्टिन गुप्टिल ने भी इस मुकाम को हासिल किया। इस तरह क्रिकेट के भगवान कहे जाने वाले सचिन के 24 साल का लम्बा करियर हमेशा युवाओं के लिए प्रेरणा दायक रहा है। इतना ही नहीं साफ़ सुथरी छवि होने के कारण वह कभी विवादों का हिस्सा भी नहीं बने। जिसके चलते लोग आज क्रिकेट के मैदान या स्टेडियम को अपना मंदिर तो भगवान सचिन को मानते हैं।

सचिन 2011 के वर्ल्ड कप में एक बार फिर चमके, तेंदुलकर के लिए

सबसे यादगार क्षण 2011 का वर्ल्डकप था जिसमे भारत ने श्रीलंका को हराकर वर्ल्डकप अपने नाम किया था। उन्होंने सीरीज के दौरान 482 रन बनाये, जिसमें 2 सेंचुरी भी शामिल थी। इसी के साथ सचिन का एक बहुत बड़ा सपना पूरा हुआ, सचिन की ये पहली वर्ल्ड कप जीत थी, जिसका सपना उन्होंने कई सालों से देख रखा था। इस वर्ल्डकप में सचिन ने एक और कीर्तिमान बना लिया, सचिन पहले बैट्समैन बन गए जिन्होंने सारे वर्ल्ड कप को मिलाकर 2000 रन बनाये, जिसमें 6 सेंचुरी भी शामिल है। इतना बड़ा मुकाम अभी तक किसी भी क्रिकेट खिलाड़ी ने नहीं पाया है।

23 दिसम्बर 2012 को सचिन ने वन-डे क्रिकेट से संन्यास लिया और वही 16 नवम्बर 2013 को मुम्बई के अपने अन्तिम टेस्ट मैच में उन्होंने 74 रनों की पारी खेलकर टेस्ट क्रिकेट से सन्यास लिया। तेंदुलकर ने अपने कैरियर में 200 टेस्ट मैचों में 53.79 के बल्लेबाजी औसत के साथ 15921 रन बनाये जिसमे उनका सर्वश्रेष्ठ स्कोर 246 रन था और वही उनके नाम 51 शतक और 68 अर्धशतक दर्ज है। गेदबाजी में उन्होंने 46 विकेट लिए. वही वनडे मैचों में सचिन ने 463 मैचों में 44.83 के बल्लेबाजी औसत के साथ 18426 रन बनाये जिसमे उनका सर्वश्रेष्ठ स्कोर 200 रन था वही उनके नाम 49 शतक और 96 अर्धशतक दर्ज है। उन्होंने वनडे मैचों में अपनी गेदबाजी से टीम के लिए 154 विकेट भी लिये।

एक समय तो ऐसा था कि सचिन के आउट होते ही आधा भारत टीवी बंद कर देता था और क्रिकेट में सचिन को भगवान का दर्जा देना शायद इसलिए भी सही है क्योंकि अगर रिकॉर्ड की बात करें तो सचिन के आस-पास भी कोई नहीं फटकता। सबसे ज्यादा रन बनाने का रिकॉर्ड हो या शतक मारने का या फिर चौका लगाने का ही क्यों ना हो सचिन हर रिकॉर्ड में सबसे आगे हैं, एक बार तो सचिन तेंदुलकर की तारीफ में एक ऑस्ट्रेलियन प्रशंसक ने कहा कि अपराध तब करो जब सचिन बैटिंग कर रहा हो क्योंकि भगवान भी उस समय उनकी बैटिंग देखने में व्यस्त होते हैं।

अपने खेल के अलावा अपने व्यक्तित्व के कारण सचिन को दुनियाभर में सभी क्रिकेट प्रेमी प्यार और सम्मान देते है। क्रिकेट के एक लीजेंड खिलाडी होने के बावजूद उन्होंने कभी खुद में अहंकार नहीं आने दिया और हमेशा अपने ईगो से दूर रहे वरना इतनी शौहरत कमाने के बाद इतना सरल बने रहना हर किसी के बस की बात नहीं होती। उनका कहना है कि हर सुबह एक नए दिन का वर्णन करती है और यह सचिन के लिए बिल्कुल सही था। परिश्रमी और कड़ी मेहनत के साथ-साथ अदम्य प्राकृतिक प्रतिभा और रनों के भूखे युवा मुम्बईकर (सचिन) ने काफी बेहतरीन प्रदर्शन किया, क्योंकि वह 16 साल की उम्र में ही पाकिस्तान के विरुद्ध होने वाले मैच में चयनित किए गए थे और पाकिस्तान मजबूत तेज गेंदबाजी के आक्रमण के कारण, उस समय की सबसे खतरनाक टीमों में से एक थी। सचिन ने उस दौरे के बाकी खिलाड़ियों से अलग पहचान बना ली थी।

अंजलि से मुलाकात

राजीव गांधी खेल रत्न पुरस्कार से सम्मानित एकमात्र क्रिकेट खिलाड़ी सचिन हैं। लिटिल मास्टर व मास्टर ब्लास्टर के नाम से विख्यात सचिन 1990 में डॉक्टर अंजलि से मिले जो उनसे उम्र में बड़ी थी, अंजलि एक शिशु रोग विशेषज्ञ और प्रसिद्ध उद्योगपति अशोक मेहता की बेटी हैं। मेडिकल की छात्रा अंजलि ने हवाई अड्डे पर जब भारतीय क्रिकेट के वंडर ब्वॉय सचिन तेंडुलकर को देखा, तो वह उनके आकर्षक व्यक्तित्व पर मोहित हो गयी थीं। वह सचिन-सचिन चिल्लाती हुई दौड़ पड़ी, जिससे 17 वर्षीय सचिन को शर्म आ गयी। अंजलि वहां अपनी मां को लेने गयी थी और इसके बाद उनकी दोस्त ने उनसे कहा कि वह देखो सचिन भारतीय क्रिकेट का वंडर ब्वॉय।

अंजलि ने अपनी मित्र से कहा कि वह कितना क्यूट है। उसके बाद वह उनकी और दौड़ पड़ी और वे अपनी मां को भूल गयी। अंजलि इसके बाद सचिन का नंबर हासिल करने में सफल रहीं। उन्होंने सचिन से पूछा और कहा कि मैं

अंजलि हूं और आपको हवाई अड्डे पर देखा था। उन्होंने कहा कि उन्हें अंजलि के बारे में याद है। अंजलि ने फिर पूछा कि मैंने कौन से रंग के कपड़े पहने थे, तो उन्हें याद था कि यह ऑरेंज रंग की टी शर्ट थी।

उस समय अंजलि की क्रिकेट में बहुत ज्यादा रुचि नहीं थी। बाद में अपने कॉमन फ्रेंड के जरिये इन दोनों की कई मुलाकात हुईं। सचिन स्वभाव से बेहद शर्मीले थे, ऐसे में अंजलि खुद सचिन के घर रिश्ता लेकर गई थी। वे पत्रकार बनकर सचिन के घर पहुंची थीं।

उन दिनों मोबाइल नहीं हुआ करते थे तथा संचार के एकमात्र साधन लैंडलाइन फोन या पत्र हुआ करते थे। सचिन ने पत्र लिखने शुरू किए। उन्होंने अपने माता-पिता को पत्र लिखने से शुरुआत की और बाद में कुछ पत्र पत्नी अंजलि के लिए भी लिखे। तेंदुलकर के अनुसार अमूमन डॉक्टरों की लिखावट साफ-सुथरी नहीं होती, लेकिन पेशे से डॉक्टर अंजलि की लिखावट बहुत सुंदर है, जिसे देखकर कोई भी प्रेरित हो सकता है। सचिन तेंदुलकर के क्रिकेट की खातिर अंजलि ने अपने जमे हुए डॉक्टरी करियर को छोड़ दिया। कुछ साल रोमांस करने सचिन और उनका प्यार 5 साल तक चला। सचिन ने 1994 में अंजलि के साथ सगाई की, 12 अक्टूबर 1997 में दोनों ने शादी कर ली। सचिन के दो बच्चे हैं-सारा और अर्जुन। इसके अलावा सचिन एक सफल रेस्टोरेंट के मालिक भी हैं जिसका नाम उनके ही नाम पर सचिन है।

सचिन को भारत में सकारात्मकता का प्रतीक और सम्मानित व्यक्ति इसलिए भी माना जाता है क्योंकि वे "अपनालय" नाम का एक गैर सरकारी संगठन भी चलाते हैं जिसमे वे हर वर्ष 200 बच्चों के पालन-पोषण की जिम्मेदारी स्वयं लेते है।

वर्ल्ड रिकॉर्ड :

1) मीरपुर में बांग्लादेश के खिलाफ 100वां शतक किया।

2) एकदिवसीय अन्तर्राष्ट्रीय क्रिकेट के इतिहास में दोहरा शतक जड़ने वाले पहले खिलाड़ी बने।

3) एकदिवसीय अन्तर्राष्ट्रीय मुक़ाबले में सबसे ज्यादा (18000 से अधिक) रन बनाये।

4) एकदिवसीय अन्तर्राष्ट्रीय मुक़ाबले में सबसे ज्यादा 49 शतक बनाये।

5) एकदिवसीय अन्तर्राष्ट्रीय विश्व कप मुक़ाबलों में सबसे ज्यादा रन बनाये।

6) सचिन तेंदुलकर ने टेस्ट क्रिकेट में सबसे ज्यादा (51) शतक बनाये।

7) ऑस्ट्रेलिया के खिलाफ 5 नवम्बर 2009 को 175 रन की पारी मे एक दिवसीय अन्तर्राष्ट्रीय क्रिकेट में 17 हजार रन पूरे करने वाले पहले बल्लेबाज बने।

8) सचिन तेंदुलकर का टेस्ट क्रिकेट में सर्वाधिक रनों का कीर्तिमान।

9) टेस्ट क्रिकेट 13000 रन बनने वाले विश्व के पहले बल्लेबाज सचिन तेंदुलकर।

10) एकदिवसीय अन्तर्राष्ट्रीय मुक़ाबले में सबसे ज्यादा मैन ऑफ द सीरीज।

11) एकदिवसीय अन्तर्राष्ट्रीय मुक़ाबले में सबसे ज्यादा मैन ऑफ द मैच।

12) अन्तर्राष्ट्रीय मुक़ाबलो में सबसे ज्यादा 30000 रन बनाने का कीर्तिमान।

पुरूस्कार :

- 1994 – अर्जुन पुरस्कार, खेल में उनके उत्कृष्ट उपलब्धि के सम्मान में

भारत सरकार द्वारा

- 1997-98 – राजीव गांधी खेल रत्न, खेल में उपलब्धि के लिए दिए गए भारत के सर्वोच्च सम्मान
- 1999 – पद्मश्री, भारत के चौथे सर्वोच्च नागरिक पुरस्कार
- 2001 – महाराष्ट्र भूषण पुरस्कार, महाराष्ट्र राज्य के सर्वोच्च नागरिक पुरस्कार
- 2008 – पद्म विभूषण, भारत का दूसरा सर्वोच्च नागरिक पुरस्कार
- 2014 – भारत रत्न, भारत के सर्वोच्च नागरिक पुरस्कार

45

अटल बिहारी वाजपेयी

भारतरत्न 2015

अटल बिहारी वाजपेयी का जन्म 25 सितंबर 1924 ईसवी को ग्वालियर में शिंदे की छावनी वाले घर में हुआ था। जिस समय बालक अटल का जन्म हुआ था उस समय पड़ोस के गिरजाघरों में घंटे के स्वर और तोपों की गोलू की आवाज आ रही थी। उसी दिन ईसा मसीह का भी जन्मदिन था। तोपों की सलामी तो ईसा मसीह के जन्मदिन के उपलक्ष में थी किंतु ऐसा प्रतीत हुआ कि तोपे नव शिशु के जन्म पर सलामी दे रही हैं। अटल बिहारी वाजपेयी के पड़ बाबा पंडित श्याम लाल वाजपेयी उत्तर प्रदेश के आगरा जिले की बाहा जिले की तहसील में स्थित ग्राम बटेश्वर के रहने वाले थे। ग्राम बटेश्वर अतीत में अपनी धार्मिक सांस्कृतिक और साहित्य धरोहर के लिए प्रसिद्ध था यहां एक प्राचीन महादेव का मंदिर है। जिसे बटेश्वर महादेव के मंदिर के नाम से जाना जाता है। इसी बटेश्वर गांव में प्राचीन काल में वाजपेयी यज्ञ हुआ बताया जाता है। कान्यकुब्ज ब्राह्मणों में ऊंचे 20 बिस्वा वाले वाजपाइयों का संबंध इसी यज्ञ से माना जाता है। इसी वाजपेयी वंश में पंडित काशी प्रसाद वाजपेयी हुए जो अपनी विद्वता के कारण समूचे क्षेत्र में विख्यात थे। यही काशी प्रसाद वाजपेयी अटल वाजपेयी के बाबा थे। पंडित काशी प्रसाद वाजपेयी के एक पुत्र और एक पुत्री थी। पुत्री के विवाह के कुछ समय बाद ही उनका देहावसान हो गया था उस समय उनके पुत्र पंडित श्याम लाल बाजपेयी की उम्र कम थी। श्यामलाल वाजपेयी भी अपने पिता की तरह शिक्षा ग्रहण करने वाराणसी गए वहां गुरुकुल में रहकर संस्कृत साहित्य का इतना गहन अध्ययन किया कि उन्हें अनेक ग्रंथ कंठस्त हो गए। पंडित श्याम

लाल वाजपेयी का विवाह भिंड जिले के अटेर गांव में हुआ था। श्रीमती सुखदेवी उनकी धर्मपत्नी थी। कई शिशुओं के निधन के बाद केवल एक पुत्री तथा एक पुत्र बचे। अच्छी शिक्षा-दीक्षा के बाद श्यामलाल वाजपेयी ने अपनी पुत्री का विवाह लखनऊ के एक दीक्षित परिवार में किया तथा अपने पुत्र कृष्ण बिहारी वाजपेयी का विवाह इटावा की सुमो देवी नामक कन्या के साथ किया। इनके बच्चों ने आगे चलकर इनका नाम कृष्णा रखा तथा उनका यही नाम प्रचलित हो गया। यही पंडित कृष्ण बिहारी वाजपेयी अटल जी के पिता तथा श्रीमती कृष्णा देवी माताजी थी। अटल बिहारी वाजपेयी के पितामह पंडित श्याम लाल वाजपेयी एक दूरदृष्टि वाले व्यक्ति थे वह स्वयं जीवन पर्यंत अपने गांव बटेश्वर में रहे किंतु उन्होंने अपने पुत्र को ग्वालियर में बसने की सलाह दी, क्योंकि बटेश्वर में जीवीकापोर्जन का कोई अच्छा साधन नहीं था। ग्वालियर में कृष्ण बिहारी वाजपेयी ने जब अध्यापन कार्य शुरु किया तब वे हाई स्कूल पास थे। इसके बाद प्राइवेट इंटर, बी-ए और उम-ए हिन्दी विषय में उत्तीर्ण किया।

पंडित कृष्ण बिहारी वाजपेयी अध्यापन के साथ-साथ काव्य रचना भी करते थे। उनकी कविताओं में राष्ट्रप्रेम के स्वर भरे रहते थे, "सोते हुए सिंह के मुह में हिरण कहीं घुस जाते हैं" यह प्रसिद्व पंक्ति उन्हीं की है। वे उन दिनों ग्वालियर के प्रख्यात कवि थे। पंडित कृष्ण बिहारी वाजपेयी गोरखी विद्यालय में अध्यापक, प्रधानाध्यापक और प्राचार्य रहे तथा आगे चलकर जिला विद्यालय निरीक्षक के सम्मानित पद पर प्रोन्नत हुए।

पंडित कृष्ण बिहारी वाजपेयी के चार पुत्र अवध बिहारी वाजपेयी, सदाबिहारी वाजपेयी, प्रेमबिहारी वाजपेयी तथा अटल बिहारी वाजपेयी और तीन पुत्रियां विमला, कमला और उर्मिला हुई। परिवार का विशुद्ध भारतीय वातावरण अटलजी के रग-रग में बचपन से ही रच बसनें लगा था। वे आर्य कुमार सभा के सक्रिय कार्यकर्ता बन गए परिवार संघ के प्रति विशेष निष्ठावान था। परिणामतः अटल जी का झुकाव भी उसी और हुआ तथा वे राष्ट्रीय स्वयंसेवक संघ के स्वयंसेवक बन गए। उनको अध्ययन के प्रति बचपन से ही

लगाव था। अटल जी ने स्वयं कहा है मेरे बाबा संस्कृत के जाने-माने विद्वान थे। गांव के छोटे से घर में संस्कृत की सैकड़ों पुस्तकें थीं। बाबा गांव में घूम-घूमकर श्रीमद्भागवत की कथा वाचते थे इसी से परिवार का भरण पोषण होता था। साहित्य प्रेम बाबा से मेरे पिताजी को मिला। वह हिंदी के अच्छे कवि थे ऐसे परिवार ने मुझे में साहित्य के बीच स्वतः डाल दिए। मैं बचपन से ही बाबा की पोथियां लेकर पढ़ा करता था।

अटल बिहारी वाजपेयी की माता श्रीमति कृष्णा देवी बहुत मृदु भाषी कोमल स्वभाव की थी। रामायण का पाठ, तुलसी की पूजा, व्रत आदि में भी उनका मन रमता था। अपने बच्चों में उन्होंने यही संस्कार डाले थे। अक्रोधी स्वभाव कितना भी बड़ा नुकसान क्यों ना हो जाए, वह बच्चे को अपने क्रोध से भयाक्रांत नहीं करती थी। हां समझाती जरूर थीं।

शिक्षा-दीक्षा

जब वे 5 वर्ष के हुए तो उन्हें पढ़ने के लिए पाठशाला भेज दिया गया।बालक अटल ने गोरखी विद्यालय से मिडिल की का परीक्षा पास थी। उसके बाद उन्हें विक्टोरिया कॉलेजिएट में प्रवेश दिलाया गया जहां वह हाई स्कूल तथा इंटर की परीक्षा उत्तीर्ण करने के पश्चात विक्टोरिया कॉलेज (अब शासकीय महारानी लक्ष्मीबाई विद्यालय) से उच्च श्रेणी में हिंदी साहित्य, संस्कृत साहित्य, अंग्रेजी साहित्य और सामान्य अंग्रेज़ी विषय लेकर बी-ए परीक्षा प्रथम श्रेणी में उत्तीर्ण की।

"सन 1993 विक्टोरिया कॉलेज के छात्र संघ के सेक्रेटरी तथा 1940 में उपाध्यक्ष चुने गए 1944 उपाधयक्ष चुने गए। उन दिनों छात्र संघ का अध्यक्ष कोई प्राध्यापक ही हुआ करता था। इसके अतिरिक्त 1942 में उन्हें डिबेट सेक्रेटरी भी चुना गया। वाजपेयी वाद विवाद प्रतियोगिता में सदैव भाग लेते हुए कविताओं को स्वयं लिखते तथा मधुर स्वर में गाते थे। तथा सदैव पुरस्कार प्राप्त करते थे। अटल बिहारी वाजपेयी वाद विवाद प्रतियोगिता के अलावा

कवि सम्मेलनों में भी खूब जाते थे और कविता पाठ करते थे। अटलजी जी जब बी-ए के विद्यार्थी थे तो उस समय उनकी कई कविताएं प्रसिद्धि पा चुकी थी। अटल जी की इच्छा राजनीतिक विज्ञान में एमए और कानून की शिक्षा प्राप्त करने की थी। उस समय विक्टोरिया कॉलेज में एम-ए की पढ़ाई की व्यवस्था नहीं थी इसलिए विद्यार्थी अटल ने कानपुर जाकर एम-ए (राजनीति विज्ञान) और कानून दोनों की शिक्षा शुरू करने का निश्चय किया। उन दिनों आगरा विश्वविद्यालय से एम-ए तथा कानून की पढ़ाई एक साथ पढ़ने की अनुमति थी।

जब अटल बिहारी वाजपेयी शिक्षा केंद्र डी-ए-वी कॉलेज आए तब उनके पिता कृष्ण विहारी वाजपेयी अपनी राजकीय सेवा से सेवानिवृत्त हो चुके थे। उन्होने भी अटल जी के साथ कानपुर जाकर एम-ए में प्रवेश ले कर पढ़ाई करना शुरू कर दिया। अटलजी ने एम-ए में प्रवेश ले लिया था। छात्रवास में भी पिता पुत्र एक साथ ही रहते थे। एम-ए में पूरे विश्वविद्यालय के 4 उच्च स्थान डी-ए-वी कॉलेज के हिस्से में आए उन चारों में अटलजी का द्वितीय स्थान आया। प्रथम स्थान त्रिलोकीनाथ श्रीवास्तव का रहा जो अटल जी से केवल दो नंबर आगे थे।

कानपुर में अटल बिहारी वाजपेयी पढ़ाई के अतिरिक्त अपना सर्वाधिक समय संघ के कार्य में देते थे। खेलकूद तथा अन्य क्रियाकलापों में हिस्सा लेने के लिए उनके के पास समय ही नहीं रहता था पर साहित्यिक कार्यो में बढ़ चढ़कर हिस्सा लेते थे। सन् 1942 में जब महात्मा गांधी ने 'अंग्रेजो भारत छोड़ो' का नारा दिया तो ग्वालियर में छात्र वर्ग की अगुवाई किशोर अटल कर रहे थे। आंदोलन के उग्र रुप धारण करने पर धरपकड़ चाले होगई तो अटल जी को घरवालों ने बटेश्वर भेज दिया लेकिन वहां वे बंदी बना लिए गए। तथा प्रथम जेल यात्र उनको करनी पड़ी।

एम-ए प्रथम श्रेणी में पास करने के बाद अटल जी ने कानून का अंतिम वर्ष पूरा नहीं किया और लखनऊ जाकर वहां के विश्वविद्यालय में पीएचडी करने का

मन बनाया। उन दिनों प्रथम श्रेणी में उत्तीर्ण छात्र आई-ए-एएस की परीक्षा में बैठते थे या पीएचडी करते थे। अटलजी सरकारी नौकरी तो करना नहीं चाहते थे किंतु अध्यापक बनना पसंद करते थे। उनका अध्यापक बनने का सपना पूरा ना हो सका।

1946 में लड्डूओं के प्रमुख नगर संडीला में अपने संघ के विस्तारक के रुप में कार्य किया।कुछ समय संडीला में रहने के बाद लखनऊ में 'राष्ट्रधर्म' के प्रथम संपादक नियुक्त किए गए। राष्ट्रधर्म की अप्रत्याशित सफलता से उत्साहित होकर पंडित दीनदयाल जी ने 'पांचजन्य' साप्ताहिक प्रकाशित करने का निश्चय किया तथा अटल जी को इसका संपादक बना दिया। अटल जी ने नवंबर 1949 में लखनऊ से 'दैनिक स्वदेश' का संपादन प्रारंभ कर दिया परंतु 7 दिन के बाद ही सरकारी आदेश से उसको सील कर दिया गया और 'दैनिक स्वदेश' बंद हो गया। 1949 में ही काशी से 'चेतना' साप्ताहिक का प्रकाशन प्रारंभ हुआ। उसके संपादन का निमंत्रण मिलने पर अटलजी काशी चले गए। सन 1950 में राष्ट्रीय स्वयंसेवक संघ पर प्रतिबंध हटने के पश्चात 'दैनिक स्वदेश' का प्रकाशन पुनः प्रारंभ हुआ तथा अटल जी ने संपादन का भार पुनः संभाला। प्रथम आम चुनाव के बाद आथिर्ाक संकट के कारण 'दैनिक स्वदेश' बंद हो गया और अटल जी का अंतिम संपादकीय 'अलविदा' बहुत चर्चित रहा। दैनिक स्वदेश से अवकाश ग्रहण कर अटलजी दिल्ली चले आए और उन्होंने वहां 'वीर अर्जुन' का संपाद भार संभाला। 'वीर अर्जुन' का संपादन अटल जी के पत्रकार जगत का अंतिम कार्य था।

राष्ट्रीय राजनीति में वाजपेयी जी की शुरुआत उनकी जन्मजात रचनात्मकता के साथ हुई जब 1951 में उन्होंने जनसंघ नामक राष्ट्रीय दल के निर्माण में प्रमुख भूमिका निभाई। अपनी कुशल वक्तवय शैली से राजनीति के शुरुआती दिनों में ही उन्होंने रंग जमा दिया। उनकी भाषण-शैली के प्रशंसक स्वयं प्रधानमन्त्री नेहरू जी भी थे। सन् 1957 में बलरामपुर (जिला गोण्डा, उत्तर प्रदेश) से जनसंघ के प्रत्याशी के रूप में विजयी होकर लोकसभा में पहुँचे। 1968 से

1973 तक वो भारतीय जनसंघ के अध्यक्ष रहे। सन् 1957 से 1977 तक जनता पार्टी की स्थापना तक वे बीस वर्ष तक लगातार जनसंघ के संसदीय दल के नेता रहे। मोरारजी देसाई की सरकार में सन् 1977 से 1979 तक विदेश मन्त्री रह कर उन्होंने विदेशों में भारत की छवि का निर्माण किया।

आपातकाल के कारण विपक्ष संगठित होने में सफल रहा। फिर लोकसभा चुनाव सम्पन्न हुए, लेकिन इंदिरा गांधी चुनाव नहीं जीत सकीं। संगठित विपक्ष द्वारा मोरारजी देसाई के प्रधानमंत्रित्व में जनता पार्टी की सरकार बनी और अटल जी विदेश मंत्री बनाए गए। उन्हें विदेशी मामलों का विशेषज्ञ भी माना जाता था। उन्होंने कई देशों की यात्राएँ कीं और भारत का पक्ष रखा। अटल जी की विदेश यात्राओं के कारण मोरारजी देसाई ने इन्हें टोका था कि कभी-कभी देश में भी रहा करो। अटल जी ने पाकिस्तान की भी यात्रा की। उन्होंने तत्कालीन फौजी शासक जिया-उल-हक से वार्तालाप के दौरान 'फरक्का-गंगाजल' बंटवारे का मसौदा तय किया। इसके अतिरिक्त भारत और पाकिस्तान के मधय रेल सेवा की बहाली भी तय की गई। अटल जी बंग्लादेश के साथ भी गंगाजल के वितरण पर समझौते की दिशा में बढ़े। उन्होंने विदेश मंत्री के तौर पर भारतीय अणु शक्ति के सम्बन्ध में नीति स्पष्ट की और अणु ऊर्जा को भारतीय आवश्यकताओं के लिए जरूरी बताया। अटल जी ने नेपाल के विदेश मंत्री के साथ व्यापार और पारगमन की नई नीति के सम्बन्ध में भी चर्चा की।

अटल जी ने अपनी योग्यता और सफलता के जो झंडे गाड़े उसमें उनकी पाकिस्तान के राष्ट्रपति जियाउल हक से भेंट एक प्रमुख स्थान रखती है। अटलजी ने यूएनओ में हिंदी में भाषण देकर एक नई परंपरा डाली तथा हिदी का गौरव बढ़ाया।

सन 1979 में कतिपय मतभेदों के कारण जनता पार्टी की सरकार के साथ-साथ जनता पार्टी भी टूट गई और जनसंघ घटक नें भी अलग होकर 6 अप्रैल 1980 को मुंबई में अपने एक विशाल अधिवेशन में एक नए दल भारतीय जनता पार्टी का गठन किया। वाजपेयी इस दल के राष्ट्रीय

अध्यक्ष बनाए गए इस अधिवेशन में अटलजी का ऐतिहासिक स्वागत हुआ। 1980 में अटल जी 7 वीं लोकसभा के लिए नई दिल्ली से निर्वाचित हुए और भारतीय जनता पार्टी संसदीय दल के नेता चुने गए। सन 1984 की लोकसभा में अटलजी ग्वालियर संसदीय क्षेत्र से चुनाव लड़े किंतु ग्वालियर के महाराजा माधवराव सिंधिया से चुनाव हार गए और 1986 में होने पुनः राज्य सभा के लिए निर्वाचित किया गया था। 1991 में उन्हें उत्तर प्रदेश के लखनऊ और मध्य प्रदेश में विदिशा संसदीय क्षेत्रें से विजय प्राप्त हुई। उन्होनें विदिशा से त्याग पत्र दे दिया तथा लखनऊ का प्रतिनिधित्व करना उन्होंने स्वीकार किया। 1996 के लोकसभा चुनाव में अटलजी पुनः लखनऊ से चुने गए इस निर्वाचन में भारतीय जनता पार्टी सबसे बड़े दल के रूप में उभरकर आई और वाजपेयी को 16 मई 1996 को दोपहर 12:00 बजे बीजेपी के प्रथम प्रधानमंत्री के नाते शपथ दिलाई गई भाजपा की सरकार केवल 13 दिन चली क्योंकि समता पार्टी, हरियाणा विकास पार्टी, अकाली दल और शिवसेना को छोड़कर शेष सभी 13 छोटे बड़े दलों ने इकट्ठा होकर भाजपा के विरुद्ध मतदान देने के कारण अटल जी की सरकार 28 मई 1996 को संसद में विश्वास मत के समय बहुमत प्राप्त न कर सकी और उसी समय प्रधानमंत्री वाजपेयी ने तत्काल राष्ट्रपति को त्याग पत्र दे दिया। सन 1998 के चुनाव में पुनः अटल बिहारी वाजपेयी लखनऊ से जीते तथा दोबारा प्रधानमंत्री बने। 19 मार्च 1998 को वाजपेयी के नेतृत्व में राष्ट्रीय जनतांत्रिक गठबंधन सरकार बनी तथा 28 मार्च 1998 को इसने लोकसभा में अपना बहुमत सिद्ध किया। यह सरकार 13 महीने चली। 13 वीं लोकसभा के लिए चुनाव हुए जिसमें वाजपेयी पुनः लखनऊ से निर्वाचित हुए तथा एनडीए पुनः वाजपेयी के नेतृत्व में सत्ता में आई। 13-10-1999 को पुनः वाजपेयी को तीसरी बार प्रधानमंत्री की शपथ दिलाई गई तथा 06-02-2004 तक राष्ट्रीय गठबंधन सरकार अस्तित्व में बनी। 14 वीं लोकसभा के चुनाव में अटल बिहारी वाजपेयी लखनऊ संसदीय क्षेत्र से चुनाव जीते तथा आगे के चुनाव में न खड़े होने की बात की।

वाजपेयी का संसद में कार्य करने का निम्न क्रम रहा-

अटल बिहारी वाजपेयी संसद में

1957–1962

दूसरी लोक सभा बलरामपुर का प्रतिनिधित्व

↕

1962–1967

राज्यसभा उत्तर प्रदेश का प्रतिनिधित्व

↕

1967–1971

चौथी लोक सभा बलरामपुर का प्रतिनिधित्व

↕

1971–1977

पांचवी लोकसभा ग्वालियर का प्रतिनिधित्व

↕

1977–1981

छठी लोकसभा नई दिल्ली का प्रतिनिधित्व
(जनता सरकार में भारत के विदेश मंत्री)

↕

1980–1984

7 वी लोकसभा (नई दिल्ली का प्रतिनिधित्व)

↕

1986–1991

राज्यसभा मध्य मध्यप्रदेश का प्रतिनिधित्व

↕

1991–1996

10वीं लोकसभा लखनऊ के उपरी सदन में प्रतिपक्ष के नेता

↕

1996–1998

11वीं लोकसभा लखनऊ का प्रतिनिधित्व

↕

16 से 28 मई 1998 तक (भारत के प्रधानमंत्री पहली बार)

↕

1998–1999

बारहवीं लोक सभा लखनऊ का प्रतिनिधित्व
(भारत के प्रधान-मंत्री दूसरी बार)

↕

1999–2004

तेरहवीं लोक सभा लखनऊ का प्रतिनिधित्व
(भारत के प्रधानमंत्री तीसरी बार)

↕

मई 2004 से 14वीं लोकसभा लखनऊ का प्रतिनिधित्व

6 अगस्त 2018 को एक लम्बी बीमारी के बाद अखिल भारतीय आयुर्विज्ञान

संस्थान, दिल्ली में श्री वाजपेयी का निधन हो गया। वे जीवन भर भारतीय राजनीति में सक्रिय रहे।

अपने संसदीय जीवन में वाजपेयी विभिन्न समितियों के सदस्य तथा अध्यक्ष रहे। 25 जनवरी 1992 को वाजपेयी को पद्म विभूषण से अलंकृत किया गया। 20 जनवरी 1993 को उन्हें कानपुर विश्वविद्यालय से मानद डी लिट की उपाधि प्रदान की। 28 सितंबर 1992 को उन्हें उत्तर प्रदेश हिंदी संस्थान ने हिंदी गौरव के सम्मान से सम्मानित किया। अगस्त 1994 को लोकमान्य तिलक सम्मान दिया गया। 17 अगस्त 1994 को संसद में उन्हें सर्वसम्मति से सर्वश्रेष्ठ सांसद के सम्मान से सम्मानित किया। जब वाजपेयी को सर्वश्रेष्ठ सांसद के सम्मान से सम्मानित किया गया था उस अवसर पर उन्होंने कहा था, "मैं अपनी सीमाओं से परिचित हूं, मुझे अपनी कमियों का एहसास है। निर्णायकों ने अवश्य ही मेरी न्यूनतम को नजरअंदाज कर के मुझे निर्वाचित किया है। सद्भाव में अभाव दिखाई नहीं देता। यह देश बहुत अद्भुत है बड़ा अनूठा है किसी भी पत्थर को सिंदूर लगाकर अभिवादन किया जा सकता है। संविधान और कानून सबका अपना महत्व है लेकिन लोकतंत्र एक ढांचा मात्र बनकर रह जाए, एक कर्मकांड में बदल जाये, उसकी प्राण शक्ति घटती जाये तो वहाँ कठिनाई पैदा हो जाती है। उस प्राण शक्ति को घटने न देना, हम सबकी जिम्मेदारी है। मैं आप सबको हृदय से धन्यवाद देता हुँ। मैं प्रयत्न करुंगा कि इस सम्मान के लायक अपने आचरण को बनाये रख सकुं। जब कभी मेरे पैर डगमगायें तब ये सम्मान मुझे चेतावनी देता रहे कि इस रास्ते पर डांवाडोल होने की गलती नही कर सकते। बहुत-बहुत धन्यवाद।"

सादा जीवन व्यतीत करने वाले अटल बिहारी वाजपेयी उच्च विचारों की व्यक्ति हैं बोलने से अधिक वह पढ़ते हैं। पढ़ने से अधिक वह मनन करते हैं। एक महापुरुष के यही लक्षण हैं जो उनमें स्पष्ट नजर आते हैं। वर्तमान में अटल बिहारी वाजपेयी देश के महान तथा राष्ट्रीय क्षितिज पर एक स्वच्छ छवि वाले राजनेता माने जाते हैं किंतु साहित्य प्रेमी व उनका कवि रूप भी बहुत प्रिय है।

राजनीति में रहते हुए भी अजातशु हैं उनमें राष्ट्रभक्ति कूट-कूट कर भरी है। स्वयं वाजपेयी जी के शब्दों में "हम जिएंगे तो देश के लिए मरेंगे तो देश के लिए इस पावन धरती का कंकर कंकर शंकर है बिंदु बिंदु गंगाजल है। भारत के लिए मैं हंसते हंसते प्राण निछावर करने में गौरव और गर्व का अनुभव करूंगा।"

तत्कालीन लोकसभा अधयक्ष अनन्त शयनम आयंगर ने कहा था कि, "अटल जी हिंदी के सर्वश्रेष्ठ वक्ता हैं। वे बहुत कम बोलते हैं परन्तु जो बोलते हैं वह हृदयस्पर्शी होता है। अन्तर को छूने वाला होता है।" उनकें समकालीन बताते हैं कि जब वे संसद में आँखें बंद करके बोलना प्रारम्भ करते थे तो लगता था अटल जी जागते हुए नहीं बल्कि सोते हुए बोल रहें हैं किन्तु जो शब्द वे बोलते थे वे शब्द संवेदना, व्यथा, पीड़ा और अनुभव की शाब्दिक पराकाष्ठा को पार कर महसूस करने के धरातल पर उतर आते थे। सच तो यही है कि वह अपने शब्दों से खेल सकते थे लेकिन वह हमेशा संतुलित रहे। वह शब्दों के जादूगर रहे हैं। वह कभी भी अनुचित कार्य करने के लालच की ओर नहीं गये। उन्होंने सामाजिक सौहार्दता के गुण को पहचाना। वृहद राष्ट्र हित के लिए पार्टी से ऊपर उठने की उनकी क्षमता महत्वपूर्ण थी।

उन्होनें करोड़ों भारतीयों को अपने रसीले भाषणों से जिस तरह से मंत्र-मुग्ध किया है, क्या देश के किसी नेता ने किया है? एक भारत रत्न तो उनकी वाग्मिता के लिए ही उन्हें प्रदान किया जा सकता है। बहुत कम लोग हुए हैं भारतीय राजनीति में जिन्हें जनसभा हो या लोकसभा हर कहीं पिनड्राप साइलेंस यानी निःशब्द हो कर सुना जाए, अटल बिहारी वाजपेयी उन गिनती के लोगों में शुमार होते हैं। प्रधान मन्त्री के पद पर रहे हों या नेता प्रतिपक्ष बेशक देश की बात हो या क्रान्तिकारियों की, या फिर उनकी अपनी ही कविताओं की नपी-तुली और बेबाक टिप्पणी करने में अटल जी कभी नहीं चूके।

अटल जी स्वभाव से ही लोकतांत्रिक हैं। राष्ट्रीय स्वंयसेवक संघ की छाया में काम करते रह कर भी उन्होनें अपना स्वतंत्र अस्तित्व बनाए रखा और उसे ऊंचाई तक पहुंचा दिया, यह अपने आप में चमत्कार है। ऐसा चमत्कार दिखाना

नेहरू, इंदिरा या लोहिया के लिए असंभव था। जयप्रकाश तो यह बिल्कुल नहीं कर पाते। जिस अटलबिहारी का बचपन और युवास्था आर्यसमाज और संघ में बीता, उसकी हिम्मत कि वह मुस्लिम को अपने खून का खून और अपने मांस का मांस कहे, क्या यह कोई छोटी-मोटी बात है? गुजरात में चल रहे नरसंहार के दौरान वहां जाना और शरणार्थियों के शिविर में बुजुर्ग प्रधानमंत्री का रो पड़ना, अपने आप में असाधारण घटना है। उनकी यह लोकतांत्रिकता अनेक रूपों में प्रकट होती रही। अपने लेखों में सरकारी नीतियों की आलोचना करने या मजाक उड़ाने में कभी कोताही नहीं की। किसी भी लोकतंत्र के लिए यह गर्व की बात हो सकती है कि कोई नेता 60-70 साल राजनीति करे और उसके पूरे राजनीतिक जीवन में से ऐसा एक भी उदाहरण आप न बता सके जो कटुता या मर्यादाहीनता का पर्याय माना जा सके। प्रधानमंत्रित्व काल में अटलजी ने विरोधी दलों या नेताओं के प्रति कभी किसी प्रकार का प्रतिशोधात्मक कदम नहीं उठाया। सत्ता ने उन्हें कभी मतांध नहीं किया। लगभग 50 साल प्रतिपक्ष में रहने के बावजूद उनके भाषणों या ल देशहित में विपक्ष द्वारा किये गये कार्यों की भी निश्छल भाव से तारीफ करते थे। प्रतिपक्ष में रहते हुए सत्तापक्ष के उजले को उजला कहने की उदारता कितने नेताओं में होती है? यदि भारतीय संसद ने उन्हें सर्वश्रेष्ठ सांसद की उपाधि दी है तो उस उपाधि का ही सम्मान बढ़ा है।

कीचड़ में कमल की तरह रहना कोई अटल जी से सीखे। सबसे बड़ी बात तो यह है कि वे पहले ऐसे प्रधानमंत्री हैं जिन्होनें भारतीय लोकतंत्र को गठबंधन धर्म सिखाया और "आमसहमति तथा सौहार्दता दोनों गुणों को" पहचाना। पूरी अवधि से अधिक तक सरकार चलाना और दो दर्जन दलों को जोड़कर चलाना किसी जादूगरी से कम नहीं है। जिन खास मुद्दों पर जनसंघ और भाजपा लड़ती रहीं, उन्हें दरकिनार करने के लिए अपनी पार्टी को पटा लेना किसी मायावी नेता के ही बस की बात है। गठबंधन सरकार तो डॉ-मनमोहन सिंह के जमाने में भी चलती रही, लेकिन कई बार उसकी सांस भरती-सी, रुकती-सी, अटकती-सी लगती रही। डॉ. मनमोहन सिंह के प्रधानमंत्री रहते गठबंधन में जो खराखराहट सुनाई पड़ती थी और जो खींचतान होती रहती थी, वह अटल जी के कार्यकाल

में सुनाई नहीं पड़ी। यदि उनके स्वभाव में लोकतांत्रिकता नहीं होती तो क्या फारुक अबदुल्ला, चंद्रबाबू नायडू, ममता बनर्जी और चौटाला जैसे स्वयंभू नेताओं को एक ही साथ बिठाए रखा जा सकता था? यदि उनके जैसा व्यक्ति देश को उस समय उपलब्ध नहीं होता तो क्या संघ के स्वंयसेवकों के साथ जॉर्ज फर्नाडीस और शरद यादव जैसे कदम-ताल कर पाते? तरह-तरह के व्यक्तियों और विचारों के बीच जुगलबंदी चलाए रखने का ही दूसरा नाम लोकतंत्र है। कैबिनेट बैठकों में उनका आचरण कभी तनावपूर्ण नहीं होता था और अगर कोई व्यक्ति कोई बिन्दु उठाता था या विरोधी बात करता था तो वह चर्चा को बढ़ावा देते थे और अंतिम शब्द उन्हीं का होता था। इसलिए उन्हें भारत-रत्न से सम्मानित करके मोदी सरकार ने लोकतंत्र के मूल सिद्वांतों को मजबूत किया है। भारतीयों के मानस में गहरे बैठे अटल जी को भारत रत्न सम्मान, उनकें प्रति करोड़ों भारतीयों की भावनाओं को शब्द देने जैसा ही होगा।

अपने प्रधानमंत्री काल में वाजपेयी जी ने जो उपलब्धियां हासिल की हैं उन्हें सहज शब्दों में कहा जा सकता है कि उन्होने जो कहा वह कर दिखाया। प्रधानमंत्री पद पर आसीन होने के बाद भी उनकी कथनी और करनी एक ही बनी है। अपनी बात को स्पष्ट और दृढ़ शब्दों में कहना अटल जी जैसे निर्भय और सर्वमान्य व्यक्ति के लिए सहज और संभव रहा है। मुद्दा चाहे पड़ोसियों से संबंध सुधारने की दिशा में हो, चीन यात्रा का हो लाहौर बस यात्रा का हो या कारगिल से दुश्मन खदेड़ने का, आगरा वार्ता हो या फिर से खेल संबंधों की बहाली का परमाणु परीक्षण हो या डब्ल्यूटीओ पर दो टूक राय का हो या अमेरिका की मध्यस्तता को ठुकराने का फैसला।

अटल जी के शासनकाल में देश की अर्थव्यवस्था ने कई ऊंचाइयों को छुआ है विदेशी मुद्रा भंडार, सूचना प्रौद्योगिकी, आउटसोर्सिंग, किसान बीमा योजना, किसान क्रेडिट कार्ड, प्रधानमंत्री ग्रामीण सड़क परियोजना, स्वर्ण चतुर्भुज राजमार्ग, नदियों का एकीकरण, सागरमाला, दूर संचार सुविधाओं का विकास, उर्जा क्षेत्र का विस्तार जैसी दर्जनों योजनाएं हैं जो अटल जी के कार्यकाल में

शुरू हुई और जो भविष्य में भारत को विकसित देशों की पंक्ति में स्थान दिलाने में सफल होंगी। प्रधानमंत्री के रूप में उन्होंने जहां पोखरण में परीक्षण कर देश को जहां शक्तिशाली होने का गर्व कराया, तो वहीं स्वर्ण चतर्भुज सड़क योजना को लागू कर पीढ़ियों के लिए ढांचागत विकास की मजबूत नींव रखी। वह अपनी अर्थव्यवस्था संबंधी सोच में उदारवादी थे। उन्होंने आधारभूत ढांचों के महत्व को महसूस किया। राष्ट्रीय राजमार्ग योजना और बिजली क्षेत्र से जुड़े सुधार उनकी विरासत का हिस्सा हैं। भारत भर के चारों कोनों को सड़क मार्ग से जोड़ने के लिए स्वर्णिम चतुर्भुज परियोजना (गोल्डन क्वाड्रिलेट्रल प्रोजैक्ट (जी क्यू प्रोजैक्ट) श्री वाजपेयी जी का स्वप्न था। उनके शासन में ही इसकी शुरुआत की गई। इसके अंतर्गत दिल्ली, कलकत्ता, चेन्नई व मुम्बई को राजमार्ग से जोड़ा गया। शेरशाह सूरी के बाद अटल जी ही ऐसे व्यक्ति हुए, जिन्होंने सड़क संपर्क को इतना व्यापक बनाया। जब भारत को अमेरिका से सुपर कंप्यूटर नहीं मिला तो महान वैज्ञानिक विजय भाटकर को प्रोत्साहित कर भारत में ही सुपर कंप्यूटर बनवाया। क्रायोजेनिक इंजन नहीं मिला तो भारत में ही उसका विकास किया।

उन्होने करीब सौ साल से भी ज्यादा पुराने कावेरी जल विवाद को सुलझाया। संरचनात्मक ढाँचे के लिये कार्यदल, सॉफ्टवेयर विकास के लिये सूचना एवं प्रौद्योगिकी कार्यदल, विद्युतीकरण में गति लाने के लिये केन्द्रीय विद्युत नियामक आयोग आदि का गठन किया। राष्ट्रीय राजमार्गों एवं हवाई अड्डों का विकास नई टेलीकॉम नीति तथा कोकण रेलवे की शुरुआत करके बुनियादी संरचनात्मक ढाँचे को मजबूत करने वाले कदम उठाये। राष्ट्रीय सुरक्षा समिति, आर्थिक सलाह समिति, व्यापार एवं उद्योग समिति भी गठित कीं। आवश्यक उपभोक्ता सामग्रियों की कीमतें नियन्त्रित करने के लिये मुख्यमन्त्रियों का सम्मेलन बुलाया। उड़ीसा के सर्वाधिक गरीब क्षेत्र के लिये सात सूत्रीय गरीबी उन्मूलन कार्यक्रम शुरू किया। आवास निर्माण को प्रोत्साहन देने के लिए अर्बन सीलिंग एक्ट समाप्त किया। ग्रामीण रोजगार सृजन एवं विदेशों में बसे भारतीय मूल के लोगों के लिये बीमा योजना शुरू की। और तो और उस भारतीय जनता पार्टी जिस पर हिंदूवादी पार्टी होने का आरोप लगता

रहा है, के नेता के तौर पर प्रधानमन्त्री वाजपेयी ने ही सरकारी खर्चे पर रोजा इफ्तार का कार्यक्रम भी शुरू किया।

ये सारे तथ्य सरकारी विज्ञप्तियों के माध्यम से समय समय पर प्रकाशित होते रहे हैं।

अटलजी ने सेनाओं का मनोबल ऊँचा उठाने कार्य किया। साथ ही परमाणु कार्यक्रम की आधार शिला रखने वाली भूतपूर्व प्रधानमंत्री श्रीमती इंदिरा गांधी को भी उन्होंने धन्यवाद दिया। अटलजी के लिए राष्ट्रहित दलगत राजनीति से सदैव ऊपर रहा। अटलजी को उदारमना ही कहना चाहिए कि उन्होंने विपक्ष की उपलब्धियों को भी सराहा। युवाओं को देश का भविष्य घोषित करके वाजपेयी जी ने प्रधानमंत्री के रूप में 'ब्रेन ड्रेन' (युवा प्रतिभाओं में विदेश गमन की अभिरुचि) को रोकने की जरूरत बताई। उन्होंने युवाओं का आह्वान किया कि वे मातृभूमि की सेवा पर ध्यान दें।

अटलबिहारी वाजपेयी जी ने मात्र एक राजनीतिज्ञ और सत्ता पुरुष का जीवन नहीं जिया, अपितु सत्ता में तो वे अल्पकाल को ही रहे। सम्पूर्ण जीवन उनका संघर्ष और श्रम की भेंट चढ़ गया तब जाकर कहीं वे अपनें विचारों को सत्ता सदन में स्थापित करा पाए थे। अटल जी ने अपने जीवन काल में हजारों राजनीतिज्ञों को गढ़ा और फिर उन्हें राष्ट्रवाद के यज्ञ में समिधा डालनें योग्य बनाकर यज्ञ पीठ पर बैठाया किन्तु कभी श्रेय लेने और नियामक होने की राजनीति नहीं की। वे सदैव नेतृत्व करते किन्तु साथियों को स्वयं के अनुगामी रहने का विनम्र आभास कराते दिखते थे। वस्तुतः वे दार्शनिक राजनीतिज्ञ थे जिस कारण वे कई बार व्यवहारिक राजनीति में अनफिट होनें का आभास देते थे-किन्तु आनंद तब आता था जब वे जिस क्षण अनफिट होनें का आभास देते उसके दूसरे ही क्षण वे अपनें कृतित्व और वाक् चातुर्य से विरोधियों को पटखनी दे देते और उन्हें चारो खाने चित्त कर वापिस अपनी बाहों में लेकर अपने विचारों से साम्य बैठा लेनें का दुलार पूर्ण अवसर भी देते दिखते। यही वह कला या विधा थी जो उन्हें अटलजी बना गई।

भारतीय राजनीति क्या, विश्व राजनीति में भी अगर कोई एक नाम बिना किसी विवाद के कभी लिया जाएगा तो वह नाम होगा अटल बिहारी वाजपेयी जी का। यह एक ऐसा नाम है जिस के पीछे काम तो कई जुड़े हुए हैं पर विवाद शून्य हैं। अपने समूचे जीवन से अटलजी जो पाठ पढ़ाते हैं उसमें राजनीति कम और राष्ट्रीय चेतना ज्यादा है। सारा जीवन एक तपस्वी की तरह जीते हुए भी वे राजधर्म को निभाते हैं। सत्ता में रहकर भी वीतराग उनका सौंदर्य है। वे एक लंबी लकीर खींच गए हैं, इसे उनके चाहनेवालों को न सिर्फ बड़ा करना है बल्कि उसे दिल में भी उतारना होगा।

प्रखर राष्ट्रवादी भारतमाता के सपूत पं. अटल बिहारी वाजपेयी जी का जन्म दिवस "25 दिसंबर" को भारतीय जनता पार्टी ने "सुशासन दिवस" के रूप में मनाने का निर्णय लिया है। सुशासन पर अटल जी ने एक साक्षात्कार में कहा था द "देश के अच्छे शासन की जरूरत है। शासन अपने प्राथमिक कर्तव्यों का पालन करे, हर नागरिक को बिना किसी भेदभाव के सुरक्षा दे, उसके लिए शिक्षा, उपचार और आवास का प्रबंध करे इसकी बड़ी आवश्यकता है। पिछले 50 साल में यह कार्य जिस गति से होना चाहिए था, नहीं हुआ। लोग अच्छी सरकार भी चाहते हैं और स्वच्छ सरकार भी चाहते हैं। जहां मजबूती और कठोरता की आवश्यकता होगी, वहां हमारी सरकार मजबूती दिखाएगी और समझा-बुझाकर समस्याओं के समाधान निकालना संभव हो तो वहां उस दिशा में प्रयत्न किए जाएंगे।"

उनके सपनों का भारत तभी बनेगा और सामान्य जनों की जिंदगी में उजाला फैलेगा। स्वतंत्र भारत के इस आखिरी करिश्माई नेता का व्यक्तित्व और कृतित्व सदियों तक याद किया जाएगा, वे धन्य हैं जिन्होंने अटल जी को देखा, सुना और उनके साथ काम किया है। ये यादें और उनके काम ही प्रेरणा बनें तो भारत को परमवैभव तक पहुंचने से रोका नहीं जा सकता।

भारतीय राजनीति में अटल जी का जो योगदान है-"समन्वय की राजनीति सामंजस्य की राजनीति, मिलजुलकर राष्ट्र हित में आगे बढ़ने की दिशा देना।"

46

पंडित मदन मोहन मालवीय

भारतरत्न 2015

पंडित मदन मोहन मालवीय महान स्वतंत्रता सेनानी, राजनीतिज्ञ और शिक्षाविद् ही नहीं बल्कि एक बड़े समाज सुधारक भी थे जिन्होंने देश से जाति प्रथा की बेड़ियां तोड़ने के लिए कई प्रयास किए। इलाहाबाद में जन्मे पंडित मदन मोहन मालवीय अपने महान कार्यों के चलते 'महामना' कहलाए। उनका व्यक्तित्व अपने ढंग का अनूठा ही था। वे जैसे धवल वस्त्रधारी थे, वैसा ही उनका हृदय भी पवित्र था। उनको कभी किसी ने द्वेष और ईर्ष्या के वश में आकर काम करते हुए नहीं देखा। गांधीजी ने उनको सदा ही अपना बड़ा भाई माना और उनके परामर्श का उन्होंने सदा सम्मान किया। मालवीय जी नैतिकता के पुजारी थे। वास्तविकता तो यह है कि उनकी नैतिकता ने ही देशवासियों के हृदय में उनको श्रेष्ठतम स्थान प्रदान किया। वे देश के उन थोड़े से इने गिने महापुरुषों में से थे जिन्होंने देशवासियों का पथ प्रदर्शन किया और जिनको देश सदा स्मरण करता रहेगा।

प्रारंभिक जीवन

मदन मोहन मालवीय का जन्म प्रयाग के लाल डिग्गी मुहल्ले (भारती भवन, इलाहाबाद) के एक ब्राह्मण परिवार में 25 दिसंबर 1861 को हुआ था। वह अपने पिता पंडित बैजनाथ और माता मीना देवी से उत्पन्न कुल छः भाई बहनों में पाँचवें पुत्र थे। उनके पिता संस्कृत के विद्वान थे। वे श्रीमद्भागवत की कथा सुनाकर अपनी आजीविका अर्जित करते थे। मालवा, मध्य प्रदेश के एक स्थान

का नाम है। उनका परिवार इस स्थान का मूल निवासी था। इसलिए, मदन मोहन का उपनाम मालवीय है। वास्तव में, उनका उपनाम चतुर्वेदी था।

पाँच वर्ष की आयु में उन्हें उनके माँ-बाप ने संस्कृत भाषा में प्रारम्भिक शिक्षा लेने हेतु पण्डित हरदेव धर्म ज्ञानोपदेश पाठशाला में भर्ती करा दिया जहाँ से उन्होंने प्राइमरी परीक्षा उत्तीर्ण की। यहीं से उनकी सोच पर हिंदू धर्म और भारतीय संस्कृति का प्रभाव पड़ा। उसके पश्चात वे एक अन्य विद्यालय में भेज दिये गये जिसे प्रयाग की विद्यावर्धिनी सभा संचालित करती थी। सात वर्ष के मदनमोहन को धर्मज्ञानोपदेश पाठशाला के देवकीनंदन मालवीय माघ मेले में ले जाकर मुढे पर खड़ा कर व्याख्यान दिलवाते थे। शायद इसका ही परिणाम था कि कांग्रेस के द्वितीय अधिवेशन में अंग्रेजी के प्रथम भाषण से ही प्रतिनिधियों को मंत्रमुग्ध कर देने वाले मृदुभाषी मालवीय जी उस समय विद्धमान भारत देश के सर्वश्रेष्ठ हिंदी, संस्कृत और अंग्रेजी के व्याख्यान वाचस्पितयो में इतने अधिक प्रसिद्ध हुए। यहाँ से शिक्षा पूर्ण कर वे इलाहाबाद के जिला स्कूल पढने गये। यहीं उन्होंने मकरंद के उपनाम से कवितायें लिखनी प्रारम्भ कीं। उनकी कवितायें पत्र-पत्रिकाओं में खूब छपती थीं। लोगबाग उन्हें चाव से पढते थे।

1879 में उन्होंने म्योर सेंट्रल कॉलेज (अब इलाहाबाद विश्वविद्यालय) से मैट्रिक तक की पढ़ाई पूरी की। म्योर कॉलेज के मानसगुरु म्हामोध्याय पंडित आदित्यराम भट्टाचार्य के साथ 1880 में स्थापित हिन्दू समाज में मालवीय जी भाग ले रहे थे कि उन्ही दिनों प्रयाग के वायसराय लार्ड रिपन का आगमन हुआ। रीपन जो स्थानीय स्वायत शासन स्थापित करने के कारण भारतवासियों में जितने लोकप्रिय थे उतने ही अंग्रेजो के कोपभाजन भी। इसी कारण प्रिंसिपल हैरिसन के कहने पर उनका स्वागत संघठित करके मालवीय जी ने प्रयागवासियों के हृदय में अपना विशिष्ट स्थान बना लिया।

वर्ष 1884 में उन्होंने कलकत्ता विश्वविद्यालय से बीए की शिक्षा पूरी की और 40 रुपये मासिक वेतन पर इलाहाबाद जिले में शिक्षक बन गए। वह आगे

एम.ए. की पढ़ाई करना चाहते थे लेकिन आर्थिक स्थिति ठीक न होने के कारण ऐसा नहीं कर पाए।

करिअर

एक राजनेता और स्वतंत्रता सेनानी के रूप में मदन मोहन के जीवन की शुरुआत वर्ष 1886 में कलकत्ता में दादाभाई नौरोजी की अध्यक्षता में आयोजित भारतीय राष्ट्रीय कांग्रेस के दूसरे अधिवेशन में भाग लेने के साथ हुई। इस शुरुआती अधिवेशन में उनके द्वारा दिए गए भाषण को वहां मौजूद लोगों ने काफी सराहा। मदन मोहन के भाषण का असर महाराज श्रीरामपाल सिंह पर पड़ा। प्रभावित होकर महाराज ने उनसे साप्ताहिक समाचार पत्र हिंदुस्तान का संपादक बनने और उसका प्रबंधन संभालने की पेशकश की। ढाई वर्ष तक संपादक के पद की जिम्मेदारी संभालने के बाद वह एल.एल.बी. की पढ़ाई के लिए इलाहाबाद वापस चले आए।

16 वर्ष की उम्र में मदन मोहन मालवीय का विवाह मिर्जापुर की कुंदन देवी के साथ वर्ष 1878 में हो गया। उनकी पांच पुत्रियां और पांच पुत्र थे।

वकालत की शुरूआत

1891 में उन्होंने अपनी एल.एल.बी. की पढ़ाई पूरी की और इलाहाबाद जिला न्यायालय में प्रेक्टिस शुरू कर दी। वर्ष 1893 में प्रगति करते हुए वह इलाहाबाद उच्च न्यायालय में प्रेक्टिस करने लगे। हालांकि शिक्षा और समाज कल्याण के लिए काम करने के लिए मदन मोहन मालवीय ने अपनी न्यायिक प्रेक्टिस सन 1911 में ही छोड़ दी थी यद्यपि उस समय वे इलाहाबाद उच्च न्यायालय में पंडित मोती लाल नेहरु और सर सुंदर लाल जैसे प्रथम श्रेणी के वकीलों में गिने जाते थे। मालवीय जी ने कभी स्वार्थ अथवा अपने परिवार आदि के लिए अपने नेतृत्व और वकृत्व का दुरुपयोग नहीं किया। वे यदि चाहते तो अपनी वकालत से ही

भारत के धन कुबेरों में से एक हो सकते थे। उनका जो परिवार तिल-तिल और कण कण के लिए संघर्षरत रहा वह सम्पदा में लोट-पोट हो सकता था। किन्तु अपने उद्देश्य की पूर्ति के लिए उन्होंने अपनी चलती हुई वकालत को ठुकराया और कर्मक्षेत्र में उतरे। तभी तो उन्होंने चौरी-चौरा कांड में दोषी बताए गए 177 लोगों को बचाने के लिए न्यायालय में केस लड़ा, इन सभी को फांसी की सजा सुनाई गई थी। 177 में 156 को कोर्ट ने दोष मुक्त घोषित किया।

हिंदी पत्रकारिता का उन्नायक

पंडित मदन मोहन मालवीय को हिंदी पत्रकारिता का उन्नायक माना जाता है। जिन्होंने भारतेंदु हरिशचन्द्र के जाने के बाद हिंदी पत्रकारिता में उपजे शून्य को समाप्त किया। सन् 1887 में प्रयाग के निकट कालाकांकर से प्रकाशित होने वाले समाचार पत्र 'हिंदुस्तान' के वे संपादक बने। संपादक का दायित्व उन्होंने हनुमत प्रेस के संस्थापक राजा रामपाल के आग्रह पर संभाला था।

उन्होंने अपने स्वाभिमान और पत्रकारिता के कर्तव्यों के साथ कभी भी समझौता नहीं किया। राजा रामपाल द्वारा संपादक बनने के आग्रह पर उन्होंने राजा साहब के समक्ष दो शर्तें रखीं। वे शर्तें इस प्रकार थीं, कि आप कभी भी मेरे कार्य में हस्तक्षेप नहीं करेंगे और नशे की हालत में मुझे कभी मिलने के लिए नहीं बुलाएंगे। राजा रामपाल ने मालवीय जी की इन शर्तों को सहर्ष मान लिया, जिसके बाद ही महामना ने संपादक का दायित्व संभालने की स्वीकृति दी। महामना ने 'हिंदुस्तान' समाचार पत्र को नई ऊंचाईयां प्रदान कीं।

मालवीय जी के संपादकीय सहयोगी तत्कालीन समय के प्रतिष्ठित विद्वान और भाषाविद् थे। जिनमें प्रताप नारायण मिश्र, बाबू शशिभूषण, बालमुकुंद गुप्त आदि प्रमुख थे। महामना के संपादन में 'हिंदुस्तान' समाचार पत्र देश का लोकप्रिय पत्र बन गया। तत्कालीन सामाजिक, आर्थिक, राजनीतिक व सांस्कृतिक स्थितियों पर उनके लेख व संपादकीय टिप्पणियां लोगों को बहुत भाती थीं। मालवीय जी ने समाचार पत्रों की पत्रकारिता में एक नवीन प्रयोग

किया, उन्होंने 'हिंदुस्तान' में गांवों की समस्याओं और समाचारों को भी स्थान दिया। ग्रामीण समस्याओं और विकास के समाचारों को पत्रों में स्थान देने का आरंभ मालवीय जी ने ही किया था। इसके बाद से यह विषय हिंदी समाचार पत्रों के महत्वपूर्ण अंग बन गए।

मालवीय जी ने ढाई वर्षों तक निरंतर 'हिंदुस्तान' के संपादक का दायित्व संभाला। लेकिन एक दिन राजा रामपाल ने महामना को नशे की हालत में किसी विषय पर परामर्श के लिए बुलवाया। राजा साहब से मिलते ही मालवीय जी ने नशे में उनको न बुलाने की शर्त याद दिलाते हुए कहा कि अब मैं एक पल भी यहां नहीं ठहर सकता। राजा साहब ने उनको बहुत मनाया लेकिन वे अपने निर्णय से नहीं डिगे। 1889 में मालवीय जी ने 'हिंदुस्तान' समाचार पत्र को छोड़ दिया।

'हिंदुस्तान' छोड़ने के बाद महामना प्रयाग आ गए और उस समय के प्रसिद्ध अंग्रेजी पत्र 'इंडियन ओपीनियन' से जुड़े। कुछ समय पश्चात् 'इंडियन ओपीनियन' का लखनऊ से प्रकाशित होने वाले पत्र 'एडवोकेट' में विलय हो गया। विलय के पश्चात् भी मालवीय जी 'एडवोकेट' से जुड़े रहे, इसी दौरान उन्होंने पत्रकारिता की पढ़ाई शुरू कर दी। मालवीयजी ने सन् 1891 में एल.एल.बी की परीक्षा उत्तीर्ण की और जिला न्यायालय में वकालत करने लगे। सन् 1893 में उन्हें उच्च न्यायालय में वकालत करने का मौका मिला। उच्च न्यायालय में वकालत करते हुए भी मालवीय जी लेखन के माध्यम से समाचार पत्रों से जुड़े रहे। मालवीय जी की सदैव ही यह आकांक्षा रही थी कि अपने प्रयास से समाचार पत्र का प्रकाशन प्रारंभ किया जाए।

सन् 1907 में बसंत पंचमी के दिन हिंदी पत्रकारिता ने नया उदय देखा। यह उदय मालवीय जी के समाचार पत्र 'अभ्युदय' के रूप में हुआ था, यह पत्र साप्ताहिक था। मालवीय जी ने 'अभ्युदय' के लिए लिए जो संपादकीय नीति तैयार की थी, उसका मूल तत्व था स्वराज। महामना ने 'अभ्युदय' में ग्रामीण लोगों की समस्याओं को महत्वपूर्ण स्थान दिया था। जिसका उदाहरण

'अभ्युदय' के पृष्ठों पर लिखा यह वाक्य था-'कृपा कर पढ़ने के बाद अभ्युदय किसी किसान भाई को दे दीजिए'।

मालवीय जी की पत्रकारिता का ध्येय ही राष्ट्र की स्वतंत्रता था, जिसके लिए वे जीवनपर्यंत प्रयासरत रहे। उन्होंने 'अभ्युदय' में कई क्रांतिकारी विशेषांक प्रकाशित किए। इनमें 'भगत सिंह अंक' व 'सुभाष चंद्र बोस' विशेषांक भी शामिल हैं। जिसके कारण 'अभ्युदय' के संपादक कृष्णकांत मालवीय को जेल तक जाना पड़ा, 'अभ्युदय' के क्रांतिकारी लेखों में मालवीय जी की छाप दिखाई पड़ती थी।

गांवों से संबंधित विषयों को समाचार पत्र में स्थान देने के अलावा लेखकों को मानदेय देने का प्रचलन भी मालवीय जी ने ही प्रारंभ किया था। 'अभ्युदय' में प्रकाशित पं महावीर प्रसाद द्विवेदी के लेख के साथ ही उन्होंने लेखकों को मानदेय देने की शुरूआत की थी। उनका यह कार्य इसलिए भी प्रशंसनीय था क्योंकि उस समय 'अभ्युदय' की आर्थिक स्थिति भी बहुत अच्छी नहीं थी।

मालवीय जी ने 'अभ्युदय' के पश्चात् 24 अक्टूबर, 1910 को अंग्रेजी पत्र 'लीडर' का प्रारंभ किया।मालवीय जी 'लीडर' के प्रति सदा संवेदनशील रहे, डेढ़ वर्ष बीतते-बीतते 'लीडर' घाटे की स्थिति में जा पहुंचा। महामना उस दौरान काशी हिंदू विश्वविद्यालय के लिए धन एकत्र करने में लगे हुए थे, जब 'लीडर' के संचालकों ने मालवीय जी को घाटे की स्थिति से अवगत कराया तो वे विचलित हो उठे। उन्होंने कहा कि, "मैं लीडर को मरने नहीं दूंगा।" काशी विश्वविद्यालय की स्थापना का कार्य बीच में ही रोककर मालवीय जी 'लीडर' के लिए आर्थिक व्यवस्था के कार्य में जुट गए। पहली झोली उन्होंने अपनी पत्नी के आगे यह कहते हुए फैलाई कि "यह मत समझो कि तुम्हारे चार ही पुत्र हैं। दैनिक लीडर तुम्हारा पांचवां पुत्र है। अर्थहीनता के कारण यह संकट में पड़ गया है। तो क्या मैं पिता के नाते उसे मरते हुए देख सकता हूं।" मालवीय जी के अथक प्रयासों से लीडर बच गया। मालवीय जी ने पत्रकारिता में नए प्रयोग किए और पत्रकारिता को नए आयामों पर पहुचाया।

हिन्दी के उत्थान में उनका योगदान

हिन्दी के उत्थान में मालवीय जी की भूमिका ऐतिहासिक है। भारतेंदु हरिश्चंद्र के नेतृत्व में हिन्दी गद्य के निर्माण में संलग्न मनीषियों में 'मकरंद' तथा 'झक्कड़सिंह' के उपनाम से विद्यार्थी जीवन में रसात्मक काव्य रचना के लिये ख्यातिलब्ध मालवीयजी ने देवनागरी लिपि और हिन्दी भाषा को पश्चिमोत्तर प्रदेश व अवध के गवर्नर सर एंटोनी मैकडोनेल के सम्मुख 1898 ई० में विविध प्रमाण प्रस्तुत करके कचहरियों में प्रवेश दिलाया। हिन्दी साहित्य सम्मेलन के प्रथम अधिवेशन (काशी-1910) के अध्यक्षीय अभिभाषण में हिन्दी के स्वरूप निरूपण में उन्होंने कहा कि "उसे फारसी अरबी के बड़े बड़े शब्दों से लादना जैसे बुरा है, वैसे ही अकारण संस्कृत शब्दों से गूँथना भी अच्छा नहीं और भविष्यवाणी की कि एक दिन यही भाषा राष्ट्रभाषा होगी।" सम्मेलन के एक अन्य वार्षिक अधिवेशन (बम्बई-1919) के सभापति पद से उन्होंने हिन्दी उर्दू के प्रश्न को, धर्म का नहीं अपितु राष्ट्रीयता का प्रश्न बतलाते हुए उद्घोष किया कि साहित्य और देश की उन्नति अपने देश की भाषा द्वारा ही हो सकती है। समस्त देश की प्रान्तीय भाषाओं के विकास के साथ-साथ हिन्दी को अपनाने के आग्रह के साथ यह भविष्यवाणी भी की कि कोई दिन ऐसा भी आयेगा कि जिस भाँति अंग्रेजी विश्वभाषा हो रही है उसी भाँति हिन्दी का भी सर्वत्र प्रचार होगा। इस प्रकार उन्होंने हिन्दी को अन्तर्राष्ट्रीय रूप का लक्ष्य भी दिया।

इलाहाबाद में स्काउटिंग की स्थापना

सन् 1913 में पं. श्रीराम वाजपेयी ने शाहजहाँपुर में भारतीय बचचों के लिए स्काउटों का एक स्वतंत्र दल खोला। सन् 1913 के उपरान्त एक के बाद एक दल खुलने लगे। सन् 1916 में पूना में लड़कियों को भी पहली बार गर्ल स्काउट (गाइड) बनने का सौभाग्य प्राप्त हुआ। सन् 1916 में ही डाँ. एनीबेसेंट ने मद्रास में 'इण्डियन ब्वॉयज स्काउट एसोसिएशन' की नींव रखी। सन् 1917 में पण्डित मदन मोहन मालवीय ने पं. हृदयनाथ कुँजरू और पं. श्रीराम वाजपेयी

के सहयोग से इलाहाबाद में 'अखिल भारतीय सेवा समिति ब्वॉयज स्काउट एसोसिएशन' की स्थापना कर दी। सन् 1920 तक तो भारत में स्काउटिंग के कई स्वतंत्र संगठन बन चुके थे।

भारतीय राष्ट्रीय कांग्रेस में उनका योगदान

मालवीय जी के जीवन काल में हमारे जो राजनीतिक नेता थे वे अनेक प्रकार के और अनेक विचारो के थे। वह ऐसा युग था जब कि हमारे देश में अनेक महापुरुष हुए। उनमें से अधिकांश जन उस समय की एकमात्र संस्था कांग्रेस की ओर खिंच गए थे। यद्यपि कांग्रेस को जन्म देने वाले एक सेवानिवृत्त अंग्रेज अधिकारी सर ए.ओ.ह्यूम थे, किन्तु मालवीय जी जैसे लोगों के कांग्रेस, में चले जाने से उस संस्था की अंग्रेजियत धीरे-धीरे कम होती गई और भारतीयता बढ़ती गई। जहां प्रारंभ में कांग्रेस अधिवेशनों में मंगलाचरण के स्थान पर सम्राट की सुख-समृद्धि की कामना के गीत गाए जाते थे वहां मालवीय जी के आने के कारण उसमें 'वन्देमातम्' का गान होने लगा था। अपनी प्राचीन संस्कृति की ओर कांग्रेस का सदा ध्यान रहे, मालवीय जी इसके लिए प्रयत्न शील रहते थे। पनपती हुई अंग्रेजियत पर मालवीय जी बहुत अंशों में अंकुश लागने में सफल हो गए थे।

इस संबंध में पण्डित नेहरु ने एक स्थान पर लिखा है-

मालवीय जी ने अपना सारा वजन हिन्दुस्तानियत पर, भारतीयता पर डाला और तराजू के पलड़े को कुछ बराबर करने पर। उस समय भी बहुत सारे लोग थे, बड़े विद्वान लोग थे, संस्कृति के बड़े पण्डित लोग भी थे, पर जहां तक मेरा विचार है, राजनैतिक नेताओं में बड़े नेताओं में मालवीय जी ही शायद इस मामले में सबसे आगे थे। वे रोकते थे अंग्रेजियत की बाढ़ को, पर विरोध करके नहीं बल्कि अपने काम से, अपने विचारों से और कोशिश करते थे अपनी संस्कृति को बढ़ाने की।"

वह तीन बार भारतीय राष्ट्रीय कांग्रेस के अधयक्ष रहे। पहली बार वह 1909 में कांग्रेस के अधयक्ष बने और 1910 तक इस पद पर रहे। दूसरी बार 1918 से 1919 और तीसरी बार उन्होंने 1932 से 1933 तक अधयक्ष के रूप में पार्टी की कमान संभाली। मदन मोहन मालवीय वर्ष 1912 से 1926 तक इंपीरियल विधानपरिषद के सदस्य रहे। 1919 में इस परिषद को केंद्रीय विधान परिषद का नाम दिया गया। उन्होंने 1931 में पहले गोलमेज सम्मेलन में देश का प्रतिनिधित्व किया।

बनारस हिंदू विश्वविद्यालय की स्थापना

बनारस में हुए भारतीय राष्ट्रीय कांग्रेस के 21वें अधिवेशन में मदन मोहन ने एक हिंदू विश्वविद्यालय की स्थापना का विचार सबके सामने प्रस्तुत किया। 1915 में बनारस हिंदू विश्वविद्यालय विधेयक पास हो गया और मालवीय जी ने 4 फरवरी 1916 ई. में 'काशी हिन्दू विश्वविद्यालय' की स्थापना की और कालांतरों में यह एशिया का सबसे बड़ा विश्वविद्यालय बन गया। वास्तव में यह एक ऐतिहासिक कार्य ही उनकी शिक्षा और साहित्य सेवा का अमिट शिलालेख है। महामना की हिन्दू संस्कृति में अटूट आस्था थी और वे उसके श्रेष्ठतम विचारों और मूल्यों का प्रचार तथा प्रसार चाहते थे। उन्होंने भारत की सासंकृतिक थाती को देखा था, उसकी गौरवपूर्ण परम्पराओं से प्रेरणा ली थी और भारतीय जनमानस में संकल्प, आत्मविश्वास, स्वाभिमान और भारतीयता के प्रति अनुराग पैदा करने का प्रयास किया था। वे युवकों में नैतिक मूल्यों का समावेश कर राष्ट्रीय चरित्र का निर्माण करना चाहते थे। आधुनिक शिक्षा में महामना को भारतीयता का जो अभाव दिखा था, उसकी पूर्ति के लिए ही उन्होंने हिन्दू विश्वविद्यालय की नींव रखी थी। पं. मदन मोहन मालवीय जी के व्यक्तित्व पर आयरिश महिला डॉ. एनी बेसेंट का अभूतपूर्व प्रभाव पड़ा, जो हिन्दुस्तान में शिक्षा के प्रचार-प्रसार हेतु दृढ़प्रतिज्ञ रहीं। उन्होंने वाराणसी नगर के कमच्छा नामक स्थान पर 'सेण्ट्रल हिन्दू कॉलेज' की स्थापना सन् 1889 ई. में की, जो बाद में चलकर हिन्दू

विश्वविद्यालय की स्थापना का केन्द्र बना। पंडित जी ने तत्कालीन बनारस के महाराज श्री प्रभुनारायण सिंह की सहायता से सन् 1904 ई. में 'बनारस हिन्दू विश्वविद्यालय' की स्थापना का मन बनाया। सन् 1905 ई. में बनारस शहर के टाउन हाल मैदान की आमसभा में श्री डी. एन. महाजन की अध्यक्षता में एक प्रस्ताव पारित कराया। सन् 1911 ई. में डॉ. एनी बेसेंट की सहायता से एक प्रस्तावना को मंजूरी दिलाई जो 28 नवम्बर 1911 ई. में एक 'सोसाइटी' का स्वरूप लिया। इस 'सोसायटी' का उद्देश्य 'दि बनारस हिन्दू यूनिवर्सिटी' की स्थापना करना था। अब तक यह भारत में शिक्षा का प्रमुख संस्थान बना हुआ है। मदन मोहन मालवीय ने बी.एच.यू. के कुलपति का पद शिक्षाविद एस. राधाकृष्णन के लिए छोड़ दिया, जो बाद में भारत के राष्ट्रपति बने।

जातिगत बेड़ियों को तोड़ने के हिमायती

मालवीय ने गांधी जी के असहयोग आंदोलन में बढ़–चढ़कर भाग लिया। 1928 में उन्होंने लाला लाजपत राय, जवाहर लाल नेहरू और अन्य स्वतंत्रता सेनानियों के साथ मिलकर साइमन कमीशन का जबर्दस्त विरोध किया और इसके खिलाफ़ देशभर में जनजागरण अभियान चलाया। महामना तुष्टीकरण की नीतियों के खिलाफ़ थे। उन्होंने 1916 के लखनऊ पैक्ट के तहत मुसलमानों के लिए अलग निर्वाचक मंडल का विरोध किया। इतिहासकार वीसी साहू के अनुसार हिन्दू राष्ट्रवाद के समर्थक मदन मोहन मालवीय देश से जातिगत बेड़ियों को तोड़ना चाहते थे। उन्होंने दलितों के मंदिरों में प्रवेश निषेध की बुराई के खिलाफ़ देशभर में आंदोलन चलाया।

30 मई 1932 को मदन मोहन ने घोषणा पत्र जारी कर "भारतीय खरीदो/स्वदेशी खरीदो" आंदोलन पर ध्यान केंद्रित करने की सिफारिश की। जब स्वतंत्रता लगभग मिलने ही वाली थी तब उन्होंने महात्मा गांधी को देश के विभाजन की कीमत पर स्वतंत्रता स्वीकार न करने की राय दी। वह 'लखनऊ पैक्ट' के तहत मुस्लिमों के लिए पृथक निर्वाचक मंडल के पक्ष में नहीं थे और

1920 के दशक में खिलाफत आंदोलन में कांग्रेस की भागीदारी के भी विरोध में थे। वर्ष 1931 में उन्होंने पहले गोलमेज सम्मेलन में भारत का प्रतिनिधित्व किया। उन्हें "सत्य की ही जीत होगी" नारे को प्रसिद्ध करने वाले के तौर पर भी जाना जाता है।वह देश का विभाजन नहीं होने देना चाहते थे। उन्होंने गांधी जी को आगाह किया था कि वह देश के बंटवारे की कीमत पर स्वतंत्रता स्वीकार न करें। उन्होंने 'सत्यमेव जयते' के नारे को जन जन में लोकप्रिय बनाया।

प्राणों में बसा था धर्म

मालवीय सनातन धर्म और हिंदू संस्कृति के बहुत बड़े पैरोकार थे। उन्होंने सामाजिक सुधार का लक्ष्य रखते हुए सनातन धर्म और हिंदू संस्कृति के लिए शक्तिशाली आंदोलन चलाया। उन्होंने इसमें जात-पात का भेदभाव नहीं किया और तीव्र विरोध के बावजूद कलकत्ता, काशी प्रयास और नासिक में दलितों को धर्मोपदेश और मंत्र दीक्षा प्रदान की। 1880 में छात्र जीवन में ही उन्होंने 'हिंदू समाज' नामक संगठन की स्थापना कर दी थी। प्रयाग हिंदू सभा, भारत धर्म महामंडल और हिंदू महासभा के जरिये उन्होंने सनातन धर्म का का प्रचार किया। हिंदू महासभा को कट्टर हिंदूवादी संगठन माना जाता था, लेकिन मालवीय इसके सबसे उदार सदस्य थे। तभी तो वे एक ही समय में हिंदू महासभा में भी थे और कांग्रेस में भी। स्वयं जवाहर लाल नेहरू के अनुसार मालवीय के नेतृत्व काल में हिंदू महासभा राजनीतिक प्रतिक्रियावादिता से मुक्त रही और उसने धर्मों के सहअस्तित्व में अपनी आस्था व्यक्त की। ऋषिकुल हरिद्वार, गोरक्षा और आयुर्वेद सम्मेलन तथा सेवा समिति जैसी संस्थाएं भी मालवीय ने शुरू कीं। उनकी पहल पर हरिद्वार में हर की पैढ़ी घाट पर की शुरू की गई आरती अब भी की जाती है। उनके धार्मिक विचार हमें 'हिंदू धर्मोपदेश', 'मंत्र दीक्षा' और 'सनातन धर्म प्रदीप' जैसे ग्रंथों में पढ़ने को मिलते हैं। हिंदू महासभा का सदस्य होने के बावजूद मालवीय हिंदू-मुस्लिम एकता के समर्थक थे। कलकत्ता में 1913 के कांग्रेस के अधिवेशन में उन्होंने कहा, "भारतहिंदू, मुस्लिम, सिख,

पारसी और बाकी सभी का है। कोई भी एक समुदाय बाकियों पर प्रभुत्व नहीं जमा सकता।.... हमें ऐसा संविधान और कानून बनाना होगा कि चाहे जैसी भी परिस्थिति हो, कोई भी किसी दूसरे से न डरे।" धर्म मालवीय के लिए प्राणों से भी बढ़कर था। उनका कहना था, "सर जाय तो जाय, प्रभु मेरो धर्म न जाय।" उन्होंने यह भी कहा, "हम धर्म को चरित्र-निर्माण का सीधा मार्ग और सांसारिक सुख का सच्चा द्वार समझते हैं।"

1937 में मालवीय सक्रिय राजनीति से दूर हो गए। इससे पहले 1936 में में दिए एक भाषण में मालवीय ने कहा था-"मैं पचास वर्ष से कांग्रेस के साथ हूँ। संभव है मैं बहुत दिन न जीऊं और अपने जी में यह कसक लेकर मरूं कि भारत अब भीपराधीन है। किंतु फिर भी मैं यह आशा करता हूँ कि मैं इस भारत को स्वतंत्र देखसकूंगा।" उनकी यह आशापूरी नहीं हुई और देश की आजादी से करीब नौ महीने पहले बीमारी की वजह से वाराणसी में 12 नवंबर 1946 को उनका निधन हो गया।

47

प्रणब मुखर्जी

भारतरत्न 2019

"**बंगाल** के एक छोटे से गांव में दीपक की रोशनी से दिल्ली की जगमगाती रोशनी तक की इस यात्रा के दौरान मैंने विशाल और कुछ हद तक अविश्वसनीय बदलाव देखे हैं।" देश के 13वें राष्ट्रपति के रूप में शपथ लेने के बाद अपने भाषण में ये उद्गार प्रणब मुखर्जी ने व्यक्त किए। उन्होंने कहा, उस समय मैं बच्चा था, जब बंगाल में अकाल ने लाखों लोगों को मार डाला था। वह पीड़ा और दुख मैं भूला नहीं हूं। स्कूल जाने के लिए अक्सर नदी तैरकर पार करने वाले प्रणब ने जमीन से उठकर कई मुकाम हासिल किए और आज अंतत: देश के सर्वोच्च नागरिक बन गए।

प्रणव कुमार मुखर्जी भारत के तेरहवें राष्ट्रपति हैं। राष्ट्रपति के रूप में प्रणब दा ने 32 दया याचिकाओं पर फैसला किया। इनमें से कुछ याचिकाएं 17 वर्ष से लंबित थीं। प्रणब दा ने अफजल गुरु, अजमल कसाब, याकूब मेमन समेत 28 दोषियों की दया याचिका खारिज की। मुंबई हमलों के दोषी कसाब को 2012, अफजल गुरु को 2013 और याकूब मेमन को 2015 में फांसी दी गई।

जन्म व प्रारंभिक जीवन –

प्रणब मुख़र्जी का जन्म 11 दिसम्बर 1935 में पश्चिम बंगाल के बीरभूम जिले के मिरती नामक स्थान पर एक बंगाली ब्राह्मण परिवार में हुआ था। इनके पिता का नाम कामदा किंकर मुखर्जी था। इनके पिता एक स्वतंत्रता सेनानी थे। जिन्होंने

10 वर्ष से अधिक जेल की सजा भी काटी थी। उनके पिता भारतीय स्वाधीनता आन्दोलन में सक्रीय रहे और सन 1952 से 1964 तक पश्चिम बंगाल विधान परिषद् के सदस्य रहे। वे आल इंडिया कांग्रेस कमेटी के सदस्य भी थे। प्रणब की मां का नाम राजलक्ष्मी था। उन्हें घर में सब प्यार से पोल्टू पुकारते थे।उन्होंने बीरभूम के सूरी विद्यासागर कॉलेज (कोलकाता विश्वविद्यालय से सबद्ध) में पढ़ाई की और बाद में राजनीति शास्त्र और इतिहास विषय में एम.ए. किया। उन्होंने कोलकाता विश्वविद्यालय से एल.एल.बी. की डिग्री भी हासिल की।

इसके उपरान्त उन्होंने डिप्टी अकाउंटेंट जनरल (पोस्ट और टेलीग्राफ) के कोलकाता कार्यालय में अवर लिपिक की नौकरी की। सन 1963 में उन्होंने दक्षिण 24 परगना जिले के विद्यानगर कॉलेज में राजनीति शास्त्र पढ़ाना प्रारंभ कर दिया और 'देशेर डाक' नामक पत्र के साथ जुड़कर पत्रकार भी बन गए। 6-7 वर्षो तक सेवा देने के बाद कांग्रेस पार्टी में एमपी चुनाव में उन्हें टिकट दे दिया। यही से उनके राजनैतिक जीवन की शुरुआत हुई। इंदिरा गाँधी के कार्यकाल में इन्हे केबिनेट में शामिल किया गया था।

राजनैतिक सफर

वे एक वरिष्ठ नेता हैं और अपने 60 साल के राजनितिक करियर में अलग-अलग समय पर भारत सरकार के अनेक महत्वपूर्ण मंत्रालयों और पदों पर कार्य कर चुके हैं। राष्ट्रपति बनने से पहले वे यू.पी.ए. गठबंधन सरकार में केन्द्रीय वित्त मंत्री थे। राष्ट्रपति चुनाव में वे भारतीय राष्ट्रीय कांग्रेस के नेतृत्व वाले संयुक्त प्रगतिशील गठबंधन के उम्मीदवार थे और उन्होंने उन्होंने अपने प्रतिपक्षी प्रत्याशी पी.ए. संगमा को हराया और 25 जुलाई 2012 को भारत के तेरहवें राष्ट्रपति के रूप में पद और गोपनीयता की शपथ ली।

भारत के भूतपूर्व प्रधानमन्त्री इंदिरा गाँधी की मदद से उन्होंने सन 1969 में राजनीति में प्रवेश किया जब वे कांग्रेस टिकट पर राज्य सभा के लिए चुने गए। 1969 में प्रणब दा राज्यसभा के सदस्य बने तो उस वक्त उनका आधिकारिक

घर राष्ट्रपति संपदा के पास ही था। एक दिन उन्होंने राष्ट्रपति वाली बग्गी देखकर अपनी बहन से कहा कि इस आलीशान राष्ट्रपति भवन का आनंद उठाने के लिए वो अगले जन्म में घोड़ा बनना पसंद करेंगे। लेकिन उनकी बहन ने कहा कि इसके लिए तुम्हें अगले जन्म रुकना नहीं पड़ेगा, बल्कि इसी जन्म में इसमें रहने का मौका मिलेगा। तब वे भी नहीं जानते थे कि उनकी बहन की कही बात एक दिन सच हो जाएगी।

धीरे-धीरे वे इंदिरा गाँधी के ख़ास बन गए और सन 1973 में केन्द्रीय मंत्रिमंडल में भी शामिल कर लिए गए। 70 और 80 के दशक में मुख़ेजी ने रीजनल रूलर बैंक की स्थापना की और EXIM बैंक की भी स्थापना की जो एक अंतर्राष्ट्रीय बैंक थी। सन 1975-77 के आपातकाल के दौरान उनपर ज्यादती के आरोप भी लगे। कई मंत्रालयों में काम करने के अनुभव के बाद प्रणब 1982-84 तक देश के वित्त मंत्री रहे। सन 1980 से 1985 तक वे राज्य सभा में सदन के नेता रहे। इस दौरान मुख़र्जी को सबसे शक्तिशाली कैबिनेट मंत्री माना जाने लगा और प्रधानमंत्री की अनुपस्थिति में वे ही कैबिनेट की बैठकों की अध्यक्षता करते थे।

1984 में इंदिरा गाँधी की हत्या के बाद उनकी राजनीति जिंदगी डगमगा गयी थी। इंदिरा गाँधी के हत्या के बाद प्रणब मुख़र्जी को प्रधानमंत्री पद का सबसे प्रबल दावेदार माना जा रहा था पर राजीव गाँधी के प्रधानमंत्री बनते ही प्रणब को हाशिये पर कर दिया गया। राजीव गांधी ने जब अपनी कैबिनेट बनाई तो उसमें जगदीश टाइटलर, अंबिका सोनी, अरुण नेहरू और अरूण सिंह जैसे युवा चेहरे थे लेकिन इंदिरा गांधी की कैबिनेट में नंबर-2 रहे प्रणब मुखर्जी को मंत्री नहीं बनाया गया। ऐसा माना जाता है कि वे राजीव गांधी की समर्थक मण्डली के षड्यन्त्र का शिकार हुए जिसके बाद उन्हें मन्त्रिमंडल में भी शामिल नहीं किया गया।

इससे दुखी होकर प्रणब मुखर्जी ने कांग्रेस पार्टी छोड़ दी और अपनी अलग पार्टी बनाई। राशिद किदवई कहते हैं कि काफ़ी समय तक प्रणब हाशिए पर ही रहे, उनकी पार्टी कुछ नहीं कर पाई।

किदवई बताते हैं, “कांग्रेस में लौट आने के बाद जब उनसे उनकी पार्टी के बारे में पूछा जाता था तो वे हँसकर कहते थे कि मुझे अब उसका नाम भी याद नहीं है।”

उन्होंने अपनी पुस्तक ‘द टरबुलेंट ईयर : 1980...1996’ में 1980 और 1990 के दशक के उन कुछ यादगार घटनाक्रमों का जिक्र किया है, जिन्हें आजादी के बाद के भारत के इतिहास में सर्वाधिक कलह पैदा करने वाला माना जाता है। मुखर्जी ने राजीव गांधी की कैबिनेट और कांग्रेस पार्टी से खुद को निकाले जाने को एक ‘नाकामी’ जैसा माना है जिसे उन्होंने खुद पैदा किया था।

मुखर्जी ने कहा, “मैंने पुस्तक में स्पष्ट रूप से स्वीकार किया है कि मुझे ऐसी परिस्थिति नहीं लानी चाहिए थी क्योंकि मैं कभी भी जन नेता नहीं था और मेरा कभी उस तरह का समर्थन आधार नहीं था जैसा कि 1960 के दशक में अजय मुखर्जी या हाल में ममता जैसे बागी नेता और एक तरह से खुद इंदिरा जी का था।’ मुखर्जी ने राजीव गांधी के प्रधानमंत्री बनने से लेकर राष्ट्र के नेता के तौर पर पीवी नरसिम्हा राव के उभरने तक हर बड़े राजनीतिक घटनाक्रम पर नये सिरे से प्रकाश डाला है।

इसके पश्चात उन्होंने कांग्रेस छोड़ अपने राजनीतिक दल ‘राष्ट्रीय समाजवादी कांग्रेस’ का गठन किया पर सन 1989 में उन्होंने अपने दल का विलय कांग्रेस पार्टी में कर दिया। पी.वी. नरसिंह राव सरकार में उनका राजनीतिक कैरियर पुनर्जीवित हो उठा, जब उन्हें योजना आयोग का उपाध्यक्ष बनाया गया और सन 1995 में विदेश मन्त्री के तौर पर नियुक्त किया गया। उन्होंने नरसिंह राव मंत्रिमंडल में 1995 से 1996 तक पहली बार विदेश मन्त्री के रूप में कार्य किया।

सन 1997 में प्रणब को उत्कृष्ट सांसद चुना गया। प्रणब मुख़र्जी को गाँधी परिवार का वफादार माना जाता है और सोनिया गाँधी को कांग्रेस पार्टी का अध्यक्ष बनवाने में उनकी महत्वपूर्ण भूमिका रही। जब सोनिया गांधी अनिच्छा के साथ राजनीति में शामिल होने के लिए राजी हुईं तब प्रणब मुखर्जी उनके

प्रमुख परामर्शदाताओं में से एक थे। सन 1998-99 में जब सोनिया गाँधी कांग्रेस की अध्यक्ष चुनी गयीं तब उन्हें पार्टी अखिल भारतीय कांग्रेस कमेटी का जनरल सेक्रेट्री बनाया गया। उन्हें 2000 में पश्चिम बंगाल कांग्रेस का अध्यक्ष नियुक्त किया गया और उन्होंने 2010 तक इस पद को संभाला। मुखर्जी की अमोघ निष्ठा और योग्यता ने उन्हें सोनिया गांधी के करीब ला दिया। इस वजह से जब 2004 में पार्टी सत्ता में आई तो उन्हें भारत के रक्षा मंत्री के प्रतिष्ठित पद पर पहुंचने में मदद मिली। मुखर्जी 2004 में लोक सभा के नेता बने। उन्होंने पश्चिम बंगाल के जांगीपुर चुनाव क्षेत्र से 2009 में चुनाव जीता। उन्होंने डा. मनमोहन सिंह के कार्यकाल में भी अनेक पदों को सुशोभित किया। 2004 से 2012 के बीच में मुख़र्जी ने सरकार को कई बड़े निर्णय लेने में सहायता की जैसे प्रशासनिक सुधारों, राईट टू इनफार्मेशन, राईट टु एम्प्लॉयमेंट, खाद्य सुरक्षा, सूचना प्रौद्योगिकी और दूरसंचार, UIDAI को शुरू करने में, मेट्रो रेल आदि में।

कई लोग मानते हैं कि पहले इंदिरा गांधी से बेहतरीन रिश्तों फिर राजीव से खट्टा-मीठा रिश्ता और बाद में सोनिया गांधी से सुनहरे रिश्ते निभाने के बाद ही आज प्रणब दा को यह मुकाम हासिल हुआ है लेकिन इस पक्ष से भी कोई मुंह नहीं मोड़ सकता है कि 40 साल राजनीति करने के बाद जहां लोग हार मान लेते हैं वहीं प्रणब दा उम्र बढ़ने के साथ अपने कार्य में भी पैनापन लाए और भारतीय राजनीति को एक राह प्रदान की। एक तरह से प्रणब दा ने कांग्रेस के लिए खेवनहार की भूमिका निभाई।

इस प्रकार से उन्होंने सरकार के कई महत्वपूर्ण पदों पर कार्य किया। उन्होंने 25 जुलाई, 2012 को देश के तेरहवें राष्ट्रपति के रूप में शपथ ली। इस दौरान उन्होंने अपने कार्यकाल में लीक से हट कर कई फैसले लिए। राष्ट्रपति पद के साथ औपचारिक तौर पर लगाए जाने वाले महामहिम के उद्बोधन को उन्होंने खत्म करने का निर्णय लिया। औपनिवेशिक काल के 'हिज एक्सेलेंसी' या महामहिम जैसे आदर-सूचक शब्दों को प्रोटोकॉल से हटा दिया गया है।

कानून, सरकारी कामकाज की प्रक्रियाओं और संविधान की बारीकियों की बेहतरीन समझ रखने वाले प्रणब दा 2014 के बाद नई सरकार से अच्छे संबंध बनाने में सफल रहे। राष्ट्र के संवैधानिक प्रमुख के रूप में उन्होंने प्रदेश के राज्यपालों के सम्मेलन बुलाए और कई बार वीडियो कान्फ्रेंसिंग के जरिए भी उनसे जुड़े। विभिन्न मुद्दों पर सभी पार्टियों के सांसद उनसे मिलते रहे और सभी पार्टियों के नेताओं के लिए भी उन्होंने राष्ट्रपति भवन के दरवाजे खुले रखे। देश की राजनीतिक परिस्थितियों से वे अपने आपको अवगत रखते थे।

प्रधानमंत्री की विशेष पहल पर उन्होंने शिक्षक दिवस पर राष्ट्रपति भवन परिसर में बने स्कूल में छात्रों को पढ़ाया भी। इन्होंने राष्ट्रपति भवन मे एक संग्रहालय का भी निर्माण करवाया, जहां आम लोग अपनी इस विरासत को देख सकते हैं और राष्ट्रपति भवन के एक निश्चित हिस्से को देख भी सकते हैं। इसमें दृष्टी बाधित और दिव्यांगों के लिए खास प्रबंध किए गए हैं। कांग्रेस के पुराने नेता होने के बावजूद पार्टी की प्रतिस्पर्धी बीजेपी की सरकार के साथ उन्होंने बिना किसी टकराव के काम किया।

वे एक संजीदा व्यक्तित्व वाले नेता हैं। पार्टी के सामाजिक क्षेत्र में उनको पूर्ण सम्मान दिया जाता है। उन्हें भारतीय राजनीति, आर्थिक मामलों व नीतिगत मुद्दों की गहरी समझ है। उन्होंने भारत के प्रथम बंगाली राष्ट्रपति होने का गौरव प्राप्त किया। उन्हें एक संपूर्ण राजनीतिज्ञ माना जाता है।

पुरस्कार

उन्हें कई अंतरराष्ट्रीय सम्मान और पुरस्कार भी प्राप्त हुए हैं। भारत सरकार ने भी उन्हें पद्म विभूषण (देश का दूसरा सबसे बड़ा नागरिक सम्मान) से सम्मानित किया। बूल्वर हैम्पटन और असम विश्वविद्यालय ने उन्हें मानद डॉक्टरेट की उपाधि से सम्मानित किया है। उन्हें बेस्ट एडमिनिस्ट्रेटर एवार्ड इन इंडिया, 2001 तथा एशिया के वित्त मंत्री 2010 के सम्मान से भी सम्मानित किया गया। उन्हें अपने जीवन में कई पुरस्कार भी मिले। पद्मभूषण 2008 में, बेस्ट

पार्लियामेंट्रीयन अवार्ड 1997 में, बेस्ट पर्सन ऑफ़ इंडिया अवार्ड मिला। उन्होंने 2013 में यूनिवर्सिटी ऑफ़ ढाका से वकालत के लिए डॉक्टर का सम्मान प्राप्त किया। वे अल्कड्स यूनिवर्सिटी से भी सम्मानित हुए। 1984 में न्यू यॉर्क के यूरो मनी जनरल प्रकाशक के सर्वे द्वारा वे विश्व के प्रसिद्ध 5 वित्त मंत्रीयो में से एक कहलाये। इमर्जिंग मार्किट से उनको 2010 में एशिया का वित्त मंत्री ऑफ़ दी इयर अवार्ड मिला।

निजी जीवन

प्रणव मुखर्जी का विवाह 22 वर्ष की अवस्था में 13 जुलाई 1957 को शुभ्रा मुखर्जी से हुआ जो बांग्लादेश के नारायेल की थीं। उनके दो बेटे और एक बेटी – कुल तीन बच्चे हैं। उनकी पत्नी शुभ्रा मुख़र्जी का निधन 18 अगस्त 2015 को बीमारी के कारण हुआ।

श्री मुखर्जी एक विलक्षण लेखक हैं और उन्होंने भारतीय अर्थव्यवस्था तथा राष्ट्र निर्माण पर कई पुस्तकें लिखीं हैं। जिनके प्रमुख हैं मिडटर्म पोल, बियोंड सरवाइवल, ऑफ द ट्रैक-सागा ऑफ स्ट्रगल एंड सैक्रिफाइस, इमर्जिंग डाइमेंशन्स ऑफ इंडियन इकोनॉमी, तथा चैलेंज बिफोर द नेशन।

भारतीय राजनीति के लिए 1970 का दशक उतार-चढ़ाव भरा रहा. इसी दौर में बांग्लादेश बना, इमरजेंसी लगी और फिर कांग्रेस विरोधी राजनीति की नींव तैयार हुई। इस दशक की सियासत पर लिखी गई राष्ट्रपति प्रणब मुखर्जी की किताब है 'द ड्रमैटिक डेकेड: द इंदिरा गांधी ईयर्स'। इस पुस्तक को पब्लिशिंग नेक्सट इंडस्ट्री अवॉर्ड्स 2015 की 'डिजिटल बुक ऑफ द ईयर' सम्मान के लिए चुना गया है।

यही वह दशक था जब प्रणब मुखर्जी ने पॉलिटिकल एक्टिविस्ट के बतौर काम शुरू किया। 1971 में पूर्वी पाकिस्तान (बांग्लादेश) के संघर्ष को भारत ने समर्थन दिया। युद्ध के बाद अर्थव्यवस्था डांवाडोल हो गई और 1973 में महंगाई ने देश को अपनी गिरफ्त में ले लिया। फिर आया 1975 में आपातकाल

का ऐतिहासिक दौर. फिर इंदिरा विरोधी मोर्चे का गठन और 1977 में जनता पार्टी की जीत। प्रणब मुखर्जी ने भारतीय सियासत में इस अहम दशक को करीब से देखा है और उसे इस किताब में बयान किया है।

विनम्र और शालीन व्यक्तित्व वाले राष्ट्रपति प्रणब मुखर्जी और उनके कार्यकाल को एक प्रखर राजनेता के उदाहरण के रूप में याद किया जाएगा।

48

डॉ.भूपेन हजारिका

भारतरत्न 2019

भूपेन हज़ारिका का साहित्यिक रूप उनके संगीत में भी इतनी ख़ूबसूरती से आया है कि न केवल पूर्वांचल की लोकसंस्कृति से प्रेरित गीत बल्कि आधुनिक संवेदनाओं से साक्षात्कार कराने वाले गीतों को भी वे बड़े सुरुचिपूर्ण तरीक़े से कंपोज़ करते थे। अगर सीधे सरल लफ़्ज़ों में कहा जाए तो वे असम के चाय बागानों की ख़ुशबू, अरुणाचल में सबसे पहले उगने वाले सूरज की किरणों का तेज़ और वहां की वादियों की हरियाली को हिंदी संगीत ही नहीं, पूरे भारत में फैलाने वाले शख्स थे।

भूपेन हजारिका पूर्वोत्तर राज्य असम से ताल्लुक रखते थे। अपनी मूल भाषा असमिया के अलावा भूपेन हजारिका ने हिंदी, बंगला समेत कई अन्य भारतीय भाषाओं में गाने गाए। उन्होंने फिल्म 'गांधी टु हिटलर' में महात्मा गांधी का पसंदीदा भजन 'वैष्णव जन' गाया था। उन्हें पद्मभूषण सम्मान से भी सम्मानित किया गया था।

जन्म और परिवार

भूपेन हजारिका का जन्म 8 सितंबर 1926 में भारत के पूर्वोत्तर राज्य असम के सदिया हुआ था। हजारिका के पिताजी का नाम नीलकांत एवं माताजी का नाम शांतिप्रिया था। उनके पिताजी मूलतः असम के शिवसागर जिले के नाजिरा शहर से थे। वे स्कूल उप–परिदर्शक थे। बाद में वे एस.डी.सी. बने थे। हजारिका

जी जब 3 वर्ष के थे, तब उनके पिता बेहतर आजीविका की तलाश में परिवार सहित गुवाहाटी जा बसे। उनका बचपन गुवाहाटी में व्यतीत हुआ। दस संतानों में सबसे बड़े, हजारिका का संगीत के प्रति लगाव अपनी माता के कारण हुआ। जो उनकी प्रेरणा थी। माता की लोरियाँ सुनकर भूपेन बड़े हुए। माता ने ही उनका परिचय परंपरागत असमिया संगीत से करवाया। उनके पिताजी नीलकांत हजारिका भी बहुत ही सुंदर ढंग से बाउरगीत गाते थे। माँ भीतर ही भीतर गुनगुनाती थीं। पिताजी माँ को ऐसे ही मज़ाक में 'कलगान' कहकर चिढ़ाते थे।

सन 1930 के 30 अक्टूबर की बात है। कॉटन कालेजियेट हाईस्कूल की एक सम्बर्द्धना–सभा में एक छोटा–सा बालक हारमोनियम बजाकर गीत गा रहा था, जिसको देखकर सब दंग रह गए थे। साहित्यरथी, 'रसराज' लक्ष्मीनाथ बेजवरूवा ने इस संबंध मे लिखा है– "मैं दंग रह गया और अपने विशिष्ट आसन से उठकर उसके पास आकर उसे चूम लिया। कलकत्ता में ऐसे ही एक बालक गायक को देखा था, जिसका नाम था 'मास्टर मदन'। 'असमिया मास्टर मदन' को देखकर बहुत संतोष मिला।" यही छोटा बालक 'मास्टर मदन' भूपेन हजारिका है, जिनको भविष्य में पूरे विश्व दरबार में अपार ख्याति प्राप्त हुई।

संगीत के इस माहौल ने सिर्फ भूपेन को ही जन्म नहीं दिया, बल्कि उनके भाई–बहनों को भी संगीत–क्षेत्र में प्रसिद्धि मिली। उनके भाई जयंत हजारिका एक अच्छे संगीतकार थे, जिनका देहांत बहुत कम उम्र में ही हो गया था। जयंत हजारिका की पत्नी मनीषा हजारिका भी बहुत अच्छा गाती हैं। सबसे छोटा भाई समर हजारिका भी एक अच्छे गायक हैं, जिनकी आवाज बहुत ही सुंदर है। बहन सुदक्षिणा शर्मा (कुइन नाम से प्रसिद्ध हैं) भी कम नहीं है। सुदक्षिणा शर्मा के पति दिलीप शर्मा भी अच्छे गायक हैं।

बचपन में औरों का प्रभाव

भूपेन को बाल्यकाल में और कुछ महान संगीतकारों, संगीत प्रेमियों, सिनेमा निर्देशकों का सान्निध्य प्राप्त हुआ था। कवि का जैसे कवि से मिलन होता है, वैसे

संगीतकार की संगीतकार से ही मुलाकात होती है। लक्ष्मीनाथ बेजवरूवा ने भी सुंदर–सुंदर गीतों की रचना की थी। गोवालपारा में प्रमथेश वरूवा के पिताजी के परिवार में संगीत–चर्चा होती थी। शिवसागर में पार्वती प्रसाद वरूवा के परिवार में सुकोमल असमिया गीतों की चर्चा होती थी। उसी समय कोलकाता रेडियो से अल्प समय के लिए असमिया गीत बजता था। उसी को सुनने के लिए भूपेन बेचैन होकर इंतजार करते थे। आंगन में रेडियो सुनते वक्त रात को रेडियो के ऊपर कुहासा पड़ता था, पर बार–बार पोंछकर वे उत्सुकता से गीत सुनते थे, सुनकर आत्मतृप्त हो जाते थे।

भूपेन के घर के पास ब्रह्मपुत्र बहती थी। एक नदी उनके भीतर भी बह रही थी। छुटपन के दिनों से। रचनात्मकता की नदी। इस नदी के मीठे पानी का स्वाद भी दुनिया को बहुत जल्द चखने को मिला। भूपेन ने अपना पहला गाना 10 साल की उम्र में गाया था। इसके पीछे जो कहानी है वो यूँ है कि भूपेन की आयु 9 वर्ष थी, जब उनके पिता 1935 में तेजपुर चले आये। 1936 में तेजपुर में ही 10 वर्ष की उम्र में एक कार्यक्रम में माता के सिखाये बाउर गीत (क्लासिकल असमिया धार्मिक गीत) को गाते समय उन पर असमिया लेखक और फिल्मकार ज्योतिप्रसाद अग्रवाल और असमिया कवि बिष्णु प्रसाद राभा की नज़र पड़ी। वे उन्हें अपने साथ कोलकाता ले गये, जहाँ 10 वर्ष की उम्र में ही भूपेन ने अपना पहला गाना सेलोना कंपनी के लिए रिकॉर्ड किया फिल्म मेकर ज्योतिप्रसाद अग्रवाल ने उनकी आवाज सुनी और उन्हें वो बहुत पसंद आए। साल 1936 में कोलकाता में भूपेन ने अपना पहला गाना रिकॉर्ड किया था।

बाद में 12 वर्ष की उम्र में भूपेन ने ज्योतिप्रसाद अग्रवाल की फिल्म 'इन्द्रमालती' के दो गाने गए। इन दो गानों के बोल थे — 'काक्षोते कोलोसी लोई' और 'बिस्वो बिजयी नौजवान'। मात्र 13 वर्ष में उन्होंने अपना पहला गीत लिखा।यह गीत था 'अग्निजुगोर फिरिंगोती मोई' जिसे खासी प्रसिद्धि और सराहना भी मिली थी। इस तरह वे एक कवि, संगीतकार और गायक बनने की राह पर चल पड़े।

बचपन से शुरू हुआ संगीत का उनका यह सफर आगे ही बढ़ता चला गया और उनकी ख्याति बनता गया। संगीत के प्रति भूपेन की लगन और नैसर्गिक प्रतिभा का एक कारनामा यह भी था कि उन्होंने कई ट्रेंड सेट किए। असमिया संगीत के वह अग्रदूत माने जाते हैं। इसके साथ ही, बंगाल के संगीत की एक धारा पर भी उनका प्रभाव है। बंगाल के ख्यात कंपोज़र और गायक कबीर सुमन का 'ज्वालामुखी गीत' शैली अस्ल में, हज़ारिका के संगीत से ही प्रभावित रही है।

करियर

भूपेन ने अपनी शुरुआती पढ़ाई सोनाराम और धुबरी में की। उन्होंने 1940 में तेजपुर हाई स्कूल से मैट्रिक किया। फिर आगे की पढ़ाई के लिए असम के बड़े शहर यानी गुवाहाटी चले गए। 1942 में गुवाहाटी के ही कॉटन कॉलेज से इंटरमीडिएट किया। भूपेन पढ़ाई में काफी अच्छे थे। भूपेन की इच्छा पत्रकारिता में जाने की थी। कभी उनका मन होता कि वो वकील बन जाएं। संगीतकार बनना तब तक जेहन में नहीं था। बीए के लिए वो पहुंचे बनारस हिंदू यूनिवर्सिटी। यहीं से उन्होंने 1946 में एमए किया। विषय था पॉलिटिकल साइंस।

किस्मत को कभी-कभी कुछ और मंजूर होता है। और अच्छा ही हुआ कि भूपेनदा पत्रकार या वकील नहीं बने वरना हमें सुरों का ये सफर कैसे मिलता। इस वक्त तक उन्होंने ठीक से शास्त्रीय संगीत नहीं सीखा था। लेकिन बनारस में रहने का शायद सबसे बड़ा फायदा ये हुआ कि वो शहनाई की जान, उस्ताद बिस्मिल्लाह खान के संपर्क में आए। शास्त्रीय संगीत के सबक उन्होंने बनारस में रहते हुए ही सीखे।

स्नातक होने के बाद भूपेन ने गुवाहाटी में ऑल इंडिया रेडियो में गाना शुरू कर दिया। इसके साथ भूपेन बंगाली गानों को हिंदी में ट्रांसलेट कर उसे अपनी आवाज देते थे। भूपेन को कई भाषाओं का ज्ञान था। समय बीतने के साथ वो स्टेज परफॉर्मेंस भी देने लगे। लेकिन उन दिनों में जब वो संगीत की तरफ झुकने लगे थे, पढ़ाई से उनका मोहभंग कतई नहीं हुआ। इसलिए ऑल इंडिया रेडियो

से स्कालरशिप पाकर 'मास कम्युनिकेशन' पर डॉक्टरेट करने के लिए अमेरिका की कोलम्बिया यूनिवर्सिटी चले गए। जहाँ उन्होंने पीएचडी की डिग्री हासिल की

वह भूपेनदा की जिंदगी में एक निर्णायक मोड़ था। यहां उन्होंने फ़िल्मों के बारे में पढ़ा और सीखा। यहीं इनकी मुलाक़ात फिल्म निर्माता रॉबर्ट स्टेंस और रॉबर्ट जोसेफ़ फ्लैहर्टी से हुई। अमेरिका के नीग्रो गायक पॉल रॉबसन के साथ गाना सीखने जाने पर भूपेन हजारिका को सात दिन की जेल हो गई थी। दरअसल, पॉल रॉबसन अश्वेतों के अधिकारों पर लड़ने वाले एक्टिविस्ट थे। भूपेन पर इस शख्स का इतना ज़बरदस्त प्रभाव था कि उनके गीत 'ओल्ड रिवर मैन' पर 1964 में उन्होंने ब्रह्मपुत्र नदी को अर्पण करते हुए 'मनुहे मनुहर बाबे' की रचना की। दोनों की ही रचना में सर्वहारा ही मुख्य किरदार है जो उस वक़्त की प्रबल विचारधारा थी।

ज़बरदस्त इत्तेफ़ाक यह भी है कि भूपेन हज़ारिका की धीर-गंभीर आवाज़ उनके दोस्त पॉल रॉबसन से काफ़ी मेल खाती है। संभव है, भूपेन ने गंगा की महानता और विवशता बताने वाला गीत 'ओ गंगा बहती हो क्यों' भी पॉल के गीत से प्रभावित होकर लिखा हो। वे लोकसंगीत से बेहद प्रभावित थे। अपनी पढ़ाई के दौरान वे जब भी वे लंबी जहाजी यात्राओं पर जाते तो स्थानीय लोकसंगीत को समझते और संग्रहित करते। बाद में भूपेन हजारिका को शिकागो विश्वविद्यालय से फ़ेलोशिप भी मिली और उन्होंने लोकसंगीत का अध्ययन जारी रखा।

दाम्पत्य जीवन

यहां उनकी मुलाकात प्रियम्वदा पटेल से हुई। प्रियम काम्पला, यूगांडा के प्रसिद्ध चिकित्सक मूलजी भाई पटेल और उनकी पत्नी मणिबेन पटेल की बेटी हैं। इनका मूल निवास स्थान गुजरात है। दोनों में प्यार हुआ और यूएस में ही साल 1950 में दोनों ने शादी कर ली। 1952 में उनका बेटा तेज हजारिका हुआ। 1953 में हजारिका अपने परिवार के साथ भारत लौट आए लेकिन दोनों

ज्यादा समय तक साथ नहीं रह पाए। सन 1954 को गुवाहाटी विश्वविद्यालय के शिक्षा विभाग में व्याख्याता के रूप में नियुक्ति मिली। सन 1956 में वे रूस के हेलसिंकि में अनुष्ठित विश्वशांति सम्मेलन में भारतीय सांस्कृतिक संस्था के सदस्य के रूप में भाग लेने रूस गए। वापस आते समय तीन दिन के विलम्ब के कारण तनख्वाह कटने का आदेश दिया गया। जिसका प्रतिवाद करते हुए स्वाभिमानी हजारिका जी ने नौकरी से इस्तीफा दे दिया। साथ ही साथ कर्मक्षेत्र की तलाश में कलकत्ता चले गए।

शिक्षक के रूप वे विद्यार्थियों के बीच बहुत ही प्रिय थे। उनके क्लास के लिए विद्यार्थी इंतजार करते रहते थे– सर कब आयेंगे, कब आयेंगे, क्लास के बीच में ही वे दो–एक आमोदपूर्ण, हास्य–व्यंग्यात्मक बातें कह देते थे। कभी–कभी एक–दो पंक्तियाँ (गीतों की) सुना भी देते थे। बच्चों को तब बहुत ही रस मिलता था।

सन 1963 में अर्थात शादी के तेरह साल बाद उनका पत्नी के साथ संबंध विच्छेद हो गया। इन तेरह वर्षों के भीतर तीन साल ही दोनों एक साथ रहे। विच्छेद का कारण यही था कि विदुषी महिला प्रियम अंतर्राष्ट्रीय सेवा के लिए अथवा राष्ट्रदूत बनने के काबिल थी। गृहस्वामिनी बनकर रसोई की चारदीवारी के भीतर रहने की वे पक्षधर नहीं थीं। दूसरी तरफ पत्नी की सेवा निश्चित रूप से विदेशों मे ही होने की अधिक संभावना थी। इधर असम की वायु–भूमि को छोड़कर, भारत से दुर रहकर अधिक दिनों तक विदेशों में हजारिका जी रह भी नहीं सकते। इसी कारण मैत्री–भाव से कोर्ट के माध्यम से दोनों का विच्छेद हो गया। विच्छेद के बाद भी कई बार हजारिका जी कनाडा में जाकर प्रियम के घर ही ठहरे और प्रियम भी असम आकर हजारिका के पास ही रहीं। इसके बाद हजारिका ने म्यूजिक को ही अपना साथी बना लिया। वर्तमान में तेज हजारिका न्यूयार्क में तथा प्रियम कनाडा में रहती हैं। तेज हजारिका व्यवसाय करते हैं।

सन 1963 में प्रियम्वदा हजारिका के साथ प्रणय सूत्र टूट जाने को लेकर भी उनकी अनेक कहानियाँ प्रचलित हैं। जैसे सन 1973 में मुम्बई के चलचित्र

निर्देशक आत्माराम 'आरोप' फ़िल्म की शूटिंग के लिए असम आते हैं। उनके साथ उनकी सत्रह वर्षीय भाँजी कल्पना लाजमी भी असम में आई। कल्पना के साथ वही परिचय बाद में घनिष्ठ जीवन–संबंध के रूप में बदल गया। कल्पना लाजमी भी प्रतिष्ठित चलचित्र निर्देशिका थीं (सितम्बर 2018 में उनकी मृत्यु हो चुकी है)। संस्कृति के विशाल सागर में दोनों एक साथ कभी तैरते थे, कभी डुबकी लगाते थे और कभी नाव में सवार होकर कोसों मील दूर चले जाते थे। एक के जीवन को दूसरे ने देखा था, सजाया था और समझा भी था। पर तथाकथित प्रणय सूत्र से दोनों दूर थे। सामाजिक बंधन नहीं बल्कि हृदय का बंधन परस्पर के लिए सर्वोपरि थे। भूपेन हजारिका के सांस्कृतिक जीवन को कल्पना लाजमी के बिना और कल्पना के अवदानों को भूपेन जी के बिना देखना मुमकिन नहीं है।

व्यक्तित्व

अमेरिका से लौटकर हज़ारिका 'इंडियन पीपुल्स थिएटर एसोसिएशन' यानी इप्टा से जुड़े थे और वहां भी उनके संगीत योगदान को याद किया जाता रहा। हालांकि इप्टा के साथ उनकी सक्रियता सिर्फ दो सालों की रही लेकिन उनकी शख़्सियत और प्रतिभा यह थी कि 1955 की कॉन्फ्रेंस के लिए उन्हें रिसेप्शन कमेटी का सचिव नियुक्त किया गया था।

ख़ुद को 'जोजोबर' यानी यायावर मानने वाले भूपेन हज़ारिका का असम के बीहू, बन गीतों और बागानों के लोकसंगीत को लोकप्रिय बनाने में बहुत श्रेय है। यही उनकी ताक़त थी और कमज़ोरी भी। वे अक्सर कहते थे कि अगर वे भारत के किसी मध्य या पश्चिमी प्रांत से होते या हिंदी जानते तो ज़्यादा सुने और पसंद किये जाते।

कहा नहीं जा सकता कि शेष भारत से पूर्वोत्तर की संस्कृति, भाषा और संगीत का अलगाव उनके और ऊंचे उठने में आड़े आया, पर यह तो जरूर है कि भूपेन हजारिका अगर लोकप्रिय हुए तो प्रांतीय संगीत और गीतों से ही और

इसमें सबसे पहले योगदान था, 'जिबोन मुखी गान' शैली का। रोज़मर्रा की घटनाओं को संगीत में ढालना इस विधा की ख़ासियत है। सुमंत चट्टोपाध्याय इस विधा के प्रवर्तक कहे जा सकते हैं और भूपेन इसे आगे ले जाने वाले। यहीं से वे असमिया समाज में स्वीकारे जाने लगे थे। पर ऐसा होने में काफी वक़्त लगा। उन्होंने बांग्लादेश की फिल्मों के लिए संगीत भी तैयार किया, जिसे अंतरराष्ट्रीय स्तर पर प्रशंसा मिली।

भूपेन हजारिका की शख्सियत सिर्फ संगीत तक सीमित नहीं थी। दरअसल, कहने की परंपरा में उनका गहरा यकीन था। कितना कुछ कहना था उनको। इसलिए कभी वो कैमरे के पीछे चले जाते, कभी शब्दों से खेलते, कभी अपनी आवाज की खनक से लुभाते। कवि, गीतकार, अभिनेता, निर्माता, निर्देशक, संपादक, लेखक जैसी तमाम भूमिकाओं के साथ उन्होंने इंसाफ किया

हिंदी फिल्मो में योगदान

हिंदी फ़िल्मों में उनका सफ़र 'आरोप' (1974) से शुरू होता है। इस फ़िल्म के गीत मध्यम दर्जे की लोकप्रियता पा सके। हां, एक गीत 'नैनों में दर्पण है, दर्पण है कोई देखूं जिसे सुबहो शाम' काफी लोकप्रिय रहा।

1972 में नेफ़ा का आम अरुणाचल प्रदेश हुआ और वह केंद्र शासित प्रदेश बना। इस पृष्ठभूमि पर अरुणाचल सरकार ने 1976 में एक फ़िल्म बनाई-'मेरा धरम मेरा देश'। संगीत के साथ-साथ फ़िल्म का निर्देशन भी भूपेन ने ही किया। इसमें उन्होंने अरुणाचल का लोक संगीत इस्तेमाल किया था। भले ही इस फ़िल्म के गीत बहुत कम लोग सुन पाए, पर संगीत की दृष्टि से फ़िल्म का संगीत हिंदी-फिल्म संगीतों के अध्याय में एक नवीन पहलू तो जोड़ता ही है।

1985 में 'एक पल' फिल्म का संगीत भूपेनदा का ही था। लताजी के गए हुए दो गाने 'छुपके छुपके हम पलकों में कितनी सदियों से रहते हैं' और 'जाने

क्या है जी डरता है' बड़े ख़ूबसूरत गीत हैं। यह फ़िल्म भी काफ़ी चर्चित हुई। असमिया समाज ने जब भूपेन की कला का सम्मान करना शुरू किया

भूपेन हज़ारिका की सबसे ज़्यादा चर्चित संगीतबद्ध फिल्म थी 'रुदाली'(1994)। इसके लगभग सभी गीत मशहूर हुए। 'दिल हुम हुम करे' उनके असमिया गीत 'बुकु हुम हुम करे' का हिंदी रूपांतरण था जिसमें बोल गुलज़ार के थे। वहीं, 'समय ओ धीरे चलो' में राजस्थानी संगीत की परछाई दिखती है और यह गीत भी बड़ा ज़बरदस्त बन पड़ा है। आप 'बुकु हुम हुम' सुनिए जो हिंदी वाले गीत से शर्तिया बेहतर है।

उन्होंने 'रुदाली', 'मिल गई मंजिल मुझे', 'साज', 'दरमियां', 'गजगामिनी', 'दमन' और 'क्यों' जैसी सुपरहिट फिल्मों में गीत दिए। हजारिका ने अपने जीवन में एक हजार गाने और 15 किताबें लिखीं। इसके अलावा उन्होंने स्टार टीवी पर आने वाले सीरियल 'डॉन' को प्रोड्यूस भी किया था।

राजनीती में पदार्पण

1993 में उन्हें असम साहित्य सभा का अध्यक्ष चुना गया। 1967 में, हजारिका असम विधानसभा के सदस्य के रूप में निर्वाचित हुए। तमिलनाडु में आंचलिक राजनीतिक दल डी.एम.के. बहुत ही शक्तिशाली एवं लोकप्रिय हो रहा था। इसी को देखकर असम में भी एक शक्तिशाली राजनीतिक दल गठन करने के लिए विपिनपाल दास, गौरीशंकर भट्टाचार्य आदि ने भूपेन हजारिका से अनुरोध किया। विष्णुराभा, फणीशर्मा आदि ने भी बहुत समझाया। हजारिका की राजनीति करने की बिल्कुल इच्छा नहीं थी। मगर विष्णुराभा जैसे लोगों के समझाने के पश्चात वे राजी हो गए। नाओवैचा विधानसभा के लिए वे तैयार हो गए। सांस्कृतिक दुनिया में कुछ करने की इच्छा से, कम से कम इस क्षेत्र में असम में जो अभाव हैं, उनको मिटाने के उद्देश्य से वे उम्मीदवार बने। पैसा तो था नहीं। सिर्फ हारमोनियाम और गीत के माध्यम से वे जीत गए, एम.एल.ए. बन गए। उस समय मुख्य दो ही गीत गाते थे 'बोलो मिचिंग डेकाटि' और

'रमजानेरे रोजा गल'। बस, मिचिंग और मुसलमानों के वोट मिल गए। वे जीत गए।

वर्ष 2004 में पूर्व प्रधानमंत्री स्व० अटल बिहारी वाजपेयी के कार्यकाल में भूपेन हजारिका जी भारतीय जनता पार्टी में सम्मिलित हुए। उन्होंने गुवाहाटी सीट से 2004 में चुनाव लड़ा था, जिसमें उन्हें कांग्रेस के कृपा चलीहा से पराजय मिली थी।

अंतिम समय

भूपेन हजारिका जी का निधन 5 नवंबर 2011 को 'कोकिलाबेन धीरूभाई अंबानी हॉस्पिटल एंड मेडिकल रिसर्च इंस्टिट्यूट', मुंबई में मल्टी ऑर्गन फेलियर से हुआ।

'भूपेन हज़ारिका : ऐज आई न्यू हिम' में उनकी मित्र कल्पना लाजमी लिखती हैं, 'उस दिन शनिवार था। मैं कुछ पलों के लिए उन्हें अस्पताल के कमरे में छोड़कर कॉफ़ी पीने गई थी कि डॉक्टर ने आकर बताया कि वे जा रहे हैं। पर कुछ है, जो उन्हें रोक रहा है। मैं भागकर पंहुची, तो देखा भूपेन तड़प रहे थे। चिल्लाकर बोली, 'जा भूपसु (भूपेन) जा। शक्ति बटोर और जा। मैं तुम्हें आज़ाद कर रही हूं। अपनी मां के पास जाओ।' भूपेन के शरीर ने उसी पल प्राण त्याग दिए। यह पांच नवंबर, 2011 की शाम चार बजकर 13 मिनट की बात है।

उनका अंतिम संस्कार 9 नवंबर 2011 को ब्रह्मपुत्र नदी ने किनारे गुवाहाटी यूनिवर्सिटी के द्वारा दी गई जमीन पर हुआ। उनकी अंतिम यात्रा में सम्मिलित होने लोगों का हुजूम उमड़ आया। लगभग 5 लाख लोग उसमें सम्मिलित हुए और उन्हें अश्रुपूर्ण विदाई दी।

भूपेन हजारिका जी आज हमारे बीच नहीं है। लेकिन भारत के लोगों के दिलों में अपने गीतों के माध्यम से वे सदा जीवित रहेंगे।

सम्मान और पुरस्कार

म्यूजिक के क्षेत्र में उनके अद्भुत योगदान के लिए उन्हें 1975 में राष्ट्रीय पुरस्कार और 1992 में सिनेमा जगत के सर्वोच्च पुरस्कार दादा साहब फाल्के सम्मान से सम्मानित किया गया। इसके अलावा उन्हें 2009 में असोम रत्न और इसी साल संगीत नाटक अकादमी अवॉर्ड, 2011 में पद्म भूषण जैसे कई प्रतिष्ठित पुरस्कारों से सम्मानित किया गया। उनके यादगार गानों में 'दिल हूं हूं' और 'जूठी मूठी मितवा' है। हजारिका को मरणोपरांत, 2019 में भारत के सर्वोच्च नागरिक पुरस्कार 'भारत रत्न' से सम्मानित किया गया।

भूपेन हजारिका सेतु

भूपेन हजारिका जी के सम्मान में देश के सबसे लंबे सेतु 'ढोला सदिया' का नामकरण 'भूपेन हजारिका सेतु' किया गया है। यह पुल असम की राजधानी दिसपुर से 540 कि.मी. की दूरी पर ब्रह्मपुत्र की सहायक नदी लोहित पर निर्मित है। इस पुल का उद्घाटन 26 मई 2017 को भारत के प्रधानमंत्री श्री नरेन्द्र मोदी के द्वारा किया गया था। इसकी लंबाई 9.15 कि.मी. और चौड़ाई 12.9 मीटर है। यह भारत के दूसरे सबसे लंबे पुल मुंबई के वरली सागर लिंक से 3.55 कि.मी. लंबा है।

49

नानाजी देशमुख

भारतरत्न 2019

नानाजी का लंबा और घटनापूर्ण जीवन अभाव और संघर्षों में बीता। जीवनयापन के लिए उन्होने नाटकों में भी काम किया। वे अच्छे कलाकार, अच्छे पेंटर, अच्छे फोटोग्राफर तथा बहुत अच्छे डायरेक्टर थे। अपनी शिक्षाप्राप्ति के लिए उन्हें सब्जी तक बेचनी पड़ी। उन्होंने विवाह नहीं किया इसलिए जिसे अपना कहते हैं वैसा उनका कोई परिवार नहीं है। लेकिन उन्हें देश में कहीं भी होटल, लॉज, धरमशाला या सर्किट हाउस में नहीं रुकना पड़ता। सब जगह उनके परिवार हैं और उन्हीं में वे रहना पसंद करते हैं। प्रवास उनके संबंधों का विस्तार का स्थायी माध्यम है। वे कहते थे कि महाराष्ट्र और मराठी में तो छोटे को नाना कहते हैं। मैं कोई साठ साल से उत्तर भारत और हिंदी से जुड़ा हूं क्योंकि यहां नाना मां का बाप होता है।

जन्म और परिवार

11 अक्टूबर 1916 की शरदपूर्णिमा को तत्कालीन बम्बई के कडोली नामक छोटे से कस्बे में मराठा परिवार में जन्म हुआ था चण्डिकादास अमृतराव देशमुख का। इनके पिता का नाम श्री अमृतराव देशमुख तथा माता का नाम श्रीमती राजा बाई देशमुख था। उनका बचपन कष्ट दायक रहा। अल्पायु में ही उन्होंने अपने माता पिता को खो दिया। उनके मामा जी ने उन्हें पला-पोसा था। नानाजी के दो भाई और दो बहने थीं। चूँकि नानाजी का बचपन काफी अभावो में बीता था, इसलिए उनके अंदर दबे-पिछड़े गरीब लोगो के अंदर स्नेह जागा।

10 वर्ष की उम्र में ही वे राष्ट्रीय स्वयंसेवक संघ (आरएसएस) से प्रभावित हो गए थे। यह मानने लगे कि भारत को ब्रिटिश शासन से आज़ादी दिलाने का काम आरएसएस करेगा। समर्पित भाव से संघ से जुड़े रहने, अथक समाज सेवा, व दीनदयाल उपाध्याय के अंत्योदय को धरातल पर लागू कर ग्रामोदय के लिए जीवनरत रहे इस शख्श को नानाजी देशमुख के नाम से जाना गया। नानाजी देशमुख भाजपा के आधारीय संगठन जनसंघ के संस्थापक सदस्य थे।

नानाजी ने मैट्रिक तक की पढ़ाई वासिम, नागपुर से किया।1937 में मैट्रिक की परीक्षा पास करने पर प्रश्न उठा कि आगे की पढ़ाई कैसे हो? आरएसएस के संस्थापक डॉ. केशव बलिराम हेडगेवार से नानाजी के पारिवारिक सम्बन्ध थे। डा. हेडगेवार ने नानाजी को आगे की पढ़ाई करने के लिए पिलानी जाने का परामर्श दिया तथा कुछ आर्थिक मदद की भी पेशकश की मगर स्वाभिमानी नाना को आर्थिक मदद लेना स्वीकार्य न था। वे किसी से भी किसी तरह की सहायता नहीं लेना चाहते थे। उन्होंने डेढ़ साल तक मेहनत कर पैसा इकट्ठा किया और उसके बाद 1939 में चार मित्र-नानाजी, आबा पाठक, बाबा सोनटक्के और बाजीराव देशमुख, सभी राजस्थान के पिलानी बिरला कॉलेज में अध्ययन के लिए गए। कबड्डी के राष्ट्रीय खिलाडी होने के साथ वे फुटबाल के भी अच्छे खिलाडी थे तथा पिलानी इंजीयनियरिंग इंस्टीट्यूट के फुटबाल टीम के कप्तान भी रहे। वे पढ़ाई के साथ-साथ निरंतर संघ कार्य में लगे रहे। कई बार आर्थिक अभाव से मुश्किलें पैदा होती थीं, परन्तु नानाजी कठोर श्रम करते ताकि उन्हें किसी से मदद न लेनी पड़े।

सन 1940 में हेडगेवार के निधन के बाद आरएसएस को खड़ा किया

1928 में हेडगेवार जी वासिम प्रवास पर गए थे। नानाजी की उभरती सामाजिक प्रतिभा को पहचानते हुए हेडगेवार ने उन्हें संघ की शाखा में आने के लिए कहा। 1934 में डॉक्टरजी ने 17 स्वयंसेवकों को संघ की प्रतिज्ञा दी। इन 17 में नानाजी भी थे। वासिम में नानाजी पूरी तरह संघ-कार्य में रम गए। कुछ वर्षों बाद डॉ हेडगेवार ने तय किया कि महाराष्ट्र के स्वयंसेवकों को शिक्षा के लिए

देश के विभिन्न भागों में भेजा जाए जिससे वे संघ के संगठन और विचारों का देश भर में प्रचार प्रसार कर सकें। इसी योजना के तहत नानाजी देशमुख को सीकर, राजस्थान भेजा गया। सीकर तब जयपुर रियासत का हिस्सा था। सीकर के ठिकानेदार राव राजा कल्याण सिंह बहादुर ने नानाजी की प्रतिभा को देखते हुए उन्हें छात्रवृति दी जिससे उनकी शिक्षा पूरी हुई। अपनी शिक्षा के दौरान ही नानाजी ने राजस्थान में संघ कार्य की नींव रखी।

1940 में वे संघ की प्रथम वर्ष शिक्षा के लिए नागपुर गए। वहां उन्होंने डॉ. हेडगेवार को असाध्य बीमारी से जूझते देखा। उनके अंतिम भाषण को सुना। वर्ग के बाद डॉक्टरजी की चिता को धधकते देखा। इस सबका उनके संवेदनशील राष्ट्रभक्त अंत:करण पर भारी प्रभाव हुआ। उन्होंने पढ़ाई बीच में ही छोड़कर संघ का पूर्णकालिक कार्यकर्ता बनने का निश्चय कर लिया। सन 1940 में हेडगेवार के निधन के बाद आरएसएस को खड़ा करने की ज़िम्मेदारी नानाजी पर आ गई और इस संघर्ष को अपने जीवन के मूल उद्देश्य पांच सूत्रों को बनाते हुए नानाजी ने अपना पूरा जीवन संघ के नाम कर दिया।

ये थे पांच सूत्र

1-कोई बेकार न रहे

2-कोई गरीब न रहे

3-कोई बीमार न रहे

4-कोई अशिक्षित न रहे

5-हरा-भरा और विवादमुक्त गांव हो।

संघ का प्रचार

उन्होंने महाराष्ट्र सहित देश के विभिन राज्यों में घूम घूमकर युवाओं को आरएसएस से जुड़ने के लिए प्रेरित किया तथा इस कार्य में वे काफी हद तक

सफल भी हुए। डॉक्टरजी के वरिष्ठ सहयोगी बाबासाहेब आप्टे ने उन्हें भाऊ जुगादे के साथ संघ कार्य के लिए आगरा भेज दिया। उस समय उनकी आयु 24 वर्ष थी। आप्टेजी के निर्देशानुसार 3 जुलाई को डॉक्टरजी के श्राद्ध-दिवस पर आगरा में संघ शाखा शुरू हुई। इसी समय, पं. दीनदयाल उपाध्याय, कानपुर से बी.ए. की परीक्षा पास करके अंग्रेजी में एम.ए. की पढ़ाई करने आगरा पहुंच गए। आगरा में ये तीनों कार्यकर्ता एक ही कमरे में रहने लगे। उस अल्प सहवास में नानाजी के मन में दीनदयालजी की संघनिष्ठा, बौद्धिक क्षमता, आदर्शवादी प्रकृति और सहज-सरल स्वभाव के प्रति जो आत्मीयता व श्रद्धाभाव पैदा हुआ, वह जीवन के अंत तक बना रहा।

कुछ समय बाद नानाजी को आगरा से भाऊराव देवरस के पास कानुपर भेज दिया गया। भाऊराव ने उन्हें पूर्वी उत्तर प्रदेश के गोरखपुर नगर में संघ-कार्य आरंभ करने के लिए भेजा। नानाजी ने गोरखपुर में दिनरात मेहनत करते हुए आरएसएस की शाखाएं खड़ी कीं। यहां तक कि नानाजी को गोरखपुर में ठहरने हेतु (संघ के पास उस समय संगठन संचालन के लिए पर्याप्त धन नहीं था) आश्रम संचालक बाबा राघवदास के लिए भोजन तक बनाना पड़ा था। विषम आर्थिक परिस्थितियों व राजनैतिक विरोधों के बावजूद उन्होंने मात्र 3 वर्षों में गोरखपुर के आसपास 250 से अधिक संघ शाखाएं प्रारम्भ करवायीं। अपनी व्यवहार-कुशलता से एक ओर उन्होंने महंत दिग्विजय नाथ, गीता प्रेस के संस्थापक भाई हनुमान प्रसाद पोद्दार, कांग्रेसी नेता बाबा राघवदास जैसे प्रतिष्ठित और बड़े लोगों से संपर्क बनाया और बार एसोसिएशन के अध्यक्ष हरिहर प्रसाद दुबे को संघचालक बनाया। प्रसिद्ध होम्योपैथ डॉक्टर हृषिकेश बनर्जी को जिला कार्यवाह का दायित्व दिया। युवकों में राष्ट्रप्रेम और वीर भाव का संचार करने के लिए अभिनव ढंग के विशाल कार्यक्रमों की रचना की।

1946 तक पूरा क्षेत्र संघ-शाखाओं से पट गया। प्रारंभ से ही नानाजी को शिक्षा-वर्ग की व्यवस्था का भार दे दिया गया। 1945 में काशी के शिक्षा-वर्ग पर ब्रिटिश सरकार की कोप-दृष्टि पड़ी। उसे बीच में ही स्थगित करना पड़ा। उन्हीं दिनों नानाजी के बड़े भाई आबाजी अपनी पत्नी के देहांत से शोक-विह्वल

होकर नानाजी को लेने काशी पहुंचे। नानाजी ने वर्ग छोड़कर जाने से मना कर दिया। आबाजी वापस लौट गए। कुछ ही दिनों बाद 29 अप्रैल को उनके इकलौते पुत्र के निधन का तार पहुंचा। भाऊराव जी ने नानाजी को कडोली होते हुए 5 मई को नागपुर में आरंभ होने वाले वर्ग में तृतीय वर्ष का शिक्षण पूरा करने को कहा। उन्होंने ऐसा ही किया।

तृतीय वर्ष शिक्षण पूरा कर वे पुन: गोरखपुर विभाग में संघ-कार्य में जुट गए। 1946 में उनके क्षेत्र में शाखाओं की संख्या 600 पार कर गई थी। कार्य तेजी से बढ़ रहा था कि 30 जनवरी, 1948 को गांधीजी की हत्या हो गई। 4 फरवरी को संघ पर प्रतिबंध थोप दिया गया। देशभर में हजारों-हजार स्वयंसेवक अकारण ही गिरफ्तार कर लिए गए। गोरखपुर में नानाजी को भी गिरफ्तार कर लिया गया।

सरस्वती शिशु मंदिर का श्रीगणेश

छह महीने बाद जेल से बाहर आने पर नानाजी को 'राष्ट्रधर्म प्रकाशन' की व्यवस्था संभालने के लिए दीनदयालजी के पास लखनऊ भेज दिया गया। लखनऊ में रहते हुए भी नानाजी का गोरखपुर विभाग के कार्यकर्ताओं से निरंतर संपर्क बना रहा। ऐसे ही एक कार्यकर्ता कृष्णकांत प्रचारक जीवन से गृहस्थ जीवन में उन्हें प्रवेश करना चाहते थे, किंतु जीविकार्जन का उपयुक्त साधन नहीं दिख रहा था। नानाजी ने उनका विवाह कराया और पति-पत्नी दोनों की शिक्षा व संस्कारक्षमता का उपयोग करने के लिए एक शिशु मंदिर की कल्पना की। इस प्रकार पहले सरस्वती शिशु मंदिर का श्रीगणेश 1950 में गोरखपुर में नानाजी के मार्गदर्शन में हुआ।

शिक्षा की दुर्दशा को देखते हुए 1950 में गोरखपुर में ही उन्होंने पहला सरस्वती शिशु मंदिर विद्यालय खुलवाया। संस्कारवान व राष्ट्रनिष्ठ नागरिक बनाने वाले ऐसे 50000 से अधिक विद्यालय आज देश के कोने-कोने में चल रहे हैं।

'राष्ट्रधर्म', 'पांचजन्य' व 'दैनिक स्वदेश' जैसे विख्यात प्रकाशन नानाजी के मार्गदर्शन की ही देन हैं।दीनदयाल उपाध्याय और अटल बिहारी वाजपेयी ने उन दिनों राष्ट्रधर्म और पांचजन्य नामक पत्रिकाओं के माध्यम से खूब काम किया। चन्द्रभानु गुप्त जो उत्तर प्रदेश के मुख्यमंत्री थे उन्होंने कहा था यह नाना देशमुख नहीं नाना फड़नवीस हैं।

उत्तरप्रदेश की पहली गैर-कांग्रेसी सरकार

इसके बाद एक बिल्कुल नया क्षेत्र नानाजी की प्रतीक्षा कर रहा था और वह था वोट तथा दल पर आधारित राजनीति का। अंतर-बाह्य दबावों के कारण राष्ट्रीय स्वयंसेवक संघ को एक नए राष्ट्रवादी राजनीतिक दल के निर्माण में सहयोग देना पड़ रहा था। आरएसएस से प्रतिबंध हटने के बाद डॉ. श्यामा प्रसाद मुखर्जी की अध्यक्षता में 'भारतीय जनसंघ' नामक नए दल को अक्तूबर, 1951 में अखिल भारतीय स्वरूप प्राप्त हो गया। जिसके विस्तार के लिए नानाजी को उत्तर प्रदेश भेजा गया। संघ के जिन कार्यकर्ताओं को डॉ. मुखर्जी के साथ सहयोग करने के लिए चिह्नित किया गया, उनमें दीनदयाल जी के साथ नानाजी का नाम भी था। 1951 में जब राष्ट्रीय स्वयंसेवक संघ के सरसंघचालक माधवराव सदाशिव गोलवलकर ने राजनीतिक दल की स्थापना की तो उसके महासचिव बने नानाजी देशमुख और भारतीय जनसंघ ने तेजी से उत्तर प्रदेश की राजनीति में विस्तार किया।

मार्च, 1952 में पहला आम चुनाव होना था। उत्तर प्रदेश से उसकी तैयारी के लिए नानाजी पूरे मनोयोग से कई महीने पहले से जनसंघ में सक्रिय हो गए। उन्होने 1957 तक प्रदेश के सभी जिलों में जनसंघ का अलख जगाया। उनके कुशल नेतृत्व में उत्तर प्रदेश में जनसंघ के विधायकों की संख्या 1957 में 14 से बढ़कर 1967 में 100 पहुंच गई। अपनी सांगठनिक कौशल की मिसाल कायम करते हुए नानाजी ने 1957 तक उत्तर प्रदेश के हर जिले में जनसंघ की इकाइयां स्थापित कर दीं। नानाजी ने जनसंघ के बाहर अन्य राजनीतिक दलों के नेताओं

से भी संबंध स्थापित करने का प्रयास किया। कांग्रेस में डॉ. संर्पूणानंद, चौ. चरण सिंह, लाल बहादुर शास्त्री आदि से संबंध स्थापित किए।

इसके बाद नानाजी को जनसंघ का कोषाध्यक्ष बना दिया गया। उन दिनों गैर कांग्रेस पार्टियों के लिए बड़े उद्योगपतियों से चंदा लेना बेहद कठिन था। कोई भी उद्योगपति कांग्रेस को नाराज नही करना चाहता था। ऐसे में नानाजी ने छोटे व्यापारियों और दुकानदारों को पार्टी से जोड़ना शुरू किया। हर जिले में संगठन का खर्च चलाने की व्यवस्था स्थानीय स्तर पर होने लगी। इससे बाद में व्यापारी वर्ग का भाजपा से सीधा जुड़ाव हुआ जिसका फायदा मत प्रतिशत में भी दिखा। विरोधी इसी प्रयोग के बाद जनसंघ को 'बनिया पार्टी' कहने लगे। लेकिन इसी प्रयोग के कारण जनसंघ हमेशा ही उद्योपतियों के दबाव से मुक्त रही।

1967 में भारतीय जनसंघ संयुक्त विधायक दल का हिस्सा बन गया और चौधरी चरण सिंह के नेतृत्व में सरकार में शामिल भी हुआ। जब 1967 में उत्तर प्रदेश में संयुक्त विधायक दल की सरकार बनी तो नाना जी देशमुख उसके प्रमुख सूत्रधारों में से एक थे। नानाजी के चौधरी चरण सिंह और डॉ राम मनोहर लोहिया दोनों से ही अच्छे सम्बन्ध थे, इसलिए गठबन्धन निभाने में उन्होंने अहम भूमिका निभायी। नानाजी ने राम मनोहर लोहिया की मुलाकात दीनदयाल उपाध्याय से करवाई जिसके बाद जनसंघ और समाजवादी विचारधारा ने कांग्रेस के लिए मुश्किल खड़ी कर दी। उत्तरप्रदेश की पहली गैर-कांग्रेसी सरकार के गठन में विभिन्न राजनीतिक दलों को एकजुट करने में नानाजी जी का योगदान अद्भुत रहा।

उन्होने उत्तर प्रदेश की 412 सदस्यों वाली विधानसभा में जनसंघ के 99 विधायक चुनवाकर काँग्रेस की चूलें हिला दीं थी। जनसंघ उत्तरप्रदेश की प्रमुख राजनीतिक शक्ति का केंद्रबिंदु बन गया। डॉ. श्यामा प्रसाद मुखर्जी के बलिदान के पश्चात् पंडित दीन दयाल उपाध्याय को जनसंघ का अखिल भारतीय महामंत्री तथा नानाजी को अखिल भारतीय संगठन मंत्री बनाया गया।

11 फरवरी 1968 को पं. दीनदयाल के अकाल निधन के बाद नानाजी ने दीनदयाल स्मारक समिति का पंजीयन कराकर एक नए अध्याय की शुरुआत

की। बाद में 20 अगस्त 1972 से विधिवत 'एकात्म मानव दर्शन' के सिद्धांत को व्यवहारिक धरातल पर उतारने हेतु 'दीनदयाल शोध संस्थान' कार्यालय नई दिल्ली में नानाजी के नेतृत्व में कार्य करने लगा।

नानाजी, विनोबा भावे के भूदान आन्दोलन में सक्रिय रूप से शामिल हुए। दो महीनों तक वे विनोबाजी के साथ रहे। वे उनके आन्दोलन से अत्यधिक प्रभावित हुए।

नाना और जे पी का गठजोड़

15 अप्रैल, 1973 को पटना में प्रभावतीजी के निधन के बाद जयप्रकाशजी अंदर से टूट गए थे। उनका स्वयं का स्वास्थ्य भी जर्जर था। इस मन:स्थिति में उन्होंने दिल्ली में 'इंडियन एक्सप्रेस' के गेस्ट हाऊस में गोयनकाजी का आतिथ्य स्वीकार कर लिया। वहां गोयनकाजी, रामधारी सिंह दिनकर एवं गंगाशरण सिंह आदि मित्र जे.पी. को दिलासा देते और उनके संकल्प बल को दृढ़ करने का प्रयास करते। नानाजी के अतिरिक्त बीच-बीच में चंद्रशेखर भी आते रहते थे और देश की परिस्थिति पर विचार-मंथन करते थे। राजनीति के चारित्रिक पतन और अधिनायकवादी प्रवृत्तियों से जे.पी. बहुत अधिक उद्वेलित थे। लगभग उसी समय गुजरात के कांग्रेसी मुख्यमंत्री चिमनभाई पटेल के विरुद्ध नवनिर्माण समिति के तत्वावधान में छात्र आंदोलन प्रारंभ हो गया। नानाजी, गोयनकाजी एवं पूरी मित्रमंडली को लगा कि यदि इस समय जे.पी. गुजरात जाकर उस आंदोलन का विराट रूप देखें तो शायद उनमें नेतृत्व करने का उत्साह जग सकेगा। सबने मिलकर जे.पी. को 14-15 फरवरी, 1974 को अहमदाबाद यात्रा के लिए तैयार कर लिया। नानाजी जे.पी. के स्वागत एवं कार्यक्रमों की तैयारी के लिए सात दिन पहले अमदाबाद पहुंच गए। गुजरात आंदोलन में अखिल भारतीय विद्यार्थी परिषद् की प्रमुख भूमिका थी। अत: नानाजी की प्रेरणा और योजना से जे.पी. का भव्य स्वागत हुआ। वहां उमड़े जन-ज्वार को देखकर जे.पी. भाव-विभोर हो गए। वे बार-बार कहते थे कि इस दृश्य को

देखकर 1942 की याद आती है। जे.पी. का नैराश्य भाव छंट गया और युवा-शक्ति के बल पर व्यवस्था परिवर्तन का उन्हें विश्वास होने लगा।

4 नवंबर को पटना में एक विशाल जुलूस निकला। प्रशासन ने उन्हें पटना जाने से रोका था। पर वे डाकिए के भेष में आरएमएस के डिब्बे में बैठकर पटना पहुंच गए। जुलूस के आरंभ होने पर उन्हें अपनी बगल में खड़े देखकर जे.पी. विस्मित रह गए। जुलूस में नानाजी जे.पी. के साथ कभी पैदल कभी जीप में छाया की तरह चले। नानाजी ने देखा कि सीआरपीएफ के एक जवान की लाठी जे.पी. के सिर पर पड़ने ही वाली है तो वे कूद कर जे.पी. के सामने आ गए और लाठी का वार अपनी बाईं कलाई पर ले लिया। उन पर कई लाठियां पड़ीं। यदि उस समय नानाजी तनिक भी चूक जाते तो पता नहीं, जे.पी. का क्या होता, केवल उनका पैर ही जख्मी हुआ। नानाजी ने अपने हाथों पर मृत्युदंड के रूप में आए प्रहार को झेल लिया। हाथ की हड्डियां टूट गई थी लेकिन नाना नहीं हटे। वो एक ऐसी घटना थी कि देश का ध्यान नानाजी देशमुख की तरफ गया। इसके बाद देश व्यापी गिरफ्तारियां हुई। 1975में इंदिरा गांधी सरकार द्वारा लगाए आपातकाल लगाया गया।

आपातकाल के विरूद्ध नाना जी का संचालन

25 जून, 1975 को दिल्ली के रामलीला मैदान में एक विराट जनसभा हुई, जिसे जे.पी., बीजू पटनायक और नानाजी ने संबोधित किया। इस सभा में 29 जून से देशव्यापी आंदोलन आरंभ करने का कार्यक्रम घोषित किया गया। सभा के बाद नानाजी राजमाता सिंधिया को विदा करने नई दिल्ली रेलवे स्टेशन गए। वे प्लेटफार्म पर टहल रहे थे कि गुप्तचर विभाग के किसी अधिकारी ने उन्हें बताया कि आज रात को आपातकाल की घोषणा के साथ आप सब नेता गिरफ्तार होंगे, अत: आप यहां से खिसक जाइए। नानाजी स्टेशन से ही भूमिगत हो गए। वह चेतावनी सही निकली, देर रात जे.पी. आदि सभी नेताओं की बड़े पैमाने पर गिरफ्तारी शुरू हो गई।

अब 'लोक संघर्ष समिति' के सचिव के नाते भूमिगत नानाजी पर अधिनायकवाद के विरुद्ध संघर्ष के संचालन का गुरुतर दायित्व आ पड़ा। इसे निभाने के लिए उन्हें अपनी वेशभूषा और शक्ल बदलनी पड़ी। धोती-कुर्ते की जगह शर्ट-पैंट पहनी, सफेद बालों को काला किया, गंजेपन को ढकने के लिए विग लगाई। ऐसा हुलिया बनाया कि निकटतम मित्र और संबंधी भी पहली भेंट में उन्हें नहीं पहचान पाते थे।

भूमिगत स्थिति में दो महीने बाहर रहकर उन्होंने देशव्यापी संघर्ष का तंत्र खड़ा किया। इसके बाद गुप्तचर विभाग पंजाब के कुछ भूमिगत नेताओं का पीछा करते हुए दिल्ली के सफदरजंग एन्क्लेव में नानाजी तक पहुंचने में सफल हो गया। नानाजी तिहाड़ जेल पहुंच गए। वहां चरण सिंह, प्रकाश सिंह बादल आदि अनेक नेता बंद थे, उनमें घोर निराशा छाई हुई थी। नानाजी ने सभी दलों के एक दल में विलीनीकरण का प्रयास आरंभ किया। तब पुन: उनका चरण सिंह की प्रधानमंत्री बनने की आकांक्षा से सामना हुआ। 17 माह लंबे कारावास में नानाजी को अध्ययन और मनन का अलभ्य अवसर प्राप्त हुआ।

लोकसभा के आम चुनाव

1977 के फरवरी माह में लोकसभा के आम चुनाव की घोषणा हुई। तत्कालीन प्रधानमंत्री इंदिरा गांधी ने जेल से सभी नेताओं को छुट्टी दी किन्तु नानाजी को जेल में ही बंदी बनाये रखा। नानाजी को छोडने के लिए कहा गया तो इंदिरा गांधी ने कहा कि नानाजी तो चुनाव नहीं लड़ रहे हैं, उनको छोडने की क्या जरूरत है। सभी नेताओं ने नानाजी से चुनाव लडने का आग्रह किया, लेकिन नानाजी ने कहा कि मुझे चुनाव नहीं लडना है। इसलिए मैं जेल में पड़ा रहूंगा। तब रामनाथ गोयनका ने जयप्रकाश नारायण से कहा कि आपके कहे बिना नानाजी चुनाव लडने को तैयार नहीं होंगे। जयप्रकाश नारायण ने नानाजी के पास अपना संदेशवाहक भेजकर उन्हें चुनाव लडने के लिए राजी किया।

हैं, अपने वे हैं जो सदियों से पीड़ित एवं उपेक्षित हैं।' शायद तभी जब उन्होंने ग्रामोदय से राष्ट्रोदय के अभिनव प्रयोग के लिए 1996 में स्नातक युवा दम्पत्तियों से पांच वर्ष का समय देने का आह्वान किया तो इस आह्वान पर दूर-दूर के प्रदेशों से प्रतिवर्ष ऐसे दम्पत्ति चित्रकूट पहुंचने लगे थे। चयनित दम्पत्तियों को 15-20 दिन का प्रशिक्षण दिया जाता था।

नानाजी उनसे कहते थे-'राजा की बेटी सीता उस समय की परिस्थितियों में इस क्षेत्र में 11 वर्ष तक रह सकती है, तो आज इतने प्रकार के संसाधनों के सहारे तुम पांच वर्ष क्यों नहीं रह सकतीं?' ये शब्द सुनकर नवदाम्पत्य में बंधी युवतियों में सेवा भाव और गहरा होता था तो उनके कदम अपने सुनहरे शहर एवं घर की तरफ नहीं, सीता की तरह अपने पति के साथ जंगलों-पहाड़ों बीच बसे गांवों की ओर बढ़ते थे। स्वावलंबी और स्वाभिमानी भारत के निर्माण के लिए नानाजी देशमुख ने जीवन भर अहर्निश कार्य किया। ग्राम-विकास की अभिनव रूपरेखा प्रस्तुत कर आदर्श ग्राम खड़े किए। चित्रकूट समेत देश के अनेक जनपदों में चल रहीं समग्र ग्राम विकास योजनाएं आज उनकी राष्ट्र साधना की जीवंत साक्षी हैं। तब इनको नाम दिया जाता है-समाजशिल्पी दम्पत्ति।

वर्तमान में 40 समाजशिल्पी दम्पत्ति यहां कार्यरत हैं। सन् 1991 से 1994 तक नानाजी ग्रामोदय विश्वविद्यालय के संस्थापक कुलाधिपति रहे। लेकिन सरकार की नीति से तंग आकर 1995 में कुलाधिपति पद से त्याग पत्र दिया और विश्वविद्यालय का काम सरकार के जिम्मे छोड़ दिया।

नानाजी उत्तर प्रदेश और मध्यप्रदेश के करीब 500 गांवों में सकारात्मक सामाजिक क्रान्ति के वाहक बने। बाद में उन्होंने अपना पूरा जीवन सामाजिक और रचनात्मक कार्यों में लगा दिया। वे आश्रमों में रहे और कभी अपना प्रचार नहीं किया। उन्होंने दीनदयाल शोध संस्थान की स्थापना की और उसमें रहकर समाज-सेवा की। 1999 में एनडीए सरकार ने उन्हें राज्यसभा का सांसद बनाया।

जीवन का अंतिम वक्त

उन्होंने अपने जीवन का अंतिम वक्त चित्रकूट में बिताया और यहीं पर 95 वर्ष की आयु में 27 फ़रवरी 2010 को इन्होंने अंतिम सांस ली। लगभग एक शतक लंबी राष्ट्र को समर्पित आयु के अंतिम पड़ाव से पूर्व ही उन्होंने तय कर लिया था कि जब तक जीवित हैं तब तक स्वयं तथा मृत्यु के बाद उनकी देह राष्ट्र के काम आये। दिल्ली की दधीचि देहदान समिति को अपने देहदान संबंधी शपथ पत्र पर हस्ताक्षर करते हुए नाना जी ने कहा था कि मैंने जीवन भर राष्ट्रीय स्वयंसेवक संघ की शाखा में होने वाली दैनिक प्रार्थना में बोला है-'पतत्वेष कायो, नमस्ते-नमस्ते' अर्थात् हे भारत माता मैं अपनी यह काया हंसते हंसते तेरे ऊपर अर्पण कर दूं। अतः मृत्योपरांत उन्होंने न सिर्फ अपना देह दान कर चिकित्सा-शास्त्र पढ़ने वाले युवकों के अध्यापन हेतु अखिल भारतीय आयुर्विज्ञान संस्थान को समर्पित करने का संकल्प किया बल्कि दस हजार रुपये की अग्रिम राशि भी समिति को दी जिससे देश के किसी भी भाग से उनका शांत शरीर इस कार्य हेतु उचित स्थान पर लाया जा सके।

पुरस्कार-

उन्हें भारत सरकार ने सामाजिक कार्यों के लिए पद्म विभूषण से सम्मानित किया था। नानाजी को महात्मा गांधी सम्मान, एकात्मता पुरस्कार, श्रेष्ठ नागरिक सम्मान, पद्म विभूषण, वरिष्ठ नागरिक सम्मान, मानस हंस, जीवन गौरव, संत ज्ञानेश्वर पुरस्कार आदि पुरस्कारों से सम्मानित किया गया है। उन्हें अजमेर, मेरठ, झांसी, पूना एवं चित्रकूट विश्वविद्यालय द्वारा डी. लिट की मानद उपाधि दी गयी। कर्मयोगी नानाजी महामहिम राष्ट्रपति द्वारा 1999 में राज्यसभा के मनोनीत सदस्य रहे।

•••